Knaur.

Über den Autor:
Ray Müller, geboren 1948, studierte Anglistik, Romanistik und Filmwissenschaften in München, London und Montpellier. Er produziert Dokumentarfilme, schreibt Drehbücher und arbeitet als Regisseur. Seine Arbeiten wurden mit zahlreichen internationalen Preisen ausgezeichnet, darunter dem EMMY-Award in New York. Ray Müller lebt am Starnberger See.

Ray Müller

Ein Traum von Afrika

Roman

KNAUR TASCHENBUCH VERLAG

Alle im Roman vorkommenden Personen sind in ihrer Gestaltung fiktiv. Paul von Lettow-Vorbeck, Carl Schillings und Frederick Selous sind historische Gestalten, doch ihre hier vorgenommene Charakterisierung ist frei erfunden.

Besuchen Sie uns im Internet:
www.knaur.de

Vollständige Taschenbuchausgabe März 2009
Knaur Taschenbuch.
Ein Unternehmen der Droemerschen Verlagsanstalt
Th. Knaur Nachf. GmbH & Co. KG, München

Umschlaggestaltung: ZERO Werbeagentur, München
Umschlagabbildung: Corbis / Paul A. Souders
Satz: Adobe InDesign im Verlag
Druck und Bindung: CPI – Clausen & Bosse, Leck
Printed in Germany
ISBN 978-3-426-63939-9

2 4 5 3 1

Für Christina M.-S.

In Erinnerung an meinen Großvater, der 1913 eine Farm in Tanganjika hatte, nicht weit von Kimamba.

PROLOG

Auf einem Hügel im Herzen Afrikas stehen zwei Kreuze. Das Holz ist vermodert, es trägt keine Namen mehr. Sie stehen so schief, dass sie längst umgefallen sein müssten. Manchmal schleichen Löwen um die Kreuze herum oder ruhen gelassen am Fuß des Hügels, als würden sie die Grabstätte bewachen. Elefanten, die über den Hügel wandern, machen einen Bogen um sie, oder sie streichen mit dem Rüssel über das Holz, doch so vorsichtig, dass sie die fragilen Teile nicht berühren. Affen und Schlangen meiden den Platz, und auch die Ameisen weichen den Kreuzen aus, sie führen ihre Straßen auf Umwegen an ihnen vorbei. Nur einzelne Vögel haben sich früher auf sie gesetzt, doch seit sie so schief stehen, scheinen sie daran kein Vergnügen mehr zu haben.

In der Regenzeit müssten die Fluten, die vom Himmel stürzen, sie längst zu Boden gezwungen haben. Doch die Kreuze stehen noch immer, seit fast hundert Jahren.

Und wie jedes Kreuz haben auch sie ihre Geschichte.

KAPITEL 1

Die Sonne steht tief über der Savanne, zu tief, denn die gleißenden Strahlen blenden ihn, das ist nicht gut. Aber jetzt kann er nicht mehr zurück. Max Leitner kämpft sich weiter durch das dicke Elefantengras. Er ist so gut wie unsichtbar, aber das gilt auch für den Löwen. Max hofft, schnell genug zu sein, wenn der Angriff kommt. Mehr als einen Schuss wird er vielleicht nicht anbringen können.
Die Sicht beträgt zwei bis drei Meter, eine Strecke, die ein Löwe mit einem Satz zurücklegt. Sein Herz schlägt ihm bis zum Hals, doch er zwingt sich, weiterzugehen. Die drei Schwarzen, die der Häuptling mitgeschickt hat, sind längst weit zurückgefallen, ihre Gesichter nur noch dunkle Flecken im Gras, dessen schilfartige Spitzen leise im Wind rascheln.
Max bleibt stehen. Er hört den eigenen Pulsschlag, das Keuchen seines Atems. Wahrscheinlich hat die Raubkatze längst die Geräusche des Menschen vernommen. Regungslos und vollkommen still liegt sie da, wohl wissend, dass ihr die hagere weiße Gestalt in wenigen Minuten direkt vor die Pranken laufen wird. Der Jäger wischt sich den Schweiß von der Stirn. Sterben in Afrika, im Maul eines Löwen, mit fünfundzwanzig Jahren, das passt nicht in seinen Plan. Das Elefantengras, durch das er sich so mühsam vorarbeitet, ist jetzt über drei Meter hoch.
Max hält den Atem an. Ein einzelner Moskito schwirrt vor seinen Augen und landet auf seiner schweißnassen Stirn. Er hebt die Hand und holt zum Schlag aus. In diesem Augenblick vernimmt er ein leises Rascheln. Sein Körper

erstarrt, bewegt sich keinen Millimeter. Doch dann ist alles wieder still, zu still. Mit dem Lauf des Karabiners schiebt Max die Grashalme vor seinen Augen zur Seite. Nichts zu sehen. Wenn das Tier tatsächlich in der Nähe ist, verhält es sich wie ein perfekter Jäger. Es wartet, lautlos und geduldig, auf den besten Moment. Löwen töten schnell. Ein Biss ins Genick, ein Knacken, und alles ist vorbei. Doch Max ist entschlossen, nicht zu sterben. Nicht heute, nicht in diesem verdammten Gras der Gongwe-Berge. Ein kurzer Blick nach hinten zeigt ihm, dass die Schwarzen noch weiter zurückgeblieben sind. Zwar tragen sie nur Speere, aber es wäre gut, jetzt Menschen an seiner Seite zu spüren. Es ist besser, nicht allein zu sterben.

Max beißt sich auf die Lippen. Erstaunlich, welche Gedanken ihm plötzlich im Kopf herumgehen. Gedanken, die er jetzt nicht brauchen kann. Entschlossen geht er weiter vor. Ein Ast knackt. Abrupt bleibt er stehen und hält den Atem an. Wieder wandert sein Blick durch das undurchdringlich hohe Gras. Etwas bewegt sich.

In der nächsten Sekunde schlägt ihm ein wütendes Fauchen entgegen, dann bricht eine riesige, braune Masse durch die Grashalme. Max erstarrt. Sein Gehirn setzt aus, Reflexe übernehmen die Kontrolle. Arme reißen das Gewehr hoch, es feuert. Sein Körper macht einen Satz zur Seite, fällt über eine Wurzel und stürzt zu Boden.

Noch im Fallen reißt seine Hand den Repetierbolzen zurück und stößt eine neue Kugel in den Lauf. Ein markerschütterndes Brüllen lässt ihn zusammenfahren, den Tatzenhieb, der sein rechtes Bein trifft, nimmt er nicht mehr wahr.

Er registriert nur noch einzelne Bilder, die vor seinen

Augen ablaufen. Eine Pranke, die durch die Luft zuckt, Reißzähne, die in der Sonne blitzen, ein warmer, modriger Geruch, der ihm den Atem raubt. Dann ein Gewehrlauf, der sich in ein weit aufgerissenes Maul rammt. Dann der Schuss. Das Echo der Detonation kippt den Schädel des Tieres wie in Zeitlupe aus dem Bildfenster seiner Wahrnehmung. Nun ist es wieder still.

Max blickt hoch in den tiefblauen Himmel, eine Wolke schiebt sich vor die Sonne. Er stützt sich ab und will aufstehen. Der Rückstoß des schweren Kalibers hat ihm den Knöchel des Mittelfingers gestaucht. Vorsichtig bewegt er das rechte Bein, kein Schmerz. Nun streckt er den anderen Fuß aus, wieder kein Schmerz. Langsam erkennt er, dass er nirgendwo ernsthaft verletzt wurde. Die Pranke des Löwen hat die Hose zerfetzt und ist dann an den Stiefeln abgeglitten. Doch da war das Tier wahrscheinlich schon tot.

Max hebt den Kopf. Noch immer ist es still. Der Hall der Schüsse hat sein Ohr taub gemacht. Wie durch einen Filter nimmt er gedämpft die Schreie der Schwarzen wahr, die durch das Gras brechen. Er stützt er sich auf den Karabiner, richtet sich vorsichtig auf, nichts ist gebrochen. Sein Herz rast noch immer. So nah hat er dem Tod noch nie ins Auge gesehen. Nun fährt sich Max mit der Hand über das Gesicht. Die Haut blutet, doch nur von den scharfen Kanten der Gräser. Noch einmal blickt er hoch zum Himmel. Wenn es da oben einen Gott gibt, dann hat er nicht gewollt, dass der junge Pflanzer heute in der Savanne stirbt.

Schrille Schreie reißen den Jäger aus seinen Gedanken. Die Schwarzen haben ihn eingeholt, wie entfesselt tanzen sie um den toten Löwen herum, die Krieger schwingen ihre Speere, als müssten sie die Seele des toten Tieres beschwören. Immer wieder stoßen sie ihre spitzen Kriegsschreie aus und klopfen dem weißen Jäger begeistert auf die Schulter. Der Bwana hat den Löwen getötet. Er ist ein großer Krieger. Max lächelt, seine Hände zittern immer noch.

@@

Ein seltsames Gefolge marschierte durch die Savanne Ostafrikas. Voraus schritt eine große, tiefschwarze Gestalt, die in eine blaue Toga gehüllt war. Der weiße Bart wucherte über das faltige Gesicht. Auf der Brust trug der Mann eine Kette aus Leopardenzähnen, um die schmalen Schultern ein Leopardenfell, das Zeichen des Häuptlings. Seine rechte Hand hielt den Redestab, einen Stock aus Holz mit reichverziertem silbernen Griff, das Symbol regionaler Macht. Hinter ihm marschierten fünfzehn Krieger mit Speeren und Schildern, sie sangen einen monotonen Gesang, den zwei Musiker auf umgehängten Trommeln rhythmisch unterstützten. Dahinter folgten fünf Frauen in bunten Gewändern. Das Ende der Gruppe bildeten zwei junge Männer, die ein Löwenfell trugen. Obwohl die Sonne fast im Zenit stand, kamen die Schwarzen schnell voran, ihre bloßen Füße fanden mühelos einen Pfad durch die Dornenbüsche.

Max saß im Arbeitszimmer seiner Schamba. Er liebte dieses Wort, denn es ist weicher als der Begriff »Pflanzung«. Diese beiden deutschen Silben klangen hart wie ein Befehl, Schamba hingegen sanft wie eine Melodie oder der Kosename einer Frau. Sein Blick wanderte über die Zahlenreihe vor seinen Augen. Die Betriebsausgaben machten ihm Sorgen.

Er würde den Kredit bei der Kolonialbank verlängern

müssen, doch der Direktor war in letzter Zeit nicht besonders umgänglich gewesen. Er verlangte zusätzliche Sicherheiten, und es war Max unangenehm, den Vater zu Hause aufs Neue belästigen zu müssen. Er wollte endlich unabhängig sein, frei, wie er es sich immer erträumt hatte. Doch vor der ersten Ernte war daran nicht zu denken.

Der monotone Rhythmus der Trommeln beendete seine Überlegungen. Max legte den Bleistift weg und lehnte sich zurück. Ein Blick auf Hassim, seinen Boy, zeigte ihm, dass etwas Ungewöhnliches im Gange war. Der Junge stand am Fenster und warf einen neugierigen Blick ins Freie. Dann winkte er aufgeregt. Eine Reaktion, die nicht alltäglich war bei dem Somali, der sonst allen Vorfällen mit stoischem Gleichmut begegnete. Max schob das Rechnungsbuch beiseite und ging hinaus. Die Gruppe der Besucher hatte sich inzwischen im Hof formiert. Der Häuptling stand würdevoll in der Mitte seiner Krieger, hinter ihm hatten sich die Frauen und Musiker aufgestellt. Als Max in der Tür erschien, ertönte ein letzter Trommelwirbel, dann wurde es still. Der Häuptling stieß seinen Stab auf die Erde.

»Jambo Bwana!«

»Jambo sana!«

Max wusste, mehr Worte würden sie auf Suaheli nicht wechseln, denn der Häuptling sprach den Dialekt der Stämme nördlich des Kisingatta-Flusses. Max gab Hassim ein Zeichen. Der Boy lief über den Platz und begann mit dem Häuptling ein ausführliches Palaver, so ausführlich, wie es Max befürchtet hatte. Im afrikanischen Busch hatte das Ritual der Höflichkeit seine eigenen Gesetze.

Die Sonne brannte gnadenlos auf den staubigen Vorhof. Max fiel auf, dass sich sogar die Hühner und Schweine, die

sonst frei herumliefen, in den Schatten geflüchtet hatten. Endlich kehrte Hassim zurück.
»Häuptling Usua dankt dem Bwana, dass er Simba besiegt hat. Dieser Simba hat schon zwölf Tiere aus der Herde des Häuptlings getötet.«
»Sag dem Häuptling, ich bin sein Freund. Was ihm schadet, schadet auch mir.«
Hassim übersetzte die Botschaft, wodurch diese an Länge um ein Vielfaches zunahm.
Der Häuptling nickte würdevoll. Auf sein Zeichen traten die beiden Jungen vor und breiteten das Löwenfell vor Max auf dem Boden aus. Dann nahm der Häuptling seine Rede wieder auf. Max spürte, dass Hassim diesmal nur zögernd übersetzte.
»Häuptling Usua will wissen, warum sein weißer Freund, dieser große Krieger, keine Bibi hat.«
»Keine was?«
»Keine Frauen.« Max musste zugeben, dies war eine Frage, die er bisher verdrängt hatte. Als er vor zwei Jahren in Tanganjika, der deutschen Kolonie in Ostafrika, an Land gegangen war, war er einer der Ersten gewesen, die den Antrag für eine Pflanzung im Hinterland gestellt hatten. Die Gegend in den Gongwe-Bergen war so abgelegen, dass es keine Frau dort ausgehalten hätte. Vor allem nicht am Anfang, als er jeden Tag vierzehn Stunden härteste Pionierarbeit leisten musste, unter Bedingungen, die einer weißen Frau nicht zuzumuten gewesen wären. Von den Problemen mit den Schwarzen ganz zu schweigen.
Seine Gedanken wurden unterbrochen, denn nun trat der Häuptling einen Schritt vor und fuchtelte mit den Händen. Hassim übersetzte kurz und sachlich:

»Er sagt, Mann ohne Bibi nicht gut. Häuptling sagt, er hat dreißig Bibi.«
Max verbeugte sich. Der Häuptling sprach weiter, dabei hob er die rechte Hand mit dem Stab.
Hassim flüsterte: »Häuptling Usua will seinem Freund, dem Löwentöter, ein Geschenk machen.«
Der Stab zeigte auf die Frauen in den bunten Tüchern und wanderte dann hinüber zu Max. Hinter dieser Geste verbarg sich anscheinend ein Befehl, denn die schwarzen Frauen liefen kichernd nach vorn und setzten sich auf das Löwenfell. Zuerst blickten sie scheu zu Boden, doch dann starrten sie den Fremden mit großen Augen an. Und jetzt? Max wischte sich den Schweiß von der Stirn. Er wusste, er musste reagieren, doch er wusste auch, dass eine falsche Geste fatale Folgen haben könnte. Als er die Frauen zu seinen Füßen genauer betrachtete, hatte er nicht den Eindruck, dass der Häuptling sein Geschenk besonders großzügig ausgewählt hatte. Die Kriterien für Schönheit in diesem Land würden einem Europäer wohl ewig verschlossen bleiben, wie so vieles in Afrika. Max trat einen Schritt vor, verbeugte sich und flüsterte Hassim ins Ohr: »Sag ihm, dass das nicht geht.«
Der Boy schüttelte den Kopf. »Geschenk von Häuptling große Ehre. Niemand kann zurückgeben.«
»Doch, ich. Ich will sie nämlich nicht.«
Hassim verdrehte die Augen.
»Bwana muss wollen. Geschenk ist wie Regen, er fällt und ist da. Kann der Bwana Wasser zurückschicken zum Himmel?« Nein, das konnte er nicht. Leider. Das musste Hassim geahnt haben, denn er murmelte etwas, das Max nicht verstand, und verbeugte sich vor dem Häuptling.

»Was hast du ihm jetzt gesagt?«
»Dass der Bwana sehr glücklich ist über das Geschenk.«
Max schüttelte den Kopf, doch seine Reaktion kam zu spät. Der Häuptling und seine Krieger brachen in ein wildes Geheul aus. Sekunden später tanzten sie um den Europäer und seine schwarzen Frauen im Kreis, als wäre deren Schicksal besiegelt.

Wie jeden Tag senkte sich gegen sechs Uhr unvermittelt die laue Dunkelheit über das Land. Vor der Schamba flackerten offene Feuerstellen, in den Hütten der Schwarzen wurde gekocht, palavert, gestritten. Im Haus des deutschen Pflanzers brannte eine Petroleumlampe. Max schlug die lederne Kladde des Wirtschaftsbuchs auf, in das er seine Haushaltsausgaben eintrug. Die Sache mit den Frauen hatte er schon wieder vergessen. Sie würden sich in der Hütte, die er ihnen zugewiesen hatte, bald langweilen und dann verschwinden.

Vielleicht würden sie von seinen Kikuyu freundlich aufgenommen werden, vielleicht auch nicht. Dieser Stamm stellte das Gros seiner hundert Arbeiter. Zwar würden sich diese mit den Damen nicht verständigen können, aber wenn man im Busch eine Frau brauchte, ließen sich solche Probleme lösen. Max drehte den Docht der Petroleumlampe höher, denn er konnte kaum noch die eigene Schrift erkennen. Die Liste der Ausgaben war heute erfreulich kurz: 200 Kilo Baumwollsamen zu 1,30 Mark. Teurer durfte das Saatgut nicht werden, sonst würden ihm die Inder Konkurrenz machen. Aber daran wollte Max heute nicht denken, mehr als arbeiten konnte er nicht. Letzte Woche hatte er drei Kilometer lange Wege gebaut und gestern mit der zusätzlichen Rodung von fünfzig Hektar

Urwald begonnen, das sollte ihm erst mal einer nachmachen.

War da nicht ein eigenartiges Geräusch? Er hob den Kopf. Ein verhaltenes Kichern, ein Schaben auf dem Boden, ein leises Poltern? Er legte den Bleistift weg und öffnete die Tür zum Nebenraum. Die Frauen des Häuptlings kauerten auf seinem Bett, sie waren jetzt nackt. Jede hatte eine Holzschale mit Reis und Gemüse vor sich. Sie aßen mit den Fingern, schmatzten und kicherten. Neben der offenen Tür saß Hassim und verzog keine Miene. Max blieb nur eine Schrecksekunde, um die Szene in sich aufzunehmen. Denn schon sprangen die Frauen auf, zeigten auf ihn, fuchtelten mit den Armen und keiften schrill. Es sah aus, als würden sie im nächsten Moment alle übereinander herfallen. Max tat, was er selten tat, er brüllte.

»Ruhe!«

Es wurde tatsächlich still.

»Was zum Teufel ist hier los?«

Hassim erhob sich und stand stramm.

»Die Frauen des Bwana möchten wissen, mit welcher der weiße Krieger heute Nacht schlafen wird. Ich schlage vor, mit jeder, Bwana.«

Max musterte die schwarzen Grazien, die ihn verführerisch anlächelten und stolz ihre Brüste zeigten. Ihm wurde klar, wenn Usua ein wirklicher Freund war, überließ er ihm seine Lieblingsfrauen. Wenn er ein Schlitzohr war, also ein richtiger Häuptling, saßen hier die Konkubinen, die er schon lange loswerden wollte. Max musste nicht lange überlegen, Usua war ein richtiger Häuptling. Diese Frauen waren der handgreifliche Beweis für die unvorhersehbaren

Launen der Natur. Eine war klein und fett, die andere alt und runzlig. Die Dritte schielte, bei einer weiteren zog sich eine Narbe quer über das Gesicht. Nur die Jüngere war halbwegs ansehnlich, litt aber an einer Augenkrankheit, die ihren koketten Blick deutlich trübte. Max packte Hassim am Ärmel und zerrte ihn aus dem Zimmer.

»Erstens: Die Frauen verschwinden, sofort. Zweitens: Du erklärst Häuptling Usua, dass ich sein Geschenk nicht zurückweise, sondern dass meine Religion es verbietet, zusätzliche Frauen zu haben.«

Hassim warf ihm einen misstrauischen Blick zu.

»Aber der Bwana hat doch keine Bibi.«

Da hatte er in der Tat einen wunden Punkt getroffen. Doch Max spürte, dass jetzt etwas Entscheidendes passieren musste. »Doch. Ich habe eine Frau. Sie wird bald da sein.«

Hassim starrte seinen Herrn ungläubig an, dann huschte er aus dem Zimmer.

Max wusste, dass das eine Lüge war, aber er hatte keine Wahl. Im Grunde war seine Behauptung reine Notwehr.

Er ging zu seinem Schreibpult, nahm den Schlüssel aus der Schublade und schloss das untere Fach auf. Dort hatte er eine Flasche Weinbrand versteckt, für alle Fälle. Heute war so ein Fall, deshalb genehmigte er sich einen großzügigen Schluck. Während die brennende Schärfe in ihn eindrang, setzte er sich auf den Holzschemel und blickte hinaus in die Nacht. Das Konzert der Ochsenfrösche hatte eingesetzt, sie gurrten so unverschämt laut, als läge eine ganze Armee dieser Tiere auf der Lauer, mit der Absicht, jeden Augenblick zum Angriff überzugehen. Die Intensität dieses monotonen Orchesters faszinierte ihn immer wieder.

Er öffnete die eingeschweißte Blechdose, in der die Zigarren lagen. Es war nur noch eine übrig. Als vor seinen Augen die ersten Rauchfäden hochstiegen, kam ihm ein verrückter Gedanke, der sich überraschend schnell in seinem Gehirn festsetzte.

KAPITEL 2

Der Dampfer »Wilhelm« hatte Tanger vor drei Tagen hinter sich gelassen und befand sich jetzt auf der Höhe von Alexandria. Elisabeth Angerer stand an der Reling und blickte hinaus auf die rollende See. Es war der 27. Juni 1913. Das Datum wusste sie deshalb so genau, weil sie jeden Tag zählte, seit sie Bremerhaven vor einer Woche verlassen hatte. Die endlose Weite des Meeres, das sie dort zum ersten Mal gesehen hatte, faszinierte sie jeden Morgen aufs Neue. Seit Tagen war der Himmel wolkenlos, er schien viel größer zu sein als der Himmel zu Hause. So stellte sie sich Afrika vor, ein Land, in dem der Horizont nie aufhörte.

Afrika – dieses Wort hatte eine Magie, die sie auf geheimnisvolle Weise erregte. Die laue Luft an Deck streichelte ihr Gesicht, sie war eine Vorbotin des großen Unbekannten, das auf sie zukam und dem sie sich mit Leib und Seele ausliefern würde. Dazu war sie fest entschlossen.

Das junge Mädchen strich sich eine Haarsträhne aus der Stirn. Zum ersten Mal in ihrem Leben trug sie die Haare offen, so, wie sie es sich immer gewünscht hatte. Zu Hause waren ihr eigene Wünsche nur selten gestattet gewesen, ihr war nur die unerfüllte Sehnsucht im Verborgenen geblieben.

Das schwere Schiff schlingerte in der Dünung. Elisabeths Hände klammerten sich an die hölzernen Planken der Reling. Was hinter ihr lag, war unendlich weit weg, und das war auch gut so. Eine endlose Serie von Kämpfen, schmerzlichen Niederlagen, kleinen Siegen und Momenten völliger Verzweiflung hatte ihr das Leben in den letzten Monaten zur Hölle gemacht. Doch je hartnäckiger sie mit dem Kopf gegen die Mauer des väterlichen Starrsinns angerannt war, desto stärker war in ihr eine geheimnisvolle Kraft gewachsen, von der sie bis dahin nichts geahnt hatte. Und am Ende hatte sie sich durchgesetzt.

Der schwankende Boden unter ihren Füßen, der Geruch von Maschinenöl und nassem Holz, die mächtigen Rauchschwaden der Schornsteine, die sich schnell am Horizont auflösten, gaben ihr jeden Augenblick die Gewissheit, die Vergangenheit endgültig abgeschüttelt zu haben. Jetzt wollte sie nach vorne schauen und nie mehr zurück. Um diesen Entschluss zur Not auch gegen sich selbst durchzusetzen, hatte Elisabeth auf der Höhe von Lissabon ein Stück Papier ins Meer geworfen. Es war das Billett für die Rückpassage gewesen, das ihr die Mutter beim Abschied heimlich zugesteckt hatte. Noch lange hatte der braune Umschlag auf den Schaumkronen des Wellenteppichs getanzt, den die Schraube am Heck des Schiffes aufwirbelte. Ihr Herz hatte bis zum Hals geklopft, denn sie wusste, durch diesen Akt tollkühner Unvernunft war ihr Entschluss unwiderruflich geworden. Umso besser.

Elisabeth atmete tief durch. Seit das Schiff Gibraltar passiert hatte, wurde es unter den Sonnensegeln richtig heiß. Heiß wie in Afrika. Sie fühlte sich wie ein Engel, dem Flügel gewachsen waren. Wie verschlungen die Wege des Schicksals doch manchmal waren. Die Chance, ihre geheimsten Träume zu verwirklichen, war buchstäblich vom Himmel gefallen. Am schrecklichsten Tag ihres bisherigen Lebens hatten ihr die Götter eine Karte zugespielt, mit der sie eigentlich nur gewinnen konnte.

Ein kalter Wind fegte durch die Gassen der Altstadt. Elisabeth beschleunigte ihren Schritt, gleich würde es wieder zu regnen beginnen. Der Herbst in Deutschland war endgültig vorbei. Um das Papier vor der Nässe zu schützen, drückte sie die Zeitung, die sie eben gekauft hatte, eng an ihre Brust. Es war elf Uhr vormittags, doch sie war schon auf dem Weg nach Hause. Um diese Zeit arbeitete sie normalerweise in der Kanzlei, aber heute war kein normaler Tag.

Eine Droschke rollte an ihr vorbei, die Hufe des alten Gauls trotteten monoton über das Kopfsteinpflaster, monoton wie ihre eigenen Schritte.

Elisabeth war ein zierliches, hübsches Mädchen, zu alt für die blonden Zöpfe, die trotzig im Wind baumelten. Im Grunde war sie längst eine junge Frau, doch das hatte sie nie bemerkt. Bis heute. Jetzt fielen die ersten Regentropfen auf ihr Gesicht. Während sie den Kragen hochschlug und sich das Kopftuch umband, kam ihr wieder in den Sinn, wie ungeheuer ereignislos ihr Dasein bisher gewesen war. Das einzig Bemerkenswerte in letzter Zeit war der Vorfall von heute Morgen gewesen, und der war alles andere als erfreulich. Meist kam ihr das Leben eintönig und grau vor, grau wie ihr Mantel und der Himmel über Straubing im November.

Das Mädchen bog in die Bäckergasse ein und ging auf das Elternhaus zu. Sie musste ihren ganzen Mut zusammennehmen, um nicht umzukehren. Bevor sie die schwere Eichentür aufstieß, schob sie die Zeitung in den Ärmel ihres Mantels. Es wäre ungehörig gewesen, sich für die Nachrichten des Tages zu interessieren, die standen zuerst dem Herrn des Hauses zu, ihrem Vater, dem Oberschulrat.

Als die Standuhr unten in der Küche zwölf Uhr schlug, stand Elisabeth an dem kleinen Giebelfenster unter dem Dachboden und starrte hinaus in den Regen. Wieder tauchte die Szene, die sie an diesem Morgen erlebt hatte, vor ihren Augen auf. So schrecklich diese auch gewesen war, ihr war dabei klar geworden, dass sie heute zum ersten Mal in ihrem Leben selbständig gehandelt hatte. Und dieses Gefühl tat ihr gut, so gut, dass sie Lust bekommen hatte, es so bald wie möglich wieder zu spüren.

Sie solle die Tür hinter sich zumachen, hatte der Advokat gesagt. Seine Hand griff zur Flasche. Der kleine, dickliche Mann stand neben dem Bücherregal, das bis zur Decke mit ledergebunden Bänden gefüllt war, die alle gleich aussahen. Die schweren Möbel aus Eichenholz verliehen dem Raum eine düstere Würde. Das Mädchen betrat ihn nur ungern, doch jetzt hatte er sie gerufen. Sie blieb stehen, der Advokat genehmigte sich einen weiteren Schluck Cognac. Sein rundes, etwas aufgedunsenes Gesicht war von Schweißperlen übersät. Sie stand ihm gegenüber, mit dem Rücken zur Tür, und wartete. Die junge Anwaltsgehilfin trug ein langes, graues Kleid in der schlichten Tracht der Mennoniten, die Haare hatte sie hochgesteckt, in den Armen hielt sie zwei Aktenordner. Elisabeth war unschlüssig, wo sie diese ablegen sollte, denn in einem solchen Zustand hatte sie Dr. Kunz noch nie gesehen.
Dieser streifte das Jackett ab, warf es über den Sessel und lockerte die Krawatte. Sie solle jetzt endlich herkommen, sagte er. Sein Zeigefinger deutete auf den Schreibtisch. Dahin. Elisabeth trat vor und legte die Akten ab. Jetzt zu

mir. Der Advokat wischte sich die Lippen ab und starrte das Mädchen lüstern an. Als Elisabeth zögerte, zeigte der Mann mit der Hand vor sich auf den Boden, als würde er einen Hund rufen. Da her.

Elisabeth kam näher, bis sie vor ihm stand. Er streckte sein Hand nach ihr aus, seine dicken Finger strichen über ihr Haar. Sie wollte zurückweichen, doch er hielt sie fest. Er wisse, dass sie nicht viel verdiene, sagte er. Er könne schon etwas drauflegen, aber sie müsse halt auch was dafür tun. Sein starrer Blick wanderte über ihr bis oben geschlossenes Kleid, dann zog er sie mit einem Ruck zu sich heran. Sein alkoholgetränkter Atem fuhr ihr ins Gesicht. Sie versuchte, ihn wegzudrücken, doch er hielt sie fest. Er möge das lassen, sagte sie und wandte sich ab. Er lachte. Seine Hand packte sie am Kinn.

Sie solle nicht so unschuldig tun, keuchte er, während seine andere Hand über ihre Brüste strich. Elisabeth zerrte die Hand weg. Er müsse sie jetzt gehen lassen, sagte sie. Der Advokat versuchte, seinen Mund auf den ihren zu drücken. Sie stieß ihm die Fäuste gegen die Brust und konnte sich losreißen. Atemlos lief sie zur Tür, doch ihr Gegner war schneller. Er drehte den Schlüssel um, sein mächtiger Körper versperrte den Ausgang. Das Vöglein flattere jetzt im Käfig, sagte er, nun solle es schön singen. Elisabeth wich zurück, doch der Advokat kam näher, immer näher.

Sie wisse doch, sagte er, dass sie einen verborgenen Schatz hätte. Wie alle Mädchen. Manche würden ihn nicht kennen, obwohl sie darauf sitzen.

Ein wildes Lachen verzerrte sein Gesicht. Er packte Elisabeth an beiden Armen, presste seinen verschwitzten Körper gegen ihren Leib und drückte ihr seine Lippen auf den

Mund. Sie versuchte, sich seinem Griff zu entwinden, doch schon zerrten kräftige Arme ihren Körper auf das Ledersofa hinter dem Schreibtisch. Eine kalte, fleischige Hand schob ihr Kleid hoch und fuhr ihr zwischen die Beine. Sie wollte schreien, erstickte aber fast unter dem schleimigen Mund, der ihr den Atem nahm. Mit aller Kraft zerrte sie an dem Arm, der sich um ihren Nacken geschlungen hatte und ihren Hals festklemmte. Der Arm bewegte sich nicht. Schon blieb ihr die Luft weg, sie spürte, ihr wurde schwindlig. In diesem Augenblick biss sie zu.

Der Mann schrie auf, der Griff lockerte sich. Elisabeth riss sich los und verpasste dem Advokaten eine schallende Ohrfeige. Dr. Kunz stand bewegungslos da. Aus seiner Oberlippe quoll Blut. Entgeistert starrte Elisabeth auf ihre Hand, als wundere sie sich über das, was diese eben getan hatte. Der Advokat wischte sich mit dem Handrücken über die Lippen und betrachtete das Blut auf seinen Fingern. Dann machte er einen Satz auf sie zu. Elisabeth stieß ihm den Sessel gegen die Beine und lief los. Im nächsten Augenblick war sie an der Tür, sie sperrte das Schloss auf und raste hinaus. Keine Sekunde zu früh, denn schon stand ihr Verfolger auf der Schwelle. Sie sei ein verdammtes Miststück, brüllte ihr der Advokat hinterher, so laut, dass seine Worte bis in die hintersten Räume der Kanzlei dröhnten. Sie werde schon sehen, wie weit sie damit komme. Er werde sich das jedenfalls nicht bieten lassen. Nicht von einer, wie sie eine war. Erschrocken blickten die Angestellten auf den tobenden Anwalt. Doch da war Elisabeth schon im Treppenhaus.

Sie war auf die Straße hinausgelaufen, ohne zu wissen, was sie tat. Erst nach einer Weile kam ihr keuchender Atem zur

Ruhe. Zum ersten Mal hatte sie gewagt, ihrem Instinkt zu folgen. Darauf war sie stolz. Ihre spontane Reaktion hatte ihr Mut gemacht, und diesen würde sie jetzt brauchen, mehr als je zuvor.

Der Regen hatte nicht nachgelassen. Wieder spürte sie die dumpfe Angst in ihrem Inneren. Aber auch die Wut, die ihr heute Morgen die Kraft gegeben hatte, das Unmögliche zu tun. Elisabeth wusste, was ihr bevorstand. Das gemeinsame Mittagessen war ein Ritual, dem sie nicht entkam, vor allem nicht heute.

Sie betrat das Esszimmer als Letzte, die Geschwister saßen bereits um den großen Eichentisch und warteten. Es war aufgedeckt, wie immer: neun Teller, neun Löffel, neun Servietten. Die Mutter kam aus der Küche, warf Elisabeth einen kurzen Blick zu und stellte den dampfenden Suppentopf ab. Dann nahm sie die Brille ab und putzte die Gläser, eine Geste, die ihr verhärmtes Gesicht noch deutlicher zur Geltung brachte. Niemand sprach. Am Ende des Tisches stand ein leerer Stuhl. Er wirkte unheimlich, wie eine Drohung.

Einen Augenblick später ging die Tür zum Arbeitszimmer auf, der Vater betrat den Raum. Schweigend musterte er die versammelte Runde. Dann blickte er auf die Standuhr und zog eine Taschenuhr aus der Weste.

»Geht zwei Minuten nach.«

Das blasse Gesicht dieses großen, knochigen Mannes war ernst. Ein Scheitel ordnete das dünne Haar, auf der spitzen Nase klemmte ein Zwicker. Der Vater nahm ihn ab, legte ihn in ein silbernes Etui und setzte sich auf den leeren Stuhl.

»Also?«

Der Jüngste faltete die Hände, die anderen Geschwister senkten den Kopf. »Gott Vater, wir bitten dich: Segne, was du uns bescheret hast. Amen.«
Die Kinder legten die Hände auf den Tisch und warteten. Erst als der Vater zu essen begann, wagten auch sie, ihre Suppe anzurühren. Elisabeth blieb regungslos sitzen.
Die Geräusche der schlürfenden Münder und klappernden Löffel erschienen ihr heute lauter als sonst, dennoch herrschte eine eigenartige Stille im Raum. Die Mutter warf dem Vater einen ängstlichen Blick zu. Dieser hob den Kopf und bemerkte, dass Elisabeth ihre Suppe nicht anrührte.
»Was ist?«
Elisabeth antwortete nicht. Der Vater warf einen Blick in die Runde, die Kinder löffelten stumm ihre Suppe, sie sahen ihn nicht an. Die Sekunden dehnten sich, bis es die Mutter nicht mehr aushielt. »Die Liesl hat ihre Stellung verloren.«
Der Vater legte den Löffel weg und sah seine Tochter an, als würde er ihre Anwesenheit erst jetzt bemerken. Obwohl ihr die Angst das Atmen schwer machte, hielt Elisabeth seinem Blick stand. Es war ein kühler Blick, so als würde ein Arzt einen Patienten mustern, dem nicht mehr zu helfen ist.
»Ich bin weggegangen«, sagte sie.
Der Vater beugte sich vor, seine Stimme wurde ganz leise. »Du hast deinen Arbeitsplatz verlassen? Du wagst es, mir das zu sagen?«
Elisabeth senkte den Blick und starrte auf ihren Teller. »Weil er mich angefasst hat.«
Der Vater sprang hoch und stieß den Stuhl zurück. »Du lügst. Das sind bessere Leut'!«

Jetzt sprang auch Elisabeth auf. »Frag ihn doch. Widerlich ist er gewesen, von Anfang an.« Ihre Worte hatten nun einen scharfen Tonfall, der sie selbst erstaunte.
»Ein Luder bist. Aber nicht in meinem Haus.«
Mit zwei Schritten war der Vater an der Küchenvitrine. Dort hing ein dicker Lederriemen. Er riss ihn vom Haken und ging auf Elisabeth zu.
Die Mutter sprang auf und fiel ihm in den Arm. »Lass sie in Ruhe. Wenn's vielleicht doch wahr ist.«
Der Vater stieß sie zur Seite und ließ den Riemen mit voller Wucht auf den Tisch knallen. Zwei Gläser fielen um, Limonade rann über das Tischtuch und tropfte auf die Dielen.
Die Kinder starrten ängstlich zu Boden, niemand bewegte sich.
»Kein Wort mehr.«
Der Vater baute sich dicht vor Elisabeth auf, auf seiner Stirn glänzte der kalte Schweiß der Wut, den sie so gut kannte. »Und du, knie dich hin.«
Drohend schnalzte das Leder durch die Luft.
»Nein.«
Elisabeth zitterte, doch sie bewegte sich nicht. Ihr Entschluss stand fest. Diesem Ungetüm, das vor ihr stand, würde sie sich nie wieder ausliefern.

Es war dunkel im Haus. Die Turmuhr der Kirche schlug ein Uhr morgens. Elisabeth lag noch wach in ihrer Kammer. Ihr Gesicht war geschwollen, über die Stirn zogen sich rote Striemen. Das Stockbett, das sie mit ihren Geschwistern teilte, war ihr heute zu eng. Sie konnte nicht schlafen. Nicht wegen der Schmerzen, sondern aufgrund

einer inneren Erregung, die sie spüren ließ, dass in ihrem Leben eine entscheidende Wendung bevorstand.
Ihre Hand tastete nach den Streichhölzern. Vorsichtig zündete sie die Kerze an, holte die sorgsam zusammengefaltete Zeitung unter dem Kopfkissen hervor und hielt sie in das trübe Licht. Die halbe Nacht lang hatte sie sich in den Annonceteil vertieft. Eine kleine Notiz am unteren Ende der Seite war ihr aufgefallen, den Text hatte sie mit Bleistift fett eingerahmt:

PARADIES IN AFRIKA:
Pflanzer sucht tüchtige junge Frau.
Traumhafte Zukunft in deutscher Kolonie.

Das alles war lange her, für Elisabeth eine Ewigkeit. Die salzige Luft des Ozeans, der warme Wind von der nordafrikanischen Küste, das sanfte Rollen der grünblauen Wellen, die dramatischen Sonnenuntergänge über dem Meer, für sie waren es die täglichen Vorboten eines neuen Lebens. Es würde ihr das bieten, was ihr das Schicksal bisher verweigert hatte, davon war sie fest überzeugt. Jedenfalls bis gestern, denn heute war ihr schlecht. Seit dem frühen Morgen schlingerte das schwere Schiff in den Wogen, der Boden unter ihren Füßen sackte immer tiefer und neigte sich beim Auftauchen gefährlich zur Seite.
Elisabeth hielt sich mit einer Hand an der Reling fest, die andere umklammerte ein Glas Wasser. Sie konnte nicht verstehen, dass den anderen Passagieren die rauhe See nichts auszumachen schien. Gelassen schlenderten sie zwischen den Holzbänken auf und ab, einige plauderten so

unbekümmert, als wäre ihr Magen gegen die heimtückischen Bewegungen des Schiffs immun. Schon am ersten Tag hatte sie feststellen müssen, dass in der 3. Klasse fast ausschließlich Männer reisten. Männer in abgetragenen Anzügen, alten Lederjacken oder geflickten Trachtensakkos. Karge, zermürbte Gesichter, manche auch verwegen und voller Erwartung. Gesichter, in die das Leben seine Spuren eingezeichnet hatte, Gesichter wie Landkarten. Es waren Menschen, denen das Schicksal bisher nichts geschenkt hatte. Manche unterhielten sich, rauchten billige Stumpen, andere lasen, spielten Karten oder lagen träge in der Sonne.

Vom hinteren Teil des Decks drangen die Stimmen der Soldaten. Sie spielten Handball, wie jeden Tag, einige in offener Uniform, andere im Unterhemd oder mit frech entblößtem Oberkörper. Die jungen Rekruten waren bester Stimmung, wahrscheinlich träumten sie von tropischen Stränden und wilden Abenteuern im Dschungel. Und wovon träumte sie?

Ihr Blick wanderte hoch in den stahlblauen Himmel, an dem drei Möwen kreisten. Zwei Fragen konnte sie bis heute nicht beantworten: Was brachte einen Mann in der tiefsten Wildnis Afrikas dazu, in der fernen Heimat eine Braut zu suchen – durch ein Inserat im *Kreisboten?* Und wie konnte ein Pflanzer im Dschungel so zärtliche Briefe schreiben?

Das konnte sie sich beim besten Willen nicht vorstellen.

KAPITEL 3

Über den Gongwe-Bergen flimmerte die Hitze. Die Tiere hatten sich in den Schatten geflüchtet, sogar die Nashörner und Elefanten standen fast unsichtbar unter den Akazien. Max rammte seinen Spaten in das dichte Gras, er schwitzte und fluchte. Vielleicht war es doch keine so gute Idee gewesen, die zusätzlichen Parzellen zu pachten. Nicht nur sein Kredit bei der Kolonialbank war damit bis an die Grenze belastet, auch die anstehende Arbeit würde seinem dünnen, aber drahtigen Körper die letzten Reserven abfordern. Er warf einen Blick auf Hans, die große, bärtige Gestalt mit der Schiffermütze, die weit hinter ihm die Erde umstach. Er wusste, sein Partner würde nicht mehr lange durchhalten, Hans konnte sich nur noch schwer auf den Beinen halten. Vielleicht hatte er sich eine dieser afrikanischen Krankheiten eingefangen, die man nicht kannte, geschweige denn richtig behandeln konnte. Sollte Hans ausfallen, würde er in der Klemme sitzen. Aber er hatte es ja so gewollt. Verbissen hackte Max weiter, seine Hände hatten längst blutige Blasen. Roden, roden, roden, diese stupide Arbeit hing ihm zum Hals heraus.

Er wollte endlich Sisal anbauen, das tun, wozu er hergekommen war. Und Baumwolle. Schließlich musste er jeden Monat hundert Schwarzen ihren Lohn bezahlen. Dabei ging es nicht nur um die acht Rupien am Tag, sondern auch um das poscho, das Essensgeld. Max ernährte sowohl die Männer als auch ihre Frauen und Kinder. Ein ganzes Dorf hatte sich inzwischen bei seiner Schamba angesiedelt, in Hütten, die er für seine Schwarzen hatte bauen lassen.

Darauf war er stolz. Dies war sein Stück Afrika. Würde es jemals auch seine Heimat werden?

Die nackten Oberkörper der Arbeiter glänzten in der Sonne. Mit ruhigen, gleichmäßigen Bewegungen hackten sie die Büsche und Bäume um, die das Land überall in einen dichten Dschungel verwandelten. Max wischte sich den Schweiß von der Stirn.

»Irgendwie schwitzen Neger nicht wie wir«, dachte er, als ihn ein schriller Pfiff hochfahren ließ. Zwischen den Büschen am anderen Ende der Lichtung war eine massige Gestalt aufgetaucht, sie saß auf einem Maultier und winkte. An dem Strohhut mit der breiten Krempe erkannte Max, wer der Besucher war: Fritz Moser, sein nächster Nachbar.

Der Kölner war an die vierzig Jahre alt und ziemlich korpulent. Über dem linken Auge trug er einen Verband, während das rechte frech unter der Krempe seines Huts hervorblitzte. »Wir haben wieder zwei Springböcke. Wollt ihr einen?«

»Klar, ich würde auch gern mal wieder auf die Jagd, aber das hier hat Vorrang.«

Max war froh, dass sich beide darauf geeinigt hatten, die auf der Jagd erlegten Tiere untereinander aufzuteilen, wenn sie nahe an der Grenze erlegt wurden. Das ließ ihm mehr Zeit für die Feldarbeit.

»Wie viel Hektar habt ihr jetzt?«, fragte der Besucher.

»Knapp zweihundert. Wie geht's dem Auge?«

»Prima, es eitert seit Tagen. Selber schuld, ich hätte eben doch bei der Zeitung bleiben sollen.«

Fritz lachte und hob seinen Körper aus dem Sattel. Verschmitzt blinzelte er Max mit dem gesunden Auge zu.

»Und wie läuft's sonst?«
»Ich glaube, du musst wieder einen Brief schreiben.«
»Ähnlich wie das letzte Mal?«
»Vielleicht noch persönlicher. Eindruck machen soll er, romantisch soll er sein.«
»Und leidenschaftlich?«
Max blickte hoch zu den Wolken über den Bergen und zuckte mit den Achseln. Eine bessere Antwort fiel ihm nicht ein.

Elisabeth stand auf und streckte sich. Die schwere Ankerwinde war auf die Dauer als Rückenlehne doch nicht geeignet. Noch immer rollte das Schiff schwer durch die Dünung. Wie viel Zeit vergangen war, wusste sie nicht. Wieder einmal hatte sie sich in ihr tropisches Paradies hinweggeträumt. Die Freundinnen zu Hause würden Augen machen, wenn sie in ihren Briefen von den Wundern des wilden Kontinents berichten würde. Von geheimnisvollen Tieren, die in Deutschland niemand kannte. Und erst die Eingeborenen. Niemand zu Hause hatte je einen Neger gesehen. Aber es gab Gerüchte, und was für Gerüchte.
Eine männliche Stimme riss sie aus ihren Gedanken. »Bitte, ganz ruhig, nur einen Moment. Dieser Blick ist hinreißend.« Elisabeth drehte sich um. »Wohl kaum, mir ist nämlich schlecht.« Vor ihr stand ein junger Mann, der eine riesige Kamera festhielt, die auf vier mächtigen Holzbeinen ruhte, aber dennoch gefährlich schwankte.
Der Fotograf lüftete seinen eleganten Strohhut. »Wie zauberhaft müssen Sie erst sein, wenn Ihnen nicht übel ist.«

Gegen ihren Willen verharrte sie in der gewünschten Position. Warum auch nicht? Endlich ein Mann, den man als Frau mit Wohlgefallen anschauen konnte. Das weite Leinenhemd unterstrich seinen unbekümmerten Charme, ein gepflegter Bart verlieh seinem jugendlichen Gesicht Reife und einen Hauch von Abenteuer. Das spitzbübische Lächeln stand ihm ausgezeichnet.

»Ihr Blick, bitte wie vorher: so herrlich verloren – und doch voller Sehnsucht.« Der Fotograf zwinkerte ihr zu und verschwand unter dem schwarzen Tuch der Kamera. Elisabeth versuchte, sich nicht mehr zu bewegen, musste dann aber lachen. Ein Mann, der in einem Holzkasten verschwand, bis man nur noch die nackten Beine sehen konnte, war kein alltäglicher Anblick, schon gar nicht auf einem Dampfer der Ost-Afrika-Linie. Sekunden später ertönte das Klicken des Verschlusses. Der Kopf des Künstlers kam wieder zum Vorschein.

»Vielen Dank, Sie waren bezaubernd.«

Der junge Mann verbeugte sich, eine Bewegung, die Routine verriet. »Gestatten? Carl Schillings, Naturfotograf.«

Bevor Elisabeth reagieren konnte, packte der junge Mann sein sperriges Aufnahmegerät und zog weiter. Sie wollte ihm noch etwas nachrufen, doch schon erfasste sie eine neue Welle von Übelkeit. Elisabeth ließ sich auf eine der Holzbänke fallen und atmete tief durch. War sie wirklich so verloren, so voller Sehnsucht, wie der junge Mann behauptet hatte? Sie holte einen Spiegel aus der Tasche und betrachtete sich kritisch. Eigentlich sah sie ganz normal aus. Vielleicht sahen Fotografen durch ihren Apparat Dinge, die anderen verborgen blieben? Vor allem so gutaussehende Fotografen. Elisabeth steckte den Spiegel wieder in

ihre Handtasche, dabei fiel ihr der Brief in die Hände, den sie ständig bei sich trug.
Natürlich hatte sie nach ihrer Antwort auf die Annonce mehrere bekommen, aber dieser war ihr der liebste. Sie kannte ihn längst auswendig, doch manche Stellen konnte sie immer wieder lesen, es waren Zeilen, die sich tief in ihr Herzen gegraben hatten:

Hier ist nichts wie zu Hause. Sie müssen sich fallen lassen, wie in einem Traum. Dann ist alles möglich, dann werden Sie ein Paradies entdecken, so wie es die Bibel beschrieben hat. Und nur wir beide werden darin wohnen. So weit das Auge reicht, wird alles uns gehören. Unter dem Himmel Afrikas werden wir zueinanderfinden, dieses Land wird unsere Zukunft sein.

Wie feinfühlig musste ein Mensch sein, der solche Sätze zu Papier bringen konnte.
Wieder schlingerte das Schiff, ihr Magen rollte sich zusammen. Sie griff nach der Wasserflasche zu ihren Füßen und trank einen großen Schluck. In diesem Moment traf sie ein Schlag auf den Hinterkopf. Sie stieß sich die Flasche gegen die Lippen und verschluckte sich. Der nun folgende Hustenanfall raubte ihr den Atem. Sie fuhr sich mit der Hand über den Mund und merkte, dass sie blutete.
Als Elisabeth endlich wieder Luft holen konnte, klopfte ihr eine kräftige Hand auf den Rücken. Sie drehte sich um und blickte in das sonnengebräunte Gesicht eines Rekruten. Den Ball, der sie getroffen hatte, hielt er grinsend unter seinem Arm. »Na, komm schon, Mädel, so schlimm kann's doch nicht sein.«

Im nächsten Augenblick ertönte vom Oberdeck eine befehlsgewohnte Stimme. »Ballspiel einstellen!«
Das Gemurmel und Gelächter der Rekruten erstarb. Der junge Soldat erschrak. »Mein Gott, der Oberst!«
Elisabeth warf einen Blick hoch zur Gangway der 1. Klasse. Dort war ein stattlicher älterer Herr aufgetaucht. Sein untersetzter Körper steckte in einer maßgeschneiderten Uniform, die mit Orden und bunten Pailletten dekoriert war. Das runde Gesicht zierte ein mächtiger, an den Ecken aufgezwirbelter Schnurrbart. Wortlos musterte der Oberst die Soldaten auf dem Deck unter sich. Die Männer standen stramm, keiner bewegte sich. Das Husten von Elisabeth, das wieder einsetzte, war deutlich zu hören.
Der Arm des Oberst schnellte hoch. Der weiße Lederhandschuh seiner rechten Hand zeigte auf die Treppe, die zu den Mannschaftsquartieren führte. Die Männer salutierten und trabten mit gesenkten Köpfen hinunter in den Bauch des Schiffes. Der Oberst drehte sich um und wollte weggehen, blieb aber nochmals stehen. Er holte ein Monokel aus der Tasche, klemmte es ins rechte Auge und warf einen kurzen Blick auf das Mädchen an der Reling. Elisabeth verneigte sich. Der Oberst machte den Ansatz einer kaum merklichen Verbeugung, dann war er verschwunden.
Verwirrt ließ sie sich in die Seile der Reling sinken. So sah also ein Oberst aus? Hatte er ihr wirklich zugenickt? Sie schloss die Augen und überließ ihren Körper dem Rhythmus der Wellen, die das Schiff sanft auf und ab wiegten. Sich treiben lassen wie ein Blatt, das auf einem Fluss dahintanzt und sich ganz dem Schicksal hingibt, eine Vorstellung, die ihr zunehmend gefiel. Eine forsche Stimme unterbrach ihre Gedanken. Sie gehörte einem jungen Ad-

jutanten, der vor ihr strammstand: »Oberst von Lettow-Vorbeck bittet das gnädige Fräulein, das Benehmen seiner Männer zu entschuldigen. Er wäre entzückt, wenn Sie ihm heute Abend beim Diner Gesellschaft leisten würden.«
Entgeistert starrte Elisabeth den jungen Mann an. Was sollte sie jetzt sagen? Die Worte, nach denen sie suchte, waren verschwunden. Ein paar Sekunden vergingen.
»Gerne. Natürlich.«
Die Antwort kam von selbst, ohne ihr Zutun.
»Vielen Dank.«
Der junge Mann salutierte und verschwand. Elisabeth musste tief Luft holen, ihre Übelkeit war wie weggeblasen. Beschwingt lief sie zur Treppe, die ins Innere des Schiffes führte.
Die Kabinen der 3. Klasse waren mit Holzpritschen für jeweils sechs Passagiere ausgestattet. In dem kleinen Raum mit dem winzigen Bullauge konnte man sich kaum aufhalten. Tag und Nacht stank es nach Ruß und Öl, der Maschinenraum lag direkt darunter.
Doch jetzt war das alles egal. Eine Einladung, von einem Oberst, in die 1. Klasse! Vor Aufregung tanzte sie ein paar Schritte zwischen den Betten auf und ab. Dann brachte sie ein ernüchternder Gedanke zurück in die Wirklichkeit. Was um Himmels willen sollte sie anziehen? Sie hatte nichts dabei, worin sie sich in besseren Kreisen hätte zeigen können. Resigniert ließ sie sich auf die Pritsche fallen, ihre Euphorie war verschwunden. Außerdem nahm sie den fürchterlichen Gestank wieder wahr. Sie öffnete das Bullauge, doch der widerliche Geruch wollte nicht weichen. Die muffige Kabine erschien ihr plötzlich wie ein Gefängnis, das ihr zeigte, wo sie hingehörte.

KAPITEL 4

Gegen Abend legte sich der Wind, es wurde kühler. Gelassen schob sich das mächtige Schiff durch die Dünung. Die Luft in der Lounge der 1. Klasse war schwer vom Rauch der Zigarren. Lettow-Vorbeck, jetzt in weißer Galauniform, wurde von den Herren der feinen Gesellschaft umringt. Gepflegte Hände hielten Cognacschwenker oder Wiskeygläser, dezent klimperten die Eiswürfel. Man rauchte und plauderte, etwas lauter und nicht so fein wie sonst, denn man war unter sich. Am schwarzen Bechstein-Flügel saß ein Pianist und spielte Walzer von Chopin. Niemand hörte zu. Ein Herr im Nadelstreifenanzug wischte sich mit dem Handrücken über das breite, rote Gesicht und stellte sein Glas an der Theke ab. »Ich bitte Sie, was haben die Briten denn in Kenia schon geleistet? Gehen zum Pferderennen oder spielen Cricket. Oder Bridge. Und saufen, was das Zeug hält.«
Sein Nachbar, ein kleiner Mann im Frack, der eine dicke Zigarre rauchte, hustete und nickte.
»Nairobi und die Highlands, eine Spielwiese für dekadente Lords, die dort ihre Syphilis auskurieren wollen.«
»Oder sich eine holen!«
Der Einwurf des Barmanns erntete wohlwollendes Gelächter, doch der Oberst blieb ernst. »Ich fürchte, Sie sind falsch informiert, meine Herren. Die englische Kolonie funktioniert, vielleicht sogar besser, als uns lieb sein kann.«
»Kunststück. Für die Drecksarbeit, für die Neger zu blöd sind, holen sie sich ihre Inder. Raffiniertes Pack, diese Briten.«

»Und ihr King lässt sie nicht hängen. Wo immer sie auch sind, sie bekommen volle Unterstützung aus der Heimat.«
»Daran könnten sich unsere Zauderer im Reichskolonialamt ein Beispiel nehmen.«
Ein neuer Gast kam in die Runde. Es war ein schlanker, feingliedriger Mann mit hoher Stirn, seinen dunkelblauen Blazer zierte ein Familienwappen. »Was können Sie von Reichsbeamten schon erwarten. Unternehmer braucht das Land. Die Engländer haben Cecil Rhodes, wen haben wir?«
»Stimmt, Herr Baron. Aber was nicht ist, kann vielleicht noch werden.
Der Angesprochene holte ein goldenes Etui aus seiner Weste und griff nach einer ägyptischen Zigarette. Der Barmann gab ihm Feuer, der korpulente Herr an der Theke hob sein Glas. »Es wird Zeit, dass wir der Welt zeigen, wer in Afrika den Ton angibt. Dann wird der Brite den Schwanz schon einziehen.«
Der Mann mit der Zigarette hob ebenfalls sein Glas, die anderen in der Runde folgten ihm. »Auf unseren Kaiser.«
Die Männer stießen an. Die ägyptische Zigarette des jungen Adeligen zeigte auf Lettow-Vorbeck.
»Sie werden die Engländer am Kilimandscharo schon Mores lehren, lieber Oberst.«
»Ich bin kein Lehrer, meine Herren, sondern Soldat. Man lebt für den Krieg, aber man kämpft für den Frieden. Auf Tanganjika.« Der Oberst trank aus und stellte sein Glas an der Theke ab. Dabei fiel sein Blick auf die Drehtür am Eingang der Lounge. Dort stand ein junges Mädchen und diskutierte mit dem Zahlmeister, der hartnäckig den Kopf schüttelte und sie offensichtlich nicht hereinlassen wollte.

»Meine Herren, ich bitte um Nachsicht, auf mich warten die Pflichten eines Gentleman.«

Lettow-Vorbeck verließ die Runde und ging mit energischen Schritten auf die Glastür zu.

»Erlauben Sie bitte, die Dame ist mein Gast.«

Der Zahlmeister murmelte eine Entschuldigung, verbeugte sich und gab dem Mädchen den Weg frei. Sie trug eine schlichte weiße Bluse, deren Knöpfe oben offen standen und auf ein zartes Dekolleté verwies. Ihre blonden Locken fielen tief über ihre Schultern, der lange, schwarze Rock betonte ihre schlanke Figur. Das Einzige, was den Eindruck trübte, waren ihre Sandalen.

Im Speisesaal herrschte festliche Eleganz. Lautlos glitten die Lackschuhe des Personals über die schweren Teppiche, die Gäste plauderten in gedämpftem Ton, in den Gläsern spiegelte sich das Kerzenlicht, Der Maître de Service führte Elisabeth zu einem Tisch in der Mitte des Raums. Vor Aufregung schlug ihr Herz so laut, dass sie fürchtete, der Oberst könnte ihren Pulsschlag hören.

Als sie sich auf dem mit rotem Samt bezogenen Stuhl niederließ, atmete sie tief ein. Die Atmosphäre von Luxus, in die sie eingetaucht war, lastete auf ihr wie eine unsichtbare Bürde. Die Zeremonien der feinen Gesellschaft verunsicherten sie. Warum lag vor ihr so viel Besteck? Warum standen ständig so viele Kellner um sie herum?

Dezent wies der Oberst darauf hin, dass die Kellner hier Ober hießen, dass es überdies einen besonderen Kellner gab, den man Sommelier nannte. Nur bei ihm bestellte man die Getränke. Nun gut, sie verstand ohnehin nicht, von welchen Getränken die Rede war, einen »Krü« hatte sie jedenfalls noch nie getrunken, einen großen schon gar nicht.

Die Speisekarte, die man ihr reichte, sah aus wie eine Urkunde. Die Liste der Gerichte war lang und verwirrend, außerdem hatten alle französische Namen. Doch der Oberst war geduldig und reagierte auf jede ihrer unbeholfenen Gesten mit nachsichtigem Lächeln. Damit war er im Speisesaal nicht der Einzige. Auch die eleganten Herrschaften an den Nachbartischen warfen verstohlene Blicke auf das ungleiche Paar. Elisabeth hatte den Eindruck, dass man sie von allen Seiten beobachtete. Ihren Gastgeber schien das zu amüsieren.
»Vielleicht glauben die Leute, Sie wären meine Tochter.«
Elisabeth legte sich die Serviette auf die Knie und versuchte, ihre Verlegenheit zu verbergen. »Ihre Tochter würde sicher ein elegantes Kleid tragen, und niemand würde herschauen.«
»Vielleicht wäre sie aber nicht so hübsch.«
»Haben Sie denn eine Tochter?«
»Leider nicht.«
Der Oberst schwieg. Elisabeth holte eines der winzigen Brötchen aus dem Korb und bedeckte es mit einer dicken Schicht Butter. Dann streute sie Salz darüber und biss hinein. Die Gäste am Nebentisch schienen nicht hungrig zu sein, denn sie schnitten ihr Brot in winzige Stückchen und aßen davon nur wenige, die aber mit der Gabel.
Der Oberst hatte sie schmunzelnd beobachtet.
»Vielleicht können die Leute ihre indiskreten Blicke nur deshalb nicht abwenden, weil Sie so bezaubernd sind?«
Elisabeth wurde rot.
»Keine Sorge, ich meine das ernst. Ganz ohne Hintergedanken, wie sie ältere Männer so gerne haben.«
Lautlos waren zwei Ober an den Tisch getreten. Erleich-

tert über die Unterbrechung beugte sich Elisabeth zu ihrem Gastgeber und flüsterte: »Bitte, wählen Sie auch für mich. Ich mag alles.«
»Könnte das nicht etwas zu viel werden?« Der Oberst setzte sein Monokel auf und studierte die Speisekarte. Der schlanke, dunkelhaarige Kellner, den man Sommelier nannte, servierte unterdessen einen silbernen Kübel mit einer bereits geöffneten Flasche, die auf Eiswürfeln lag. Er sah Elisabeth fragend an, der Oberst nickte ihr aufmunternd zu. »Darf ich annehmen, dass Sie einem Glas Champagner nicht abgeneigt sind?«
Auch wenn sie nicht wusste, was das war, probieren wollte sie auf jeden Fall. Sie nickte und hielt eines der bauchigen Gläser hoch, die vor ihr standen. Dezent übersah der Sommelier die Geste und goss das perlende Getränk in den schmalen Kelch, der daneben stand. Anschließend füllte er das Glas des Oberst. Mit zwei Fingern fasste dieser den Kelch am Stiel und hielt ihn in Augenhöhe. »Zum Wohl.«
Elisabeth, die ihr Glas oben angefasst hatte, korrigierte ihren Griff. »Danke.«
Zum ersten Mal in ihrem Leben trank sie Champagner. Sie fand das eiskalte Getränk zwar etwas bitter, aber doch ganz angenehm, denn es prickelte nachhaltig. Nun wandte sich Lettow-Vorbeck dem Ober zu, um die Speisenfolge abzustimmen. Dabei war anscheinend eine komplizierte Abfolge von Entscheidungen zu treffen, denn es dauerte entsprechend lange. Elisabeth probierte noch einmal den Champagner, diesmal nahm sie einen größeren Schluck. Im nächsten Augenblick musste sie husten. Sie hatte vorher einige Brocken des bröseligen Weißbrots in den Mund genommen, das konnte natürlich nicht gutgehen. Sogleich

eilte der Maître de Service herbei, um ihr auf die Schulter zu klopfen. Dass sich dieser vornehme Herr vor aller Augen um sie kümmern musste, war ihr besonders peinlich, doch dann stellte sie erleichtert fest, dass niemand mehr auf sie achtete. Das Diner im Speisesaal war in vollem Gang.

Als sie wieder ruhig atmen konnte, goss ihr der Sommelier nach. Elisabeth fühlte, wie ihr der Alkohol in den Kopf stieg. Ein gutes Gefühl. Ihre innere Spannung begann sich zu lösen, endlich konnte sie den Abend genießen. Sie wollte sich nichts, aber auch gar nichts entgehen lassen.

Kaum hatte sie diesen Entschluss gefasst, glitt geräuschlos ein Servierwagen an ihre Seite. Eine Hand lüftete die gewaltige Silberschale. Elisabeth stieß einen erstickten Schrei aus. Vor ihren Augen lag ein Tier, so schrecklich, wie sie es noch nie in ihrem Leben gesehen hatte.

»Frischer Hummer, gnädiges Fräulein.«

Entsetzt starrte sie auf das rote Monster vor ihren Augen.

»Ein prächtiger Bursche, nicht wahr?«

Die sonore Stimme des Oberst klang beschwingt. Elisabeth lief es eiskalt über den Rücken. Was sollte sie jetzt tun? Anrühren jedenfalls würde sie dieses Ungetüm nicht, geschweige denn essen. Vor allem, was aß man von dem ekligen Ding und wie?

Nach zwei weiteren Gläsern Champagner und den geduldigen Instruktionen ihres Tischnachbarn hatte sich das Monster der Tiefsee zu einer vertrauten Delikatesse gewandelt. Nur mit der richtigen Handhabung der Scheren hatte Elisabeth noch Schwierigkeiten.

»Bei uns gab's immer nur Kartoffeln. Dafür konnte man in die einfach reinbeißen.«

Lettow-Vorbeck beobachtete sie schmunzelnd. Dann führte er vor, wie eine Hummerzange solche Probleme löste.
»Knacken, rausholen, verspeisen. Ganz einfach.«
»Zuzeln wäre noch einfacher.«
»Wie bitte?«
»Saugen, schlürfen.«
Lustvoll demonstrierte Elisabeth an ihrem Daumen, was man sich darunter vorzustellen hatte. Der Oberst blickte sich irritiert um, doch die Gäste am Nebentisch taten so, als hätten sie nichts gehört.
»Schickt sich leider nicht überall.«
»Tut mir leid.«
Ihr Gesprächspartner griff nach der riesigen Schere, die er eben vom Körper des Hummers abgetrennt hatte, und legte sie auf den Teller des Mädchens. Nachdem er sich noch einmal vergewissert hatte, dass sie niemand beobachtete, nickte er Elisabeth aufmunternd zu.
»Wenn Sie darauf bestehen. Los – jetzt!«
Ihr war nicht klar, was er meinte. Der Oberst beugte sich vor und flüsterte: »Tsut-seln!«
Sie kicherte beschwipst und führte die nur leicht angeknackte Schere an den Mund. Geschickt, aber nicht geräuschlos saugte sie das Fleisch aus den Schalen. Von den Nachbartischen kamen missbilligende Blicke. Der Oberst hüstelte und nahm das ursprüngliche Gespräch wieder auf.
»Was wissen Sie von ihm?«
Das Mädchen betrachtete den leeren Panzer des Hummers auf ihrem Teller. »Er hat sicher schrecklich gelitten, in dem heißen Wasser.«
»Vielleicht werden Sie auch leiden.«
Elisabeth blickte ihren Gastgeber nachdenklich an, erst

jetzt hatte sie die Frage verstanden. »Er hat eine Baumwollplantage. An irgendeinem Fluss.«
»Genauere Informationen haben Sie nicht?«
Sie öffnete ihre Handtasche und zog ein bereits mehrfach geknicktes Foto hervor. Der Oberst klemmte sich sein Monokel auf das Auge und hielt das Bild ins Kerzenlicht. Die Aufnahme war etwas unscharf, sie zeigte zwei Männer auf einer Lichtung im Urwald. Links stand ein hagerer, junger Bursche, er trug ein Hemd mit Hosenträgern und eine lange, weite Baumwollhose, in seinem Gürtel steckte eine Pistole. Im Vordergrund hatte sich ein kräftiger, bärtiger Kerl aufgebaut. Die Schiebermütze war weit nach hinten geschoben, sein breites Lachen strahlte unbekümmerten Optimismus aus. »Welcher ist es?«
»Der mit der Mütze, glaube ich.«
Lettow-Vorbeck zog die Augenbrauen hoch. »Sie wissen es nicht?«
Elisabeth versuchte zu erklären, was nur schwer zu erklären war, jedenfalls nicht einem Offizier, der anscheinend immer alles genau wissen musste. »›Deine Seele wird mich erkennen‹, hat er gemeint in seinem Brief.«
Der Oberst schmunzelte, wurde aber gleich wieder ernst. »Ist Knochenarbeit da draußen, nichts für Romantiker.«
»Mir gefällt es, dass er was Poetisches hat.«
»Oder Gelbfieber. Sieht blass aus. Wimmelt sicher vor Moskitos an seinem Fluss.«
Irritiert nahm ihm Elisabeth das Foto wieder aus der Hand. »Es muss wunderschön sein. Schreibt er wenigstens.«
»Sie haben Mut, den werden Sie brauchen.«
»Wenn er mir nicht gefällt, gehe ich wieder.«
»Wohin?«

»Ich werde mich schon durchschlagen.«
»Als Frau, allein? In Afrika?«
Elisabeth senkte den Blick und wischte die Brotkrumen von der Tischdecke. Am liebsten hätte sie den unangenehmen Gedanken, der plötzlich in ihr hochstieg, ebenfalls unter den Tisch gekehrt. Warum war er jetzt wieder da? Sie hatte ihn doch schon damals aus ihrem Kopf verbannt, als sie das Billett für die Rückpassage ins Meer geworfen hatte.

Die Nacht war mild, an Deck wehte eine leichte Brise. Aus den Schloten des Schiffes stiegen dunkle Rauchschwaden. Die Fenster der Speisesäle waren noch hell erleuchtet, doch Elisabeth stand wieder an der Reling der 3. Klasse. Sie war allein. Die Möwen am Himmel waren verschwunden, erste Wolken schoben sich über den Himmel, an dem eben ein halber Mond aufgegangen war. Elisabeth atmete tief durch, sie musste den Rauch und den Alkohol loswerden, der sich in ihr angesammelt hatte. Ihr war kalt, aber das störte sie nicht, denn sie war von einem tiefen Glücksgefühl erfüllt. Es war ein wunderbarer Abend gewesen.
Ja, die Sterne hatten es gut mit ihr gemeint. Noch einmal blickte sie hoch zu den Wolken, mächtige düstere Gebilde, die aus dem Nichts aufgetaucht waren. Eigenartig, ein kleiner, dunkler Nachgeschmack hatte sich in ihrem Gehirn eingenistet. Sie wusste nicht genau, was es war, doch es blieben ihr noch neun Tage, um es herauszufinden.

KAPITEL 5

Mit dem Unwetter über den Gongwe-Bergen hatte Max nicht gerechnet. Ein kleiner Niederschlag wäre nicht tragisch gewesen, den hätte er unter einer Akazie abwarten können, geschützt durch die Gummiplane, die er immer mit sich führte. Doch dass ihn den ganzen Tag über ein gnadenloser Wolkenbruch begleiten würde, der den schmalen Pfad durch den Busch in einen rutschigen Hürdenlauf verwandelte, das hatte er nicht erwartet. Er konnte es sich auch nicht erlauben, sich irgendwo unterzustellen, denn den Zug nach Daressalam musste er unbedingt erreichen, eine Verspätung wäre fatal gewesen. Morgen würde sie ankommen, seine Zukünftige, die »Bibi des Memsahib«. Hassim, der sich vor Neugierde verzehrte, sich aber nichts anmerken ließ, wurde nicht müde, diesen Ausdruck bei jeder Gelegenheit zu wiederholen.

Jetzt stand Max auf dem Bahnhof von Kimamba und wartete. Seine Kleider waren vollgesogen wie ein Schwamm, den er am Körper hätte auswringen können. In diesem Zustand zwölf Stunden in einem zugigen Abteil sitzen zu müssen, würde äußerst unangenehm sein. Der Lederkoffer, in dem er seine schwarzen Schuhe, den schwarzen Anzug, die Krawatte und ein weißes Hemd verstaut hatte, war ebenfalls vollkommen durchgeweicht. Er konnte nur hoffen, dass man ihm die Sachen im Hotel noch schnell trocknen und bügeln würde, denn schon am Mittag musste er Elisabeth vom Schiff abholen. Die Dampfer aus Deutschland waren meist pünktlich, auf jeden Fall pünktlicher als die Eisenbahn, die vom Tanganjika-See bis hierher einen

ganzen Tag unterwegs war und reichlich Gelegenheit hatte, Verspätungen einzusammeln.
Der Regen hatte aufgehört, dafür war ein frischer Wind aufgekommen. Max begann vor Kälte zu zittern. Außerdem spürte er die Blasen an seinen Zehen. Sieben Stunden Gewaltmarsch in nassen Stiefeln hatten Spuren hinterlassen, nicht nur an den Füßen. Das Wasser, das aus seinen Kleidern zu Boden tropfte, zeichnete dunkle Ringe in den Sand. Wohin war nur Hassim verschwunden?
Als Max die Fahrkarte gekauft hatte, war er noch da gewesen. Unbeweglich hatte er über den auf einer Bank abgestellten Koffer gewacht, aus dem das Wasser tropfte, als hätten sie Trockeneis transportiert.
Noch waren auf dem kleinen Bahnsteig wenige Leute. Unter dem Vordach warteten zwei Kolonialbeamte, Dr. Henschel, der Sanitätsoffizier, und Franz Stocker, der Sekretär des Bezirkamtmanns. Er saß in einem mit Leinen bespannten Liegestuhl und hatte seine Füße auf einen Safaristuhl gelegt. Sein dicker Körper steckte in einem weißen Tropenanzug, den Strohhut hatte er leicht nach hinten geschoben, das rötliche, stark verschwitzte Gesicht trocknete er gerade mit einem weißen Taschentuch. Max kannte beide Männer nur flüchtig. Als neuer Siedler war er bei seiner Ankunft in die *Boma* eingeladen worden, wo es dann abends ein feucht-fröhliches Gelage gegeben hatte, bei dem auch die beiden Herren anwesend gewesen waren. Boma war der Ausdruck, den die Schwarzen für die »Burg« benutzten, das mächtige Verwaltungsgebäude auf dem Hügel hinter dem Bahnhof. Die dicken Mauern hatten tatsächlich etwas von einer Festung, sie waren so solide wie der Wille der Bauherren, dieses Land in Besitz zu nehmen und

es zu einer profitablen Kolonie zu machen, einem deutschen Reich unter Palmen. Auf jeden Fall konnte jeder sehen, dass die, die dieses Gebäude errichtet hatten, nicht daran dachten, Tanganjika bald wieder zu verlassen. Man hatte die Boma auf einen Hügel gebaut, weil man von dort aus weit ins Landesinnere blicken konnte, das diente der Sicherheit, außerdem war es dort oben kühler.

Ein wichtiger Nebeneffekt war, dass die Schwarzen emporschauen mussten zu dieser Burg und den weißen Herren, die dort residierten. Für sie war die Boma so etwas wie ein gemauerter Thron, dem man sich nur mit größtem Respekt nähern durfte.

Im Grunde mochte Max die Leute von der Kolonialverwaltung nicht besonders. Sie arbeiteten wenig, hatten für alles ihre Diener und dennoch klagten sie ständig, wie hart das Leben in Afrika wäre. Diese Amtsstubenschreiber hätte er mal in Berlin sehen wollen oder in München. In den dunklen Korridoren mit den kleinen, düsteren Zimmern, wo sie ihr Leben absaßen, mit Ärmelschonern, Nickelbrillen und einem zerfransten Stempelkissen, dem kläglichen Symbol ihrer Macht. In Afrika hingegen spielten sie den großen Herren, vor allem den Schwarzen gegenüber. Da musste sich jeder Bedienstete vorsehen, eine unbedachte Äußerung, eine verlorene Unterlage, ein nachlässig gedeckter Kaffeetisch, und schon konnte es Hiebe mit dem *Kiboko* setzen, so dass der Betroffene tagelang nicht mehr sitzen konnte. Bei Reisen ins Landesinnere hatten diese Herren Anspruch auf drei Diener und zwölf Träger, alles auf Staatskosten.

Bei diesem Gedanken konnte Max richtig wütend werden. Wenn er als kleiner Siedler, der sich auf der Schamba von früh bis spät abrackerte, beim Direktor der Kolonialbank um einen Kredit vorstellig wurde, behandelte man ihn wie einen Bittsteller. Er fühlte sich dann immer wie ein lästiges Insekt, das den Mächtigen ihren Aufenthalt im Paradies unnötig erschwerte.

Am meisten hatte ihn gewurmt, dass man sich auf Kosten der Schwarzen über ihn lustig gemacht hatte. Das war im letzten Jahr passiert, gleich nachdem er sich in der Boma registrieren lassen wollte. Jeder Neuankömmling konnte bei der Regierung Land beantragen, doch er musste nachweisen, dass er es auch bewirtschaften konnte und über genügend Kapital verfügte, um die nötigen Investitionen zu tätigen. Wenn ihm der Vater dabei nicht mit einem Kreditbrief der Mühldorfer Bank unter die Arme gegriffen hätte, wären all sein Idealismus und Ehrgeiz umsonst gewesen.

Nachdem er damals seine Unterlagen in der Boma abgegeben hatte, bat man ihn, abends noch einmal vorbeizuschauen. Es müsste doch gefeiert werden, wenn sich ein so junger Mann allein in die wilden Gongwe-Berge wagen würde.

Ganz allein war er am Anfang allerdings nicht gewesen. Dieser Hans aus Karlsruhe, ein Handwerker, den er auf dem Schiff getroffen hatte, war ein Koloss von einem Mann und hatte ihm von Anfang an kräftig geholfen. Doch an diesem Abend war er auf der Pflanzung geblieben, die offizielle Abwicklung wollte Max allein regeln, schließlich ging es um seinen Besitz. Eintausendfünfhundert Hektar waren keine Kleinigkeit, jedenfalls nicht für ihn.

Als er an jenem Abend kurz nach Einbruch der Dunkelheit den Hügel hoch zur Boma ging, war diese hell erleuchtet.

Aus den mächtigen Mauern erklang Musik, man sang deutsche Volklieder. Mit gemischten Gefühlen war er durch das Tor geschritten, vorbei an den zwei uniformierten Askaris, die ihn respektvoll grüßten. In der Vorhalle traf er auf Stocker, der bereits angetrunken war und ihm leutselig winkte. Schon bald musste er feststellen, dass dieser Mann, wie andere Verwaltungsbeamte auch, sich vor allem dadurch hervortat, dass er mehr trank als die übrigen Anwesenden und seine Witze etwas derber waren, als Max es gewöhnt war. Stocker hatte ihn jedenfalls gleich am Arm gepackt und ihn in den hinteren Teil des Gebäudes gezerrt.

Dort lagen die Veranstaltungsräume der Boma, sie waren größer und luxuriöser als eine deutsche Gaststätte, erfüllten aber die gleiche Funktion. In dem gemütlichen Raum warteten bereits das ganze Amtspersonal sowie einige Pflanzer aus der Gegend, die sich alle gut kannten. Es gab Bratwürste vom Rost und Bier. Viel Bier. Nach endlosen Trinksprüchen und etwas kindischen Gesellschaftsspielen, bei denen er immer verlor und deshalb noch mehr trinken musste, war er gegen Mitternacht so abgefüllt, dass man ihn nicht mehr gehen lassen wollte.

Natürlich hätte er es noch bis zum Hotel geschafft, doch unter dem allgemeinen Jubel der Anwesenden hatte man ihm nahegelegt, eines der Gästezimmer des Hauses zu benützen, das man bereits vorbereitet hätte. Leider entging ihm die deutliche Ironie, die sich hinter dieser Formulierung verbarg. Kaum hatte er, gestützt von der grölenden Menge, den besagten Raum am Ende des Ganges erreicht, stieß man ihn unvermittelt hinein und verriegelte von außen die Tür. Dies bekam Max allerdings nicht mehr mit.

Was er sehr wohl mitbekam, waren die nackten Frauen in seinem Bett. Denn als er sich im Dunkeln auf die Laken fallen ließ, prallte er unsanft auf zwei schwammige, weiche Leiber. Sofort begannen die Schwarzen, schrill zu kreischen, von draußen drang johlendes Gelächter an sein Ohr. Er tastete nach Streichhölzern, fand aber keine. Unfähig, sich weiter gegen die bleierne Müdigkeit zu wehren, ließ er sich da, wo er war, zu Boden fallen. Das Letzte, was er spürte, war das Zebrafell, das auf dem harten Steinboden lag. Es kratzte etwas, doch was machte das schon. Er wollte schlafen, nur noch schlafen.

Was in dieser Nacht sonst noch geschah, wusste er nicht mehr. Er erinnerte sich lediglich an wilde, manchmal auch lustvolle Träume. Vor allem an seine Kämpfe gegen die schwarze Krake, ein Monster mit zahllosen Gliedmaßen, die kein Ende nahmen und ihn in einen Mahlstrom glitschiger Bewegungen versinken ließen.

Am Morgen wachte er auf, weil ihn die Zebrahaare im Gesicht kitzelten. Zu diesem Zeitpunkt fiel das Sonnenlicht bereits hell in den Raum. Und nun sah er, was er in der Nacht nicht sehen konnte. Neben ihm lagen die zwei hässlichsten Frauen, die er je gesehen hatte. Die Damen schliefen noch, stanken aber kräftig nach Bier. Wie er.

Max rüttelte an der Tür, die nicht mehr verschlossen war. Blinzelnd trat er hinaus in den Korridor. Die Bürotüren, hinter denen bereits gearbeitet wurde, standen offen. Er musste ein erbärmliches Bild abgegeben haben, denn als die Beamten diesen zerzausten Mann durch den Gang stolpern sahen, grüßten sie ihn freundlich, kicherten aber, sobald er

an ihnen vorbeigelaufen war, oder warfen sich Blicke zu, die schnell zu einem versteckten Lachen wurden. Die Amtsschreiber, denen er auf seinem Weg zum Ausgang begegnete, winkten ihm gönnerhaft zu, einige klatschten in die Hände, als hätte er eine besondere Leistung vollbracht.
Erst später erfuhr er, dass es in der Gegend ein alter Brauch war, Neuankömmlinge dieser Mutprobe zu unterziehen. »Practical joke« nannte man das drüben in Kenia, ein Witz, den man nicht erzählte, sondern durchführte.
Die Tatsache, dass bei dieser Feuertaufe schwarze Frauen zur Belustigung der Kolonialherren erniedrigt wurden, störte niemanden, auch wenn sich diese für ein gutes Trinkgeld sicher nicht lange geziert hatten. Darüber konnte sich Max noch lange aufregen. Doch ebenso wütend war er auf sich und die erbärmliche Rolle, die er in dieser Nacht gespielt hatte.
Eigentlich hatte er diesen Vorfall längst verdrängt, doch als er auf dem Bahnhof die beiden Beamten sah, wurde die Erinnerung wieder lebendig. Vor Stocker knieten inzwischen drei schwarze Frauen, sie boten ihm Früchte an: Ananas, Papayas und Mangos, die sie in feine Scheiben schnitten und ihm auf einem weißen Teller servierten. Der Beamte pickte sich die besten Stücke heraus, die anderen warf er achtlos in den Dreck. Jetzt rückte er den Liegestuhl etwas nach vorne, ein erster Sonnenstrahl hatte die Wolken durchbrochen. Stocker schnippte mit den Fingern, ein Diener öffnete eine Kiste, holte einen Regenschirm hervor und stellte sich hinter seinen Herren. Starr wie eine Statue schützte er das Haupt des deutschen Beamten gegen die gefährliche Tropensonne, die allerdings noch kaum sichtbar war.

»Bwana.«
Max drehte sich um. Hinter ihm war Hassim aufgetaucht, er hatte ein Päckchen in der Hand.
»Wo warst du denn?«
»Bwana nicht frieren, wenn Bibi kommt. Bwana stark sein.«
Max riss das Zeitungspapier auf, ein weißes Baumwollhemd fiel ihm entgegen. Keine schlechte Idee, nun konnte er sich im Zug umziehen.
»Womit hast du das bezahlt?«
»Nicht zahlen, aufschreiben.«
»Danke. Hol dir auch eines.«
Der Boy zitterte vor Kälte, doch das Angebot schlug er aus. Max hatte schon lange aufgegeben, den manchmal sehr eigenwilligen Stolz dieses Somali zu verstehen.

Ein dumpfes, langgezogenes Pfeifen ertönte hinter den Hügeln. Ein paar Kinder trieben noch schnell ein paar Kühe über das Gleis, dann wurde es am Bahnsteig lebendig. Schwarze Frauen, die unsichtbar im Schatten gesessen hatten, sprangen auf und packten ihre Hühner, die mit zusammengebundenen Füßen wie leblose Bündel am Boden lagen. Unter dem Vordach des Bahnhofsgebäudes tauchte eine Gruppe schwarzer Träger auf, die riesige Gepäckstücke schleppten. Wahrscheinlich gehörten sie zu den beiden Beamten, die sich jetzt erhoben, denn schon tauchten hinter den Hügeln die ersten Qualmwolken auf.
Max packte seinen nassen Koffer. Ein seltsames Gefühl regte sich in seiner Brust, eine Mischung aus Angst und Vorfreude. Angst wovor? Diese Empfindung hatte er in Afrika doch längst abgelegt. Eigenartig. Doch nun, da eine

Begegnung auf ihn zukam, die sein Leben von Grund auf verändern würde, hatte sie sich zurückgemeldet. Als er sich überlegte, wovor er nun tatsächlich Angst hatte, fiel ihm nichts ein. Doch der dumpfe Druck in seinem Inneren wollte nicht weichen. Und wenn schon. Entschlossen folgte Max dem schwarzen Träger, der seinen Koffer auf die Schulter gewuchtet hatte und sich mit seiner Last einen Weg durch die Menge bahnte.

Endlich tauchte die Morgensonne durch den grauen Wolkenschleier. Für Elisabeth hatte der 19. Tag ihrer Überfahrt nach Afrika begonnen. Sie war seit den frühen Morgenstunden auf Deck, den letzten Sonnenaufgang dieser Reise wollte sie auf keinen Fall verpassen. Sie wusste, heute musste sie Abschied nehmen – von diesem Ozean und seiner blauen Unendlichkeit, die sie so lange begleitet hatte. Das Meer war ihr vertraut geworden, auch wenn es zu jeder Stunde des Tages anders war, die Farben wechselte und seine Oberfläche immer neue Formen und Muster hervorbrachte. Manchmal hatte sie das Gefühl, sie beobachte ein lebendiges Wesen, das seine ganz besonderen Launen und Stimmungen ausdrückte. Ob Max schon auf sie wartete? Was für eine Stimme mochte er haben, dieser kräftige Mann mit dem verschmitzten Grinsen unter der frechen Mütze? Das Foto der beiden hatte sie so oft in den Händen gehalten, dass es schon fast vergilbt war. Verbarg sich unter seiner mächtigen Brust wirklich eine so zarte und poetische Seele, wie es seine Briefe vermuten ließen?

Diese Brust hob und senkte sich in diesem Augenblick mit sanfter Regelmäßigkeit, begleitet von einem leisen Röcheln. Max lag angezogen auf einem riesigen Bett und schlief. Als der Zug um fünf Uhr am Morgen endlich in der Hauptstadt angekommen war, hatte er kaum noch die Augen offen halten können. Er war so entsetzlich müde gewesen, dass er sich im Hotelzimmer nur noch in die Kissen werfen konnte und sofort eingeschlafen war. Aber nicht ohne am Empfang vorher darauf hinzuweisen, dass man ihn in einer Stunde wieder wecken sollte, er hätte viel zu tun. Und das war keineswegs eine Übertreibung.

Sansibar. Die berüchtigte Insel sah aus wie ein grüner Fleck im Wasser. Nicht besonders aufregend. Als der Bordlautsprecher die Reisenden darauf aufmerksam gemacht hatte, dass Sansibar in Kürze an Steuerbord in Sichtweite käme, war Elisabeth gleich hoch zum Zwischendeck gelaufen, um sich nichts von diesem magischen Ort entgehen zu lassen. In ihren Ohren klang der Name der Insel wie eine Beschwörungsformel aus den Geschichten von 1001 Nacht, die sie als Kind begeistert verschlungen hatte.
Von den Mitreisenden hatte sie erfahren, dass es hier noch einen echten Sultan gab, der bis vor kurzem die ganze afrikanische Ostküste beherrscht und regelmäßig Raubzüge ins Landesinnere organisiert hatte. Die Jagd auf Sklaven war für die Leute von Sansibar seit Jahrhunderten anscheinend ganz normal gewesen. Bis die Engländer von ihren Kriegsschiffen aus den Palast des Sultans bombardierten und sich der Herrscher endgültig der europäischen Kolonialmacht unterwerfen musste. Und nun wachten die

Deutschen darüber, dass dieser schreckliche Menschenhandel endgültig der Vergangenheit angehörte. Darauf war Elisabeth insgeheim richtig stolz, obwohl sie natürlich mit der ganzen Sache nichts zu tun hatte.
Leider passierte der Dampfer Sansibar in größerer Entfernung. Elisabeth konnte die Häuser der Insel kaum erkennen und den Palast des berüchtigten Sultans schon gar nicht. Dafür waren jetzt aus allen Richtungen kleine Segelboote aufgetaucht. So primitive Schiffe hatte sie noch nie gesehen. Ein offener Bootskörper, ein Mast und ein breites Segel, das mit Seilen festgezurrt war. Eigenartige dunkle Gestalten saßen auf den Planken. Die Konstruktion dieser dunklen Holzboote war so einfach, als wären die Menschen schon seit ewigen Zeiten mit ihnen unterwegs.
Neben ihr war jetzt ein weiterer Passagier an die Reling getreten. Er hatte ein breites, sonnenverbranntes Gesicht, trug ein graues Unterhemd und kurze Leinenhosen. Seine stämmigen Beine standen barfuß auf den heißen Holzplanken, doch das schien ihn nicht zu stören. Der Mann riss eine Packung Kautabak auf, schob sich ein Stück in den Mund und starrte hinaus aufs Meer. Elisabeth erinnerte sich, hatte sie diesen Passagier schon einige Male von weitem gesehen. Noch spät am Abend stand er oft stundenlang an Deck und starrte hinaus in die Nacht. Auch früh am Morgen, noch vor Sonnenaufgang, hatte sie ihn einmal so beobachtet. Immer stand er regungslos da, wie jetzt.
Ihr Blick wanderte wieder zu den Segelbooten auf dem Wasser. Die Schwarzen, die dort unter ihren Segeln kauerten, müssten Neger sein, dachte sich Elisabeth. Allerdings waren diese Männer, deren Oberkörper meist nackt waren oder in irgendwelche Lumpen gehüllt, nicht so kräftig ge-

baut und sahen auch nicht so wild aus, wie sie in den Schilderungen der Mitreisenden immer dargestellt wurden.
Verstohlen musterte sie den Passagier an ihrer Seite. Auch er blickte auf das geschäftige Treiben auf dem Wasser, machte aber nicht den Eindruck, als würde es ihn interessieren.
»Haben Sie solche Boote schon einmal gesehen?«
»Das sind Dhows, arabische Segler.«
»Dann sind die Leute also gar keine Neger?«
»Nein, die meisten sind Araber. Oder Mischlinge.«
Der Mann sprach, ohne sie anzusehen.
Unter den Dhows entdeckte Elisabeth noch andere Boote, klein wie Nussschalen. Es waren schmale Einbäume, von denen auf einer Seite zwei lange Stangen wegführten, an deren Enden ein dünner Stamm befestigt war, der parallel zum Boot über das Wasser glitt.
»Und warum haben die kleinen Boote dieses lange Holzstück an der Seite?«
»Sie meinen die Ausleger? Die geben dem schmalen Rumpf Stabilität, das Schiff würde sonst bei den großen Segeln leicht kentern.«
Fasziniert beobachtete Elisabeth eines dieser winzigen Boote, das dem Dampfer gefährlich nahe gekommen war und jetzt mit einer kühnen Wende die Richtung wechselte. Der Einbaum war völlig überladen. Etwa fünf Schwarze kauerten im Bug, dahinter türmten sich gewaltige Berge von Dingen, die sie noch nie gesehen hatte. Große, dunkelbraune Kugeln voller Haare, die wie Bälle aussahen, daneben etwas länglichere Gebilde mit gelben Schuppen.
»Wissen Sie, was die da unten geladen haben?«
»Kokosnüsse. Und Ananas.«

Ihr Gesprächspartner merkte, dass die junge Frau mit dieser Erklärung wenig anfangen konnte. »Das sind tropische Früchte. Wie Papayas oder Mangos.«

Elisabeth gefiel die Melodie der fremden Wörter, auch wenn sie keine Ahnung hatte, was dicse bedeuteten.

»Und wie schmecken die?«

»Süß und sauer zugleich.« Das konnte sie sich nicht vorstellen. Elisabeth war leicht irritiert, denn der Mann hatte auch während ihres Gesprächs stur hinaus aufs Meer gestarrt, ohne sie eines Blickes zu würdigen. »Danke, ich wollte Sie nicht stören.«

»Sie stören mich nicht. Im Gegenteil.«

Nun wandte ihr der Fremde sein Gesicht zu. Vor Schreck biss sich Elisabeth auf die Lippen, fast hätte sie einen Schrei ausgestoßen. Über seine linke Gesichtshälfte zog sich eine schreckliche Narbe. Die ganze Seite war verstümmelt, es sah aus, als hätte man versucht, dem Mann die Haut abzuziehen. Das Entsetzen auf ihrem Gesicht war ihm nicht entgangen.

»Das wollte ich Ihnen ersparen«, sagte er.

»Was ist denn passiert?«

»Ein Kessel ist geplatzt. Ich war Heizer, auf einem Dampfer wie diesem.«

»Wie schrecklich.«

»Das hat meine Frau auch gesagt. Dann war sie weg.«

Elisabeth wusste nicht, was sie darauf antworten sollte. Der Mann blickte hinunter auf das Gewimmel der kleinen Boote auf dem Wasser. »Solche Dhows bauen sie auch größer. Dann fahren sie damit übers Meer, bis nach Oman.«

»Wo ist denn das?«

»Irgendwo an der arabischen Halbinsel. Jedenfalls weit weg. Der Sultan von Sansibar untersteht ja dem Herrscher von Oman.«
»Hat der denn noch etwas zu sagen, jetzt wo die Deutschen hier sind?«
»Sansibar gehört den Engländern. Dafür haben die uns Helgoland gegeben.«
»Einfach so, getauscht?«
»Sieht so aus, Fräulein, aber was wirklich dahintersteckt, erfahren wir kleinen Leute ja doch nicht.«
Damit hat er sicher recht, dachte Elisabeth und freute sich, dass er sie in seine Überlegungen eingeschlossen hatte.
»Und was machen Sie in Tanganjika?«
»Arbeit suchen. Vielleicht als Koch, da sieht man mich nicht.« Die Bitterkeit in der Stimme des Mannes war unverkennbar, doch zugleich ging von ihm eine merkwürdige Gelassenheit aus, die sie beeindruckte.
»Warum starren Sie immer so aufs Meer hinaus?«
Diesmal bekam sie keine Antwort. Eine Weile standen sie schweigend nebeneinander.
»Ich war doch immer da unten drin. Im Kohlenbunker.«
Elisabeth wusste nicht, was er damit sagen wollte.
»Da unten siehst du nichts. Da ist es eng und heiß, du siehst immer nur die verdammten Kohlen und das eiserne Maul des Feuers.«
Und dann hatte ihn das eiserne Maul fast verschlungen. Jetzt konnte Elisabeth verstehen, warum der Fremde immer in die Ferne starrte. Auch sie hatte sich immer nach dem weiten Himmel gesehnt. In Straubing war er nicht wirklich weit gewesen. Erst seit sie auf dem Schiff war, wusste sie, wie ein richtiger Himmel aussah.

Der Mann begann zu husten. Als er wieder Luft bekam, spuckte er seinen Kautabak in hohem Bogen über die Reling.
»Geht's Ihnen nicht gut?«
»Staublunge.«
Sekunden vergingen, dann wandte sich der Mann wieder zu ihr und trat einen Schritt näher. Erst jetzt bemerkte Elisabeth, dass er wunderbar blaue Augen hatte.
»Und was bringt ein junges Fräulein wie Sie nach Afrika, wenn ich fragen darf?«
»Mein Verlobter. Er hat eine Sisalpflanzung.«
»Gratuliere. Sie sind also eine richtige Großgrundbesitzerin.«
Elisabeth musste lachen, so hatte sie ihre zukünftige Rolle noch nie gesehen. »Ich glaube, wir müssen zuerst mal fest zupacken, damit aus dem Land was wird.«
»Wenigstens haben Sie eine Zukunft.«
In Elisabeth stieg ein eigenartiges Gefühl hoch.
»Und Sie? Haben Sie etwa keine Zukunft?«
»Das wird sich rausstellen.«
Der Fremde schwieg eine Weile und blickte aufs Meer hinaus. Als er wieder sprach, sah er Elisabeth nicht an. »Mein Bruder hat auch eine Pflanzung gehabt. Er ist einer der Ersten gewesen.«
»Und jetzt?«
»Jetzt ist er tot.«
»Ein Unfall?«
»Man hat ihn umgebracht. Mit der ganzen Familie.«
Eine kalte Faust bohrte sich in ihren Magen, der Boden unter ihren Füßen begann zu schwanken, als würde das Schiff in schwerer Dünung rollen.

»Entschuldigen Sie mich bitte«, murmelte der Mann und ging auf die Eisentreppe zu, die hinunter zu den Kabinen führte.

»Warten Sie.« Elisabeth lief ihm hinterher. Doch die stickige, von Öl und Diesel getränkte Luft, die aus dem Bauch des Schiffes nach oben drang, raubte ihr den Atem. Schon spürte sie, wie ihr schwindlig wurde. Der Heizer, der sie beobachtet hatte, packte sie am Arm und führte sie zu einer Bank neben der Reling. Langsam beruhigte die frische Brise ihren rasenden Puls.

»Was haben Sie denn?«

»Mir war plötzlich schlecht.«

»Das tut mir leid, ich hätte das nicht sagen sollen.«

Elisabeth öffnete die Augen und schüttelte den Kopf.

»Erzählen Sie mir, was passiert ist. Und warum.«

»Wollen Sie das wirklich wissen?«

»Ich muss es wissen.«

Der Mann setzte sich neben sie und blickte wieder hinaus aufs Meer. »Es gab hier schon zweimal einen Aufstand, aber niemand redet darüber. Der erste führte zum Buschirikrieg, das war 1888. Die Araber, die den Handel an der Ostküste kontrollierten, wollten sich nicht mit der Herrschaft der Deutschen abfinden. Sie haben einige Stämme im Landesinneren aufgestachelt. Viele Häuptlinge waren von uns gedemütigt oder übers Ohr gehauen worden. Dieser Dr. Peters, der damals die Ostafrika-Gesellschaft gegründet hat, war ein brutaler Kerl. Er hat die Neger verachtet und gequält.«

»Und dann?«

»Unsere Truppen haben den Aufstand niedergeschlagen, Buschiri wurde gehängt.«

»Aber jetzt gehört das Land doch der Regierung. Jetzt gibt es Gesetze.«
»Das haben die aber nicht vergessen. Und manche dieser Gesetze waren nicht so freundlich, wie man es heute gerne hätte. Einige waren wie Salz in den alten Wunden.«
»Welche meinen Sie denn?«
»Es gab zum Beispiel die Zwangsarbeit. Eigentlich nur ein anderes Wort für moderne Sklaverei. Das hat natürlich böses Blut gemacht.
»Und es ging wieder los?«
»Genau. Die nächste Revolte brach im Süden aus, man nannte sie den Maji-Maji-Aufstand. Das war ihr Schlachtruf.«
»Und was bedeutet das?«
»Zauberwasser. War wahrscheinlich ein Schamanenspruch. Während der Unruhen wurden Siedler überfallen und getötet. Wie mein Bruder.«
»Wann war das?«
»Vor acht Jahren.«
»Davon hat mir mein Verlobter nie etwas erzählt.«
»Warum sollte er. Jetzt ist Ruhe. Die Zwangsarbeit wurde abgeschafft.«
Elisabeth schüttelte den Kopf. In der kleinen Broschüre, die an Bord verteilt worden war, hatte sie von solchen Dingen nichts gelesen. Das Land wurde immer nur als idyllische, aufstrebende Musterkolonie hingestellt. Sie stand auf und ging vor zur Reling.
Unter ihnen hatte sich eines der kleinen Segelboote so nah an den Dampfer herangewagt, dass es durch die Wellen des großen Schiffes gefährlich ins Schlingern geriet. Die Insassen, die eben noch lachend gewunken hatten, stießen

schrille Schreie aus, das Boot torkelte auf und nieder, der winzige Bug tauchte tief ins Wasser ein. Es sah aus, als würde das Gefährt jeden Augenblick kentern.

Der Steuermann, ein hagerer, dunkler Araber mit einer bunten Strickkappe und dünnen, langen Armen, hatte sich in die Hocke fallen lassen und drückte das Ruder jetzt mit einem Schlag zur Seite. Der Einbaum wendete abrupt, das gewaltige Segel schlug mit solcher Wucht nach Luv, dass der dumpfe Knall auf Deck deutlich zu hören war. Sogar das Ächzen der Seile drang hoch bis zu Elisabeths Ohren.

Kaum hatte das kleine Boot wieder Fahrt aufgenommen, winkten die Schwarzen fröhlich, obwohl der Bug des Einbaums noch immer gefährlich durch die Wellen tauchte. Unbemerkt hatte sich der Heizer wieder neben sie gestellt. Er nahm seine Mütze ab und machte den Ansatz einer Verbeugung.

»Ich heiße übrigens Moritz. Und wünsche Ihnen alles Gute.« Etwas verlegen reichte er ihr die Hand.

»Ich Ihnen auch. Ich bin Elisabeth.« Sie hielt die Hand mit beiden Händen fest. »Und ich möchte Ihnen danken. Dafür, dass Sie mir alles erzählt haben.«

Das meinte sie ganz ernst, denn zum ersten Mal auf dieser Reise war ihr klar geworden, auf was sie sich eingelassen hatte.

Der Himmel über Daressalam war noch bedeckt, die tiefe Sonne hinter mächtigen Wolken verborgen. Max stand vor dem Spiegel des Badezimmers und hielt den neuen Anzug vor die Brust. Der alte war auch nach intensivster Behandlung durch das Hotelpersonal noch so modrig gewesen, dass man ihn nicht mehr hätte gebrauchen können. Also hatte er in aller Frühe bei einem der indischen Händler einen neuen kaufen müssen. Er war ein bisschen zu klein, aber darauf kam es jetzt nicht an.

Als er den Knoten seiner Krawatte zuzog, musste er niesen. Die Nacht im Zug war kalt gewesen. Nach seiner Ankunft hatte er sich ein Zimmer im »Kaiserhof« genommen, er war nach der langen Zugfahrt so müde gewesen, dass er nicht lange suchen wollte. Außerdem war heute der Tag, an dem sich sein Leben grundlegend ändern würde, den wollte er stilvoll beginnen. Einen Kronleuchter und Möbel wie in einem Schloss hätte er dazu freilich nicht gebraucht, aber nun war er da, und das war gut so.

Heute Morgen hatte er sogar überlegt, ob er das Zimmer noch einen Tag länger buchen sollte, sich aber dann doch anders entschieden. Nicht wegen der Kosten, sondern wegen des Bettes. Genauer gesagt wegen der Intimität, die das gewaltige Doppelbett ausstrahlte. Irgendwie hatte er das Gefühl, dass hier nur altgediente Ehepaare liegen durften. Oder frisch Verliebte. Dieses Bett, mit all den bestickten Kissen, Rüschen und Decken war eine Landschaft von betulicher Sinnlichkeit, in die er sich nicht verirren wollte. Jedenfalls nicht mit einem jungen Mädchen, das er kaum kannte. Trotz seiner 23 Jahre hatte Max noch nie eine Nacht mit einer Frau verbracht. Jedenfalls nicht bis zum Morgen. Seine erotischen Abenteuer konnte er an einer Hand abzählen, sie beschränkten sich auf schnelle triebhafte Begegnungen in der Gesindekammer des väterlichen Hofs, im Wald oder im Heustadel. Schon Letzteres zählte im Grunde nicht, weil ihn sein Vater überrascht hatte und er den geplanten Vollzug vorzeitig abbrechen musste. Dann gab es noch ein paar im Grunde ungewollte Begegnungen mit Schwarzen, gleich nach seiner Ankunft. Meist spielten sie sich im Hinterzimmer einer einschlägigen Kneipe ab, waren aber wenig lustvoll, da er sich während des Akts ständig Vorwürfe machte, sich überhaupt darauf eingelassen zu haben. Die Nacht in der Boma wiederum zählte gar nicht, denn da war er von der Bezirksregierung reingelegt worden. »Offiziell verordnete Unkeuschheit« hatte es Fritz später genannt.

An diesem Morgen konnte sich Max jedenfalls beim besten Willen nicht vorstellen, was er in dem majestätischen Bett mit Elisabeth anstellen könnte, ohne ihr Missfallen zu erregen oder sich als taktloser Lüstling zu offenbaren. Natürlich hätte er ein zweites Zimmer buchen können, aber das wäre nun doch zu teuer gewesen. Und würde da nicht der Eindruck entstehen, er habe Angst, sein Zimmer mit einer Frau zu teilen? Ganz falsch war dieser Gedanke nicht, das musste er zugeben. Das Beste wäre unter diesen Umständen, gleich den Zug ins Landesinnere zu nehmen. So würden sie ausreichend Gelegenheit haben, miteinander vertraut zu werden. Der Rest würde sich auf der Farm schon ergeben, irgendwann.

Den Krawattenknoten band er jetzt zum vierten Mal, aber er saß immer noch nicht richtig. Und wenn schon. Eitelkeiten waren Max fremd. Auch wenn der Anzug etwas zu klein war, das weiße Hemd immer noch moderig roch und der Krawattenknoten schief hing, Max war mit sich zufrieden. Er klappte die silberne Taschenuhr auf, ein Abschiedsgeschenk seines Vaters: 6 Uhr 30. Ein Frühstück könnte er sich noch gönnen. Es war im Preis inbegriffen, und in die-

sem feinen Hotel, dem feinsten der Stadt, würde es sicher ausgezeichnet sein.
Max wollte zur Tür gehen, blieb dann aber wieder stehen. Nein, er würde sich das Frühstück aufs Zimmer bringen lassen, wie ein vornehmer Herr. Sein Balkon bot ihm einen großzügigen Blick über den Hafen. Dort würde er in Ruhe speisen und beobachten, wie der Dampfer mit seiner zukünftigen Frau am Horizont auftauchte, langsam in die Bucht einlief und vor Anker ging. Losfahren müsste er erst, wenn die Beiboote zu Wasser gelassen wurden.
Entspannt griff er nach der Klingel mit dem goldenen Griff und läutete nach dem Pagen. Endlich begann der neue Lebensabschnitt, auf den er schon so lange gewartet hatte.

Seit kurzer Zeit war auf Deck eine leichte Brise zu spüren. Der Wind drückte die Schlotkegel aus den Schornsteinen des Dampfers zur Seite, so dass der Blick in den Himmel frei blieb. Ein letztes Mal hatte sich Elisabeth auf eine der Bänke gelegt und beobachtete die Wolken. Nur ein wirklich weiter Himmel konnte solche gewaltigen, phantasievollen Gebilde hervorbringen. Sie freute sich, dass die Fahrt nun bald zu Ende ging. Die Nächte in der stickigen Kabine waren ihr im Lauf der Zeit unerträglich geworden. Sie konnte kaum schlafen, einer der fünf Mitreisenden machte ständig irgendein Geräusch. So zählte sie ungeduldig die verbleibenden Stunden, bis der neue Tag anbrach und sie sich wieder auf Deck flüchten konnte.
Den charmanten Fotografen hatte sie seit der zufälligen Begegnung an der Reling nie mehr gesehen, obwohl sie

jeden Tag gehofft hatte, ihn und seine riesige Kamera irgendwo zu entdecken. Wahrscheinlich reiste dieser Schillings in der 2. Klasse, dort hatte man nach zwei stürmischen Tagen wieder die großen Sonnensegel aufgespannt, so konnten die Passagiere die Fahrt unter freiem Himmel genießen, ohne unter der Hitze allzu sehr zu leiden.

Am Heck des Schiffes, wo sich Elisabeth aufhielt, brannte die Tropensonne voll auf die Planken. Die Eisenteile des Schiffes waren so heiß, dass man sie nicht anfassen konnte.

»Verehrte Passagiere. In etwa einer Stunde werden wir in den Hafen von Daressalam einlaufen. Bitte haben Sie Ihre Papiere griffbereit, damit Einreise- und Zollformalitäten von den Behörden zügig abgewickelt werden können.«

Der Bordlautsprecher neben ihrem Kopf dröhnte so laut, dass sie sich die Ohren zuhalten musste. Endlich. Sie konnte es kaum erwarten, ihren Fuß auf den Boden ihrer neuen Heimat zu setzen. Das Unbehagen, das sich seit dem Gespräch mit dem merkwürdigen Heizer in ihr festgesetzt hatte, war einer freudigen Erwartung gewichen.

An der Uferpromenade spießte der Mann auf dem Balkon des Hotels das letzte Stück Papaya auf, das noch auf seinem Teller lag. Das Frühstück war wirklich exzellent gewesen. Zu Hause hätte Max nie so viel essen können, denn da wartete harte, körperliche Arbeit auf ihn. Aber heute, an diesem besonderen Tag, durfte er sich das gönnen.

Auch wenn seine innere Unruhe nicht ganz von ihm wich, fühlte er sich ausgezeichnet. Es war eine gute Idee gewesen, im vornehmen Hotel »Kaiserhof« abzusteigen. In ein

paar Jahren schon würde er selbst zu den reichen Leuten gehören. Da konnte es nicht schaden, sich schon einmal mit der Umgebung vertraut zu machen, in der sich wohlhabende Siedler zu Hause fühlten.
Noch einmal hielt er das Blatt Papier hoch, das er neben der Kaffeekanne abgelegt hatte. Schreiben war sonst nicht seine Sache, doch es wäre ein Jammer gewesen, das edle Briefpapier nicht zu benutzen. Noch einmal überflog Max die letzten Zeilen seines Briefs, er wollte ihn unten am Empfang aufgeben.

Lieber Vater,
danke für das Geld. Es geht weiter alles gut voran. Neben dem nötigen Grenzen-Schlagen, Steine-Setzen, Messen und so weiter, das die Kommission voraussetzt, habe ich 100 Tagwerk Urwald geschlagen, das Holz schon alles zerstückelt, das ist gewiss eine Leistung in vier Wochen mit nur 150 Arbeitern. Jetzt muss ich noch 25 Hektar roden und drei Kilometer Weg bauen. Das macht mir nichts. Ich freue mich, hier zu sein, das ewige Rumschimpfen norddeutscher Gutspächter könnte ich nicht länger ertragen. Frei sein, hart arbeiten und nicht verzweifeln ist hier wie im ferneren Leben mein Wahlspruch. Und wenn ich jetzt bald eine Frau habe, wird alles leichter. In ein paar Stunden wird Elisabeth da sein, und dann geht es gleich los. Ich freue mich sehr, dem Mädchen meinen Besitz zu zeigen. Die wird Augen machen!

Max überlegte einen Augenblick, dann griff er noch einmal zu der Feder mit der golden Spitze.

Kommt mich doch einfach mal besuchen. Hier ist es bestimmt nicht so schlimm, wie Ihr Euch es vorstellt. Afrika ist herrlich und, offen gesagt, schöner als Deutschland.

Eine tiefer, langgezogener Klang drang an sein Ohr. Das musste der Dampfer sein, die Schiffssirene. Max legte die Feder zur Seite und sprang auf. Tatsächlich, die »Wilhelm« lief bereits in das Hafenbecken ein. Neben dem mächtigen Schiff wirkten die kleinen Dhows, die auf dem Wasser kreuzten, wie Spielzeugboote. Hastig steckte Max den Brief ein und machte sich fertig. Jetzt war die Stunde der Wahrheit gekommen. Klingt reichlich pathetisch, dachte er sich, aber falsch war es nicht.

Von Deck aus erschien ihr Daressalam kleiner, als sie erwartet hatte. Am Ufer erstreckte sich eine lange Reihe weißer Gebäude, deren Vorderfronten von mächtigen Säulen getragen wurden. Die Straße führte zu einem größeren Platz. Dort stand eine schlichte Kirche mit rotem Ziegeldach, wie in Deutschland. Das musste die Lutherkirche sein, von der in der Broschüre die Rede gewesen war. Der spitze Turm mit der großen Uhr überragte alle anderen Gebäude, so dass man die Kirche schon von weitem sehen konnte. Auf der Uferstraße war nicht viel los, vielleicht war es schon zu heiß.

Ein paar Schwarze in Lumpen zogen zweirädrige Holzkarren, in denen vornehm gekleidete Leute saßen. So eine Art der Fortbewegung hatte sie noch nie gesehen, war das nicht entwürdigend? Sie würde niemandem zumuten, sie bei dieser Hitze in einem Wagen durch die Stadt zu zerren.

Gab es hier denn keine Pferde? Gerade als dieser Gedanke in ihr auftauchte, fuhren zwei Droschken an ihr vorbei, es waren Landauer. Zwei Männer in weißen Anzügen und eleganten Strohhüten ließen sich gemächlich am Strand entlang chauffieren.
Unten am Wasser spazierten einige Paare. Die Frauen trugen lange, helle Kleider und Sonnenschirme, die Männer weiße Tropenanzüge. Überhaupt schienen die meisten Leute in weißer Tracht herumzulaufen. Wahrscheinlich hatten sie Dienstboten, die pausenlos in der Waschküche standen.

In der Hafenbucht, in die der Dampfer einlief, herrschte geschäftiges Treiben. Ruderboote fuhren zu den Lagerhallen, Dhows kreuzten auf und ab, Händler paddelten in Einbäumen übers Wasser. Der Anblick war faszinierend, sie konnte sich nicht sattsehen an den Details dieser fremden und doch so lebendigen Welt. Ob man die Sprache der Neger lernen konnte? Diese Frage hatte sie sich noch nie gestellt. Von allen Seiten drangen Schreie an ihr Ohr, Satzfetzen in Sprachen, die sie nicht verstand.
Das dumpfe Rasseln der Ankerketten holte sie zurück in die Wirklichkeit. Dann heulte weiter hinten eine Sirene. Vom Ufer her näherte sich eine Militärbarkasse, am Bug wehte die deutsche Flagge, auf Deck stand eine Gruppe von Offizieren und winkte. Elisabeth sah sich um. An der Reling der 1. Klasse entdeckte sie den Oberst. Er winkte galant mit den weißen Lederhandschuhen. Dann schritt er vor zur Treppe, die man eben an der Seite des Schiffes herabgelassen hatte. Die Barkasse drehte bei, Leinen wurden geworfen, Seile festgezurrt. Minuten später sprang der Oberst auf das

Deck des anderen Boots. Die Offiziere begrüßten den Neuankömmling mit spürbarer Hochachtung.
Elisabeth lächelte versonnen. Wenn die Leute wüssten, dass sie bereits einen ganzen Abend mit diesem einflussreichen Mann verbracht hatte. Im Salon der 1. Klasse, mit französischem Sekt und frischem Hummer. Jener Abend war wirklich ein stilvoller Auftakt gewesen, ein Geschenk des Schicksals. Nun war sie bereit für den nächsten Schritt. Vielleicht war sie manchmal etwas naiv, aber dafür fühlte sie sich so voller Energie und Tatkraft, dass sie diesen leichten Makel, wenn es denn einer war, in ihrem neuen Leben leicht würde ausgleichen können.
Die Barkasse legte wieder ab und fuhr zurück zur Mole, auf der bereits eine größere Menschenmenge auf die Neuankömmlinge wartete. Unter diesen Leuten musste auch Max sein, er wollte neben dem Zollamt auf sie warten.
Elisabeth warf einen Blick auf das Vorderteil des Schiffes. Am Ausgang der 2. Klasse drängelten sich die Passagiere schon ungeduldig. Auch der Fotograf Schillings tauchte jetzt auf. Er kämpfte mit unzähligen Koffern, Schachteln und Kartons, die sich alle paar Sekunden selbständig machten.
Sie musste lachen, der Auftritt des Fotografen war unfreiwillig komisch. Sein Hut war nach hinten gerutscht, seine Krawatte wehte wie eine Fahne im Wind. Schillings war pausenlos in Bewegung. Aufgeregt lief er um seine Kisten herum, ruderte mit den Armen oder fuchtelte mit seinem Sonnenschirm. Anscheinend schimpfte er auf die einheimischen Träger ein, die seine wertvollen Apparaturen nicht mit dem nötigen Respekt behandelten. Elisabeth winkte, doch der junge Mann hatte keinen Blick für sie. Eine Weile

sah Elisabeth seinen Bemühungen noch zu, dann lief sie hinunter zu ihrer Kabine. In wenigen Minuten würde sie afrikanischen Boden betreten. Sie spürte: Heute war der aufregendste Tag ihres Lebens und er hatte gerade erst angefangen.

In der 3. Klasse herrschte Chaos. Die Passagiere drängelten sich vor zum Aufgang, sie schoben, drückten und zerrten verschnürte Bündel, überquellende Taschen, riesige Koffer, sperrige Pakete, schwere Leinensäcke, wuchtige Pappkartons. Elisabeth musste sich in die Gegenrichtung durchkämpfen, ein fast hoffnungsloses Unterfangen. Als sie endlich vor ihrer Kabine stand, holte sie tief Luft und suchte nach dem Schlüssel. In diesem Augenblick tippte ihr eine Hand auf die Schulter. »Sind Sie Fräulein Angerer, Elisabeth Angerer?«

Sie fuhr herum, vor ihr stand ein Schiffsoffizier, den sie bisher noch nie gesehen hatte.

»Ja, die bin ich.«

»Bitte warten Sie hier.«

Der Mann blickte einen Augenblick schweigend auf sie herab, als würde er nach einem Grund suchen, den folgenden Satz nicht sagen zu müssen. »Sie können nicht an Land gehen.«

Elisabeth traute ihren Ohren nicht.

»Wieso? Hier sind die Papiere. Ich hab sie schon alle hergerichtet.«

Hastig wühlte sie in ihrer Tasche nach den Dokumenten, doch der Offizier winkte ab, er wollte keine Papiere sehen.

»Ledige Frauen dürfen die Kolonie nicht betreten.«

Es dauerte eine Sekunde, bis der Satz ihr Gehirn erreichte.

Dann kam der Schock. Sie wollte sprechen, doch ihr Kopf war leer. Die Worte waren verschwunden, die Gedanken ebenfalls. Was hatte sie sagen wollen? Wie lange sie so dastand, wusste sie nicht. Schließlich formten ihre Lippen einen Satz, der aus der Leere kam und den sie überrascht zur Kenntnis nahm.

»Entschuldigen Sie, das muss ein Irrtum sein.«

So etwas hätte ihr Max doch bestimmt geschrieben.

»Ich bedaure.«

Der Offizier verbeugte sich höflich und verschwand wieder. Elisabeth stand regungslos da und starrte auf die Menschenmenge, die sich an ihr vorbei auf den Ausgang zubewegte. Dann kamen ihre Gedanken zurück, nicht einer, sondern alle zugleich. Eine schwarze Wand schob sich in ihr Gehirn. Sie rannte mit dem Schädel dagegen und wunderte sich, dass es nicht weh tat. Doch die Wand wich nicht, sie wuchs unaufhaltsam und schloss ihren Körper von allen Seiten ein. Elisabeth merkte nicht, dass sie im Begriff war, ohnmächtig zu werden.

Ein kleines Ruderboot näherte sich dem Dampfer. Max schwitzte fürchterlich, nicht nur wegen des Anzugs, sondern weil er viel zu spät dran war. Auf seinen Knien lag ein zerzauster Blumenstrauß. Er hatte der Verkäuferin keine Zeit gelassen, ihn richtig zu binden. Was er am meisten befürchtet hatte, war eingetreten. Zwar legte sich der schwarze Ruderer mit aller Kraft in die Riemen, doch das konnte daran nichts ändern. An diesem Morgen hatte Max einfach Pech gehabt. Gerade als er das Hotel verlassen wollte, war ihm eingefallen, dass er die kleine Schachtel

vergessen hatte, die er auf dem Schiff dringend benötigen würde. Viel zu lange hatte er auf seinem Zimmer danach gesucht, bis ihm eingefallen war, dass er das Päckchen schon am Morgen in die Innentasche seines Anzugs gesteckt hatte. An der Rezeption des Hotels musste er dann wieder warten. Ein elegantes Ehepaar, das anscheinend wochenlang im »Kaiserhof« residiert hatte, war mit der Rechnung nicht einverstanden. Fast hätte er seiner Ungeduld Luft gemacht, doch dem Gespräch konnte er entnehmen, dass dieser penible Herr der neue Prokurist der Kolonialbank war, ein Dr. Steinbach. Obwohl er dem Mann am liebsten seine Meinung gesagt hätte, musste er ausharren. Dafür kam er jetzt zu spät. Das war ihm äußerst unangenehm, denn das Anliegen, mit dem er Elisabeth konfrontieren musste, war heikel genug.
»Haraka! Haraka!«
Der Schwarze versuchte noch schneller zu rudern, obwohl der Schweiß bereits in Strömen über sein breites Gesicht rann.

Derselbe Schiffsoffizier, der Elisabeth die unerwartete Nachricht überbracht hatte, begleitete Max zu den Kabinen der 3. Klasse. Die Gänge unter Deck waren jetzt wie ausgestorben, das Schiff leer und verlassen. Vor der letzten Tür blieb der Offizier stehen.
»Sie muss noch drin sein.« Er verbeugte sich kurz. »Oben ist alles bereit. Viel Glück.«
Max wartete, bis sein Begleiter verschwunden war und sein Herz etwas ruhiger schlug. Dann klopfte er gegen die Tür. Nichts rührte sich. Er klopfte kräftiger. Jetzt hörte er ein Rascheln, dann die leise Stimme einer Frau. »Wer ist da?«

»Ich, Max.«

Keine Antwort. Er drückte gegen die Tür, sie war nicht verschlossen. Zögernd betrat er den Raum. Die Stockbetten waren leer, nur eine Person war noch da, sie lag unter einer grauen Decke, die bis über den Kopf reichte. Unschlüssig blieb Max im Türrahmen stehen.

»Es tut mir leid.«

Zwei Hände kamen unter der Decke hervor und zogen diese langsam nach unten. Ein zerzauster blonder Haarschopf tauchte auf, dann das blasse und verheulte Gesicht eines Mädchens. Nach dem ersten Blick auf den Besucher wurde es noch blasser.

»Ich konnte nicht eher kommen«, sagte Max leise.

Das Gehirn von Elisabeth benötigte einige Sekunden, bis es das alarmierende Signal verarbeiten konnte, das die Augen meldeten. Vor ihr stand ein hagerer Kerl, völlig unscheinbar. Alles andere als der verwegene Abenteurer mit wildem Bart, blitzenden Augen und frecher Schiebermütze, den sie erwartet hatte. Mit einem Ruck zog sie die Decke wieder über den Kopf.

»Ist das so schlimm?«

Die Person unter der Decke antwortete nicht. Max hatte keine Ahnung, was hier vorging. Er wusste nicht mehr, was er mit den Blumen anfangen sollte, deshalb legte er sie auf eine der Holzpritschen. Das Papier raschelte einen Moment, dann war es still im Raum. Nach einer Weile kam aus dem Versteck unter der Decke eine Stimme, so leise, dass er sie kaum verstehen konnte. »Sind Sie allein gekommen?«

»Ja, natürlich.«

Die Decke wanderte nach unten, die blonde Haarpracht tauchte wieder auf.

»Und wo ist Ihr Freund, der andere auf dem Foto?«
»Auf dem Friedhof.«
Eine Sekunde starrte Elisabeth den ihr so fremden Mann mit großen Augen an. »Hat man ihn umgebracht?«
Max betrachtete sie verblüfft. Wie kam sie denn darauf?
»Er starb an Gelbfieber.«
Blitzschnell zerrten die Hände die Decke wieder hoch. Das Mädchen drehte sich zur Wand. Ein Schluchzen drang aus ihrer Kehle, kurz darauf wurde ihr Körper von einem Weinkrampf geschüttelt. Max war ratlos, er hatte keine Erfahrung mit weinenden Frauen. So schlimm hatte er sich das alles nicht vorgestellt.
»Ich bin ja noch da.«
Die fremde Stimme verhallte wie ein Echo. Elisabeth wusste nicht mehr, wo sie sich befand. Ihr Körper war im freien Fall, stürzte in einen dunklen Raum, der immer enger wurde. Das schwarze Loch, das sie verschlang, schien kein Ende zu nehmen. Sie wartete auf den Aufprall, doch dieser kam nicht, etwas hielt sie fest. Sie schlug die Decke zurück. Der Fremde hatte seine Hand auf ihre Schulter gelegt.
»Ist Ihnen nicht gut?«
Elisabeth schüttelte den Kopf. Was sollte sie sagen? Für ihre Verzweiflung fand sie keine Worte. Auch Max hatte seine vorbereiteten Sätze längst vergessen. Er hob den Blumenstrauß auf und streckte ihn dem Mädchen entgegen. Eine hilflose Geste, aber besser als keine.
»Willkommen in Afrika.«
Elisabeth starrte ihn mit leeren Augen an. »Da darf ich doch gar nicht hin.«
Ohne dass sie es wollte, nahmen ihre Hände die Blumen.

Ob sie denn seinen letzten Brief nicht bekommen hätte? Den vom Juni?
Elisabeth schüttelte den Kopf und wischte sich die Tränen aus dem Gesicht. Da hätte er alles erklärt. Es war eine neue Bestimmung vom Gouverneur. Nur vorübergehend. Sie schloss die Augen und drückte die Blumen fest an sich, als wären sie die Erklärung, die nie angekommen war. Max stand ratlos da, er wusste nicht, wie er sich verhalten sollte. Dann öffnete Elisabeth wieder die Augen. Zum ersten Mal schien sie ihn richtig anzusehen.
»Und jetzt?«
»Tun wir unsere Pflicht.«
Max versuchte ein scheues Lächeln, auch wenn ihm keineswegs danach zumute war.

In der Schiffskapelle hatte sich eine kleine Gruppe von Menschen versammelt. Der Kapitän und zwei Offiziere standen mit dem Rücken zum Altar, gegenüber warteten Max und Elisabeth, beide sichtlich nervös. Drei Matrosen spielten Akkordeon und sangen die letzte Strophe eines Kirchenlieds. Der Kapitän hielt ein großes, aufgeschlagenes Buch in den Händen. Als die Musik verstummte, trat er vor.
»Max Dieter Leitner, wollen Sie die hier anwesende Elisabeth Angerer zur Frau nehmen?«
»Ja, das will ich.«
Die Antwort kam klar und fest. Dann musste Max niesen, anscheinend hatte er sich im Zug doch erkältet. In dem kleinen Raum hörte sich das an wie eine Explosion. Der Kapitän verlor den Faden, warf einen Blick in seine Unterlagen und wandte sich dann Elisabeth zu.

»Und so frage ich auch Sie, Fräulein Elisabeth Angerer, wollen Sie mit dem Mann an Ihrer Seite, Max Dieter Leitner, in den Stand der Ehe treten, mit all den Pflichten, die von einer getreuen Ehefrau verlangt werden?«
War das ein Alptraum? Was musste sie tun, um endlich aufzuwachen? Max tastete verstohlen nach ihrer Hand und hielt sie fest. Die Hand zitterte. Der Kapitän wartete einen Augenblick, dann wurde seine Stimme laut und eindringlich.
»Fräulein Leitner, ich frage Sie noch einmal: Wollen Sie diesen Mann heiraten?«
Die Stimme verhallte, es wurde still. Die Offiziere warfen sich fragende Blicke zu. Max spürte, wie er langsam rot wurde. Elisabeth zog ihre Hand zurück und ballte sie zur Faust.
»Ja. Wenn es sein muss.«
Ein Hauch von Erleichterung ging durch den Raum, der Kapitän hatte Mühe, ein Schmunzeln zu unterdrücken. Max wollte das Päckchen mit den Ringen öffnen, doch er hatte vergessen, die Schnur der Verpackung zu lösen. Nervös fummelte er daran herum, die Blicke der Versammelten verfolgten jede seiner Bewegungen. Endlich hielt er die beiden Ringe in der Hand. Als er den einen auf Elisabeths Finger schieben wollte, musste er feststellen, dass er viel zu groß war. Auch das noch. Kurz entschlossen steckte er ihr den Ring an den Mittelfinger. Kaum hatte er sich wieder aufgerichtet, spielten die Matrosen eine letzte Strophe auf dem Akkordeon. Der Kapitän und die Offiziere atmeten auf und gratulierten dem jungen Paar, nicht ohne ein paar ironische Blicke zu wechseln.

KAPITEL 6

Das kleine Ruderboot entfernte sich vom Dampfer der Ostafrika-Linie. Elisabeth war immer noch wie betäubt. Seit sie die Kapelle verlassen hatte, hämmerten sich die immer gleichen Gedanken in ihr Gehirn: Sie war mit einem Mann verheiratet, für den sie nicht das Geringste empfand – in einem unbekannten Land, das sie nicht mehr verlassen konnte. Das konnte nur eines bedeuten: Ihr Leben war zu Ende, bevor es richtig begonnen hatte.

Apathisch starrte sie auf den Ruderer. Noch nie hatte sie einen so muskulösen Oberkörper gesehen, einen, der so ungeheuer schwarz war, schon gar nicht. In dem wuchtigen Schädel des Mannes blitzten lebhafte Augen, deren weiße Äpfel immer dann aufleuchteten, wenn er zur Seite blickte. Das tat er oft, um nicht einen der überladenen Einbäume zu rammen, die auf dem Wasser kreuzten. Um den Hals trug er eine geflochtene Bastkette mit silbernen Ringen, an denen spitze, weiße Zähne hingen. Wenn er sich nach vorne beugte, baumelte sie einen Augenblick frei in der Luft; sobald er sich zurücklehnte, schlug die Kette gegen die Brust. Fasziniert beobachtete Elisabeth ihn eine Weile.

»Was trägt dieser Mann da um den Hals?«

»Leopardenzähne«

»Die sind ziemlich groß.«

»Es sind auch besonders gefährliche Tiere.«

»Warum?«

»Sie sitzen auf Bäumen, man kann sie kaum sehen.«

»Ja und?«

»Manchmal lassen sie sich fallen und greifen auch Menschen an. Meistens beißen sie einem sofort die Kehle durch.«

Elisabeth fasste sich an den Hals. Bei ihrer zarten Haut hätten die Zähne eines Leoparden ein leichtes Spiel. Der Schwarze lachte, als könnte er ihre Gedanken lesen. Elisabeths Augen folgten den Bewegungen seines Körpers. Sie hatten eine kraftvolle Eleganz, die sie faszinierte. Die Haut über den Muskeln glänzte, als hätte man sie eingeölt. Der Ruderer spürte die Blicke der weißen Frau, und das gefiel ihm. Normalerweise schenkten ihm weiße Frauen keine Aufmerksamkeit, und so hübsche schon gar nicht. Er merkte, dass dieses Mädchen traurig war, obwohl sie doch froh sein müsste, wieder bei ihrem Mann zu sein, der es eben noch so eilig gehabt hatte, sie zu sehen.

»Memsahib schöne Frau.«

Die Stimme war tief und sanft, ganz anders, als sie erwartet hätte. »Danke.«

Geschickt steuerte der Schwarze sein Boot zwischen den vielen anderen der einheimischen Händler hindurch. Elisabeth wunderte sich, wie diese es schafften, solche Berge von Waren in den schmalen Einbäumen zu stapeln. Seltsame Rüben, eigenartige Wurzeln, prall gefüllte Jutesäcke, mächtige Hörner von ihr fremden Tieren, dazwischen immer wieder lebende Schweine oder Ziegen. Die Händler gestikulierten aufgeregt, hielten unvermittelt riesige Fische hoch, schrien sich an oder lachten laut. Szenen, in denen sich Elisabeths Blick gerne verlor. Sie lenkten ab von dem Dilemma, das ihr die Kehle zuschnürte.

Auch Max blickte hinaus aufs Wasser. Er war froh, das Zimmer im »Kaiserhof« nicht verlängert zu haben. Die

Vorstellung, mit diesem merkwürdigen Mädchen eine ganze Nacht über in dem riesigen Doppelbett zu liegen, war ihm unangenehm. Doch hübsch war sie schon. Die langen blonden Locken, mit denen der Wind spielte, waren ihm auf den Fotos nie aufgefallen. Die Leute im Zug würden Augen machen, wenn er sich mit Elisabeth zeigte. Ihre spröde Art sah man ihr ja nicht an. Vielleicht war sie einfach zu empfindlich. Oder zu empfindsam. Was da der Unterschied war, konnte er allerdings nicht sagen. Und wenn schon. Eigentlich sollte er erleichtert sein, lag doch das Schlimmste bereits hinter ihm. In der heiklen Situation auf dem Schiff hatten sie beide keine Wahl gehabt. Wenigstens das verband sie. Viel war das nicht, aber ein Anfang.

In ruhiger Gleichmäßigkeit tauchten die Ruderblätter in das grünblaue Wasser. Der Dampfer war schon weit weg, das Ufer noch nicht wirklich nahe. Elisabeth wischte sich den Schweiß von der Stirn, dabei fiel ihr Blick auf den Ehering an ihrem Mittelfinger. Der Schwarze beobachtete, wie sie den Ring heimlich abstreifte und in der Tasche ihres Kleides verschwinden ließ. Der weiße Mann hatte nichts bemerkt, er schien in Gedanken versunken zu sein. Erleichtert hob Elisabeth den Kopf und blickte hoch zum Himmel. Dort kreisten große, eigenartige Vögel, die sich immer wieder blitzschnell fallen ließen und wie ein Pfeil ins Wasser tauchten.

»Was machen die da?«

»Das sind Kormorane, sie fischen.«

Die Eisengelenke der Ruder knirschten, die Wellen schlugen sanft gegen das Boot, die Kette des riesigen Negers blitzte in der Sonne. Besonders gesprächig schien dieser Max nicht zu sein. Verstohlen musterte sie ihn von der

Seite. Die hohe Stirn, das hagere Gesicht, das kräftige Kinn. Eigentlich hatte dieser Mann kein schlechtes Profil. Aber auch kein besonders markantes. Seine rauhen Hände spielten nervös mit der Krempe seines Hutes.
So wie er in seinem engen Anzug dasaß und in die Ferne schaute, sah er ziemlich langweilig aus. Gar nicht wie der verwegene Abenteurer, mit dem sie die Wildnis erobern wollte. Und erst recht nicht wie der Verfasser dieser wunderbar poetischen Briefe, die das exotische Land in den buntesten Farben geschildert hatten.

Die Mole des Hafens kam näher. Sie war der ausgestreckte Arm Afrikas, der sie erwartete.
Als ihre Füße am Ende des Piers zum ersten Mal festen Boden betraten, blieb Elisabeth stehen. Sie atmete tief ein und schloss die Augen. Endlich. Sie hatte den wilden Kontinent tatsächlich erreicht. Ihr stummes Gebet dauerte nur Sekunden, denn auch jetzt konnte sie den Gedanken nicht verdrängen, dass sie dieses Land als Gefangene des Schicksals betrat. Und dass sie im Augenblick keine Ahnung hatte, wann und wie sie aus diesem Gefängnis würde ausbrechen können.
»Ist Ihnen nicht gut?«
Behutsam legte ihr Max die Hand auf die Schulter.
»Nein, alles in Ordnung.«
Sie löste sich von ihm und folgte mit entschlossenen Schritten den Trägern, die auf das Verwaltungsgebäude am Ende der Mole zugingen.
Während Max mit den einschlägigen Papieren im Zollamt vorstellig wurde, wartete Elisabeth auf einer Bank im Schatten. Sie war froh, einen Augenblick allein zu sein, denn so

konnte sie sich den ersten Eindrücken ihrer neuen Heimat ungestört hingeben. Schon die Menschen vor ihren Augen waren Ausdruck einer anderen Welt. Sie blickte auf Gestalten, so fremd und wild, wie sie noch keine gesehen hatte. Körper in allen von Gott erdachten Varianten liefen, humpelten oder schlichen an ihr vorüber, trugen riesige Säcke auf dem Rücken, wuchteten geflochtene Körbe durch die Luft, schleppten Briketts, Holzkohle, bunte Stoffballen, verbeultes Geschirr oder geheimnisvolle Feldfrüchte. Schreiende Händler zerrten überladene Handkarren. Einmal tauchte ein Weißer mit einem Fahrrad auf, der sich nur unter beständigem Klingeln seinen Weg bahnen konnte.
Elisabeth fiel auf, wie ärmlich die Schwarzen gekleidet waren. Die meisten hatten sich irgendwelche Stofffetzen um den Körper gewickelt und liefen barfuß, manche trugen zerlumpte Hosen oder Hemden, nur schienen diese nie richtig zu passen. Doch dann entdeckte sie plötzlich drei Frauen in langen, farbenprächtigen Kleidern. Auf ihren Köpfen balancierten sie schwere Tonschüsseln mit Stapeln von Zitronen, um den Hals trugen sie breite Silberreifen, die Fuß- und Handgelenke schmückten glitzernde Ketten. Die Anmut dieser hochgewachsenen Gestalten, die sich trotz ihrer Last elegant und grazil bewegten, faszinierte sie. Ihr Blick folgte den Frauen, bis sie am Ende der staubigen Straße im Gewühl der Menge verschwanden.
Doch schon im nächsten Augenblick sah sie etwas, das sie zutiefst verstörte. Ein Verkrüppelter schob seinen Körper mit den Händen durch den Dreck, seine viel zu kurzen Beine, die von eitrigen Wunden übersät waren, zog er achtlos hinter sich her. Niemand beachtete den Krüppel, er schleppte sich dahin wie ein Tier. Diesen Anblick konn-

te sie nicht ertragen, sie wandte den Blick in die andere Richtung. Dort saß ein kleiner Junge vor einem Haufen Erdnüsse. Neben ihm kniete ein Mädchen vor ein paar Zwiebeln. Elisabeth stand auf und bahnte sich einen Weg zu ihnen. Als sie vor den Kindern stand, blickte das Mädchen scheu zu Boden, der Junge starrte sie neugierig an. Sie legte neben die Kinder ein paar Münzen auf den Boden. Das Mädchen griff in die Zwiebeln und hielt der weißen Frau so viele entgegen, wie die kleinen Hände halten konnten. »Lass nur, ich brauche keine.«

Sie ging zurück und setzte sich wieder auf die Bank. Ein lautes Hupen ließ sie aufschrecken. Ein Lastwagen schob sich durch das Getümmel, das Chassis ächzte, die Motorhaube, die keine Verkleidung mehr hatte, knirschte in der Aufhängung. Auf der hölzernen Ladefläche türmten sich Berge von Jutesäcken, auf denen fünf Schwarze saßen, die mit ihrer Last jedes Mal gefährlich schwankten, wenn das Gefährt mit den Rädern in einem der zahlreichen Löcher versank und nur unter Ausstoß gewaltiger Rußwolken wieder in Fahrt kam.

»Memshabib.«

Elisabeth erschrak. Vor ihr stand das Mädchen, es hielt ihr das Geld entgegen. Sie schüttelte lächelnd den Kopf.

»Nein, das ist für dich. Ein Geschenk.«

Das Kind überlegte einen Augenblick, legte die Münzen auf die Bank und lief zurück zu seinem Platz.

»Alles erledigt. Wir können fahren.«

Max kam aus dem Zollamt und winkte mit den Dokumenten, die jetzt alle große Stempel trugen. Elisabeth stand auf. Sie fühlte sich wie ein Gepäckstück, das seiner Bestimmung übergeben wurde.

Der Wagen mit den zwei Rädern kam schneller vorwärts, als sie erwartet hatte. Nun saß sie doch in einem dieser Gefährte, die sie eigentlich nie hatte besteigen wollen, einer Rikscha, wie ihr Max erklärt hatte. In China und Indien gehörte eine von Hand gezogene Sänfte zum Straßenbild wie eine Droschke in Deutschland. Deshalb müsste sie sich auch nichts denken, wenn sie ein solches Gefährt benutzen würde. Der Fahrer hätte schließlich eine große Familie zu ernähren wie alle hier. Ein Argument, dem sie nichts entgegensetzen konnte. Zumal der Alte, der den Karren zog, erbärmlich aussah. Er war fast nackt, nur um die Hüfte hatte er sich ein Tuch gewickelt, das irgendwie hielt, obwohl es sich bei der ständigen Bewegung eigentlich hätte lösen müssen. Der Alte lief barfuß, dennoch zog er seine Rikscha erstaunlich schnell über die staubigen Straßen.

Minuten später fuhren sie durch eine majestätische Palmenallee. Elisabeth staunte über die stattlichen Villen mit den weitläufigen Gärten. Weiße Frauen dösten gelangweilt unter Sonnenschirmen, Kinder in Matrosenanzügen spielten Ball auf gepflegtem Rasen, im Schatten hechelten Schäferhunde. Schwarze Bedienstete servierten Getränke und Speisen. überall herrschte eine gelassene, friedliche Atmosphäre, als genieße hier jeder eine sonntägliche Ruhe.

»Wo wohnen denn die Schwarzen?«

»Irgendwo außerhalb.«

Das nun folgende Schweigen war Max unangenehm, deshalb war er froh, als die ersten öffentlichen Gebäude auftauchten. »Da drüben ist der deutsche Klub, dort das Krankenhaus und vorne, am Ende der Uferpromenade, das Handelskontor. Die Schule liegt hinter dem Park.«

Er zeigte auf die entsprechenden Gebäude, die alle in bestem Zustand waren und von einem Wohlstand zeugten, den Elisabeth in dieser Großzügigkeit noch nie gesehen hatte. Sie war fasziniert von der Blütenpracht der exotischen Gärten und den wunderbaren Bäumen, die sie alle nicht kannte. Noch nicht. Am liebsten würde sie anhalten und zu Fuß weitergehen, um jedes der exotischen Details genauer zu betrachten.
Einer der Bäume faszinierte sie ganz besonders. Sein Stamm war sehr dick, aber kahl. Äste wuchsen erst ziemlich weit oben, dann aber wucherten sie in alle möglichen Richtungen. Von weitem sah es aus, als hätte man einen Blumenstrauß in eine dicke Vase gesteckt.
»Wie nennt man denn diese merkwürdigen Bäume?«, fragte Elisabeth.
»Baobab. Wir sagen Affenbrotbaum, in Kenia nennt man sie *bottletree* – Flaschenbaum.«
Sie musste lachen, denn ihrer Meinung nach war das eine sehr passende Bezeichnung.
»Und die mit den großen, blauen Blüten?«
»Das sind Jacarandas.«
In den mächtigen Kronen drängten sich so viele Blüten, dass die Bäume blau leuchteten, wie es Elisabeth nur von Gemälden kannte. Eine Weile genoss sie den Blick auf die idyllische Gartenlandschaft, dann fiel ihr ein, dass sie noch etwas zu erledigen hatte.
»Wo gehen denn die Leute hier einkaufen?«
Sie durfte auf keinen Fall vergessen, sich einen Tropenhut zu besorgen. »Hinter dem Hotel ›Kaiserhof‹. Dort gibt es vornehme Geschäfte, fast so wie in Berlin. Sollen wir hinfahren?«

Elisabeth nickte, Max rief dem Rikschafahrer ein paar Worte in einheimischer Sprache zu. Der Mann beschleunigte das Tempo. Doch als sie in die Zufahrt zum Hotel einbogen, hatte Elisabeth keine Lust mehr, sich deutsche Geschäfte anzusehen, vornehme schon gar nicht. Sie wollte eintauchen in das bunte, quirlige Leben des Landes.

»Gibt es nicht einen Ort, wo alle hingehen, auch die Schwarzen, einen Markt zum Beispiel?«

»Wir haben sogar zwei.«

»Dann fahren wir lieber dahin.«

Darauf hatte Max nun gar keine Lust, aber bis zur Abfahrt des Zuges waren es noch drei Stunden. Da war es immer noch besser, unterwegs zu sein, als in einem Kaffeehaus zu sitzen und dem Gespräch mit dieser merkwürdigen Frau ausgeliefert zu sein.

»Zum Gemüsemarkt oder zu den Fischen?«

»Zu den Fischen.«

Gerade das hätte Max gerne vermieden, schließlich trug er seinen neuen Anzug.

»Gibt es dort auch frischen Hummer?«

Elisabeth sagte das ganz beiläufig. Die Wirkung, die sie sich erhofft hatte, trat ein, Max war verblüfft. Solch edle Delikatessen hatte er zu Hause nicht gekannt, nicht mal vom Namen her. Hummer und Langusten hatte er zum ersten Mal in Afrika gesehen, gegessen allerdings noch nie. Das konnte er sich auch gar nicht leisten. Ob dieses Mädchen vielleicht doch aus besseren Kreisen kam? Der Gedanke beunruhigte ihn.

»Natürlich. Da gibt es alles. Sogar Abalone.«

»Großartig.«

Elisabeth hatte zwar keine Ahnung, was das war, doch sie ließ sich nichts anmerken.

Als die Droschke nach einer Stunde wieder Fahrt aufnahm und den Fischmarkt hinter sich ließ, schnupperte Elisabeth an ihrem Kleid. Es stank erbärmlich, kein Wunder. Doch für sie, die außer Karpfen und Forellen noch nie Fische gesehen hatte, war dies ein Ausflug ins Reich der Fabelwesen gewesen. Alles, was der Ozean an geheimnisvollen Kreaturen hervorbrachte, hatte sie auf hölzernen Planken bestaunen können. Barsche, Flundern, Rochen, Schwertfische, Marlins, Teile von Haien, halbe und ganze Thunfische, die grässlich aussehenden Seeteufel und natürlich die höchst absonderlichen Tintenfische. Das schienen tatsächlich Wesen aus einer anderen Welt zu sein. Durchsichtige, schwabbelige Körper ohne Konturen, denen nach allen Seiten glitschige Arme mit Saugnäpfen herauswuchsen, die sich oft noch bewegten. Und das alles konnte man angeblich essen. Auch die stacheligen Seeigel, die schleimigen Austern, die violetten Seegurken und natürlich diese merkwürdigen Abalone, von denen sie nicht genau gewusst hatte, ob es Pflanzen oder Tiere gewesen waren. Sie hatte sich alles genau gemerkt. Die Namen hatte sie natürlich von Max, der etwas unwillig auf dem schlüpfrigen Lehmboden hinter ihr hergestapft war. Offensichtlich hatte er sich in der glitschigen Umgebung, wo manche Fische noch zappelten, nicht besonders wohl gefühlt. Auch zu den Garküchen wollte er eigentlich nicht mit. Doch sie hatte sich durchgesetzt, Gott sei Dank. Denn so primitive Buden hatte sie noch nie gesehen, nicht mal bei den Zigeunern auf der Kirmes.

Über offenen Feuerstellen garten Frauen alle möglichen Meerestiere. Geschickt hantierten sie mit verbeulten Töpfen und Pfannen zwischen den dichten Rauchschwaden, die ihre Gesichter einnebelten. Wie sie das bei der Hitze aushielten, war Elisabeth ein Rätsel. Es loderte, zischte und brodelte überall. Die bizarren Gerüche mischten sich zu immer neuen Herausforderungen. Elisabeth schwebte in einem Orchester wilder Düfte, bei dem jeder Solist seine Exkursionen machte, sich dann aber wieder in den gemeinsamen Klangkörper einfügte, auch wenn dieser für europäische Nasen äußerst dissonant wirkte. Um nicht zu sagen schrecklich. Aber sie war hier, um Erfahrungen zu machen, und deshalb fand sie den Fischmarkt großartig.

Auf dem Weg zum Bahnhof fuhr die Droschke am Hotel »Kaiserhof« vorbei. Neugierig betrachtete Elisabeth die elegante Fassade und war tief beeindruckt, vor allem davon, dass sich Max hier ein Zimmer hatte leisten können. Seine Pflanzung musste noch größer sein, als er sie in den Briefen geschildert hatte. Wahrscheinlich war er längst wohlhabend, aber dennoch bescheiden geblieben. Keine schlechte Eigenschaft.

Der Bahnhof sieht aus wie in Deutschland, dachte sich Elisabeth, als das wuchtige Gebäude am Ende der Uferpromenade in Sicht kam. Auch die Uhr mit dem großen Ziffernblatt schien richtig zu gehen, noch etwa zwanzig Minuten blieben ihnen bis zur Abfahrt der Mittellandbahn. Die Strecke führte über tausend Kilometer tief ins Landesinnere, hatte ihr Max erklärt, bis nach Kigoma am Tanganjika-See, jedenfalls fast. Sie würden irgendwo unterwegs aussteigen, mehr wusste Elisabeth nicht. Mit den handgezeichneten Plänen, mit denen er Details ihrer Route erläutern wollte, konnte sie wenig anfangen, die Orte und Markierungen sagten ihr nichts.

Als die Träger das Gepäck abluden, trottete ein völlig erschöpfter Rikschafahrer vorbei und hielt ein paar Meter weiter vorne. Auf der Bank seines Gefährts saß ein dunkelhäutiges Paar. Der bärtige Mann trug einen hellen Seidenanzug, das dünne Jackett fiel locker von seinen Schultern wie ein Hemd. Um den Kopf hatte er ein grünes Tuch gewickelt und über dem Scheitel zu einem Knoten gebunden.

Die zarte, dunkle Frau an seiner Seite war in eine goldene Robe mit kostbaren Stickereien gehüllt. Beide sahen für eine Reise mit der Eisenbahn viel zu elegant aus, fand Elisabeth. Verstohlen stieß sie ihrem Begleiter an, es war das erste Mal, dass sie Max berührte.

»Was hat sich der Mann da drüben um den Kopf gewickelt?«

»Einen Turban.«

»Und warum macht er das?«

»Das sind Inder.«

Einen Inder hatte sie noch nie gesehen. War Indien nicht ein Märchenland reicher Maharadschas und geheimnisvoller Gewürze? Der Mann mit dem Turban war eine beeindruckende Erscheinung, die Autorität ausstrahlte. Vielleicht lag das aber auch nur an seinem strengen Gesicht. Die Frau war zart und feingliedrig, zahlreiche Perlen- und Goldketten zierten ihren Hals und ihre Handgelenke. Auf die Mitte ihrer Stirn hatte sie sich einen dicken, roten Punkt gemalt. War das auch eine Art Schmuck?

»Der rote Punkt, warum machen die das?«

»Das ist ein Kastenzeichen.«
»Und was ist das?«
Max zog Elisabeth zur Seite, man wusste nie, ob die Inder nicht doch etwas Deutsch verstanden.
»Der rote Punkt zeigt die Schicht an, zu der sie gehören.«
»So wie Kommunist oder Sozialdemokrat?«
»Nein. Eher wie Arbeiter, Bürgerlicher oder Adeliger.«
»Und warum hat der Mann keinen Punkt?«
Elisabeth freute sich, dass er diesmal keine Antwort wusste. Max bezahlte den Kutscher und führte seine Frau durch das Bahnhofsgebäude. Der Zug auf der anderen Seite stand schon bereit, aber niemand stieg ein. Die Träger brachten ihr Gepäck in das Abteil, das ihnen Max anhand der Fahrkarte zuwies.
»Wie weit werden wir fahren?«
»Bis Kimamba.«
»Und wie lange dauert das?«
»Zwölf Stunden.«
Der schmale Bahnsteig füllte sich langsam. Männer in Tropenanzügen schlenderten hin und her, Kinder verkauften Zeitungen, Früchte und Kokosnüsse. Elisabeth beobachtete einen beleibten Herrn, der auf einer Bank saß und sich die Schuhe putzen ließ. Auf einer zweiten Bank waren zwei ältere Damen in ein Gespräch vertieft. Schwarze Diener hielten Sonnenschirme über ihre Köpfe. Immer wieder tauchten Kolonnen von Trägern auf und luden Gepäckstücke ein.
Neben den Waggons der 3. Klasse entdeckte Elisabeth eine Gruppe Schwarzer in Uniform. Vor ihren Füßen lagen verschnürte Kartons, die alle gleich aussahen.
»Was sind das für Männer?«

»Askaris.«
»Ist das ein Negerstamm?«
»Nein, es sind Polizisten.«
Elisabeth überlegte einen Augenblick.
»Wenn die für uns arbeiten, müssen sie ihre eigenen Leute kontrollieren. Schafft das nicht böses Blut unter den Einheimischen?«
Max war irritiert, für jemanden, der erst ein paar Stunden im Land war, war dies eine reichlich spitzfindige Überlegung. Immerhin, so naiv, wie er dachte, schien Elisabeth nicht zu sein. »Sie werden meist in Gegenden eingesetzt, die von ihrem Stammesgebiet weit entfernt sind.«
Nach einer kurzen Pause hatte er das Gefühl, noch etwas hinzufügen zu müssen. »Unter den Arabern waren die Neger Menschen zweiter Klasse. Bei uns bekommen sie etwas zu essen und werden für ihre Arbeit bezahlt.«
Elisabeth musterte die Askaris genauer. Sie sahen zufrieden aus. Im Vergleich zu den Trägern oder Rikschafahrern verriet ihre Haltung eher einen gewissen Stolz als Unbehagen.
»Müssen die dann ihre eigenen Leute festnehmen?«
»Wenn es sein muss.«
Als ob das in Deutschland anders wäre. Max atmete tief ein. Er ahnte, dass er bei dieser Frau mehr Geduld würde aufbringen müssen, als in seinem Naturell vorgesehen war.

Weiter hinten tauchte jetzt der Mann mit dem Turban auf. Er überwachte die Träger, die seine zahlreichen Gepäckstücke schleppten. Die Frau mit dem goldenen Seidenkleid ließ sich erschöpft auf einen der Koffer sinken. Sie spannte einen bunten Fächer auf und wedelte dem roten Punkt auf ihrer Stirn frische Luft zu. So etwas könnte Elisabeth jetzt auch gebrauchen.

»Ist Indien nicht ziemlich weit weg?«

»Es liegt hinter Sansibar, auf der anderen Seite des Ozeans.«

»Ach so. Ich verstehe.«

Was verstand sie? Es war nicht ihre Art, sinnlose Bemerkungen zu machen. Das musste an diesem merkwürdigen Mann liegen, mit dem auch die einfachsten Gespräche nicht einfach waren.

»Dazwischen liegen etwa 4000 Seemeilen.«

Sie versuchte, sich die Strecke vorzustellen, aber es gelang ihr nicht. »Wenn es so weit weg ist, warum gibt es dann Inder in Afrika?«

»Die leben schon lange an der ostafrikanischen Küste, wahrscheinlich kamen sie früher als Händler und sind dann geblieben. Deshalb heißen manche Münzen hier Rupien wie in Indien.«

Elisabeth überlegte, ob es in Indien auch viele Neger gab. Doch woher sollte Max das wissen?

»In Kenia, bei den Engländern, gibt es sogar Chinesen.«

»Kamen die auch als Händler?«

»Nein, die Briten haben sie importiert. Zum Bau der Bahnlinie nach Uganda. Dazu konnten sie die Neger nicht brauchen.«

Elisabeth antwortete nicht. Menschen als Importware zu bezeichnen fand sie geschmacklos. Max zog einen Zigarrenstumpen aus der Tasche und ging nach vorne, um einen der Reisenden um Feuer zu bitten. Sie sah ihm nach. War dieser Mensch wirklich so kalt und gefühllos, wie es den Anschein hatte?

Eine innere Stimme erinnerte sie daran, dass dieser Mann ihr Ehemann war. Und sie seine Ehefrau! Dieses Wort klang nach Pflicht und Gehorsam, harter Arbeit und Leiden. Wenn sie an ihre Mutter dachte, bedeutete es mehr Leiden als Leben.

Wieder spürte Elisabeth den dumpfen Druck in der Brust, der ihr das Atmen so schwer machte. Sie fühlte sich vom Schicksal in eine Sackgasse getrieben, aus der es keinen Ausweg gab.

KAPITEL 7

Der monotone Rhythmus der Räder und das Pfeifen des Windes waren die einzigen Geräusche im Abteil. Seit zwei Stunden stand Elisabeth schon am offenen Fenster und sah hinaus. Die gleichmäßig vorbeiziehende Landschaft beruhigte sie, das Gedankenkarussell in ihrem Kopf wurde langsamer. Die Weite, in die sich ihr Blick verlor, schien ihr Kraft zu geben. Wo das Land und der Himmel unendlich groß waren, wurden vielleicht Dinge möglich, an die sie nicht gedacht hatte.

Sie schaute nach vorne zur Spitze des Zugs. Die Lokomotive stieß mächtige Rauchschwaden aus, fuhr aber langsamer, als es die Züge in Deutschland taten. Umso besser, so konnte sie jedes Detail genau in sich aufnehmen. Zu Beginn der Fahrt war das Land flach gewesen, überall gab es Felder, neben denen Lehmhütten oder kleine Dörfer standen. Als die ersten Grünflächen auftauchten, erblickte sie Rinderherden, die von großen Hirten in roten Gewändern bewacht wurden. Manchmal sah sie Ziegen oder Schweine, die in einem runden Pferch aus dornigem Gestrüpp untergebracht waren. Oft tauchten kleine, nackte Kinder auf, die herbeiliefen, um die Bahn aus nächster Nähe vorbeischnauben zu sehen. Wenn sie Gesichter von Reisenden am Fenster erblickten, winkten sie mit beiden Händen und liefen eine Weile neben den Waggons her.

Nach einiger Zeit wurden die Felder weniger, die Landschaft verwandelte sich in eine endlose grüne Fläche, die aus Gestrüpp und niedrigen Bäumen bestand. Dazwischen

zogen immer wieder Landstriche vorbei, die gerodet waren. Dann blickte sie auf gepflegte Getreidefelder, Baumwollstauden oder niedrige Kartoffeläcker, manchmal auch auf grüne Kaktusstauden, die sie nicht kannte. Das mussten deutsche Pflanzungen sein, denn irgendwann tauchte dann meist ein herrschaftliches Haus auf, das an die soliden Bauten erinnerte, die sie in der Stadt gesehen hatte.
Die Landschaft wirkt ungeheuer friedlich, dachte sich Elisabeth. Doch etwas fehlte: die wilden Tiere! Bisher hatte sie kein einziges gesehen. Eigenartig. Immerhin fuhren sie jetzt schon mehrere Stunden. Doch war da vorne nicht eine Bewegung im Gebüsch?
Tatsächlich, sie hatte sich nicht getäuscht. Ein langer gelbbrauner Hals schob sich aus den Büschen hervor. Am oberen Ende saß ein länglicher Kopf mit winzigen Ohren. Schon tauchte daneben ein zweiter auf. Elisabeth wollte fragen, was das für ein Tier war, beschloss dann aber zu warten, bis sie den ganzen Körper sehen konnte. Als sie kurz darauf zwei dieser Exemplare auf dünnen, langen Beinen in freier Wildbahn entdeckte, war ihr klar, dass sie soeben ihre ersten Giraffen gesehen hatte. Elisabeth fand, dass es wunderbare, aber doch recht merkwürdige Tiere waren. Irgendwie sahen sie aus, als hätte ihnen der Schöpfer den Hals lang gezogen. Wahrscheinlich damit sie die Krone der hohen Bäume besser erreichen konnten. Dann hätte er diesen Gefallen aber auch anderen Tieren tun können.
Max saß auf der Bank, seine Füße hatte er auf den gegenüberliegenden Sitz gelegt. Er döste vor sich hin, aber richtig entspannt war er nicht. Seit Abfahrt des Zugs schaute dieses Mädchen aus dem Fenster. Auch wenn ihm Elisabeth

immer nur den Rücken zuwandte, die blonden Locken, die der Fahrtwind durcheinanderwirbelte, verliehen ihr eine ungestüme Anmut. Zum ersten Mal hatte er Zeit, Elisabeth in Ruhe zu betrachten. Sie wirkte schlank, fast grazil. Der Ansatz ihrer wohlgeformten Brüste war ihm schon auf dem Fischmarkt aufgefallen, immer dann, wenn sie sich über einen der dampfenden Töpfe in den Garküchen gebeugt hatte. Aber auch so, wie sie jetzt am Fenster lehnte, wirkte sie durchaus attraktiv. Die Rundung ihrer Hüften war ein Anblick, nach dem er sich unbewusst schon lange gesehnt hatte. Diesen Körper könnte er jederzeit berühren, schließlich war er mit Elisabeth allein im Abteil. Doch natürlich würde er das nicht wagen.
Warum eigentlich nicht? Wäre es nicht völlig normal, die Frau zu berühren, mit der man verheiratet ist? Max ärgerte sich über seine Gedanken. Sie hatten ihn an ein Thema erinnert, das er wohl oder übel bald zur Sprache bringen musste. Bald, aber nicht jetzt. Er schloss die Augen und versuchte, sich in dem immer gleichen Rhythmus der Räder zu verlieren.
Wieder glitten am Fenster mehrere Giraffen vorbei, die friedlich ästen. Doch jetzt schien etwas die Tiere erschreckt zu haben, sie hielten inne. Die Hälse standen regungslos im Wind, die Köpfe kreisten. Sekunden später liefen die Tiere davon. Laufen war nicht das passende Wort, fand Elisabeth, denn ihre langen Beine bewegten sich so elegant, dass die Tiere auch bei hohem Tempo gelassen zu schweben schienen.
»Warum laufen sie jetzt weg?«
»Keine Ahnung. Vielleicht haben sie einen Löwen gewittert.«

Max hatte mit geschlossenen Augen geantwortet.
»Sieht man den nicht?«
»Im hohen Gras nicht. Erst wenn es zu spät ist.«
Während Elisabeth noch überlegte, wie man sich in einem Land fortbewegen konnte, wo sich überall Löwen versteckten, tauchten dicht neben der Bahn Tiere auf, die wie Rehe aussahen. Einige trugen ein Geweih mit gekrümmten Hörnern, die winzigen Schwänze der Tiere drehten sich aufgeregt wie kleine Propeller.
»Antilopen.«
Max antwortete, bevor sie fragen konnte. Je länger sie fuhren, desto öfter entdeckte sie auch die komischen Flaschenbäume wieder, die wie Wahrzeichen in der Landschaft standen. *Baobab* – den Namen hatte sie sich gemerkt, weil er so exotisch klang. Aber irgendwie schön.

Als die Lokomotive durch eine langgestreckte Kurve stampfte, konnte Elisabeth den ganzen Zug sehen. Die Fenster der anderen Abteile waren geschlossen, nur in den Waggons der 3. Klasse, in denen die Schwarzen saßen, konnte sie vereinzelt Köpfe erkennen, die hinausschauten. Jetzt ertönte vom Ventil des Dampfkessels ein schriller Pfiff. Elisabeth beugte sich aus dem Fenster. Eine Herde von Rindern stand auf den Schienen, mächtige, graue Tiere, die Höcker auf dem Rücken hatten.
»Das sind Gnus. Oder Kudus. Die gibt es überall.«
Max, der sich unbemerkt neben sie gestellt hatte, setzte sich wieder. Ein zweiter, längerer Pfiff aus dem Dampfkessel brachte die Herde langsam dazu, sich in Bewegung zu setzen.
Im nächsten Moment zuckte Elisabeth zusammen. Er-

schrocken presste sie ihre Hand gegen das rechte Auge und ließ sich auf den Sitz fallen. Natürlich, sie hätte nicht nach vorne schauen sollen. Immer wieder drückte der Fahrtwind die Rauchwolken der Lokomotive nach unten bis zu den Waggons. Sie tastete nach ihrem Taschentuch, doch Max kam ihr zuvor. Mit der einen Hand hielt er ihren Kopf, mit der anderen hob er das Lid des verletzten Auges. Geschickt tupfte er mit seinem Schnupftuch den schwarzen Rußpartikel von der Pupille.

»Schon erledigt.«

»Danke.«

Elisabeth war überrascht, wie zart seine rauhen Hände sein konnten. Sie waren braungebrannt und kräftig, aber grob eigentlich nicht. Und nun saß dieser Mann schon wieder völlig entspannt da und döste vor sich hin, als sei das alles selbstverständlich. Die Giraffenherde, die Kudus, die Antilopen und der Löwe, den sie nicht gesehen hatte. Vielleicht hatte Max ja recht. Vielleicht war das in Afrika wirklich nichts Besonderes. Elisabeth wurde zum ersten Mal bewusst, dass sie durch ein unbekanntes Land fuhr mit einem Mann, der sich dort längst zu Hause fühlte. Ob ihr das auch je gelingen würde?

Kurz darauf öffnete Max wieder die Augen, er konnte doch nicht schlafen. Aus der Tasche im Gepäcknetz holte er zwei Butterbrote hervor, die er sorgfältig auswickelte. Dann tippte er Elisabeth sanft auf die Schulter.

»Wollen Sie …?«

Sie schüttelte den Kopf.

»Das mit dem Brief war Absicht, oder?«

Max kaute, er musste überlegen, was sie damit meinte.

»Welcher Brief?«

»Den Sie zu spät weggeschickt haben. Damit ich nichts erfahre. Von der neuen Verordnung des Gouverneurs.«
Max tat so, als nähme er einen Schluck aus der Feldflasche, die längst leer war. »Das brauchen Sie sich doch nicht so zu Herzen zu nehmen.«
Elisabeth wandte sich ab und blickte wieder aus dem Fenster. Max suchte nach Worten. Er wollte das loswerden, was ihm seit heute Morgen durch den Kopf ging. Aber er musste den Gedanken so ausdrücken, dass er nicht missverstanden wurde. Das war schwierig. Und delikat. Einige Minuten rang er mit sich, dann gab er sich einen Ruck: »Ich meine, das mit den ehelichen Pflichten …«
Elisabeth wirbelte herum, seine Stimme kam ins Stocken. Max spürte, wie er rot wurde.
»Wir müssen uns halt erst kennenlernen.«
Ihr Blick war unergründlich, das machte ihm die Sache nicht leichter.
»In der Wildnis lernt man warten«, fügte er verlegen hinzu.
»Auf die Beute?«
Ein zartes Lächeln schien sich auf ihrem Gesicht anzudeuten. Doch bevor er feststellen konnte, ob er sich nicht getäuscht hatte, drehte sie sich wieder um und betrachtete die vorbeiziehende Landschaft, in der jetzt die ersten Berge auftauchten. Max ließ sich zurück in die Polster sinken. Wenigstens war das jetzt erledigt. Kurze Zeit später war er eingenickt.

Wie viele Stunden sie schon fuhren, wusste Elisabeth nicht. Die Landschaft hatte sich verändert, seit sie die Berge von Morogoro hinter sich gelassen hatten. Gelbes Steppengras

hatte die grüne Weite abgelöst, wie ein goldener Teppich schimmerte die Savanne im Licht der tiefstehenden Sonne. Max war aufgewacht und reckte sich.
»Haben Sie Hunger?«
»Ein bisschen.«
»Dann gehen wir in den Speisewagen.«
Elisabeth zögerte, doch Max wollte dem gemeinsamen Schweigen entkommen. »Dort gibt es auch Fenster.«
»Für mich ist alles so neu. Können Sie das verstehen?«
»Am Anfang war es bei mir genauso.«
»Und jetzt?«
Max musste einen Moment lang nachdenken. »Tanganjika ist ein wunderbares Land. Aber man bekommt nichts geschenkt.«
Zu Hause auch nicht. Niemand wusste das besser als Elisabeth.

Das Zugrestaurant war voll, laut und verrauchter als eine deutsche Gaststätte am Sonntag. Als Elisabeth den Raum betrat, stockte die Unterhaltung. Kräftige Männer mit sonnenverbrannten Gesichtern warfen ihr neugierige Blicke zu. Sie sah sofort, dass sie die einzige Frau im Raum war. Max ließ seinen Blick über die Anwesenden wandern, nur allzu gerne würde er Elisabeth einem Bekannten präsentieren. Doch der einzige, den er entdeckte, war der, den er auf keinen Fall treffen wollte – Fritz. Der Nachbar saß hinter der Tür und spielte mit zwei Kolonialbeamten Karten. Sein rechtes Auge war mit einer schwarzen Klappe bedeckt. Max tat so, als würde er ihn nicht sehen, und suchte nach einem freien Platz im hinteren Teil des Waggons. Doch Fritz hatte das junge Paar schon entdeckt. »Mensch, das gibt's ja nicht!«

Er ließ die Karten fallen und lief lachend auf die beiden zu. »Mensch, Max, warum hast du mir nicht gesagt, dass heute der große Tag ist?«

»Ich wollte dich überraschen.«

Eine schlechte Ausrede war besser als keine. Mit einem verhaltenen Lächeln stellte Max den Freund vor.

»Fritz Moser, unser Nachbar.«

»Und Sie müssen Elisabeth sein.« Fritz verbeugte sich und streckte ihr die Hand entgegen.

»Freut mich, freut mich sehr.«

Fröhlich zwinkerte er Max zu. »Gratuliere.«

Dieser lächelte verlegen, konnte aber seinen Stolz über die attraktive Frau an seiner Seite nicht ganz verbergen.

»Wo kommst du her?«

»Vom Augenarzt. Leider zu spät.«

Fritz hob die Klappe hoch, ein rotes Loch klaffte in seinem Gesicht. Als er Elisabeths erschrockenen Blick registrierte, rückte er schnell die Klappe wieder zurecht.

»Keine Sorge, das neue ist schon bestellt!«, sagte er grinsend. Dann nahm er Max und Elisabeth am Arm und führte sie zur Theke. »Drei Halbe!«

Elisabeth erschrak, sie hatte noch nie ein Bier ganz allein getrunken. Doch die offene, unbekümmerte Art dieses Mannes gefiel ihr. »Sie werden uns hoffentlich oft besuchen. Gute Nachbarn sind wichtig.«

»Da haben Sie recht, gerade in Afrika.« Fritz verbeugte sich schmunzelnd. »Was täte ich lieber, als mich in der Gesellschaft einer charmanten Frau vom tieferen Sinn unseres kolonialen Abenteuers zu überzeugen?«

Elisabeth musste sich bemühen, nicht rot zu werden. »Danke, das haben Sie schön gesagt.«
Ihre Augen glänzten. Max räusperte sich. Dass sich die beiden auf Anhieb so gut verstanden, war ihm nicht geheuer.
»Oft wird er nicht kommen. Seine Pflanzung ist drei Stunden entfernt.«
»Zu Fuß.«
Das bemerkte Fritz so strahlend und unbekümmert, als wäre diese Art der Fortbewegung in Afrika ein besonderer Genuss.
Der Schankkellner, ein älterer Mann mit lederner Bundhose und mächtigem Schnurrbart, stellte die randvollen Krüge vor den Gästen ab und musterte die junge Frau. »Wo geht's denn hin?«
Elisabeth hatte den Namen der Haltestelle vergessen, Max kam ihr zur Hilfe. »Ins Hinterland von Kimamba.«
Der Mann pfiff anerkennend durch die Zähne. »Alle Achtung. Da haben Sie sich ja ganz schön was vorgenommen, Fräulein.«
Max schüttelte den Kopf. »Wir haben uns was vorgenommen. Sie ist nämlich meine Frau.«
Der Schankkellner zwirbelte die Enden seines Schnurrbarts hoch. Ein breites Lächeln erschien auf seinem Gesicht. »Da schau her. Gratuliere!« Er füllte ein Schnapsglas, kippte sich den Inhalt in die Kehle und hielt das leere Glas in die Höhe.
»Alles Gute euch beiden. Das Bier geht auf mich.«
»Danke.«
Max nahm sein Glas und blickte in die Runde. Auch Fritz hob seinen Krug.
»Auf die schönste Frau Afrikas.«

Er stieß den Krug so fest gegen ihr Glas, dass der Schaum überschwappte. Die Männer lachten und tranken, Elisabeth nippte vorsichtig. Nach einem kräftigen Schluck wischte sich Fritz den Schaum von den Lippen. »Gut, nicht wahr? Das ist von hier. Deutsche Braukunst.«

Elisabeth probierte noch einmal, diesmal entschlossener. »Stimmt, das schmeckt. Aber ich versteh' nicht viel von Bier.«

Fritz klopfte ihr auf die Schulter. »Wir erledigen das gerne für Sie.« Dann nahm seine Stimme einen vertraulichen Tonfall an. »Ich will ja nicht indiskret sein, aber verraten Sie mir bitte, was um Himmels willen hat eine junge Frau wie Sie dazu gebracht, unter Schlangen und Skorpionen leben zu wollen?« Das eine Auge zwinkerte ihr fröhlich zu. »Noch dazu mit einem Menschen wie diesem hier.«

Max beobachtete den Schaum in seinem Krug, er warf kleine Blasen. Elisabeth überlegte einen Augenblick. »Seine Briefe.«

Nun blies Max Schaumkronen in die Luft. Fritz spürte allmählich, dass er sich auf dünnem Eis bewegte. »Die Wirklichkeit ist viel aufregender, glauben Sie mir. Schreiben kann man alles Mögliche.«

»Da haben Sie recht.« Elisabeth war ernst geworden. Um das Schweigen zu brechen, das plötzlich im Raum stand, hob Fritz sein Glas. »Auf die Zukunft!«

Elisabeth fischte eine Fliege aus ihrem Glas. »Die ist wohl unvermeidlich.«

Fritz musste einen Moment überlegen, wie sie das gemeint hatte, doch ein Blick auf Max zeigte ihm, dass es höchste Zeit war, das Thema zu wechseln.

»Ich hätte euch gerne ein Stück begleitet. Aber ich muss

weiter nach Kilosa, aufs Bezirksamt. Zu den freundlichen Herren da hinten.«

Er zeigte auf die beiden Kolonialbeamten in der Ecke, die ihre Karten eingepackt hatten und jetzt vor einem gewaltigen Teller mit Sauerkraut und Würsten saßen.

»Schade«, sagte Elisabeth und lächelte freundlich.

In diesem Augenblick betrat eine ungewöhnliche Gestalt das Restaurant. Unter einem verwitterten amerikanischen Cowboyhut blitzten die wachen Augen eines älteren Mannes. Sein braungebranntes Gesicht war unter den langen Haaren und dem wuchernden Bart kaum zu erkennen. Der Fremde trug eine abgetragene Lederweste und verwaschene englische Militärhosen. An seinem breiten Ledergürtel hingen diverse Beutel, in einem Lederfutteral steckte ein riesiges Messer.

Der sieht aus wie Buffalo Bill, dachte sich Elisabeth und erinnerte sich an die Heftchen, die Onkel Alfred ihr als Kind so gern gezeigt hatte.

Der Fremde setzte sich auf einen der letzten freien Plätze neben der Tür, holte ein Buch aus der Tasche und begann zu lesen. Neugierig musterte Fritz den Neuankömmling, dann beugt er sich vor zu Max.

»Mensch, ich glaube, da drüben sitzt der Selous.«

»Das könnt' er schon sein. Jedenfalls sieht er aus wie auf den Fotos.«

»Komm, wir gehen hin.«

Fritz war ganz aufgeregt, doch Max zögerte.

»Mensch, das ist doch die Gelegenheit.«

Mit einem Blick gab Max dem Freund zu verstehen, dass er Elisabeth nicht allein lassen wollte.

»Wie du willst. Entschuldigt mich bitte einen Augenblick.«

Er rückte sich die Augenklappe zurecht und ging auf den Fremden zu. Die Zurückgebliebenen beobachteten, wie ihm Fritz respektvoll die Hand schüttelte und sich dann zu ihm setzte. Max beugte sich zu Elisabeth.
»Das ist Frederick Selous, der berühmteste Jäger Afrikas.«
Die andächtige Bewunderung in seiner Stimme konnte Elisabeth schwer nachvollziehen, sie beeindruckte der verwahrloste Mann nicht. »Sieht eher aus wie ein Bettler.«
Max warf ihr einen vorwurfsvollen Blick zu.
»Der Mann ist eine Legende. Vor Jahren hat er die größte Safari organisiert, die es in Afrika je gegeben hat. Fünfhundert Leute! Die waren acht Monate unterwegs.«
Er machte eine Pause, doch Elisabeth war noch immer nicht beeindruckt.
»Leider war das drüben bei den Engländern. Es war nämlich für den Roosevelt.«
»Ist der auch wichtig?«
Max musste lachen. »Aber Fräulein, das ist der amerikanische Präsident.«
»Und woher soll ich wissen, dass der in Afrika war?«
Sie griff nach dem Bierkrug und genehmigte sich einen Schluck, der größer ausfiel, als sie beabsichtigt hatte.

Als die beiden zwei Stunden später zurück ins Abteil kamen, spürte Elisabeth, wie müde sie durch den Alkohol geworden war. So viel Bier hatte sie in ihrem ganzen Leben noch nicht getrunken, aber allein ihre Schuld war es nicht gewesen. Dieser Fritz konnte wirklich sehr charmant sein. Er war viel lebendiger als Max, der in der Gegenwart

des fröhlichen Kölners noch steifer und blasser wirkte. Auch machte der Nachbar manchmal einen so vertrauten Eindruck, als würde er Elisabeth schon lange kennen. Das war eigenartig, aber nicht unangenehm.
Als Fritz den Engländer später an ihren Tisch brachte, war Max zuerst ganz verlegen. Erst als dieser Selous Elisabeth dann ein paar nette Komplimente gemacht hatte, taute er auf und fühlte sich geschmeichelt. Nur wenn Fritz ihr etwas Charmantes sagte, reagierte er ungehalten. Doch Elisabeth war jetzt zu müde, um sich über die Details zwischenmenschlicher Befindlichkeiten noch länger Gedanken zu machen.
Sie ließ sich auf die Bank fallen, legte die Beine auf den gegenüberliegenden Sitz und schloss die Augen. Es war spät geworden, was an ihrem ersten Tag in Afrika alles geschehen war, würde sie noch lange beschäftigen.
»Hat Ihnen das Restaurant gefallen?«
»Das schon, aber ich habe zu viel getrunken.«
»Dafür schlafen Sie jetzt umso besser.«
Max holte sich eine Zigarre aus dem Koffer und zündete sie an. Draußen war es dunkel geworden, und die Luft im Abteil war deutlich frischer. Seine Lippen formten einen Rauchring, der einige Sekunden durch den Raum wanderte und sich kurz vor Elisabeth auflöste.
»Gefällt er Ihnen?«
Elisabeth nickte.
»Unser Ehering wird Ihnen auch noch gefallen.«
Diese Bemerkung erwischte sie kalt. Doch sie hatte keine Ironie in seiner Stimme entdeckt. Max saß einfach da und lächelte.

Im Salon des Gouverneurpalasts von Daressalam hatte soeben ein Diener die Kerzen angezündet. Auf dem dunklen Ledersofa saßen zwei Männer. Sie hatten ihren Kaffee ausgetrunken und hielten Cognacschwenker in den Händen. In den bauchigen Gläsern spiegelten sich die Flammen des silbernen Kerzenleuchters. Der Gouverneur der Kolonie Deutsch-Ostafrika, Magnus von Rechenberg, ein älterer, immer noch gutaussehender Mann mit ernsten Gesichtszügen, blickte seinen Gast wohlwollend an. »Wir können zufrieden sein, Herr Oberst. Zwar ist der Import immer noch größer als unser Export, aber wir sind schließlich noch in der Aufbauphase.«

»In Zahlen?«

»Wie bitte?« Irritiert sah der Gouverneur seinen Gast an.

»Welches Defizit muss unsere Wirtschaft abbauen?«

»Der Export wird in diesem Jahr 35 Millionen Mark betragen, der Import 55 Millionen.«

»Ich verstehe.«

Der Gouverneur wurde unruhig. Was verstand er? Doch der Oberst lächelte ihn freundlich an.

»Wie viele Pflanzungen gibt es im Augenblick?«

»Etwa 800. Doch es werden immer mehr. Die meisten sind in der Nähe des Kilimandscharo und im Usambara-Gebiet.«

»Und im Hinterland?«

»Nur wenige. Es ist noch zu mühsam.«

»Und wie viele Einwohner hat die Kolonie?« Der Gouverneur fühlt sich wie ein Kind auf der Schulbank, das seine Hausaufgaben aufsagen musste. So etwas stand doch in allen Papieren. »Etwa 5300 Deutsche. Davon 2000 Beamte.«

»Ein etwas ungleiches Verhältnis, wenn Sie mir die Bemerkung erlauben.«

Oberst Lettow-Vorbeck war kein Freund von Staatsdienern, auch wenn er in gewissem Sinne selbst einer war.

»Wir tun unser Bestes«, sagte der Oberst.

Es war ja nicht seine Schuld, dass sich die Annehmlichkeiten eines vom Staat abgesicherten Lebens in den Tropen so schnell herumgesprochen hatten.

»Davon bin ich überzeugt.«

Der Oberst betrachtete sein Gegenüber verständnisvoll. Mit diesem Mann würde er gut auskommen. Er war frei von dem Dünkel, den er bei anderen Herren in ähnlich hohen Positionen so oft beobachtet hatte.

»Wie steht's mit den Negern? Irgendwelche Schwierigkeiten in letzter Zeit?«

»Nein. Gott sei Dank nicht. Wir bemühen uns, dass die Situation besser wird.«

Sie schwiegen eine Weile. Beide wussten, dass die bisherigen Verhältnisse in der Kolonie, was Gewalt und Sühneaktionen gegenüber den Eingeborenen anbelangte, nicht die besten waren. Die Regierung in Berlin hatte Carl Peters, den berüchtigten Menschenschinder, viel zu spät abberufen. Bis dahin hatte seine »Ost-Afrikanische Gesellschaft« enorme Gewinne erzielt und die einheimische Bevölkerung brutal ausgebeutet. Als Bismarck 1895 das Territorium endlich offiziell übernommen und unter den Schutz des Deutschen Kaisers gestellt hatte, waren die Kolonialherren bei vielen Stämmen längst verhasst.

Zwar wurde nun manches besser, aber Prügelstrafe, Kettenhaft und Zwangsarbeit gab es weiterhin. Deshalb war es zu den grässlichen Aufständen gekommen. Die Bilanz war erschreckend: verwüstete Dörfer, erschossene Gefangene, 100 000 Tote. Doch das war vor der Zeit des Gouverneurs gewesen. Er sollte das jetzt wieder in Ordnung bringen. Eine undankbare Aufgabe. Als Erstes hatte von Rechenberg die Zwangsarbeit abgeschafft, darauf war er immer noch stolz.

Der Gouverneur streckte seine Beine aus und lehnte sich zurück. »Wir müssen mehr tun für die Schwarzen. Ihnen das Gefühl geben, dass wir ihnen zwar überlegen sind, uns aber um sie kümmern. Und sie beschützen.«

Der Oberst nickte zustimmend.

»Und die Abschaffung der Sklaverei? Das ist doch ein Zeichen dafür, dass wir es gut mit den Negern meinen.«

Der Gouverneur beugte sich vor, diese Frage lag ihm besonders am Herzen. »Der Kaiserliche Freibrief ist eine gute Idee. Aber das neue Gesetz im ganzen Land durchzusetzen und vor Ort zu kontrollieren, ist unmöglich, dazu fehlt mir das Personal. Das wird Zeit brauchen. Inzwischen müssen wir den Schwarzen einfach nachdrücklich den Segen unsere Zivilisation vermitteln.«

Der Oberst blickte auf die Muster des teuren Kelims, der auf dem Parkettboden lag. Solche Sätze hatte er schon oft gehört, meistens von Politikern, die Deutschland noch nie verlassen hatten. »An was denken Sie?«

»Ich werde Schulen bauen. Bisher gab es nur die der Kirchen. Und Sanitätsstationen. Wir müssen Ausbildungsplätze schaffen. Für das Handwerk, den Handel und die Industrie. Und wir brauchen mehr Ärzte. Im Augenblick haben wir nur zwölf, das ist beschämend.«

Der Oberst hob sein Glas und machte die Andeutung einer Verbeugung. »Es scheint mir, dass Sie auf dem richtigen

Weg sind, wenn ich mir als Neuankömmling diese Bemerkung gestatten darf.«

»Danke, sehr freundlich.« Der Gouverneur nahm eine Zeitung vom Tisch. »Zu Hause jedenfalls mangelt es nicht an guten Ratschlägen.« Er blätterte die Seiten durch, bis er gefunden hatte, was er suchte. »Professor Meyer hat sich wieder zu Wort gemeldet. Sogar unsere Akademiker zerbrechen sich jetzt den Kopf – über meine Probleme! Hören Sie sich das an:

Eine Kolonie ist die Pflanzstätte deutschen Wesens. Dazu bedarf es der Mitarbeit des Negers und seiner Erziehung im Sinne unserer nationalen Zwecke. Das darf aber nicht bedeuten, dem Neger europäische Kultur anzuerziehen. Gegenüber Schwarz muss Weiß aus Rassenstolz immer die Oberhand wahren und niemals vom Herrenstandpunkt abweichen. Nur solange der Neger in uns den Herrn und nicht den nachgiebigen weißen Bruder sieht, können wir uns seine Arbeitskraft im vollen Umfang zunutze machen.

Der Oberst warf ihm einen amüsierten Blick zu.

»Miserabler Stil.«

»Nicht nur das.«

Der Gouverneur legte die Zeitung beiseite und griff nach seinem Cognacschwenker. »Ausbeutung von Ressourcen kann allein kein Ziel sein für ein Land, das kulturelle Werte vertritt.« Er schenkte dem Oberst nach und goss sich auch noch einen Schluck ein. »Natürlich haben wir einige schwarze Schafe in der Kolonie. Das ist unvermeidlich. Aber ich lasse nie einen Zweifel an meiner Einstellung aufkommen.«

Der Oberst schwenkte das Glas, seine Nase schnupperte das Aroma. »Und die wäre?«
Sein Gegenüber nahm unwillkürlich Haltung an.
»Nur unsere kulturelle und sittliche Überlegenheit gibt uns das Recht, Herr zu sein. Weshalb Beamte und Privatleute, die dieses Herrentum missbrauchen, und solche wird es immer geben, von der vollen Strafgewalt der Regierung zu erfassen sind.«
Der Oberst nahm die Nase aus dem Cognacschwenker und lächelte freundlich. »Ein ehrenwerter Standpunkt, ich gratuliere.«
»Danke«, sagte der Gouverneur und ließ sich in seinen Ledersessel zurücksinken. »Doch es kommt weniger auf das an, was ich möchte, sondern darauf, wie sich die Kerle da draußen benehmen.«
Er machte eine kurze Pause, die Intensität seiner Stimme nahm wieder zu. »Und da darf ich Ihnen versichern, ich bin zuversichtlich. Einige unserer Leute haben schon angefangen, die Sprachen zu studieren. Sogar unter den Pflanzern gibt es einige, die Suaheli lernen, mit erstaunlichem Eifer. Das schafft Vertrauen, und es zeigt unseren guten Willen.«
Der Gouverneur erhob sich und ging zur Balkontür. Versonnen blickte er hinaus auf das Meer.
»Hier soll es anders werden als in Kenia, wo jeder Neger Englisch sprechen muss, weil sich die Briten zu schade sind, sich für die Sprache ihrer Untertanen zu interessieren.«
Der Blick des Oberst verlor sich im Lichterglanz des Kronleuchters. »Gute Idee. Bitte besorgen Sie mir einen vertraulichen Dolmetscher. Sonst irgendwelche Probleme?«

Von Rechenberg drehte sich um und wanderte durch den Raum. Vor dem überdimensionalen Gemälde des Kaisers blieb er stehen. »Berlin ist weit weg. Ich soll hier mit 2000 Deutschen acht Millionen Neger in Zaum halten. Nicht nur das, ich soll sie für das Deutsche Reich begeistern. Manchmal frage ich mich, ob wir uns da nicht übernehmen.«

Er wandte sich wieder seinem Gast zu. »Verzeihen Sie, das war nur so ein Gedanke.«

Sein Gegenüber lächelte ihn freundlich an. »Ich kann Sie gut verstehen.«

Der Gouverneur bot ihm eine Zigarre an. Der Oberst wählte eine aus und zündete sie an. »Was macht Ihnen sonst noch Sorgen, Exzellenz?«

Von Rechenberg seufzte und schüttelte bedächtig den Kopf. »Die Hüttensteuer. Ist nicht leicht, sie durchzusetzen.«

Lettow-Vorbeck wiegte bedächtig den Kopf. »Das ist für die Eingeborenen auch kaum zu verstehen. Ein Konzept der modernen Wirtschaft auf eine primitive Agrargesellschaft zu übertragen, die noch im Mittelalter lebt, erfordert Geduld.«

Der Gouverneur schwieg. Natürlich hatte sein Gast recht, doch wenn man täglich mit diesen Problemen konfrontiert wurde, sah man das anders. Auch wurde er nicht für seine Geduld bezahlt, sondern man erwartete von ihm, dass sich die wirtschaftlichen Investitionen in die Kolonie auszahlten, je schneller, desto besser. Da konnte er auf die Befindlichkeiten der Bevölkerung wenig Rücksicht nehmen.

»Wem sagen Sie das. Übrigens stimme ich Ihnen zu, das ist tatsächlich das Hauptproblem.«

»Die Geduld?«

Die Augen des Oberst verrieten einen Hauch von Ironie.
»Nein, die wird ohnedies jede Minute gefordert.«
Der Gouverneur lächelte, wurde dann aber gleich wieder ernst. »Ich meine die Mentalität der Schwarzen. Sie ist so anders, so fremd.«
Der Oberst nahm einen Schluck Cognac und ließ ihn genüsslich über den Gaumen rinnen.
»Überrascht Sie das?«
»Vielleicht ist es eine Frage der Tiefenpsychologie.«
Dieser Begriff kam ihm öfters in den Sinn, seit ihm sein Neffe ein Buch des berühmten Wiener Arztes geschenkt hatte, von dem zu Hause jetzt angeblich jeder sprach.
»Der Tiefenpsychologie?«
Der Oberst zog die Brauen hoch. Ein Blick in das Gesicht seines Gegenübers sagte dem Gouverneur, dass seine Bemerkung einer Ergänzung bedurfte. Er stand auf und durchschritt den Raum mit der Energie eines Redners, der sein Lieblingsthema vorträgt.
»Die Neger sehen keinen Sinn darin, mehr zu arbeiten als unbedingt nötig.«
»Wundert Sie das? Sie sollen ja nicht für sich selbst, sondern für uns arbeiten.«
Von Rechenberg ignorierte die Ironie seines Gastes, die ihm in diesem Augenblick deplaziert vorkam.
»Für wen denn sonst? Wir bezahlen sie doch auch.«
Kopfschüttelnd ließ er sich wieder in seinen schweren Ledersessel sinken. »Leider interessiert das die Leute nicht. Den Schwarzen fehlt jegliches Interesse für wirtschaftliche Zusammenhänge.«
Er machte eine Pause, um das so schwer Verständliche in verständliche Worte zu fassen.

»Sie wollen nur für etwas arbeiten, das sie unmittelbar brauchen. Sie weigern sich, mehr zu tun, um zusätzliche Erträge zu erwirtschaften. Um Waren zu haben, die man später verkaufen kann. Die Neger können nicht kommerziell denken. Der Gedanke, Geld anzusparen, um wohlhabend zu werden, ist ihnen völlig fremd.«
Der Oberst zog an seiner Zigarre. »Sie sind also mit wenig zufrieden?«
»Leider.« Für einen Augenblick sah der Gouverneur ganz unglücklich aus. Lettow-Vorbeck schmunzelte. »Sah das Diogenes damals nicht ähnlich, als ihm der große Alexander gegenüberstand?«
Verwundert blickte von Rechenberg den Oberst an. »Der Philosoph, der angeblich in einem Weinfass lebte? Nun sagen Sie mir bloß nicht, Sie wären lieber der arme Diogenes gewesen als der große Feldherr.«
Nachdenklich verfolgten die Augen Lettow-Vorbecks den Rauch der Zigarre. »Diese Frage habe ich mir leider noch nie gestellt.«
Er stand auf und stellte sein Glas ab. »Mit Verlaub, Exzellenz, ich würde mich gerne zurückziehen. Es hat mich sehr gefreut, Ihre Bekanntschaft zu machen. Noch mehr freut es mich, in Ihnen einen Mann mit einer Vision kennengelernt zu haben.«
Der Gouverneur lächelte geschmeichelt und reichte ihm die Hand. »Auf gute Zusammenarbeit. Übrigens habe ich mir erlaubt, für morgen ein kleines Fest zu organisieren, schließlich wollen wir Ihre Ankunft gebührend feiern.«
»Sehr freundlich.«
Der Oberst verbeugte sich. »Diese Ehre werde ich mir allerdings erst verdienen müssen.«

Der Gouverneur klingelte. Lautlos betrat ein Diener den Raum und begleitete Lettow-Vorbeck hinaus. Von Rechenberg war zufrieden. Es war nicht selbstverständlich, dass sich ein Kommandeur und ein Vertreter des Reichs auf Anhieb so gut verstanden. Das war gar nicht hoch genug einzuschätzen, denn von ihrer beider Geschick würde die Zukunft der Kolonie abhängen.

KAPITEL 8

Elisabeth wachte auf, als der Zug hielt. Es war sechs Uhr früh. Die ersten Sonnenstrahlen des Tages brachen sich in kleinen Nebelfeldern, die wie durchsichtige Inseln über dem Gras der Savanne schwebten. In der Nacht hatte sie so gefroren, dass sie einige Male zitternd vor Kälte aufgewacht war. Solche Temperaturen hatte sie in einem Land am Äquator nicht erwartet. »Wir müssen aussteigen.« Max holte das Gepäck aus dem Verschlag. Elisabeth blickte aus dem Fenster, sah aber weder einen Ort noch irgendwelche Gebäude.

»Halten wir auf freier Strecke?«

»Nein, wir sind da.«

Sie schob das Fenster herunter und beugte sich hinaus. Tatsächlich, da vorne stand ein kleines Häuschen mit der Aufschrift »Bahnhof«. Neben dem Gleis entdeckte sie ein winziges Schild mit einem deutschen Schriftzug: *Kimamba*.

Max war schon im Begriff, das Gepäck auszuladen. Er hatte in Daressalam die Gelegenheit genutzt, noch ein paar Vorräte zu besorgen. Als Elisabeth ausgestiegen war, konnte sie nicht glauben, dass hier eine Ortschaft sein sollte. Außer dem kleinen Bahnhofsgebäude war kein einziges Haus zu sehen. Sie ging um das Gebäude herum, doch auch da war nichts, Gras und Gestrüpp, so weit das Auge reichte.

Nur die Telegraphenmasten neben den Schienen, die sich am Horizont im blauen Dunst verloren, erinnerten an die bewohnte Welt. Erst als der Zug wieder losfuhr und den

Blick auf die andere Seite des Gleises freigab, entdeckte Elisabeth ein paar niedrige Steinhäuser mit kleinen Gärten, dahinter ein paar armselige Hütten. Wenn dies eine Ortschaft war, wie mochte dann der Bauernhof aussehen, den Max bewirtschaftete?

Dieser war jetzt im Gespräch mit einem kräftigen Schwarzen. Der Mann hatte ein langes braunes Tuch um die Hüfte gewickelt, das wie ein Rock aussah. Auf seinem Kopf trug er eine bunte Wollmütze. Sein Oberkörper war nackt, in der rechten Hand hielt er ein Gewehr. Max winkte Elisabeth zu sich.

»Das ist Salem, mein bester Mann. Er ist ein Bantu.«

»Ein was?«

»Das ist ein Negerstamm, aus dem Norden.«

Salem verbeugte sich tief. Elisabeth reichte ihm die Hand. Der Schwarze zögerte einen Moment, drückte sie dann aber lange und herzlich. Max zeigte auf eine Hügelkette, die so weit entfernt war, dass sie im Morgennebel kaum zu erkennen war.

»Dahinter ist es.«

»Und wo steht die Kutsche?«

»Gibt es hier nicht. Wege auch nicht.«

Elisabeth sah ihn verständnislos an.

»Wir gehen.«

Ungläubig starrte Elisabeth auf die zahlreichen Kisten und Gepäckstücke, dann wanderte ihr Blick hinaus in die Weite. Das bräunliche Gras der Savanne war so hoch, dass eine Person darin fast verschwinden würde. »Wie war das mit den Löwen? Man sieht sie erst, wenn es zu spät ist?«

Max grinste und zeigte auf das Gewehr, das Salem trug. Elisabeth stellte sich vor, wie ein wildes Tier im hohen

Gras auf sie zuraste, während sich die beiden Männer angeregt unterhielten und in die andere Richtung schauten. Salem hob die Hand und winkte. Ein Dutzend Schwarzer, die unter einem Baum gewartet hatten, liefen herbei und breiteten ein Gestell auf dem Boden aus, das aus zwei langen Latten bestand, zwischen die ein Leinentuch gespannt war. Salem zeigte auf Elisabeth, dann auf das Laken. »Memsahib, bitte.«
Sie verstand nicht, was er meinte. Max reichte ihr die Hand. »Setzen Sie sich da hinein. Die werden Sie tragen.«
Empört zog Elisabeth ihre Hand zurück.
»Ich denke nicht daran, ihnen schon jetzt zur Last zu fallen. Gehen kann ich selber.«
»Wenn Sie meinen.«
Er warf einen Blick auf ihre derben, aber nicht besonders soliden Sandalen. »Sie sollten feste Schuhe anziehen.«
»Wegen der Steine?«
»Wegen der Schlangen.«
Mehr musste er nicht sagen. In Sekunden hatte Elisabeth ihren Koffer geöffnet und packte ihre Wanderschuhe aus.
»Sind die Schlangen hier gefährlich?«
»Tödlich. Jedenfalls die meisten.«
Es kam ihr vor, als würde ein Hauch von Genugtuung in seiner Stimme liegen. Entschlossen schnürte sie ihre Leinenstiefel, so fest sie konnte. Die Träger verteilten die Gepäckstücke und wuchteten sich die Lasten auf die Schultern. Dann brachen sie auf. Max und Salem gingen voran, Elisabeth und die Träger hinterher. »Wie lang werden wir brauchen?«
»Etwa sieben Stunden.«

Elisabeth spürte, dass Max und dieser Bantu sie genau beobachteten. Sie verzog keine Miene. »Wird es sehr heiß werden?« Max nickte und flüsterte einem der Träger etwas zu. Dieser stellte seinen Koffer wieder ab. Max öffnete ihn und holte eine Strickmütze hervor. »Nehmen Sie die.«
Elisabeth betrachtete das Stoffteil misstrauisch, roch daran und schüttelte den Kopf. »Wir hätten einen Tropenhelm kaufen sollen.«
»Stimmt. Aber Sie wollten ja unbedingt zu den Fischen.« Max grinste, nahm seinen Hut ab und drückte ihn Elisabeth auf den Kopf. Die Schwarzen lachten. Sie kramte ihren Taschenspiegel hervor und betrachtete sich kritisch. Der Hut mit der breiten Krempe stand ihr gut, endlich sah sie so abenteuerlich aus, wie es den Umständen entsprach.
»Kann ich den behalten?«
»Klar, zu Hause habe ich noch einen.«
Mit einer schnellen Bewegung zog sich Max die Wollmütze über den Kopf und marschierte los. Elisabeth atmete tief ein, zog sich den Hut in die Stirn und warf einen Blick hinüber zu den Hügeln, doch deren Konturen waren schon im Dunst verschwunden.

Nach drei Stunden zügigen Marschierens war Elisabeth völlig erschöpft. Der Weg, dem sie folgten, war kaum als solcher erkennbar, ständig mussten sie Wurzeln, spitzen Steinen oder kleinen Felsbrocken ausweichen. Ihre Füße hatten Blasen, die Hände überall Schnittwunden, obwohl sie versuchte, die scharfen Blätter des schilfartigen Grases nicht zu berühren. Manchmal blieb sie etwas zurück, doch der Gedanke, im Augenblick der Gefahr zu weit von Max und seinem Gewehr entfernt zu sein, mobilisierte in ihr

immer wieder ungeahnte Energien. Wie die schwarzen Träger mit ihren Lasten so leichtfüßig dahintrotten konnten und dabei nur leicht schwitzten, war ihr schleierhaft. Nachdem sie die ersten Stunden durch die flache Savanne gelaufen waren, war die Landschaft hügeliger geworden. Die Anhöhen waren mit Felsbrocken übersät, dazwischen kamen sie immer wieder an mächtigen Steinquadern vorbei. Elisabeth hatte den Eindruck, sie würden in ein unbewohntes Land aus biblischen Zeiten vordringen. An Tieren hatte sie bisher einige Giraffen, zwei Büffel, eine Herde Kudus und verschiedene Antilopenarten gesehen, die sie aber nicht auseinanderhalten konnte. Und natürlich eine ganze Menge Vögel. Vor allem die riesigen Geier fand sie beeindruckend, die in den Baumkronen der Akazien saßen und sich erst im letzten Augenblick mit langsamen Flügelschlägen in die Luft erhoben. Die Vorstellung, dass es sich um Aasfresser handelte, hatte sie zuerst geekelt, aber deren natürliche Funktion im Kreislauf der Natur konnte sie den Vögeln nicht zum Vorwurf machen.
Am aufregendsten war die Begegnung mit einem Geparden gewesen. Das Raubtier stand auf einem Felsen, als die kleine Karawane über den Hügel kam. Es hielt die Nase in den Wind und nahm gerade Witterung auf. Die Flanken des schlanken, eleganten Körpers bebten, als hätte das Tier sich auf der Jagd verausgabt. Das Maul war geöffnet, der Gepard hechelte wie ein Hund. Als er sich kurz die Lefzen leckte, konnte sie sogar seine rosarote Zunge erkennen. Dann trat sie auf einen trockenen Ast. Der Gepard drehte den Kopf, machte einen gewaltigen Satz und verschwand im hohen Gras. Max erklärte ihr später, dass diese Raubkatze der schnellste Jäger Afrikas sei. Als sie zu der Stelle

kamen, an der das Tier gesessen hatte, entdeckten sie eine gerissene Antilope, deren Hinterteil nur noch eine blutige Masse war. Fast wurde ihr bei dem Anblick schlecht. Doch je länger die Kolonne marschierte, desto weniger achtete Elisabeth darauf, was um sie herum geschah. Mit gesenktem Blick kämpfte sie sich voran, jeder Schritt war längst zur Qual geworden.

Als sie wieder einmal im Tempo etwas zurückfiel, blieb Max an der Spitze der Kolonne stehen. Dies fiel ihr nur auf, weil sie den Kopf gehoben hatte, um die Moskitos zu verscheuchen. Sie sah, wie er auf Salem einredete und auf einen Punkt in der Ferne zeigte. Dann kletterte er auf einen Felsen und blickte durch das Fernglas. Elisabeth ließ sich ins Gras fallen, um sich einen Augenblick auszuruhen, doch nun schien Max etwas entdeckt zu haben, denn er winkte ihr zu. Elisabeth schüttelte den Kopf, sie wollte nur dasitzen und sich nicht mehr bewegen. Doch schon kam Salem herbeigelaufen und reichte ihr die Hand.

»Memsahib, schnell kommen.«

»Warum?«

»Tempo.«

Mehr sagte der Schwarze nicht, aber er ließ sie auch nicht mehr los. Widerwillig stand sie auf und stolperte vor zu dem Hügel, auf dem Max wartete.

»Was heißt Tempo?«

Max gab ihr das Fernglas und zeigte auf eine Stelle im Gras, etwa zweihundert Meter entfernt. Alles, was sie dort sah, waren ein paar graue Flecken, die sich bewegten. Sobald Elisabeth das Glas scharf gestellt hatte, schlug ihr Herz schneller. Elefanten! Endlich. Die ganze Zeit hatte sie darauf gewartet, diesen archaischen Geschöpfen zu begegnen. Und nun standen sie tatsächlich vor ihr. Ihre Müdigkeit war wie weggeblasen. Gemächlich zogen die grauen Riesen durch das Dickicht, alle paar Schritte schlugen ihre großen Ohren gegen die mächtigen Körper. Am meisten faszinierten Elisabeth die Rüssel der Tiere. Sie waren ständig in Bewegung. Der Rüssel eines Elefanten war Nase, Arm und Hand zugleich, stellte Elisabeth überrascht fest. Sie staunte über die unerschütterliche Ruhe, die von den grauen Kolossen ausging, ahnte die in den schweren Körpern vorhandene Kraft, die in der Gelassenheit der Bewegungen nur ansatzweise zum Ausdruck kam. Max war nicht entgangen, dass Elisabeth von dem Anblick völlig gebannt war. Er steckte einen Finger in den Mund und hielt ihn dann hoch in die Luft. »Der Wind kommt von vorn. Wir könnten es versuchen.«

»Was versuchen?«

»Wir gehen näher ran.«

Sekunden später schlich Elisabeth hinter Max und Salem gebückt durch das hohe Gras. Der Boden war feucht, er wurde immer sumpfiger. In welche Richtung sie gingen, wusste sie nicht, denn sie konnte nichts sehen außer den nackten Füßen von Salem, der vor ihr lief. Ihre Gedanken rasten, das Herz schlug ihr bis zum Hals. Wie nahe konnte man sich an Elefanten heranwagen, ohne die Tiere zu erschrecken? Wie schnell würde sie im Notfall weglaufen können, hier im dichten Busch, wo normale Schritte schon mühsam genug waren?

Die Männer vor ihr blieben stehen. Max richtete sich auf, sein Kopf ragte aus dem Gras empor.

»Vorsicht!« Unwillkürlich hatte Elisabeth einen erstickten Schrei ausgestoßen.

Max legte ihr die Hand auf die Lippen. »Ruhig bleiben.«
Elisabeth bemühte sich zu flüstern, was ihr in der Aufregung schwerfiel. »Wenn Sie die Tiere sehen, müssen die Sie doch auch sehen können.«
Max sah sie erstaunt an, diese auf den ersten Blick banale, in Wirklichkeit aber sehr scharfsinnige Bemerkung hätte er ihr nicht zugetraut. »Elefanten sehen schlecht, dafür haben sie einen hervorragenden Geruchssinn.«
»Dann können sie uns doch riechen?«
Noch einmal hielt er den Finger in den Wind und schüttelte den Kopf. »Bleiben Sie, wo Sie sind, und machen Sie keinerlei Geräusch.«
Seine Hand gab ihr ein Zeichen, sich aufzurichten. Vorsichtig hob sie den Kopf. Als sie über das Gras hinwegsehen konnte, stockte ihr der Atem. Die Elefanten waren höchstens noch fünfzig Meter entfernt. Jede ihrer Bewegungen konnte sie so deutlich hören, als würde sie neben den Tieren stehen. Das Schnauben der Rüssel, das Klatschen der Ohren, das Knacken brechender Zweige, das schmatzende Gurgeln der Füße im Schlamm.
Max reichte ihr das Fernglas. Nun waren die grauen Kolosse zum Greifen nahe: Die langen Wimpern über den Augen erkennen, die schwarzen Haarbüschel an den Schwänzen, die runzligen Falten der Rüssel und sogar die flachen Öffnungen an deren Enden, die ständig ruhelos umherschnupperten. Elisabeth war erstaunt, wie dicht die gewaltigen Leiber beieinander standen, einige Tiere ästen, andere wetzten die staubige Haut ihrer Körper gegeneinander oder strichen sich mit dem Rüssel über den Rücken.
In der Mitte der Herde standen die ganz Kleinen, die noch

kaum laufen konnten. Tapsig trotteten sie hin und her, ihre Rüssel baumelten unruhig vor ihren Beinen, als wüssten sie noch nichts damit anzufangen. Weiter hinten spritzten sich zwei Elefanten Wasser über den Körper. Eine Elefantenkuh blies Schlamm auf den Körper ihres Kleinen, der daraufhin den kleinen Rüssel weit hin und her schwang, als würde er lachen. Etwas abseits von der Gruppe standen zwei junge Bullen. Sie drückten die Köpfe gegeneinander und versuchten, sich gegenseitig wegzuschieben. Nach einer Weile beendeten sie das Spiel, beschnüffelten sich kurz und verknoteten friedlich ihre Rüssel, ein rührender Anblick.

Das Schnappen des Repetierbolzens riss Elisabeth aus ihrer Betrachtung. Sie drehte sich um und sah, wie Max die Kimme seines Gewehrs einstellte.

»Sie wollen doch nicht etwa auf diese Tiere schießen?«

Max nahm ihr das Fernglas aus den Händen. Den Bullen mit den mächtigen Stoßzähnen am Rande der Herde wollte er sich noch einmal genauer ansehen. Doch gerade als er das Glas ansetzte, verschwand das Tier im Dickicht einer Baumgruppe.

»Jetzt nicht mehr.«

Elisabeth schaute ihn ungläubig an. »Haben Sie etwas gegen Elefanten?«

»Im Gegenteil, es sind großartige Tiere.«

Noch einmal wanderte sein Blick über die Herde. Dem verschwundenen Bullen zu folgen kam nicht in Frage. Da Elisabeth dabei war, konnte er kein Risiko eingehen.

Elisabeth beobachtete ihn fassungslos. Dieser Mann, der eben eines dieser wunderbaren Tiere töten wollte, schien vollkommen entspannt zu sein. Elisabeth hingegen zitterte immer noch vor Aufregung. Vielleicht auch vor Wut. Sie konnte die widerstreitenden Gefühle in ihrer Brust nicht mehr unterscheiden.

Winzige Punkte flimmerten in der Hitze. Wie in Zeitlupe bewegten sie sich im wogenden Gras der Savanne. Die kleine Gruppe von Menschen marschierte jetzt bereits sechs Stunden. Die Männer waren schweißgebadet, auch Elisabeth klebte jedes einzelne Kleidungsstück am Körper. Seit der letzten Rast stolperte sie nur noch vor sich hin. Max tat das Mädchen leid, aber war es nicht ihre eigene Entscheidung gewesen, sich so zu quälen? Zäh war sie schon, das musste er zugeben, aber vielleicht auch nur stur. Seit der Begegnung mit den Elefanten hatte sie kein Wort mehr mit ihm gesprochen.

Auf einer Anhöhe blieb Max stehen und reichte ihr die Wasserflasche. Gierig trank sie in großen Zügen.

»Jetzt ist es nicht mehr weit.«

Elisabeth setzte die Flasche ab. »Wie weit?«

»Noch etwa zwei Stunden.«

»Bis zu den Moskitos?«

»Die gibt's überall.«

Er drehte sich um und ging weiter.

Kurze Zeit später erreichte die Karawane den Fluss, von dem Max gesprochen hatte. Elisabeth ließ sich im Schatten einer Akazie zu Boden fallen. Ihr Gesicht war von Insekten zerstochen, die Zehen bluteten, am rechten Fuß hatte sich ein Nagel gelöst.

Max ging vor ans Ufer und zeigte mit dem Finger auf das

träge dahinfließende Wasser, in dem Äste und Baumstämme trieben. »Fällt Ihnen irgendetwas auf?«
Elisabeth schüttelte den Kopf. Es war ihr völlig egal, ob da was war oder nicht. Sie konnte ihren Körper kaum noch bewegen. Max nahm Salem das Gewehr aus der Hand. Er lud durch und zielte auf einen der Baumstämme im Fluss. Dicht neben der Rinde spritzte die Kugel ins Wasser. Fast im gleichen Augenblick schnellte der vordere Teil des Stammes hoch, ein riesiges Maul mit spitzen Zähnen klappte auf. Elisabeth stieß einen Schrei aus. Doch bevor sie das Ungetüm genauer betrachten konnte, war es schon wieder lautlos im Wasser verschwunden. Das musste ein Krokodil gewesen sein. Von diesen Ungeheuern hatte sie Schreckliches gehört.
Max ließ das Gewehr sinken und lachte. »Beim Baden ist man hier nie allein.« Er lud nach und feuerte eine ganze Salve in die Wasseroberfläche. »Jetzt sind sie weg. Vorläufig.«
Seine Finger schoben neue Patronen in das Magazin. Dann begann er vorsichtig durch den Fluss zu waten. Ungläubig sah ihm Elisabeth nach. »Sie glauben doch nicht etwa, dass ich da auch durchgehe?«
»Natürlich. Oder wollen Sie hier übernachten?«
Die Sonne stand bereits bedenklich tief. Den schrecklichen Weg in der Dunkelheit zu gehen war unmöglich. Sie ahnte, dass sie keine Wahl hatte. In dumpfer Wut packte sie einen Stein und schleuderte ihn ins Wasser, dicht vor die Füße des Mannes, der ihr das alles eingebrockt hatte. Dieser stand bereits seelenruhig am anderen Ufer und wartete.
Nun gut, wenn es sein musste, war sie zu allem bereit. Das hatte sie sich inzwischen oft genug bewiesen. Sie wollte

aufstehen, sank aber vor Schmerz gleich wieder in die Knie. Doch ein kurzer Blick in das grinsende Gesicht des Mannes gegenüber gab ihr die nötige Kraft, sich noch einmal zu überwinden. Sie raffte ihre Kleider hoch und stolperte die Böschung hinunter. Der Fluss floss träge dahin, nichts bewegte sich in der bräunlichen Strömung. Einige Äste schwammen vorbei, doch vorläufig kein Baumstamm. Vorläufig.

Behutsam setzte sie einen Fuß ins Wasser. Der Boden war weich und schlammig. Obwohl ihr die Angst fast die Kehle zuschnürte, stellte sie auch den zweiten Fuß in die trüben Fluten. Schon stand sie bis zu den Knien im Wasser. Max hatte den Finger am Abzug und verfolgte jeden ihrer Schritte. Auch die Schwarzen, die hinter ihr warteten, starrten gebannt auf jede Bewegung im Wasser. Zitternd ging Elisabeth weiter. Schritt für Schritt tasteten sich ihre Füße über den schlüpfrigen Untergrund, in ihrem Hirn jagten sich die Gedanken. Wer wusste schon, was hier sonst noch für Tiere lauerten. Dieser Mann war ein Sadist, wie konnte er sie solchen Gefahren aussetzen und dabei auch noch so entspannt wirken. Jede Sekunde konnte eines dieser schrecklichen Biester sie an den Füßen packen.

Gerade hatte Elisabeth diese Vorstellung wieder verdrängt, da trat ihr Fuß ins Leere. Sie stieß einen schrillen Schrei aus, kippte zur Seite und verschwand unter Wasser. Max machte einen Satz nach vorne und riss das Gewehr hoch. Doch schon im nächsten Augenblick tauchte das Mädchen wieder auf. Sie stand jetzt bis zur Hüfte in den Fluten, spuckte Wasser und schnappte nach Luft. Dann wischte sie sich die nassen Haare aus der Stirn. Den Hut hatte sie verloren, er trieb in der Strömung davon. Elisabeth hustete und schüttelte sich. Der Schreck saß ihr in allen Gliedern, die Wut ebenfalls. Sollten die Krokodile sie doch gleich ganz auffressen, jetzt war ihr alles egal. Sie gab sich einen Ruck und watete energisch durch das Flussbett, als wäre das plötzlich ein Vergnügen.

Kaum hatte sie das andere Ufer erreicht, sank sie zitternd ins Gras. Max klatschte in die Hände, die Schwarzen applaudierten von der anderen Seite des Flusses. »Das ging doch ganz gut.«

Elisabeth kämpfte mit den Tränen, die nassen Kleider klebten an ihrem Körper. »Musste das sein?«

»Es ist der einzige Weg.«

Eine Weile lag sie stumm da, dann zog sie sich die von Schlamm getränkten Stiefel von den Füßen. Max warf einen Blick auf die Blasen an ihrem Fuß.

»Sieht nicht gut aus. Tut es sehr weh?«

Elisabeth ließ den Kopf ins Gras fallen und verbarg das Gesicht in ihren Händen. »Ich glaube, ich kann nicht mehr.«

»Das macht gar nichts.«

Max hob die Hand und gab Salem das Zeichen, mit den Trägern nachzukommen. Dieser hatte inzwischen den Hut aus dem Wasser gefischt und hielt ihn triumphierend in die Höhe.

Nach einer kurzen Pause, in der sich Elisabeth hinter den Büschen umgezogen hatte, stieg sie auf die mit grobem Leinen bespannte Bahre. Obwohl sie endgültig am Ende ihrer Kräfte angelangt war, kam sie sich dabei unmöglich vor. Die Schwarzen indes schienen sich zu freuen, die weiße Frau tragen zu dürfen. Sie lachten fröhlich und hoben sie hoch, als wäre sie ein Leichtgewicht. Als sie losmarschierten, bot sich Elisabeth von ihrer erhöhten Position aus ein beeindruckendes Panorama. Ein milchiger Dunstschleier lag über der Ebene, aus der sich die Konturen der nahen Berge sanft abhoben wie auf einem Aquarell. Sobald sich Elisabeth an die leicht schwankende Bewegung der Trage gewöhnt hatte, spürte sie, wie sich ihre geschundenen Glieder entspannten.

Eine Gruppe Störche zog über den Himmel. Sie schob sich den nassen Hut über das Gesicht und schloss die Augen. Nach einigen Schritten stimmten die Träger einen monotonen Singsang an, der sie im Einklang mit den schaukelnden Bewegungen in wenigen Minuten in den Schlaf wiegte.

Obwohl die Last der Träger jetzt größer war, kam die Karawane schneller voran. Max konnte das nur recht sein, denn er wollte die Pflanzung unbedingt vor Sonnenuntergang erreichen. Noch früher wäre besser, denn in der Dämmerung konnten die Löwen gefährlich werden. Das wussten auch die Träger, die er deshalb nicht ermahnen musste, da sie das Tempo von sich aus beschleunigten.

Irgendwann spürte Elisabeth, dass etwas anders war. Die regelmäßige Bewegung hatte aufgehört. Sie öffnete die Augen. Die Karawane befand sich am Rande eines Dorfs. Die Träger waren vor der ersten Hütte stehen geblieben, im Schatten eines prächtigen Jacaranda-Baums. Bevor sie sich weiter umsehen konnte, ließen die Schwarzen die Trage zu Boden. Max reichte ihr die Hand und half ihr auf die Beine.

»Wir sind da.«

Elisabeth sah ihn überrascht an. »Auf der Plantage?«
»Ja. Wir sind angekommen.«
»Und wo steht Ihr Haus?«
»Da ist es doch.«
Erst jetzt bemerkte sie, dass auf dem Strohdach der Hütte eine deutsche Fahne wehte. Das also war der romantische Bauernhof im tropischen Paradies. Elisabeth war erschüttert. Was vor ihr stand, war nicht einmal ein richtiges Holzhaus, sondern ein aus Zweigen und Ästen konstruierter Verhau, der mit Stroh und Palmwedeln gedeckt war. Die Wände bestanden aus Bastrohren oder krummen Ästen, die irgendwie zusammengehalten wurden. Das war die ärmlichste Behausung, die Elisabeth je gesehen hatte. Max, der sie genau beobachtete, spürte, dass der Anblick seines so mühsam errichteten Heims keine Begeisterung bei ihr hervorrief. Dabei hatte er einiges verändert, seit Häuptling Usua zu Besuch gewesen war. Neben der täglichen Schufterei hatte er einen kleinen Gemüsegarten angelegt, Obstbäume gepflanzt, Blumenkästen mit Geranien auf die Terrasse gestellt und eine bequeme Holzbank gebaut, auf der er mit Elisabeth den Blick über sein Land genießen wollte. Seine Frau sollte sich vom ersten Tag an wohl fühlen. Alles Weitere würden sie gemeinsam planen. »Es ist ja nur vorläufig. Bis die Pflanzung rentabel wird.« Elisabeth wusste, dass sie etwas sagen sollte, doch sie brachte kein Wort über die Lippen. In diesem Augenblick raste ein riesiger Rottweiler auf die Neuankömmlinge zu. Schwanzwedelnd sprang der Hund an Max hoch.
»Das ist Moritz.«
Er schob das Tier von sich weg und führte es zu Elisabeth. Welch eigenartiger Zufall. Das war auch der Name des

Heizers, der ihr auf dem Schiff etwas über die dunklen Seiten der deutschen Kolonie erzählt hatte. Der Hund beschnüffelte den neuen Gast, Elisabeth streichelte flüchtig seinen Kopf. »Ein schöner Hund.«
Sie wusste, mit solchen Banalitäten konnte sie die Situation nicht retten.
»Er wäre auch gut für die Jagd.«
»Wieso wäre?«
»Er würde nicht lange überleben.«
Mehr fiel Max nicht ein. Er fühlte sich müde und leer. Und er hatte nicht die leiseste Ahnung, wie das alles weitergehen sollte. Elisabeth ließ ihren Blick über den Platz wandern. Neben der Hütte stand in zwei Metern Höhe eine Wassertonne, die von vier eisernen Pfosten getragen wurde. Auf dem Vorhof liefen ein paar Hühner herum. Sie ging ein paar Schritte nach vorne und musterte ihr zukünftiges Zuhause genauer. Die eigenartige Konstruktion der Hütte wurde durch dünne und ziemlich krumme Holzstämme getragen, die mit Seilen miteinander verknotet waren. Der gesamte Bau stand auf Stelzen. Sie bückte sich und warf einen Blick unter das Haus. Zwei Affen, die sich dort versteckt hatten, kamen kreischend hervor und verschwanden im Dickicht.
»Wir bauen die Häuser nicht direkt auf den Boden, wegen den Termiten.«
»Sind das die großen Ameisen, die das Holz auffressen?«
Davon hatte ihr ein Mitreisender auf dem Schiff erzählt. Max nickte.
»Kommen die auch ins Haus?«
»Meistens nicht.«
Was passierte, wenn Termiten doch ins Haus kamen?,

dachte Elisabeth, sprach den Gedanken aber nicht aus. Auch Max wollte etwas sagen, zögerte aber ebenfalls, denn die Frage, die ihm auf der Zunge lag, war sinnlos geworden. Um das Schweigen zu brechen, stellte er sie doch.
»Gefällt es Ihnen? Wenigstens ein bisschen?«
Elisabeth konnte und wollte nicht lügen. Verzweifelt suchte sie nach einem Satz, hinter dem sie ihre tiefe Enttäuschung verbergen konnte. Sie fand keinen. Mit jeder Sekunde, die sie angestrengt überlegte, wurde die Situation peinlicher.
Ein vielstimmiger Chor beendete ihre Qual. »Komm herein, bring Glück her-ein!«
Sie drehte sich um. Hinter ihr hatte sich eine Gruppe Schwarze in einer Reihe aufgestellt. Die Männer und Frauen trugen saubere weiße Kleider und klatschten lachend in die Hände.
»Will-ko-men. Will-ko-men!«
Es klang so, als hätten sie die deutschen Sätze lange geübt. Max ließ Elisabeth nicht aus den Augen. Trotz zahlreicher Proben hatten seine Leute den richtigen Zeitpunkt für die Begrüßung verpasst. Aber das war jetzt egal. Wichtig war nur, wie das Mädchen reagierte. Elisabeth lächelte.
Sie war tatsächlich gerührt. Diese Menschen feierten ihre Ankunft, als hätten sie wochenlang darauf gewartet.
»Guten Tag, guten Abend, gute Nacht.«
Noch einmal das fröhliche Lachen. Es brachte Elisabeth zurück in die Realität. Sie nahm den Hut ab und verbeugte sich vor dem schwarzen Chor. »Vielen Dank. Das war wunderschön.«
Max fiel ein Stein vom Herzen. Er lief die Stufen zur Veranda hoch und öffnete die Eingangstür. »Willkommen zu

Hause.« Elisabeth zögerte, als hätte sie Angst vor dem, was sie erwartete. Max winkte ihr aufmunternd zu. »Glauben Sie mir, eines weiß ich. Die ersten Schritte sind oft die schwersten.«
»Das stimmt.« Elisabeth nickte. »Ich glaube, das stimmt sogar ganz genau.«
Als sie die Treppe zur Hütte hochstieg, fiel ihr auf, dass die Tür mit Blumengirlanden geschmückt war und auf dem Boden überall Kerzen brannten.

Der Raum, den sie betrat, war karg und schlicht. Ein großer, etwas grober Holztisch, auf dem eine Vase mit frischen Blumen stand, drei einfache Stühle, an der Wand ein selbstgezimmertes Regal. Keine Vorhänge, keine Tischdecke, keine Vitrine. Und doch wirkte der Raum im Licht der Kerzen eher festlich als primitiv.
»Das Esszimmer.«
»Das sieht ja aus, als wenn Weihnachten wäre.«
»Das ist es doch auch.«
Elisabeth schluckte. Ein Fest hatte ihre Ankunft werden sollen, und jetzt machte sie alles kaputt. Peinlich berührt senkte sie den Blick und suchte nach einer Antwort, die keine Lüge war. Es gab keine. Das schien auch Max zu spüren, denn er drehte sich schnell um und öffnete die Tür zu einem weiteren Zimmer. »Unser Lagerraum. Eine Art Speisekammer.«
Eher eine Rumpelkammer. An Schnüren hingen geräucherte Würste und Schinkenteile von der Decke, auf dem Holzboden stapelten sich Berge von Schachteln und Dosen. An dem einzigen freien Platz am Fenster stand ein Schreibpult, auf dem eine dicke, aufgeschlagene Leder-

kladde lag. Elisabeth trat näher. Ihr Blick wanderte über die handschriftlichen Aufzeichnungen, feinsäuberlich füllten sie Zeile um Zeile, einige Stellen waren mit dem Lineal unterstrichen. Daneben stand eine Tabelle mit Zahlen, jede einzelne penibel notiert.

»Das Wirtschaftsbuch. Die Ausgaben im Griff zu haben ist das Wichtigste, wenn man neu anfängt.«

»Und die Einnahmen?«

»Noch haben wir keine.«

Sein unbekümmerter Tonfall zeigte ihr, dass ihn dieser Umstand nicht sonderlich belastete. In der Ecke stand ein mit Leder bezogener Ohrensessel. Wenn man sich ein bisschen Mühe gab, könnte man dieses Zimmer ganz gemütlich herrichten. Wenn sic bleiben würde.

»Und wo geht's zur Küche?«

»Da hinaus.«

Max öffnete die hintere Tür des Raums. Sie führte zur Veranda auf der Rückseite der Hütte. Eine jüngere, ziemlich korpulente Frau saß auf dem Boden und schälte Kartoffeln. Beim Knarzen der Türangel sprang sie so energisch auf, dass die Schüssel umfiel und die Kartoffeln auf die Erde rollten. Eine Kaskade fremder Schimpfwörter sprudelte aus ihrem Mund, jedenfalls vermutete Elisabeth, dass es sich um solche handelte. Doch kaum hatte das schwarze Mädchen die weiße Frau entdeckt, legte sie sich erschrocken die Hand auf die Lippen. »Das ist Minni, unsere Köchin. Sie ist manchmal etwas schreckhaft.«

Elisabeth wollte ihr die Hand zur Begrüßung reichen, doch die Köchin blickte verlegen zu Boden. Dort lagen zwei Kartoffeln. Elisabeth bückte sich und roch daran. »Köstlich. Die schmecken bestimmt wunderbar.«

Minnie sah sie verwundert an, dann enthüllte ihr breites Lachen strahlend weiße Zähne. Elisabeth reichte ihr die Kartoffeln und zeigte mit dem Finger auf sich. »Elisabeth.«

»E – li – sa – bett.«

Die Schwarze wiederholt das Wort so bedächtig, als wolle sie sich jede Silbe einzeln einprägen. Max schüttelte den Kopf.

»Memsahib.«

Seine Betonung war kurz und knapp. Minnie nickte und sammelte die restlichen Kartoffeln ein. Andächtig murmelte sie dabei immer wieder den fremden Namen. Elisabeth blickte sich um. Das Einzige, was hier an eine Küche erinnerte, war die große, offene Feuerstelle neben der Veranda. An einem groben Eisengestell hing ein rußgeschwärzter, gusseiserner Topf.

»Die Schwarzen lieben offenes Feuer. Solange wir keinen Ofen haben, kommen wir damit prima zurecht. Und wenn's regnet, kocht Minni unter dem Vordach.«

Max zeigte auf ein Loch, das in das Palmdach eingeschnitten war und anscheinend als Rauchabzug diente.

»Wie praktisch.«

Was sollte sie zu einer so primitiven Vorrichtung auch sagen? Im Freien kochten in Straubing nur die Pfadfinder, und das auch nur bei Ausflügen. Wie sie hier Apfelstrudel backen sollte, ihr Lieblings- und Vorzeigegericht, war ihr schleierhaft. Das dicke Rezeptbuch, das ihr die Mutter zum Abschied geschenkt hatte, war offensichtlich überflüssig. Schade, aber darauf kam es jetzt auch nicht mehr an.

»Hinter der Scheune haben wir noch einen Brotofen. Den zeige ich Ihnen morgen.«

Wenigstens das. Eine Mahlzeit ohne Brot hätte sie sich auf die Dauer nicht vorstellen können.
Max ging zurück ins Haus und stieg eine schmale Treppe empor. Die dünnen Bretter bogen sich unter seinen Schritten, die Wände ächzten. Elisabeth wunderte sich, wie bei einer solchen Konstruktion überhaupt eine zusätzliche Etage möglich war.
Langsam stieg sie die Treppe hoch, vorbei an den Geweihen verschiedener Antilopenarten. Auf halber Höhe entdeckte sie zwischen den Trophäen ein gerahmtes Foto: Eine Bauernfamilie in bayerischer Tracht vor dem Maibaum. Im Vordergrund ein kräftiger, stattlicher Mann mit Schnurrbart und Filzhut. Neben ihm sieben Kinder, darunter zwei Mädchen, dahinter die Mutter im Dirndl. Im Gesicht des Vaters spiegelte sich ein nachsichtiges Lächeln, das den über Generationen gewachsenen Stolz über Besitz und Nachkommenschaft ausdrückte. »Ist das Ihre Familie?«
Max kam wieder ein paar Stufen zurück, nickte beiläufig und wollte gleich wieder hochgehen. Elisabeth nahm das Bild von der Wand und betrachtet es genauer. Keiner der Jungen auf dem Foto hatte Ähnlichkeit mit Max. »Sind Sie da nicht drauf?«
»Doch, ganz rechts.«
Tatsächlich, dort stand er. Der Kleinste hielt deutlichen Abstand zum Rest der Familie. Er hatte eine Pudelmütze auf dem Kopf und trug gestrickte Trachtenhöschen. Scheu blickte der kleine Junge zu Boden, alle anderen grinsten frech in die Kamera. Der Kleine sah zerbrechlich aus, keineswegs so, als würde er später den Drang verspüren, in einem Land zu leben, in dem es vor Krokodilen wimmelte und Leoparden von den Bäumen sprangen.

»Kommen Sie, das ist doch jetzt nicht wichtig.«
Zum ersten Mal verspürte sie Ungeduld in seiner Stimme. Elisabeth hängte das Bild zurück an die Wand und ging weiter. Max führte sie in den Raum über der Vorratskammer, der sich von dieser allerdings kaum unterschied. Auf dem Boden verstreut lagen einige Exemplare der deutschen Kolonialzeitung *Usambara Post*, in der sie schon im Zug geblättert hatte, daneben zwei dicke Wälzer über Landwirtschaft, Viehzucht und Veterinärmedizin. Dahinter stapelten sich mehrere Ballen Stoff, an der Wand lehnten zwei Holzgestelle, in die Zebrafelle zum Trocknen eingespannt waren. Darüber hing an einem Eisenhaken ein bleich gewaschener Schädel mit mächtigen, schwarzen Hörnern. Die Enden waren nach vorne gebogen sind und liefen spitz zu. Elisabeth trat näher, um die bedrohliche Trophäe genauer zu betrachten. Max beobachtete sie amüsiert. »Das war ein Kaffernbüffel.«
»Ist das so etwas Ähnliches wie ein Stier?
»Nur viel stärker. Ein Löwe würde es nie wagen, einen Büffel allein anzugreifen. Er ist das gefährlichste Tier in Afrika.«
Elisabeth drehte sich erstaunt um.
»Nur wegen diesen Hörnern?«
»Wegen seines Charakters. Andere Tiere fliehen, wenn sie verletzt sind. Ein Büffel nicht. Er versteckt sich und greift dann blitzschnell an. Er will den Jäger töten, um jeden Preis. Selbst wenn schon mehrere Kugeln in seinem Körper stecken, kämpft er weiter. Bis zum letzten Herzschlag.«
Bei diesen Worten lief ihr ein Schauder über den Rücken. Sie hatte von Stierkämpfen gehört, die man in Spanien in

einer offenen Arena abhielt. Auch das war gefährlich, schien aber eine Art Volksbelustigung zu sein. Einem afrikanischen Büffel in freier Wildbahn zu begegnen war sicher eine ganz andere Sache, dachte Elisabeth. Andererseits verteidigten sich die Tiere doch nur. Wenn man es so sah, war da nicht eher der Jäger der Mörder?
Ihr Blick wanderte weiter durch das Halbdunkel der Kammer. Hinter einer Kiste entdeckt sie eine Singer-Nähmaschine. Sie stieg über die am Boden verstreuten Sachen und ließ ihre Hände über den funkelnden Metallrahmen gleiten. Die Maschine war nagelneu. »Können Sie nähen?«
»Nein. Dazu hätte ich auch keine Zeit.«
Vorsichtig drehte ihre Hand das Schwungrad. Der Lederriemen begann zu laufen, das Tretgitter bewegte sich. Wer würde diese Maschine je benutzen? Es war sicher nicht billig gewesen, sie aus Deutschland kommen zu lassen und sie dann über den weiten Weg bis in dieses Tal zu schleppen. Der Vorstellung, selbst an der Nähmaschine zu sitzen, konnte sie wenig abgewinnen. Handarbeit war ihr verhasst. Immer hatte sie dabei das Bild ihrer verhärmten Mutter vor Augen, die für ihre neun Kinder sämtliche Kleidungsstücke selbst nähen musste. Der Vater hatte sich stets geweigert, für solche Eitelkeiten Geld auszugeben. Doch dann dachte sie an die wunderbaren, bunten Stoffe, aus denen die Kleider der schwarzen Frauen in Daressalam gearbeitet waren. Sie beobachtete, wie die winzige Nadel blitzschnell auf- und niederfuhr, sobald sie das Rad auch nur ganz leicht drehte. Vielleicht würde sich diese Nähmaschine doch noch als sinnvolle Investition erweisen. Wenn sie bleiben würde. Wenn.

Max hatte die gegenüberliegende Tür geöffnet. Mit einem dumpfen Knacken zertrat er ein riesiges Insekt, das über den Boden lief. »Das könnte das Kinderzimmer werden.«
Gegen ihren Willen lief ein warmer Impuls durch ihren Körper. Sie bemühte sich, so zu tun, als hätte sie den Satz nicht gehört. Max hatte ihn ganz leise gesprochen, als könnte seine Bemerkung die zerbrechliche Balance einer gemeinsamen Zukunft gefährden.
Auch dieser Raum war nichts weiter als eine Rumpelkammer. Als sie sich schon wieder umdrehen wollte, entdeckte sie in einer Ecke zwei runde, dunkle Behälter, die oben offen waren. Als sie genauer hinsah, brauchte sie einige Sekunden, bis sie glauben konnte, was da vor ihr stand: zwei abgeschnittene Elefantenbeine.
»Das sind Papierkörbe. Verkaufen sich gut in der Stadt.«
Die graue, faltige Haut sah aus, als wäre das Tier noch lebendig, innen hingegen waren die Füße hohl und zur Hälfte mit Stroh ausgestopft. Ein makaberer Anblick.
»Die müssen weg.«
»Wenn sie verkauft sind.«
Elisabeth richtete sich wieder auf. Vielleicht war sie zu empfindlich. Vielleicht waren Elefantenfüße für manche nichts weiter als ein exklusives Souvenir. Doch mit Leuten, die so etwas in ihr Wohnzimmer stellten, wollte sie nichts zu tun haben. Und mit Menschen, die so etwas herstellten, auch nicht. Schon wollte sie das Zimmer wieder verlassen, da fiel ihr Blick auf die Rückseite der Tür. Dort hingen zwei Gewehre, ein grüner Leinenrucksack und eine schlanke Ledergerte. Max folgte ihrem Blick.
»Das ist ein *Kiboko*, aus dem Schwanz eines Nilpferds.«
»Ich dachte, es gibt hier keine Pferde?«

»Ein Nilpferd ist eigentlich ein Flusspferd. Es heißt nur so, weil man es angeblich zum ersten Mal in Ägypten gesehen hat.«
»Und wie sieht es aus?«
»Ein Nilpferd ist kein Pferd, sondern ein großes, behäbiges Vieh. Wie eine Kuh, nur größer. Es lebt in Flüssen und Tümpeln und sieht aus wie …«
»Ein Pferd?«
»Eben nicht.«
Max musste lachen. »Ich kann es nicht besser beschreiben. Immer, wenn ein Nilpferd sein gewaltiges Maul aufreißt, sieht es aus, als würde es gähnen.«
Elisabeth hatte keine Ahnung, wie sie sich ein Pferd vorstellen sollte, das keines war, dafür aber dauernd gähnte.
»Die Engländer nennen sie Hippos.«
»Das klingt nett.«
»Gerade das sind sie nicht. Wenn man ihnen zu nahe kommt, greifen sie an und können verdammt gefährlich werden. Außerdem ist Hippo nur die Abkürzung von Hippopotamus.«
Mit diesem Wort konnte Elisabeth noch weniger anfangen.
»Keine Sorge, Sie werden den Tieren noch früh genug begegnen.«
Gegen ihren Willen trat sie näher. Ihre Finger strichen über das dunkle Leder, das oben fest, aber rauh und fransig war, unten hingegen glatt und biegsam. Plötzlich wurde ihr klar, was sie vor sich hatte – ein Peitsche.
Max nahm den Kiboko vom Haken. Sein Arm holte aus und ließ das Leder durch die Luft sausen. Elisabeth wich zurück.

»Bitte lassen Sie das.«
Sie sagte es so leise, dass die Worte kaum zu hören waren. Vielleicht hatte Max sie tatsächlich nicht gehört, denn noch einmal peitschte er mit dem Kiboko hart durch die Luft, diesmal mit einem pfeifenden Knall. Elisabeth machte einen Schritt nach vorn. »Aufhören! Hören Sie sofort damit auf.«
Verwirrt hielt Max inne. Was um Himmels willen war denn nun wieder in das Mädchen gefahren? Erst jetzt merkte er, dass Elisabeth blass geworden war. »Ist ja schon gut.«
Sie drehte sich um und ging ans Fenster. Als sie sprach, sah sie Max nicht an. »Können Sie mir sagen, was man mit einem Kiboko macht?«
»Die Neger haben Angst davor.«
Kein Wunder, dachte sie, ich auch. Doch es gab keinen Grund, einem Fremden von den schrecklichen Erfahrungen in ihrem Elternhaus zu erzählen. Einem Fremden, der ihr Mann war. Wie hatte sie das vergessen können? Elisabeth drückte ihre Stirn gegen das Fliegengitter und schloss die Augen.
Max beobachtete die Gestalt am Fenster zunehmend irritiert. Das Mädchen schien launisch zu sein, manchmal sogar äußerst merkwürdig. Das gefiel ihm nicht. Abrupt drehte er sich um und ging hinaus. Elisabeth hörte, wie er die Tür gegenüber öffnete.
»Hier – das Schlafzimmer.«
Auch dieses Zimmer war so karg wie alle anderen. In der Mitte ein Bauernbett, aus rohen Planken gezimmert. An der Wand ein schlichtes Holzkreuz, auf dem Nachttisch eine Kerze, daneben eine Pistole. Auf der Kommode am Fenster eine blaue Waschschüssel aus Emaille, daneben

der Krug, weiß, mit blauen Rändern. In einer leeren Tabakdose ein Stück Kernseife. An einem rostigen Nagel in der Wand zwei Handtücher, eines rot, das andere blau kariert. Daneben ein alter Spiegel, der Rahmen leicht vergilbt. Das Glas hatte einen Sprung.
Elisabeth bückte sich. Unter dem Bett stand ein Nachttopf. Über den weißen Lack, der an mehreren Stellen abgeblättert war, krabbelte ein riesiger schwarzer Käfer.
»Gibt es einen zweiten Nachttopf?«
Max nickte. Elisabeth richtete sich wieder auf.
»Und ein zweites Bett?«
Das kurze Zögern verriet seine Verlegenheit. Dann nickte er stumm.
»Danke.«
Elisabeth drehte sich um und ging hinaus. Max atmete tief ein. Dieses Problem war ihm während der ganzen Reise im Magen gelegen. Doch nun war es erledigt, wenn auch nicht so, wie er es sich vorgestellt hatte. Wenigstens würden sie im selben Raum schlafen. Ob das unter diesen Umständen eine gute Idee war, wusste er in diesem Moment selbst nicht mehr.
Langsam ging er die Treppe hinunter. Zu viele Gedanken rotierten in seinem Kopf, Gedanken, die sich widersprachen und die er nicht einordnen konnte. Im Lauf des Tages war ihm klar geworden, dass er seine Erwartungen nicht nur reduzieren, sondern am besten gleich ganz begraben sollte. Auch recht. Ab jetzt würde er sich verhalten wie auf der Jagd. Abwarten, bis der Wind günstig stand, wenn nicht, die Pirsch abbrechen. Das Schicksal würde ihm schon zeigen, wie das Leben dann weiterging. Ob es ihm auch Ratschläge geben würde, wie man mit komplizierten

Frauen umgehen sollte, dessen war er sich allerdings nicht so sicher.

Als er die Küche betrat, saß Elisabeth auf der Bank und hatte ihren Kopf gegen die Wand gelehnt. »Müde?«
»Wundert Sie das?«
»Kommen Sie, die warten noch.«
Er öffnete die Eingangstür und gab ihr ein Zeichen, nachzukommen.
»Muss das sein?«
»Ja.«
Unwillig stand Elisabeth auf und ging zur Tür. Gemeinsam traten sie vor das Haus. Auf dem Vorhof hatten sich inzwischen die Arbeiter versammelt. Es war eine riesige Menschenmenge, denn jetzt waren auch die Frauen und Kinder dabei. Als das weiße Paar auftauchte, verstummte das Getuschel. Demonstrativ legte Max den Arm um Elisabeths Schultern.
»Meine Frau, die neue Memsahib!«
Die Leute klatschten, einige lachten, die jungen Mädchen kicherten. Elisabeth fühlte sich unwohl, denn Max präsentierte sie wie sein Eigentum. Das aber würde sie bestimmt nicht werden. Nie. Die Schwarzen gegenüber starrten sie neugierig an. Es waren wilde, rauhe und verschmitzte Gesichter, fremdartig und faszinierend. Einige wirkten wie Menschen aus der Steinzeit, noch archaischer als die Schwarzen, die ihr in Daressalam begegnet waren. Und doch empfand sie keinerlei Unbehagen, im Gegenteil. Die Neugierde und Freundlichkeit, die ihr diese Menschen entgegenbrachten, erschienen ihr wie ein Geschenk. Wäh-

rend sie ihren Gedanken folgte, spürte sie den Arm von Max, der schwer auf ihren Schultern ruhte. Sie wollte sich von ihm lösen, doch er hielt sie eisern fest. Langsam fühlte sie die Wärme, die von seiner Hand ausging. Eine pulsierende Energie schien in ihren Körper zu strömen. Sie versuchte, sich auf dieses Gefühl zu konzentrieren, doch in diesem Augenblick löste er seinen Griff. Die Wärme auf ihrer Haut ließ nach.

»Und nun habt ihr sie lange genug angestarrt. Geht schlafen, die Memsahib wird morgen auch noch da sein.«

Keiner der Schwarzen bewegte sich.

»Schluss jetzt. Morgen ist wieder ein harter Tag.«

Nichts geschah. Erst als Salem vortrat und die Leute auf Suaheli anherrschte, trotteten sie zögernd davon. Manche gingen rückwärts, immer noch wollten sie kein Auge von der weißen Frau lassen. Max klatschte in die Hände und zeigte energisch auf die Lehmhütten bei den Feuerstellen. Endlich begriffen die Schwarzen, dass die Zeremonie zur Ankunft der weißen Bwana zu Ende war. Nun drehten sich auch die Hartnäckigsten um und gingen weg.

Nur Hassim blieb stehen. Gebannt betrachtete er mit seinen ernsten, dunklen Augen die weiße Frau. Elisabeth spürte den durchdringenden Blick. Was sollte sie sagen? Welche Geste erwartete der Junge von ihr? Max kam ihr zur Hilfe.

»Das ist Hassim, mein Boy. Er kümmert sich um alles. Wenn Sie wollen, können Sie ihn haben.«

»Ich weiß doch gar nicht, ob er mich will.«

Der Junge, der das Gespräch regungslos verfolgt hatte, drehte sich um und lief zurück ins Haus. Max sah ihm schmunzelnd nach. »Manchmal ist er sehr empfindlich.«

»Wundert Sie das?«
Max war zu müde, um die Gründe für die immer wiederkehrenden Spitzen in dem ohnehin mühsamen Dialog zu verstehen.
»In einer Stunde können wir essen. Ich hoffe, Sie sind hungrig.«
»Das bin ich wirklich. Nach all diesen Anstrengungen.«
»Sie haben sich gut geschlagen.«
»Wollen Sie mich auf den Arm nehmen?«
»Gerne, aber das würden Sie ja doch nicht zulassen.«
Überrascht sah ihn Elisabeth an. Eine so kesse Antwort hätte sie Max nicht zugetraut. Zum ersten Mal war bei diesem Mann so etwas wie Charme aufgetaucht. Bisher hatte sie diesen Begriff eher mit dem adretten Fotografen auf dem Schiff verbunden. Dort hatte sie das elegante Wort auch zum ersten Mal gehört, nämlich an dem Abend, an dem der Oberst ihr einen kurzen Einblick in das Vokabular der besseren Gesellschaft gewährt hatte. Eigentlich wollte sie nicht zugeben, dass sie Max für einen Augenblick wirklich ganz charmant fand, doch der Gedanke tat ihr gut. Oder war es das verschmitzte Lächeln, das jetzt plötzlich über seinen kantigen Zügen lag?
Max genoss es, sie für ein paar Sekunden sprachlos zu sehen, dann setzte er sich auf die Holzbank neben der Eingangstür. Elisabeth blieb stehen, unschlüssig blickte sie sich um.
»Wo kann man hier …?«
»Was?«
»Ich müsste mal. Aufs Klo.«
Max stand auf. »Entschuldigen Sie, das hätte ich Ihnen natürlich auch zeigen müssen. Kommen Sie.«

Er ging auf der Veranda um das Haus herum. »Dort hinten.«
Er zeigte auf einen schmalen Weg, der zu einer winzigen Bretterbude führte. Diese sah alles andere als einladend aus. Als Elisabeth die Tür öffnete, surrte ein Schwarm dicker Schmeißfliegen über ihren Kopf hinweg ins Freie. Der Geruch nach Fäkalien war penetrant. Obwohl sie am liebsten nicht eingeatmet hätte, musste sie tief Luft holen, bevor sie einen Blick auf die Örtlichkeit werfen konnte. Diese Toilette war nichts weiter als ein ovales Loch, über dem unzählige Fliegen schwirrten. Die Öffnung in Sitzhöhe war in eine Plattform aus groben Bretten gesägt worden. Am Boden lagen einige Grasbüschel, Papier gab es nicht. Elisabeth bückte sich und legte etwas Gras auf den Rand des Ovals. Sie schloss die Augen und setzte sich mit großer Überwindung hin. Der kantige, nur grob ausgesägte Rand des Holzes schnitt ihr ins Gesäß. Als sie die Augen wieder öffnete, stellte sie fest, dass sie ins Freie schauen konnte. Da die seitlichen Sichtblenden nur in halber Höhe angenagelt waren, mussten ihr Kopf und ihre Füße mit dem heruntergelassenen Schlüpfer von außen gut sichtbar sein. Tatsächlich winkten auf dem Hof bereits ein paar Kinder, die sie entdeckt hatten und begeistert auf sie zurannten. Elisabeth sprang auf, ordnete ihren Rock und lief zurück ins Haus.
Max saß am Küchentisch und versuchte, seine Gedanken zu ordnen, was unter diesen Umständen nicht leicht war. Minnie füllte die Obstschale mit Mangos und Ananas. Ohne die Anwesenden eines Blickes zu würdigen, stürmte Elisabeth in den Raum und lief in die Abstellkammer. Dort öffnete sie eine ihrer Reisetaschen und nahm eine Zeitung heraus. Da-

bei fiel ihr Blick auf den Werkzeugkasten hinter der Tür. Sie kramte einen Hammer und einige Nägel hervor, klemmte die Zeitung unter den Arm und lief zurück ins Freie.

»Was ist denn?«

Max bekam keine Antwort, denn Elisabeth war schon wieder verschwunden. Minnie warf ihm einen fragenden Blick zu, doch der weiße Bwana zuckte nur die Achseln. »Ich weiß auch nicht, was sie jetzt wieder hat. Jedenfalls essen wir bald, kapiert?«

Minnie nickte, beugte sich vor und flüsterte eine Bemerkung, die ihr unter normalen Umständen nie über die Lippen gekommen wäre. Aber der Tag, an dem die Bibi des Bwana gekommen war, war kein normaler Tag. »Schöne Bibi.«

Dagegen ließ sich nichts sagen, deshalb sagte Max auch nichts.

»Bwana froh.«

Gottlob war das keine Frage, sondern eine Feststellung; denn darauf hätte er keine Antwort gewusst.

Kurz darauf stand Max im Schlafzimmer und überlegte, wie er das Problem der gemeinsamen Übernachtung so unauffällig wie möglich lösen könnte. Er beschloss, sein Bett gegen die Wand zu schieben. Gegenüber wollte er dann ein altes Feldbett aufbauen. Als er in die Hocke ging, um die Unterseite des Gestells anzupacken, ertönte von draußen das energische Klopfen eines Hammers. Max ging ans Fenster. Elisabeth stand vor dem Aborthäuschen und war im Begriff, Zeitungen über die offenen Teile der Wände zu nageln. Da sie mit dem Hammer erstaunlich gut umgehen konnte, war die Sache im Nu erledigt.

Jetzt verschwand sie im Inneren der Hütte, aus der Sekunden später weitere Hammerschläge zu hören waren. Wahrscheinlich brachte sie eine Vorrichtung zum Verriegeln an, dachte sich Max. Keine schlechte Idee, darauf hätte er auch kommen können. Doch im Grunde freute er sich, denn Elisabeth zeigte, dass sie sich selbst zu helfen wusste und nicht lange zögerte, wenn etwas getan werden musste. Genauso hätte sie sein sollen, die Frau, mit der er sein Leben teilen wollte. Und wenn sie für einen Augenblick tatsächlich so war?

Max spürte einen dumpfen Druck in seiner Brust. Es war ein Gefühl, mit dem er nichts anfangen konnte, das ihn verwirrte und beunruhigte. Was hatte er an Elisabeth auszusetzen, jetzt in diesem Moment? War es ihre spontane Art, aus der sie gehandelt hatte, ohne ihn zu fragen? Fühlte er sich ausgegrenzt durch ihre Selbständigkeit, die er insgeheim bewunderte? Verwirrt klappte Max den eisernen Rahmen des Feldbetts aus und schob das Gestell an die gegenüberliegende Wand. Warum er immer noch den seltsamen Druck in der Brust verspürte, konnte er sich nicht erklären.

Als Elisabeth zurückkam und das Werkzeug in der Kammer verstaute, saß Max wieder am Küchentisch. Vor ihm lagen ein Blatt Papier und ein Bleistift. »Schreiben Sie auf, was Ihnen nicht gefällt. Ich werde es richten.«

Elisabeth beugte sich über seine Schulter und malte drei dicke Buchstaben auf den Block: Klo.

»Es ist halt so, damit es nicht so stinkt – bei der Hitze.«

»Ich werde noch Löcher in die Papierwände stechen, zum Entlüften«, erwiderte Elisabeth. »Dann hat man auch einen besseren Blick auf die Landschaft.«

Obwohl Max Elisabeth genau beobachtet hatte, konnte er nicht feststellen, ob ihre Bemerkung ironisch gemeint war oder nicht. Ob sie baden wolle vor dem Essen?
Baden? So genau Elisabeth ihr Gegenüber auch musterte, auch sie konnte keine Spur von Ironie in seinem Blick erkennen.
Minnie ging voraus. Sie führte die weiße Frau zu einem Platz hinter dem Haus, nicht weit entfernt von der neu verkleideten Toilette. Unter der Krone eines mächtigen Affenbrotbaums waren vier Zeltwände aufgebaut, sie ließen eine schmale Öffnung frei, an der ein Vorhang hing. In der Mitte des nach oben offenen Raums stand eine Holzwanne im Gras. Hinter den Stellwänden loderte ein Feuer, über dem ein riesiger Kessel hing.
Elisabeth warf einen Blick ins Innere des improvisierten Badezimmers. Ein alter Mann mit weißen Haaren goss gerade einen Eimer mit dampfendem Wasser in die Wanne, die schon halb voll war. Sogleich überschüttete Minnie den Alten mit einem Redeschwall. Der Mann verbeugte sich vor Elisabeth, seine Lippen murmelten etwas, das sie nicht verstand. Dann packte er den leeren Eimer und ging hinaus.
Minni tauchte den Finger in das Wasser und nickte Elisabeth aufmunternd zu. »Gut. Ganz gut.«
Erstaunlich flink schob sie ihren korpulenten Körper durch den schmalen Eingang und verschwand. Elisabeth trat vor das Zelt und hängte ihre frischen Kleider auf ein Seil, das zwischen die vorderen Zeltstangen gespannt war. Als sie sich umdrehte, stand plötzlich Hassim vor ihr. Der Junge war barfuß, vielleicht machten nackte Füße kein Geräusch im Gras. Mit starrem Blick reichte er Elisabeth einen Teller mit frischer Seife und ein Handtuch. Erst jetzt fiel ihr auf,

dass Hassim sich umgezogen hatte. In dem weißen Hemd und dem dunkelroten Rock, über den er an der Hüfte eine schwarze Schärpe geschlungen hatte, sah der hübsche Junge ernst und würdevoll aus. Elisabeth nahm die Sachen entgegen und nickte ihm freundlich zu. »Danke. Ich bin Elisabeth.«

Hassim verbeugte sich tief, übersah aber die ausgestreckte Hand.

»Denken Sie sich nichts, er hat großen Respekt vor Ihnen«, erklärte Max, der lautlos hinter dem Somali aufgetaucht war. »Der Junge kann Ihnen ein Bad anrichten lassen, wann immer Sie wollen.«

»Wunderbar. Das ist wirklich eine Überraschung.«

»Übrigens habe ich mit ihm gesprochen. Er fühlt sich sehr geehrt, wenn er für Sie arbeiten darf.«

»Sagen Sie ihm, ich auch.«

Sie machte eine kurze Verbeugung vor Hassim, der sich erschrocken umdrehte und sich schnell neben seinen Herren stellte. Elisabeth schmunzelte, zog den Vorhang zu und verschwand hinter der Zeltwand.

Die Sonne am Horizont stand dicht über den Kronen der Akazien, erste rötliche Schleier zogen über den tiefblauen Himmel. Max saß auf der Veranda vor der Hütte. Die Tatsache, dass Elisabeth von seiner Pflanzung nicht begeistert war, hatte ihn tief getroffen. Den neu angelegten Obstgarten und die frisch gepflanzten Blumen hatte sie gar nicht bemerkt. Schade. Vielleicht war es falsch gewesen, sich auf ein Mädchen aus der Stadt eingelassen zu haben. Klavierstunden und Tanzcafés konnte er ihr nicht bieten.

Max wurde bewusst, dass er Elisabeth im Grunde kaum kannte. Da die Briefe, die er hatte schreiben lassen, meist sehr poetisch gewesen waren und die harte Realität seiner Lebensumstände nur angedeutet hatten, hatte auch sie in ihren Antworten konkrete Details vermieden. Von ihrer Familie und den häuslichen Verhältnissen wusste er deshalb wenig, dafür viel von ihren Sehnsüchten. Würde er diesen unter den rauhen Bedingungen seines Pionierlebens gerecht werden können?
Solche Fragen hatte er sich bisher nie gestellt, und auch jetzt fand er seine Überlegungen ziemlich merkwürdig. Vielleicht grübelte er einfach zu viel. Das war schlecht. Unsicherheit und Zweifel konnte er bei der Arbeit nicht gebrauchen.
Seine Gedanken wurden unterbrochen, als Hassim aus dem Haus kam und ihm Kaffee servierte. Der Junge stellte das Tablett ab, schenkte aber nicht ein. Kritisch musterte er seinen Herren. »Jetzt Sahib glücklicher Mann.«
Max zögerte, er war zu ernst für das Glück, das er empfinden sollte.

Zur gleichen Zeit saß Elisabeth in der etwas zu engen Holzwanne und schrubbte ihren ausgelaugten Körper. Die schmutzige Wäsche hatte sie auf dem Boden verstreut, die frische hing an der Leine. Ein Bad unter freiem Himmel, mitten in Afrika, was für eine großartige Idee! Sie blickte hoch zu den riesigen Wolkengebilden, die sich über ihr auftürmten und bereits zarte rote Schimmer aufwiesen. Bald würde die Sonne untergehen, dann war der erste Tag ihres neuen Lebens vorüber. War das nun ein möglicher

Anfang oder eine Katastrophe? Je intensiver sie in ihrem Inneren nach einer Antwort suchte, desto weniger konnte sie eine finden. Zugegeben, die Begegnung mit den Elefanten war großartig gewesen, aber dann ... Der schreckliche Marsch, der Fluss mit den Krokodilen, die armselige Behausung. Und dieser wortkarge, scheue Mensch! Ein Bauerntrampel, hätte man in Straubing gesagt. Und doch, so ganz wollte diese Bezeichnung nicht passen. Irgendwie war Max Leitner anders. Die unbekümmerte Selbstverständlichkeit, mit der sich dieser Mann durch die Wildnis bewegte, die Souveränität im Umgang mit den Schwarzen, die innere Kraft, die er ausstrahlte, wenn man ihn unbemerkt beobachtete. Leider war er so ganz anders als der Mann ihrer Träume, die verwegene Gestalt auf dem Foto. Warum hatte gerade er sterben müssen und nicht der andere? Kaum tauchte der Gedanke in ihr auf, schob sie ihn erschrocken beiseite. Sie merkte, wie müde sie war. Und wie verwirrt. Zu viele Fragen wirbelten durch ihren Kopf, Fragen, auf die es keine Antwort gab.
Sie ließ sich tiefer in die Wanne gleiten. Über ihrem Kopf kreisten zwei Geier, dann verschwanden sie lautlos. Gerade als sie die Augen schließen wollte, zogen kleine schwarze Hände den Vorhang zur Seite. Kichernd schoben sich zwei dreckverschmierte Kindergesichter durch die Zeltplanen. Elisabeth wollte sie wegscheuchen, doch es gelang ihr nicht. Immer wenn sie Wasser auf die neugierigen Kleinen spritzte, kreischten diese vor Vergnügen. Erst als im Hintergrund die energische Stimme des Alten ertönte, verschwanden sie. Endlich Ruhe. Sie rutschte noch tiefer in die Wanne und schloss die Augen. Das heiße Wasser tat ihren müden Gliedern gut, ihre Muskeln entspannten sich.

Als sie wieder auftauchte, stockte ihr der Atem. Eine Sekunde blieb ihr Herz stehen, vielleicht auch zwei. Vor ihren Augen kroch eine riesige Schlange ins Zelt. Elisabeth wollte schreien, doch es gelang ihr nicht. Das glatte Ungeheuer kam immer näher. Schon hatte es die Hälfte des Körpers unter der Zeltwand hindurchgeschoben und glitt zielstrebig weiter vorwärts. Gelähmt vor Entsetzen starrte Elisabeth auf den gewaltigen Leib, der sich durch ringförmig nach hinten laufende Muskelkontraktionen lautlos nach vorne schob.
Der schmale, dreieckige Kopf schwebte dicht über dem Boden. Er hielt inne, züngelte kurz, dann rückte der elegant geschwungene Körper wieder ein Stück nach. Die Gedanken in ihrem Kopf überschlugen sich. Das riesige Vieh war mindestens vier bis fünf Meter lang. Würde es zu ihr in die Wanne kriechen? Wenn sie jetzt um Hilfe rief oder einfach laut losbrüllte, würde das Biest dann nicht erschrecken und sofort angreifen? Verzweifelt suchte sie nach einem Gegenstand, mit dem sie sich verteidigen konnte. Es gab keinen.
Wie hypnotisiert verfolgte Elisabeth jede Bewegung der Schlange. Sie war fast so dick wie ihr Oberschenkel. Und sie kam immer näher. Schon konnte sie die Maserung der gelbschwarzen Schuppen erkennen, die sich in regelmäßigem Rhythmus zusammenzogen, um sich gleich darauf wieder elastisch zu dehnen und unaufhaltsam vorzurücken.
Jetzt war die Schlange neben der Wanne. Dann entdeckte sie ihr Opfer. Kalt starrten die dunklen Augen auf die nackte Beute im Wasser. Elisabeths Puls raste. Sie spürte, dass sie jeden Augenblick ohnmächtig werden könnte. Und

dann? Verzweifelt schlug sie mit der flachen Hand auf das Wasser. Der Kopf der Schlange zuckte zurück, schoss aber gleich wieder nach vorne. Elisabeth schloss die Augen und hielt den Atem an. Sie wartete – auf die kalte Berührung, den stechenden Schmerz. Doch er kam nicht. Vorsichtig riskierte sie einen schnellen Blick.

Die Schlange beobachtete sie noch immer. Doch dann senkte sich der Kopf des Tieres und sank langsam zu Boden. Sekunden später verschwand er in dem Berg schmutziger Wäsche neben der Wanne. Dann geschah nichts mehr. Ein Teil der Schlange war unter den Kleidern verschwunden, der andere lag regungslos im Gras. Wie gelähmt starrte Elisabeth auf das Kleiderbündel am Boden, aus dem der Rest des Tiers hervorragte wie eine tödliche Drohung. Das Bündel bewegte sich nicht, der Python fühlte sich wohl in ihrem Versteck.

Max saß immer noch auf der Veranda, den Kaffee hatte er längst ausgetrunken. Nun drang ein Geräusch an sein Ohr, und er drehte sich um. Elisabeth verließ das Badezelt, das kurzärmelige Kleid, das sie jetzt trug, stand ihr ausgezeichnet. Mit energischen Schritten kam sie näher, blickte sich aber mehrmals um und wirkte trotz ihres Lächelns etwas nervös.

»Hat es Ihnen gutgetan?«

»Es war wunderbar.«

Sie setzte sich neben ihn und blickte hinaus in die Weite. Das ganze Tal war in das weiche und warme Licht gehüllt, das der schwindende Tag in einer letzten Anstrengung hervorbrachte. Schon sank der dunkelrote Sonnenball hinter die Wipfel der Akazien, die sich in graphische Silhouetten verwandelten. In der Ferne zog eine Herde Giraffen vorbei, wie Scherenschnitte ragten die langen Hälse in die Feuerwand des Himmels. Die gewaltigen Turmwolken begannen an ihren der Sonne zugewandten Rändern zu glühen, als würden sie auf einen Vulkan zutreiben und in Kürze darin vergehen.

»Gefällt es Ihnen?«, fragte Max leise.

Elisabeth suchte nach Worten. »Gefallen ist nicht das richtige Wort, es ist zu wenig.«

Dieses Gefühl kannte er gut. Auch ihm fehlten oft die Worte, um auszudrücken, was er empfand.

Ein Schwarm großer, bunter Vögel kreiste über ihren Köpfen und verschwand wieder, schwirrende Punkte in der Glut des Horizonts. Elisabeth zeigte in die Ferne. Vor den Giraffen war ein einzelner Elefant aufgetaucht.

»Sehen Sie, da hinten.«

»Das ist ein alter Bulle, er ist einsam.«

Wie die Menschen, wenn sie ihr Leben verpassen. Max wunderte sich, worüber er sich in letzter Zeit Gedanken machte. »Der kommt hier oft vorbei. Immer dann, wenn ich keine Zeit habe.«

Was meinte er damit? Elisabeth konnte sich nicht weiter mit dieser Frage beschäftigen, denn schon berührte der glühende Sonnenball die Kuppe der Erdkrümmung. Die Konturen der Akazien flimmerten unter einem rötlichen Schleier, die mächtigen Wolkentürme schienen im Inneren Feuer zu fangen. Zwei Giraffen, die in verschiedene Richtungen blickten, kreuzten ihre Hälse. Der einzelne Elefant wanderte über einen Hügel, für einen Augenblick stand er frei gegen den dunkelroten Himmel. Neben ihm zog ein Rudel Gazellen durch das hohe Gras, das in den Spitzen schimmernd glänzte und vom Wind leicht bewegt wurde. Ein endloser Teppich wogenden Lichts. Elisabeth lehnte sich zurück und atmete tief ein. Das Schauspiel vor ihren Augen überwältigte sie. »So ähnlich müssen sich Adam und Eva im Paradies gefühlt haben.«

»Schon möglich.«

Max sprach, ohne sie anzusehen. Nach einer kurzen Pause fuhr er fort: »Und doch haben sie ihr Paradies zerstört. Manchmal frage ich mich, ob wir das vielleicht eines Tages nicht auch tun werden.«

Elisabeth warf einen kurzen Blick auf den Mann an ihrer Seite. Das Licht des vergehenden Tages tauchte seine Züge in warme, melancholische Farben. »Denken Sie so etwas oft?«

»Manchmal. Wer im Paradies lebt, hat eine große Verantwortung.« Er nahm die Jacke, die auf seinen Knien lag, und hängte sie Elisabeth über die Schultern. »Abends werden die Moskitos lästig.«

»Wie die Schlangen?«

Sie hatte das absichtlich ganz beiläufig gesagt, doch Max verstand die Bemerkung nicht. Elisabeth löste sich aus dem Griff seines Arms und erhob sich. »Gehen wir spazieren?«

»Um diese Zeit nicht mehr. Jetzt ist es zu gefährlich.«

»Wegen der wilden Tiere?«

»Ja.«

»Welche gibt es denn hier?«

»Alle.«

Elisabeth nickte versonnen, als hätte sie nichts anderes erwartet. Am Horizont verschluckte der Erdball die Reste der nur noch matt leuchtenden Sonnenscheibe.

Nun wurde es schnell dunkel. Aus den Hütten der Schwarzen drangen die unterschiedlichsten Geräusche. Menschen lachten, und Kinder kreischten. Schrille Stimmen zeterten und schimpften, Worte, die sie nicht verstand, verhallten in der Dämmerung. Doch dann erfüllte ein eigenartiges Geräusch die Luft, etwas, das Elisabeth noch nie gehört hatte. Eine Woge unidentifizierbarer Laute schwappte über das Land. Es war erfüllt von einem Gurren und Schnalzen, das sich schnell zu einer Klangwolke von geheimnisvoller Intensität steigerte. Fremdartige Töne, die aus dem Nichts zu kommen schienen, deren monotone Penetranz aber plötzlich allgegenwärtig war.

»Was ist denn das?«

»Das sind Ochsenfrösche.«

»Ach so.«

Die merkwürdigen Geräusche waren jetzt unglaublich laut. Elisabeth ging bis zum Ende der Veranda und sah hinaus in die Dämmerung. Wo waren diese Ochsenfrösche? Konnte man auf sie treten, im Dunkeln?

»In einer halben Stunde hören sie wieder auf.«

Das tiefe Blau des Himmels wich langsam dem Dunkel der Nacht. Erste Sterne begannen zu funkeln. Doch noch immer zeichneten die Ränder der Wolkentürme zarte violette Muster, kündeten matte Leuchtspuren vom Abschied des Tages. Elisabeth genoss jede Sekunde dieses Schauspiels. Sie war froh, nicht so abgebrüht zu sein wie Max, der das alles so ungerührt betrachtete, als wäre das Paradies sein Eigentum. Auch wenn sie zugeben musste, dass sie keine Ahnung hatte, was wirklich in ihm vorging.

Ganz unrecht hatte sie mit ihren Gedanken nicht. Zur Natur, so großartig sie in Afrika auch war, hatte Max längst

ein nüchternes Verhältnis entwickelt. Schließlich rang er im Schweiße seines Angesichts darum, dieser oft unbarmherzigen Wildnis ein Stück Land abzuringen, das ihm eine bescheidene Existenz sichern konnte. Giraffen oder Löwen hatten es da leichter. Sie fraßen, was da war.
Doch heute war auch er fasziniert von dem grandiosen Schauspiel. Denn heute teilte er dieses Erlebnis mit einer Frau, mit dem Menschen, der seinem Leben einen tieferen Sinn verleihen sollte. Vielleicht war das tatsächlich möglich, dachte er sich, vielleicht war dieser Gedanke aber auch nur eine Illusion.
Max schlug sich einen Moskito von der Stirn und betrachtete den schwarzen Krümel in seiner Hand.
»Haben Sie sich das alles so vorgestellt hier?«
Elisabeth öffnete die Augen und schüttelte den Kopf. Sie war noch ganz überwältigt von ihren Gefühlen, doch sie konnte diese nicht ausdrücken. Nicht diesem Mann gegenüber. Einige Sekunden herrschte Stille.
»Und mich, haben Sie sich den Max auch so vorgestellt?«
Elisabeth schwieg. Erst nach Sekunden fiel ihr die rettende Antwort ein. »Ich hatte doch das Foto.«
Eine Weile saßen sie stumm da. Das, was sie gesagt, und das, worüber sie geschwiegen hatten, beschäftigte beide noch lange.

Als sie zurück ins Haus gingen, kam Minnie mit einer dampfenden Schüssel durch die Hintertür. »Fertig.«
Sie stellte den Topf ab und blieb erwartungsvoll stehen. Elisabeth war gerührt, wie liebevoll sie den Küchentisch gedeckt hatte. In der Mitte stand ein hölzerner Becher mit Blumen, prächtige rote Blüten, die sie nicht kannte. Ne-

ben den Tellern lagen sauber gefaltete Stoffservietten, das Brot in dem geflochtenen Bastkorb roch frisch und würzig. Die fünf Kerzen in dem Silberleuchter schienen eben angezündet worden zu sein. Noch flackerten die Flammen unruhig.

»Schön ist das.«

Minnie strahlte. Auch Max musste zugeben, dass sich die Köchin Mühe gegeben hatte. So, wie er es ihr auch hundertmal eingeschärft hatte. Sie setzten sich, Elisabeth spürte, wie hungrig sie war. »Essen Sie immer so feierlich?«

»Nein, sonst nehmen wir Petroleum. Aber das stinkt.«

Sie verstand nicht gleich, was er meinte. Natürlich, die Kerzen. »Danke. Dafür, dass Sie mich heute verschont haben.«

»Man gewöhnt sich daran.«

Elisabeth überlegte, womit sie anfangen sollte. Sie zeigte mit dem Finger auf die Pellkartoffeln, dann auf die anderen Schüsseln. »Das hier kenne ich. Aber was ist da drin?«

»Kudu, Yamyam, Papaya.«

Minnie zeigte auf die jeweilige Speise. Elisabeth nahm sich aus jeder der Schüsseln eine winzige Portion. Max beobachtete sie schmunzelnd. »Kudu ist so was wie eine Antilope, Yamyam ist eine Wurzel wie Mohogo und Papaya sind Früchte. Sie wachsen hinter dem Haus.«

»Danke.« Elisabeth probierte vorsichtig. »Schmeckt gut, nur ein bisschen ungewohnt.«

Minnie sah erleichtert zu, wie die Memsahib ihren Teller nun bis zum Rand mit den unbekannten Speisen füllte. Doch dann gab ihr Max einen Wink, die Köchin verschwand.

Eine Weile aßen sie schweigend. Elisabeth war überrascht, wie zart das Fleisch war und wie intensiv das fremde Gemüse schmeckte. Sogar die dunkle Bratensauce war besser als beim Brückenwirt, dem einzigen Lokal in Straubing, das der Vater mit der Familie an Feiertagen manchmal besuchte.

»Es schmeckt wirklich gut. Ich weiß gar nicht, ob ich das auch so hinkriegen würde.«

»Minnie wird sich freuen, wenn sie Ihnen ein paar Dinge zeigen kann.« Nach einer Pause fuhr er fort. »Und ich auch.«

»Sie können kochen?«

»Nicht richtig. Aber mit Wild kann ich ganz gut umgehen. Ich muss es ja auch essen.«

Elisabeth lachte und nahm sich ein weiteres Stück Fleisch. Dabei entdeckte sie eine große braune Fliege, die in der Sauce schwamm. »Was ist das?« Sie schob das Insekt auf ihre Messerspitze und betrachtete es genauer.

»Eine Tsetsefliege«, erklärte er und nahm ihr das Messer aus der Hand. »So etwas kommt leider immer wieder vor.«

Energisch klopfte er mit dem Löffel an den Tellerrand. »Minnie!«

Der barsche Tonfall machte der Köchin klar, dass sie nichts Gutes zu erwarten hatte. Zögernd kam sie herein. Max stand auf und hielt ihr das Messer mit der Fliege unter die Nase. Er murmelte etwas in der Sprache der Einheimischen, das Elisabeth nicht verstand. Minnie blickte betreten zu Boden, sie sah todunglücklich aus.

»Ist doch nicht so schlimm«, meinte Elisabeth beschwichtigend.

»Doch, es geht ums Prinzip«, entgegnete Max und schleuderte die Fliege auf den Boden. »Raus.«
Mit gesenktem Kopf lief die Köchin aus dem Zimmer. Nun legte Max seiner Frau ein anderes Stück Braten auf den Teller, das er vorher misstrauisch musterte. »Man muss ständig hinterher sein.«
»Aber das kann doch passieren.«
»Natürlich, aber man muss auf der Hut sein. Die Neger haben andere Mägen, die vertragen alles. Deshalb müssen wir sie dazu zwingen, vorsichtig zu sein: das Wasser richtig abzukochen, die Schüsseln sauber zu halten, keine alten Konserven zu benützen. Was soll ich mit Ihnen machen, wenn Sie krank werden?«
Daran hatte sie noch nicht gedacht. Sie könnte sich verletzen, den Fuß brechen oder einfach nur Brechdurchfall haben. Ein schrecklicher Gedanke.
»Stimmt. Und was machen Sie dann?«
»Wir haben eine kleine Hausapotheke. Und es gibt eine Sanitätsstation, aber die ist in Kimamba.«
»Da, wo wir aus dem Zug ausgestiegen sind?«
Max nickte.
»Wie um Himmels willen soll denn ein Kranker sieben Stunden durch den Busch laufen?«
»Wir müssten ihn tragen.«
Er schnitt die Papaya in zwei Hälften, schabte die Kerne aus und legte die Frucht auf einen frischen Teller. »Man muss einfach aufpassen. Und darauf achten, dass die auch aufpassen«, sagte er und presste ein paar Tropfen Limette in ihr Wasserglas.
Als sie probieren wollte, klopfte es an der Tür. »Was ist?«
Ein schwarzer Arm mit einem Bündel Wäsche schob sich

ins Zimmer. Es war Hassim, er brachte Elisabeths Wäsche, die diese bei der Schlange zurückgelassen hatte. Stolz blieb der Junge mitten im Raum stehen. Noch bevor Elisabeth etwas sagen konnte, sprudelte ein Wortschwall auf Suaheli aus ihm heraus. Max hörte aufmerksam zu, warf zwischendurch einen überraschten Blick auf Elisabeth und flüsterte dann dem Boy etwas ins Ohr, das sie nicht verstand. Hassim nickte, drückte die Kleider an seine Brust und ging würdevoll hinaus. Schnell trank Elisabeth einen großen Schluck Wasser, um ihre Verlegenheit zu verbergen.
»Schmeckt gut mit Zitrone.«
»Sagte ich doch.«
Sie aßen schweigend weiter, doch Max konnte ein Schmunzeln nicht unterdrücken.
»Große Schlangen sind nicht gefährlich.«
»Das dachte ich auch.«
Die Bemerkung stand kurz im Raum, dann mussten beide lachen.

Als Hassim bei den Hütten der Schwarzen auftauchte, verstummte das Gemurmel. Die Gesichter der Schwarzen, die in kleinen Gruppen vor den offenen Feuerstellen saßen, flackerten unruhig im Schein der Flammen. Der Junge trug das Wäschebündel stolz wie eine Trophäe. Mit herrischer Geste winkte er eine ältere Frau herbei, drückte ihr den Kleiderberg in die Hand und schritt wieder davon.
Kaum hatte ihn die Dunkelheit verschluckt, sprangen die Leute auf. Im Nu war das Wäschebündel von einer Menschenmenge umringt. Schwarze Finger betasteten die Knöpfe der Bluse, glitten über die Unterwäsche, befühlten

den Stoff des Rocks, hielten einzelne Teile an die Nase. Man wollte spüren und verstehen, was die Haut der weißen Frau brauchte. Das aufgeregte Palavern und Tuscheln, das die Untersuchung begleitete, zeigte deutlich, dass im Gebiet der Gongwe-Berge die neue Herrin noch lange im Mittelpunkt der Aufmerksamkeit stehen würde.

Elisabeth ahnte davon nichts. Als Minnie schließlich die Teller abräumte, wollte sie ihr helfen, doch Max hielt sie zurück.

»Um so etwas brauchen Sie sich nicht zu kümmern. In Afrika hat man Personal.«

»Auch für Knödel und Apfelstrudel?«

»Da werden Sie improvisieren müssen.«

»Mache ich. Vielleicht wird's ja auch ein – wie heißt das gleich wieder? … Ein Papaya-Strudel.«

»Es wäre der erste in Tanganjika.«

»Dann werde ich berühmt«, meinte Elisabeth und lachte.

Max warf einen Blick aus dem Fenster. Bei den Hütten der Schwarzen wurde immer noch eifrig geredet.

»Ich glaube, das sind Sie schon«, murmelte er und holte eine Zigarre aus der Schublade. Er zündete sie an und blies einen Rauchring durch die Luft. »Wie fühlen Sie sich?«

»Ganz gut.«

Eine Weile saßen sie stumm da. Dann verschwand Max im Nebenzimmer und kam mit einer Flasche Weinbrand wieder zurück.

»Gleich wird's Ihnen noch bessergehen«, sagte er und schenkte ihr ein.

In diesem Augenblick ertönte ein mächtiger Trommelwir-

bel hinter dem Haus. Elisabeth erschrak. »Um Gottes willen, was ist denn das?«
»Unser Buschtelegraf.«
Elisabeth sah ihn misstrauisch an. »Machen Sie sich über mich lustig?«
»Keineswegs.«
Max legte die Zigarre ab und nahm die gefüllten Gläser in die Hand. Die wilden Klänge verdichteten sich zu einem geheimnisvollen Rhythmus. »Kommen Sie.«
Sein Fuß stieß die Tür auf. Im Schein zweier Fackeln ragte eine kraftvolle Gestalt aus der Dunkelheit. Es war Salem, seine Schultern und Oberarme gaben den Takt der Schläge vor, die flachen Hände schlugen den Rhythmus. Die mächtige Trommel war seitlich mit Leopardenfell bespannt. Nun hielt er für ein paar Sekunden inne. Die schweren, dumpfen Klänge entschwanden im Dunkeln der Nacht, am Himmel funkelten einzelne Sterne. Der flackernde Schein der Feuerstellen im Dorf der Schwarzen war das einzige Licht.
Dann setzten die Schläge wieder ein. Anarchisch, wild und doch von einer geheimnisvollen Kraft gezähmt. Fasziniert betrachtete Elisabeth den nackten Oberkörper des Trommlers. Er kam ihr vor wie ein Priester, der die Götter anrief. Auch Max war von den afrikanischen Trommeln immer wieder beeindruckt. Vielleicht hatte der pochende Rhythmus, den das menschliche Herz seit Anfang der Zeit vorgab, die ersten Trommler inspiriert. Damals, als Steinzeitmenschen zum ersten Mal zwei Knochen gegeneinandergeschlagen hatten.
»Das ist unser Ngoma. Damit verständigen wir uns mit den Nachbarn. Man kann auch Notrufe schicken.«

»Und welche Nachricht trommelt er heute?«
Max lächelte und hob die Gläser.
»Die Frau des Bwana ist angekommen. Ein großes Ereignis.« Er reichte Elisabeth ein Glas und prostete ihr zu. »Auf uns.«
Elisabeth schnupperte. Das Zeug roch scharf.
»Auf Afrika.«
Sie tranken, Elisabeth musste husten. Dann schluckte sie den Rest der brennenden Flüssigkeit in einem Zug. Als wollte sie nicht nur diesem Mann, sondern dem ganzen Kontinent zeigen, dass das Mädchen aus Straubing endlich angekommen war.

KAPITEL 9

Auch an einem anderen Ort erhoben in diesem Augenblick zwei Menschen ihre Gläser. Sanft klirrten die Champagnerkelche, als Oberst Lettow-Vorbeck mit Gouverneur von Rechenberg auf die Zukunft anstieß. Die Kapelle spielte einen Tusch, die Anwesenden erhoben sich und taten es den beiden Männern auf dem Podium gleich. Die Stimmung im Deutschen Klub von Daressalam war ausgezeichnet. Vom Meer her wehte ein lauer Wind, viele der Gäste standen auf der Terrasse und blickten hinaus auf die Lichter im Hafen, wo noch das Dampfschiff ankerte, mit dem der Oberst angekommen war. Unten im Garten stand der Kapitän in makelloser Ausgehuniform. Er plauderte mit einem eleganten Herrn, der einen weißen Anzug trug. Der korpulente Mann rauchte eine Zigarre, und über dem rechten Auge klemmte ein Monokel. »Und was haben Sie dann mit dem Mädchen gemacht?«

»Verheiratet hab' ich sie, was blieb mir denn anderes übrig. Mit dem Burschen, der sie abgeholt hat. Begeistert war sie natürlich nicht.«

»Die wird noch schnell genug merken, dass das Leben hier kein Honigschlecken ist. Jedenfalls nicht für die Pflanzer da draußen.«

»Ich nehme an, Sie können nicht klagen, Herr Direktor.«

»Keineswegs, mein Lieber, keineswegs.«

Der Angesprochene nahm das Monokel aus dem Auge und schob es in seine Reverstasche. »Aber wenn Sie einer Bank vorstehen, haben Sie auch Verpflichtungen, mitunter sind diese durchaus lästig.«

Er ließ die Asche seiner Zigarre in die kristallene Schale fallen, die sein schwarzer Diener bereithielt.
»Was meinen Sie?«
»Die Kredite, mein Lieber, das lästige Geld eben. Jeder Habenichts, der hier ankommt, möchte, dass wir ihm seine Zukunft finanzieren. Wie hieß denn der Bursche, der das Mädchen abgeholt hat?«
»Leitner, glaube ich.«
»Leitner? Ja, der sitzt irgendwo ganz im Westen. Am Arsch der Welt sozusagen.« Der Direktor lachte leise. »Hat sich was vorgenommen, der Junge. Mal sehen, ob er es schafft. Wir haben unser Auge drauf. Wenn so einer Konkurs macht, greifen wir zu. Dann ist das Land schon gerodet, und man kann was damit anfangen.«
»Und was passiert mit dem Pflanzer?«
»Es kommen doch jeden Tag neue.«
Der Kapitän, dem das Gespräch mit dem Bankdirektor nicht sonderlich behagte, hob seinen Bierkrug und verbeugte sich kurz.
»Entschuldigen Sie mich bitte, mein leerer Magen kann dem Duft des Spanferkels nicht länger widerstehen«, sagte er und war froh, in der Menge verschwinden zu können.
Die Gäste des Abends waren keineswegs nur betuchte Geschäftsleute. Was sich hier tummelte, war eine lebhafte und ziemlich bunte Mischung: Manche waren im Tropenanzug gekommen, andere in der Trachtenjacke oder in Lederhosen, wieder andere in derben Bundhosen. Die Frauen, deutlich in der Minderzahl, trugen weiße Kleider oder sportliche Blusen und Reithosen, manchmal auch ein Dirndl. Man spürte, dass die bessere Gesellschaft der deutschen Kolonie keine Berührungsängste hatte. Während

der Kapitän auf sein Essen wartete, entdeckt er Carl Schillings, den Fotografen. Dieser unterhielt sich mit einem Kolonialbeamten. Die beiden kamen langsam näher.
»… verteidigen wir unter härtesten Bedingungen auf unserem Außenposten die Zivilisation. Auch am Ende der bewohnten Welt steht der Deutsche seinen Mann«, verkündete der Beamte im Tropenanzug.
»Das trifft sich gut, denn ich möchte vor allem ins Hinterland, so weit weg wie möglich«, erwiderte Schillings. »Ich will die Tiere in ihrer ursprünglichen Umgebung fotografieren, unbelastet vom Eingriff des Menschen.«
Der Beamte musterte seinen Gesprächspartner misstrauisch. »Waren Sie schon einmal in Afrika?«
»Nein, aber die unberührte Wildnis muss ein unbeschreibliches Erlebnis sein.«
»So kann man es auch nennen«, entgegnete der Beamte trocken. »Führen Sie eine größere Ausrüstung mit?«
»Nur das Nötigste, etwa vierzig Kisten.«
»Ich verstehe. Haben Sie Erfahrung als Großwildjäger?«
»Nein. Ich bin Künstler.«
Der Beamte schaute Schillings verständnislos an.
»Tja, dann. Wenn Sie mal was brauchen, kommen Sie einfach vorbei. Franz Stocker, Bezirksamt Kilosa.«
Die beiden schüttelten sich die Hände und verabschiedeten sich.

Auf der Terrasse im ersten Stock hatten sich Lettow-Vorbeck und der Gouverneur in ein ruhiges Eck zurückgezogen und betrachteten das ausgelassene Treiben. Die Lampions, die über den Köpfen der Gäste hingen, tauchten die Szenerie in ein stimmungsvolles warmes Licht, die unterschiedlichsten Dialekte deutscher Regionen vermischten sich im lauten Stimmengewirr. Immer wieder bahnten sich schwarze Kellner in roter Livree einen Weg durch die Menge, sie reichten frische Gläser, Brezeln und Kekse.

»Sie werden sich hier wohl fühlen, Oberst.«

»Das hoffe ich. Aber es ist noch viel zu tun.«

»Wem sagen Sie das.«

»Wir müssen Schwarze rekrutieren.«

»Als Soldaten? Um Gottes willen.«

»Warum nicht? Wir bilden sie aus, behandeln sie gut und zahlen ihnen anständigen Sold.«

»Und Sie glauben, dass das funktioniert?«

»Wie soll ich mit einer Truppe von 2000 Mann ein Gebiet schützen, das doppelt so groß ist wie das Deutsche Reich? Geschweige denn verteidigen – im Kriegsfall?«

Unbemerkt näherte sich der Direktor der Kolonialbank den beiden. Sein schwarzer Diener hatte Mühe, seinem Herren zu folgen, denn er balancierte eine Flasche Champagner auf einem Silbertablett.

»Darf ich Ihnen Nachschub anbieten?« Der Direktor klemmte das Monokel ins Auge und lächelte verbindlich. »Wenn Sie mir diese militärische Floskel nachsehen.«

Die Angesprochenen wandten sich ihm zu.

»Mit Vergnügen.«

Der Oberst leerte sein Glas und reichte es dem Diener. »Zumal der Nachschub bei der Logistik von größter Bedeutung ist. Und für die Truppe erst recht.«

Der Schwarze schenkte vorsichtig ein, konnte aber das Zittern seiner Hände nicht verbergen. Der Gouverneur beeilte sich, die Männer bekannt zu machen.

»Dr. Rosenthal, Direktor der Kolonialbank – Oberst Lettow-Vorbeck, unser neuer Oberbefehlshaber.«
»Ich weiß, Ihr Ruhm ist Ihnen vorausgeeilt, Oberst.«
Der Angesprochene antwortete mit einem höflichen Lächeln. Bevor er noch etwas entgegnen konnte, fuhr der Bankdirektor beflissen fort. »Sie haben ja ordentlich aufgeräumt in Südwest, bei den Herreros. Und auch in China, bei den Schlitzaugen.«
Der Oberst warf ihm einen kühlen Blick zu. »Sehr freundlich Dr. Rosenthal, aber ich glaube nicht, dass diese Bezeichnung die Vorgänge korrekt wiedergibt.«
»Ach was, seien Sie nicht so bescheiden, die Engländer sind auch nicht zimperlich.«
Der Diener füllte das Glas des Gouverneurs, schüttete aber etwas daneben. Der Direktor gab ihm einen Klaps auf den Hinterkopf. »Nicht mal ein paar Sekunden kann sich der Tolpatsch konzentrieren. Da hilft auch die beste Tracht Prügel nichts.«
Der Gouverneur wischte das Glas mit seinem Einstecktuch ab und schüttelte den Kopf. »Wissen Sie, im Alter werden wir alle zittern, und ich werde dann heilfroh sein, wenn uns das niemand übelnimmt.«
Der Diener verschwand, die Männer stießen an.
»Also, auf Tanganjika.«
Sie tranken die Gläser in einem Zug leer. Der Gouverneur blickte hinunter in den Garten, wo das Fest immer lauter und fröhlicher wurde.
»Wir können auf das, was wir hier geleistet haben, stolz sein. Aber es bleibt noch viel zu tun. Unser Freund, der Oberst, hat mir gerade geschildert, was allein die Schutztruppe an zusätzlichen Investitionen benötigt.«

Der Direktor lächelte verbindlich. »Kein Problem. Wir arbeiten eng mit der Regierung zusammen.«
Er öffnete ein ledernes Zigarrenetui mit goldenem Monogramm. »Bitte.«
Der Oberst schüttelte den Kopf, der Gouverneur nahm eine der dicken Havannas. Lettow-Vorbeck gab ihm Feuer und führte seinen Gedanken fort. »Wie ich vorher schon sagte, das Problem ist, dass wir keine direkte Verbindung zur Heimat haben. Vor allem keine, die wir kontrollieren. Das ist nicht nur ein militärisches Problem.«
»Wenigstens gibt es jetzt den Telegrafen«, entgegnete der Direktor, »vorausgesetzt, er funktioniert.«
Der Oberst blickte auf den Indischen Ozean hinaus. Dort draußen, etwa dreißig Kilometer entfernt, lag Sansibar. Und genau das war das Problem. »Zum Kabel in Sansibar haben wir doch nur Zugang, wenn es den Briten passt.«
»Dafür ist die Funkverbindung zu unseren Schiffen recht ordentlich«, widersprach Dr. Rosenthal, der nicht die Absicht hatte, seine Aussicht auf eine glänzende Karriere von einem Offizier trüben zu lassen, der dieses Land eben erst betreten hatte.
»Schon in naher Zukunft könnten …«
»… englische Kriegsschiffe eine Seeblockade verhängen. Dann sind wir von der Heimat abgeschnitten.«
Energisch hatte ihn der Oberst unterbrochen. Der Gouverneur blickte nachdenklich auf die Luftblasen, die aus seinem Glas perlten. Dieser Gedanke schien auch ihm nicht zu behagen. Der Bankier schüttelte den Kopf.
»Sie sehen zu schwarz, meine Herren, wir kommen mit den Briten doch ganz gut zurecht.«

»In Afrika, aber zu Hause?«, entgegnete der Oberst. »Ich höre da andere Dinge.«

Er wartete, ob seine Gesprächspartner die Frage aufnahmen, doch niemand antwortete. Unvermittelt kam noch ein anderer Gedanke in ihm hoch. »Ganz nebenbei, sagt Ihnen der Name Max Leitner etwas? Soll eine Pflanzung haben, an einem Fluss im Hinterland.«

Der Gouverneur nickte. »In den Gongwe-Bergen. Hat sich viel vorgenommen, der junge Mann.«

»Vielleicht zu viel.« Ein Rauchring unterstrich die Bemerkung des Direktors.

»Sie kennen ihn?«

»Ich kenne seinen Kreditrahmen.«

Die Männer schwiegen einen Augenblick. Bevor Lettow-Vorbeck das Thema vertiefen konnte, näherte sich von hinten ein Herr in einem braun-grün karierten Tweedanzug. Seine rechte Hand schwang einen silbernen Spazierstock. Dr. Rosenthal entdeckte den Besucher als Erster. Flüsternd beugte er sich zum Gouverneur. »Der englische Konsul kommt.«

Er wechselte einen schnellen Blick mit Lettow-Vorbeck, dann wandte er sich freundlich dem Besucher zu.

»Sir Geoffrey, Sie geben uns die Ehre?«

Der Gast verbeugte sich kurz.

»It's a pleasure, as usual. Mich treibt die dienstliche Neugierde. Sie werden mir jetzt sicher den neuen Kommandeur der Schutztruppe vorstellen?«

»Mit großem Vergnügen«, sagte der Gouverneur freundlich.

»Oberst von Lettow-Vorbeck – Sir Edwin Geoffrey, unser britischer Konsul.«

Die beiden Männer schüttelten sich höflich die Hände.
»Excuse me, sind Sie nicht Major?«, bemerkte der Engländer.
Für einen kurzen Moment stand die Unhöflichkeit im Raum, dann überspielte der Gouverneur mit einem jovialen Lächeln die Situation.
»Er war Major, jetzt muss er uns beschützen. Da das eine unmögliche Aufgabe ist, hat man ihn befördert.«
Überrascht zog der Gast die Brauen hoch. »Most interesting. Und wo waren Sie vorher, Oberst?«
»In Tsing-Tao und in Südwest.«
Der Konsul musterte sein Gegenüber kühl, gönnte ihm dann aber doch ein verhaltenes Lächeln. »Dann sind Sie wohl eine Art *troubleshooter?*«
»Mit Verlaub, Sir, dieser Ausdruck ist mir nicht geläufig.«
»Ein Spezialist für Probleme. Werden Sie welche schaffen oder lösen, Oberst?«
»Ich wäre lieber der Joker im Spiel.«
»Und was für ein Spiel spielen Sie am liebsten?«
»Jedes, Hauptsache, ich gewinne.«
Die drei Deutschen lachten, auch der Engländer lächelte kurz. Dann verlor sich sein Blick im silbernen Griff seines Spazierstocks. Als er den Oberst wieder ansah, war sein Lächeln verschwunden. »Dann hätten Sie vielleicht nicht nach Afrika kommen sollen.«
Der englische Konsul hob sein Glas und trank es aus. Mit der Andeutung einer Verbeugung machte er kehrt und ging zügig auf den Ausgang zu. Seinen Stock balancierte er im Takt der Marschmusik, die die Kapelle in diesem Moment anstimmte.

Langsam schob sich über den Gongwe-Bergen der Mond vor die schwarzen Wolken. Durch ein Fenster fiel fahles Licht auf zwei Betten, über die ein Moskitonetz gespannt war. Sie standen so weit wie möglich auseinandergerückt im Raum. In dem provisorischen Feldbett lag Elisabeth, auf dem Bauernbett an der Wand hatte sich Max ausgestreckt. Beide waren angezogen. Elisabeth lag mit offenen Augen da, fasziniert von den Geräuschen der afrikanischen Nacht: das wilde Rauschen des Windes, das Zetern der Affen, das kecke Krächzen der Vögel, das aufdringliche Zirpen der Grillen. Sie hob den Kopf, es war heller geworden, das Mondlicht fiel auf den Nachttopf. Unruhig wanderte ihr Blick durch den Raum, sie versuchte, den einzelnen Moskito zu entdecken, der ständig um ihren Kopf herumschwirrte. Doch jetzt hörte das Summen auf. Wahrscheinlich saß er irgendwo und lauerte auf seine Chance. Sie warf einen Blick auf das Bett neben ihr, Max lag mit geschlossenen Augen da, er schien zu schlafen.
Plötzlich hatte sie den Eindruck, dass es auf einmal sehr still war. Doch dann hörte sie wieder ein Geräusch. Ein tiefes Brüllen, ganz nah. Elisabeth erstarrte. Ein Grollen, so mächtig, als würde es aus der Tiefe der Erde kommen.
»Was war das?«
»Ein Löwe.«
Die Antwort klang mürrisch und verschlafen. Elisabeth fuhr hoch. Hier unten, direkt vor ihrem Haus?
Wieder schickte das Raubtier seinen mächtigen Ruf hinaus in die Nacht. Diesmal erschien ihr das Brüllen noch gewaltiger, als würde es von einem längst ausgestorbenen Urtier des Planeten kommen. Dann wurde es wieder still. Jetzt hörte sie nur noch das Keuchen ihres eigenen Atems. Sie

hob das Moskitonetz hoch und ging zum Fenster. Ein mächtiger, dunkler Schatten trottete an der Veranda entlang. Sie hielt den Atem an. Der Löwe bewegte sich geschmeidig und lautlos. Einen kurzen Moment glänzte sein Fell im blassen Schein des Mondes, dann verschwand der Schatten im Dunkel der Büsche. Noch einmal rollte das tiefe Brüllen durch die Nacht. Ein archaisches Geräusch, wild und unbesiegbar, die Urgewalt des Kontinents. In Elisabeths Gesicht spiegelten sich Angst und Faszination.

KAPITEL 10

Sie schlief, ohne zu träumen. Am frühen Morgen rissen sie laute Stimmen aus dem Schlaf. Elisabeth richtete sich auf. Das Bett neben ihr war leer. Sie sprang auf, stöhnte über den Schmerz in ihren Füßen und humpelte zum Fenster. Unten im Hof stand Max, er hatte ein Gewehr in der Hand und war von einer Gruppe Schwarzer umringt, die von allen Seiten auf ihn einredeten. Die Leute fuchtelten mit den Händen und zeigten immer wieder in die Richtung, in der die Felder lagen. Elisabeth konnte dort nichts erkennen, es war noch zu dunkel. Zwar schimmerte hinter den Bergen bereits der Glanz des ersten Lichts, doch das Tal ruhte noch in der Dämmerung. Sie öffnete das Fenster. »Was ist denn los? Wo wollen Sie hin?«

»Einen Elefanten schießen.«

Mehr als einen kurzen Blick hatte Max nicht für sie übrig. Er nahm das Gewehr unter den Arm, schob Patronen in das Magazin und ließ den Repetierbolzen einschnappen. Dann griff er nach der Wasserflasche, die ihm Salim reichte, und lief los. Kurz darauf war er im Dunkeln der Büsche verschwunden. Und jetzt?

Wieder spürte Elisabeth diese Mischung aus Wut und Hilflosigkeit. Dieses Gefühl kannte sie gut, und sie hasste es. Als sie das Fenster wieder schließen wollte, drang vom Hof eine bekannte Stimme an ihr Ohr.

»Gu-ten Mor-gen!

Vor dem Haus stand Minnie und winkte ihr fröhlich zu.

»Was ist denn passiert?«

»Tembo macht Feld kaputt.«

Die Köchin schilderte den Vorfall mit so dramatischen Gesten, dass Elisabeth lächeln musste. Doch dann fiel ihr ein, dass Max jetzt da draußen war, allein mit dem wütenden Elefanten. Ihr Groll wich einer unbestimmten Angst.
In der Küche erwartete sie ein liebevoll gedeckter Tisch: deutsches Schwarzbrot, weiche Eier, eine Kanne Kaffee, Marmelade, ein Korb bunter Früchte. Die Blumenvase war voller exotischer Blumen.
»Danke, das ist wunderbar«, sagte Elisabeth und zeigte auf die Dinge, die auf dem Tisch standen.
»Bitte, sag es mir jetzt in deiner Sprache.«
Minnie schaute sie verständnislos an. Elisabeth nahm eine Scheibe Brot und hielt es ihr vor das Gesicht.
»Brot – in Suaheli?«
»Mkate.«
Die Köchin strahlte, jetzt hatte sie begriffen. Nun zeigte sie so schnell auf die verschiedenen Teller, dass Elisabeth kaum folgen konnte. »Butter – *Siagi*, Eier – *Yai*, Tomaten – *Nyanya*.«
»Papaya?« Elisabeth deutete auf die ovale orangefarbene Frucht, an die sie sich noch vom Abendessen erinnerte.
Minnie nickte und hielt eine andere Frucht hoch. Diese war glatt und grün und hatte eine rötliche Färbung an der Seite. *»Embe.«*
Minnie zog ein Stück Haut ab, sie enthüllte faseriges, gelbes Fruchtfleisch. »Bwana sagen Mango. Wir sagen Embe.«
Klingt ähnlich, dachte Elisabeth. Da sie sich so viele neue Wörter nicht merken konnte, wollte sie die Übung nach dem Frühstück mit Bleistift und Papier wiederholen. Sie setzte sich und probierte den Kaffee. Er schmeckte frisch und stark. »Wo kommen denn die Kaffeebohnen her?«

»Kaffee von Usumbara«, erklärte Minnie.
»Ist das auch in Tanganjika?«
Die Köchin nickte. Elisabeth probierte ein Stück Brot. Es war fast so gut wie zu Hause. Minnie beobachtete jede ihre Gesten. »Setz dich doch zu mir.«
Erschrocken schüttelte die Köchin den Kopf. Wenn sie erst etwas länger da war, würde sich das schon geben, dachte Elisabeth. Vorläufig würde sie wohl damit leben müssen, ständig angestarrt zu werden. Sie überlegte, was sie mit dem Tag anfangen sollte. Eigentlich hätte sie mit Max einen Blick auf die Felder werfen wollen. Da er so plötzlich verschwunden war, würde sie wohl mit Minnie vorliebnehmen müssen. Es dauerte eine Weile, bis sie das der Köchin verständlich machen konnte. Als die beiden schließlich das Haus verließen, setzte Elisabeth ihre Sprachübung fort.
»Kopf?« Ihre Hand zeigte auf ihre Stirn.
»Nywele.« Minnie deutete auf ihre Haare.
»Nein, nicht die Haare.«
Elisabeth zog mit dem Finger einen Kreis um die Nase. »Das Gesicht.«
Während Minnie überlegte, was Elisabeth meinte, tauchte Hassim aus dem Schatten des Geräteschuppens auf. Er hatte die beiden schon länger beobachtet.
»Gesicht – *Usa.* Kopf – *Kichwa.*«
Seine Stimme klang hart, als duldete sie keinen Widerspruch.
»Danke, Hassim.«
Der Junge herrschte Minnie in scharfem Tonfall an. Sogleich drehte sich die Köchin und verschwand im Haus. Elisabeth wunderte sich. Der bestimmende Ton anderen

gegenüber passte nicht zu der Ehrerbietung, die er ihr entgegenbrachte. »Warum hast du sie weggeschickt?«
Hassim stand stramm wie ein Soldat.
»Ich Boy von Memsahib. Ich verantwortlich.«
Elisabeth verstand, dass die Entscheidung nicht in ihrer Hand lag.
»Komm, ich will die Felder sehen. Und die Stelle, wo die Elefanten waren.«
»Jawoll!«
Der Junge drehte sich um und schritt so würdevoll voraus, dass sich Elisabeth ein Lachen verkneifen musste.

Eine lange Reihe gebückter, schwarzer Arbeiter glänzte in der Sonne. Die Männer standen in einem frisch umgegrabenen Feld, jeder hielt ein Säckchen in der rechten Hand und ging langsam über das Feld. Alle zwei Meter legte er mit der linken Hand ein paar Samenkörner in ein Loch auf der Ackerfurche. Elisabeth staunte, so ein großes Feld hatte sie noch nie gesehen. Zwischen den Arbeitern stand Salem. Wie eine Statue ragte sein muskulöser Oberkörper in den Himmel, die würdevolle, fast aristokratische Haltung des Vorarbeiters war ihr von Anfang an aufgefallen, jetzt konnte sie beobachten, wie souverän er die Leute mit kleinen Gesten und Kommandos antrieb, sobald sie sich eine Ruhepause gönnten.
Als die Männer die weiße Frau entdeckten, begannen sie leise miteinander zu reden. Doch als Elisabeth freundlich grüßte, winkten sie lachend zurück. Ihr fiel auf, dass viele der Schwarzen offene Wunden hatten, meist an den Beinen, einige auch an den Armen.
»Was wird hier angebaut?«

»Baumwolle.«
Hassim ging stolz weiter, die Arbeiter würdigte er keines Blickes. Nach ein paar hundert Metern kamen sie zu einem Maisfeld auf der anderen Seite des Ackers. Die grünen Stauden trugen bereits zarte Kolben. Der Junge zeigte auf eine Schneise, die mehrere Meter breit war und sich durch das gesamte Feld zog. »Elefant.«
Tatsächlich, sämtliche Pflanzen waren zertrampelt. Elisabeth kniete nieder und betrachtete die riesigen Fußspuren, die im weichen Untergrund deutlich erkennbar waren. Ein Kichern unterbrach sie. Zwischen den Stauden waren einige Kinder aufgetaucht. Neugierig starrten sie auf die weiße Frau. Viele der Kleinen hatten entzündete Augen oder eiternde Wunden, vor allem an den Füßen.
Hassim wollte die Kinder schon verjagen, doch Elisabeth hielt ihn zurück. Ein kleiner Junge kam auf sie zu. Scheu strichen seine schmutzigen Hände über ihren Arm. Nun näherte sich auch ein Mädchen. Die kleine schwarze Hand wanderte schüchtern über ihr Kleid. Ein anderes Kind berührte ihre Ohren, strich mit den Fingern behutsam über ihr Gesicht. Immer mehr dieser kleinen Hände versuchten, Elisabeth zu berühren. Sie strichen über ihre Hand, über den Arm, jetzt tasteten zwei Finger nach ihren Ohren. Elisabeth musste lachen, denn das kitzelte. Als sie die schwarzen Hände auf ihrer hellen Haut beobachtete, wurde ihr klar, was die Kinder so faszinierte.
»Meine Haut ist immer so weiß.«
Nun begann auch sie, die Kinder zu berühren. Gebannt beobachteten diese jede Bewegung der weißen Finger. Nach einer Weile zog Elisabeth ihre Hand wieder zurück. Sie zeigte auf sich und dann auf ihre kleinen Besucher.

»Weiße Haut – schwarze Haut.«
Die Kinder wichen kichernd zurück, nahmen die Worte auf wie einen Refrain und liefen singend davon: »Schwarze Haut – weiße Haut …«

Kurze Zeit später war Elisabeth wieder im Haus. Sie wollte ihre Koffer auspacken. Vorher hatte sie die Sachen in der Kammer umgestellt und so ein wenig Platz geschaffen. Auch wenn sie wenig mitgenommen hatte, musste sie darüber lächeln, wie sehr einige Dinge ihre falschen Erwartungen widerspiegelten. Die Tanzschuhe würde sie bestimmt nicht brauchen, dafür eher die Hausapotheke. Das chinesische Teeservice ihrer Tante war zwar elegant, wirkte aber in dieser Hütte deplaziert. Unter einem Stapel Pullover entdeckte sie einen kleinen Karton mit einer Widmung: *Meiner Tochter im tiefsten Afrika zur Erinnerung an die Heimat.* Ihr Herz klopfte schneller, als sie die liebevoll verpackte Schachtel öffnete. Sie enthielt ein Weckglas mit einer Auswahl von Blumensamen. Jedes der Tütchen war ordentlich beschriftet. Gerührt stellte Elisabeth das Glas auf den Boden.
Unter dem letzten Pullover fand sie ein zweites Päckchen: *Von Vater.* Ein mulmiges Gefühl beschlich sie. Hastig riss sie das Papier weg. Vor ihr lag ein gerahmtes Bild von Kaiser Wilhelm. Die militärisch strenge Pose wird dem Vater gefallen haben, dachte sie. Zuerst wollte sie das Foto gleich wieder wegpacken, doch dann ging sie damit in die Küche, wo Minnie am Tisch saß und Hemdknöpfe annähte. Elisabeth stellte das Foto auf dem Holzregal ab, auf dem die Teller standen. Die Erinnerung an den Vater und das Deutsche Reich war zwischen Salz- und Pfefferstreuer gut

aufgehoben. Neugierig betrachtete Minnie das Bild. »Ist das Vater von Memsahib?«
Elisabeth musste herzhaft lachen. »Nein. Das ist der deutsche Kaiser.«
»Was ist ein Kaiser?«
Wie sollte sie das erklären? »Ein großer König.«
Minnie schüttelte den Kopf. Hatte sie das nicht verstanden? Elisabeth ergänzte: »Vielleicht auch ein großer Häuptling.«
Minnie lachte. »Dieser Mann kein König.«
»Wieso?«
»Ohne Haut von Leopard kein König.«
»Bei uns gibt es keine Leoparden.«
Nun sah Minnie Elisabeth so traurig an, als hätte sie Mitleid mit der weißen Frau, die in einem so eigenartigen Land hatte leben müssen. »Dann Kaiser ist armer Häuptling.«
»Vielleicht. Aber er weiß es zum Glück nicht.«
Sie überließ Minnie ihren Gedanken und ging zurück in die Kammer.

Nach einer Weile hatte sie alles ausgepackt und notdürftig verstaut. Ihr fiel auf, wie umsichtig und zielstrebig sie dabei vorgegangen war. Hatte sie nicht erst noch überlegen wollen, ob sie überhaupt bleiben sollte? Noch gut war ihr in Erinnerung, wie unmöglich sich Max an diesem Morgen benommen hatte. Sie einfach stehen zu lassen, als könnte sie sich genauso gut allein zurechtfinden. Das hatte sie dann ja auch getan. Und das würde sie auch weiterhin tun. Elisabeth beschloss, sich dem Schicksal so lange zu fügen, bis dieses ihr eine Alternative zeigte. Entschlossen nahm sie die letzte Bluse aus dem Koffer und legte sie auf den Stapel mit den Pullovern. Darunter lag eine rote Spieluhr. Wie kam die bloß dahin? Seit sie sich erinnern konnte, hatte diese Uhr zu Hause im Kinderzimmer gestanden. Die Mutter musste sie heimlich zu den Kleidern gepackt haben. Elisabeth zog die Uhr auf und ließ sie laufen. Die Melodie war ihr vertraut, es war ein deutsches Wanderlied.

Für einen kurzen Augenblick riefen die mechanischen Klänge Bilder in ihr wach, die schon lange verschwunden gewesen waren: das Elternhaus in der Bäckergasse, das Stockbett mit dem alten Adventskalender an der Wand, das Knistern der Briketts im Ofen, das Getrampel von Kinderfüßen im Treppenhaus. Und immer wieder der Schlag der Standuhr in der Küche, unerbittlich. Und auch die düsteren Erinnerungen kehrten zurück: blutige Kinderbeine, die auf den scharfen Kanten von Holzscheiten knieten, das traurige Gesicht der Mutter, die schweren Schritte des Vaters auf der Kellertreppe, das Geräusch des Schlüssels, der die Tür verschloss. Das Dunkel, in dem sie als kleines Kind stundenlang ausharren musste. Und sich dabei zu Tode fürchtete.

Die Melodie war zu Ende. Elisabeth richtete sich auf. Sie brachte auch die Spieluhr in die Küche und stellte sie neben das Bild des Kaisers. Minnie, die immer noch nähte, rollte die Augen und versuchte einen Blick auf das merkwürdige Gerät zu werfen. Elisabeth zog die Uhr noch einmal auf und ging hinaus. Sobald die blecherne Melodie ertönte, sprang Minnie hoch und näherte sich dieser bunten Metallschachtel, die auf Befehl singen konnte. Schmunzelnd beobachtete Elisabeth die Köchin durch den

Türspalt. Dann musterte sie ein letztes Mal die sauber aufgeräumten Sachen in der Kammer. Im Grunde war hier nichts mehr zu tun. Als sie den Raum verlassen wollte, fiel ihr Blick auf das Pult mit der ledernen Kladde. Sie trat näher und studierte die Seiten des aufgeschlagenen Buchs. Die Eintragungen verzeichneten ausbezahlte Löhne und Ausgaben für landwirtschaftliche Produkte. Ein Arbeiter bekam zehn Rupien am Tag. Was immer das bedeuten mochte.

Die letzte Notiz war erst drei Tage alt. Schuhe, Daressalam, 12 RM. Die Hochzeitsschuhe. Elisabeth stutzte. Irgendetwas störte sie an diesem Eintrag. Aber was? Das gesamte Wirtschaftsbuch kam ihr plötzlich merkwürdig vor. Alarmiert blätterte sie ein paar Seiten zurück, doch die Ausgaben wiederholten sich. In diesem Augenblick blieb die Spieluhr stehen. Es wurde still. Nun tauchte ein schrecklicher Gedanke in Elisabeth auf. Mit zitternden Händen holte sie den Brief aus der Tasche, den sie auf der Reise ständig bei sich getragen hatte. Sie verglich die Schrift mit der im Wirtschaftsbuch – die Schriftzüge waren völlig verschieden. Elisabeth knüllte den Brief zusammen und warf ihn auf den Boden. In ihren Augen standen Tränen.

Als Max zurückkehrte, war es fast zwei Uhr. Er war todmüde und völlig verdreckt. An Hose und Händen klebten Erde und Blut. Unter dem Baobab-Baum blieb er stehen und nahm das Gewehr von der Schulter.

Elisabeth saß auf der Veranda und verband den Fuß eines Jungen, neben ihr stand die Tasche mit den Medikamenten und Verbänden. Hinter dem Kleinen wartete eine lange Schlange von Patienten. Obwohl sie ihn bestimmt gehört hatte, ließ sich Elisabeth in ihrer Arbeit nicht stören. Das irritierte Max mehr als ihr demonstrativer Samariterdienst. Vor allem nach dem, was er hinter sich hatte.

»Was ist denn hier los?«

»Ich tue, was Sie anscheinend nicht tun.«

Geschickt verknotete sie die beiden Enden der Mullbinde, der Junge stand auf und humpelte dankbar zu den Hütten. Schon stand der nächste vor ihr und zeigte auf ein Geschwür am Oberarm. Elisabeth begann die Wunde mit einem Desinfektionsmittel zu säubern.

»Machen Sie das öfters, so einfach abhauen?«

»Es musste sein.« Max kam näher, trotz seines Ärgers war er verunsichert, und das behagte ihm nicht.

Elisabeth warf ihm einen kühlen Blick zu. »Das hier muss auch sein. Eine Schande, dass Sie darauf nicht selbst gekommen sind.«

Neben der Haustür saß Hassim und bewachte die Medikamente. Überrascht registrierte er, wie forsch die weiße Frau mit dem Bwana redete. Auch Minnie drückte sich am Küchenfenster die Nase platt.

Das alles war Max nicht entgangen. »Jetzt regen Sie sich nicht so auf, das macht man hier nicht.«

»Genau, es gibt Dinge im Leben, die sollte man tatsächlich nicht tun.«

Sie klebte ein Pflaster auf die Wunde und verstaute das Desinfektionsmittel in der Tasche. »Sag den anderen, sie sollen morgen wiederkommen.«

Max unterdrückte die Bemerkung, die ihm auf der Zunge lag. Er ging zum Haus und wusch sich das Gesicht. Als

Elisabeth das restliche Verbandszeug eingepackt hatte und die Tasche wegtragen wollte, tauchten zwischen den Büschen vier schwarze Träger auf. Sie schleppten zwei riesige Stoßzähne auf den Schultern. Das Ende der Wurzeln war noch blutig. Elisabeth wurde bewusst, was Max in seiner Abwesenheit vielleicht durchgemacht hatte.

»War es sehr gefährlich?«

Max zuckte mit den Achseln und wischte sich das Wasser aus dem Gesicht. »Das sind Rekordtrophäen, die bringen richtig was.«

Vorsichtig ließen die Schwarzen die Zähne zu Boden sinken. Aus dem Inneren der Wurzel zogen sie ein langes glibberiges Etwas, es sah aus wie eine helle, fast durchsichtige Sehne. Triumphierend hielten sie den etwa dreißig Zentimeter langen Fetzen in die Höhe, das Stück war so lang wie ein menschlicher Unterarm. Gefangen zwischen Ekel und Neugierde kam Elisabeth näher und betrachtete die Nervenstränge genauer. »Dann können Elefanten also Zahnweh haben, wie wir?«

»Keine Ahnung.«

»Und wo ist der Rest des Tieres?«

»Da, wo es gestorben ist. Elefanten kann man nicht wegtragen.«

»Auch die Füße nicht?«

Max ignorierte die Anspielung, doch Elisabeth sah ihn herausfordernd an. »Wie weit ist das weg?«

»Zu weit. Bei der Hitze.«

@@

Kurz darauf marschierten drei Gestalten zügig durch das hohe Gras der Savanne. Das Gesicht von Max verriet eine

Mischung aus Wut und Bewunderung. Eigentlich hatte er wenig Lust, den ganzen Weg wieder zurückzulaufen, andererseits imponierte ihm die Hartnäckigkeit, mit der Elisabeth auf ihrem Willen bestanden hatte. Auch wenn es eine verdammt blöde Idee war.

Es war tatsächlich mörderisch heiß. Elisabeth war längst völlig erschöpft, jeder Muskel tat ihr weh, und an ihren Füßen hatten sich die Blasen wieder bemerkbar gemacht. Doch klein beigeben würde sie nicht. Sie wollte sehen, ob dieses Drama, das sich heute früh zwischen Max und dem Elefanten abgespielt hatte, Grund genug war, eine junge Frau allein zu lassen. An ihrem ersten Tag in der Wildnis.

Hassim lief dicht hinter Elisabeth, er trug die Wasserflaschen. Ihm reichte es, seiner Herrin behilflich sein zu dürfen, auch wenn er sich ihr Verhalten nicht erklären konnte.

Elisabeth spürte bei jedem Schritt, dass ihr vor Anstrengung bald schwindelig werden würde. Plötzlich packte sie etwas am Fuß. Mit einem Schrei stürzte sie zu Boden.

Max, der ein paar Schritte vorausgegangen war, blieb stehen. »Was ist passiert?«

»Ich kann nicht weiter.«

Einen Augenblick lag sie hilflos im Gras, dann fassten ihr zwei kräftige Hände unter die Arme und halfen ihr hoch. Elisabeth strampelte, konnte ihr Bein aber aus der Wurzel befreien, die in einem Erdloch versteckt gewesen war.

»Können Sie den Knöchel bewegen?« Die Stimme von Max war dicht neben ihrem Ohr. Sie versuchte es und nickte. »Tut es weh?«

Mit Genugtuung bemerkte Elisabeth die Besorgnis in seiner Stimme. »Nicht besonders.«

Ein Blick auf ihr Gelenk zeigte Max, dass nichts Schlim-

mes geschehen war. »Glück gehabt. Ein verstauchtes oder gebrochenes Bein ist im Busch keine Kleinigkeit.«
Elisabeth wollte aufstehen, doch sie zögerte einen Augenblick, der feste Griff seiner Hände tat ihr gut. »Ist es noch weit?«
»Nein. Da oben war es, dort auf dem Hügel.«
»Schön.«
Nein, schön war das nicht. Resigniert starrte Elisabeth auf das dichte, stachlige Buschwerk, durch das sie sich jetzt quälen musste, um auf den Hügel zu kommen.
Je weiter sie sich durch das Dickicht arbeiteten, desto heißer wurde es. Als sie den toten Elefanten endlich erreichten, war Elisabeth mit ihren Kräften am Ende. Doch das wilde Chaos, das vor ihren Augen herrschte, ließ sie die Erschöpfung vergessen. Etwa zwanzig Schwarze waren mit dem Kadaver beschäftigt. Bis zu den Knien standen sie in einer dampfenden, blutigen Masse. Aufgequollene Därme lagen wie riesige Würste im Gras, Horden von Fliegen schwirrten umher, der Geruch nach Blut, Urin und Fäkalien war penetrant. Mit Messern und Äxten bemühten sich die Männer, das Fleisch von den Knochen abzutrennen. Von dem gewaltigen Tier war fast nur noch das riesige Skelett übrig.
Elisabeth verschwand hinter einem Busch, sie musste sich übergeben. Doch schnell kam sie wieder zurück, denn das archaische Schauspiel faszinierte sie gegen ihren Willen. Auf den blutbespritzten Gesichtern der Schwarzen stand der Schweiß vor Anstrengung, doch alle lachten fröhlich. Die Männer gestikulierten aufgeregt, die Frauen palaverten untereinander, alle zeigten eine Begeisterung, die ihrer blutigen Tätigkeit das Grauen nahm.

»Das ist doch eine schreckliche Arbeit. Warum freuen sich denn alle so?«, fragte sie schließlich.
»Weil sie jetzt wieder ein paar Wochen zu essen haben.«
Elisabeth spürte, sie war Zeuge eines anarchischen Schlachtfests. Erstaunlich, wie diszipliniert und effizient die Schwarzen bei ihrer Arbeit vorgingen. Einige Fleischstücke wurden in dünne Scheiben geschnitten und zum Trocknen auf Schnüre zwischen die Bäume gehängt. Größere Teile wurden von den Frauen nach Hause getragen. Geschickt balancierten sie die blutige Last auf dem Kopf und wanderten damit durch das hohe Gras zu den umliegenden Dörfern. Einige hatten Kinder auf dem Rücken, die kleine, rote Fleischstücke kauten.
Nach einer Weile kam ein alter, fast nackter Mann auf Elisabeth zu. Er hielt ein noch blutendes Stück Elefantenfleisch in der Hand und fuchtelte damit energisch vor ihrer Nase herum. Elisabeth wandte sich ab. Gleich würde ihr wieder übel werden.
»Für die ist das eine Delikatesse.«
Max konnte sich ein schadenfrohes Grinsen nicht verkneifen.
Der Alte kramte eine zerbeulte Tabakdose aus der Tasche, streute Salz auf das Fleisch und lief ihr nach. Wieder hielt er ihr den roten Fleischfetzen vor die Lippen. Diesmal kam Max ihr zur Hilfe. Er nahm das Stück und biss herzhaft zu. Es schien ihm tatsächlich zu schmecken.

Auf dem Rückweg machten sie auf einer kleinen Anhöhe Rast, die einen freien Blick über die Landschaft bot. Nach Westen erstreckte sich ein weites Feld mit grünen Pflanzen, die Elisabeth an Kakteen erinnerten.

»Das ist Sisal, eine Agaven-Art. Wurde aus Mexiko eingeführt.«
Mit einer ausladenden Geste, die den Stolz des Besitzers verriet, zeigte Max auf die grüne Fläche. »In Kilosa ist eine Fabrik. Dort wird das Rohmaterial verarbeitet.«
»Was macht man mit Sisal?«
»Seile, Säcke, Tragegurte. Es ist wie Hanf, nur besser.«
»Muss man etwa die ganze Ernte bis zur Fabrik tragen?«
»Bis zur Bahnlinie nach Kimamba. Von hier aus geht alles mit dem Zug zur Küste.«
Was für eine fürchterliche Schlepperei. Zum ersten Mal hatte Elisabeth Mitleid nicht nur mit den Schwarzen, sondern auch ein wenig mit den deutschen Pflanzern. »Heute morgen habe ich gesehen, wie man Baumwolle setzt.«
»Das machen wir heuer zum dritten Mal.«
»Wieso denn das?«
»Wegen des Regens. Er kam einfach nicht. Da ist alles vertrocknet.«
»Und dann?«
»Haben wir wieder von vorne angefangen.«
Elisabeth war überrascht, wie ruhig er das erzählte.
»Wie schaffen Sie das?«
Max zuckte lächelnd mit den Achseln, als wäre das nicht weiter wichtig. Dann beugte er sich vor und wurde ernst. »Können Sie sich vorstellen, was das kostet? Wenn man immer wieder das Saatgut bezahlen muss? Und 200 Arbeiter, jeden Tag?«
Elisabeth blickte hinaus auf das Sisalfeld.
»Wenn Sie das alles auf sich nehmen, muss es sich doch wohl lohnen.«
»Das hoffe ich. Hundert Tonnen könnte es bringen, wenn

das Wetter mitmacht. Bei der Baumwolle die Hälfte. Regnen darf es dann aber nicht mehr. Jedenfalls nicht bei der Ernte.«
»Und wenn es doch regnet?«
»Ist alles kaputt.«
»Und dann?«
Max schwieg, er suchte nach einer Antwort, die einen solchen Alptraum abfangen könnte, doch er fand keine.
»Dann ist es vermutlich aus.«
Elisabeth wunderte sich, dass Max jetzt wieder lächelte. Den Gedanken, sein Plan könnte schiefgehen, schien er gar nicht in Betracht zu ziehen. Um das Thema zu wechseln, zeigte er auf eine andere, noch nicht gerodete Fläche im Osten.
»Das habe ich noch dazugepachtet. 400 Hektar. Für später. Vielleicht werde ich es dort mit Kautschuk versuchen. Doch man kann ihn erst nach drei Jahren zapfen.«
Elisabeth erschrak. Wie um Gottes willen wollte er das schaffen? Ein Mann allein, mit 200 schwarzen Arbeitern. Und einer Frau! Zum ersten Mal fragte sie sich, ob sie dieser Aufgabe wirklich gewachsen war.
Sie gingen weiter. Nach einer halben Stunde Fußmarsch erreichten sie das Sisalfeld, das sie von oben gesehen hatten. Max zeigte auf einen großen Stein, in dessen Umkreis man auf drei Meter Büsche und Gras abgebrannt hatte.
»Das ist der Grenzstein. Wir entfernen das Gras, damit bleibt er gut sichtbar.«
Max stellte einen Fuß auf den Stein und deutete auf die Weite seines Besitzes.
»110 Hektar, alles zusammen haben wir 800. Es ist die größte Pflanzung im Bezirk. Und es wird die beste sein.«

Was sollte sie dazu sagen? Einerseits beeindruckte sie sein Mut und sein Enthusiasmus, doch die gewaltige Aufgabe, die er sich gestellt hatte, machte ihr Angst.
»Und eines Tages auch die schönste.«
»Ich hoffe, Sie haben Glück.«
Irritiert senkte Max den Blick. Warum sagte sie nicht wir? Elisabeth zog die Schuhe aus und betrachtete ihre Blasen. Nach einer Weile hob sie den Kopf und sah Max nachdenklich an. »Würden Sie mich jemals anlügen?«
»Nein, natürlich nicht. Warum fragen Sie?«
Elisabeth antwortete nicht, ihr Blick verlor sich in der Ferne.

Als sie zurückkamen, war es vier Uhr nachmittags. Moritz, der Rottweiler, den Max absichtlich nicht mitgenommen hatte, begrüßte sie mit wilden Sprüngen und wedelndem Schwanz. Neugierig schnüffelte er an ihren Kleidern. Elisabeth schob ihn weg, sie war todmüde, auch Max fühlte sich ausgelaugt, er war seit Tagesanbruch auf den Beinen. Vor dem Haus ließen sich beide auf die Holzbank fallen. Moritz legte sich vor ihre Füße und leckte an den Stiefeln.
Als Minnie Tee und Kuchen servierte, waren Max und Elisabeth eingenickt, ihre Körper aneinandergesunken. Die Köchin stellte das Tablett ab und betrachtete die beiden eine Weile. Dann verschwand sie mit einem zufriedenen Lächeln im Haus. Als ihr Moritz die Hand leckte, wachte Elisabeth auf. Sie beugte sich vor und zog die Servietten beiseite, die als Schutz gegen die Fliegen über den Tassen lagen. Max blinzelte und streckte sich. Mit einem Zug

trank er das Glas Wasser leer, das auf dem Tisch stand. Dann warf er Elisabeth einen fragenden Blick zu. »Und?« Diese wusste nicht, was er meinte.
»Musste das jetzt unbedingt sein?«
»Ja.«
Max überlegte einen Augenblick, sagte aber nichts und stand auf. »Wir müssen die Trophäen noch wiegen, bevor es dunkel wird.«
Elisabeth drehte sich um. Vor Erschöpfung hatte sie die riesigen Zähne an der Hauswand ganz vergessen. Inzwischen waren sie gereinigt, und es war kein Blut mehr zu sehen.
Kurz darauf schleppten zwei Schwarze eine Eisenwaage vor das Haus. Am Maßbalken hingen zwei dicke Lederschleifen. Mit vereinten Kräften packten die Männer einen der beiden Zähne und wuchteten ihn in die Schlaufen. Die rote Nadel pendelte sich bei 65 Kilo ein. Max brummte zufrieden.
»Und?«, fragte Elisabeth, die sich neben ihn gestellt hatte.
»Nicht schlecht.«
Ihre Hände strichen über die weiße Fläche des gewaltigen Zahns. Die Oberfläche fühlte sich rauh an und hatte an manchen Stellen tiefe Furchen.
»Die haben eine Menge Bäume auf dem Gewissen«, erklärte Max. »Und sicher auch einige Rivalen. Im Kampf sind Elefanten nicht zimperlich. Das hinterlässt Spuren.«
»Was ist an dem Zeug eigentlich so wertvoll?«
»Das Zeug heißt Elfenbein und war schon immer sehr begehrt. Schon bei den alten Ägyptern.«
»Aber warum?«

Max zuckte mit den Achseln und half den Männern, den Zahn wegzutragen. Gemeinsam wuchteten sie die zweite Trophäe in die Schlaufen. Diesmal schlug die Nadel noch weiter aus: 71 Kilo.

»Ist das viel?«

»Alles über 60 Kilo ist ziemlich gut.«

»Also eine Rekordtrophäe?«

»Gut möglich.«

Die Schwarzen legten den Stoßzahn neben den anderen ins Gras.

»Was macht man eigentlich aus Elfenbein?«, fragte Elisabeth.

»Klaviertasten, Billardkugeln.«

»Billardkugeln?« Sie schaute ihn ungläubig an. »Und deshalb müssen diese wunderbaren Tiere sterben?«

»Ich liefere nur, was der Markt verlangt«, entgegnete Max und holte eine Zeltplane. Sorgfältig deckte er die Zähne zu.

»Das ist also alles, was von so einem majestätischen Tier übrig bleibt. Ist das nicht traurig?«, fragte Elisabeth.

»Für die Schwarzen nicht. Und für uns auch nicht.«

Max richtete sich auf und wischte sich die Hände an der Hose ab. »Das ist bares Geld. Eine Pflanzung braucht Jahre, bis sie rentabel wird. Wovon sollen wir bis dahin leben?«

Darauf hatte sie keine Antwort, und das gefiel ihr nicht.

Es war Nacht geworden. Wieder summte im Schlafzimmer ein Moskito. Elisabeth war zu müde, um sich darüber aufzuregen. Sie lag auf ihrem Bett, am Boden brannte eine

Kerze. Als sich die Tür öffnete, schloss sie die Augen. Leise betrat Max den Raum und schaute nachdenklich auf die seltsame Frau, die in sein Leben getreten war. Sie schien tief und fest zu schlafen. Doch er täuschte sich.

»Die Briefe waren nicht von Ihnen.«

Die Stimme traf ihn wie ein Faustschlag. Max wollte etwas sagen, doch der Druck in seiner Brust ließ seine Worte nicht hochkommen. Für Sekunden war es still. Schweigend ging er zum Fenster.

»Wer hat sie geschrieben?«

»Fritz.«

Draußen war es sehr dunkel, Wolken verdeckten den Mond. Max holt tief Luft. »Das mit dem Schreiben, das liegt mir nun einmal nicht.« Er drehte sich um und kam näher. »Aber gemeint habe ich das schon so, wie es geschrieben war. Und darauf kommt es doch an, oder? Auf das, was man will, aber nicht sagen kann.« Dann blieb er stehen, seine Stimme wurde leiser. »Oder sich nicht zu sagen traut.«

Elisabeth sah ihn lange an, dann schloss sie die Augen. »Vielleicht.«

Max blies die Kerze aus, kroch unter das Moskitonetz und legte sich ins Bett. Wieder war es still, nur der einzelne Moskito schwirrte durch den Raum. Nach einer Weile drang aus dem Bett von Max ein resignierter Seufzer. »Ich wollte nur, dass Sie kommen.«

»Ich bin ja da.«

»Da schon.«

Er wartete auf eine Antwort, doch es kam keine. Die Stille erdrückte ihn.

»Ich würde gern Elisabeth zu Ihnen sagen.«

»Sag es doch einfach.«
»Gute Nacht – Elisabeth.«
»Gute Nacht, Max.«
Sie schwiegen und lauschten dem Atem des anderen. Dann ertönte draußen wieder das tiefe Grollen des Löwen.

Am nächsten Morgen konnte Elisabeth nicht aufstehen. Sie hatte leichtes Fieber und so starke Gliederschmerzen, dass sie sich selbst im Bett nur mühsam umdrehen konnte. Ihr wurde klar, dass sie sich überanstrengt hatte. Oder war sie schon Opfer der Malariamücken geworden? Unten aus der Küche ertönte die Melodie der Spieluhr. Minnie lachte, der Rottweiler knurrte. Sie war zu müde, um darüber nachzudenken, und schlief wieder ein.
Als sie gegen Mittag aufwachte, saß Max gegenüber und betrachtete ihr blasses Gesicht. Auf dem Boden stand eine Vase mit frischen Blumen. »Danke. Die sind sehr schön.«
»Geht's besser?«, fragte er leise. Elisabeth schüttelte den Kopf, sie hatte keine Energie, kein Bedürfnis, sich zu bewegen.
Max errötete ein wenig. »Minnie wird dir einen Tee machen. Irgendwelche Heilpflanzen. Schmeckt teuflisch, aber es wirkt.«
»Haben wir keine Medizin?«
»Zuerst den Tee. Ich habe ihn schon öfters ausprobiert.«
Die Vorstellung, etwas zu trinken, das sie nicht kannte, gefiel ihr nicht, doch sie war zu schwach, um zu protestieren.
»Was machst du heute?«
»Einen Brunnen bauen. In der Trockenzeit versiegen die Bäche, die aus den Bergen kommen.«

Elisabeth richtete sich auf. »Kannst du den Kindern sagen, dass ich heute nicht kommen kann?«
Max schüttelte den Kopf. »Die können warten. Jetzt bist du erst mal selbst Patient.«
Er stand auf und wollte zur Tür gehen.
»Moment.« Die Schärfe in ihrer Stimme überraschte ihn. »Wirst du ihnen das sagen?« Sie sank zurück auf das Bett, doch ihr Blick ließ ihn nicht los.
»Ja«, versprach Max.
Sie schloss die Augen. Er zog das Moskitonetz zu und ging leise hinaus. Sekunden später war Elisabeth wieder eingeschlafen.

Als sie aufwachte, stand Minnie mit einer großen Tasse dampfender Brühe neben ihr. Es war eine Hühnersuppe und nicht der Tee, den sie erwartet hatte.
»Medizin später, Wurzel lange kochen.«
Sie löffelte die Suppe und spürte, wie gut sie ihr tat. Minnie wischte ihr den Schweiß vom Gesicht.
»Schnell gesund werden. Bwana braucht Eli-sa-bett.«
Die Köchin sagte das so feierlich, dass Elisabeth lächeln musste. »Den Eindruck habe ich nicht.«
Minnie sah ihre Herrin streng an.
»Großer Häuptling braucht Leopardenfell, großer Krieger braucht starke Bibi.«
Bevor Elisabeth fragen konnte, was das letzte Wort bedeutete, war Minnie verschwunden. Da sie nicht wieder schlafen wollte, versuchte sie, ihre Gedanken zu ordnen.
Ihre Situation konnte sie schnell auf den Punkt bringen: Der Bauernhof im Paradies hatte sich als lausige Baracke am Ende der Welt entpuppt, ihr verwegener Abenteurer

als schlichter Pflanzer. Und als unerschrockener Jäger, das musste sie zugeben. Nun lag es an ihr, diesem Missgeschick eine positive Wendung zu geben. Auch wenn sie Max noch nicht verziehen hatte, sie unter Vorspiegelung falscher Tatsachen hierher gelockt zu haben. Wieder einmal fiel ihr auf, mit welch gemischten Gefühlen sie an diesen Mann dachte, der so gar nicht ihrer Vorstellung entsprach. Und der dennoch ihr Ehemann war.

Bisher hatte sie diese Tatsache erfolgreich verdrängt. Auch wenn sie zugeben musste, dass sie Angst um ihn gehabt hatte, als er an jenem Morgen allein losgezogen war, um den Elefanten zu jagen. Was hätte sie gemacht, wenn ihm etwas passiert wäre? Als legitime Ehefrau wäre sie Besitzerin der Pflanzung gewesen. Was ihr bisher nie in den Sinn gekommen war: Als Ehefrau des Besitzers war es auch jetzt schon ihr Land. Ein kleines Stück Afrika gehörte tatsächlich ihr. Diesen Gedanken hatte sie bisher nicht wahrhaben wollen. Um der Verantwortung zu entgehen, die mit dieser Rolle verbunden war? Dass Max ein guter Pflanzer war, bezweifelte sie nicht, in der Rolle des Ehemanns hingegen konnte sie ihn sich nur schwer vorstellen. Und doch hatte sie die kurzen Momente, in denen seine Hände ihren Körper berührt und festgehalten hatten, nicht vergessen können.

Elisabeth warf einen Blick auf den frischen Strauß, den ihr Max ans Bett gestellt hatte. Selbst gepflückt! Das hätte sie ihm gar nicht zugetraut. Sie ließ sich zurück in die Kissen sinken und sah hoch zur Decke. Ein Spinnennetz war im Begriff, sich selbst zu weben, jedenfalls sah es so aus, denn die Spinne war im Schatten der dunklen Balken nicht zu sehen.

An diesem Abend kam Max erst spät ins Zimmer. Eine Weile beobachtete er, wie Elisabeth den verschwitzten Kopf unruhig hin und her warf. Für einen Augenblick schob sich dabei ihre rechte Hand unter der Decke hervor, an einem der Finger fiel ihm ein helles Funkeln auf. Er beugte sich vor und sah genauer hin. Tatsächlich, Elisabeth trug den Ehering wieder. Sein Herz schlug schneller. Leise zog er sich aus, wusch sein Gesicht und legte sich hin. Das mit dem Ehering war ein gutes Zeichen. Er hatte sich aber auch wirklich bemüht, ihr alles recht zu machen. Zugegeben, dass er schon am ersten Morgen wegen des verdammten Elefanten plötzlich wegmusste, war Pech gewesen, doch er hatte keine Wahl gehabt. Genauso wenig wie mit den Briefen. Was hätte er denn tun sollen? Die deutsche Sprache war für ihn schon immer ein hartnäckiger Gegner gewesen, vor allem wenn er schriftlich mit ihr ringen musste. Aber hier in Afrika, wo es darum ging, sich ein neues Leben aufzubauen, hatte das keine Bedeutung. Hätte er die Briefe selbst geschrieben, wäre Elisabeth jetzt nicht hier.

Als er die Flamme ausblasen wollte, sah er das Spinnennetz. Über den Betten hingen nicht zwei Netze, sondern die Spinne hatte ein durchgehendes gewebt, das sich von Elisabeths Seite bis zu seiner Wand hinzog. Wie eine Decke, unter der sie jetzt beide lagen. Als hätte die Spinne seine geheimsten Wünsche geahnt. Das Erstaunen über seine Gedanken wiegte Max in den Schlaf.

Das Spinnennetz zitterte. Das Surren der einzelnen Mücke, die sich im Raum eingenistet hatte, hörte auf.

Als Elisabeth am nächsten Morgen die Treppe herunterkam, stand Minnie andächtig vor der Spieluhr und lauschte der geheimnisvollen Melodie, Moritz hingegen stand fast aufrecht da. Er hatte die Vorderpfoten auf das Regal gelegt und beäugte die Spieluhr misstrauisch. Max lehnte am Fenster und nagelte den Absatz seines Stiefels fest. Als Minnie die Uhr wieder aufziehen wollte, unterbrach er sie. »Dreimal reicht.« Die Köchin fuhr erschrocken zurück und entdeckte Elisabeth, die im Morgenrock auf der Treppe stand. »Wurzel machen Memsahib gesund«, stellte sie zufrieden fest.

»Danke. Ich fühle mich tatsächlich ganz gut.«

Max zeigte auf die Spieluhr. »Die wird uns bald auf die Nerven gehen.«

Elisabeth packte den Hund am Halsband und zog ihn weg vom Regal. »Ihm geht sie jetzt schon auf die Nerven.«

Max lachte. »Manche Tiere sind eben sensibler als Menschen.«

»Warum macht man dann so gerne Jagd auf sie?«

Max schlüpfte in den Schuh und setzte sich an den Tisch. »Weil man sie essen will. Manchmal ist es auch – eine Art Sport.«

»Ich finde nicht, dass Töten sportlich ist.«

Wie schnippisch sie das gesagt hat! Max biss sich auf die Lippen, so früh am Morgen hatte er keine Lust auf heikle Gespräche. Er drehte sich um und zeigte auf das Bild des Kaisers. »So etwas hängt in jeder Amtsstube. Deshalb habe ich keines.«

»Das hat mir mein Vater in den Koffer gelegt, heimlich.«

Elisabeth fiel auf, dass an seinem Gürtel eine Pistole und ein schweres Messer hingen. »Trägst du das immer?«

Er nickte und goss Milch in den Kaffee.
»Alle Pflanzer tragen das. Man weiß nie, was passiert.«
»Was könnte denn passieren?«
»Leoparden können dir aus den Bäumen ins Genick fallen, und dann kannst du nicht mehr schießen. Also brauchst du was anderes.«
»Und die Pistole?«
»Es schadet nichts, wenn alle sehen, dass wir uns verteidigen können.«
»Gegen wen?«
»Vergiss es. Hast du gut geschlafen?«
»Bestens.«
Max legte Schinken auf sein Brot.
»Träumst du manchmal auch?«, fragt sie ihn leise.
Max überlegte eine Weile, bevor er antwortete. »Ich träume manchmal, dass mein Vater herkommt und sich die Pflanzung ansieht. Wenn alles fertig ist. Er soll sehen, wie schön sie geworden ist.«
Ein Hauch von Traurigkeit überschattete ihr Gesicht. »Komisch, an so etwas denke ich nie.«
Max betrachtete zwei Fliegen, die um die Marmelade schwirrten. »Du warst auch kein kleiner Junge, den man immer mitleidig angelächelt hat. Weil er Asthma hatte, weil er schwach war, weil jeder wusste, dass er es zu nichts bringen würde.«
Das also war es. Sie dachte an das Foto des trotzigen kleinen Jungen, das an der Treppe hing, und begann zu verstehen, warum Max so ehrgeizig war.
»Steht ihr immer so früh auf?«
»Die Leute beginnen mit der Arbeit um sechs Uhr, und dann geht's durch bis vier Uhr.«

»Ohne zu essen?«
»Sie essen abends. Aber wie. Du solltest mal sehen, was für dicke Bäuche die dann haben.«
Den letzten Satz hatte Minnie noch gehört, denn sie kam gerade mit der Kaffeekanne durch die Tür. Irritiert blieb sie stehen und strich sich über die Hüfte. Elisabeth fiel auf, dass sie eine neue Frisur trug. Die Köchin hatte ihre Haare zu kunstvollen Locken gedreht und diese auf ihrem Kopf zu einem Nest verknüpft.
»Hübsch siehst du aus. Das macht sicher viel Arbeit.«
Minnie strahlte, verschüttete aber ein wenig Kaffee. Max runzelte die Stirn und wollte sie anfahren, doch Elisabeth kam ihm zuvor. »Macht nichts. Die Tischdecke wechseln wir nachher aus.«
»Sie wird die Decke wechseln.«
Minnie verschwand, und Elisabeth sah Max herausfordernd an. »Und was soll ich tun?«
»Du hast ja sicher wieder Sprechstunde.«
Richtig, fast hätte sie vergessen, dass sie viele der Kinder auf heute hatte vertrösten müssen. Sie beschloss, den sarkastischen Unterton in seiner Stimme zu überhören.
Max musterte Elisabeth einen Augenblick schweigend. »Kannst du reiten?«
»Ich hab's ein paar Mal probiert und bin nicht heruntergefallen. Warum fragst du?«
»Wir werden zwei Maultiere bekommen. Die könnte man abrichten.«
»Wieso habt ihr keine Pferde?«
»Wegen der Tsetsefliege. Keine Rinder, keine Pferde. Und ob die Maultiere durchhalten, muss sich erst herausstellen.«

Eine Weile aßen sie schweigend, dann fuhr Max fort: »Ein paar Siedler haben versucht, Zebras zuzureiten. Es hat selten funktioniert. Ich weiß nur von einem, der es geschafft hat. Sein Tier kann sogar über Hürden springen und eine Kutsche ziehen. Die Fotos hängen im ›Kaiserhof‹.«

»Werden wir da auch mal übernachten?«

»Wenn die Ernte gut wird.«

»Und es nicht regnet.«

Natürlich, das Negative hatte sie sich gemerkt. Elisabeth spürte, dass Ironie an diesem Morgen nicht gefragt war.

»Was hast du heute vor?«, erkundigt sie sich freundlich.

»Am Vormittag mache ich mit dem Brunnen weiter, am Nachmittag muss ich einen neuen Grenzstein setzen, möchtest du mitkommen?«

»Gerne.«

»Es ist am anderen Ende der Pflanzung«, fügte er hinzu. »Dort stehen ein paar Bäume, wir könnten Schießübungen machen.«

Elisabeth hielt mit dem Kauen inne. »Wir?«

»In Afrika muss man mit einem Gewehr umgehen können.«

Der Gedanke beschäftigte sie eine Weile. »Worauf soll ich denn schießen?«

»Kommt auf die Situation an. Vielleicht musst du eines Tages auf die Jagd gehen, wenn ich krank bin. Oder nicht da sein kann.«

Empört schüttelte sie den Kopf.

»Ich will keine Tiere töten.«

»Was du willst, spielt gar keine Rolle. Die Leute brauchen Fleisch.« Das hätte er natürlich auch freundlicher sagen können. Max schenkte sich Kaffee nach, dann sprach er

weiter. Leise, ohne sie anzusehen. »Vielleicht wirst du dich auch verteidigen müssen.«
»Gegen wen denn, um Gottes willen?«
»Wir sind nicht in Deutschland. Es kann passieren, dass jemand die Neger aufwiegelt.«
»Wie damals beim Maji-Maji-Aufstand?«
Max, der eben ein Ei aufschlagen wollte, hielt in der Bewegung inne. »Woher weißt du das?«
Sie ließ ein Stück Zucker in die Tasse fallen.
»Man informiert sich, wenn man wohin fährt.«
Ein zweites Stück folgte.
»Das ist lange her«, murmelte Max.
»Hat die Schutztruppe damals nicht Monate gebraucht, um die Ordnung wiederherzustellen?« Gemächlich verrührte ihr Löffel den Zucker in der Tasse.
»Aber sie hat sie wiederhergestellt«, knurrte Max.
Elisabeth schnippte eine Fliege von der Marmelade. »Ich kann verstehen, dass es Menschen nicht gefällt, wenn man ihnen ihr Land wegnimmt.«
Max, der sich noch ein Stück Schinken nehmen wollte, ließ verärgert die Gabel fallen.
»Wer hat dir denn das erzählt? Wir bringen den Negern doch erst bei, was Zivilisation bedeutet.«
»Wirklich? Dann wäre meine Sprechstunde ja nicht nötig.«
»Ist sie auch nicht. Die haben ihre eigene Medizin.«
Er spürte, wie ihn langsam die Wut packte. Wie schaffte sie es nur, ihn immer wieder in die Enge zu treiben?
»Du bist jetzt gerade mal zwei Tage in diesem Land und glaubst schon, überall mitreden zu können. Das ist doch lächerlich!«

Elisabeth sah ein, dass er nicht ganz unrecht hatte. Doch kampflos gab sie nicht auf.
»Vielleicht. Aber nicht lächerlicher, als sich beim Schreiben mit fremden Federn zu schmücken.«
Ihr süffisantes Lächeln gab ihm den Rest. Wütend lief er hinaus und schlug die Tür hinter sich zu.

Als Elisabeth später aus dem Haus kam, lief Moritz freudig auf sie zu. Doch plötzlich jaulte der Hund auf und verschwand blitzschnell unter der Veranda. Kurz darauf kamen zwei Affen am anderen Ende hervor und verschwanden kreischend in den Büschen, ohne von Moritz weiter verfolgt zu werden. Dieser hatte sich eingeklemmt und brauchte eine Weile, um sich zu befreien. Elisabeth wunderte sich. Ein Hund, der hier zu Hause war, müsste doch wissen, dass der Platz unter der Veranda für ihn zu niedrig ist. Bei manchen Tieren schien der Jagdinstinkt stärker zu sein als die Vernunft. Wenn sie an die Geschichten dachte, die sich in Straubing die Frauen hinter vorgehaltener Hand erzählten, schien das bei Männern manchmal nicht anders zu sein. Eigenartig, warum dachte sie ausgerechnet jetzt daran? Auf ihrer abgelegenen Pflanzung würde sie jedenfalls mit solchen Problemen nicht konfrontiert werden.
Mit energischen Schritten ging sie weiter zu den Lagerschuppen, die sich hinter dem Haus befanden, denn sie wollte sich endlich mit den Örtlichkeiten vertraut machen. In das Dorf der Schwarzen sollte sie besser nicht gehen, hatte Max ihr erklärt, denn das hätte die Leute in Verlegenheit gebracht.

Ihr Rundgang war schnell beendet. In den Baracken standen die üblichen Werkzeuge und Geräte, die auch in Deutschland in landwirtschaftlichen Betrieben zu finden waren: Schaufeln, Rechen, Sensen, Sicheln, schwere Baumsägen, einzelne Pflugscharen sowie einige Säcke Saatgut. Auffällig waren nur zwei Karren mit großen Holzrädern und einer langen Deichsel. Wozu diese dienten, konnte sie sich nicht erklären, denn Zugtiere gab es ja nicht. Doch irgendwie musste die Ernte eingebracht werden, und vielleicht zog man den Karren einfach von Hand. Was das für eine Schinderei werden würde, konnte sie sich gut vorstellen.

Die Stelle, an der Max den Brunnen grub, befand sich hinter dem Obstgarten. Als sie näher kam, sah sie nur seinen Kopf, denn das Loch, das er schaufelte, war bereits so tief, dass er fast darin verschwand. Zwei Arbeiter saßen unter einem Baum und sahen zu. Sie brach einen Zweig ab und kitzelte ihn hinten am Hals. Blitzschnell schlug er zu, erst dann merkte er, dass das kein Insekt war.
»Eine Sauarbeit ist das«, stöhnte er und drehte sich um.
Elisabeth zeigte auf die Arbeiter im Gras. »Warum schauen die zu und du schuftest?«
Max wischte sich den Schweiß von der Stirn, verschmierte aber nur den Dreck im Gesicht. »Die haben schon vier Stunden gegraben. Sie sollen sich einen Moment ausruhen und sehen, dass ich genauso anpacken kann.«
»Aber ich darf Minnie nicht beim Abwasch helfen.«
»Du hast Wichtigeres zu tun.«
»Was denn?«

»Du bist der gute Geist im Haus. Das ist wichtig.«
»Auch für die Schwarzen?«
Er sah hinüber zu den beiden Arbeitern, die kein Auge von der weißen Frau ließen.
»Gerade für sie«, sagt er und zwinkerte ihr zu. »Und für mich erst recht.«
Elisabeth spürte, wie sie rot wurde. Sie reichte ihm die Wasserflasche, die im Schatten lag. »Wann muss ich üben?«
»Was?«
»Das Schießen.«
»Ach so. In etwa zwei Stunden.«
»Dann ist ja vorher noch Zeit für die Kinder.«
»Besser nachher. Dann kommen sie von selbst. Jetzt wirst du sie nicht finden.«
Max trank einen großen Schluck, dann warf er ihr einen ironischen Blick zu. »Ich rate dir, verwöhne sie nicht zu sehr.«
»Warum?«
»Du setzt einen Standard, den wir nicht halten können. Wenn die Arbeit zu viel wird, wirst du keine Zeit mehr für sie haben. Oder wenn uns die Medikamente ausgehen.«
Elisabeth sah ihn ernst an. »Dafür bin ich verantwortlich. Entweder wir machen das ganz oder gar nicht.«
Was genau sie damit meinte, war ihm unklar. Doch das war in diesem Moment nicht wichtig, denn Elisabeth hatte zum ersten Mal wir gesagt. »Klar, ganz oder gar nicht.«
Mit einem kräftigen Stoß hob er eine neue Schaufel Erde aus und warf sie so gezielt über seine Schulter, dass Elisabeth zur Seite springen musste, um nicht getroffen zu werden.

Zwei Stunden später standen sie am Rande einer großen, noch ungerodeten Fläche. Max hatte das Gewehr an eine Akazie gelehnt und studierte eine handgezeichnete Karte, die den Stempel des Bezirksamts von Kilosa trug. Hinter ihm standen zwei Schwarze, die eine Rolle Schnur hielten, von der sie auf dem Weg hierher die Hälfte abgewickelt hatten.

»1800 Meter. Hier ist es«, stellte Max zufrieden fest. Er nahm den angespitzten Pflock, den er unter den Arm geklemmt hatte, und rammte ihn in die Erde. Dann redete er kurz auf die beiden Schwarzen ein. Sie kehrten um und gingen zurück zur Farm, wobei sie die abgespulte Schnur wieder aufwickelten.

»Morgen werden sie hier einen Stein setzen und das Gras im Umkreis abbrennen.«

»Was willst du denn später anbauen?«

»Zuerst müssen wir das Land roden. Das ist eine Schweinearbeit, mal sehen, wann wir Zeit dafür haben. Dann schauen wir, was einen guten Preis bringt. Mais, Kautschuk. Oder Kaffee, aber das ist riskant.«

Er hob die Axt auf, die er ins Gras gelegt hatte. Mit zwei kräftigen Hieben schlug er eine Kerbe in die Baumrinde.

»Glaubst du, du kannst das treffen?«

»Keine Ahnung.«

Eine Waffe hatte sie noch nie in der Hand gehalten, er konnte froh sein, wenn sie überhaupt etwas traf. Mit ein paar Schlägen vergrößerte Max die Kerbe, Elisabeth sah ihm misstrauisch zu. »Ich will Tiere beobachten, nicht umbringen.«

Max runzelte die Stirn. »Wir haben über hundert Leute, manchmal doppelt so viele. Wenn du ihnen jeden Tag

nur Reis und Kartoffeln zu essen gibst, sind sie schnell weg.«
Nun zog er mit der Schneide der Axt einen Kreis von etwa 15 Zentimetern Durchmesser um die Kerbe. »Wenn du gut bist, triffst du die Mitte. Sonst eben den Kreis.«
Ohne Elisabeth weiter zu beachten holte er den Karabiner und begann, das Magazin mit Patronen zu füllen. »Schau her, einfach hier reindrücken. Beim nächsten Durchgang machst du das selbst.«
Er reichte ihr das Gewehr. Ihr Arm sank zu Boden, denn der Karabiner war viel schwerer, als sie erwartet hatte. Max packte die Waffe am Lauf und zeigte mit dem Finger auf den winzigen Dorn über der Mündung. »Das ist die Kimme.«
Der Finger wanderte am Gewehrlauf entlang zu einem verschiebbaren Aufsatz mit einer kleinen Einbuchtung. »Sie muss sich mit dieser kleinen Kerbe, dem Korn, in einer Linie befinden.«
Er stellte die Kimme auf eine Entfernung von 100 Metern ein.
»Und dann?«, fragte Elisabeth, die ihn immer noch misstrauisch beobachtete.
Max nahm ihr das Gewehr aus der Hand und legte an. »In der Verlängerung von Kimme und Korn liegt dein Ziel. Das musst du nur richtig anvisieren.«
»Was heißt richtig?«
»In einer Linie. Deckungsgleich.«
»Womit?«
Verwirrt ließ Max das Gewehr sinken, die Frage verstand er nicht.
»Was ist womit deckungsgleich?«

»Die Kimme mit dem Korn. Hab' ich doch gesagt.«
»Und dann beide mit dem Ziel.«
Die Ungeduld in seiner Stimme entging ihr nicht.
»Und was ist das Ziel, ich meine normalerweise?«
»Die Kugel soll das Herz treffen oder den Kopf, das heißt die Stelle zwischen den Augen.«
Sein Finger berührte ihre Stirn dicht über dem Nasenbein. »Ein Schuss ins Gehirn ist immer am sichersten. Aber auch am schwierigsten.«
Elisabeth stellte sich vor, wo ihr Hirn lag. »Warum?«
»Das Hirn ist klein und schwer zu treffen. Aber wenn ein Tier von vorne kommt, hast du keine andere Wahl. Du siehst ja nur den Kopf, und auch der hält nicht still.«
Max zog das Magazin aus dem Karabiner und ließ Elisabeth den Repetiervorgang mit der ungeladenen Waffe üben. Nach ein paar Versuchen machte sie es ganz passabel. Nun schob er das Magazin zurück ins Gewehr, drückte eine Patrone in den Lauf und zeigte auf einen Busch in etwa hundert Meter Entfernung.
»Von dort hinten.«
Elisabeth starrte ihn ungläubig an. »Ich bin doch kein Kunstschütze.«
»Noch nicht«, knurrte er und verschränkte die Arme vor der Brust, ein Zeichen, dass er keine Worte, sondern Taten sehen wollte. Elisabeth seufzte, packte das Gewehr und stapfte los. Max ging ein paar Meter zur Seite und lehnte sich gegen eine Akazie. Frauen und Waffen! Kein Wunder, dass alle großen Eroberer Männer waren.
An der bezeichneten Stelle blieb Elisabeth stehen. Die Kerbe im Baum war unendlich weit entfernt. Max hob den Arm. »Los!«

Sie legte an, konnte aber das schwere Gewehr nicht ruhig halten. Ihr Körper und der Karabiner schwankten bedrohlich.

»Vorsicht! Ruhig stehen.«

Elisabeth bemühte sich verzweifelt, das Gleichgewicht zu halten und das Gewehr einigermaßen ruhig anzulegen. Doch der Baum, den sie anvisierte, schien jetzt ebenfalls zu schwanken.

»Schieß endlich.«

Sie drückte ab. Der Rückstoß warf sie fast um, sie taumelte, konnte sich aber gerade noch fangen. Die Kugel traf weder den Kreis noch den Baum. Wütend rieb sie sich die brennende Wange, der Schlag des Gewehrkolbens hatte ihre Haut aufgeschürft und am Hals einen roten Fleck hinterlassen.

Max lief zu ihr und wollte sich die Schramme ansehen, doch Elisabeth stieß ihn weg. Sie rammte ihren Vorderfuß in den Boden, legte an und feuerte entschlossen zweimal hintereinander. Diesmal spritzten die Kugeln in den Baum, zwar nicht in die Markierung, aber viel näher am Ziel als vorher. Max runzelte die Stirn. »Na ja.«

»Was heißt denn ›na ja‹? Ich habe getroffen.«

»Irgendetwas. Aber nicht den Kreis.«

»Ja und?«

Wütend rieb sich Elisabeth die wunde Schulter, einen zweiten Durchgang würde sie auf keinen Fall machen. Max sah ein, dass es keine gute Idee gewesen war, gleich das große Kaliber zu nehmen. Sie hätten mit der Antilopenbüchse anfangen sollen. Das war nicht mehr zu ändern, jetzt kam es darauf an, sie auf eine realistische Jagdsituation einzustimmen.

»Jetzt stell dir mal vor, du hast ein Ziel, das sich bewegt. Zum Beispiel ein Nashorn, das auf dich zurennt und dich aufspießen will.«

»Wenn mich einer umbringen will, würde ich ihn auch aufspießen«, entgegnete sie trotzig. Max ließ sich nicht beirren. »Du hast aber nur noch zwei Kugeln im Magazin. Wie du jetzt auch.«

Er kam auf sie zu, wobei sich seine Hand in Höhe ihres Gesichts auf und ab bewegte. »Schau her, das ist das Ziel.«

Die Hand kam näher, immer näher.

»Du musst ganz ruhig bleiben. Und warten.«

»Ruhig warten? Mit dem schweren Gewehr im Arm?«

»Je näher du deinen Gegner herankommen lässt, desto größer wird er und desto größer ist auch deine Chance zu treffen.«

Jetzt war die Hand dicht vor ihren Augen.

Elisabeth schüttelte erschöpft den Kopf. »Ich bin kein Scharfschütze. Und geduldig bin auch nicht. Vor allem nicht, wenn mich einer fressen will.«

»Nashörner sind Vegetarier«, stöhnte Max und ging zurück zum Baum mit der Zielmarkierung. Mit zwei Schlägen vergrößerte er die Kerbe.

Elisabeth legte das Gewehr ins Gras und betrachtete einen der Termitenhügel, die an mehreren Stellen aus dem Boden hervorragten und ihr fast bis zur Brust reichten. Doch in dem löchrigen, vertrockneten Bau konnte sie keine Insekten erkennen. Sie stieß mit dem Fuß dagegen, aber auch jetzt tauchten keine Termiten auf. Plötzlich ertönte hinter ihr ein leises Fauchen, ähnlich dem einer Katze. Sie drehte sich um. Neben einem Baumstamm tapsten zwei Löwenbabys durch das Gras. Am liebsten hätte sie die Tiere angefasst und in den Arm genommen. Doch sie ahnte, dass das keine gute Idee war. Ein schriller Pfiff ließ sie hochfahren. Max war mit der neuen Kerbe fertig und winkte. Elisabeth beobachtete, wie er sich rückwärtsgehend vom Baum mit der Markierung entfernte. In diesem Augenblick entdeckte sie die Löwin. Sie stand regungslos im Gras, etwa zehn Meter hinter Max. Und der bewegte sich genau auf sie zu. Der Atem von Elisabeth stockte, ihr Puls explodierte. Doch das nahm sie nicht wahr, ihr Gehirn registrierte etwas anderes: *Max konnte das Tier nicht sehen, Max hatte keine Waffe.* Elisabeth wollte schreien, brachte aber keinen Laut hervor. Sie riss das Gewehr hoch und versuchte zu zielen, doch Max und die Löwin waren sich gefährlich nahe.

»He, was machst du denn? Der Baum ist da drüben!«, schrie er und ruderte wild mit den Armen. Die Löwin machte einen ersten Satz auf ihn zu, in diesem Moment fauchten neben Elisabeth die Kleinen. Die Mutter hielt inne. Max drehte sich um und blickte direkt in die Augen des Raubtiers. Sein Körper erstarrte, auch die Löwin verharrte regungslos. Wieder fauchten die Kleinen.

Nun drehte die Löwin den Kopf und entdeckte Elisabeth. Mit geschmeidigen Sätzen lief das Tier los. Max brüllte, doch das hörte Elisabeth nicht. Verzweifelt versuchte sie, das Gewehr ruhig zu halten und den auf- und abschwingenden Löwenkörper ins Visier zu bekommen. Vergeblich. Dennoch drückte sie ab. Die Kugel spritzte in die Erde, Max rannte los.

Was nun geschah, nahmen ihre Augen nur noch in Zeitlupe wahr. Die Löwin schwang sich majestätisch durch das Gras, direkt auf Elisabeth zu. Diese sah nur den Kopf, der

immer kurz auftauchte und dann wieder im Gras verschwand. Sobald sie ihn im Visier hatte, war er wieder weg. Und sie wusste, sie hatte nur noch einen Schuss.
Die Löwin kam rasend schnell näher. Elisabeth zitterte jetzt so sehr, dass an Zielen nicht zu denken war. Doch dann, im letzten Augenblick, als das Tier schon dicht vor ihr war, ging ein Ruck durch ihren Körper. Für den Bruchteil einer Sekunde hielt sie das Gewehr ruhig. Über Kimme und Korn traf ihr Blick auf zwei funkelnde, grüne Punkte. Sie schloss die Augen und drückte ab. Im gleichen Moment war die Löwin da und warf Elisabeth zu Boden. Noch im Fallen verlor diese das Bewusstsein.
Sekunden später stand Max keuchend vor der Raubkatze. Im Bruchteil einer Sekunde registrierte er die Katastrophe. Als er seine Frau regungslos unter der Löwin liegen sah, bohrte sich eine eiskalte Faust in seine Brust. Elisabeths Augen blickten ins Leere, die zerrissene Bluse war blutgetränkt, der seltsam verdrehte Körper war von dem toten Tier bedeckt. Gnadenlos explodierten Gedanken in seinem Kopf: Es war seine Idee gewesen. Es war seine Schuld, er hatte sie umgebracht. Grundlos. Sinnlos.
Langsam, als würde er sich weigern, dem Alptraum ins Gesicht zu sehen, kniete Max nieder und zog Elisabeth unter der Raubkatze hervor. Dann tasteten seine zitternden Hände ihren Körper nach Bisswunden ab. Er fand keine. Das Blut auf ihrem Körper war offensichtlich das Blut der Löwin.
Durch die ungewohnte Berührung kam Elisabeth zu sich. Sie öffnete die Augen. Über ihr war blauer Himmel und das Gesicht eines Mannes. Sie hob eine Hand, sie war voller Blut. Warum?

Verwundert stellte sie fest, dass dem Mann, der sie so behutsam in seinen Armen hielt, Tränen über die Wangen liefen.

Als Max bewusst wurde, dass seine Frau sich bewegte und anscheinend unverletzt war, brach ein wirres Lachen aus seiner Brust. Es brachte ihn zurück in eine Welt, die er für Sekunden schon verlassen hatte. Dann beobachtete er, wie zwei Hände Elisabeth behutsam streichelten. Es waren seine eigenen. Wie lange machte er das schon? Er zog sie zurück, um sich die Tränen aus den Augen zu wischen. Dann strichen seine Finger zärtlich über ihr Gesicht, als könnte er nicht glauben, dass diese Augen, die ihn verwundert ansahen, noch lebendig waren. Als Elisabeth ihn anlächelte, küsste er scheu ihre Lippen. Sie wollte ihn umarmen, doch ihr Körper wurde plötzlich von einem Weinkrampf geschüttelt.

Auf den Armen trug Max seine Frau zurück zur Schamba und bettete sie auf die Bank vor dem Haus. Die Köchin brachte ein Kissen und frische Tücher, Hassim holte ein Glas Wasser. »Die Löwen kommen zu nah ans Haus. Ich werde Fallen aufstellen«, sagte Max leise und wischte ihr das Blut aus dem Gesicht. Elisabeth atmete tief ein und lächelt ihn an.
»Schutzengel haben viel zu tun in Afrika.«
»Du musst dich ausruhen.«
Sie schüttelte den Kopf und richtete sich auf.
»Ich habe gleich meine Sprechstunde.«
»Du magst diese Menschen, nicht wahr?«
»Sie brauchen mich.«

»Ich brauche dich auch.«
Elisabeth schloss die Augen, ein angenehmes Gefühl strömte durch ihre Brust, das sie nicht kannte. Sie genoss es eine Weile, dann fuhr sie plötzlich hoch. »Mein Gott, die Kleinen!«
»Was meinst du?«, fragte Max und sah sie überrascht an.
»Die Löwenbabies, was wird jetzt aus ihnen?«
Er überlegte einen Augenblick, dann stand er auf und griff nach dem Gewehr. »Ich geh' noch mal raus.«
»Und?«
»Ich muss sie erschießen.«
Elisabeth sprang auf und packte ihn am Arm.
»Das ist doch nicht dein Ernst?«
»Willst du, dass sie verhungern? Oder von Hyänen gefressen werden?«
»Aber du kannst sie doch nicht einfach umbringen!«
»Hast du eine bessere Lösung?«
Elisabeth dachte nach. »Wir könnten sie aufziehen«, sagte sie spontan.
Max stellte das Gewehr wieder ab. Er warf seiner Frau einen prüfenden Blick zu, als wäre er sich nicht sicher, ob sie den Schock auch wirklich verdaut hatte.
»Das sind keine Katzen, das sind wilde Tiere.«
Elisabeth schüttelte verzweifelt den Kopf. Noch einmal strich ihr Max zärtlich über das Haar. »Glaub mir, es ist das Beste für sie.«
Dann drehte er sich um, nahm das Gewehr und ging hinaus.

Das eitrige Auge des Kindes sah nicht gut aus. Elisabeth hielt die Luft an und träufelte ein paar Augentropfen in die

Pupille. Max hatte recht, sie musste vorsichtig sein, das Fläschchen war schon halb leer und die Schlange der Patienten doppelt so lang wie am ersten Tag. Seit einer Stunde behandelte sie schon, und die Leute wurden nicht weniger. Mittlerweile war es vier Uhr nachmittags, und die ersten Arbeiter kamen von den Feldern zurück. Einige blieben stehen und sahen neugierig zu.

Gerade, als sie das nächste Kind verarzten wollte, ertönte hinter ihr ein blechernes Läuten. Auf der Veranda stand Max und schwang eine mächtige Kuhglocke. Die Arbeiter blieben stehen, steckten die Köpfe zusammen und begannen zu tuscheln. Nun kamen die Frauen aus den Hütten. Von allen Seiten liefen Leute herbei und versammelten sich auf dem Vorhof. Nach ein paar Minuten legte Max die Glocke weg und ging zu Elisabeth. Er reichte ihr die Hand und führte sie hoch zum Haus. Auf der Treppe zur Veranda blieb sie abrupt stehen. Vor ihr hing das Raubtier.

Das Fell der Löwin war mit dem Kopf nach unten an die Wand genagelt, zwischen dem rechten Ohr und dem Auge befand sich ein tiefes Loch im Schädel. Aus dem Maul tropfte noch Blut, die mächtigen Reißzähne blitzten in der Sonne. Elisabeth lief ein Schauer über den Rücken. Dieses Loch hatte ihr das Leben gerettet. Auch wenn sie keine Ahnung hatte, wie die Kugel das rasende Tier genau an dieser Stelle hatte treffen können.

Max hob die Hand, es wurde still. Stolz zeigte er auf Elisabeth. »Diese Frau hat heute Simba getötet. Allein.«

Mit großen Augen starrten die Schwarzen auf die weiße Frau, als könnten sie nicht glauben, was der Bwana gesagt hatte. Max hob ihren Arm in die Höhe.

»Eure Memsahib ist eine große Kriegerin.«

Dieser Satz wirkte auf die Menge wie ein Schlachtruf. Hände und Fäuste streckten sich in den Himmel, Füße stampften, Körper sprangen in die Luft. Elisabeth erschrak. Doch jetzt war die Begeisterung der Leute nicht mehr zu bremsen. Sie klatschten, pfiffen und brüllten, einige stießen schrille, spitze Schreie aus.
Hassim, der als Einziger das Treiben regungslos beobachtete, löste sich aus der Menge und lief hinter das Haus, wo die Ngoma hing. Er riss sie vom Haken und begann wie wild auf die Trommel einzuschlagen. Sofort nahm die Menge den Rhythmus auf, eine geheimnisvolle Kraft schien sich ihrer Körper zu bemächtigen. Immer näher kamen die Männer heran, tanzten in wilder Erregung vor Elisabeth auf und ab.
»Ich bin sehr stolz auf dich«, flüsterte ihr Max ins Ohr.
Elisabeth suchte seine Hand und drückte sie fest. Die Worte, die sie sagen wollte, hatten sich im Labyrinth ihrer Gefühle verirrt.

Es war Nacht geworden, auf der Schamba war wieder Ruhe eingekehrt. Nur an den Lagerfeuern der Schwarzen wurde noch eifrig über das Ereignis des Tages diskutiert, vor allem darüber, warum der Bwana Simba nicht selbst getötet hatte. Jeder Masai musste für die Initiation zum Krieger einen Löwen jagen, aber keiner von ihnen wäre je auf die Idee gekommen, dies von einem Mädchen zu verlangen. Das würde sich dieses auch gar nicht bieten lassen. Und so konnten die Schwarzen nicht begreifen, was die Weißen, die so viel Wert auf Ordnung und gute Manieren legten, ihren eigenen Frauen alles zumuteten.

Max hingegen war zu diesem Zeitpunkt noch damit beschäftigt, das Ereignis zu verarbeiten. Dabei beschäftigte ihn weniger die glücklich überstandene Gefahr, als das maßlose Entsetzen, das ihm beim Anblick der scheinbar toten Elisabeth die Kehle zugeschnürt hatte. Und die unglaubliche Erleichterung, als er gespürt hatte, dass sie doch noch am Leben war. Dieses Gefühl war neu für ihn, es war so unbeschreiblich schön gewesen, dass er es nie mehr vergessen würde. Auch nicht den liebevollen Blick, mit dem sie ihn dann in die Arme geschlossen hatte. Die Wärme ihres Körpers zu spüren, ihren immer noch rasenden Herzschlag, die festen Brüste durch die dünne Bluse. Zum ersten Mal hatten sie sich umarmt. Und deshalb war es tatsächlich ein außergewöhnlicher Tag gewesen.

Im Schlafzimmer brannte noch die Kerze, ihre Flamme tauchte den Blumenstrauß in ein weiches Licht. Max lag schweigend in seinem Bett, zu viele Gedanken kreisten in seinem Kopf. Er bemerkte nicht, dass ihn Elisabeth seit längerer Zeit ansah. Jetzt wandte sie sich ab, dabei fiel ihr Blick auf das Holzkreuz über der Tür.

»War das ein Wunder?«, fragte sie schließlich.

Max überlegte eine Weile, doch seine Erfahrung als Großwildjäger ließ nur eine Antwort zu. »Ich glaube schon.«

Der dramatische Vorfall erinnerte ihn an den Löwen, den er für Häuptling Usua erlegt hatte. Damals hatte er verdammtes Glück gehabt, heute aber war tatsächlich ein Wunder geschehen. Es kam ihm vor, als hätten ihm die Götter eine zweite Chance gegeben.

Auch Elisabeth hing ihren Gedanken nach. Das Schicksal hatte sie heute vor einem schrecklichen Tod bewahrt, so als

hätte es noch etwas vor mit ihr. Was konnte das sein? Ihr Blick wanderte zurück zu dem Mann, der im Halbdunkeln auf der anderen Seite des Raumes lag.
»Hast du jemals solche Angst gehabt, so wie ich heute?«
Max nickte, seine Augen waren geschlossen. Gerade als sie glaubte, er würde nichts mehr sagen, sprach er weiter.
»Wichtig ist, dass du tust, was du willst. Und nicht, was die Angst will.«
Elisabeth dachte über diese Worte eine Weile nach. Dann stand sie auf, löschte die Kerze und legte sich zu Max ins Bett.

KAPITEL 11

Die große Wanduhr in der Kaiserstraße von Bagamoyo zeigte zehn Minuten nach elf. Oberst Lettow-Vorbeck ging vom alten Zollhaus hoch zur Kreuzung, an der sich das Postamt befand. Es wunderte ihn immer wieder, wie gut das Postwesen in Afrika funktionierte. Sein Adjutant hatte ihm gerade erzählt, dass man die erste deutsche Poststelle 1896 in Lamu eröffnet hatte. Das war erstaunlich, denn Lamu lag in Kenia, ein kleiner Ort an der Küste, auf dem Landweg nicht zu erreichen und vor allem von Arabern bewohnt. Wer auf die Idee gekommen war, ausgerechnet dort eine Poststation zu eröffnen, war ihm schleierhaft. Vielleicht war Lamu früher eine Zwischenstation gewesen für die Dhows, die von Sansibar über Mombasa nach Norden gesegelt waren, aber mit welchem Ziel?

Als Lettow-Vorbeck vor dem Postamt stand und die lange Reihe der in die Mauer eingelassenen Schließfächer betrachtete, die genau durchnumeriert waren, wurde ihm wieder einmal klar, was deutsche Gründlichkeit bedeutete. Für den Geist der Truppe war sie eine durchaus nützliche Eigenschaft, auch wenn sich der Oberst persönlich gerne von der damit verbundenen Engstirnigkeit und Besserwisserei distanzierte. Der Rundgang durch die ehemalige Hauptstadt der Kolonie war bisher sehr aufschlussreich gewesen. Schließlich war es noch nicht lange her, dass man die Hauptstadt nach Daressalam verlegt hatte. Wegen der geringen Wassertiefe konnten in Bagamoyo die großen Dampfer nicht anlegen, und das war auf die Dauer nicht haltbar. Der Ort selbst hatte einen düsteren Ruf, denn hier waren seit Jahrhunderten die arabischen Sklavenhändler aus Sansibar gelandet, um Raubzüge ins Innere des Landes zu organisieren. Gott sei Dank war diese schändliche Praxis vorbei, seitdem Engländer und Deutsche die Herrschaft über Ostafrika übernommen hatten.

In Bagamoyo war es noch schwüler als in Daressalam. Vielleicht lag das daran, dass sich kein Lufthauch regte. Bei Ebbe zog sich das Meer weit zurück, und der sandig-schlammige Untergrund, der schnell in der Sonne vertrocknete, strahlte einen salzig-modrigen Geruch aus, der dann wie Fäulnis über der Stadt lag. Dagegen half am besten ein kühles Bier. »Na, Holstein, wie wär's mit einer Erfrischung?«

Walter Holstein, seit kurzem Adjutant des Oberst, nickte erleichtert; auch ihm schlug der Geruch auf den Magen.

Sie gingen auf dem Gehsteig neben der Post, denn dort war es noch schattig. Den schwarzen Diener, der ihn mit einem Sonnenschirm hatte begleiten sollen, hatte Lettow-Vorbeck gleich wieder weggeschickt. Für einen Oberst ziemte es sich nicht, die dekadenten Vorlieben verweichlichter Stadtmenschen zu übernehmen.

Zufrieden stellte Lettow-Vorbeck fest, dass seinem jungen Adjutanten die Hitze ebenso zu schaffen machte wie ihm. Holstein war ein netter Junge, etwas steif zwar, aber vielleicht war das nur seine Art, Respekt auszudrücken. Schon seit zwei Jahren war er in Tanganjika stationiert und kannte die örtlichen Verhältnisse gut. Sein Bruder hatte ein Handelskontor, dessen Geschäfte zunehmend besser liefen und das ihn bald zum wohlhabenden Bürger machen würde. Beide wollten nicht zurück nach Deutschland. Der

Bruder wegen der guten wirtschaftlichen Aussichten, der Adjutant erhoffte sich in der kleinen Truppe der Kolonie schnellere Aufstiegschancen als in der Heimat, wo die Offiziere meist aus adeligen Familien stammten. Außerdem liebte er das Meer.

Aus Zufall war er nach seinem Heimaturlaub auf demselben Schiff wie der neue Oberbefehlshaber nach Afrika gereist. Diese Gelegenheit hatte er genutzt, um sich diesem vorzustellen. Und Lettow-Vorbeck, dem er seine örtlichen Kenntnisse in blumiger Ausführlichkeit geschildert hatte, hatte ihn tatsächlich als Adjutanten akzeptiert. Ab sofort und probeweise. Meistens musste er mit dem Oberst Landkarten studieren. Über jedes Detail wollte dieser Bescheid wissen, er ließ sich jeden Hügel erklären, jeden Fluss, jede Bucht, in der Schiffe anlegen konnten.

Dass sich in diesem kühlen, scharfsinnigen Mann noch eine andere Seite als die des Militärstrategen verbarg, wurde ihm klar, als er für ihn eine junge Frau aus der 3. Klasse zum Diner einladen sollte. Diese war sehr aufgeregt gewesen, und was sich der Oberst dabei gedacht hatte, konnte sich Holstein nicht erklären. Inzwischen war ihm klar geworden, dass Lettow-Vorbeck sich für Menschen interessierte, ungeachtet ihres Standes. Er redete mit allen möglichen Leuten, auch mit den Schwarzen. Holstein hatte sogar den Eindruck, dass er sich mit manchen Personen gerne länger unterhalten würde, was er aber aus Rücksicht auf seine Position nicht tun konnte.

Die Terrasse des Lokals war schattig, und das Bier wunderbar kühl. »Wie weit ist es bis Tanga?«

»Etwa drei Stunden, Herr Oberst.«

»Dann fahren wir morgen früher los. Eine Ortsbegehung bei glühender Hitze macht keinen Sinn.«
»Sehr wohl, Herr Oberst. Tanga wird Ihnen gefallen, da ist ordentlich was los.«
Amüsiert beobachtete der Angesprochene, wie der Adjutant sich einerseits bemühte, schnell zu antworten, was ihm aber mit vollem Mund nur unzureichend gelang.
»Die Stadt ist unser erster Hafen hinter der Grenze und die Endstation der Bahn. Sie ist Umschlagplatz für alle Waren, die aus dem Usambaragebiet kommen. Also muss Tanga den Engländern schon lange ein Dorn im Auge sein.«
Der Adjutant strich Senf auf die Wurst. »Zweifellos, Herr Oberst. Auf Tanga würden die Briten schnell ein Auge werfen, wenn es die Situation erlaubt.«
»Wohl eher Granaten.«
»Aber wir sind ja da, um das zu verhindern, Herr Oberst.«
»Sehr richtig, Holstein. Dann überlegen Sie sich doch mal, wie wir das machen. Ich sehe Ihren Vorschlägen mit Interesse entgegen.«
Zögernd schob sich Holstein die Wurst in den Mund. War das eine Chance oder eine Falle?
Der Oberst blickte ihn ernst an. »Wir können nur erfolgreich sein, wenn jeder sein Bestes gibt. In Afrika sind wir aufeinander angewiesen, noch viel mehr als zu Hause. Wir haben hier keine Armeen oder Divisionen. Wir haben nur ein paar Kompanien, schlecht ausgerüstet.«
Er tippte sich mit dem Zeigefinger an die Stirn. »Wir müssen nutzen, was uns zur Verfügung steht: Unseren Verstand – und unser Herz.«
»Das Herz?«, fragte der Adjutant kauend und sah sein Ge-

genüber fragend an. Lettow-Vorbeck merkte an Holsteins Reaktion, dass dieser Ausdruck eigentlich nicht in das Repertoire eines Obersts gehörte, und räusperte sich.
»Ich meine – Intuition. Und Korpsgeist. Das hat nichts mit Kommiss zu tun. Die Truppe muss eine Einheit werden. Nicht Hierarchie und Disziplin sind entscheidend, jedenfalls nicht primär.« Er machte eine Pause und suchte nach den passenden Worten. »Wir müssen wollen, was wir sollen, verstehen Sie mich?«
»Ehrlich gesagt nein, Herr Oberst.«
Der Adjutant wischte sich den Schweiß vom Gesicht, einerseits hatte er zu viel Senf auf die Wurst getan, andererseits war dieses Gespräch anstrengender als erwartet. Lettow-Vorbeck sah zu, wie der Schaum auf seinem Bier zusammenfiel. »Befehle ausführen ist nicht genug. Wir müssen ihnen einen Sinn geben. Wie dem Krieg.«
Holstein schob die restlichen Würste zur Seite. So profane Dinge zu verspeisen, wenn der Oberst über Ethik und Philosophie der Kriegsführung sprach, erschien ihm nicht angemessen.
»Wir müssen den Soldaten beibringen, dass dieser Krieg auch der ihre ist.« Lettow-Vorbeck machte eine kurze Pause, dann fuhr er fort. »Dass wir für unsere Zukunft kämpfen, für die Zukunft Afrikas. Für unsere Pflanzungen, für unsere Frauen, für die Kinder, die hier aufwachsen werden. Das gilt auch für die Schwarzen. Auch sie haben Kinder, denen es einmal bessergehen soll.«
»Glauben Sie wirklich, die Neger würden für uns kämpfen?«
»Wenn sie einen Sinn darin sehen, ja.«
»Ihr Optimismus in Ehren, Herr Oberst, aber …«

Dieser fiel ihm scharf ins Wort. »Es geht nicht um Optimismus, Holstein, es geht um eine Notwendigkeit. Ich habe mir überlegt, welche Mindestanforderungen ich im Ernstfall an die Truppe stellen muss. Diese können nur erfüllt werden, wenn hinter jedem Deutschen zehn Askaris stehen. Und das werden sie nur tun, wenn diese Leute verstehen, warum wir sie brauchen. Und wofür sie kämpfen.«
Der Adjutant begann zu begreifen, was der Oberst meinte. Und er bekam eine Vorstellung davon, was das bedeutete: eine Sisyphusaufgabe.

In den Gongwe-Bergen verschleierten mächtige Wolkengebilde die Sonne, nur die Hitze zeigte an, dass sie bald im Zenit stehen würde. Elisabeth sprang aus dem Sattel und sank mit schmerzverzerrtem Gesicht in die Knie. Drei Stunden auf dem Maulesel hatten Spuren hinterlassen, vor allem an Stellen, die sie sonst keiner genauen Prüfung unterzog. Doch sie war froh, dass sie mit den Tieren so gut umgehen konnte. Im Grunde besser als Max, der am ersten Tag aus dem Sattel gerutscht war und sich den Fuß verstaucht hatte.
»Heute Brottag?«, fragte Hassim, der ihr das Maultier abnahm.
»Ist heute Mittwoch?«
Der Junge nickte.
»Dann hast du recht.«
Brot wurde auf der Schamba immer mittwochs und samstags gebacken, daraus hatte sie ein festes Ritual gemacht. Der kleine Lehmofen hinter dem Badezelt war zwar sehr

einfach, aber er brannte gleichmäßig und zog gut, auch bei starkem Wind.
Max hatte ihn nach einer Anleitung aus einem Handbuch für Auswanderer gebaut, darauf war er sehr stolz. Hassim konnte es immer kaum erwarten, bis die duftenden Laibe aus dem Ofen kamen, und sah gebannt zu, wenn Elisabeth das Blech aus dem Rohr holte. Oft ließ sie sich als Überraschung eine besondere Teigform einfallen, die mit dem Brot gebacken wurde. Eine Brezel, einen Kringel oder einen Zopf. Es machte ihr Spaß, ihrer Phantasie freien Lauf zu lassen.
Als sie aufs Haus zuging, winkten ihr ein paar Kinder zu. Zwei davon waren ihr vertraut, denn sie hatte diese schon mehrmals behandelt. Die Zahl der Patienten hatte sich in letzter Zeit verringert, die dringenden Fälle waren verarztet, zudem hatte Hassim eines Tages plötzlich sehr wütend reagiert und die Kleinen zutiefst erschrocken. Elisabeth konnte anfangs nicht nachvollziehen, was ihn so rasend gemacht hatte. Erst in mühsamer sprachlicher Kleinarbeit hatte sie später herausfinden können, dass sich fremde Kinder unter die Patienten gemischt hatten. Auch ein paar Erwachsene waren dabei gewesen, die gar nicht auf der Pflanzung arbeiteten. Elisabeths Bemühungen hatten sich schnell herumgesprochen, und da sie die Gesichter der Leute nicht immer auseinanderhalten konnte, waren ihr die Eindringlinge nicht weiter aufgefallen. Im Grunde war das auch nicht so schlimm, Patient war Patient, doch Hassim sah das anders. Für ihn schien es zwei Klassen von Menschen zu geben. Die einen, die für den Bwana arbeiteten, und die anderen, die dieses Privileg nicht genossen. Sie hatte, wenn auch widerstrebend, diese Betrachtungs-

weise akzeptiert, denn die Medikamente gingen allmählich zur Neige, und niemand wusste, wann der nächste Marsch zur Bahnlinie stattfinden würde.

In den drei Wochen, die sie jetzt hier war, hatte sich Elisabeth gut eingewöhnt. Der Alltag einer Pflanzung war ihr einigermaßen vertraut. Ihre Befürchtung, die vielen Leute und ihre schwierigen Namen würde sie sich nie merken können, hatte sich als unbegründet erwiesen. Es stellte sich heraus, dass sie nur mit wenigen engeren Kontakt hatte. Die Schwarzen hielten sich vom Haus fern. Wenn Elisabeth Hilfe beim Umgraben der Beete oder anderen Arbeiten benötigte, holten Hassim oder Salem ein paar Leute, denen sie dann oft tagelang nicht mehr begegnete. Auch von Max sah sie tagsüber nicht viel. Wie die Arbeiter stand er früh auf und kam mittags nicht nach Hause. Ein Vesperbrot war ihm genug. Abends hatte er dafür einen gewaltigen Appetit, und es machte ihr Freude, ihn mit phantasievollen Gerichten zu überraschen. Oft waren es Experimente, die Minnie mit wildem Augenrollen verfolgte, wie zum Beispiel dieser in Knoblauch eingelegte Antilopenbraten mit rotem Chili und Kokossauce, den sie zu salzen vergessen hatte. Der im letzten Augenblick hinzugefügte Weißwurstsenf hatte dem Gericht einen gelinde gesagt verwirrenden Geschmack verliehen. Ihre kulinarische Entgleisung konnte sie jedoch am Tag darauf mit einem gelungenen Streuselkuchen wiedergutmachen.

Vom Kochen hatte sie anfangs wenig Ahnung gehabt, nur die einfachen Gerichte ihre Mutter waren ihr halbwegs vertraut. Doch im Zusammenspiel mit Minnie lernte sie schnell, zumal beide bei den gemeinsamen Experimenten mehr Spaß hatten als Max, der sie essen musste. Doch richtig beklagt hatte er sich bisher nicht.

Erschöpft setzte sie sich auf die Veranda und zog die Stiefel aus. Vor dem Backen würde sie heute zum ersten Mal die Warenausgabe allein bewältigen müssen. Alle vierzehn Tage verteilte Max ein paar Kilo Grundlebensmittel an die Familien. Zucker, Mehl, Salz, Reis und Tee. Da diese Prozedur bei so vielen Leuten sehr mühselig war und alles genau in ein Buch eingetragen werden musste, hatte sie vorgeschlagen, diese Aufgabe für ihn zu übernehmen. Das war ihm sehr recht gewesen, denn seine Geduld wurde bei dieser Arbeit auf eine harte Probe gestellt, zumal er mit den schwarzen Frauen nicht umgehen konnte. Sie ahnte, dass es keine einfache Angelegenheit werden würde, doch zum Glück hatte sie Hassim an ihrer Seite.

Nach einer kurzen Pause ging sie hinter zum Lagerschuppen, vor dem sich schon eine längere Schlange gebildet hatte. Ihre Befürchtungen bewahrheiteten sich, die Warenausgabe gestaltete sich tatsächlich chaotisch. Im Nu löste sich die Reihe der Wartenden auf, und vor der Rampe, wo sie stand, bildete sich ein Knäuel von wild gestikulierenden Gestalten, die alle über mehr als zwei Arme zu verfügen schienen und mindestens aus zwei Mündern auf sie einredeten. Zwar hatte sie sich vorgenommen, die Rationen großzügig zu bemessen, dennoch wurde sie immer wieder mit langatmigen Protesten konfrontiert, die sie genauso wenig verstand wie die wilden Keifereien, die aus unerfindlichen Gründen plötzlich ausbrachen. Zwar tat Hassim sein Bestes, aber ohne die schützende Autorität des Bwana

war auch er dem Ansturm von hundert energischen Frauen nicht gewachsen.
Als nach drei Stunden alles vorbei war, war Elisabeth mit ihren Nerven am Ende und fragte sich ernsthaft, ob sie für ihre Rolle als Vorposten der Zivilisation geeignet war. Nach zwei Tassen Kaffee und einem ganzen Berg von Minnies Schokoplätzchen gelang es ihr, sich wieder halbwegs als optimistische Pflanzersgattin zu fühlen.

Kurze Zeit später saß Elisabeth an der Nähmaschine. Die Stoffteile, die sie bearbeitete, verhedderten sich nur noch selten, sie machte Fortschritte.
Während die winzige Nadel so schnell auf- und abtauchte, dass sie die Bewegung mit dem Auge nicht wahrnehmen konnte, nahm sie den Gedankengang wieder auf, der sie seit Tagen beschäftigte: Würde sie sich mit ihrem neuen Leben auf die Dauer arrangieren können? Das allein wäre ja nicht genug. Die entscheidende Frage war doch, würde sie auf dieser Pflanzung auf die Dauer Freude und Erfüllung finden? Was immer das heißen mochte.
Genau das verunsicherte sie. Sie spürte, dass ihr etwas fehlte, und sie wusste nicht, was es war. Da Max untertags nicht da war, konnte sie mit niemandem sprechen. Die schlichten Dialoge mit Minnie oder Hassim waren kein wirklicher Ersatz für die fehlende Kommunikation.
Wie sie auf Dauer mit dieser Einsamkeit umgehen sollte, wusste sie nicht, und das beunruhigte sie. Zwar hatte ihr Max wiederholt versichert, dass es in Kilosa, der Bezirkshauptstadt, genügend Abwechslung geben würde, Cafés und interessante Geschäfte, doch das half ihr wenig, wenn sie vorher jedes Mal sieben Stunden durch die Wildnis

marschieren musste. Und wieder zurück. Die Schwarzen, so respektvoll sie von ihnen auch behandelt wurde, lebten in einer eigenen Welt, zu der sie nie Zugang bekommen würde. Und wenn doch, würde das Jahre dauern und eine perfekte Kenntnis der Sprache und der örtlichen Gebräuche voraussetzen. Deshalb blieb Max ihr einziger Bezugspunkt zur Außenwelt, keine geringe Belastung für eine ohnehin fragile Beziehung.

Je mehr sie darüber nachdachte, desto klarer erkannte sie: Das einzig Ungeklärte in ihrem Leben war ihre »Ehe«. Seit der unfreiwilligen Zeremonie in der Schiffskapelle war ihr dieses Wort immer noch fremd, deshalb zog sie es vor, von Beziehung zu sprechen. Diese hatte sich in einer Weise entwickelt, die ihr ein Rätsel war. Die nächtlichen Umarmungen von Max taten ihr gut, auch wenn sein hartes, schnelles Eindringen ihr manchmal Schmerzen bereitete. Am schönsten war es, ihn dabei zu beobachten. Immer wenn Max auf ihr lag, sah er sie zu Beginn ganz zärtlich an. Das genoss sie am meisten. Je heftiger die Stöße dann wurden, desto mehr verzerrte sich sein Gesicht zu einer gequälten Grimasse. Dennoch fühlte sie, dass sie ihn mit ihrer Hingabe von etwas zu erlösen schien. Sie wusste nicht, was es war, aber immer wenn sich sein Körper nach dem anscheinend unvermeidlichen Knurren und Seufzen von ihr löste, sah sie in seinen Augen so etwas wie Dankbarkeit aufscheinen. Dieser Blick rief in ihr ein warmes Gefühl hervor, das sie über die abrupte Art, mit der er sein Verlangen in die Tat umsetzte, hinwegtröstete. Deshalb fiel es ihr nicht schwer, ihn zufriedenzustellen, auch wenn sie nachher oft noch lange wach war, weil das Glühen in ihrem

Körper nicht verlöschen wollte. Warum warf er sich immer so unvermittelt auf sie, ohne ein zärtliches Wort? Warum stieß er immer gleich so heftig zu, warum war dieser intime Akt, der ihnen beiden doch so viel bedeuten sollte, in wenigen Minuten erledigt? Immer wenn sich der warme Energiestrom, der von ihrem Geschlecht ausging, weiter ausdehnen wollte, manchmal sogar ihren Bauch erreichte, in einem Fall sogar ihren Brustkorb eroberte und ihr Herzschlag und Atem zu rauben schien, immer dann stieß Max diese animalischen Laute hervor, teilte ein paar letzte, verzweifelte Stöße aus und stellte seine Bemühungen unvermittelt ein.

Natürlich hätte sie ihn bitten können, er möge ein wenig länger bei der Sache bleiben, doch es wäre ihr ungehörig vorgekommen, solch intime Vorgänge mit Worten zu belasten, zumal auch er den sexuellen Akt in tiefem Schweigen durchführte. Sein erregtes Schnauben war eher ein animalisches Ritual als ein Versuch zur Kommunikation. Da sie auf diesem Gebiet alleingelassen wurde, konnte sie nicht verhindern, dass während seiner Bemühungen in ihr manchmal das Bild des Ruderers aufblitze, sein muskulöser, glänzender Oberkörper, an dem die Leopardenkette baumelte. Oder der kraftvolle Körper von Salem. Sie erschrak dann heftig und öffnete immer gleich die Augen, um sich von den Wahnbildern zu befreien.

Sobald die Füße auf dem Tretgitter der Nähmaschine ihren Rhythmus gefunden hatten, lief die Nadel ruhig und gleichmäßig. Konnte sich auch ein Leben so einspielen, in ruhiger Regelmäßigkeit? Immer wieder fragte sie sich, was sie nun, da sie vertraut waren wie richtige Eheleute, Max

gegenüber empfand. War es wirklich Liebe? Darauf hatte sie keine Antwort, und das beunruhigte sie. Trotz aller Nähe zu diesem Mann spürte sie tief in ihrem Inneren eine ungestillte Sehnsucht. Aber wonach?
Immer wenn sie darüber nachdachte, verirrte sie sich in Mutmaßungen. Mit dem magischen Wort Liebe hatte sie wenig Erfahrung. Max anscheinend auch nicht, jedenfalls hatte er ihr gegenüber noch nie davon gesprochen. Für Elisabeth war dieser Begriff bisher ein Ausdruck unbestimmter Schwärmerei gewesen, etwas, das in Gedichten vorkam oder in Romanen. Die Phantasien ihrer Freundinnen waren ihr deshalb auch immer reichlich übertrieben erschienen. Auch zu Hause hatte sie nie eine Spur von Liebe entdecken können. Deshalb tat sie sich schwer, über ihre Gefühle gegenüber Max zu sprechen. Spürte man denn nicht, wenn die Liebe da war? In den französischen Novellen, die sie gelesen hatte, wurden die Frauen von diesem Gefühl befallen wie von einer Krankheit und mussten dann schrecklich darunter leiden. Irgendwie schien die Liebe immer mit Problemen verbunden zu sein. Wenn sie wirklich da wäre, würde sie das bestimmt spüren und nicht länger nach ihr fragen. Wäre dann ihre Sehnsucht gestillt?

Es klopfte an der Tür. »Teig fertig.«
Minnies Stimme holte sie in die Wirklichkeit zurück. Elisabeth unterbrach ihre Arbeit und ging hinunter in die Küche. Den Brotteig noch einmal zu kontrollieren, bevor er in den Ofen geschoben wurde, hatte sie sich zur Gewohnheit gemacht.
Ob Minnie wusste, was Liebe war? Vielleicht stellten sich die Eingeborenen solche Fragen nicht. Aus dem, was sie

bisher mitbekommen hatte, quälten sie sich nicht ständig mit komplizierten Überlegungen, sondern handelten eher spontan. Instinkt oder Intuition waren Wörter aus der Sprache der Weißen. Gab es diese auf Suaheli überhaupt?
Nachdem sie Kümmel und kleine Zwiebelstückchen unter den Teig gemischt hatte, ging sie wieder hinauf in die Kammer. Vom Fenster aus beobachtete sie, wie die Köchin das Blech in den Lehmofen schob. Der alte Mann, der Elisabeth immer das Badewasser herrichtete, wartete schon. Wie immer setzte er sich neben den Ofen und hütete die Brote.

Kaum saß sie wieder vor der Nähmaschine, holten sie ihre Gedankenspiralen ein. Manchmal verstand sie nicht, warum sie sich in ihnen immer wieder verlor. Ging es Max genauso? War auch er verunsichert? Über ihre Beziehung sprachen sie nie, schon das war merkwürdig. Ihm schien es zu genügen, dass sie einfach da war. Und dass er nachts in ihren Körper eindringen konnte. Auf jeden Fall war er stolz, jetzt eine Bibi zu haben, das verlieh ihm vor seinen Leuten einen ganz anderen Status, so viel hatte sie inzwischen schon verstanden.
Manchmal hätte sie gerne gewusst, welche Gedanken in Hassims Kopf herumgingen, wenn er sie so ernst anstarrte, wie es seine Gewohnheit war. Auch mit Salem hätte sie sich gerne öfters unterhalten, doch sie hatte den Eindruck, dass er ihr auswich. War er schüchtern oder nur stolz? Die würdevolle Haltung dieses schwarzen Hünen hatte sie von Anfang an beeindruckt. Salem strahlte eine natürliche Autorität aus, die mit Körperkraft nichts zu tun hatte. Max hatte ihr erzählt, es gäbe ein Gerücht, dass er der Sohn

eines Häuptlings war, der bei Unruhen ums Leben gekommen war.
Was mochte er sich dabei denken, die eigenen Leute für fremde Herren zu kommandieren? Unsinn, die Arbeiter kamen schließlich freiwillig, und Max bezahlte seine Leute so, wie es üblich war, auch wenn das wenig war. Doch wenn sie am Morgen die Gesichter der Eingeborenen betrachtete, die mit ihren Schaufeln hinaus auf die Felder zogen, kamen ihr manchmal Zweifel an der Zufriedenheit der Schwarzen. Aber darüber sprach sie nicht, denn sie hatte sich vorgenommen, sich nicht mehr einzumischen und sich erst kritisch zu äußern, wenn sie die fremden Verhältnisse genauer studiert hatte.

Die Nadel blieb stehen, der Faden war aufgebraucht. Es war der letzte gewesen. Ein Grund mehr, die Expedition nach Kilosa nicht mehr lange aufzuschieben. Vor ihren Augen tauchten Bilder von eleganten Geschäften und gemütlichen Cafés auf. Vielleicht könnte sie sogar ein Konzert besuchen. Musik war etwas, das ihr sehr fehlte.

Elisabeth stand auf und streckte sich. Dabei fiel ihr Blick auf die alten Zeitungen, die sie vor einigen Tagen vom Boden aufgelesen und neben den Elefantenfüßen gestapelt hatte. Es waren Exemplare der Kolonialzeitung *Usambara Post*, herausgegeben in Tanga. Sie nahm ein paar Seiten und studierte die Überschriften. Die Artikel behandelten fast ausschließlich landwirtschaftliche Themen. Es ging um Preise, Saatgut und Transportprobleme, aber auch um die bisherigen Erfahrungen der Pflanzer mit den Böden, dem Wetter und den schwarzen Arbeitern. Die Texte klangen durchwegs optimistisch, die Kolonie war anscheinend auf dem besten Weg, rentabel zu werden. Wenn nur die Schwarzen nicht so störrisch wären. Irgendein Universitätsprofessor beklagte sich in gepflegtem Amtsdeutsch darüber, dass man den Neger zu seinem Glück zwingen müsse, wenn er nicht einsichtig wäre. Schließlich würde es nicht angehen, dass ein paar Eingeborene, die in der letzten Generation noch ihre Feinde im Kochtopf gegart hätten, sich jetzt dem Fortschritt in der Welt entgegenstellten.

Elisabeth war empört darüber, wie ein Professor so abschätzig über Menschen sprechen konnte. Der Sklavenhandel war doch längst abgeschafft? Wie konnte man mit Menschen wie mit Handelsware umgehen? Draußen setzte das Konzert der Ochsenfrösche ein. Die afrikanische Nacht begann.

Zum Abendessen servierte Minnie Bratkartoffeln mit Schinken und Ei.

»Stimmt es, dass die Leute hier früher Kannibalen waren?«, fragte Elisabeth, sobald sie wieder allein waren.

Max hielt mit dem Essen inne. »Wo hast du denn das jetzt wieder her?«

»Ich habe in den alten Zeitungen geblättert.«

»Quatsch.«

Er machte eine wegwerfende Geste und schob sich eine Gabel Kartoffeln in den Mund.

»Die lügen also?«

»Frag doch Minnie, wenn du mir nicht glaubst. Oder Salem.«

»Gut, wenn du meinst.«

Max stutzte und schluckte seinen Bissen schnell hinunter. »Nein, das wirst du nicht tun. Du würdest sie nämlich zutiefst beleidigen.«
Er spülte die etwas klebrigen Kartoffeln mit einen Schluck Kräutertee hinunter, dann fuhr er fort: »Es gab mal Gerüchte. Irgendwelche Missionare hatten sie verbreitet. Im Inneren des Kontinents soll es ein paar Stämme gegeben haben, die kaum Kontakt mit der Zivilisation hatten. Und die sollen angeblich Gefangene gegessen haben, um sich die Kraft ihrer Feinde einzuverleiben. Aber ob das stimmt und wo das passiert sein soll, weiß keiner.«
»Warum behauptet dann so etwas ein Professor in der Zeitung?«
»Weil es dramatisch klingt. Und weil er so die Schwarzen als wilde Tiere darstellt. Dann kann man sie auch so behandeln.«
»Und das schreibt ein gebildeter Mann?«
Sein Tonfall wurde verächtlich. »Wahrscheinlich war er noch nie in Afrika und hat noch nie einen Schwarzen gesehen. Es dient halt gewissen Interessen.«
Elisabeth beobachtete ihn eine Weile, doch mehr wollte er anscheinend nicht sagen. »Hältst du die Schwarzen für primitive Wilde?«
Max stocherte lustlos in den restlichen Kartoffeln herum und legte dann die Gabel weg. »Du kennst sie doch schon ein wenig. Was glaubst du denn?«
»Ich weiß nicht, sie sind so anders.«
»Genau, anders. Sie haben keine Kultur. Keine Bücher, keine Maschinen, keine Schulen, keine Universitäten.«
»Und keine Gewehre oder Kanonen.«
»Dennoch haben sie Kriege geführt.«

Elisabeth überlegte einen Augenblick. Wahrscheinlich könnten Menschen ohne Kriege nicht leben. Es gab immer irgendwo einen Starken, der einem Schwächeren etwas wegnehmen wollte. Hatten die ersten Kolonisten in Afrika, dieser berüchtigte Peters zum Beispiel, nicht nach der gleichen Maxime gehandelt? Ein Blick auf das mürrische Gesicht ihres Gegenübers sagte ihr, dass dies nicht der Zeitpunkt war, kritische Themen zu vertiefen.
»Ich habe den Eindruck, sie sind gutmütig und gar nicht kriegerisch«, sagte sie versöhnlich.
»Die meisten schon«, gab er zu.
»Und sie haben Herz«, fügte Elisabeth mit Nachdruck hinzu.
»Schon möglich«, räumte er ein, »aber das reicht nicht. Und es hilft ihnen nichts, das ist das Tragische. Die Welt entwickelt sich weiter. Auch wenn sie unser Fortschritt nicht interessiert, er wird kommen und sie überrollen.«
Er legte das Besteck weg und sah Elisabeth ernst an.
»Deshalb ist es gut, dass wir hier sind und sie darauf vorbereiten. Und wenn es sein muss, sie auch zu ihrem Glück zwingen.«
»Das hat dieser Professor auch geschrieben.«
Max sprang verärgert hoch. »Komm mir nicht wieder damit. Moralische Diskussionen hängen mir zum Hals raus, vor allem mit Leuten, die sich für was Besseres halten.«
Nervös ging er in der Küche auf und ab. Elisabeth beobachtete ihn schweigend, das machte ihn noch nervöser. Schließlich kam er zurück und stemmte die Hände auf die Tischplatte. »Die Theoretiker können zu Hause alles Mögliche schreiben, aber wir sind hier an vorderster Front. *Wir* sind der Fortschritt – *du und ich*. Wir roden das Land,

wir erwirtschaften Überschüsse. Wir stärken die deutschen Wirtschaft.«

»Mit ihrer Arbeitskraft und auf ihrem Land.«

»Weißt du, wessen Land das ist?«, schrie Max und schlug mit der Faust auf den Tisch. »Weißt du vielleicht, welcher Stamm welchen verdrängt oder umgebracht hat, um sich hier auszubreiten? Der Stärkere siegt, das ist in der Evolution so angelegt, das muss so sein.«

Max hatte sich immer mehr in Rage geredet. Er lief zur Kommode, holte die Flasche Weinbrand und nahm einen kräftigen Schluck.

»Aber der Mensch kann denken, er muss sich nicht verhalten wie ein Tier«, warf Elisabeth ein.

»Tue ich das etwa?« Seine Stimme wurde leise und eindringlich. »Entscheidend ist doch, wie er es macht. Wie geht der Starke mit dem Schwachen um?«

Es wurde still im Raum, denn darauf fiel ihr nichts ein.

»Vielleicht hast du recht«, sagte sie, um das Schweigen zu brechen. »Vielleicht machst du es dir aber auch zu einfach.«

»Zu einfach? Wirklich?« Max fuhr herum und zeigte ihr seine von der Arbeit gezeichneten Hände. »Glaubst du, ich arbeite zu wenig? Oder bin ich so dumm? Denke ich vielleicht zu wenig über alles nach?«

Ein bitteres Lachen überzog sein Gesicht. »Gott sei Dank spielt das keine Rolle, denn ich habe ja die Tochter des Schulrats geheiratet. Die so gerne Unterricht gibt, besonders mir. Weil sie Afrika bis in die tiefsten Winkel erforscht hat. Danke, bravo.«

Er klatschte in die Hände und lief wütend die Treppe hoch. Elisabeth hörte, wie er die Schlafzimmertür öffnete und dann zuknallte. Verwirrt starrte sie auf den halbleeren Teller, den er zurückgelassen hatte.

Nach einer Weile knarrte die Tür hinter ihr, Minnies Gesicht tauchte auf.
»Komm rein, es ist alles in Ordnung.«
Elisabeth blieb sitzen und sah zu, wie die Köchin die Teller abräumte. In einem Punkt hatte Max recht, der Lauf der Dinge war nicht zu ändern. Doch im Kleinen konnte jeder etwas tun, davon war sie überzeugt. Und auch davon, dass manche Leute in den Eingeborenen minderwertige Geschöpfe sahen, die man nach Belieben ausbeuten konnte. Max war anders, das wusste sie, doch sie wusste auch, dass er zum Erfolg verdammt war und dafür alles tun würde.
Doch eines seiner Argumente hatte sie beeindruckt: Die Pflanzer verkörperten den Fortschritt. Damit war auch sie gemeint, Elisabeth Leitner. Auch sie spielte eine Rolle bei den Veränderungen, die dieses wunderbare Land noch erleben würde. Eine faszinierende Vorstellung. Wenn sie humanistische Werte vermitteln sollte, das hatte Max zwar nicht direkt gesagt, aber vermutlich gemeint, dann würde sie sich ab jetzt bemühen, genau das zu tun. Zum ersten Mal ahnte sie, dass ihre Rolle als weiße Frau in Afrika noch eine andere Art von Herausforderung bedeuten könnte, als sie bisher angenommen hatte.

Als Elisabeth im Bett lag und das Licht löschte, bewegte sie dieser Gedanke noch lange. Max hingegen schien zu schlafen. Doch plötzlich spürte sie, wie sich eine Hand in ihre Pyjamahose schob.

Sie drehte sich zu ihm und flüsterte: »Heute nicht.«
Seine Hand wanderte weiter nach unten. Sie hielt die Hand fest. Max hob den Kopf. »Warum nicht?«
»Es geht nicht.«
Eine Sekunde war es still, dann drehte sich Max zu ihr, doch im Halbdunkel konnte sie sein Gesicht nicht richtig sehen. »Und warum geht es nicht?«
»Frauen können nicht immer.«
»Kannst du das nicht so sagen, dass man es versteht?«
Seine Stimme klang gereizt. Elisabeth seufzte, wie sollte sie das erklären? »Ich blute.«
Die Hand verschwand, der Körper neben ihr drehte sich zur Wand. Wieder war es still im Raum. Elisabeth schluckte, sie fühlte sich wie ein Werkzeug, das beiseitegelegt wurde, wenn es nicht mehr gebraucht wurde.

Weil er tatsächlich todmüde war, wurde Max von der unerwarteten Manifestation zwischen seinen Beinen überrascht. Kaum hatte er die Bewegung wahrgenommen, streckte sich sein Glied zu voller Länge, ungewollt. Was sollte er jetzt damit anfangen? Wo er doch endlich einschlafen wollte. Mit einer spontanen Geste griff er hinter sich und suchte nach der Hand von Elisabeth. Er fand sie und legte sie auf seinen Bauch. Dann schob er sie langsam nach unten. Die Hand wurde starr, die Finger sträubten sich. Kein Wunder, dieser Bereich seines Körpers war ihr fremd. Max hatte sich immer erst dann auf Elisabeth gelegt, wenn sich sein Glied bereits zu voller Größe aufgerichtet hatte und diesbezüglich nichts mehr zu tun war. Außerdem war es immer dunkel im Zimmer gewesen, Elisabeth hatte also sein Geschlechtsteil nie sehen können. Und natürlich auch nie berührt. Bisher war das auch nicht nötig gewesen. Sie hatte es in ihrem Körper gespürt, und das war gut so, denn dafür war es ja da. Doch nun hatte er ein Problem.

Als Elisabeth spürte, wie ihre Hand gegen ihren Willen auf dem Bauch des Mannes nach unten geschoben wurde, und als ihre Finger krauses, struppiges Schamhaar berührten, sperrte sie sich unwillkürlich. Doch sein eiserner Griff gab nicht nach. Bevor sie merkte, was passierte, lag ihre Hand auf einem warmen, dicken Muskel, dessen Energie förmlich zu pulsieren schien. Er war erschreckend groß, sie konnte ihn mit den Fingern zwar umschließen, doch in der Länge ragte er weit über ihre Handfläche hinaus. In diesem Moment vermochte sie sich nicht vorzustellen, dass dieses mächtige Körperteil in sie eindringen konnte und noch dazu ganz in ihr verschwand. Elisabeth hatte noch nie ein erigiertes Glied gesehen und angefasst erst recht nicht. Erstaunlich, wie heiß es war. Doch was sollte sie jetzt damit tun?
Max begann zu stöhnen, die Sache wurde ihr unheimlich. Mit einer schnellen Bewegung löste sie ihre Hand aus seinem Griff und drehte sich auf die andere Seite.

Auch recht. Nach dieser Reaktion flüchtete sich Max in die Erinnerung. Aufreizende Bilder von schwarzen Frauen drängten sich in sein Gehirn. Während er die pralle Vorhaut seines Glieds hin und her schob, erinnerte er sich, wie bereitwillig sie sich ihm geöffnet hatten. Unbekümmert hatten sie vor seinen Augen die Beine gespreizt, die Hüften hochgereckt und seine Blicke mit ihrem Geschlecht förmlich eingesaugt. Mühelos konnte er ihre Körper in alle

Richtungen biegen und dehnen, stets boten sie ihm ihre Öffnungen fröhlich an.
Elisabeths Geschlecht hingegen hatte er noch nie gesehen. Zwar war es meist er, der vorher die Kerze ausblies – warum eigentlich? –, doch auch beim Schein der spärlichen Flamme hätten seine Augen wenig erkennen können. Wenn er sich überhaupt getraut hätte, hinzusehen. Ein paar Mal hatte er sich bei dem Gedanken ertappt, sich vor Elisabeth hinzuknien und ihre Schenkel auseinanderzubiegen, um das Geheimnis zwischen ihren Beinen genau zu erforschen. Am liebsten hätte er sein Gesicht gegen ihr Geschlecht gepresst und es vielleicht sogar geküsst. Doch dabei hätte sie bestimmt nicht mitgemacht, schon wegen des abstrusen Ansinnens hätte sie ihn verachtet. Sich so gehenzulassen war etwas, das man mit Huren machte, aber nicht mit Ehefrauen.
Seine Hand bewegte sich schneller. Schon spürte er das angenehme Gefühl in den Hoden, das den Höhepunkt der Lust ankündigte. Mit zunehmender Erregung tauchte nun eine andere Szene in seinem Kopf auf. Allerdings war er sich nicht sicher, ob er sie in seinem betrunkenen Zustand damals in der Boma nur geträumt hatte oder ob sie tatsächlich geschehen war: Ein heißer Mund beugte sich über sein Glied, feuchte Lippen glitten über Vorhaut und Eichel, schon war er in einem engen, warmen Tunnel gefangen, der sich rhythmisch auf und ab bewegte. Er keuchte, ließ sich fallen in den Abgrund von Phantasie und Erinnerung. Und dann kam er. Nicht in den Mund, sondern in seine Hände.
Ohne seinen Körper zu bewegen, versuchte er das Sperma an der Innenseite seiner Pyjamahose abzuwischen. Max

war erleichtert und enttäuscht zugleich. Als Ehemann sollte er solche Praktiken eigentlich nicht mehr nötig haben. Doch hatte Elisabeth nicht erschrocken ihre Hand zurückgezogen, sobald sie sein Glied berührt hatte? Hatte ihre Hand vorher nicht kalt, wie ein Fremdkörper, auf seiner Haut gelegen? Frauen waren eben schwierige Wesen und manchmal nicht zu verstehen. Mit diesen Gedanken schlief er ein.

Elisabeth war noch lange wach, ein ungutes Gefühl ließ sie nicht zur Ruhe kommen. Die schroffe Art, mit der sich Max von ihr abgewendet hatte, hatte sie verletzt. Zwar wusste sie nicht, was die plötzlich einsetzenden Bewegungen seines Körpers zu bedeuten hatten, doch sie spürte, dass es für beide eine peinliche Situation war. Max war sichtlich bemüht, das, was er tat, zu verheimlichen, doch an seinem schweren Atmen wurde ihr klar, dass er sich sexuell erregte.

Als die Bewegungen neben ihr plötzlich aufhörten, kam ihr der Gedanke, dass sie ihren Mann aufgrund ihrer Weigerung zu etwas gebracht hatte, das gefährlich und schädlich für ihn war. Das hatte sie heimlich in einem ärztlichen Ratgeber gelesen. Handelte so eine liebende Ehefrau? Doch was hätte sie tun sollen? Elisabeth war sich unsicher, auch jetzt wusste sie keine Antwort. Hätte er doch nur ein Wort gesagt! Wieder einmal fragte sie sich, warum Männer nicht reden können, wenn sie etwas bedrückt. Im Grunde hatte sie Mitleid mit dem Mann, der neben ihr lag und jetzt so tat, als ob er schliefe. Langsam bekam sie Zweifel, ob sie je eine »liebende« Ehefrau werden würde, denn das hieße ja zu verstehen, was Liebe bedeutet. In diesem Moment war sie weiter davon entfernt als je zuvor, dessen war sie sich ganz sicher.

@@

Beim Frühstück am nächsten Morgen saßen beide schweigend vor ihren Tellern. Elisabeth hatte vorher der Köchin schon ihren Geburtstagskuchen überreicht, auf dem sie als Verzierung noch den Schriftzug »Minnie« angebracht hatte. Es dauerte eine Weile, bis das Mädchen verstand, was das bedeutete. Doch dann war sie ganz stolz, lief schnell ins Freie und zeichnete mit dem Stiel des Kochlöffels ihren Namen im Sand nach. Schmunzelnd erklärte ihr Elisabeth, dass sie gerade geübt hatte, was man eine Unterschrift nannte, zumindest fast, denn ihren Nachnamen kannte Minnie nicht. Das Mädchen war tief beeindruckt, als sie hörte, dass man mit so einer einfachen Geste Ländereien erwerben, ein Haus kaufen oder heiraten konnte. Doch das war vor dem Frühstück gewesen.

Jetzt saß Elisabeth neben Max, der stumm seinen Kaffee trank. Wieder ging ihr die letzte Nacht durch den Kopf.

»Das wird ein paar Tage dauern«, sagte sie leise, ohne ihn anzusehen.

»Was?«

»Das Bluten.«

Wieder herrschte Schweigen.

Minnie spürte, dass die Stimmung nicht die beste war. Sie ging hinaus und kam gleich darauf mit einem kleinen Tontopf zurück, den sie fröhlich auf den Tisch stellte. »Ganz frisch, ganz gut.«

Max, der gedankenverloren in seiner Tasse rührte, schob den Topf zu Elisabeth. »Das ist Honig. Selbst gemacht.«

Sie hob den Deckel und probierte. »Schmeckt wunderbar.«
Max reagierte nicht. Eine Weile sah er Elisabeth stumm an.
»Tut das weh?«
Sie schüttelte den Kopf.
»Sag mir, wenn ich etwas für dich tun kann.«
»Es geht schon.«
Sie lächelte verlegen, doch seine Zuwendung tat ihr gut. Schweigend aßen sie weiter. Nach einer Weile stürmte Minnie noch einmal herein. Diesmal brachte sie einen leeren Karton. »Zucker aus. Mehl auch fast.«
»Ich weiß, wir müssen mal wieder einkaufen.«
Bei dieser Vorstellung kam Leben in Elisabeth. »Wann?«
Er überlegte und zuckte mit den Achseln. »Morgen, übermorgen. Wann du willst.«
»Gut, dann werde ich meine Liste gleich noch mal durchgehen.«
Erst jetzt fiel ihm auf, wie begeistert Elisabeth von der Idee war. »Du willst mitkommen, in deinem Zustand?«, fragte er überrascht.
Was sollte das nun wieder? Sie war doch nicht krank, und so mitleidig anzusehen brauchte er sie auch nicht. »Natürlich.«
Max schüttelte resigniert den Kopf. Frauen würden ihm immer ein Rätsel bleiben. Er stand auf, nahm seinen Hut und ging hinaus.

Als sie allein war, kamen Elisabeth doch Bedenken, ob es klug war, sich so eindeutig festzulegen. Während ihrer Tage fühlt sie sich tatsächlich oft nicht gut, manchmal bekam sie heftige Migräne. Für einen Gewaltmarsch waren das nicht die idealen Voraussetzungen. Aber sollte sie ernsthaft darauf verzichten, ein paar Tage in der Stadt zu verbringen? Endlich andere Menschen zu sehen, vor schönen Geschäften zu flanieren, vielleicht auch ein gemütliches Café aufzusuchen, um Schwarzwälder Kirschtorte zu essen. Und ein paar bunte Stoffe musste sie besorgen, die konnte sie nur selbst aussuchen.

Die Eingangstür öffnete sich, der Kopf von Max tauchte auf. »Übermorgen, denn morgen ist Zahltag. Und wenn du mitkommst, nur unter einer Bedingung.«

Elisabeth horchte auf. »Und die wäre?«

»Die Kriegerin lässt sich tragen, wenn sie müde wird. Das machen sogar die großen Häuptlinge.«

»Wir könnten die Maultiere nehmen.

»Nein, wir gehen über die Berge, direkt nach Kilosa.«

Bevor sie antworten konnte, war er wieder verschwunden.

Sie machte sich sofort an die Einkaufsliste. Da sie diese täglich ergänzt hatte, war die Aufgabe schnell erledigt. Anschließend schnitt sie aus ihrem Schreibblock kleine Zettel zu. Sie waren für das Beet bestimmt, in das sie die Samen aus der Heimat säen wollte. Jede Pflanze, die sie aussäte, würde sie namentlich markieren, um später zu wissen, was dort wuchs. Viele der von ihrer Mutter eingepackten Samen waren ihr unbekannt, und sie wollte alles kennenlernen, was sie von zu Hause mitgebracht hatte.

Als sie vor die Tür trat, waren am Himmel düstere Wolken aufgezogen. Das sah nach schlechtem Wetter aus. Seit sie in Afrika war, hatte es noch nie geregnet, dies wäre in der Tat eine neue Erfahrung. Sie ging hinunter zu dem Platz, an dem das Beet entstehen sollte. Der Boden des abgesteckten Bereichs war bereits vollständig umgegraben. Hassim hatte gute Arbeit geleistet. Am Nachmittag würde sie säen können. Elisabeth wunderte sich, dass der Junge nicht da war, er wartete sonst jeden Tag auf sie, und heute hatte er für seine Arbeit ein besonderes Lob verdient.

»Hassim!«

Nichts geschah. Nur Moritz trottete herbei und schmiegte sich an ihre Beine. Auch ein zweiter Ruf blieb erfolglos. Doch jetzt begann der Hund zu winseln und unruhig auf und ab zu laufen. Elisabeth hatte den Eindruck, dass er ihr etwas zeigen wollte. Als sie ihm folgte, lief er auf die Hütten der Eingeborenen zu. Sie zögerte, das Dorf der Schwarzen hatte sie noch nie betreten. Schon tauchten die ersten Frauen und Kinder auf und starrten sie verwundert an. Gut, das konnte sie nicht ändern. Energisch ging sie weiter. Vor der letzten Hütte blieb der Rottweiler stehen, er wedelte mit dem Schwanz und beschnüffelte aufgeregt den Vorhang, der vor dem Eingang hing. Dann kam ein Winseln aus seiner Kehle.

»Hassim, bist du da drin?«

Aus der Hütte ertönte ein Husten, dann ein Röcheln. Elisabeth zog den Vorhang zur Seite und schaute nach innen. Es war stockdunkel. Vorsichtig betrat sie die Hütte. Das Licht, das jetzt durch den engen Spalt des Eingangs kam, fiel auf eine am Boden zusammengerollte Gestalt, die auf einer Strohmatte lag. Erst als Hassim den Kopf hob, erkannte sie ihn. Sein Gesicht war schweißüberströmt, die Augen glänzten im Fieber.

»Mein Gott, was ist denn los?«

Der Junge zeigte auf sein rechtes Bein. Über dem Knöchel

hing ein dicker Verband aus Palmblättern und Gras, aus dem Blut tropfte. Elisabeth kniete sich neben ihn und entfernte den Verband. »Bist du verrückt? Du weißt doch, dass wir Medikamente haben. Was ist denn passiert?«
»Schlange.«
Beim Anblick der offenen Wunde zuckte Elisabeth zusammen. Am Bein fehlte ein Stück Fleisch. So sah kein Schlangenbiss aus, schoss es ihr sofort durch den Kopf, auch wenn sie noch nie einen gesehen hatte.
»Da hat dir doch jemand das Fleisch weggeschnitten?«
»Nach Schlange keine Zeit, sonst Hassim tot. Böses Fleisch abschneiden.«
Elisabeth schloss die Augen. Beim Gedanken an das, was hier geschehen war, wurde ihr übel. Der Junge musste sich tatsächlich gleich nach dem Biss das Fleisch an der betroffenen Stelle an dem Bein weggeschnitten haben. Mit seinem schmutzigen Messer! Und jetzt war alles infiziert, vielleicht drohte sogar ein Wundstarrkrampf. Sie beugte sich über den zitternden Jungen und strich ihm zärtlich über die schweißnassen Haare.
»Warum bist du nicht zu mir gekommen?«
»Memsahib noch schlafen.«
Seine dunklen Augen starrten Elisabeth ausdruckslos an. Der Junge musste höllische Schmerzen haben, ließ sich aber nichts anmerken.
»Du bist verrückt.«
Hassim sah sie stumm an, auch jetzt bat er um nichts.

Kurze Zeit später hatte sie die Wunde gesäubert und den Patienten notdürftig versorgt. Die Radikalkur, die Hassim an sich vorgenommen hatte, schien das Schlangengift tatsächlich noch rechtzeitig aus dem Körper entfernt zu haben. Jetzt blieb nur noch die Wundbehandlung. Sie wollte den Jungen ins Haus bringen, doch er widersetzte sich so hartnäckig, dass Elisabeth schließlich einsah, dass es besser war, ihn in seiner vertrauten Umgebung zu lassen, dieser kargen Lehmhütte. Als er eingeschlafen war, hatte sie sich kurz umgesehen.

Eine alte Wolldecke, eine Blechschüssel, eine Metalltasse, ein paar zerrissene kurze Hosen, einen langen Sari und eine Wollmütze, mehr besaß Hassim nicht. Außer dem Schulheft, das sie ihm geschenkt hatte und in dem er seine Schreibübungen machte. Diese schien er sehr ernst zu nehmen, denn die paar Wörter, die sie ihm bisher beigebracht hatte, füllten mehrere Seiten, anscheinend wiederholte er sie immer wieder.

In einer Ecke fand sie noch etwas anderes: eines ihrer Unterhemden. Es war nicht gewaschen, offensichtlich hatte es der Junge absichtlich zurückbehalten. Doch warum? Tragen konnte er das Hemd nicht, verkaufen ebenfalls nicht, das wäre verdächtig gewesen. Der Stoff war sorgfältig gefaltet und lag nicht auf der Erde, sondern auf einem kleinen Holzschemel, dem einzigen Möbelstück im Raum. Ihr Hemd hatte sozusagen einen Ehrenplatz. Mit einem nachsichtigen Lächeln legte sie es zurück auf den Stuhl. Hassim wäre vor Scham im Boden versunken, hätte er geahnt, dass Elisabeth sein kleines Geheimnis entdeckt hatte.

Als sie zurück ins Haus kam, ging sie hoch in die Kammer. Sie wollte die Gegenstände im Raum ein wenig umräumen, denn wenn der Himmel bewölkt war, fiel zu wenig Licht auf den Platz, an dem die Nähmaschine stand. Als sie zwei Kisten in die Ecke schob, entdeckte sie eine alte Lederjacke, die vom Haken gefallen war. In einer der Taschen steckte noch ein Brief. Max musste vergessen haben, ihn zur Post zu bringen. War das Schreiben an sie gerichtet? War sein Inhalt vielleicht so kontrovers, dass er ihn nicht abschicken wollte? Elisabeth konnte ihre Neugierde nicht zähmen und öffnete das Kuvert, das keine Aufschrift trug und nicht verschlossen war. Der Brief war fünf Monate alt.

Lieber Vater,
auf Dauer ist ein Leben in Afrika ohne Frau nicht zu ertragen. Auch von den Schwarzen wird man komisch angesehen, wenn man keine hat. Viele Pflanzer greifen freilich auf Eingeborene über, verseuchen sich und, was man hier mehrfach beobachtet, die weiße Frau dann auch noch. Es wäre gut für mich, wenn es mit Elisabeth klappte, schon wegen des Essens. Ich lag wegen Vergiftung neun Tage im Bett. Unser Koch hatte schlechtes Fleisch und Konserven verwendet. Aber wenn ich ihn schlage, läuft er weg, und was dann? Das Leben ist hart, aber auch sehr schön. Du weißt, ich ging ja hierher, um schnell etwas zu erreichen, weil mir das in der Heimat nicht möglich war.
Die Leute sind gutartig, wenn sie entsprechend behandelt werden. Nie nachgeben heißt es hier. Ist ein Neger faul, bekommt er 15 Hiebe mit der Nilpferdpeitsche. Hat er gestohlen, wird er angekettet, immer zehn Mann zusammen. Dann gibt's Zwangsarbeit in Kilosa.

Verwirrt ließ Elisabeth den Brief sinken. Hatte Max ihr gestern nicht versichert, entscheidend wäre immer, *wie der Starke den Schwachen behandelte?* Wenn diese Zeilen der Maßstab für sein Handeln waren, dann musste sich in dem ehrgeizigen Pflanzer noch eine andere Person verbergen. Dieser Gedanke machte ihr Angst. Sie hob den Brief wieder ans Licht und las weiter.

Es ist gut, dass ich endlich eine Frau bekomme. Ein bisschen Ordnung muss sein, Aufsicht in der Küche auch. Ich kann keine Strümpfe stopfen, Wasser filtern und dauernd Obacht geben, ob die Kerle das Wasser richtig abkochen. Ich habe keine Zeit, immer in der Küche aufzupassen, beim Ausgeben von Mehl, Reis und Zucker drücke ich sowieso immer wieder beide Augen zu. Das wird eben verbraucht und teils aus dem Vorrat gestohlen. Ich kann nicht überall sein. Doch das wird nun alles anders. Elisabeth schreibt, sie kommt, sobald sie kann.

Nun verstand sie, warum er die Briefe nicht selber geschrieben hatte. Unromantischer konnte man die Ankunft seiner Zukünftigen nicht formulieren. War das wirklich das, was er wollte, eine Dienstmagd, auf der er nachts seine Bedürfnisse stillen konnte?

Wann kommt Ihr, liebe Eltern? Hoffentlich bald, dann seht Ihr, dass Ihr stolz sein könnt auf Euren Sohn. Ich bin gesund und habe gute Aussichten. So will ich lieber hier sterben als unverrichteter Dinge nach Europa zurückkehren. Schon bald werde ich ein wohlhabender Mann sein.

Und welche »Dinge« hatte sie zu verrichten? Würde sie Deutschland jemals wiedersehen oder eines Tages hier sterben?

Zum Abendessen hatte Minnie Ugali gekocht, eine Art Wildgulasch mit Kartoffelbrei. Wie immer hatte Max großen Hunger. »Ist für die Safari alles klar? Einkaufsliste, Geschenkliste. Morgen wirst du keine Zeit mehr dafür haben.«

»Wieso?«

»Morgen ist Zahltag.«

Das war auf jeder Pflanzung ein besonderes Ereignis, das ausführlicher Vorbereitung bedurfte, wie Max ihr immer wieder versichert hatte. Elisabeth wusste nicht, wie sich das Zeremoniell abspielen würde, sie wusste nur, dass ihr dabei eine wichtige Rolle zugedacht war. Welche, würde sie schon noch rechtzeitig erfahren.

»Und was hast du mit ›Safari‹ gemeint?«

Dieses Wort hatte Elisabeth bei der Begegnung mit Selous zum erstenmal gehört.

»Kommt aus dem Arabischen. Heißt so was wie ›Aufbruch ins Unbekannte‹.«

»Das kann ja heiter werden.«

Lustlos stocherte Elisabeth auf ihrem Teller herum.

»Ach was, es bedeutet einfach Reise. Irgendwohin gehen.«

Gut, wenn ein Einkaufsbummel hier Safari hieß, sollte ihr das recht sein. »Geschenke für wen?«, fragte sie kauend.

»Na für dich, den guten Geist der Plantage.«

Ich weiß noch gar nicht, ob ich mitkann.«

»Hab' ich doch gesagt.«

»Nein, nicht das, was du meinst.«

In kurzen Worten schilderte sie den Vorfall mit Hassim. Max winkte ab. »Der ist morgen wieder in Ordnung, wenigstens einigermaßen. Was sie machen, ist hart, aber es wirkt. Zuerst saugen sie das Gift aus der Wunde, dann schneiden sie das vielleicht schon infizierte Gewebe im Umfeld weg, wenn sie den Mut dazu haben. Eine Rosskur, tut furchtbar weh. Habe ich aber auch schon hinter mir.«

Elisabeth warf ihm einen erstaunten Blick zu, dass er zu so etwas fähig wäre, hatte sie nicht erwartet. Vielleicht war es die andere Person in ihm, die ihn so handeln ließ. »Hast du nicht gestern gesagt, einen Menschen erkennt man daran, wie er die behandelt, die schwächer sind als er?«

Max schüttelte den Kopf. »Habe ich bestimmt nicht gesagt. Klingt aber gut, muss ich mir merken.«

Elisabeth beobachtete ihn eine Weile. Wie er so unbekümmert dasaß und fröhlich grinste, schien er tatsächlich zu glauben, was er sagte. Konnte ein Mensch eine zweite Seele haben?

Eine dunkle Seite, die er selber nicht kannte und die nur ab und zu zum Vorschein kam? Das ungute Gefühl in ihrem Bauch, das sie seit der Lektüre des Briefs nicht mehr verlassen hatte, verunsicherte sie zunehmend.

Am nächsten Morgen war tatsächlich kaum mehr Zeit, Vorbereitungen für die Safari zu treffen. Seit dem Frühstück saß Max über den Büchern. Die Arbeiter würden an diesem Tag schon gegen Mittag von den Feldern zurückkehren. Das Auszahlen der Lohngelder war jedes Mal eine langwierige Prozedur, die sich bis zum Abend hinziehen konnte.

Als Elisabeth aus dem Dorf zurückkam, wo sie den Verband von Hassim gewechselt hatte, erklärte ihr Max, wie alles ablaufen würde. Die Löhne errechnete der Pflanzer anhand einer Liste, die er von seinem Vorarbeiter bekam.

Sie bestand aus einer langen Reihe von Namen. Für jeden Tag, den der Betreffende gearbeitet hatte, war ein Kreuz vermerkt. Da die Anzahl der Kreuze bei den einzelnen Personen stark variierte, musste Max für jede Person die Summe, die er auszahlen musste, neu bestimmen. Davon sollte Elisabeth dann den Wert der angeschriebenen Waren abziehen. Das Problem würde sein, den so errechneten Betrag möglichst genau auszuzahlen, denn keiner der Leute hatte Bargeld bei sich, also konnte niemand Wechselgeld herausgeben. Bei kleineren Differenzen rundete Max auf, größere Beträge wurden dem Warenkonto gutgeschrieben. Dieses Verfahren war für die Schwarzen nicht immer leicht zu verstehen, deshalb kam es jedes Mal zu zermürbenden Diskussionen, davor hatte Max Elisabeth schon gewarnt. Ein Tag wie dieser forderte die ganze Geduld des Pflanzers, denn obwohl dieser am längeren Hebel saß, war er doch auf ein gutes Arbeitsklima angewiesen.

»Und wer soll ihnen das erklären?«, fragte Elisabeth, die Schreckliches auf sich zukommen sah.

»Du natürlich. Du kannst doch so gut rechnen«, entgegnete Max und meinte das ganz ernst. Elisabeth stöhnte, da hatte sie sich auf etwas eingelassen, das noch nervenaufreibender zu sein schien als eine Warenausgabe.

»Und was machst du?«

»Ich sitze im Haus und zahle die Beträge aus, die du ausgerechnet hast.«

»Können wir nicht tauschen?«

»Nein«, sagte Max und konnte sich ein Grinsen nicht verkneifen.

»Und warum nicht?«

»Du weißt doch, wir müssen die Kasse geheim halten.«

Elisabeth erinnerte sich, das hatte er ihr schon früher einmal erklärt. Max wollte auf keinen Fall mit einem Sack voller Geld auf der Veranda sitzen und vor den Augen der Eingeborenen seinen vermeintlichen Reichtum zeigen. Das hätte den Leuten nicht nur ein völlig falsches Bild vermittelt, sondern auch Diebe und Einbrecher angelockt. Größere Mengen Bargeld über Monate hinweg im Haus aufzubewahren war ohnehin nicht ungefährlich, doch die Pflanzer hatten keine Wahl. Schließlich konnten sie nicht jedes Mal zur Bank nach Daressalam fahren, wenn der Lohn fällig wurde. Max hatte sich deshalb gleich zu Beginn einen kleinen Tresor gekauft, den er unter einer Diele im Schlafzimmer versteckt hielt und nur am Zahltag hervorholte. Den Schlüssel hütete er wie ein Kleinod und trug ihn immer am Gürtel.

Heute, da ihn Elisabeth zum ersten Mal unterstützen würde, hatte er sich ein neues System ausgedacht. Salem würde mit seiner Liste vor dem Haus sitzen und die Namen der Arbeiter aufrufen. Elisabeth würde mit dem Wirtschaftsbuch neben ihm stehen. Sobald sie die Summe, die ein Arbeiter bekam, errechnet hatte, würde sie ins Haus gehen, wo Max den Betrag abzählte. So konnten die Schwarzen nicht sehen, wo das Geld herkam.

»Sag mal, ist das nicht ein bisschen kompliziert?«, fragte sie ihn nach dieser ausführlichen Einweisung.

»Hast du einen besseren Vorschlag?«

Den hatte sie nicht. Früher war die Abwicklung wohl noch komplizierter gewesen, denn Max hatte anschließend immer mehrere Gläser Weinbrand benötigt, um seine Nerven zu beruhigen. Gemeinsam wollten sie es diesmal an einem Nachmittag schaffen.

Es gelang ihnen auch. Doch Elisabeth, der schon nach einer Stunde aufgrund ständiger Palaver und zermürbender Diskussionen der Kopf schwirrte, musste all ihre Kraft zusammennehmen, um nicht laut loszubrüllen. Am Ende der Prozedur, nachdem sie 153 Personen ausbezahlt hatten, war sie mit den Nerven am Ende, hatte fürchterliche Kopfschmerzen und wollte nur noch ins Bett. Auch Max war heilfroh, die Sache hinter sich gebracht zu haben. Zwar war es heute durch die Mithilfe von Elisabeth eindeutig schneller gegangen, doch er hatte den Eindruck, dass die Männer bei ihr noch mehr diskutierten. Entweder versuchten sie, ihre Gutmütigkeit auszunutzen, oder sie überschütteten die Memsahib mit einem Wortschwall, von dem sie wussten, dass sie ihn nicht verstehen konnte. Max wusste sehr wohl, wie schlitzohrig seine Leute werden konnten, wenn sich die Gelegenheit bot. Wäre ihr nicht Salem immer wieder zur Seite gestanden, indem er die Männer mit einem harten Wort oder einer Geste verstummen ließ, wären sie bis zur Dunkelheit kaum fertig geworden.

KAPITEL 12

Um vier Uhr brachen sie auf. Es war noch dunkel, aber Max wollte nicht über die Berge gehen, wenn es heiß war. Bevor sie loszogen, sah Elisabeth noch einmal nach Hassim. Der Junge schlief friedlich, er hatte keinen keuchenden Atem mehr und lag entspannt auf seiner Decke.

Die Karawane bestand aus zehn Leuten. Hinter Max ging ein kleiner, untersetzter Mann, der den Karabiner trug. Dann folgten Elisabeth und die Träger. Sie hatte sich vorgenommen, so lange zu marschieren, wie es ihre Kräfte erlaubten.

Anfangs liefen sie durch vier Meter hohes Elefantengras, das ihnen die Sicht nahm. Erst nach einer Stunde veränderte sich die Umgebung. Das Gras wurde niedriger, Büsche und vereinzelte Affenbrotbäume tauchten auf. Die Felsbrocken, die sie umgingen, wurden häufiger. Es war immer noch frisch, der Morgennebel bildete feine Schleier, die reglos über der Landschaft hingen. Da die Karawane nach Westen marschierte, war vom Herannahen des neuen Tages nichts zu spüren. Erst als sich Elisabeth einmal umdrehte, konnte sie sehen, dass es im Osten bereits dämmerte. Der Horizont begann zu leuchten, doch es war kein tiefrotes Glühen wie in den letzten Minuten des Tages. Das erste Licht war immer kühl und grell. Elisabeth blieb stehen. Der afrikanische Morgen durchbrach das Dunkel mit einer kalten Selbstverständlichkeit, als hätte er die ganze Zeit auf diesen Moment gewartet.

Immer noch stand sie ruhig da, genoss die Stille der Landschaft, das Spiel des Lichts. Ein schriller Pfiff riss sie aus

ihrer Betrachtung. Das Signal erinnerte sie daran, dass sie eine eiserne Regel gebrochen hatte: nie allein zurückzubleiben, sich nie zu weit vom Gewehr zu entfernen. Sie drehte sich um, die anderen waren schon weit voraus, Max winkte energisch. Dann sah sie das Nashorn. Es stand seelenruhig da und äste.
An jener Stelle war das Gras niedriger, sie konnte das Tier, das etwa sechzig Meter entfernt war, gut erkennen. Max winkte energischer, doch das bemerkte sie nicht. Sie hatte das Fernglas dabei, und da sie noch nie ein Nashorn gesehen hatte, wollte sie den merkwürdigen Koloss jetzt genauer betrachten. Keine Sekunde verspürte sie den Hauch einer Gefahr, denn das Tier sah zwar etwas klobig, aber sonst recht gutmütig aus: die kleinen Augen, die noch kleineren Ohren, das breite Maul, das gelassen an den Grashalmen zupfte, und natürlich das mächtige Horn, das irgendwie fehl am Platz wirkte. Wieder einmal wunderte sich Elisabeth über die Launen der Natur. Was hatte wohl dazu geführt, dass diesem schwerfälligen Geschöpf mitten auf der Nase ein Horn wuchs? Jetzt hob das Tier den Kopf und nahm Witterung auf. Dann entdeckte es Elisabeth. Das Nashorn verharrte regungslos.
Wieder kam ein schriller Pfiff von Max. Sie drehte den Kopf und blickte nach vorne, der Gewehrträger ruderte aufgeregt mit beiden Armen. Was sollte das heißen – sich bewegen, nicht bewegen? Langsam wurde Elisabeth mulmig zumute. Sie sah, wie Max das Gewehr anlegte, bestimmt hatte er das Nashorn genau im Visier, deckungsgleich würde er sagen. Dennoch konnte sie die Situation nicht ernst nehmen. Das Tier tat doch gar nichts. Sollte der unförmige Koloss auf sie zulaufen, könnte sie immer

noch wegrennen und wäre im Nu wieder bei den anderen. Doch das Nashorn bewegte sich nicht und Elisabeth auch nicht. Sie war sich sicher, dass das Tier sie genau sehen konnte. Eine Weile betrachteten sie sich gegenseitig. Ein Vogel landete auf dem Rücken des Nashorns und begann in die graue Haut zu picken. Nun senkte das Tier den Kopf und äste weiter, das Horn zeigte nach vorne. Ein friedliches Bild. Doch ein Blick auf ihre Begleiter machte ihr klar, dass sie sich täuschte. Elisabeth ahnte, dass Max bei der ersten Bewegung des Nashorns schießen würde. Wie konnte sie das verhindern? Warum sollte dieses gutmütige Tier sterben? Wieder hob das Nashorn den Kopf, wieder starrten sich die beiden ungleichen Geschöpfe ein paar Sekunden an. Elisabeth spürte, wie ihr der Schweiß über das Gesicht lief, obwohl ihr kalt war. Dann drehte sich das Nashorn um und verschwand polternd in den Büschen. Elisabeth lief vor zur Karawane. Max war wütend, doch vor den Schwarzen wollte er seine Frau nicht bloßstellen.

»Du bleibst jetzt hinter mir, immer. Kapiert?«

»Ich wollte doch nur …«

»Und ich will, dass du am Leben bleibst, ist das zu viel verlangt?«

»Es war mein erstes Nashorn.«

»Und fast dein letztes.«

»Das Tier war doch ganz friedlich.«

Max stöhnte, die Naivität von Elisabeth war Teil ihres Charmes, aber nicht immer. »Jedes Tier ist friedlich. Bis es sich bedroht fühlt, bis du seinen Sicherheitsabstand unterschreitest.«

»Welchen Abstand?«

»Der Radius, den es braucht, um fliehen zu können. Der

ist bei jedem Tier anders. Hat es das Gefühl, dass sein Fluchtweg versperrt ist, greift es an, ganz automatisch. Sein Instinkt lässt ihm keine andere Wahl.«

Er hatte recht, immer wieder hatte er recht, das ärgerte sie. Sie nahm sich fest vor, diesem Mann keinen weiteren Anlass zur Beschwerde zu liefern. Noch einmal drehte sie sich um. Am Himmel zogen dunkle Wolken auf. Der starke Wind, der nun wehte, tat den verschwitzten Männern gut, auch Elisabeth schritt mit neuer Kraft voran. Sie konnte es kaum erwarten, in das quirlige Leben der Bezirkshauptstadt einzutauchen.

Zwei Stunden später kauerten sie unter dem einzigen Baum, den es weit und breit gab. Es regnete in Strömen. Elisabeth saß unter dem Schirm, den einer der Träger hervorgezaubert hatte, und massierte ihre geschwollenen Beine. Der Gang durch das Gebirge war anfangs weniger beschwerlich gewesen, als sie befürchtet hatte. Sie folgten kleinen Wildpfaden, die sich auf halber Höhe den Bergrücken entlangzogen, lästig war nur das immer wieder auftauchende Dornengestrüpp und die Steine. Vom Gras verdeckt lagen sie mitten auf dem Weg, und Elisabeth stolperte regelmäßig, das zermürbte sie. Elefanten hatten sie diesmal keine gesehen, dafür zahlreiche Giraffen, eine Herde Büffel, Gnus und Zebras, zwei Hyänen und immer wieder Warzenschweine.

Max saß neben ihr auf dem schlammigen Boden und starrte missmutig vor sich hin. Er war komplett durchnässt und haderte mit sich selbst. Warum hatte er nicht besser auf das Wetter geachtet? Ewig konnten sie hier nicht sitzen, und die restliche Strecke durch den gnadenlosen Tropenregen zu marschieren würde für alle eine schreckliche Quälerei werden. Für Elisabeth erst recht, denn im Liegen war sie dem Wolkenbruch schutzlos ausgeliefert. Zudem würde sich die Bahre mit Wasser füllen, unmöglich, unter solchen Umständen jemanden zu tragen.

Die Schwarzen hatten ihre Hemden ausgezogen und saßen stoisch im Gras, ihre munteren Gespräche waren verstummt. Die Fluten, die vom Himmel stürzten, prasselten auf die nackte Haut. Elisabeth fiel auf, dass der Gewehrträger eine Reihe länglicher Narben auf der Schulter hatte. Sie tippte Max auf die Schulter. Dieser fuhr sie an, noch bevor sie ihre Frage stellen konnte: »Ich weiß, wir hätten an einem anderen Tag gehen sollen. Ich weiß, dass unsere Lage beschissen ist, und ich weiß nicht, ob der Regen je wieder aufhören wird. Zufrieden?«

Elisabeth musste lachen, so grimmig hatte sie ihn noch nie erlebt. Sie strich ihm das Wasser von der Stirn, eine Geste, die zärtlich gemeint war und auch so ankam. Seine Stimme verlor die Schärfe. »Es tut mir leid, deinetwegen.«

»Es ist alles in Ordnung. Vergiss nicht, ich könnte ja schon längst aufgespießt sein.«

Wenigstens hatte sie sich den Vorfall mit dem Nashorn zu Herzen genommen. Max schenkte ihr ein gequältes Lächeln. Es tat ihm gut zu sehen, wie viel Humor sie in einer Situation hatte, in der ihm keineswegs zum Lachen zumute war. Elisabeth ließ ihren Blick über die schwarzen Gestalten wandern, die unbeweglich im Regen saßen.

»Deine Leute sind sehr geduldig.«

»Immer noch besser unter dem Baum als auf dem Baum.«

»Was soll das heißen?«

»Manchmal schicke ich einen Boten nach Kimamba oder Kilosa.«
»Ja und?«
»Wenn sie allein gehen, haben sie nur ihr *Rungu* bei sich, manchmal auch einen Speer.«
Er zeigte auf das dicke Rundholz, das einige am Gürtel trugen oder sich mit einem Strick um den Bauch gebunden hatten. Es sah aus wie ein schwerer Knochen. Einer der Männer schien zu ahnen, wovon sie sprachen, denn er nahm sein Rungu ab und reichte es Elisabeth. Sie wog das Holz in der Hand, es war schwer wie Eisen.
»Damit kannst du einen Schädel spalten. Es ist ihre einzige Waffe.«
»Danke.«
Sie gab das Holz zurück, konnte sich aber nicht vorstellen, gegen welches gefährliche Tier man sich damit verteidigen konnte.
»Sie sind erstaunlich geschickt mit dem Teil. Und sie benützen es auch im Kampf«, sagte Max als hätte er ihre Gedanken gelesen. »Doch wenn dich ein Rudel Löwen verfolgt, hast du damit natürlich keine Chance.«
»Was machen sie dann?«
»Sie klettern auf einen Baum. Wenn einer da ist.«
Max grinste, die Vorstellung schien ihn zu amüsieren.
»Und dann?«
»Warten sie.«
»Bis Hilfe kommt?«
»Bis die Löwen wieder gehen.«
Das muss tatsächlich eine ganz besondere Geduldsübung sein, dachte Elisabeth. Doch bevor sie sich die Details der Szene ausmalen konnte, fuhr er fort.

»Oft lassen sich die Löwen dann unter dem Baum nieder in der Hoffnung, ein Ast bricht und die Beute fällt ihnen in den Schoß.«
Elisabeth blickte hoch in den Wipfel der Akazie. Auch wenn ihr der Regen voll ins Gesicht prasselte, konnte sie deutlich erkennen, wie dünn und biegsam die Äste waren.
»Und wie lange müssen die Armen dort oben ausharren?«
»Manchmal die ganze Nacht.«
Elisabeth musterte die schwarzen Gesichter neben sich. War das einem dieser Leute schon einmal passiert? Max grinste noch immer.
»Findest du das komisch?«
»Unsinn. Ich stell mir das einfach vor. Wie die Burschen zitternd da oben sitzen, und unten kraulen sich gemütlich die Löwen.«
»Und nur weil du unbedingt einen Boten schicken musstest.«
»Unsinn. Das hat nichts mit uns Weißen zu tun. Die wandern doch seit Tausenden von Jahren durch die Wildnis. Solche Situation gab es schon immer.«
Noch einmal blickte Elisabeth in den Gipfel des Baums. Er war verdammt niedrig.
»Und sie dürfen nicht einschlafen, sonst fallen sie herunter?«
»Genau. Wir können wenigstens gemütlich hier unten sitzen. Wie du siehst, könnte alles noch schlimmer sein.«
Nun mussten beide lachen.

Als nach einer Stunde der Regen nachließ, brachen sie auf. Elisabeth beschloss, noch eine Weile zu marschieren. Zwar hingen die Wolken tief am Himmel, aber es bildeten sich bereits einige Lichtinseln, durch die jetzt die Nachmittagssonne brach und helle Kegel in die Landschaft stellte. An diesen Stellen verwandelte sich das nasse Gras in einen glänzenden Teppich, den der noch stürmische Wind zu Wogen kämmte wie eine Dünung im Ozean. Die Berge hatten sie jetzt hinter sich, nun erstreckte sich eine weite Ebene vor ihnen. Max streckte den Arm aus und zeigte in die Ferne. »Da hinten ist Kilosa.« Elisabeth konnte nichts erkennen.

»Schau doch, der Zug.«

Sie blickte durch das Fernglas und suchte den Horizont nach einer Bewegung ab. Endlich hatte sie die kleine Rauchwolke entdeckt, sie erschien ihr unendlich weit weg.

»Schaffen wir das bis zur Dunkelheit?«

»Wenn wir uns ranhalten.«

Wenn nicht, was dann? Die Vorstellung, die ganze Nacht in einem Baumgipfel zu hängen und so um ihr Leben zu kämpfen, gefiel ihr gar nicht. Max nahm ihr das Fernglas ab und schritt zügig voran. In diesem Augenblick brach am Himmel eine der Lichtinseln noch weiter auf. Ein gewaltiges Strahlenbündel drang durch die düsteren Wolkengebilde und tauchte die Savanne in schillerndes Licht. Im gleichen Moment baute sich wie aus dem Nichts ein mächtiger Regenbogen auf. Elisabeth blieb fasziniert stehen. Wie ein von Engeln geschaffenes Kunstwerk schwebte der mächtige Bogen über dem Horizont, triumphierend übermalten seine Farben den dunklen Himmel.

»Jetzt komm schon.«

Wieder diese Ungeduld. Hatte dieser Mann denn keinerlei Empfindung für die Poesie der Landschaft? Unwillig lief sie den Trägern hinterher, die bereits weit voraus marschierten.

Als Max nach einer halben Stunde stehen blieb, um seine Stiefel neu zu binden, erkundigte sich Elisabeth nach dem kleinen, stämmigen Mann mit den frisch vernarbten Wunden, den sie zuvor noch nie gesehen hatte.
»Das ist Kilemi, mein Gewehrträger. Er war ein paar Wochen bei seiner Familie.«
»Was hat er denn für Narben auf dem Rücken?«
»Da war er selber schuld. Er bekam einmal die fünfzehn, mit dem Riemen.«
Max richtete sich auf und wollte weitergehen, doch Elisabeth hielt ihn am Ärmel fest. »Er wurde geschlagen, so brutal?«
»Der Bursche hätte mich fast das Leben gekostet. Da sind ein paar Hiebe wohl durchaus angebracht, oder nicht?«
Elisabeth schluckte, Max warf ihr einen spöttischen Blick zu.
»In deutschen Schulen wird doch dauernd geprügelt, wenn ich mich recht erinnere. Und das meist wegen irgendwelcher Kleinigkeiten und nicht, weil jemand dein Leben aufs Spiel setzt.«
Er ging weiter, Elisabeth lief neben ihm her. »Was war denn der Grund?«
»Auf seinen Gewehrträger muss man sich blind verlassen können. Bei Kilemi war das auch so. Bis das Nashorn kam. Du siehst, mit den Tieren ist nicht zu spaßen.«
»Was hat er denn gemacht?«
»Ich hatte den Drilling, denn ich pirschte auf Antilopen. Plötzlich brach aus dem Unterholz dieses Ungetüm. Nas-

hörner kommen auf dich zu wie eine Lokomotive, von wegen gemütliches Tier. Ich dreh' mich zu Kilemi um, der den schweren Karabiner trägt, und was sehe ich? Der Kerl rennt davon, so schnell er kann. Das Gewehr hatte er einfach ins Gras geschmissen.«

Elisabeth lief ein Schauder über den Rücken, als sie sich die Szene vorstellte. »Und dann?«

»Bis ich das Gewehr fand, war's zu spät, ich konnte nicht mehr schießen. Also blieb ich stehen.«

Elisabeth schaute ihn verständnislos an. »Einfach so?«

»Nashörner, auch wenn sie plump und schwerfällig aussehen, können wahnsinnig schnell rennen. Da hast du keine Chance, wenn du wegläufst. Doch da sie so schwer sind, können sie schlecht bremsen oder im vollen Lauf die Richtung ändern. Du bleibst also stehen, bis das Biest da ist, und springst im letzten Moment zur Seite. Die Lokomotive rast vorbei, kommt weiter hinten zum Stehen, kehrt um und kommt zurück. In der Zeit kannst du das Gewehr packen, durchladen und schießen.«

Wenn er sich bei seinem Manöver um eine Sekunde verrechnet hätte, wäre er jetzt tot, so viel hatte Elisabeth verstanden. »Du stehst seelenruhig da, während eine Lokomotive mit einem Horn auf dich zurast?«

Max musste lachen, ihre drastischen Formulierungen amüsierten ihn immer wieder. »So denkst du in dem Moment nicht. Nicht dein Kopf handelt, sondern dein Körper, dein Instinkt.«

War es nicht ähnlich gewesen, als sie damals die Löwin erlegt hatte?, dachte Elisabeth. Sie konnte sich nicht erinnern, den letzten, entscheidenden Schuss abgegeben zu haben. Der missglückte Versuch war ihr sehr wohl bewusst, ihm ging ein verzweifeltes Bemühen voraus. Der letzte Schuss aber war einfach geschehen. Wie von selbst, ohne ihr Zutun. Vielleicht war es das, was er meinte.

»Kilemi tat etwas, was ein Gewehrträger nie tun darf. Unter keinen Umständen.«

Wieder stellte sie fest, dass sie ihm nichts entgegenhalten konnte. Auch wenn ihr die Art der Bestrafung weiterhin unmenschlich erschien.

»Wieso trägt er dann heute wieder das Gewehr?«

»Er hat mich so lange bekniet, bis ich nachgegeben habe. Kilemi ist ein erstklassiger Fährtenleser, er kennt sich aus mit Tieren und war bis dahin ein guter Mann. Wahrscheinlich sind ihm einfach die Nerven durchgegangen. Jetzt bekommt er eine zweite Chance.«

Max beschleunigte seinen Schritt, er wollte wieder an die Spitze. Gedankenverloren marschierte Elisabeth vor sich hin. Sie war froh, dass Max in ihrer Gegenwart noch niemanden mit Schlägen bestraft hatte. Das würde sie bestimmt nicht mit ansehen können. Und keinesfalls dulden.

Nach einer Stunde monotonen Marschierens begegneten sie einer anderen Karawane. In Ketten gefesselt schleppte sich eine lange Reihe fast nackter Eingeborener durch den Busch, darunter auch einige Frauen. Die Menschen trugen Eisenketten um den Hals und schwere Eisen an den Füßen. Sie waren aneinander gefesselt und starrten ausdruckslos vor sich hin. Voraus ging ein schwarzer Askari mit einem Gewehr, hinten lief ein zweiter mit einer Pistole im Gürtel.

»Was haben die denn verbrochen?«, fragte Elisabeth.

»Keine Ahnung. Diebstahl, Aufsässigkeit. Umsonst hat

man sie sicher nicht eingefangen.« Max sprach in einem Tonfall, als wäre ihm das völlig gleichgültig. Als wenn es sich bei diesen Menschen um Tiere handeln würde, dachte Elisabeth.
»Und wo gehen die jetzt hin?«
»Nach Kilosa, wie wir. Nur nicht ins Hotel, sondern in den Kerker.«
Schnell zog die Karawane an den Unglücklichen vorbei. Die schwarzen Träger vermieden es, den Sträflingen in die Augen zu schauen. Wahrscheinlich wussten sie, was diesen Menschen bevorstand.

Am späten Nachmittag erreichten sie den Kisingatta-Fluss. Er war viel breiter als an der Stelle mit den Krokodilen, die Elisabeth noch allzu gut in Erinnerung hatte. Sie konnte sich nicht vorstellen, noch einmal ans andere Ufer zu waten, denn das Wasser hatte hier eine viel kräftigere Strömung. Max beruhigte sie, es würde ein Boot geben, das mit einem Seil an beiden Seiten des Ufers verankert war. Man musste also nur einsteigen und sich daran entlang über das Wasser ziehen.
Das Wörtchen »nur« erwies sich als Untertreibung. Schon mit fünf Leuten war der kleine Nachen überfüllt und schaukelte bedenklich. Auf das Kommando von Max packten die Männer das Seil über ihrem Kopf. Mit einem gewaltigem Hauruck manövrierten sie das kippelige Gefährt hinaus auf den Fluss. Argwöhnisch beobachtete Elisabeth die Fluten. Würden sie kentern, konnten sich die Männer am Seil festhalten, sie aber würde eine sichere Beute für alles sein, das in der dunklen Strömung lauerte.

Stück für Stück hangelten sich die Träger voran. Die Männer hielten sich zwar am Seil fest, mussten aber zugleich mit ihren Füßen das Boot auf Kurs halten, was keine leichte Aufgabe war.

»Halt.«

Max zeigte auf einen Punkt im Wasser, doch Elisabeth war zu sehr damit beschäftigt, sich auf den Beinen zu halten. Die Körper der Männer hingen bereits schräg am Seil, die Strömung drohte das Boot mitzureißen. Nur Max war die Ruhe selbst.

»Schau, dort vorn.«

Wieder zeigte seine freie Hand auf eine Stelle mitten im Fluss. Zuerst konnte Elisabeth nichts erkennen, dann sah sie, was er meinte: Dicht über der Oberfläche des Wassers glänzten zwei Augen, dahinter ragten zwei winzige Ohren hervor. Zuerst standen sie unbeweglich in der Strömung, rotierten dann aber plötzlich wie Kreisel. Elisabeth erkannte, diese Augen gehörten zu einer größeren Fleischmasse, die im Wasser verborgen sein musste.

»Hippos.«

Max grinste über beide Ohren, als hätte er das geheimnisvolle Tier persönlich im Fluss abgestellt. Doch Elisabeth stand der Sinn nicht nach Beobachtungen, das Boot schlingerte gefährlich in den Fluten, sie hatte Mühe, aufrecht zu stehen. Max wollte ihr das Fernglas reichen, doch in diesem Augenblick drohte der Nachen zu kippen. Elisabeth ließ das Glas fallen und musste sich am Gürtel von Max festhalten, um nicht über Bord zu gehen. Sofort hatte dieser wieder beide Hände am Seil. »Weiter.«

Seinem Kommando folgend, zerrte die kleine Truppe das Boot die restliche Strecke über den Fluss. Kaum hatten sie das andere Ufer erreicht, hob Elisabeth das Fernglas auf und sprang an Land. Sobald sie wieder festen Boden unter sich spürte, kam ihre Neugierde zurück. Hippos? Das waren doch diese merkwürdigen Flusspferde, die keine Pferde waren.

Während Max die Überfahrt der zweiten Gruppe beaufsichtigte, wanderte sie am Ufer entlang. Nach ein paar Schritten setzte sie sich auf einen von der Strömung angeschwemmten Baumstamm und suchte mit dem Fernglas die Wasseroberfläche ab. Schnell entdeckte sie noch weitere der geheimnisvollen Tiere, doch wieder sah sie nur das, was aus dem Wasser ragte, und das beschränkte sich auf Augen und Ohren. Eines der Hippos kam langsam näher. Elisabeth überlegte, wie lang der Kopf sein musste, wenn die Bugwelle, die das lebende Gefährt vor sich herschob, so weit vor den Augen begann. Das dazugehörige Maul musste dann in der Tat gewaltig sein. Und dieses Maul schwamm direkt auf sie zu.

Bevor ihr Gehirn realisierte, was das bedeutete, erreichte sie der Schrei von Max. »Vorsicht!«

Im gleichen Augenblick bebte der Fluss. Eine gigantische Masse Fleisch brach durch die Wasseroberfläche, zugleich erfüllte ein vorsintflutliches Gurgeln die Luft. Dann klappte ein riesiges Maul auf, so weit, dass es einen Menschen mühelos in zwei Teile hätte zerlegen können.

Elisabeth wollte hochspringen, doch ihre Beine waren wie gelähmt. Entsetzt blickte sie auf den offenen Schlund, starrte auf die mächtigen Eckzähne, den rosaroten Gaumen, die kleinen Augen, die bösartig funkelten. Immer noch durchbrach der unförmige Koloss das Wasser mit enormer Geschwindigkeit. Doch der Augenblick, in dem sie das alles wahrnahm, dauerte nur den Bruchteil einer Sekunde. Dann reagierte ihr Körper. Sie sprang hoch, rutschte aus, stieß einen Schrei aus, fing sich aber wieder. Atemlos stolperte sie die Böschung hoch, wo sie kräftige Arme packten und zur Seite rissen. Gerade noch rechtzeitig, der Koloss hinter ihr lief ins Leere. Oben im Gras blieb das Nilpferd schnaubend stehen und blickte sich um. Die winzigen Ohren kreiselten und versprühten Wassertropfen, der Schwanz wedelte unruhig. Der massige Körper, der eben noch ein stampfendes Kraftpaket gewesen war, stand nun ganz friedlich da. Dann senkte sich der gewaltige Kopf, und das Tier begann zu äsen.

»Hippopotamus, das afrikanische Nilpferd«, flüsterte ihr Max ins Ohr.

Elisabeth konnte vor Schreck kaum atmen. »Mein Gott, es kam so plötzlich.«

»Weil du es provoziert hast. Es sind harmlose Tiere, solange man ihnen nicht zu nahe kommt.«

»Ich habe doch gar nichts gemacht.«

»Das reicht manchmal schon. Denk daran, was ich dir gerade eben von Fluchtwegen und Sicherheitsabstand erklärt habe. Wenn die Tiere nervös sind oder wenn sie Junge haben, werden sie unberechenbar. Deshalb Vorsicht am Flussufer, nie zu nahe hingehen.«

»Das weiß ich jetzt auch.«

Gemeinsam gingen sie zurück zu den Trägern, die sich wieder zu einer Karawane formierten. »Mit Hippos gibt es viele Unfälle«, erklärte ihr Max. »Die meisten in Booten. Die Tiere tauchen unter den Einbäumen der Schwarzen auf, heben sie hoch und werfen sie um. Manchmal beißen sie ein Boot auch mittendurch.«

»Warum hast du mir das nicht gesagt, bevor wir in das winzige Teil gestiegen sind?«

»Hätte dir dann die Überfahrt noch Spaß gemacht?«

Elisabeth hasste es, wie ein Kind behandelt zu werden. Sie war einem Nashorn gegenübergestanden und jetzt fast von einem Nilpferd gefressen worden, das reichte für einen Tag.

Am Himmel stand die Sonne inzwischen schon tief. Die Karawane musste sich beeilen. Elisabeth wollte den Rhythmus der Träger nicht stören und stieg deshalb ohne Proteste auf die Bahre. Für heute hatte sie genug, sie musste sich nichts mehr beweisen. Nach ein paar Schritten stimmten die Träger ihre Lieder an, deren dumpfer, monotoner Gesang gut zu den mächtigen Regenwolken passte, die immer noch am Himmel standen.

Kurz darauf brach der Gesang ab, ein neuer Wolkenbruch ergoss sich über das Land. Doch diesmal gab es keinen Baum, der Schutz hätte bieten können, und warten konnten sie auch nicht mehr. Schweigend hasteten die Männer durch die Dunkelheit, auch Elisabeth musste wieder laufen. Gemeinsam stolperten sie über glitschige Steine, quälten sich durch Dornen, die sie nicht sahen, schimpften über die nassen Äste, die ihnen das Gesicht verkratzen. Die Lichter der ersten Häuser waren noch weit entfernt.

KAPITEL 13

Über den sanften Wellen des Indischen Ozeans leuchteten die ersten Sonnenstrahlen. Der mächtige Wachturm, der weit über die anderen Gebäude von Tanga hinausragte, warf einen langen Schatten auf den Innenhof der Kaserne. Dort formierte sich eine Gruppe schwarzer Askaris. Die Männer waren vor kurzem rekrutiert worden, ihre Gewehre hielten sie noch wie Stöcke. Ihnen gegenüber stand ein deutscher Feldwebel, eine stämmige Gestalt mit einem kantigen Gesicht, das bereits am frühen Morgen vor Hitze rot angelaufen war. Der Mann hatte eine Peitsche in der Hand.

»Marschieren – im Gleichschritt los!«

Die Schwarzen gingen vor, von Gleichschritt konnte nicht die Rede sein. Der Feldwebel verdrehte die Augen, er hatte gelernt, geduldig zu sein, doch diese Fähigkeit hatte Grenzen.

»Halt – Achtung! Laden – Ziel anvisieren.«

Die Männer blieben stehen und schoben eine Kugel in den Lauf ihrer Gewehre. Dann legten sie umständlich an. Ihr Ziel waren Scheiben am anderen Ende des Hofs. »Feuer!«

Die Gewehre stießen mächtige Rauchwolken aus, ein Teil der Kugeln traf.

»Zielen habe ich gesagt, ihr Idioten.«

Die Schwarzen blickten zu Boden.

»Zurück auf Anfang, und jetzt – anrobben.«

Am mittleren Fenster des Hauptgebäudes tauchte ein Gesicht mit einem gepflegten Schnurrbart auf. Nachdenklich beobachtete Oberst Lettow-Vorbeck die Männer im Hof,

die sich jetzt in den Dreck warfen und sich mühsam vorwärtsbewegten. Nachdem sie etwa zehn Meter zurückgelegt hatten, brüllte der Feldwebel sein Kommando.
»Zielen – Feuern.«
Dreißig Gewehre legten an, dann donnerten in unregelmäßiger Folge die Schüsse. Erst nachdem sich die Rauchwolken verzogen hatten, konnten die Schützen die Einschüsse an den Zielscheiben erkennen. Die Trefferquote lag diesmal etwas höher.
»Wir brauchen neue Gewehre«, sagte der Oberst. Hinter ihm standen zwei Offiziere, daneben Adjutant Holstein.
»Es sind die alten Einundsiebziger«, entgegnete der Angesprochene. »Sie haben sich im Buschkrieg bewährt.«
Lettow-Vorbeck schüttelte den Kopf.
»Schwarzpulver macht zu viel Rauch. Man weiß immer gleich, wo der Schütze steht. Verrät im Gefecht die Deckung.«
Der ältere Offizier, der die Bemühungen der schwarzen Rekruten skeptisch verfolgt hatte, warf dem Oberst einen erstaunten Blick zu. »Sie wollen Gefechtsausbildung bei der Truppe? Glauben Sie, dass es Krieg geben wird?«
Der Oberst beobachtete das Geschehen im Hof, als hätte er die Frage nicht gehört. Die Askaris liefen wieder zurück und gingen erneut in Stellung.
»Angriff – Deckung – Feuer.«
Diesmal rannten sie einige Schritte, warfen sich in den Sand und schossen vom Boden aus. Das sah nicht besonders geordnet aus, aber man spürte den guten Willen.
»Krieg? Ich weiß nicht. Aber wenn ja, werden wir jeden Mann brauchen«, antwortete der Oberst schließlich, ohne die Offiziere anzusehen.

Im Hof lief der Feldwebel zu einem Schützen, der beide Male nicht getroffen hatte, und versetzte ihm einen Tritt in die Nieren. »Wenn du Trottel weiterhin unsere Munition verschwendest, lass ich dir das vom Sold abziehen.«
Der Oberst runzelte die Stirn. Der gescholtene Askari schob seine Mütze zurecht und nickte. Ein weiterer grober Tritt folgte.
»Wie heißt das?«
Der Schwarze zitterte vor Angst. »Zu Befehl, Herr Feldwebel.« Dieser wischte sich den Schweiß von der Stirn und nahm einen großen Schluck aus der Wasserflasche. »Zurück auf Anfang.«
Lettow-Vorbeck drehte sich um. »Wie heißt dieser Mann?«
»Feldwebel Polz, Herr Oberst.«
Dieser öffnete das Fenster und beugte sich hinaus in den Hof, wo weiterhin in schneller Folge die Kommandos gebrüllt wurden. »Laufen – Deckung – Feuer.«
Diesmal sah der Ablauf etwas besser aus, doch der Feldwebel lief wütend durch die Reihen und verpasste einem der Männer eine Ohrfeige.
»Deckung habe ich gesagt. Nimm gefälligst deinen blöden Schädel runter.«
Ein anderer, der beim Laden seine Kugel in den Sand fallen ließ, bekam einen Hieb mit der Peitsche.
»Bist du zu blöd, dein Gewehr zu laden? Dann geh doch zurück zu deinen Kühen.«
Der Oberst schloss das Fenster und winkte Holstein zu sich. »Richten Sie diesem Polz aus, dass die Sklaverei abgeschafft ist. Das scheint sich noch nicht überall herumgesprochen zu haben.«
»Mit Vergnügen.« Holstein salutierte und verschwand.

Der Oberst blickte auf die beiden Offiziere. »Wie viele Männer könnten wir mobilisieren?«

»Sie meinen deutsche Soldaten?«

Der Oberst nickte.

»Für die Schutztruppe etwa 1500.«

»Und wie viele Askaris, mit Grundausbildung?«

»Vielleicht vier- oder fünftausend.«

»Zusammen mit der Polizeitruppe also etwa das Doppelte.«

Schweigend schritt Lettow-Vorbeck durch den Raum. »Wissen Sie, über welche Truppenstärke die Engländer verfügen?« Die Offiziere schauten sich ratlos an.

»Nein, Herr Oberst«, antwortete der Jüngere.

»Sie haben etwa zehnmal so viel. Dazu Hilfstruppen aus Indien und Kapstadt.«

Der Oberst schaute auf die Karte, die an der Wand hing. »Sie können uns von allen Seiten angreifen. Wir nicht.«

Niemand antwortete. Lettow-Vorbeck drehte sich um und betrachtete die beiden Männer nachdenklich. »Um auf Ihre Frage zu antworten: Krieg ist immer möglich.«

Er machte eine Pause, dann wurde seine Stimme schneidend. »Unsere Aufgabe ist es, bereit zu sein, verstanden?«

»Aber was sollen wir denn tun, bei einer solchen Übermacht?«

»Ich werde tun, was jeder tut, der ein Kommando hat: Versuchen, den Feind zu besiegen.«

»Unter diesen Umständen, darf ich fragen, wie – Herr Oberst?«

Lettow-Vorbeck klemmte sein Monokel ins rechte Auge und musterte sein Gegenüber. »Sie werden gerade von einem Moskito gestochen, Major Kruse.«

Der Offizier schlug sich auf die Stirn, doch der Moskito war schneller. Der Oberst steckte sein Monokel wieder ein und lächelte kurz. »Das muss unsere Taktik sein. Wir machen es wie die Moskitos.«
Der Major fühlte, wie sich ein Kloß in seiner Kehle bildete. »Mit Verlaub, ich verstehe nicht, Herr Oberst.«
»Die Mücke war schon weg, als Sie zugeschlagen haben.«
»Ja, und?«
Lettow-Vorbeck ging zurück zu der Karte an der Wand. Die Grenze zu Kenia war mit einer roten Linie eingezeichnet. »Überraschend angreifen und wieder verschwinden. Mückenstiche, die den Gegner zermürben.«
Vom Hof tönte die brüllende Stimme des Feldwebels, die plötzlich verstummte.

Eine Stunde nachdem die kleine Karawane Kilosa wieder verlassen hatte, klarte der Himmel auf. Max und Elisabeth marschierten in deutlichem Abstand voneinander. Der Aufenthalt in der Bezirkshauptstadt war in jeder Hinsicht ein Reinfall gewesen. Es hatte fast die ganze Zeit geregnet, und Elisabeth, die bereits wieder das Herannahen des Fiebers in sich spürte, lag zwei Tage mit Schnupfen im Bett. Das war kein Vergnügen, denn der Gasthof, in dem sie übernachten mussten, war laut und hatte enge Zimmer. Das Hotel, das sie sich ausgesucht hatten, war ausgebucht gewesen.
Elisabeth kämpfte sich mühsam voran, sie war immer noch angeschlagen. Wenn sie nur wüsste, was in der schweren Kiste war, die Max im letzten Moment mitgebracht hatte. Einen ganzen Tag hatten sie nicht miteinander gespro-

chen, denn Max' Verhalten am zweiten Abend war so unmöglich gewesen, dass sie sich gefragt hatte, mit wem sie da eigentlich verheiratet war. Wenn in dieser Kiste also eine Überraschung sein sollte, um sie zu versöhnen, dann musste es schon etwas ganz Besonderes sein.

Auch für Max war der Ausflug alles andere als positiv verlaufen. Mit dem Besuch bei Franz Stocker in der Boma fing es an. Eigentlich wollte er Elisabeth mitnehmen, nur zu gern hätte er den Beamten seine Frau präsentiert. Doch sie hatte sich geweigert, bei dem Unwetter die schlammige Straße hochzulaufen, nur um eine Behörde aufzusuchen. Das konnte er ihr nicht verdenken. Was an diesem Tag aber dann abends noch vorgefallen war, hätte er am liebsten komplett verdrängt. Es war ihm immer noch so peinlich, dass er weit vorausmarschierte, um Elisabeths Blicken nicht ausgesetzt zu sein. Zwar sagte sie kein Wort und stolperte stur vor sich hin, doch gerade das zeigte ihm, wie aufgebracht sie immer noch war.

Kaum waren sie zwei Stunden unterwegs, war Elisabeth schweißgebadet, die Sonne stach erbarmungslos. An die schnellen Temperaturwechsel in diesem Land konnte sie sich nicht gewöhnen. Die letzten Tage hatte sie vor allem gefroren. Der Stadtbummel, auf den sie sich so gefreut hatte, war buchstäblich ins Wasser gefallen. Der ständige Tropenregen hatte die Straßen in einen schlammigen Morast verwandelt, und erst am letzten Tag konnte sie das Zimmer für ein paar Stunden verlassen, weil es ein wenig aufklarte. Max machte die Besorgungen notgedrungen allein. Sie verbrachte ihre Zeit vor allem damit, einen langen Brief nach Hause zu schreiben, den sie dann gleich zur

Post bringen wollte. In ihm war vor allem von heimtückischen Krokodilen die Rede, von aggressiven Löwen, lauernden Nashörnern und wild gewordenen Nilpferden, aber auch von stoischen Arbeitern, einer radikalen Schlangenbisstherapie und abenteuerlichen Kochversuchen. Von ihren Gefühlen sprach sie nicht, wohl aber erwähnte sie, dass sie jetzt richtig verheiratet war und alles seine Ordnung hatte.

Es wäre ihr nie eingefallen, Kritisches zu berichten, war sie doch von zu Hause aufgebrochen, um ein freies Leben unter einem weitem Himmel zu führen. Die Stolpersteine auf dem Weg dorthin waren allein ihre Sache. Sie vergaß nicht, die gewaltige Ausdehnung der Plantage zu erwähnen und die erwarteten Erträge, ein bisschen neidisch sollten die Geschwister schon sein.

Irgendwie war alles schiefgelaufen, dachte sich Max. Es begann schon mit dem Hotel. Das einzige anständige Haus im Ort war ausgebucht. Irgendein Fotograf hatte drei Zimmer belegt. Die freundliche Schwarze an der Rezeption hatte die Augen verdreht, als sie ihm von den zahllosen Kisten und Schachteln erzählte, die dieser Verrückte mit sich führte. Ein Fotograf! Was mochte den in die Wildnis verschlagen haben, noch dazu in diese abgelegene Gegend? Max scheuchte einen Moskito von seiner Stirn. Es hatte sich eben alles gegen ihn verschworen. Der erste Spaziergang mit Elisabeth führte in das Café »Edelweiß«, und dort war gerade die Schlagsahne aus. Die Geschäfte, die sie suchte, gab es nicht, und bald begann sie wieder zu husten. An diesem Abend kam es dann zu dem unglücklichen Vorfall, an den er sich im Grunde kaum erinnern konnte.

Elisabeth blieb stehen, das Pistolenhalfter an ihrem Gürtel drückte auf die Hüfte. Max hatte darauf bestanden, auch für sie einen Browning zu kaufen. Sie musste ihm versprechen, nie ohne Waffe aus dem Haus zu gehen, sollte er aus irgendeinem Grund einmal nicht da sein. Auf dem Schießstand hinter der Polizeistation musste sie dann so lange üben, bis sie die Waffe einigermaßen bedienen konnte. Sie traf zwar nicht, aber Max erklärte ihr, dass man mit Pistolen nur auf kurze Entfernung schoss, und das konnte sie auch zu Hause noch üben.

Erschöpft setzte sie sich auf den Boden, um einen Stein aus dem Schuh zu schütteln.

»Alles in Ordnung?« Max war immer noch zwanzig Meter voraus.

»Klar.«

Elisabeth drehte sich um, Kilosa lag bereits weit zurück. Eine richtige Stadt war das ohnehin nicht. Schöne Geschäfte, wie sie erwartet hatte, gab es keine. Alles drehte sich um Landwirtschaft, Bauvorhaben oder das Transportwesen. Man konnte problemlos eine Egge oder eine hydraulische Pumpe kaufen, aber einen Faden für die Nähmaschine zu finden war ein schwieriges Unterfangen. Für Frauen gab es ohnehin fast nichts. Ein paar grobe Kleider, Gummistiefel oder Pullover in Einheitsgröße. Schon bald stellte sie fest, dass es auch kaum weiße Frauen gab. Die meisten Siedler lebten allein, und auch die Verwaltungsbeamten waren fast alle Junggesellen. Offensichtlich wollten junge Frauen nicht nach Kilosa, und nach zwei Tagen war Elisabeth auch klar, warum.

Bisher waren sie gut vorangekommen, die Träger waren noch nicht müde und legten ein strammes Tempo vor.

Wahrscheinlich wollten sie bald wieder bei ihren Familien sein.
Max beobachtete aus den Augenwinkeln ihre Gesichter. Jetzt saßen sie zusammen und redeten miteinander, doch wenn sie mit ihrer Last durch den Busch marschierten, schienen sich die Blicke der Eingeborenen im Nichts zu verlieren. Was mochte da in ihren Köpfen vorgehen? Solche Fragen hatte er sich bisher noch nie gestellt, doch das Gespräch mit Elisabeth am Bahnsteig hatte ihn mit ganz neuen Gedanken konfrontiert.

Auch wenn sie zuerst nicht mitkommen wollte, der Besuch der Sisalfabrik hatte sie dann doch beeindruckt. Max stellte sie dem Besitzer vor, einem Alfons Kreitmeier aus Rosenheim. Der kleine, rundliche Mann, dessen Augen eine gute Portion Schlitzohrigkeit verrieten, war stolz, der jungen Frau alles erklären zu können. Elisabeth hatte sich bei der Besichtigung dann auch immer ganz vorne hingestellt, denn sie hatte keine Ahnung, wie man eine Pflanze, die aussah wie ein Kaktus, zu einem Seil verarbeitete. Das Rohmaterial wanderte auf einem Laufband an ihr vorbei und landete unter einer Walze, welche die Agave zerquetschte.
In der Halle, wo die Maschine stand, herrschte fürchterlicher Lärm. Elisabeth überlegte, was sich die Eingeborenen wohl dachten, während sie in der Fabrik schufteten. Hatten sie eine Ahnung, wofür der weiße Mann so viel Sisal brauchte? Fragten sie sich, was mit den gewaltigen Bergen gestapelter Ware geschah? Immer wenn sie die Leute anschaute, lachten sie entweder freundlich, oder sie wichen ihrem Blick aus und sahen zu Boden. Was veranlasste sie, hier zu arbeiten? Die Eingeborenen, die ihr ganzes Leben

unter freiem Himmel zubrachten, würden nicht in dieser düsteren Halle stehen, wenn es nicht notwendig wäre. Die meisten hatten irgendwo kleine Felder und konnten mit wenig Geld auskommen, so viel hatte sie inzwischen schon mitbekommen. Dennoch wurde die Arbeit in der Fabrik ausschließlich von Schwarzen erledigt, nur die beiden Aufseher waren Deutsche aus Unterfranken.
Sie gingen hinaus in Freie. Dort hatte man, auf einer Fläche halb so groß wie ein Fußballfeld, mehrere Reihen von Pfosten aufgestellt, zwischen denen Drähte gespannt waren. Auf diesen wurden die Sisalfasern zum Trocknen aufgehängt. Die Büschel sahen aus wie nasse Perücken, dachte Elisabeth, als sie mit Max die Reihen abschritt.
Anschließend gingen sie in die zweite Halle. Dort standen die hydraulischen Pressen, die das getrocknete Sisal zu größeren Ballen zusammendrückten, die anschließend in Sackleinen verpackt wurden und dann zum Transport bereitstanden.
Elisabeth ließ ihren Blick über das Lager schweifen. »SISAL, Kilosa, Tanganjika« stand auf den zum Versand gestapelten Ballen. Das sah gut aus. Instinktiv fasste sie Max bei der Hand. Eines Tages würde auch ihre Ernte hier lagern. Doch sie würde dann eine andere Aufschrift wählen, der Käufer sollte wissen, von welcher Plantage seine Ware kam. *Leitner, Bezirk Kilosa.*
Das klang nicht schlecht, besser noch: *Max und Elisabeth Leitner, Kimamba.* Darüber musste sie mit Max noch sprechen.
Sie gingen wieder zurück zum Eingang.
»Na, hat's Ihnen gefallen bei uns?«, fragte Alfons Kreitmeier sie beim Abschied.

»Ja, natürlich«, erwiderte Elisabeth. »Bald wird ja auch unsere Ernte bei Ihnen verarbeitet werden.«
Wie die enormen Mengen an Sisal, die Max produzieren wollte, bis hierher gelangen würden, das konnte sie sich allerdings beim besten Willen nicht vorstellen. Doch das erwähnte sie natürlich nicht.
»Es würde mich freuen«, sagte Kreitmeier. »In diesem Land steckt noch eine Menge Potenzial.« Er reichte seinen Besuchern zwei Glas kühles Bier, das ein Diener auf einem Tablett servierte. »Ich hoffe, dass ihr mir bald eine Menge Arbeit machen werdet.«
»Das hoffen wir auch«, sagte Max, und darauf stießen sie an.
»Kommen Sie mal wieder vorbei. Frauen sind hier eine Seltenheit, und so schöne ganz besonders«, rief ihr Kreitmeier beim Gehen noch nach. Das tat ihr gut und Max erst recht.

Auf dem Weg von der Sisalfabrik zum Hotel mussten sie an der Bahnlinie warten, weil ein Güterzug vorbeikam. Sie nutzte die Gelegenheit, um mit Max über die Gedanken zu sprechen, die ihr während des Besuchs durch den Kopf gegangen waren.
»Sie arbeiten, weil sie Geld brauchen«, erklärte er ihr. »Alles, was wir ihnen verkaufen, hat seinen Preis. Und sie wollen es ja auch unbedingt haben.«
Elisabeth betrachtete die vorbeifahrenden Waggons, die Waren aus dem fernen Deutschland bis in die hintersten Winkel des Landes brachten. In einem Land ohne Straßen war die Bahn die Lebensader der Wirtschaft.
»Außerdem gibt es jetzt die Hüttensteuer«, fügte Max hin-

zu. »Alle Familien müssen vier Reichsmark pro Monat an die Regierung bezahlen. Das soll die Leute dazu anhalten, mehr zu arbeiten. Der Gouverneur will sie dazu bringen, am wirtschaftlichen Kreislauf teilzunehmen.«

Eine gute Idee, dachte sie, doch irgendetwas störte sie daran. »Leider gibt's auch damit Probleme«, räumte Max ein. Das wunderte Elisabeth nicht. »Weigern sie sich zu bezahlen?«

»So könnte man es auch nennen. Oft lassen die Männer ihre Frauen im Stich, und alles bleibt an diesen hängen. Das Geld wird von den Behörden dennoch eingetrieben.«

In den Dörfern der Eingeborenen hing tatsächlich alles an den Frauen. Elisabeth hatte sich von Anfang an gewundert, wie selbstverständlich Afrikanerinnen die härtesten Arbeiten ausführten. Während ihre Männer auf der Plantage arbeiteten, gruben sie die Felder um, ernteten die Feldfrüchte, mahlten Hirse, backten Brot, kümmerten sich um das Essen, versorgten die Kinder, flochten Körbe und nähten sich auch noch diese schönen bunten Kleider.

Schließlich fuhr der letzte Waggon vorbei. Der Zug schob sich hinaus in die Savanne, vorbei an den Telegrafenstangen, die dem Gleis nach Westen bis zum Ufer des Ozeans folgten. Ohne die Bahn gäbe es keine Sisalfabrik. Max fand daran nichts Besonderes, er hatte am Morgen in der Zeitung von einem viel spektakuläreren Projekt gelesen.

»Die wollen ein ganzes Schiff bis zum Tanganjika-See transportieren«, hatte er ihr aufgeregt erklärt. »1200 Kilometer durch die Wildnis, bis nach Kigoma.«

In diesem Moment kam eine Rikscha vorbei, sie zog einen Mann im weißen Tropenanzug durch den Morast. Der Fahrer war bis zur Brust mit Dreck beschmiert, der Anzug des Passagiers indes makellos. Max grüßte verhalten, der Mann auf der Rikscha hob lässig den rechten Zeigefinger an den Rand des Tropenhelms. Die kleine Geste war Elisabeth nicht entgangen.

»Wer war das?«

»Bezirkssekretär Stocker.«

»Ist der Mann wichtig?«

»Er glaubt es zumindest.«

Elisabeth sah dem Karren nach, seine Räder drückten tiefe Furchen in den Schlamm.

»Wie war das mit dem Schiff?«, fragte sie, sobald sie weitergingen.

»Ganz einfach und doch genial. Den Dampfer selbst hat man in Niedersachsen gebaut, Als er fertig war, hat man ihn wieder in seine Einzelteile zerlegt und diese auf einen Frachter verladen, der jetzt alles nach Afrika transportiert. Das Schiff reist sozusagen per Schiff. Zurzeit ist es noch unterwegs, verpackt in 5000 Holzkisten! Das muss man sich mal vorstellen!«

Nun war Elisabeth tatsächlich beeindruckt. »Und wie soll es dann weitergehen?«

»In Daressalam werden sie die Ladung löschen und die Kisten auf die Bahn verladen. Anschließend müssen sie das Schiff noch ein paar Wochen durch den Busch tragen.«

»Ach, du meine Güte, wieso denn das?«

»Die Bahnlinie ist noch nicht ganz fertig.«

Elisabeth schüttelte den Kopf, wer konnte sich so etwas ausdenken? Schon jetzt taten ihr die Schwarzen leid, die das alles schleppen mussten. Max hingegen war von dem Plan begeistert. »Am Ufer des Sees wird der Dampfer dann wieder zusammengebaut. Eine Glanzleistung deutscher

Ingenieurskunst. Da werden die Engländer staunen! Und die Belgier im Kongo erst recht. ›Goetzen‹ soll das Schiff heißen. Es wird das erste und einzige auf dem See sein und es wird unter deutscher Flagge fahren.«
Das verkündete er so stolz, als hätte er den kühnen Plan selbst entworfen.
»Und wir machen einen Ausflug und fahren mit«, ergänzte Elisabeth. Max lachte, das war keine schlechte Idee. Sie würden schnell erfahren, ob alles wie geplant geklappt hatte und wann der Dampfer tatsächlich in Betrieb gehen würde.

Die Karawane im Busch wartete immer noch. Elisabeth nutzte die kurze Rast, um ihre wunden Füße zu massieren. Einer der beiden Schuhe fiel um, doch das bemerkte sie nicht. Max stand am anderen Ende der Lichtung und blickte in die Ferne. Bis jetzt hatten sie an diesem Tag noch keine zwei Sätze gewechselt.
Dass Max unbedingt zum monatlichen Stammtisch der Schutztruppe gehen wollte, wenn er schon mal in Kilosa war, hatte sie ihm ja nicht übelgenommen. Doch als er nach Mitternacht furchtbar betrunken ins Hotel zurückgewankt war, hatte er sich im Zimmer so unflätig benommen, dass ihr nichts anderes übriggeblieben war, als auf dem Boden zu schlafen. Wahrscheinlich hatte sich die Männerrunde den ganzen Abend mit dreckigen Witzen vergnügt. Was sie seinen Bemerkungen entnehmen konnte, ließ darauf schließen, dass sich die Truppe regelmäßig mit Negerhuren vergnügte. Jedenfalls war das, was Max in dieser Nacht im Bett mit ihr anstellen wollte, so obszön gewesen, dass sie glaubte, eine andere Person vor sich zu haben. Als

es ihm dann auch noch übel wurde, konnte sie ihn gerade noch rechtzeitig in den Gang hinausschieben, sonst hätte er das Zimmer vollgekotzt.

Die Träger lagen im Gras, Max saß auf einer Kiste und rauchte eine Zigarette. Das Unangenehme war, dass er sich nicht erinnerte, was in dieser Nacht wirklich geschehen war. Natürlich hatten sie eine Menge getrunken. Man hatte es sich nicht nehmen lassen, ihn zur Kasse zu bitten, da er nun das Privileg genoss, verheiratet zu sein.
Als dann auch noch dieser Stocker aufgetaucht war und großspurig verkündet hatte, dass ab sofort die Regierung für die Munition bei den Schießübungen aufkommen würde, gab es kein Halten mehr. Bier und Schnaps und wieder Bier – ein endloser Kreislauf, zumal sich Stocker ausgerechnet neben ihn gesetzt hatte.
Max konnte es sich mit dem Bezirkssekretär nicht verderben, denn als einziger Siedler hatte er keinen richtigen Jagdschein, sondern nur eine befristete Sondergenehmigung, die man jederzeit widerrufen konnte. Jedenfalls hatte er Stocker bei Laune halten müssen, und so kam eines zum anderen. Am Ende konnte er noch von Glück reden, dass er die grölende Horde davon abhalten konnte, unverzüglich ins Hotel zu marschieren, um die neue Ehefrau zu inspizieren. Von dem, was später geschehen war, hatte er nur eine sehr verschwommene Vorstellung, und es wäre ihm lieber gewesen, sich an überhaupt nichts zu erinnern. Noch nie hatte er sich übergeben müssen. Irgendjemand muss ihm später das schmutzige Hemd ausgezogen und ihn zurück ins Zimmer gebracht haben. War das Elisabeth gewesen? Bis jetzt hatte er nicht gewagt, sie danach zu fragen.

»Was macht ihr eigentlich bei der Schutztruppe, wenn ihr übt?« Max horchte auf, zum ersten Mal an diesem Tag hatte sie das Wort an ihn gerichtet. »Schießübungen, logistische Planspiele, alles Mögliche.«
»Und wozu dient das?«
»Wenn irgendwo Unruhen sind, wählen wir einen Anführer und gehen selbständig vor. Die Verbindung zur Hauptstadt dauert zu lange.«
Schießwütige Pflanzer unter sich. Ohne Militär, ohne Polizei. Elisabeth dachte an die Fotos, die sie im Wirtshaus gesehen hatte. Unter den Mitgliedern der regionalen Schutztruppe waren ziemlich verwegene Gestalten, neben denen Max eine eher biedere Erscheinung war.
»Wir sollten weitergehen.«
Elisabeth griff nach ihren Schuhen. Sie wollte gerade in den rechten Stiefel schlüpfen, da sprang Max blitzschnell hoch.
»Vorsicht.« Er riss er ihr den Schuh aus der Hand und schüttelte ihn aus. Ein größeres Insekt fiel heraus, es hatte zwei Greifzangen und einen gepanzerten Rücken, der sich bedrohlich wölbte. Elisabeth stieß einen spitzen Schrei aus. Max zeigte auf den Stachel am Ende des Panzers, hütete sich aber, ihm zu nahe zu kommen. »Mit diesem Dorn stechen sie zu. Das tut mörderisch weh.« Sein Stiefel zertrat das Tier.
»Was war das?«
»Ein Skorpion«, sagte er und reichte ihr den Schuh.
»Danke.«
Elisabeth lächelte, zum ersten Mal seit zwei Tagen.

KAPITEL 14

Bei Sonnenuntergang erreichten sie die Pflanzung. Hassim saß auf der Bank und erwartete sie. Zwar war sein Fuß noch bandagiert, doch es schien ihm deutlich besser zu gehen, denn er humpelte der Karawane freudig entgegen. Elisabeth winkte ihm zu, sie hatte ihm als Geschenk ein Messer mitgebracht. Als der Junge das Päckchen öffnete, hatte sie den Eindruck, dass er rot wurde.

»Damit du beim nächsten Mal die Schlange verstümmelst, anstatt dich selbst«, sagte Max und klopfte ihm auf die Schulter. Gebannt betrachtete Hassim die funkelnde Klinge mit dem eleganten Horngriff.

»Danke, Memsahib.«

Er verbeugte sich tief, drehte sich auf der Stelle um und lief davon. Wahrscheinlich war der Junge nicht gewöhnt, Geschenke zu bekommen. Die Idee, ihm etwas mitzubringen, hatte Elisabeth von Anfang an gehabt, denn nun konnte sie Minnie auch endlich die Spieluhr schenken.

Als Elisabeth kurz darauf in der Badewanne lag und sich ihre geschundenen Glieder endlich entspannen konnten, glaubte sie für einen Augenblick zu träumen. Vertraute Klänge drangen an ihr Ohr, eine Musik, die sich verirrt haben musste. Die Nacht spielte einen Walzer. Die beschwingte Melodie schwebte durch die Luft, verfing sich in der Krone des Jacaranda-Baums, tanzte mit seinen Blättern, verzauberte die blauen Blüten und glitt hoch in den Nachthimmel, wo ihr auch die Turmwolken kein Hindernis waren. Elisabeth ließ ihren Kopf nach hinten sinken.

Das war es also, das geheimnisvolle Paket: ein Grammophon. Was für eine wunderbare Idee.
Als die Musik zu Ende ging, war ein paar Sekunden noch das Kratzen der Nadel zu hören, dann wurde es still. Im nächsten Augenblick hob das Konzert der Ochsenfrösche an. Es war gewaltiger als je zuvor, als wollten die Tiere den fremden Klängen mit Nachdruck ihre eigene Komposition entgegenhalten. Doch nicht lange blieb das Froschkonzert ungestört, dann setzte das Grammophon wieder ein. Marschmusik dröhnte durch den Busch. Verwundert stellte Elisabeth fest, wie unterschiedlich die beiden Stücke die Stimmung beeinflussten. Der Walzer verwob sich elegant mit den Konturen der Nacht, der Militärmarsch hingegen schien gegen die friedliche Stimmung anzurennen, als wollte er sie zertrampeln und die Ochsenfrösche gleich mit.

Als sie aus dem Bad kam, saß Max auf der Veranda, neben ihm stand das Grammophon, der silberne Trichter glänzte im Schein der Petroleumlampe. Inzwischen spielte er wieder den Walzer.
»Es gab nur die beiden Platten, das nächste Mal bekommen wir andere«, sagte er entschuldigend. Elisabeth setzte sich neben ihn.
»Danke, das ist wirklich eine tolle Überraschung.«
Nicht nur für sie. Erst jetzt bemerkte sie, dass die Schwarzen ihre Hütten verlassen hatten und staunend näher kamen. Als auch diese Musik zu Ende ging, starrten die Leute weiterhin auf die schwarze Scheibe, die kratzend weiterlief. Max nahm die Schallplatte vom Teller und hielt sie hoch. Er murmelte ein paar Sätze auf Suaheli und hob

am Ende feierlich die Hand. Die Männer tuschelten betroffen.
»Was hast du ihnen gesagt?«, wollte Elisabeth wissen.
»Dass ein großer Zauberer die Geister der Musiker auf diese Platte verbannt hat und sie immer spielen müssen, wenn ich das will.«
Seine Hand drehte die Kurbel an der Vorderseite des Geräts. Noch einmal setzte die Nadel auf, wieder tönte der Defiliermarsch aus dem Trichter. Die Schwarzen richteten sich auf und standen unwillkürlich stramm. Max lehnte sich zurück und amüsierte sich über die Wirkung, die die Musik auf die Eingeborenen hatte. Ihre Blicke wanderten staunend durch die Luft, als würden sie die Klänge über den nächtlichen Himmel marschieren sehen.
»Du hast aber noch was anderes gesagt«, flüsterte Elisabeth.
»Stimmt. Ich konnte nicht widerstehen«, gab Max zu.
»Und, was war es?«
»Ich habe ihnen erklärt, dass der große Zauberer auch ihre Geister auf dieser Scheibe einsperren könnte. Dann müssten sie immer arbeiten, wenn ich es will. Meine Hand müsste nur an der Kurbel drehen.«
Elisabeth schüttelte empört den Kopf. »Schämst du dich nicht?«
»Das war doch noch nicht alles«, entgegnete Max vergnügt. »Ich habe dann feierlich versprochen, das nie zu tun. Solange sie fleißig ihre Arbeit verrichten.«
Schlau ist er schon, dachte Elisabeth und lehnte sich an ihn. »Leg doch den Walzer noch mal auf.«
»Mit Vergnügen. Leider kann ich nicht tanzen«, antwortete er und wechselte die Schallplatte. Eine Weile saßen sie

da und lauschten der Musik. Die Scheibe war an vielen Stellen verkratzt, doch das störte sie nicht. Über das kleine Wunder, das sich in dieser Nacht hier abgespielt hatte, würde man in den Hütten der Eingeborenen noch lange sprechen.

Am nächsten Morgen trug Elisabeth die Ausgaben für die Einkäufe in das Wirtschaftsbuch ein. Der wunderbare Stoff, den sie am letzten Tag doch noch gefunden hatte, war am teuersten gewesen. Das Grammophon hatte Max gebraucht erstanden, es kam aus der Versteigerung des Hab und Guts eines Pflanzers, der aufgeben musste. Das hatte sie zuerst beunruhigt, doch da sie nicht abergläubisch war, hatte sie diese Gedanken schnell wieder vergessen. Nachdem sie ein paar Seiten zurückgerechnet hatte, stellte sie fest, dass sie mit einer genauen Planung einige Kosten reduzieren könnten, nicht viel, aber auf die Dauer würde sich das bemerkbar machen. Als sie die letzten Posten noch einmal genauer durchging, stürmte Max ins Zimmer. Elisabeth war so in ihre Zahlen vertieft, dass sie nicht merkte, wie wütend er war.
»Ich glaube, wir könnten manches einsparen«, sagte sie, ohne sich umzudrehen.
»Was die dann wieder stehlen.«
Am Tonfall seiner Stimme erkannte sie, dass etwas passiert war. Sie drehte sich um, doch Max lief bereits die Treppe hoch. Kurz darauf kam er mit dem Kiboko zurück. Elisabeth sprang auf. »Was hast du vor?«
»Kümmere dich nicht darum.«
Er lief hinaus, ohne sie zu beachten. Elisabeth stand auf und ging ans Fenster.

Vor dem Lagerschuppen war ein Holzbock aufgebaut. Auf diesem lag einer der Arbeiter. Ein Mann hielt seine Beine fest, ein anderer den Kopf. Um den Bock stand eine Gruppe Eingeborener. Salem kauerte neben dem Gefangenen und sprach leise mit ihm. Als Max mit der Peitsche auftauchte, öffnete sich der Kreis. Salem richtete sich auf. »Er sagt, er war's nicht.«

»Aber du hast ihn beim Lager gesehen?«

Salem nickte.

»Pech für ihn. Hätte er die Wahrheit gesagt, hätte er nur bis zehn zählen müssen.«

Max hob die Peitsche und ließ sie mit voller Kraft auf den Rücken des Gefangenen knallen. Der Mann stieß einen heiseren Schrei aus.

»Eins.«

Die Stimme von Salem war laut und fest, doch er mied den Blick seines Herren. Wieder holte Max aus und schlug kräftig zu.

»Zwei.«

Nun wanderte der Arm mit der Peitsche hoch in den Himmel, die Schwarzen hielten die Luft an. In diesen Schlag schien der Bwana alle Kraft legen zu wollen. Doch plötzlich hielt ihn etwas fest. Er wirbelte herum und blickte in das Gesicht von Elisabeth. Mit beiden Händen klammerte sie sich an den Arm, der den Kiboko schwang. »Bist du verrückt geworden? Was ist hier los?«

Ihre Stimme überschlug sich vor Aufregung.

Max stieß sie weg.

»Er ist ein Dieb. Dafür gibt es fünfzehn Schläge. Das wusste er.«

»Das ist doch barbarisch.«

»Nein, das ist eine Regel. Auf allen Pflanzungen. Wir brauchen Ordnung. Und die brauchen sie auch.«

Elisabeth stemmte die Hände in die Hüften, ihre Augen blitzten. »Hör sofort auf damit.«

Max warf die Peitsche auf den Boden und packte Elisabeth mit beiden Händen an den Schultern. »Kein Wort mehr.«

Mit eisernem Griff führte er sie an den Umherstehenden vorbei in den Schatten der Bäume. Die Schwarzen begannen zu tuscheln. Sobald sie allein waren, riss Elisabeth sich los.

»Lass mich«, zischte sie. »Brutale Gewalt, was soll die denn regeln?«

Max zitterte vor Wut, doch er bemühte sich, leise zu sprechen. »Sie erwarten von mir, dass ich die Disziplin aufrechterhalte. Auch zu deinem Schutz.«

Elisabeth lachte spöttisch. »Ich komme schon zurecht, auch ohne Schläge.«

»Ach ja? Vergiss nicht: Du bist eine weiße Frau, allein unter hundert Schwarzen. Ohne Disziplin geht das nicht.«

Er schüttelte sie mit beiden Händen, als wollte er sie in die Realität zurückholen. »Das ist Afrika. Misch dich nicht in Sachen ein, die du nicht verstehst.«

Empört stieß sie ihn zurück. »Ich verstehe sehr wohl, was es heißt, einen Menschen zu demütigen.«

»Genau das hast du eben gemacht. Und zwar mit mir«, entgegnete er eisig. »Ich warne dich, mach das nicht noch einmal.«

Blass vor Wut starrte ihn Elisabeth an, sie spürte, dass jede Sekunde etwas geschehen konnte, das nicht mehr rückgängig zu machen war. Max erwiderte ihren Blick, kühl und unnachgiebig. Sie warf den Kopf zurück, ballte die Fäuste und atmete tief ein. Dann lief sie zurück ins Haus.

Max blieb einen Moment stehen und sah ihr nach. Sein Puls raste, noch nie hatte er solche Aggressionen gegenüber einer Frau verspürt. Er wusste, dieser Vorfall würde sich in der ganzen Gegend herumsprechen. Das war nicht gut, er musste seine Autorität wahren, jedenfalls das, was davon übrig geblieben war.
Mit energischen Schritten ging er zurück zu dem Verurteilten. Ein Spalier von Blicken erwartete ihn, keiner sprach. Als er vor dem Gefesselten stand, drang ein leises Stöhnen aus dessen Brust. Max hob die Peitsche, in dem Schlag steckte er seine ganze Wut. Der Mann am Boden brüllte vor Schmerz. »Drei.« Salems Stimme war ruhig und fest.

Elisabeth saß am Küchentisch, sie hatte Tränen in den Augen. Noch nie hatte sie sich so hilflos gefühlt wie heute. Nicht einmal auf dem Schiff, als sie nicht an Land gehen durfte. Das war eine Verordnung gewesen, etwas Abstraktes, doch hier war sie einem Menschen gegenübergestanden. Und dieser Mensch war stur und kalt wie ein Stein. Dieser Mensch war ihr Mann.
Wieder hörte sie den Knall der Peitsche, dann den fürchterlichen Schrei. Verzweifelt ließ sie den Kopf sinken und vergrub das Gesicht in ihren Händen, ihr Körper wurde von einem tiefen Schluchzen geschüttelt.

Als Max zurückkam, um den Kiboko in die Kammer zu bringen, stand Elisabeth regungslos am Fenster. Er goss sich ein Glas Wasser ein und trank es in einem Zug leer.
»Glaubst du, mir macht das Spaß?«
Elisabeth antwortete nicht, sie drehte sich auch nicht um. Aufgewühlt lief Max hin und her. Der Klang seiner Stiefel

war das einzige Geräusch im Raum. Schließlich blieb er in der Mitte des Zimmers stehen.

»Auch in der Wildnis gibt es Regeln. Ich habe sie nicht erfunden. Und du solltest endlich aufwachen und dir klar werden, wo du bist.«

Da Elisabeth immer noch nicht reagierte, verließ er kopfschüttelnd den Raum.

Die Lehmhütte des Geschlagenen war eine der letzten im Dorf. Salem ging voraus, er zeigte ihr den Weg. Sie folgte ihm, es gefiel ihr, seinen würdevollen Gang zu beobachten. Geschmeidig federte der kräftige Körper bei jedem seiner Schritte, die Muskeln am nackten Oberkörper glänzten im Morgenlicht. Elisabeth wunderte sich, dass ihr das auffiel, gerade jetzt. Nach einer Weile zeigte Salem auf einen Eingang, vor dem zwei Kinder spielten.

»Wie heißt er?«

»Watangi.«

Elisabeth zögerte einen Moment, dann ging sie hinein. Watangi lag auf einer Pritsche, mit dem Gesicht Richtung Boden. Rücken und Gesäß waren mit breiten Striemen übersät. Die Haut war an vielen Stellen aufgeplatzt, aus den offenen Wunden rann Blut. Die Frau des Verletzten stand neben dem Bett und begann laut zu klagen, als Elisabeth den Raum betrat. Mit großen Augen beobachteten die drei Kinder die weiße Frau, die sich neben dem Vater auf den Boden kniete. Elisabeth nahm ein sauberes Tuch aus ihrer Medizintasche, beträufelte es mit Jod und begann, die Wunden zu säubern. Nach ein paar Minuten fiel ein Schatten auf den Patienten. Salem hatte sich in den Eingang der Hütte gestellt.

»Was hat er denn gestohlen?«, fragte Elisabeth leise.
»Saatgut.«
»Wie viel?«
»Fünf Kilo.«
»Und wie viel haben wir?«
»Etwa 200 Kilo.«
Elisabeth schüttelte den Kopf, sie konnte es nicht fassen, dass man wegen fünf Kilo Getreide einen Menschen so zurichten konnte. Salem schob mit den Füßen einen kleinen Stein zur Seite. »Er sagt, er war es nicht«, murmelte er leise. Elisabeth drehte sich um. »Wer war es dann?«
Salem zuckte mit den Achseln. Gegen den hellen Hintergrund des Himmels war sein schwarzes Gesicht nur eine dunkle Fläche, unergründlich wie ein See in der Nacht.
Am Nachmittag spazierte Elisabeth durch den Obstgarten, es wuchsen Mangos und Papayas, dazwischen auch ein paar Bananenstauden. Sie wollte ihn vergrößern und Bäume pflanzen, die sie an zu Hause erinnerten. Hassim humpelte geschickt hinter ihr her, ihn weiterhin als Kranken zu behandeln hätte ihn empört. Das neue Messer trug er vorne am Gürtel, für jeden deutlich sichtbar.
Nach einer Stunde hatte sie die Parzellen für die Obstbäume genau markiert, so dass der Junge die Vorarbeiten in Auftrag geben konnte. Die Sonne stand inzwischen schon tief, und auf dem Weg neben dem Sisalacker tauchten die ersten Schwarzen auf, die von den Feldern zurückkamen. In einer langen Reihe trotteten sie vor sich hin, ihre Schaufeln oder Hacken trugen sie auf den Schultern, manche schleiften das Werkzeug am Boden hinter sich her. Max und Salem gingen abseits, sie waren in ein Gespräch vertieft.

Als sie Elisabeth sahen, winkte ihr Salem freundlich zu. Max kam näher. »Und? Alles Ordnung?«
Sie antwortete nicht, ihre Augen musterten die Schwarzen, die an ihr vorbeizogen. Wieder einmal fiel ihr auf, wie verschieden ihre Körper und Gesichter waren. Viele Gesichter waren grob und knochig, mit wulstigen Lippen, hervorstehenden Backenknochen und breiten Nasen, andere wiederum hatten glatte Züge, so fein, als hätten diese Menschen noch nie körperliche Arbeit verrichtet. Wahrscheinlich fiel ihr das nur auf, weil ihr die Menschen so fremd waren.
In Deutschland hätte eine Reihe halbnackter weißer Männer sicher ein ähnlich heterogenes Bild ergeben. Die Schwarzen sahen Elisabeth freundlich an, einige winkten scheu.
»Sie mögen dich«, flüsterte Max, der sie beobachtete.
»Und dich fürchten sie«, entgegnete sie kühl.
»Unsinn. Komm jetzt.«
Er wollte ihr die Hand auf die Schulter legen, doch Elisabeth schüttelte sie ab.
»Sie sollen mich nicht lieben, sie sollen mich respektieren«, sagte er gereizt, denn er hatte es satt, sich vor dieser Frau immer wieder rechtfertigen zu müssen.
»Gilt das auch für mich?«
»Wenn du es so willst.«
Kaum hatte er die Worte ausgesprochen, bedauerte er sie schon wieder. Warum musste sie ihn auch ständig provozieren?
Immer noch wanderten die Eingeborenen an ihnen vorbei. Max ließ seinen Blick über die erschöpften Gestalten schweifen. Viele kannte er kaum, manche arbeiteten nur

ein paar Tage, dann verschwanden sie wieder. Leute zu rekrutieren war in dieser Gegend kein Problem. Es gab genügend Eingeborene, die Arbeit suchten, und hatte man einen gefragt, sprach sich das immer in Windeseile herum. Schon am nächsten Morgen standen dann die Männer vor der Schamba Schlange.

»Du denkst, sie sind wie Kinder«, sagte er zu Elisabeth, die sich freute, dass ihr so viele zuwinkten. »Deshalb blickst du wie eine Samariterin auf sie hinab. Doch sie sind keine Kinder. Sie wollen Respekt, kein Mitleid.«

»Ich glaube nicht, dass man deshalb Leute schlagen muss, bis sie halb tot sind.«

»Ihre eigenen Häuptlinge waren auch nicht zimperlich. Doch davon willst du nichts wissen.«

Elisabeth wandte sich ab und ging zurück zum Haus. Max lief ihr nach und wollte sie bei der Hand nehmen. Sie riss sich los und sah ihn herausfordernd an.

»Ja, ich weiß vieles nicht. Aber eins weiß ich: Wir müssen versuchen, die Dinge anders zu machen. Besser.«

Max staunte über ihre Naivität, auch wenn er ihr Engagement insgeheim bewunderte.

»Und woher willst du wissen, was für diese Menschen gut oder schlecht ist?«

Elisabeth ging weiter, das wusste sie tatsächlich nicht. Doch sie war davon überzeugt, einen Menschen zu misshandeln war die schlechteste aller Möglichkeiten. Inzwischen war sie beim letzten Mangobaum angelangt. Max versperrte ihr den Weg, er wollte eine Antwort. »Also, ich höre.«

Noch einmal blickte sie den Schwarzen nach, die zurück zu ihren Hütten gingen. Die Welt der Eingeborenen war so anders, dass sie sich in der Tat nicht einbilden konnte, sie zu verstehen. »Vielleicht weiß ich nicht immer, was richtig ist«, sagte sie schließlich, »aber was falsch ist, weiß ich genau. Das fühlt man nämlich, dazu braucht man kein Wissen.«

Sie drehte sich um und ging weiter.

»Beweg dich nicht!«

Seine Hand packte sie an der Schulter und hielt sie fest. Der brutale Griff schmerzte. Sie fuhr herum und sah gerade noch, wie Max den Browning aus dem Halfter riss und zwei Kugeln ins Gras vor ihre Füße feuerte. Dann zückte er sein Messer, bückte sich und spießte damit etwas auf. Es war eine dünne Schlange.

»Eine schwarze Mamba. Du stirbst in Sekunden.«

Bleich vor Schreck starrte Elisabeth auf das tote Tier. Es sah nicht besonders gefährlich aus, keineswegs so furchterregend wie damals die Riesenschlange im Bad. Ein schriller Schrei ließ sie hochfahren. Vor dem Haus war Minnie aufgetaucht, sie hatte die Szene beobachtet. In heller Aufregung lief sie über den Hof und überschüttete Max mit einem Wortschwall auf Suaheli.

»Unsinn. Mach gefälligst nicht so ein Theater«, herrschte er das Mädchen an, dann warf er die tote Schlange in hohem Bogen in die Büsche.

»Was hat sie denn?«, wollte Elisabeth wissen.

»Sie erzählt irgendwas von einem Fluch der alten Götter. Es soll Unglück bringen, eine Mamba bei Vollmond zu töten.« Verwirrt blickte Elisabeth in die weit aufgerissenen Augen der Köchin, die schon wieder schrill auf Max einredete. Dann löste sie sich aus ihrer Erstarrung und ging weiter. Sie hörte noch, wie Max hinter ihr kurz brüllte und Minnie verstummte.

Auf der Veranda blieb sie stehen und atmete tief durch, ihr Puls raste noch immer. Doch dann nahm sie ein anderes Geräusch wahr. Es war der Schlag einer Trommel, der aus weiter Ferne zu kommen schien. Elisabeth hob den Kopf und lauschte.

»Sind das schon die Götter, die uns drohen?«, fragte sie Max leise, der die Treppe zur Veranda hochkam. Dieser hörte den Trommelschlägen einen Augenblick zu, dann verzog er das Gesicht. »Was droht, ist ein Besuch. Heute Abend.«

Kurz vor Sonnenuntergang passierte eine kleine Karawane den frisch gesetzten Grenzstein im Norden der Plantage. Voraus ging ein korpulenter weißer Mann in einer groben Cordhose und einem grünen Leinenhemd. Über dem rechten Auge trug er eine schwarze Klappe. Ihm folgten fünf schwarze Träger. Der Weiße schien am Ende seiner Kräfte zu sein, denn er blieb immer wieder stehen und fuhr mit einem Tuch über das runde, von der Hitze gerötete Gesicht.

Auf der Schamba war die kurze Dämmerung der afrikanischen Nacht gewichen. Im Haus brannten mehr Kerzen als sonst, es sah feierlich aus. Die Nachricht, endlich Besuch zu bekommen, hatte Elisabeth in freudige Erregung versetzt. Das würde nicht nur eine willkommene Abwechslung sein, sondern auch das gespannte Verhältnis zu Max auflockern. Deshalb hatte sie sich Mühe gegeben, den Gast so herzlich wie möglich zu empfangen, und das war ihr auch gelungen. Max und Fritz saßen vor einem opulenten

Abendessen, bei dem alle Töpfe im Einsatz waren, welche die Küche zu bieten hatte. Über der Kommode hing das Löwenfell, das Max noch schnell aufgehängt hatte. Von den beiden Flaschen Weißwein, die der Gast mitgebracht hatte, war die erste bereits ausgetrunken.

Elisabeth hob ihr Glas. »Darauf, dass Sie endlich gekommen sind. Wir haben uns schon lange auf Ihren Besuch gefreut.«

Fritz prostete ihr zu. »Was könnte näherliegen, als einer schönen Frau meine Aufwartung zu machen? Dummerweise hat mir das Sumpffieber einen Strich durch die Rechnung gemacht.«

Sie tranken aus, Max öffnete die zweite Flasche.

»Und jetzt geht's wieder?«, fragte Elisabeth.

»Es muss gehen. Und bei euch?«

Einen kurzen Moment herrschte Schweigen, denn von den Angesprochenen wusste keiner, wer antworten sollte.

»Wir haben letzte Woche über hundert Hektar gepflanzt«, erzählte Max schließlich. »Aber dann kommen die Vögel und reißen die Setzlinge wieder raus. Manchmal sind es auch die Affen, die wüten immer fürchterlich.«

»Ist bei mir das Gleiche.« Fritz lachte, obwohl das alles andere als komisch war. »Und wisst ihr, was ich getan habe? Ich habe eines der Biester gefangen und ihm das Fell geschoren.« Er machte eine Pause, um die Spannung zu steigern. »Und dann hab' ich ihn angemalt, auf einer Seite blau, auf der anderen rot.« Als seine Gastgeber ihn verblüfft ansahen, musste er vor Lachen husten und konnte für einen Moment nicht weitersprechen. »Und dann?«, fragte Elisabeth, die sich nicht erklären konnte, wozu so etwas gut sein konnte. Fritz musste noch einmal tief Luft

holen, bevor er weitersprechen konnte. »Dann habe ich ihn wieder laufen lassen. Wisst ihr, was dann los war?« Beide schüttelten ratlos den Kopf.
»Das Biest ist natürlich sofort zurück zu seiner Herde gerast. Doch die Meute hat ihn nicht mehr als Affen erkannt.«
Wieder prustete der Gast vor Vergnügen. »Wenn ihr das gesehen hättet! Sie sind alle kreischend vor ihm geflohen, total erschrocken, und er immer hinterher.«
Nun mussten auch Max und Elisabeth lachen. So etwas musste einem erst einmal einfallen.
»Von da an war Ruhe auf den Feldern.«
Fritz hatte sich wieder gefangen. Einen Moment war es still, doch dann brachen alle drei noch einmal in Gelächter aus. Nacktgeschorene Affen bunt anzumalen, schon diese Aktion musste schrecklich komisch gewesen sein. Und dann erst die entsetzte Herde, die vor dem schrillen Monster die Flucht ergriff. Elisabeth konnte sich nicht erinnern, wann sie das letzte Mal so gelacht hatte. Max schenkte nach, die Stimmung war jetzt blendend. Fritz kaute eine Weile an seiner Wildschweinkeule, bevor er wieder sprach.
»Übrigens habe ich das letzte Mal Hassim gebeten, für mich ein Säckchen des neuen Saatguts beiseite zu legen, ich hoffe, das geht in Ordnung.«
Max lief es eiskalt den Rücken hinunter, Elisabeths Blick traf ihn wie ein Messerstich. *Also hatte er doch einen Unschuldigen bestraft.*
»Klar«, murmelte er schließlich und lächelte gequält, denn er wollte auf keinen Fall den Gast mit dieser Geschichte belasten. »Kannst du nachher gleich mitnehmen.«

Fritz hatte von alldem nichts bemerkt.
»Schmeckt prima«, lobte er sie mit vollem Mund.
»Danke«, sagte Elisabeth, die Max keines Blickes mehr würdigte.
»Und, haben Sie sich schon richtig eingelebt?«, fragte Fritz und sah sie vergnügt an. Froh, das Thema wechseln zu können, zeigte Max auf das Fell an der Wand. »Sie hat sogar schon einen Löwen geschossen.«
»Nicht freiwillig«, unterbrach ihn Elisabeth.
Fritz klatschte in die Hände. »Großartig, ich gratuliere.«
Sie legte die Gabel beiseite, ihr Lächeln verschwand.
»Sie haben mich etwas gefragt, und da Sie sozusagen schuld daran sind, dass ich hier bin, haben Sie eine ehrliche Antwort verdient.« Max und Fritz wechselten einen schnellen Blick.
»In Ihren Briefen haben Sie nicht die Wahrheit geschrieben«, fuhr sie fort, »aber die Lüge, wenn man es so nennen will, war gut verpackt.«
Fritz seufzte, Max verzog das Gesicht. »Sag bloß, dass dir das Land nicht gefällt.«
Elisabeth ignorierte seinen Einwand, sie sprach jetzt nur mit Fritz. »Ich war naiv, das ist nicht Ihre Schuld. Jetzt muss ich lernen, das ist nicht immer einfach.«
Nun hörte auch Fritz auf zu essen. Für einen Augenblick herrschte betretenes Schweigen.
»Ihr tun die Neger leid«, brummte Max und zuckte die Achseln. »Sie sieht nicht, was wir aus dem Land gemacht haben.«
»Sie müssen Geduld haben«, sagte Fritz und klopfte ihr freundschaftlich auf die Schulter. »Warten Sie ab, bis wir die Kolonie besser entwickelt haben. Wir bemühen uns,

wir sind nicht so arrogant wie die Briten, glauben Sie mir. Wir lernen ihre Sprache, wir bauen Häfen, Straßen und Schulen.«

Elisabeth musterte ihn kühl. »Für schwarze Kinder?«

»Warum nicht?«

Fritz hob die Arme, als wollte er sich für das bisher Versäumte entschuldigen. »Der neue Gouverneur hat genau das vor, sobald Geld dafür da ist.«

Elisabeth sah Max herausfordernd an. »Und warum machen wir das nicht? Hier bei uns?«

»Eine Schule?«, murmelte er und runzelte die Stirn. »Und wer soll da unterrichten?«

»Ich.«

Die beiden Männer warfen sich einen kurzen Blick zu, dann klatschte Fritz begeistert in die Hände. »Tun Sie das. Eine wunderbare Idee.«

Max griff nach seinem Weinglas und trank es leer. Wieder drohte eine merkwürdige Stimmung aufzukommen. Fritz nahm die Gabel und schlug an sein Glas. »Liebe Freunde, ich habe eine Überraschung für euch.« Sein fülliger Körper erhob sich.

»Ich bitte einen Augenblick um Geduld.«

Nach dieser Ankündigung ging er zu seiner Tasche und begann etwas zu suchen. Elisabeth trat Max gegen das Schienbein.

»Du musst dich entschuldigen«, zischte sie, »noch heute Abend.«

Max verdrehte die Augen. »Lass das, nicht jetzt.«

In diesem Moment kam Fritz zurück, er versteckte etwas hinter seinem Rücken. »Was sagt ihr dazu?«

Mit feierlicher Geste legt er ein Buch auf den Tisch. Max

nahm den ledernen Band in die Hand und las den Titel vor:
»Frederick Selous: A Hunter's Wanderings in Africa.«
»In England sorgt das Buch schon länger für Furore. Jetzt wollen alle nach Afrika«, erklärte Fritz.
»Gott sei Dank nicht zu uns.«
Max reichte das Buch weiter an Elisabeth.
»Du kannst doch kaum Englisch«, bemerkte sie spitz.
»Das ist doch gar nicht wichtig«, warf Fritz ein. »Das ist ein Standardwerk, die Bibel der Großwildjagd.«
Elisabeth schlug ein paar Seiten auf, einige waren mit Zeichnungen versehen, die haarsträubende Jagdabenteuer illustrierten. »Ist das Ihre Überraschung?«, fragte sie verwundert. Fritz schüttelte den Kopf. »Nein, die kommt jetzt.«
Er breitete die Arme aus wie ein Prediger, der zum Höhepunkt seines Vortrags kommt. »Frederick Selous ist gerade bei mir zu Gast. Wir werden zusammen auf Safari gehen.«
Max schaute ihn ungläubig an. Fritz wartete einen Augenblick, um die Spannung zu steigern. Dann hob er den Finger und zeigte triumphierend auf seinen Gastgeber.
»Und du kommst mit.«
Es wurde still im Raum. Diese Nachricht musste Max erst verdauen. Elisabeth klappte das Buch mit einem Knall zu.
»Ich glaube, da täuschen Sie sich. Wir wissen nicht, wo uns der Kopf steht vor lauter Arbeit.«
Fritz ließ sich nicht beirren und zwinkerte Max fröhlich zu.
»Er hat dich ausdrücklich eingeladen«, sagte er und wandte sich an Elisabeth.
»Das ist doch der, der neulich im Zug war, hat er gemeint,

der mit der jungen Frau, ›A most charming lady‹. Das hat er ausdrücklich so gesagt.«
Elisabeth konnte das nicht beeindrucken. »Wahrscheinlich versteht er mehr von Tieren als von Frauen. Und hat keine Plantage, um die er sich kümmern muss.«
Max schien nicht zuzuhören. »Ich und Frederick Selous. Das gibt's doch nicht«, wiederholten seine Lippen andächtig.
»Eben doch«, widersprach Fritz begeistert. »Auf Safari – mit dem berühmtesten Jäger Afrikas.«
Andächtig betrachteten die beiden Männer das Buch, als wäre es eine Reliquie. Elisabeth sprang auf und sah ihren Mann herausfordernd an. »Ich dachte immer, die Pflanzung ist dir so wichtig?«
Max antwortete nicht, seine Hand wischte ein paar Brotkrumen vom Tisch.
»Nehmen Sie das doch nicht so ernst«, sagte Fritz beschwichtigend. »Jagd ist eine Leidenschaft. In Afrika verfällt man ihr einfach. Das geht jedem so.«
Immer noch starrte Max auf die Tischplatte.
»So eine Gelegenheit kommt nie wieder«, sagte er so leise, dass man ihn kaum verstand.
»Ja und? Willst du mich hier allein lassen? Allein – unter hundert Schwarzen?«, fragte ihn Elisabeth herausfordernd.
Fritz zeigte auf das Fell an der Wand. »Aber Sie sind doch jetzt eine große Kriegerin«
»Ich bin seine Frau. Wenigstens auf dem Papier.«
Resigniert ließ sich Elisabeth zurück in den Stuhl fallen. Dieser Abend war leider vollkommen anders verlaufen, als sie es sich vorgestellt hatte. Wie so vieles in ihrem Leben.

Der volle Mond warf einen bleichen Lichtkegel auf die Dielen des Schlafzimmers. Elisabeth lag in dem kleinen Feldbett, das sie aus Protest wieder aufgebaut hatte. Das Bett von Max war leer. Aus dem Nebenraum tönte das laute Schnarchen des Gastes, auf dem Boden stand wie immer die einsame Kerze. Wie so oft blickte sie in die leicht flackernde Flamme, doch wie so oft fand sie dort keine Antwort auf ihre Fragen. Warum lief in ihrem Leben alles schief? Sosehr sie sich auch bemühte, immer wieder warf ihr das Schicksal neue Knüppel vor die Beine. War das Dasein wirklich ein endloser Hindernislauf? Machte sie etwas falsch? War ihr Entschluss, hierherzukommen, ein Fehler gewesen, ein Fehler, den sie nie mehr korrigieren konnte?
Das Geräusch von Schritten, die sich näherten, ließ sie aufhorchen. Als Max den Raum betrat und das zweite Bett sah, runzelte er die Stirn. »Was soll das?«
Elisabeth starrte zur Decke. »Sag, dass du nicht gehst.«
Max ließ sich auf die Matratze fallen und begann seine Stiefel auszuziehen. »Wir sind mit dem Säen fast fertig, jetzt wird es ein bisschen ruhiger. Salem hat alles im Griff.«
»Mich auch?«
Die ungewollte Doppeldeutigkeit ihrer Bemerkung überraschte sie, doch Max hatte sie nicht bemerkt.
»Denk doch an die Trophäen, die dabei herausspringen. Das Geld kommt wie gerufen.«
Er ließ den zweiten Stiefel zu Boden fallen. Der Schuh warf die Kerze um, das Licht verlöschte.
»Irgendwelche Zähne sind dir anscheinend wichtiger als deine Frau«, durchschnitt ihre Stimme das Dunkel.
Max legte sich wortlos ins Bett und zog das Moskitonetz hinter sich zu.

»Und morgen früh wirst du dich entschuldigen.«
Er drehte sich zur Wand, die Matratze ächzte.
»Du wirst dich entschuldigen.«
Wie ein Dolch bohrte sich ihre Stimme in seine Ohren. Max richtete sich auf, sein Kopf war schwer vom Alkohol.
»Dir geht es doch immer nur um die Leute. Unser Land interessiert dich überhaupt nicht, ob wir was daraus machen oder nicht. Hauptsache, den Schwarzen geht's gut.«
Mit einem Satz sprang Elisabeth aus dem Bett, ihre Stimme bebte vor Empörung. »Dich scheint unser Land auch nicht zu interessieren. Sonst würdest du es nicht im Stich lassen, wegen dieses blöden Engländers. Und mich dazu.«
Max drehte sich zur Wand. Elisabeth ging wütend im Raum auf und ab. Wieder fühlte sie sich der Situation hilflos ausgeliefert, das konnte und wollte sie nicht länger ertragen. Ihr Blick fiel auf die beiden Jagdgewehre, die hinter der Tür hingen. Kalt schimmerte das Metall der Waffen im Mondlicht.
»Sag jetzt, dass du nicht gehst! Bitte.«
Max stöhnte und drehte sich noch einmal um. Die Silhouette von Elisabeth stand im Raum wie ein dunkler Engel, von dem nichts Gutes zu erwarten war.
»Schon gut. Ist ja schon recht.«
Elisabeth ging auf ihn zu, doch ihrem fordernden Blick wollte sich Max nicht aussetzen, er schloss die Augen.
»Ich dachte halt, du verstehst mich«, murmelte er seufzend und drehte sich wieder zur Wand. Elisabeth wurde kalt. Sie ging zurück in ihr Bett und kroch unter die Laken.
Nun war es still im Zimmer. Kein einziger Moskito surrte. Elisabeth lag mit offenen Augen da und starrte zur Decke. Das Spinnennetz war verschwunden.

»Warum hast du mich eigentlich geheiratet?«
Der Satz stand im Raum, bis ihn das Rauschen des Windes verscheuchte.
Als sie am nächsten Morgen aufwachte, war das Bett neben ihr leer, und hinter der Tür hing nur noch ein Gewehr.

KAPITEL 15

Zügig marschierte die Gruppe durch die Dämmerung. Am Horizont erschien bereits ein zarter roter Streifen, der den Sonnenaufgang ankündigte. Max wanderte gedankenverloren vor sich hin. Er war sich keineswegs sicher, ob seine Entscheidung, Elisabeth allein zu lassen, richtig gewesen war.

Fritz beobachtete ihn. »Mann, jetzt mach doch nicht so ein Gesicht. Das wird eine Traumsafari!« Übermütig riss er Max den Hut vom Kopf und warf ihn in die Luft.

»Schon möglich«, brummte Max, fing den Hut wieder auf und zog ihn tief in die Stirn. Fritz schüttelte den Kopf. »Sie wird prima zurechtkommen.«

»Hoffentlich.« Max sah immer noch so grimmig aus, dass Fritz lachen musste.

»Ihr beide könnt noch die nächsten fünfzig Jahre auf eurer Bank sitzen und Händchen halten. Aber diese Gelegenheit kommt nie wieder.«

Da ist was dran, dachte Max, vielleicht ist es für Elisabeth ja eine wichtige Erfahrung, eine Weile selbständig zu sein. Er blieb stehen und streckte sich. Die ersten Sonnenstrahlen brachen durch den Morgendunst.

»Ich hoffe, es wird sich lohnen«, meint er schließlich und ließ offen, wie er das gemeint hatte.

Zu diesem Zeitpunkt stand Elisabeth in der Küche und las den Zettel, der auf dem Küchentisch lag.

Mach dir keine Sorgen. Salem weiß Bescheid, er wird sich um alles kümmern. Bis bald

Neben dem Papier lag ihre Pistole. Elisabeth schüttelte den Kopf, keine Zeile darüber, wann er zurückkommen würde, kein zärtliches Wort.

Nach Sonnenaufgang besuchte sie mit Salem noch einmal das Dorf der Schwarzen. Auch diesmal blieb Elisabeth etwas zurück, um hinter ihm zu gehen. Der federnde Gang dieses perfekten Körpers faszinierte sie immer wieder. Wo würde die Überlegenheit der Weißen bleiben, wenn sie den Eingeborenen einmal ohne Gewehr gegenüberstehen würden?

Als sie die Hütte betrat, lag ihr Patient ruhig auf seiner Strohmatte, der Verband war nicht mehr blutig. Es schien ihm besserzugehen. Elisabeth stellte den Karton, den sie mitgebracht hatte, auf den Boden und holte einen frisch gebackenen Marmorkuchen heraus. Dann legte sie ein paar Geldscheine in den Kuchenkranz, stellte eine Kerze in die Mitte, und zündete sie an. Salem stand am Eingang und beobachtete sie.

»Sag ihm, dass wir uns entschuldigen.«

»Dafür kein Wort in Suaheli.«

»Dann erklär's ihm irgendwie anders. Ihr macht doch auch mal einen Fehler.«

Salem schüttelte den Kopf.

»Weißer Mann nie Fehler macht. Weißer Mann nie entschuldigen.«

»Doch, jetzt schon.« Sie strich dem Kranken mit der Hand über den Kopf und beugte sich über ihn. »Verzeihung. Ich glaube, du verstehst mich.«

Der Mann, der sich bisher nicht bewegt hatte, lächelte sie an. Elisabeth begann den Verband zu wechseln.

@@

Am Eingang zu Fritz Mosers Plantage machte die Karawane halt. »Warte einen Augenblick, ich bin gleich fertig«, sagte dieser und verschwand im Haus. Unter einer Palme saß Frederick Selous und las. Sein Cowboyhut ruhte neben seinen Füßen im Gras. Als er Max sah, legte er das Buch beiseite und erhob sich. »Nice to see you!«

Unter dem üppigen Bart war sein wettergegerbtes Gesicht kaum zu erkennen, doch die wachen Augen leuchteten vergnügt.

»Guten Tag. Auch schön, Sie zu sehen«, antwortete Max, etwas Besseres fiel ihm nicht ein. Was sagt man, wenn man einer Legende gegenübersteht? Selous setzte seinen Hut auf. Jetzt sieht er tatsächlich aus wie Lederstrumpf, dachte Max, da hatte Elisabeth recht gehabt: die langen Haare, die abgetragene Lederweste mit den eingenähten Patronentaschen, das große Messer im Gürtel, daneben der Revolver. Aber wer das ganze Jahr in der Wildnis unterwegs war, lebte wohl nach seinen eigenen Regeln.

»Ein schöner Hut«, stellte Max fest, um überhaupt etwas zu sagen.

»Geschenk vom Theodore«, antwortete der Engländer. Max war erleichtert, dass Selous ein wenig Deutsch zu sprechen schien. Den amerikanischen Präsidenten beim Vornamen zu nennen, schien für den Mann selbstverständlich zu sein. Der Jäger musterte Max mit einer Ruhe, die diesen nervös machte. Er fühlte sich wie ein Tier, dessen Trophäenwert eingeschätzt wurde.

»Great, wir werden ein gutes Team sein«, sagte der Engländer, als würde er spüren, was im Kopf des Deutschen vorging. »Wo ist – the beautiful lady?«

»Zu Hause. Einer muss ja nach dem Rechten sehen.«

Selous nickte bedächtig, er schien alles in Zeitlupe zu machen. »War sie nicht … traurig … that you leave her alone?«

Irritiert schüttelte Max den Kopf. »Nein, gar nicht. Sie hat genügend zu tun.«

Selous betrachtete versonnen den Himmel. »Congratulations, fine woman. Don't let her slip away.«

Fritz, der unbemerkt näher gekommen war, grinste. »Er gratuliert dir zu deiner tollen Frau. Und du sollst aufpassen, dass sie dir nicht abhandenkommt.«

»Danke. Ich werd's mir merken.«

Warum mischte sich der Mann in sein Privatleben ein? Das Gesicht des Engländers blieb ungerührt, als hätte er nichts gesagt. Minuten später brachen sie auf.

Die ersten Tage, die Elisabeth allein verbrachte, waren unerträglich. Das Gefühl, einsam und verlassen zu sein, das sie seit ihrer Kindheit so gut kannte, holte sie wieder ein. Am Tag stürzte sie sich in alle möglichen Arbeiten, um sich abzulenken. Doch abends, wenn sie allein vor dem Haus saß und die Lagerfeuer im Dorf beobachtete, wo sich die Menschen angeregt unterhielten, wo Frauen lachten und Kinder tobten, da fühlte sie sich so einsam, dass sie am liebsten geheult hätte.

Max tat, was er wollte, ohne Rücksicht auf ihre Gefühle. Was konnte sie seinem Egoismus entgegensetzen? Sollte sie ihm wütende Briefe schreiben, um die Stunden totzuschlagen, die sie nachts wach im Bett lag? Weil sie nicht schlafen konnte und Angst vor ihren Träumen hatte? Elisabeth fühlte sich nicht nur verlassen, sondern erniedrigt, als Mensch und als Frau.

An diesem Abend war es schlimmer als sonst. Elisabeth hatte nichts gegessen, unruhig ging sie in der Küche auf und ab, ohne zu wissen warum. Vor dem Grammophon blieb sie stehen. Seit der Rückkehr aus Kilosa hatte sie es nicht mehr angerührt. Sie streckte die Hand aus und drehte an der Kurbel. Die Schallplatte begann sich zu drehen, die ersten Walzertakte schwebten durch den Raum. Sie hob die Arme und begann, sich zur Musik zu bewegen. Die ersten Schritte waren noch zaghaft, doch schon nahmen die beschwingten Klänge sie in den Arm, ihr Körper tanzte wie von selbst. Überrascht sah sie zu, was mit ihr passierte. Sekunden später ließ sie sich fallen, wurde eins mit der Bewegung. Wie im Rausch schwebte sie durch das Zimmer, ließ sich tragen von der Musik. Ihre Füße glitten über die Dielen, als wären sie das Parkett eines Ballsaals.

Und nun geschah etwas Eigenartiges. Aus ihrem Inneren stieg eine tiefe Sehnsucht empor, ein Gefühl, das in ihrer Seele geschlummert hatte und nie ans Licht kommen konnte. Es sagte ihr, dass in ihrem Leben etwas fehlte, dessen Existenz sie immer geahnt hatte, von dem sie aber nicht wusste, was es war. Je länger sie sich diesem Sehnen hingab, desto mehr spürte sie die Traurigkeit, die darin verborgen war. Doch kaum nahm sie diese wahr, löste sie sich auf in Bewegung und Klang. Befreit und verwirrt zugleich tanzte Elisabeth durch den Raum. Als die Musik zu Ende ging und die letzten Töne im Dunkeln verklangen, blieb sie mitten in der Bewegung stehen. Um sie herum drehte sich das Zimmer weiter, erst langsam kamen die Wände zur Ruhe. Im gleichen Maß verlosch die Intensität ihrer Empfindungen. Sehnsucht, Glück und Traurigkeit lösten sich auf. Dann bemerkte sie das Gesicht am Fenster.

Hatte sie jemand heimlich beobachtet? Kaum hatte sie die Gestalt am Fenster registriert, verschwand diese wieder. Kurz darauf klopfte es an der Tür. Hastig fuhr sie sich mit der Hand durch die Haare.

»Was ist denn?«

Niemand antwortete. Erst nach eine Weile ertönte eine Stimme, die sie kannte. »Memsahib.«

Sie schob den Riegel zurück. Die Tür öffnete sich, und die Silhouette von Salem tauchte aus dem Dunkeln auf.

»Komm rein.«

Der hochgewachsene Mann machte zwei Schritte, blieb dann aber stehen. Schweigend sah er sie an. Seine ebenmäßigen Gesichtszüge strahlten eine Ruhe aus, hinter der sich die ganze wilde Kraft dieses Kontinents zu verbergen schien. Sein muskulöser Oberkörper, den er eingeölt hatte, schimmerte matt in der Dunkelheit, ein lebendiges Kraftpaket, dessen Energie nur darauf wartete, losgelassen zu werden. Elisabeth war irritiert. Wie lange hatte er schon am Fenster gestanden? Eigenartig, die Vorstellung, dass er sie beobachtet hatte, war ihr nicht unangenehm. Im Gegenteil, der Gedanke, dass dieser Mann ihr bei dem ausgelassenen Tanz zugesehen hatte, gefiel ihr sogar.

»Was ist los?«

»Kein Fleisch. Morgen jagen gehen?«

Elisabeth nickte, wenn es sein musste. Aber das hätte er ihr

auch am nächsten Tag sagen können. Was wollte er wirklich? Hatte ihn die Musik angelockt?
Immer noch stand Salem stumm da. Warum ging er nicht? Sie blickte auf eine menschliche Statue, majestätisch, unnahbar. Oder hatte er andere Gedanken? Seine Augen konnte sie im Dunkeln nicht sehen, doch sie spürte, dass diese starr auf sie gerichtet waren. Elisabeth warf einen schnellen Blick auf den Tisch. Dort lag ihre Pistole, zwei Schritte entfernt. Salem war dieser Blick nicht entgangen.
»Gute Nacht, Memsahib.«
Er machte die Andeutung einer Verbeugung und ging. Elisabeth ließ sich auf die Küchenbank fallen. Spielte ihre Phantasie verrückt? Hatte in dieser Sekunde eine Versuchung im Raum gestanden, an die sie normalerweise nicht einmal zu denken gewagt hätte?

Die Jagd am nächsten Tag verlief problemlos. Der Schwarze, der sie auf der Pirsch begleitete, hatte in Kürze eine Gruppe von Buschböcken aufgespürt. Zwar fiel es ihr nicht leicht abzudrücken, zweimal nahm sie das Gewehr wieder von der Schulter, doch als sie sich noch einmal die Notwendigkeit ihres Tuns vor Augen geführt hatte, zögerte sie nicht länger. Da ein Kopfschuss das Tier vermutlich schneller tötete als eine Kugel ins Herz, fixierte sie die Stelle neben dem Ohr und traf tatsächlich. Der Bock fiel um, ohne noch einen einzigen Schritt zu tun.
Elisabeth atmete auf. Dem angeschossenen Tier länger nachzuspüren, um ihm irgendwann den Gnadenschuss zu geben, wäre ihr zuwider gewesen. So aber war es im Nu vorbei. Ihr Begleiter weidete den Bock aus und hängte ihn

sich über die Schultern. Leichtfüßig schritt er voran, eine Stunde später waren sie zurück. Salem erwartete sie, sein Blick war unergründlich, wie immer. Elisabeth wusste nicht, ob sie sich den Vorfall vom gestrigen Abend, so es denn einer war, vielleicht nur eingebildet hatte. Jetzt, im hellen Licht des Tages, wollte sie es auch gar nicht mehr wissen.

Zur gleichen Zeit pirschten achtzig Kilometer weiter nördlich drei Männer durch den Busch. Max und Fritz trugen Mauser-Karabiner, Selous eine klassische Doppelbüchse. An diesem Morgen hatten die Männer noch kaum Wild gesichtet, aber Frederick Selous war zuversichtlich. Die beiden Deutschen vertrauten dem Instinkt des Engländers, er hatte sie noch nie enttäuscht.
Nach kurzer Zeit blieb der Spurenleser stehen und zeigte auf einen großen Haufen Kot. »Tembo.« Selous kniete nieder und steckte den Zeigefinger in den Haufen.
»Noch warm?«, fragte Fritz. Der Jäger nickte. »They are quite close – sehr nah.«
Max studierte die Spuren im Sand. »Wie viele sind es?«
Der Engländer wog zweifelnd den Kopf. »Difficult to say. Elefanten … very clever. Bei Gefahr, jedes Tier geht mit Füßen in die Spur des anderen.«
Das hatte Max noch nie gehört, doch Elefanten waren so intelligent, dass ihn ein solches Verhalten nicht überraschte.
»Was machen wir jetzt?«, fragte Fritz, der Hunger hatte und am liebsten eine Pause eingelegt hätte. Selous öffnete das Ledersäckchen, das an seinem Gürtel hing, und warf

Asche in die Luft. Der Wind trug die schwarzen Krümel nach Westen. »Looks good.«
Noch einmal steckte er seine Finger in den Kothaufen des Elefanten, dann strich er damit den überraschten Deutschen quer über das Hemd. Fritz zuckte zurück.
»Moment mal, das kann ich ein paar Tage nicht waschen.«
Max roch an seiner Brust, der Dung stank beträchtlich.
»Riechen wie Elefant, denken wie ein Elefant«, erklärte Selous. Nun präparierte er sein eigenes Hemd mit Kot und zog den Finger auch noch über Wangen und Stirn.
Jetzt sieht er aus wie ein Indianer mit Kriegsbemalung, dachte Max. Die ruhige Selbstverständlichkeit, mit der der Engländer jede seiner Handlungen ausführte, beeindruckte ihn. Selous richtete sich wieder auf und deutete in eine Richtung, die in einem spitzen Winkel an der Spur der Elefanten vorbeiführte. Die beiden Freunde hatten verstanden: Sie würden die Herde seitlich überholen, und sich gegen den Wind anpirschen.
Der Engländer ging gebückt voraus. Max folgte ihm. Fritz blieb stehen, riss ein Blatt ab und wischte sich den Kot vom Hemd. Dann kam er in größerem Abstand nach.

Am Nachmittag ritt Elisabeth mit Salem hinaus zu den Feldern. Salem saß sicher im Sattel, seine Bewegungen schienen auf ganz natürliche Weise mit denen des Maultiers zu harmonieren, obwohl er, wie er gleich gesagt hatte, noch nie geritten war.
»Du kannst ja doch reiten«, rief sie ihm zu.
»Wenn Memsahib will, ich kann«, entgegnete er, ohne sich umzudrehen. Eine merkwürdige Antwort. Und reichlich doppeldeutig. Elisabeth schloss für Sekunden die

Augen. Was um Himmels willen interpretierte sie in diese Worte hinein? Ironie und Mehrdeutigkeit gab es bei den Eingeborenen nicht. Und schon gar nicht, wenn sie Weißen gegenüberstanden. Sie musste ihre Phantasie künftig besser im Zaum halten.

Schweigend ritten sie weiter.

Als sie den Grenzstein am Fuß der Hügel erreichten, hielt Elisabeth an und zeigte auf das offene Land. »Wie geht es dort weiter? Ich meine, wem gehört diese Gegend?«

Salem schwieg. Er wirkte heute verschlossener als sonst.

»Das Land muss doch jemandem gehören.«

»Früher war alles Land von Häuptling Usua.«

»Und wem hat es Usua dann gegeben?«

»Der Bwana sagt, dem Häuptling von Berlin.«

Elisabeth musste schmunzeln, vielleicht sollte sie ihm einmal das Foto des Kaisers zeigen. »Gibt es hier oben auch Tse-Tse-Fliegen?«

»Nicht viele.«

»Glaubst du, man könnte hier Rinder züchten?«

»Wenn es der Häuptling in Berlin erlaubt.«

Elisabeth lachte. »Komm, ich will es mir ansehen.« – Sie ritten weiter.

Als die beiden über die Anhöhe kamen, bot sich ihnen ein merkwürdiger Anblick. In der Ebene standen zwei Bäume. In der Krone des einen kauerte ein Mann. Unter ihm lauerten zwei Löwen, die unruhig hin und her liefen und immer wieder versuchten, am Stamm hochzuklettern. Am Boden verstreut lagen diverse Kartons und Schachteln. Bei jeder Bewegung des Mannes neigte sich der kleine Baum bedenklich. Elisabeth holte ihr Fernglas hervor. Schon nach dem ersten Blick begann ihr Herz schneller zu schlagen. Der Mann auf dem Baum war Carl Schillings, der charmante Fotograf.

»Gib mir das Gewehr.«

Salem zögerte, er wusste nicht, was sie vorhatte. »Nun komm schon.«

Dem energischen Ton der Memsahib konnte er sich nicht widersetzen. Elisabeth griff nach dem Karabiner und lud durch. Was hatte ihr Max neulich erklärt? Tiere flohen bei Gefahr, wenn man ihnen den Fluchtweg nicht abschnitt. Das hatte sie nicht vor. Sie schoss einmal in die Luft, dann ritt sie los, direkt auf die Löwen zu. Die Raubkatzen hoben den Kopf. Als sie näher kam, feuerte Elisabeth weitere Schüsse ab und stieß dabei laute Schreie aus. Die Löwen knurrten und schlugen mit den Schwänzen auf den Boden. Dann zogen sie ab.

Atemlos kam sie zum Stehen. Schillings kletterte seelenruhig von seinem Baum und verbeugte sich. »Gratuliere, Sie sind nicht nur eine sehr hübsche, sondern auch eine sehr mutige Frau.« Elisabeth hoffte inständig, dass der junge Mann die Röte in ihrem Gesicht der Aufregung zuschrieb.

»Ich dachte nicht, dass wir uns noch einmal begegnen würden«, rief sie und sprang aus dem Sattel. Schillings ergriff ihre Hand. »Ich habe es immer gehofft. Allerdings hätte ich etwas andere Umstände vorgezogen. Weniger dramatische, wenn ich so sagen darf.«

Als seine Lippen ihren Handrücken berührten, lief ein wohliger Schauer durch ihren Körper. »Haben Sie kein Gewehr?«, fragte ihn Elisabeth verwirrt.

»Doch, es muss hier irgendwo liegen«, antwortete Schillings, als wäre ihm das völlig egal.

Nun wurde es in den Büschen lebendig. Lachend und schwatzend kamen die Träger von Schillings Karawane zum Vorschein. Sie hatten sich im Gras und in Erdmulden versteckt und sammelten die am Boden verstreuten Kisten wieder ein. Kurz darauf tauchte Salem auf, er führte sein Maultier hinter sich her. Ohne ein Wort zu sagen, ging er auf Elisabeth zu und nahm ihr das Gewehr ab. Schillings beugte sich über eine halb aufgebrochene Kiste, in der ein in Samt eingewickeltes Gerät lag.
»Hoffentlich ist ihr nichts passiert«, murmelte er und löste die restlichen Planken.
»Was tun Sie eigentlich in dieser Gegend?«, fragte Elisabeth.
»Ich arbeite.« Der Fotograf hatte jetzt für seine Retterin keinen Blick mehr. Seine Finger tasteten die Kamera ab, die in der Kiste lag, sie schien in Ordnung zu sein.
»Gott sei Dank«, murmelte er und ging zu den Trägern.

Die Methode, sich mit Kot einzureiben, um den menschlichen Geruch zu übertünchen, hatte Erfolg. An diesem Tag konnten sie sieben Elefanten erlegen. Die Geschicklichkeit, mit der sich Selous an die Herden anschlich, war erstaunlich. Doch auch ihm gelang ein Blattschuss nicht immer. Oft dauerte es eine Weile, bis das Tier unter den Kugeln seiner Verfolger zusammenbrach. Langsam begann Max, sich unwohl zu fühlen. Zwar freute er sich über die zahlreichen Trophäen und rechnete im Kopf schon mit, welche Beträge er seinem Konto in Kürze gutschreiben konnte, doch die Schnelligkeit, mit der die Elefanten auf dieser Safari getötet wurden, war ihm unheimlich.

Natürlich konnte er den Engländer verstehen. Selous war ein professioneller Jäger, er lebte von der Jagd. Doch das, was für Max den Reiz einer gelungenen Pirsch ausmachte, geriet bei dieser Methode in den Hintergrund: Der Nervenkitzel – die Überlegung, wie man sich der Herde näherte, die sorgfältige Auswahl des ältesten Bullen, der Wettstreit mit dem Tier und seinem Instinkt, das alles erledigte Selous so routiniert und selbstverständlich, dass Max kaum Zeit blieb, die Situation und die damit verbundene Spannung zu genießen.

Allerdings hatte er in den wenigen Tagen, die sie bisher unterwegs waren, eine Menge gelernt. Deshalb störte es ihn nicht, dass der Engländer immer dann, wenn sie nicht damit rechneten, stehen blieb und sich Notizen machte. Wahrscheinlich war diese Art, Tagebuch zu führen, eine Marotte von ihm.

»Da kommt man kaum mit, wie schnell das alles geht«, keuchte Fritz, als sie eine Pause machten und warteten, bis die Träger die Zähne aus den Kadavern der Elefanten herausgebrochen hatten. Max hatte sich auf einen vertrockneten Baumstamm gesetzt und füllte das Magazin seines Karabiners.

»Stimmt, geht mir genauso.« Er kannte den Freund gut genug, um zu wissen, dass dieser nicht allzu viele Skrupel hatte, denn er schien immer Geld zu benötigen. Das galt natürlich für die meisten Pflanzer, aber Fritz entwickelte manchmal eine Gier, die Max nicht verstehen konnte, so sehr er den freundlichen Kölner auch schätzte.

»Er schreibt schon wieder«, flüsterte dieser. Max drehte sich um. »Ich glaube, er notiert sich die Stellen, wo wir die Tiere geschossen haben.«

Selous richtete sich auf steckte sein Notizbuch weg.
»Let's go, there may be some more.«
Sie schulterten ihre Gewehre und folgten dem schnellen Schritt des Jägers durch das Unterholz.

Eine Gruppe von Giraffen äste unter den Akazien. Im Vordergrund stand ein Marabu. Regungslos. Das schwarze Federkleid des großes Vogels und seine aufrechte Haltung verleihen ihm etwas Majestätisches, dachte Elisabeth. Seit einer halben Stunde kniete sie neben Schillings in einem Dornengestrüpp und wartete, dass die Tiere näher kamen. Der Fotograf hatte seine Kamera im Gebüsch versteckt und sich dabei die Hände blutig gekratzt, was ihn aber nicht zu stören schien.
»Nur noch ein paar Schritte«, flüsterte ihr Schillings ins Ohr. Das sagte er jedes Mal, und dann passte es ihm doch wieder nicht. Langsam verlor Elisabeth die Geduld. Sie durfte sich nicht rühren, Mücken schwirrten um ihren Kopf, ihre Füße waren eingeschlafen, und sie hatte schrecklichen Durst.
Doch jetzt kam Bewegung in die Tiere. Der Marabu wandte den Kopf, als würde er ahnen, was hinter ihm geschah. Eine einzelne Giraffe lief ein paar Schritte vor, reckte den Hals und schaute sich misstrauisch um. Schillings drückte auf den Fernauslöser, die Kamera klickte. Endlich. Elisabeth sprang auf und streckte sich. Schillings zerrte die Kamera aus dem Gebüsch und begann, die Platte zu wechseln.
»Fotografieren Sie auch gefährliche Tiere?«, fragte Elisabeth und griff nach der Wasserflasche.

»Gefährlich ist nur der Mensch«, entgegnete Schillings.
»Vorher sah das etwas anders aus.«
»Ich war unvorsichtig. Meine Schuld.«
Schillings packte die belichtete Platte sorgfältig weg und holte eine neue hervor.
»Gehen Sie nie auf Jagdsafaris?«
»Ich töte keine Tiere, ich fotografiere sie.«
Sie zeigte auf den Karabiner, den er neben die Kamera ins Gras gelegt hatte. »Und das Gewehr?«
»Ich muss mich verteidigen können.«
»Wie heute Morgen?«
Diese Bemerkung konnte sie sich nicht verkneifen.
»Da war ich in meine Arbeit vertieft«, entgegnete Schillings ungerührt. »Außerdem brauchen wir Proviant. Doch dafür überlasse ich das Schießen gerne meinem Gewehrträger.«
Er hatte inzwischen die unbelichtete Platte eingelegt und schloss den Kamerakasten. Elisabeth wartete, bis er sich wieder ihr zuwandte. »Das Jagdfieber, diese Leidenschaft, von der hier alle sprechen, ist Ihnen das völlig fremd?«
Schillings runzelte verächtlich die Stirn. »Das sind doch archaische Instinkte, Relikte aus der Steinzeit. Jäger genießen die Macht ihrer Waffe, sie fühlen sich als Herren über Leben und Tod!« Er hob sein Gewehr und fixierte ein Ziel. »Man bewegt den kleinen Finger, ein Elefant fällt um. Ist das nicht großartig?«
Mit einem spöttischen Lachen lehnte er den Karabiner gegen eine der Fotokisten. »Es ist traurig, und außerdem ist es eine Lüge. Wissen Sie, wie oft man auf einen Elefanten schießt, bis er zu Boden geht? Meist knallt man ihm zwanzig Kugeln in den Leib. Ein Gemetzel, das Stunden dauern kann.«

»Übertreiben Sie nicht ein bisschen?«
»Fragen Sie Ihren Mann.«
Der Fotograf zündete sich eine Zigarette an, sein Blick wanderte über die Ebene. Die Giraffen verschwanden langsam in den Büschen, nur der Marabu blieb regungslos stehen.
»Sie sprechen von Jagdfieber? Das heißt doch nur, danach zu fiebern, töten zu können. Leidenschaft?« Er kam näher und sah Elisabeth in die Augen. »Ich glaube, dafür gibt es bessere Ziele.«
Verwirrt wich sie einen Schritt zurück. »Ich glaube, ich muss jetzt gehen.«
»Kein Problem. Kommen Sie.«
Schillings lud sich die Kamera auf die Schultern und marschierte zurück. Sie hatte Mühe, mit ihm Schritt zu halten. Warum lief er so schnell, hatte sie ihn gekränkt?
»Vielleicht besuchen Sie uns einmal?«, sagte sie schließlich, um das Schweigen zu brechen. Der Fotograf schüttelte den Kopf. »Ich glaube nicht.«
Elisabeth war enttäuscht und erleichtert zugleich.
»Und warum nicht?«
Schillings blieb stehen. Der Blick seiner blauen Augen war unergründlich. »Ihnen würde ich lieber in freier Wildbahn begegnen. Kommen Sie einfach wieder.«
Als sie das Lager erreichten, verbeugte er sich galant und reichte ihr die Hand.
»Bis bald.«
Elisabeth verabschiedete sich und ging zu ihrem Maultier, das Herz klopfte ihr bis zum Hals. Salem erwartete sie mit grimmigem Gesicht. Als sie aufsaßen und losreiten wollten, ertönte hinter ihr noch einmal die vertraute Stimme.

»Moment.«
Schillings war ihr nachgelaufen, er hielt ein Foto in der Hand. »Ein Geschenk. Damit Sie auch wirklich kommen.«
Bevor sie reagieren konnte, drückte er ihr das Bild in die Hand und hielt diese einen Augenblick fest. Für Sekunden spürte sie die Wärme seiner Haut. Dann machte sie sich frei und hielt sich das Foto vor die Augen. Es war das Bild, das Schillings von ihr auf dem Schiff gemacht hatte.
»Jetzt wissen Sie, wie hübsch Sie sind«, sagte er leise. Wieder die unergründlichen Augen. Und das charmante Lächeln.
»Danke.«
Elisabeth ritt los. In ihrem Kopf jagten sich die Gedanken. Nicht alle gefielen ihr.
Auf dem Rückweg sprachen sie kein Wort. Elisabeth war noch zu aufgewühlt von der unverhofften Begegnung, Salem hingegen war nicht entgangen, was für eine Wirkung der junge Mann auf seine Herrin ausgeübt hatte. Das gefiel ihm nicht, und dass das so war, gefiel ihm noch weniger.

Das Camp der Jäger lag auf einer Anhöhe zwischen zwei Bäumen. Gerade hatte sich die Dämmerung über dem Land ausgebreitet. Wie ein silbernes Band zog sich der Fluss durch die weite Ebene. An seinem Ufer weideten Nilpferde, eine Herde von Zebras durchquerte das Wasser. Max und Fritz saßen am Lagerfeuer, noch loderten die Flammen zu hoch, um den Wasserkessel aufzusetzen.
Die beiden Freunde waren todmüde, aber guter Dinge, denn es war ein aufregender Tag gewesen. Frederick Se-

lous schien die Reaktionen der Tiere voraussehen zu können. Man hatte den Eindruck, dass er sich in sie hineinversetzen konnte, so als hätte er jahrelang mit ihnen gelebt. Im Grunde war das auch so, dachte Max. Der Jäger war zu einer Zeit nach Afrika gekommen, als der Wildbestand noch überwältigend war. Damals musste dieser Kontinent wirklich ein Garten Eden gewesen sein. Doch dieses Paradies wurde schnell geplündert.

Als die ersten Jäger und Siedler von Kapstadt aus nach Norden zogen, knallten sie ab, was ihnen vor die Flinte kam. Max hatte einmal Gelegenheit gehabt, im Tagebuch von Cornwallis-Harris zu blättern, einem der ersten Jäger, der das Innere des Kontinents erforscht hatte. *Explorer* nannten die Engländer solche Leute, die auf ihren Safaris auch Flora und Fauna erkundeten. Cornwallis war ein begabter Maler und hatte hervorragende Skizzen von der Landschaft und den wilden Tieren angefertigt. Doch er war auch ein schießfreudiger Eroberer gewesen. »Fünf Nashörner pro Tag«, hatte er ungerührt in sein Tagebuch notiert. Was hatte das mit Jagd zu tun? Kein Wunder, dass es in Südafrika schon jetzt keine Elefanten mehr gab.

Max begann sein Gewehr zu reinigen. Eine verlässliche Waffe zu haben war Grundvoraussetzung bei einer Großwildjagd. Für Max hatte eine Safari nichts damit zu tun, eine möglichst große Anzahl von Trophäen zu sammeln. Ihm ging es um das Erlebnis in der freien Natur. Sich anzupirschen, durch den Dreck zu kriechen, Vögel zu beobachten, Spuren zu lesen, den Wind einzuschätzen. Und dann das Duell mit dem Tier. Wer war schlauer? Tiere konnten sehr schlau sein, das Gewehr allein machte ihn noch nicht zum Sieger. Der Nervenkitzel beim Jagen be-

stand ja darin, in die ideale Schussposition zu kommen. Da waren Geschick und Ausdauer erforderlich. Und natürlich Geduld. Max musste zugeben, die Geduld von Selous war phänomenal. Sie wurde auch meistens belohnt. Nur einmal war der alte Jäger leicht irritiert gewesen. Das war, als Fritz sich auf der Pirsch zwei Dornen in den Ellbogen gerammt und dann erschrocken geflucht hatte. Das Nashorn, hinter dem sie her waren, konnte in den Büschen verschwinden, und alle Mühe war vergeblich gewesen.
Jetzt saß der Engländer auf einem Klappstuhl vor seinem Zelt und schrieb. Fritz kochte Tee, Max träufelte Öl in den Magazinschacht des Karabiners. Im Hintergrund schleppten die Träger zwei Elefantenzähne herbei und schichteten sie auf den Stapel am Rande des Lagers, auf dem bereits zehn Stoßzähne lagen. »Jedenfalls hat sich unser Ausflug schon jetzt gelohnt«, stellte Max fest und blies Pulverreste aus dem Lauf des Gewehrs.
»Kann mal wohl sagen. Aber du wolltest ja erst nicht mit.«
Max antwortete nicht, das Thema war ihm immer noch unangenehm. Tagsüber erforderte die Jagd seine ganze Aufmerksamkeit, doch abends im Zelt holte ihn sein schlechtes Gewissen ein. Dann fragte er sich, ob Elisabeth tatsächlich so gut zurechtkam, wie er es sich in seiner Euphorie eingeredet hatte. »Glaubst du, dass sie immer noch wütend ist?«
Fritz, der den Staub aus seiner Augenklappe klopfte, überlegte eine Weile. »Bei Frauen weiß man nie, woran man ist.«
Da hat er recht, dachte Max.
Die Äste im Feuer knackten, einzelne Funken sprühten.
»Sie muss sich halt daran gewöhnen«, murmelte er.

»Woran?«
»Dass ich so bin, wie ich bin.«
»Liebst du sie?«
Das Konzert der Ochsenfrösche begann. In Max stieg ein beklemmendes Gefühl hoch. »Es ist schön mit ihr. Manchmal, oft.«
Fritz musste lachen. »Weißt du überhaupt, was Liebe ist?«
Ein Geier flog über den Himmel. Max sah ihm nach, dann stieß er den frisch geölten Repetierbolzen zurück in die Fassung.

Als Elisabeth und Salem zu Hause ankamen, wartete Besuch auf sie. Unter den Bäumen hatte eine Gruppe von Trägern ein Lager aufgeschlagen, auf der Veranda saß ein Herr mit Anzug und Krawatte. Er trank Limonade, seine Füße lagen auf dem Kaffeetisch. Hassim stand mit finsterer Mine hinter ihm. Auf der Treppe saßen zwei Schwarze in roten, hochgeschlossenen Jacken, offensichtlich die Diener des Besuchers. Elisabeth stieg ab und kam näher, der Mann blieb ungerührt sitzen. Erst, als sie die Stufen zur Veranda erreichte, hob er kurz die Hand zum Gruß, zeigte dann aber gleich auf Hassim. »Der kleine Schelm wollte mich nicht reinlassen. Sie sollten mal ein Wörtchen mit ihm reden.«
Elisabeth warf ihm einen kühlen Blick zu. »Warum sollte er Fremde ins Haus lassen?«
Der Besucher zog die Augenbrauen hoch und stellte sein Glas ab. »Fremde? Ihr Mann würde das sicher anders sehen.«

Er erhob sich und reichte ihr die Hand. »Steinbach. Kolonialbank, Daressalam.«
Elisabeth musterte ihn misstrauisch. »Was führt Sie zu uns?«
»Die Geschäfte, was sonst? Immer die leidigen Geschäfte.«
Sie ging an dem Besucher vorbei und öffnete die Tür. »Bitte.« Der Mann ging ins Haus, Elisabeth folgte ihm.
Salem hatte die beiden mit dem Gewehr in der Hand beobachtet. Nun stellte er es auf der Veranda ab und verschwand in seiner Hütte. Doch auch dort ließen ihm seine Gedanken keine Ruhe. Er wollte mit seiner Loyalität nicht zwischen den Bwana und die Memsahib geraten. Und er spürte, dass da noch etwas anderes war. Etwas, das ihm entglitt, sobald er versuchte, es zu fassen. Das beunruhigte ihn, und dieses Gefühl war für ihn neu.
Er verließ die Hütte wieder und setzte sich vor den Eingang. Von hier hatte er das Haus im Blick. Gelegentlich wurden darin die Stimmen etwas lauter, dann war es wieder längere Zeit still. Doch auch das war kein gutes Zeichen.

Die Dämmerung wich dem Dunkel der Nacht. Minnie räumte den Tisch ab. Der Gast saß im Ohrensessel, vor ihm standen eine Tasse Kaffee und ein Apfelstrudel, daneben die Flasche Weinbrand und ein halbvolles Glas. »Köstlich, Ihr Apfelstrudel, einfach köstlich.«
Elisabeth saß am Küchentisch. »Sagen Sie mir jetzt bitte, was Sie wollen?«
»Was ich von Ihnen will? Ganz einfach: Geld. Ihr Mann hat Schulden. Das wäre an sich nichts Besonderes. Wenn er sie bezahlen würde.«

»Er wird sich um diese Angelegenheit sofort kümmern, sobald er zurück ist.«
»Wie lange ist er schon weg?«
»Eine Woche.«
»Und wann kommt er wieder?«
Elisabeth zuckte mit den Achseln, Steinbach schüttelte missbilligend den Kopf. »Er lässt Sie allein und sagt Ihnen nicht mal, wann er zurückkommt? Beunruhigt Sie das nicht?«
Sie schwieg. Dass ein Fremder unbewusst seinen Finger auf die offene Wunde in ihrem Inneren legte, irritierte sie. Doch irgendetwas musste sie sagen. »Wir erwarten eine gute Ernte.«
»Das hoffe ich, das hoffe ich sogar sehr. Haben Sie Schlagsahne?«
Elisabeth schüttelte den Kopf.
»Wie schade«, sagte der Besucher.
»Sie sind doch auf uns nicht angewiesen. Den Banken geht es gut. Die Rohstoffe, die man nach Deutschland liefert, werden doch alle in Reichsmark bezahlt.«
Steinbach seufzte. »Ja, ja, die Rohstoffe. Ich will Ihnen mal was sagen: Der beste Rohstoff ist der Neger, er säuft nicht, mault nicht und kostet nichts. Wie viele haben Sie denn?«
Den letzten Satz hatte auch Hassim gehört, denn er kam gerade mit einer neuen Kanne Kaffee durch die Tür. Sein Blick durchbohrte den Besucher, dann knallte er die Kanne auf den Tisch und ging mit hocherhobenem Kopf wieder hinaus. »Arroganter Bengel, finden Sie nicht?«
Elisabeth ging auf die Bemerkung nicht ein, ihr Ton wurde eisig. »Damit wir uns richtig verstehen, sprechen Sie etwa von meinen Arbeitern?«

»Durchaus«, entgegnete Steinbach lächelnd. »Und ich hoffe, Ihre Ernte wird in der Tat ertragreich, denn sonst sind Ihre Neger in Kürze unsere Neger.«
Er erhob sich und klopfte umständlich die Krümel von seinem Anzug. »Das nächste Mal vergessen Sie bitte nicht die Schlagsahne.« Bevor Elisabeth antworten konnte, fuhr er fort: »Und jetzt zeigen Sie mir bitte, wo Sie mein Bett vorbereitet haben.«
Die Augen schließen, tief durchatmen. Mehr konnte sie nicht tun. Schade, dass man Schlangen nicht züchten konnte. Heute Nacht hätte sie eine gebrauchen können.

Im Safari-Camp hatte das Abendessen erst spät begonnen. Die Deutschen saßen mit ihren Blechtellern auf dem Boden, Selous hatte sich einen Klapptisch decken lassen. Max beobachtete ihn aus den Augenwinkeln. Der Engländer aß nicht, er speiste. Weiße Tischdecke, Porzellanteller, Weingläser aus Kristall. Sein Boy stand hinter ihm und servierte. Max staunte über den gepflegten Stil des Jägers, auch wenn er schon davon gehört hatte, wie luxuriös in Kenia die Safaris ausgestattet waren. Doch einem Mann, der sich Kot ins Gesicht schmierte, hätte er das nicht zugetraut.
Selous waren die Blicke der beiden Männer nicht entgangen. »Früher, ich habe gelebt wie die Tiere. Gegessen, was ich habe gefunden, geschlafen irgendwo in the bush.« Er hob sein Glas und betrachtete die Farbe des Weins. »I like Burgundy.«
Auf seinen Wink brachte der Boy auch Max und Fritz zwei Gläser. »Wenn man älter wird, man denkt anders. Man

liebt auch die angenehmen Dinge. Why not? Wir können sterben, jeden Tag. Cheers.«
Genüsslich schlürfend spülte er den Wein im Mund umher und ließ ihn dann langsam durch die Kehle rinnen. Auch die beiden Pflanzer kosteten den Wein, er war ausgezeichnet, so etwas hatte Max noch nie getrunken.
»Aber was Sie alles erlebt haben. Das muss doch eine tolle Zeit gewesen sein«, sagte er und konnte die Bewunderung in seiner Stimme nicht verbergen.
»It was crazy, aber ich konnte studieren.«
»Was denn?«, fragte Fritz.
»Die Tiere. Was sie tun und warum.«
Genau darum geht es, dachte Max. Die enorme Erfahrung dieses Mannes hatte er in den letzten Tagen hautnah erleben können.
Selous sah ihn nachdenklich an.
»You are a good hunter. Sie haben etwas … in the guts.«
Max strahlte, das war das schönste Kompliment, das er je bekommen hatte. »Meinen Sie Instinkt?«
»Right – Intuition. Denken, was das Tier denkt.«
Der Jäger zwinkerte ihm freundlich zu.
»Der zweite Elefant heute, das war gut, very good.«
Max blickte ein wenig verlegen zu Boden. Im nächsten Augenblick wurde Selous wieder ernst.
»Aber machen Sie das nie mit einem Büffel, never ever.«
Fritz lachte und rückte seine Augenbinde zurecht. »Dabei glotzen die so friedlich.«
Der Engländer schüttelte heftig den Kopf. »Not when they are hit. Verwundet sie sind sehr gefährlich. Buffalos are killers.«
Eine Weile aßen sie schweigend. Die freundlichen Worte

des berühmten Mannes musste Max erst verdauen. Gut gelaunt prostete er Selous zu.

»Ist es nicht großartig, so frei zu sein? Sie haben doch ein wunderbares Leben.«

Der Engländer nickte bedächtig. »Aber einsam. Sometimes.«

Das konnte Max gut verstehen. Auch er war oft einsam, sogar mit Elisabeth. Selous stand auf und warf einen Knochen ins Feuer. »The danger, you can't get rid of it. Sie ist immer da, die Gefahr.«

»Aber das ist es doch gerade, dieser Nervenkitzel«, erwiderte Max. Selous schüttelte den Kopf, ein Hauch von Traurigkeit lag auf seinem Gesicht. »No, that's not it. Lebt der Mensch zu lange in der Wildnis, dann er wird auch wild.« Seine knochige Hand ballte sich zur Faust und schlug gegen die Brust. »Then the animal inside starts to move. Das Tier da drinnen … ist immer gefährlich.«

Er atmete tief ein, als würde er Kraft sammeln, um die unsichtbare Bestie, die er in Gedanken heraufbeschworen hatte, wieder zu bändigen. Max beobachtete ihn fasziniert. Die Flammen des Feuers tauchten das faltige Gesicht des Jägers in ein warmes Licht. Der volle Bart und die kleinen, listigen Augen verliehen ihm einen abgeklärten Ausdruck, eine seltsame Mischung aus Wildheit und Weisheit. Aus den Bäumen über ihren Köpfen war ein kurzes Fauchen zu hören. Selous hob den Kopf. »Leopard. Be careful tonight.«

Sein Blick verlor sich in der Dunkelheit. Ohne die beiden Männer weiter zu beachten, ging er zurück zu seinem Zelt, wo der Boy mit dem Nachtisch wartete.

Auf der Schamba war es dunkel geworden, nur im Dorf brannten noch vereinzelte Lagerfeuer. Der ungebetene Gast lag im Bett, er war erschöpft von dem langen Marsch und hatte viel getrunken. Elisabeth saß in der Küche und blätterte in dem Buch, das Fritz mitgebracht hatte. Die Zeichnungen, welche Selous' haarsträubende Jagdabenteuer illustrierten, fand sie abstoßend. Da wurden Eingeborene von Nashörnern aufgespießt, Jäger von Elefanten durch die Luft gewirbelt oder hilflose Träger von Löwen attackiert. War es das, woran Jäger auf einer Safari Gefallen fanden?
Sie schaute hinaus in die Nacht. Irgendwo da draußen schlich Max durch die Büsche, und jeden Augenblick konnte ihm das Gleiche geschehen. Ein beunruhigender Gedanke. Sie war all diesen Ängsten ausgesetzt, nur weil ihr Mann sich der Jagdleidenschaft hingab, der hier alle verfallen waren. Wäre es nicht besser, die Männer würden ihre Leidenschaft den Frauen widmen?
Glücklicherweise gab es auch solche wie diesen Fotografen. Er konnte den Wahn, Tiere aus Vergnügen zu töten, genauso wenig nachvollziehen wie sie. Die Seele eines Künstlers ist eben feinsinniger, das hatte sie von Anfang an gespürt. Noch immer hatte sie seine Worte im Ohr, die so elegant ausgedrückt hatten, was auch sie insgeheim fühlte. Gedanken, die sie mit niemandem teilen konnte und schon gar nicht mit ihrem Mann.
Elisabeth klappte das Buch zu und legte es auf den Tisch. Wieder würde sie allein im Bett liegen und ihren Träumen ausgeliefert sein.
Sie stand auf und sah hinaus zu den rötlichen Lichtern der Feuerstellen im Dorf. Die Ochsenfrösche hatte sie heute

gar nicht gehört, sie musste wirklich tief in Gedanken versunken gewesen sein.
In diesem Augenblick klopfte es. Sie stutzte, denn sie hatte keine Schritte gehört.
»Memsahib.«
Als sie die Tür öffnete, stand Salem vor ihr. Schweigend sah er sie an. Elisabeth beschlich ein ungutes Gefühl. Was wollte er, warum sagte er nichts?
Endlich bewegten sich seine Lippen. »Salem jetzt gehen.«
»Um diese Zeit, wohin?«
»Gehen für immer.«
Eine kalte Hand schien nach ihrer Kehle zu greifen. Es dauerte einen Moment, bis sie die Tragweite seiner Aussage begriff. »Aber warum denn? Ist was passiert?«
Salem antwortete nicht. Seine unergründlichen Augen blickten sie regungslos an.
»Das geht nicht«, sagte sie energisch. »Wir brauchen dich hier.«
Der Schwarze schüttelte den Kopf, sagte aber nichts. Langsam bekam Elisabeth Panik, sie wusste nur zu gut, was dieser Verlust für die Pflanzung bedeuten würde. Etwas Schwerwiegendes musste geschehen sein. Und es konnte nur in der Zeit passiert sein, seit Max weg war. Abgesehen von ihrem gemeinsamen Ausritt hatte sie wenig Kontakt mit Salem gehabt. Außer neulich, als er auch so unerwartet vor der Tür gestanden hatte. An jenem Abend, als er gegangen war, war sein Blick merkwürdig gewesen. Doch an mehr erinnerte sie sich nicht.
»Komm rein, wir reden darüber.«
Elisabeth trat einen Schritt zurück und öffnete die Tür. Doch die dunkle Gestalt bewegte sich nicht.

»Das kannst du Max nicht antun«, flehte sie ihn an. »Bleib wenigstens, bis er wieder da ist. Versprochen?«
Sie bekam keine Antwort. Salem drehte sich um und verschwand in der Dunkelheit.

Die Jäger brachen früh auf. Die erste Pirsch führte sie durch hohes Elefantengras. Selous ging voraus, Max folgte ihm, dann kam Fritz. Nach einer halben Stunde wurde der Spurensucher fündig – Büffel. Kurz darauf näherten sie sich einer größeren Herde, die im Schatten der Bäume stand. Der Engländer warf Asche in die Luft, der Wind trug die Flocken zur Seite – keine optimalen Voraussetzungen für die Pirsch. Dennoch gingen sie weiter.
Nach einer Weile richtete sich Selous auf und spähte nach vorne. Sie waren jetzt direkt vor den Tieren. Der Jäger zeigte auf einen kapitalen Büffel, der etwas abseits stand. Max nickte und deutete auf Fritz, er sollte schießen, denn er hatte bisher die wenigsten Trophäen.
Fritz nickte und kroch ein Stück weiter vor. Dann richtete er sich auf und legte das Gewehr an. Er zielte, doch anstatt zu schießen, nahm er den Karabiner wieder von der Schulter und rieb sich das Auge. Dann rückte er die schwarze Klappe zurecht, legte erneut an und feuerte. Der Büffel zuckte kurz zusammen und verschwand in den Büschen.
Die Herde wurde unruhig, noch wussten die Tiere nicht, wo der Feind lauerte. Die Jäger duckten sich tief ins Gras. Selous beschrieb mit der Hand eine Kurve, er wollte in die Richtung, in die das angeschossene Tier geflüchtet war. Fritz ging voran, er hatte geschossen, also war es seine Nachsuche.

Vorsichtig schlichen die Männer weiter. Als sie über eine Anhöhe kamen, drang plötzlich von rechts ein Schnauben aus dem Unterholz. Im nächsten Augenblick donnerte ein grauer Koloss durch die Büsche. Fritz fuhr herum, doch bevor er das Gewehr hochreißen konnte, stieß ihn der Büffel zu Boden. Max legte an, doch im gleichen Augenblick krachten hinter ihm zwei Schüsse aus der englischen Doppelbüchse. Der Büffel brach auf der Stelle zusammen. Fritz konnte sich gerade noch wegdrehen, um nicht unter dem massigen Körper des Tieres begraben zu werden.
Doch als er sich wieder aufrichten wollte, sank er stöhnend zu Boden. Mit zwei Schritten war Max bei ihm. Das Bein des Freundes sah schlimm aus. Der Oberschenkel war aufgeschlitzt, aus Hose und Hemd quoll rohes Fleisch, überall war Blut.
Der Engländer stand noch dort, wo er geschossen hatte. Er klappte seine Doppelbüchse auf und wollte nachladen.
»Vorsicht.«
Der Warnruf kam von Fritz, der den Kopf gehoben hatte, um einen Blick auf seine Verletzung zu werfen. Selous fuhr herum. Im hohen Gras war ein zweiter Büffel aufgetaucht, er donnerte direkt auf ihn zu. Der Jäger machte einen Satz zur Seite, der Koloss verfehlte ihn und rannte vorbei. Der Engländer wollte sich wieder aufrichten, um endlich nachzuladen, stolperte aber. Blitzschnell war er wieder auf den Beinen. Doch inzwischen hatte auch der Büffel gewendet und kam im vollen Lauf zurück. Selous blieb eiskalt stehen. Eine Patrone konnte er in den Lauf schieben, die andere fiel zu Boden. Blitzschnell riss er das Gewehr hoch und feuerte. Die Kugel traf das Tier ins Maul. Blut spritzt, doch der Büffel raste weiter. Jetzt war er da und senkte den Kopf,

um den Gegner aufzuspießen. In diesem Augenblick krachte von hinten der Schuss einer Mauser. Das Tier brach im Lauf zusammen. Selous konnte sich im letzten Moment zur Seite fallen lassen, die Spitzen der Hörner verfehlten ihn um Haaresbreite. Doch im Nu stand er wieder aufrecht und lud nach. Erst dann warf er einen Blick auf Max, der atemlos dastand. Der Engländer lüftete seinen Hut und senkte den Kopf.

»Damned good shot …«

Max lächelte verlegen, mit diesem Schuss hatte er einfach Glück gehabt. Und Selous natürlich erst recht.

Das gewaltige Tier lag regungslos im Gras, neben dem linken Auge war ein Loch im Schädel, aus dem Blut sickerte. Max strich mit der Hand über die Hörner, sie waren spitz wie ein Dolch.

»Watch out.«

Bevor er wusste, was los war, packte ihn eine Hand am Gürtel und riss ihn zurück. Keine Sekunde zu früh. Der Büffel, der eben noch wie tot dagelegen hatte, reckte den Kopf und stieß mit den Hörnern zu. Max spürte einen stechenden Schmerz. In der gleichen Sekunde donnerte ein Schuss, der Schädel des Tiers kippte nach hinten weg. Max richtete sich auf, verblüfft starrte er auf sein zerfetztes Hemd und die blutigen Schrammen auf seiner Haut. Das war knapp.

»They are killers«, bemerkte Selous trocken und schob eine neue Patrone in den Lauf.

»Kann man wohl sagen.« Max, dem immer noch die Knie zitterten, wischte sich das Blut ab. Ein gequältes Stöhnen hinter ihm erinnerte ihn an den Freund, der hilflos in den Büschen lag.

»Alles in Ordnung?«, flüsterte Fritz, als Max sich zu ihm beugte.
»Das sollte ich dich fragen«, antwortete dieser und zückte sein Messer, um die Hosenbeine des Verletzten aufzuschneiden. Der Oberschenkel war bis zur Leiste aufgeschlitzt. Das sah böse aus, Fritz verlor eine Menge Blut.
»Hast du große Schmerzen?«
»Es geht so.«
Die Jäger wussten, dass das eine Lüge war, aber sie wussten auch, dass sie jetzt keine Zeit verlieren durften. Max zerschnitt ein frisches Hemd um einen Notverband anzulegen, Selous band die Ader ab. Fritz, dem kalter Schweiß auf der Stirn stand, versuchte zu sprechen.
»Tut mir leid. Es war das Auge. Eins ist eben manchmal zu wenig.«
Max nickte ihm aufmunternd zu. »Kann passieren. Du wirst eine Zeitlang durchhalten müssen.«
»Sure he will.« Selous hatte sich wieder aufgerichtet, Max sah ihn besorgt an. »Er braucht dringend einen Arzt.«
»Right, and quickly so. Let's go back.«
Er drehte sich um und winkte die Träger herbei. Dann nahm er seinen Hut ab und reichte Max die Hand.
»Thank you. I could be dead now.«
»Ich auch. Danke«, erwiderte Max.
Die beiden Männer sahen sich ein paar Sekunden in die Augen, wohl wissend, dass einer ohne den anderen jetzt nicht mehr leben würde.

Als auf der Schamba die Arbeiter an diesem Tag von den Feldern zurückkamen, hatte sich vor dem Geräteschuppen

eine Gruppe von Kindern versammelt. Sie saßen auf dem Boden, ihre Blicke hingen gebannt an Elisabeth, die eine Schultafel neben sich aufgebaut hatte, das Einzige, das sie aus Kilosa mitgebracht hatte. Auf diese schrieb sie drei Zahlen und sprach dazu langsam und deutlich. »Zwei und drei ist fünf.« Niemand verstand. Sie spreizte die Finger der linken Hand. »*Fünf* – wie die Finger an meiner Hand.«
Zwanzig Münder brüllten »Fünf« – zwanzig Hände streckten sich in die Luft und winkten ihr zu. Nun zählte Elisabeth mit der rechten Hand die Finger der linken einzeln ab.
»Eins, zwei, drei, vier, fünf.«
Die Kinder machten es nach. Ein Mädchen konnte nicht, denn es hatte nur drei Finger. Irritiert schaute das Kind auf seine verstümmelte Hand. Elisabeth überlegte einen Augenblick, dann hob sie die rechte Hand und machte eine Faust alle Finger waren verschwunden.
»Jetzt ist nichts mehr da. Und das sieht dann so aus.«
Mit Schwung malte sie eine Null auf die Tafel. Die Kinder starrten sie verständnislos an. Elisabeth lächelte, dann versah sie die Null oben mit drei Strichen und zählte dabei wieder laut mit.
»Eins, zwei, drei.«
Die Null sah nun aus wie ein Kopf mit Haaren. Noch einmal zeigte sie ihre geschlossene Faust und ließ langsam drei Finger hochkommen. »Jetzt alle zusammen: eins – zwei – drei.«
Die Kinder machten lachend mit, auch das Mädchen. Begeistert hob es die verkrüppelte Hand. Elisabeth klatschte in die Hände. »Bravo, das habt ihr gut gemacht. Jetzt gleich

noch einmal von vorne.« Diesmal schrieb sie fünf Zahlen an die Tafel.
Sie merkte nicht, dass Salem sie aus der Ferne beobachtete.

Die Karawane war den ganzen Tag im Eiltempo marschiert. Fritz lag auf einer improvisierten Bahre, bei jedem Schritt der Träger nahm sein Körper die Erschütterungen wahr. Wenn sie über unwegsames Gelände gingen, unvermittelt Feldbrocken auswichen oder kurz stolperten, schrie er laut auf. Jetzt rasteten sie endlich.
Selous löst den Verband und inspizierte die Wunde, sie eiterte. Er tränkte sein Taschentuch mit Whiskey und entfernte die gelbe Flüssigkeit an den Rändern. Max befeuchtete einen Lappen und wusch das fiebrig glänzende Gesicht. Fritz stöhnte leise.
»Du schaffst es.«
Der Verletzte nickte, doch sein Gesichtsausdruck verriet das Gegenteil. Er fasste Max am Ärmel und zog ihn nah zu sich her. »Pass auf sie auf.«
Max verstand nicht gleich, was er meinte. Doch bevor er nachfragen konnte, schloss Fritz die Augen, sein Kopf sank erschöpft zur Seite.

Am nächsten Tag pflanzte Elisabeth die ersten Samenkörner, die ihr die Mutter mitgegeben hatte. Sie freute sich, die vertrauten Namen aussprechen zu können, und stellte sich Minnies Gesicht vor, wenn sie die fremden Gewürze probierte. Hassim reichte ihr die einzelnen Tüten und wollte von jeder Pflanze wissen, wie sie hieß. Es schien ihm

Spaß zu machen, die für ihn so exotischen Wörter nachzusprechen. »Petersilie« gefiel ihm am besten, immer wieder murmelte er den Namen vor sich hin.

Nach einer Weile fiel ein Schatten auf das Beet, jemand stellte eine Gießkanne mit Wasser ab. Elisabeth hob den Blick, vor ihr stand Watangi, der Mann, dessen Wunden sie gepflegt hatte. »Asante – Danke.«

Der Schwarze starrte verlegen zu Boden und schlich dann wieder davon. Während sie die frisch angesäten Teile des Beets goss, ertönte in der Ferne ein Trommelschlag. Elisabeth stutzte und horchte. Nein, sie hatte sich nicht getäuscht, die dumpfen Klänge waren jetzt deutlich zu hören. Auch Hassim hatte sich aufgerichtet und schaute besorgt in die Richtung, aus der die Nachricht kam.

»Was hat das zu bedeuten?«, fragte ihn Elisabeth. Der Junge lauschte.

»Ein Arzt muss kommen.«

»Wohin?«

»Zu Bwana Fritz.«

Für Sekunden hatte Elisabeth den Eindruck, der Boden unter ihren Füßen würde zu schwanken beginnen. Dann schossen ihr die haarsträubenden Illustrationen aus dem Buch des Engländers durch den Kopf.

Nun war es passiert. Max lag schwer verletzt im Busch – meilenweit entfernt von einem Arzt. Und sie konnte nichts tun, sie wusste nicht einmal, wo er war. Wieder war sie dem Schicksal hilflos ausgeliefert. Doch diesmal überlagerte eine dumpfe Angst ihre Wut. In ihrem Kopf jagten sich die fürchterlichsten Gedanken.

Im Zelt war es heiß und stickig. Max konnte nicht schlafen, das unglückliche Ende der Safari ließ auch die Sorge um Elisabeth wieder lebendig werden. Wieder einmal hatte er miterlebt, dass Jagd niemals ohne Risiko war. Wie konnte er da kaltblütig voraussetzen, dass sie allein loszog und Antilopen schoss? Da war doch noch der Löwe, der nachts immer ums Haus schlich. Bisher hatten die Fallen nichts gebracht. Und die Schlangen, die es überall gab. Er hatte tatsächlich vergessen, ihr zu sagen, wo das Serum war. Die dramatischen Bilder, die sich in sein Gehirn drängten, quälten ihn.

Mürrisch kroch er aus seinem Schlafsack. Über ihm funkelte ein sternklarer Nachthimmel. Er schlüpfte in die Stiefel und ging hinüber zum Zelt des Verwundeten. Fritz wälzte sich im Fieber. Das mit zwei Stöcken hochgestützte Bein lag wieder flach, die Stütze war umgefallen, die Wunde blutete wieder. Max richtete die Stöcke auf und hob das Bein vorsichtig hoch. Fritz stöhnte und warf den Kopf hin und her. Als das Bein endlich ruhig lag, atmete er leiser, und Max ging hinaus. Hinter dem noch leicht glimmenden Lagerfeuer funkelten leuchtende Punkte im Gras – Hyänen. Sie witterten die eitrige Wunde.

Aus dem Zelt des Engländers drang kein Laut. »Don't let her slip away«, hatte er gesagt. Warum? Elisabeth würde ihm nicht entgleiten. Dafür würde er schon sorgen, und was er sich einmal vornahm, setzte er auch in die Tat um. Bisher war ihm das immer gelungen.

@@

Über den Gongwe-Bergen war die Sonne untergegangen. Elisabeth saß am Küchentisch. Sie versuchte, sich von ihren quälenden Gedanken abzulenken. Vor ihr lag ein Schulheft, das oberste Blatt war voll mit Skizzen und Aufzeichnungen. Auf dem Block daneben hatte sie einfache Rechenaufgaben entworfen. Eine Weile starrte sie auf ihre Notizen, dann riss sie das Blatt aus dem Block, zerknüllte es und lehnte sich müde zurück.

Draußen begann das Konzert der Ochsenfrösche. Sie fuhr fort, eine neue Zahlenfolge auf den Block zu malen. Doch nun klopfte es. Elisabeth wartete, es klopfte wieder. Sie griff nach der Pistole und schaute durch einen Spalt zwischen den Brettern. Draußen stand Watangi, der Schwarze, dessen Wunden sie gepflegt hatte. Sie steckte die Pistole weg und öffnete die Tür. Der Mann hielt ihr eine geschnitzte Statue entgegen, zugleich flüsterte er etwas auf Suaheli. Elisabeth konnte die Figur im Dunkeln nicht richtig erkennen. In diesem Moment tauchte hinter dem Mann eine zweite Gestalt auf.

»Er hat gemacht für Memsahib«, murmelte die tiefe Stimme von Salem. Elisabeths Herz schlug schneller, der Vorarbeiter war also doch noch da. »Und was soll ich damit?«

»Urumba mächtiger Gott. Urumba wird weiße Frau immer beschützen.«

Elisabeth nickte Watangi freundlich zu.

»Sag ihm, dass ich mich bedanke. Ich glaube, ich kann diesen Gott gut brauchen.«

Salem übersetzte, der Mann verbeugte sich und verschwand in der Dunkelheit. Die Ochsenfrösche verstummten. Salem stand immer noch da. Seine dunklen Augen sahen sie unbeweglich an, doch seine Lippen blieben stumm. Was wollte er? Elisabeth wurde nervös. Wieder schossen ihr tausend Gedanken durch den Kopf, aber nicht der eine, den sie dringend benötigte. Irgendetwas musste sie tun. Dann handelte sie, doch eigentlich handelte ihr Körper, der Verstand sah zu. Sie stellte die Figur ab und griff nach den Händen des Schwarzen. Salem wollte einen Schritt zurückweichen, doch sie ließ ihn nicht los.

»Ich brauche dich. Bleib – bitte. Du würdest mir sehr fehlen.«

Ein hilfloses Lächeln begleitete ihre Worte. Salem sah ihr so tief in die Augen, dass sie den Eindruck hatte, er wollte ihre Seele erkunden. Sekunden vergingen, kein Muskel regte sich an dem mächtigen Körper. Die Stille schien die Zeit zu dehnen. Endlich bewegte sich Salem. Er nickte. Im nächsten Moment verschluckte ihn die Dunkelheit.

Am nächsten Morgen kniete Elisabeth neben dem Wasserturm und dichtete den Tank ab. Geschickt presste sie das getrocknete Gras in die Ritzen zwischen den Blechwänden. Hassim reichte ihr Werkzeug und Dichtungsmaterial. Nach einer Weile fiel ihr auf, dass der Junge einen Punkt in der Ferne fixierte. »Ist da was?«

Hassim winkte aufgeregt. »Der Bwana kommt zurück.«

Elisabeth richtete sich auf. Tatsächlich, eine kleine Karawane wanderte über die Hügel. Doch sie bestand nur aus drei Personen, die sie nicht erkennen konnte. Wieder spürte sie den dumpfen Druck in der Brust, doch diesmal wusste sie, was dahinter stand: die Angst, jetzt gleich mit einer schrecklichen Wahrheit konfrontiert zu werden.

Sie kletterte vom Dach und holte ihr Fernglas. Kaum hatte sie die Gruppe im Bild, fiel ihr ein Stein vom Herzen.

Doch mit der Erleichterung kam auch die Wut zurück. Im Widerstreit ihrer Gefühle lief sie ins Haus.
Kurz darauf tauchte Max unter den Obstbäumen auf, die zwei Träger kamen hinterher und legten ihre Lasten ab. Trophäen brachten sie keine. Elisabeth wartete auf der Veranda.
»Hallo, wie geht's?«, fragte Max und blieb stehen.
»Was ist passiert?« Ihre Stimme klang kühler als beabsichtigt.
»Woher weißt du, dass was passiert ist?«
»Täusche ich mich?«
Ratlos stand er da, mit so einem Empfang hatte er nicht gerechnet. »Fritz hat's erwischt. Ein Büffel.«
»Wird er durchkommen?«
»Hoffentlich.«
Elisabeth schlug die Hände vors Gesicht. Das Schicksal hatte ihren Mann verschont, dafür musste ein anderer dran glauben. Wie sinnlos. Max kam auf Elisabeth zu und strich ihr mit der Hand übers Haar. »Ich hab' oft an dich gedacht.«
Sie hob den Kopf und sah ihn ernst an. »Davon hatte ich nichts.«
Mit einem Seufzer stellte Max sein Gewehr ab. »Die Trophäen hole ich morgen früh, ich bin dann noch mal zwei Tage weg. Wir mussten alles liegen lassen.«
Da ihn Elisabeth immer noch distanziert musterte, versuchte er ein scheues Lächeln. »Es war eine tolle Jagd, bis dann dieser …«
»Moment mal«, fuhr sie dazwischen. »Dein Freund wird fast umgebracht, und du redest von einer tollen Jagd? Wie schön. So einen Mann habe ich mir immer gewünscht.

Dafür konntest du mich ja guten Gewissens allein lassen.«
Sie ließ ihn stehen und lief zurück zum Haus, drehte sich auf der Schwelle aber noch einmal um. »Weißt du was? Deine Trophäen sind mir scheißegal.«
Die Tür knallte hinter ihr zu. Max spürte, wie die Wut in ihm hochstieg. Ihm war nicht entgangen, dass Hassim, Minnie und ein paar Frauen aus den Hütten die Szene beobachtet hatten. Mit schnellen Schritten ging er ihr nach. Elisabeth stand in der Küche am Fenster, sie kehrte ihm den Rücken zu.
»Du verstehst das nicht. Weil du nicht verstehen willst«, sagte er gereizt.
»Was gibt's denn da zu verstehen? Tiere umzubringen, die dir nichts getan haben. Nicht weil du hungrig bist, sondern aus Spaß, was für eine großartige Leistung!«
Max schüttelte müde den Kopf. »Du hast ja keine Ahnung, wovon du redest. Jagd existiert, seit es Menschen gibt.«
Elisabeth wandte sich ab, ihre Stimme wurde leise. »Ja, das Töten hat euch schon immer gefallen. Man drückt mal kurz ab und kann sich toll fühlen. Weil man entscheidet, welches Geschöpf leben darf und welches nicht.«
»Du weißt genau, dass uns das Elfenbein einen Haufen Geld bringt. Geld, das ich dringend brauche.«
Elisabeth schwieg. Immer dasselbe Argument, gegen das sie nichts einwenden konnte. Sie drehte sich um, ihre Stimme wurde versöhnlicher. »Der Mann von der Bank war hier.«
Max holte tief Luft. »Dieser Mistkerl. Aber ich lasse mich nicht fertigmachen, nicht von dem.«
»Er sagt, alles hängt von der nächsten Ernte ab.«

»Stimmt. Aber wir schaffen das.«
Er holte die Flasche Weinbrand aus der Kommode, schenkte sich ein Glas ein und ließ sich auf die Küchenbank fallen. Elisabeth setzte sich auf den Stuhl gegenüber, die Stimmung entspannte sich.
»Freust du dich gar nicht, dass ich zurück bin?«, fragte er unvermittelt.
»Doch, aber das hast du eigentlich nicht verdient.«
Max musste lachen. »Es hätte auch mich treffen können.«
»Eben.« Sie schob den Arm, der sich um ihre Schulter legen wollte, wieder zurück.
»Es geht doch nicht ums Töten. Du musst das Tier überlisten, es ist schlau, und du musst schlauer sein.« Max spürte, wie er sich in das Thema hineinsteigerte, und begann durch den Raum zu wandern. »All deine Nerven, deine Sinne, sind auf ein Ziel gerichtet. Du merkst, wie du vor Aufregung zitterst. Vielleicht hast du Angst, aber du spürst, wie du lebst, so intensiv wie sonst nie! Und dann kommt dieser kurze Moment, wenn du's geschafft hast, wenn du das Tier endlich im Visier hast, wenn du es …«
»… umbringst«, fiel ihm Elisabeth ins Wort und sprang auf. »Die Macht über Leben und Tod, das genießt ihr.«
Sie ging wieder ans Fenster und sah hinaus in den Himmel, an dem sich die ersten Turmwolken bildeten. »Vielleicht ist die Jagd ja auch nur Ersatz für den Krieg. Männer brauchen das anscheinend.«
»Unsinn, ich würde nie auf Menschen schießen.«
»Es gibt es ja noch genügend Tiere.«
Max stöhnte, wie konnte man nur so stur sein. »Um die geht es doch. Wir studieren ihr Verhalten, versuchen sie zu verstehen. Der Engländer könnte dir das viel besser erklären.«

»Ach ja, der große Selous!« Elisabeth wirbelte herum und zog das Buch aus dem Regal. Aufgebracht blätterte sie darin. »Weißt du was? Er findet, dass das Töten von Tieren sportlich ist. Da schau: *sporting* schreibt er!«
Max riss ihr das Buch aus der Hand. »Lass Frederick aus dem Spiel.«
»Warum denn? Auch er prahlt damit, wie viele Tiere er täglich abknallt.«
»Er lebt schließlich davon«, schrie Max und schlug mit der Faust auf den Tisch. »Außerdem ist er ein großartiger Mensch.«
»Wohl eher ein Schlächter. Dann hast du ja sicher jetzt einiges von ihm gelernt.«
Ihr spöttisches Lachen gab ihm den Rest.
»Halt endlich den Mund«, brüllte er sie an.
»Willst du mir drohen? Brauchst du deine Peitsche?« Ihre Augen funkelten provozierend. »Schießen oder Schlagen, was gefällt dir besser?«
Max schluckte, dann schoss seine Wut hoch ins Gehirn.
Elisabeth blieb regungslos stehen. Sie nahm die Ohrfeige hin, als hätte sie darauf gewartet.

Nach dem Eklat lief sie hinaus auf die Felder. Ihr Herz raste, ihre Gedanken überschlugen sich. Die Schwarzen, denen sie begegnete, grüßten sie freundlich, sie ahnten nicht, was in der Memsahib vorging. Gewalt – etwas Besseres fiel Männern nicht ein. Jedenfalls nicht ihrem Mann. Zuerst hatte sie sogar noch ein schlechtes Gewissen gehabt, weil sie ihn so zurückhaltend begrüßt hatte. Doch dann, als sich das Gespräch immer mehr hochgeschaukelt hatte, konnte sie nicht umhin, ihm endlich einmal die Meinung zu sagen. Ein wenig war das auch aus Angst geschehen, denn in den letzten Tagen war ihr klar geworden, dass Max bei jeder Safari sein Leben aufs Spiel setzte. Und damit auch ihr Leben in Gefahr brachte. Doch das konnte und wollte er nicht begreifen. Da war dieser Fotograf schon anders. Er widmete seine Leidenschaft der Kunst, nicht dem Töten. Und er konnte so wunderbar reden! In seiner Gegenwart hatte sie sich wie eine Blume gefühlt, die man vom Schatten ins Licht stellt. Jetzt war sie wieder im Schatten.

Kaum war Elisabeth aus dem Raum gestürzt, bereute Max seine Reaktion schon wieder. Irgendwie war das Gespräch aus dem Ruder gelaufen. Zuerst der kühle Empfang, dann die ewigen Vorwürfe. Diese Frau würde nie verstehen, was Jagen bedeutete. Es war eine Herausforderung, ein Duell auf Leben und Tod, auch wenn er zugeben musste, dass das Tier dabei die schlechteren Karten hatte. Doch es hatte seine Chance. Es konnte den Jäger an der Nase herumführen, konnte sich in die Büsche schlagen oder überraschend angreifen, wie das bei Fritz geschehen war. Warum also diese Aufregung?

Max hatte noch nie eine Frau geschlagen und hatte auch nicht vorgehabt, es jemals zu tun. Doch seine Nerven waren aufgrund der Ereignisse angeschlagen, und die Nachricht vom Besuch Steinbachs hatte ihm den Rest gegeben. Die Vorstellung, die Forderungen der Bank nicht begleichen zu können, war mehr als beunruhigend. Bei Zahlungsverzug konnte man ihn jederzeit pfänden. In diesem Moment war eben alles zusammengekommen, so dass ihm die Hand ausgerutscht war. Der Ausdruck traf zu, denn nachträglich hatte er den Eindruck, dass seine Reaktion ohne sein Zutun passiert war, auf jeden Fall ohne direkte Absicht. Doch das half ihm jetzt wenig. Es würde nicht einfach sein, Elisabeth zu beruhigen. Doch nachlaufen würde er ihr nicht. Sie musste lernen, dass sie ihn so nicht behandeln konnte. Schließlich waren es seine Plantage und sein Haus, ein bisschen Respekt konnte er wohl verlangen.

Nach dem Abendessen, bei dem beide kein Wort wechselten, machte sich Elisabeth das Feldbett zurecht – diesmal in der Rumpelkammer. Kurz darauf lag sie auf der harten Matratze, unter geräucherten Würsten, neben Elefantenfüßen und stinkenden Zebrafellen. Immer noch war sie sehr aufgebracht. Auf der Nähmaschine stand die Statue von Urumba, am Fenster lehnte das Foto des Kaisers, auf ihrem Koffer lag das Bild, das ihr Schillings geschenkt hatte. Damals auf dem Schiff hatte sie noch Träume gehabt, und jetzt? Sie hörte, wie Schritte die Treppe hochkamen. Dann klopfte es an der Tür.
»Komm doch rüber. Du weißt doch, ich muss morgen wieder weg.«
Elisabeth antwortete nicht. Die Schritte entfernten sich wieder.

KAPITEL 16

Am nächsten Morgen brach Max mit acht Trägern wieder auf. Vom Fenster aus beobachtete Elisabeth, wie die Karawane langsam hinter den Hügeln verschwand.
Nach dem Frühstück ließ sie das Maultier satteln. Salem wollte sie begleiten, doch Elisabeth lehnte ab. Diesmal wollte sie allein sein. Als sie losritt, sah ihr Salem lange nach. Sein unergründlicher Blick hatte Elisabeth einen Augenblick verunsichert, er schien zu ahnen, was sie vorhatte. Doch im Grunde wusste sie das selbst nicht.
Es dauerte zwei Stunden, bis sie ihr Ziel erreichte, denn das Camp war nicht mehr da, wo es beim letzten Mal gewesen war. Doch nach längerem Suchen mit dem Fernglas entdeckte sie unten am Fluss eine Gruppe von Eingeborenen. Weiter hinten, am Ufer einer kleinen Lagune, stand ein weißer Mann mit einer Kamera, er wollte zwei Nilpferde fotografieren. Die Schwarzen versuchten, die Tiere auf ihn zuzutreiben. Das ging nicht reibungslos, denn die Leute hatten Angst, obwohl der Fotograf sie von weitem mit rudernden Armen antrieb. Eine Szene, die unfreiwillig komisch wirkte. Schmunzelnd ritt sie weiter. Als sie das Lager erreichte, band sie den Maulesel an einen Baum und näherte sich den Männern, die sich zwischen den Zelten versammelt hatte. Schillings stand neben seiner Kamera und redete energisch auf die Leute ein.
»Nah, versteht ihr? Die Tiere müssen nah an diesen Apparat herankommen.« Seine Finger zeigten auf das Objektiv. »Dieses Gerät kann nicht weit sehen.«

Er hob die Hand und legte zwei Finger über das rechte Auge. »Seht ihr? Das Auge des Apparats ist schwach, deshalb muss das Hippo ganz nah herankommen.«
Er lief ein paar Schritte zurück und ging dann auf die Kamera zu, um sein Anliegen deutlich zu machen. Aus der Menge kam ein Zwischenruf.
»Warum Hippo nicht schießen? Fleisch gut.«
»Verdammt, ich will sie nicht essen, ich will sie fotografieren.«
Bei den letzten Worten war Elisabeth hinter dem Fotografen aufgetaucht. »Ich glaube nicht, dass sie das verstehen«, warf sie lächelnd ein. Schillings fuhr herum und hob begeistert die Arme. »Ich wusste, Sie würden kommen.«
»Wirklich?«
»Das Herz eines Künstlers täuscht sich nie.«
»Vielleicht dafür meines.« Warum sagte sie das? Erstaunt über sich selbst fuhr sie schnell fort, bevor sie ihre Bemerkung erklären musste. »Haben Sie schon gute Aufnahmen bekommen?«
»Einige. Aber wie Sie sehen, es erfordert viel Mühe und Geduld.«
»Und Überzeugungskraft. Daran scheint es Ihnen ja nicht zu fehlen.«
»Wenn ich etwas will, versuche ich es zu bekommen.«
Sein Blick verlor sich in ihre Augen, gerade so lange, dass es auch Zufall hätte sein können.
»Wenn Sie ein wenig Zeit haben, würde ich Ihnen gerne zeigen, wie ich arbeite«, fügte er noch hinzu. Elisabeth zögerte, doch schon nahm Schillings die Kamera auf die Schulter und deutete hinaus in die Ebene. »Kommen Sie. Das ist eine herrliche Landschaft.«

Er streckte ihr seine Hand entgegen. Die Geste war so unwiderstehlich wie sein Lächeln.

Zwei kleine Punkte wanderten durch die Landschaft. Schon von weitem sah man, wie der Fotograf auf Elisabeth einredete, immer wieder holte er mit seinen Händen weit aus, er schien einen längeren Vortrag zu halten. Nach einer Weile blieb er stehen und schaute durch sein Fernglas. Er entdeckte ein Nashorn, auf dem zwei kleine Vögel saßen.
»Sehen Sie, dort drüben!«, sagte er und reichte ihr das Glas.
»Das sind Madenhacker, sie säubern die Haut des Nashorns von Parasiten. Beide Tiere bilden eine perfekte Symbiose.«
Sie stellte das Glas schärfer, nun konnte sie die kleinen Vögel gut sehen.
»Zwei Spezies tun sich zusammen, um ihre Fähigkeiten zu ergänzen«, erklärte Schillings und bereitete die Kamera vor.
»Das Nashorn hat eine erstklassige Witterung, sieht aber schlecht. Bei den Vögeln ist es umgekehrt, droht Gefahr, fliegen sie hoch, und das Nashorn ist gewarnt.«
Während Elisabeth beobachtete, wie die winzigen Schnäbel auf der runzligen Haut des Dickhäuters herumpickten, machte Schillings ein Foto.
»Danke, das hat mir bisher noch keiner gezeigt«, sagte sie und gab ihm das Glas zurück. »Sie scheinen die Tiere ja wirklich genau zu kennen. Waren Sie öfter in Afrika?«
»Vor zwei Jahren, aber ohne Kamera. Ich musste noch die Technik des Blitzgeräts verbessern.«
Während sie weitergingen, setzte Schillings seinen Vor-

trag fort. »Natürlich habe ich vorher das Verhalten der Tiere studiert. Ich muss schließlich wissen, wie sie reagieren, sonst kann ich sie nicht fotografieren, jedenfalls nicht so, wie ich es möchte.«

»Gilt das auch für Menschen?«

»Durchaus. Vor allem für Frauen, sie sind die schönsten Motive, die man sich wünschen kann.«

»Wissen Sie da auch, wie sie reagieren?«

Schillings blieb stehen. »Ich kann es inzwischen ganz gut vorhersehen«, sagte er und sah ihr in die Augen. »Diese Studien sind die aufregendsten. Leider habe ich dafür wenig Zeit.«

Er mustert mich wie ein Maler sein Modell, dachte sich Elisabeth. Oder ein Jäger seine Beute. Als er weiterging, beobachtete sie ihn von der Seite. Wie viele Frauen mochte er schon fotografiert haben, und unter welchen Umständen?

»Aber wenn Sie wollen, können wir nachher ein paar Fotos machen«, bemerkte er beiläufig, als hätte er ihre Gedanken gelesen.

»Ich dachte, dafür haben Sie keine Zeit?«

»Manchmal muss man sich der Schönheit des Augenblicks ergeben. Und der des Motivs.«

Diesem Argument hatte sie nichts entgegenzusetzen, seinem durchdringenden Blick ebenfalls nicht. Zwei Flamingos zogen im Tiefflug vorbei, kurz darauf tauchte ein Elefant aus den Büschen auf. Er hob den Rüssel, um Witterung aufzunehmen, dann trottete er gemächlich weiter. Schillings stellte die Kamera ab und sah dem Elefanten nach.

»Übrigens glaube ich, dass Tiere eine Seele haben, wie wir«, sagte er unvermittelt.

Elisabeth schaute ihn erstaunt an. »Glauben Sie, dass sie uns irgendwie verstehen können?«

»Das Problem ist, dass wir sie nicht verstehen. Oder verstehen wollen.«

Schillings spürte, wie seine Sätze die junge Frau beeindruckten, und griff nach ihrer Hand. »Die Elefantentrainer in Indien haben etwa achtzig Ausdrücke, um sich mit ihren Tieren zu verständigen. Und die Elefanten verstehen sie alle.« Er ließ seine Worte einen Augenblick wirken, dann wurde seine Stimme leise und eindringlich. »Ist es nicht seltsam, dass der Mensch, das höhere Wesen, sich keinen Augenblick bemüht, die angeblich niederen zu verstehen?«

Das hatte er wunderbar gesagt. Die weite Ebene, durch die sie wanderten, kam ihr in diesem Moment so unberührt vor, als wären sie beide die ersten Menschen, die sie betraten.

»Manchmal frage ich mich, was denkt ein Elefant, dieses friedliche, kluge Tier, über uns Menschen?«, fragte Elisabeth.

»Nichts Gutes«, erwiderte er und lachte bitter. »Es muss für ihn ungeheuer traurig sein, zu spüren, dass diese angeblich so hochintelligenten Zweibeiner nichts Besseres im Sinn haben, als ihn abzuschlachten.«

Elisabeth blieb stehen, ohne seine Hand loszulassen. »Sie haben eigenartige Gedanken.«

»Finden Sie wirklich?«, fragte er leise und drehte sich zu ihr.

»Nein, eigentlich nicht«, musste Elisabeth zugeben. »Ich denke manchmal ganz ähnlich.«

»Das wundert mich nicht.«

Seine Hand strich über ihr Haar. »Ein Mensch fühlt, wenn er eine verwandte Seele trifft.«
Elisabeth erschrak, schließlich war sie damit gemeint. Schon spürte sie, wie ihr das Blut in den Kopf schoss. Das war das schönste Kompliment, das sie je bekommen hatte. Was sollte sie jetzt sagen? Der Mann, der sie mit glühenden Augen ansah, schien keine Antwort zu erwarten.
»Ich glaube, wir sollten umkehren«, murmelte sie und wandte sich ab, um ihre Verlegenheit zu verbergen.
»Wie Sie wollen«, antwortete er fröhlich und schulterte seinen Apparat.

Als sie zurück ins Lager kamen, tranken sie Tee. Schillings hatte verschiedene Sorten im Gepäck, er schien ein Genießer zu sein. Einige Minuten saßen sie schweigend im Zelt. In Elisabeths Kopf drängten sich die widersprüchlichsten Gedanken. Schillings schien das zu spüren, er beschränkte sich auf kleine Gesten der Aufmerksamkeit, wobei es ihm gelang, sie immer wieder wie zufällig zu berühren.
»Das Schwierigste sind die Löwen. Sie jagen nachts«, sagte er unvermittelt.
»Und da können Sie nicht fotografieren«, antwortete sie und stellte ihre Tasse ab.
»Doch, ich kann. Wollen Sie es sehen?«
Elisabeth nickte, sie war tatsächlich neugierig geworden.
»Dann müssen Sie bleiben, bis es dunkel ist.«
Erst jetzt wurde ihr klar, was das bedeutete. Schillings schien ihre Gedanken zu lesen. »Sie können in dem Zelt schlafen, in dem die Geräte liegen.«
Bevor sie darüber nachdenken konnte, ergriff der Fotograf

ihre Hände. »Sie würden mir eine große Freude machen.«
Elisabeth zögerte, doch der Blick seiner blauen Augen ließ ihr keine Wahl.

Sobald die Sonne tief über den Bäumen stand, begannen Schillings' Helfer mit der Vorbereitung des fotografischen Experiments. Unter seiner Anleitung zogen sie eine tote Antilope an einem Baum hoch und banden sie auf halber Höhe fest. Nun legte der Fotograf Drähte auf dem Boden aus, die er an verschiedenen Punkten fixierte. Elisabeth sah ihm neugierig zu. »Was wird das?«
»Eine Art automatischer Auslöser.«
Er verband das Ende der Drahtrolle mit einem großen, rechteckigen Kasten, der auf einer Stange befestigt war. Das Innere war mit einer silbernen Metallfolie überzogen, vor der eine Ampulle angebracht war.
»Und dieser Kasten beleuchtet den Löwen?«, fragte sie.
»Wenn alles gutgeht«, antwortete er und überprüfte die Halterung des Blitzaufsatzes. »An der Pulvermischung arbeite ich noch. Manchmal explodiert das Zeug zu heftig. Letzte Woche hat der Kasten ein Negergesicht angesengt.«
Elisabeth stutzte, so wie er das sagte, schien ihm das völlig egal zu sein. Schillings achtete nicht länger auf sie, sondern führte den Draht zu der ersten der beiden Kameras, die etwa vier Meter entfernt hinter einer Sichtblende aus Zweigen und Ästen verborgen war. Ein Loch in der Mitte ließ Platz für das Objektiv. Eine zweite Kamera zurrte er auf dem Baum fest, dicht über der Antilope. Die Linse zeigte nach unten auf das tote Tier. Auch hier schloss er

den Draht an, verband das andere Ende mit dem Auslöser und testete den Mechanismus. Zufrieden kam er zurück.
»Fertig.«
»Und was soll jetzt passieren?«
»Der Löwe wird vom Köder angelockt, berührt den Draht, dieser löst das Blitzlicht und die Kameras aus.«
»Und das funktioniert?«
»Nicht immer.«
Er warf einen letzten Blick auf das komplizierte Arrangement und wandte sich wieder Elisabeth zu. »Jetzt können wir nur noch warten.«
Eine Verbeugung unterstrich sein charmantes Lächeln. »Mit Ihnen wird mir das ein besonderes Vergnügen sein.«
Voller Bewunderung sah sie ihn an, die herzlose Bemerkung von vorhin hatte sie vergessen.

Zur gleichen Zeit befand sich Max schon wieder auf dem Rückweg. Er hatte einen Eilmarsch angeordnet, denn er wollte früher als geplant zurück sein. Während er bei glühender Hitze durch die Savanne marschiert war, war er zu einem Entschluss gekommen, der keinen Aufschub duldete. Er wollte sich bei Elisabeth entschuldigen, deshalb musste er unverzüglich nach Hause. Die Träger, die unter der Last der schweren Trophäen nur mühsam vorwärtskamen, hatten anfangs gemurrt, doch Max hatte ihnen doppelten Lohn versprochen. So konnte er mit etwas Glück die Pflanzung vielleicht noch vor Sonnenuntergang erreichen. Wenn Elisabeth erfuhr, was das Elfenbein wert war, das er jetzt durch die Büsche schleppte, würde sie die Sache bestimmt mit anderen Augen sehen. Er konnte es kaum erwarten, sich mit ihr zu versöhnen und seine Frau wieder in den Armen zu halten.

Die Dämmerung hatte eingesetzt. Elisabeth und Schillings saßen wieder im Zelt des Fotografen, der einen Stapel großformatiger Fotos durchblätterte. Elisabeth nippte an ihrem Weinglas. »Ich habe bisher kaum Aufnahmen von wilden Tieren gesehen.«
»Weil es keine gibt.«
»Wie kann das sein?«
»Weil ich der Erste bin, der es versucht.«
»Aber auf dem Schiff, im Speisesaal, da hingen doch einige Fotos.«
Schillings lachte spöttisch. »Haben Sie genau hingesehen? Die Tiere waren nicht echt. Das waren ausgestopfte Modelle, die man auf irgendeine Wiese erlegt hat, ein alter Trick.«
Immer noch suchte er nach den Aufnahmen, die er ihr zeigen wollte, fand sie aber nicht. »Einen Moment, ich bin gleich wieder da.«
Er legte den Stapel beiseite und ging hinaus. Elisabeth sah sich um. Neben dem Bett lagen fotografische Utensilien, dazwischen ein paar getragene Hemden, einzelne Patronen und mehrere Flaschen Wein. Am Kopfende des Betts fand sie ein Notizbuch. Das Heft enthielt keine Tagebucheintragungen, wie sie erwartet hatte, sondern einen längeren, zusammenhängenden Text. Sie blätterte durch die Seiten und blieb an einer unterstrichenen Stelle hängen.

Niemand vermag zu sagen, an welchem Tage das letzte Nashorn dem Menschen erliegen wird, dass aber dieser Tag nicht fern ist, scheint mir gewiss. Das Morden der Elefanten war der Anfang, und ein Ende ist nicht in Sicht. Mit dem letzten dieser Tiere wird der Mensch wieder einen Lebensfaden zerschnitten haben, der seit Urzeiten unzählige Millionen von Individuen erzeugte, die alle ihre Feinde überdauerten. Bis zu dem Zeitpunkt, als sie winzigen Metallstückchen erliegen sollten, die zweibeinige Zwerge aus großer Entfernung mit unheimlicher Zaubergewalt in ihre Körper zu entsenden verstehen …

Wie elegant er seine Gedanken zu formulieren verstand. Elisabeth war tief bewegt von der Weitsicht dieser Zeilen, auch wenn der pessimistische Ton sie traurig machte. Ein so sensibler und intelligenter Mann war ihr noch nie begegnet. Und jetzt saß sie in seinem Zelt. Bevor sie weiter darüber nachdenken konnte, näherten sich von draußen Schritte.

Als Schillings zurückkam, hatte er einen Karton unter dem Arm. Er setzte sich neben sie und reichte ihr einen Stapel Fotos.

»Die finde ich am besten.«

Während sie die Bilder betrachtete, spürte sie seinen warmen Atem an ihrem Hals. Sie war sich nicht sicher, ob das Zufall war oder ob er sich absichtlich so dicht neben sie gesetzt hatte. Jedenfalls bekam sie eine Gänsehaut, doch unangenehm war dieses Kribbeln nicht. Fasziniert betrachtete sie jedes einzelne Foto. »Großartig. Für wen fotografieren Sie?«

»Für die Leute zu Hause, die die großartige Tierwelt Afrikas nicht kennen.«

Seine Finger wanderten durch den Stapel, dann wählte er zwei Bilder aus. Eines zeigte einen Elefanten, der mit erhobenem Rüssel an einem Baobab-Baum vorbeiwanderte, das andere einen Löwen, der majestätisch auf einem Felsen stand.

»Sind es nicht großartige Geschöpfe? Man muss sie in freier Wildbahn aufnehmen, sonst verlieren sie ihre Würde.«

»Gratuliere. Und wie gelingt Ihnen das?«

»Sie haben es doch schon gesehen. Mit Geduld und Liebe.«

»Sie sind ein ungewöhnlicher Mensch.«

Schillings hob sein Glas und sah ihr in die Augen.

»Ich habe eine Vision.«

»Was meinen Sie damit?«

Der Blick des Fotografen verlor sich in der Bewegung des Weins, den er im Glas schwenkte. »Eines Tages wird der Mensch hier alle Tiere ausgelöscht haben. Aus Gier, aus Vergnügen, was weiß ich. Dann wird es nur noch meine Bilder geben. Sie werden uns an das Paradies erinnern, das wir zerstört haben.«

In einem Zug trank er sein Glas leer. Elisabeth runzelte die Stirn. Hatte Max nicht eines Abends einen ähnlichen Gedanken geäußert? »Übertreiben Sie nicht ein wenig?«, erwiderte sie zweifelnd.

Schillings schüttelte den Kopf. Sein Lächeln verschwand. »Ich fürchte nicht.«

Ein paar Sekunden herrschte Schweigen. Elisabeth wechselte das Thema. »Schreiben Sie manchmal auf, was Sie denken?«

»Ich arbeite an einem Buch. Die Fotos brauchen einen Text. Aber keinen, wie ihn Zoologen schreiben.«

»Ich bin sicher, es wird ein wundervolles Buch werden.« Spontan hatte Elisabeth ihre Hand auf sein Knie gelegt. Er hielt sie mit beiden Händen fest. »Wenn Sie das sagen.« Sein Gesicht kam näher, die blauen Augen leuchteten. Elisabeth wusste nicht, was sie jetzt tun sollte, ihr Herz klopfte wie verrückt. Schon wühlten sich seine Hände in ihr Haar, schon spürte sie seinen feuchten Mund an ihrem Hals. Die Lippen wanderten höher, suchten ihr Ohrläppchen, sie spürte Zähne, die zärtlich knabberten. Dann bissen sie zu. Ein kurzer Schmerz blitzte auf, doch schon saugten zwei Lippen an der sensiblen Stelle, schon glitt eine warme Zunge in die Mulde hinter ihrem Ohr. Ein angenehmer Schauder durchfuhr sie.

»Du riechst wunderbar. Und du bist wunderbar. Eine wilde Blume im Paradiesgarten.«

Die tiefe, sanfte Stimme streichelte sie wie der Flügel eines Engels.

In diesem Augenblick ertönte vor dem Zelt ein schepperndes Geräusch, das im Knall einer Explosion unterging, der sogleich eine zweite folgte. Dann war ein wütendes Fauchen zu hören. Schillings sprang auf und packte sein Gewehr.

»Es hat funktioniert!«, rief er und stürzte hinaus. Elisabeth blieb sitzen. Seine Zunge hatte Empfindungen in ihrem Körper ausgelöst, die sie nicht kannte und gegen die sie sich vielleicht nicht wehren konnte.

Im Licht einer Fackel hastete Schillings durch die Dunkelheit. Bei den Apparaturen herrschte ein heilloses Durcheinander. Die Antilope lag mit aufgerissenem Bauch am Boden, die Drähte waren durcheinandergeraten, ein Blitzlicht war umgefallen. Den Fotografen schien das Chaos nicht zu stören. Er lief zu den beiden Kameras und vergewisserte sich, dass die Auslöser funktioniert hatten. Zufrieden kam er zurück.

»Sie haben mir Glück gebracht«, sagte er und zwinkerte Elisabeth, die am Eingang des Zeltes wartete, zu.

»Löwen sind meine Spezialität«, entgegnete sie trocken.

In der Ferne grollte ein Gewitter, ein Blitz zuckte am schwarzen Himmel.

»Komm, das müssen wir feiern«, verkündete er strahlend, nahm Elisabeth bei der Hand und führte sie zurück ins Zelt.

Noch lange standen die Schwarzen neben den Apparaten und dem angefressenen Köder. Doch je länger sie über den Vorfall redeten, desto weniger konnten sie verstehen, warum der weiße Mann die Seele des Löwen ausgerechnet nachts in seinen Kasten locken wollte, wo ihm doch dafür der ganze Tag zur Verfügung stand. Jetzt kam ein dumpfer Knall aus seinem Zelt. Was konnte das sein? Niemand wusste es. Das Verhalten der weißen Männer verstehen zu wollen überstieg die Vorstellungskraft der Eingeborenen. Man musste sie hinnehmen wie den Wind und die Wolken. Doch ob auch sie vorbeiziehen und eines Tages wieder verschwinden würden, war eine ganz andere Sache.

Der Champagner stieg ihr schnell zu Kopfe. Vor allem jetzt, da sie sich hingelegt hatte. Oder hingelegt wurde, wie immer man das sehen wollte. Der Fotograf hatte die zwei Feldbetten eng aneinandergerückt und auf dem Boden Kerzen aufgestellt. Die Flammen spendeten gerade so viel Licht, dass der Körper des anderen zwar sichtbar war, aber ein letztes Geheimnis bewahren konnte. Schillings stellte sein Glas neben Elisabeth ab und legte seine Hände auf ihre Wangen.

»Sie haben mich vorher gefragt, ob ich übertreibe. Nein. Ich fühle, was ich sage. Das ist mehr als wissen.«

Sie spürte die Wärme seiner Haut, die Intensität seines Blicks. Die Flammen der Kerzen verliehen den Zügen des Fotografen einen leicht dämonischen Glanz. Doch Elisabeth bemerkte das nicht, der Zauber des Augenblicks verwandelte den Dämon in einen leidenschaftlichen Engel. Dieser küsste sie auf die Stirn, dann griff er nach ihren Händen und presste sie gegen seine Brust.

»Haben Sie schon einmal etwas ganz stark gefühlt, hier – tief im Herzen?«

»Ich glaube, ich weiß, was Sie meinen«, flüsterte sie.

»Ja, denn Sie sind eine Frau, die weiß, was Sehnsucht ist.«

Die blauen Augen umarmten sie, sie blickte in einen See, in dem sich der Himmel spiegelte. Elisabeth spürte, jeden Augenblick würde sie in der lockenden Tiefe versinken. Schon schlangen sich Arme um ihren Körper, schon drückte sie ein heißer, leidenschaftlicher Körper gegen das Bett. Elisabeth gab seinem Drängen kurz nach, konnte sich dann aber noch einmal lösen. »Sie wissen, ich bin verheiratet.«

Schillings sah sie herausfordernd an. »Ja und? In diesem Augenblick gibt es nur uns beide.«

Gefangen im Bannstrahl seines Blicks saß sie da, unfähig, eine Entscheidung zu treffen.

»Und ich berühre eine Frau. Die schönste Frau, die je in diesem Zelt gelegen hat.«

Eine Hand begann über ihren Rücken zu wandern, suchte den Weg in die Tiefe.

»Das Schicksal hat uns diesen Augenblick geschenkt. Dafür sollten wir dankbar sein.«
Auch die andere Hand machte sich auf den Weg. Elisabeth versuchte, sie festzuhalten, doch es gelang ihr nicht. Vielleicht war ihr Versuch zu halbherzig, vielleicht hatte sie Angst, dass die Energieströme wieder verlöschen könnten, die von den Fingerspitzen dieses Mannes ausgingen und jede Faser ihrer Haut zum Glühen brachten.
»Ihr weißen Frauen könntet viel lernen von den Schwarzen. Die machen sich keine unnötigen Probleme«, flüsterte eine rauchige Stimme. Eine leise, kaum hörbare Alarmglocke klingelte in ihrem Gehirn.
Sie wollte ihn zurückstoßen, doch ihre Arme hatten keinen Spielraum. Energisch drückte Schillings sie zu Boden, seine Lippen suchten ihren Mund. Als seine Zunge in sie eindrang, entglitt Elisabeth in ein Reich unbekannter Gefühle. Die Erregung zwischen ihren Beinen wuchs.
»Ich will dich, ganz. Ich will alles, was du hast.«
Die raunende Stimme betäubte ihren Verstand, ihr Widerstand löste sich auf im Tanz der Zungen. »Und ich werde nicht so brav sein wie dein kleiner Pflanzer.«
Von draußen drangen die Geräusche der Nacht herein. Hyänen keiften, ein Löwe grollte in der Ferne, nicht weit entfernt donnerte ein Gewitter.
Zwei Hände umschlossen ihre Brüste. Feuchte Lippen wanderten über ihren Hals, küssten sanft ihre Haut, glitten tiefer. Heißer Atem streifte ihre Brustwarzen, durch den Stoff der Bluse spürte sie einen saugenden Mund. Eine Hand zerrte den Stoff beiseite. Eine neugierige Zunge eroberte den Raum. Die Zunge wanderte nach unten, spielte mit ihrem Bauchnabel, glitt zurück zu den Brüsten, um-

schmeichelte die Warzen. Dann wieder das Saugrohr der Lippen. Der Mund auf ihren Brustwarzen wurde zu einem heißen Trichter, der sie verschlang. Jede Bewegung der Zunge schickte eine glühende Welle in die verborgenen Tiefen ihres Körpers. Elisabeth fühlte, wie sich die pulsierende Wärme zwischen ihren Schenkeln immer weiter ausdehnte und jede Zelle ihres Körpers durchdrang.
Jetzt schob sich eine Hand in ihre Hose, ein Finger glitt in ihre Gesäßfalte, wanderte weiter.
Erst jetzt bemerkte sie, dass sich eine andere Hand zwischen ihre Beine drängte. Zielsicher glitten die mit Speichel befeuchteten Fingerspitzen an der Innenseite ihrer Schenkel empor. Sie wollte die Hand wegschieben, doch ihr Bemühen ging unter in der lustvollen Leere, in der sie schwebte und die sie nie wieder verlassen wollte. Als sich kundige Finger durch ihre Schamhaare wühlten und zielsicher weiterwanderten, fuhr ein Stromstoß durch ihren Körper. Der glühende Punkt zwischen ihren Schenkeln schien sich unendlich weit auszudehnen, auch sie selbst dehnte sich aus, wurde weit und offen wie der Himmel, in dem sich ihr Blick so oft verloren hatte.
Immer noch spielten die Zähne mit ihren Brustwarzen. Dann bissen sie zu, schnell und fest. Elisabeth schrie auf. Für einen Augenblick war der Bann gebrochen. Sie fuhr hoch und öffnete die Augen. Wie in Trance sah sie die Situation zum ersten Mal, wie sie war: Zwei angetrunkene Menschen betasteten sich lüstern. Die Frau war halbnackt, der Mann, der auf ihr lag, ebenfalls.
Mit einem Ruck fuhr sie hoch. Der Fotograf wurde von ihrer Reaktion überrascht, sie konnte ihn so weit zur Seite drücken, dass sie sich wieder bewegen konnte. Dann sprang

sie auf und brachte Bluse und Rock in Ordnung, ihr Puls raste.
Schillings blieb liegen, er schien zu ahnen, dass er diesen Kampf noch nicht verloren hatte.
»Bisher hat keine Frau dieses Zelt vorzeitig verlassen«, sagte er leise.
Doch, ich, dachte Elisabeth und griff nach dem Karabiner. Sie klappte die Zeltwand hoch, es regnete. Schwer atmend stand sie da und blickte hoch in den dunklen Himmel, der durch einzelne Blitze für Sekunden erhellt wurde. In diesem Augenblick spürte sie Schillings' Atem an ihrem Hals.
»Hast du Angst? Vor dir selbst?«
»Vielleicht.«
Ganz falsch war seine Vermutung nicht. »Auf Wiedersehen«, sagte sie leise. Dann lief sie hinaus in den strömenden Regen, ohne sich noch einmal umzusehen.
»Wo willst du denn hin?«, rief er ihr lachend hinterher. »Mitten in der Nacht, bei dem Wetter?«
Das wusste sie selbst nicht, doch sie rannte weiter, zu dem Zelt, in dem die Ausrüstung des Fotografen verstaut war. Dort hatte sie ihren Maulesel untergebracht, der im Freien den wilden Tieren ausgeliefert gewesen wäre.
In diesem Moment zuckte ein gewaltiger Blitz über den Himmel. Kurz darauf rollte der Donner durch das Tal, und der Regen verwandelte sich in einen Wolkenbruch. Elisabeth zögerte. Schon jetzt spürte sie, wie ihr das Wasser in den Nacken lief, in wenigen Sekunden würde sie vollkommen durchnässt sein. Es hatte tatsächlich keinen Sinn, bei diesem Wetter aufzubrechen, sie würde den Weg gar nicht finden. Während sie zurücklief, schloss sie die obe-

ren Knöpfe ihrer Bluse. Schillings stand immer noch am Eingang des Zelts. Galant hielt er ihr die Plane auf. Sie kroch hinein, ohne ihn anzusehen.

Dem Regen hatte die Karawane gerade noch entkommen können. Kurz bevor es dunkel wurde, wollten sie ein Lager aufschlagen, doch die düsteren Wolken standen wie eine Drohung am Himmel, und so hatten sie nach einer kurzen Rast auch noch die letzte Etappe in Angriff genommen. Jetzt waren alle am Ende ihrer Kräfte, doch sie hatten es gerade noch geschafft. Die Träger luden das Elfenbein im Geräteschuppen ab, Max lief zur Haustür. Er wunderte sich, dass es in der Küche dunkel war. Dann entdeckte er Hassim, der auf der Veranda saß und mit dem neuen Messer einen Bogen schnitzte.

»Was ist denn?«

Hassim reagierte nicht.

»Rede doch endlich!«

Die Antwort des Jungen kam so zaghaft, dass Max sie kaum verstehen konnte. »Memsahib fort.«

Eine kalte Faust schob sich in seinen Magen.

»Was heißt das, wo ist sie hin?«

Hassim sah verlegen zum Boden. »Weg, mit Maultier. Niemand weiß, wohin.«

Max musste sich am Türrahmen festhalten, zum ersten Mal in seinem Leben hatte er das Gefühl, sein Herz könnte aufhören zu schlagen. Er ließ den Jungen stehen und lief hinter ins Dorf. Salem saß im Freien und starrte apathisch ins Feuer.

»Wo ist meine Frau?«

Der Vorarbeiter sah Max stumm an, dann wanderte sein Blick wieder zu den Flammen.
»Sag doch was!«
Der Schwarze schüttelte den Kopf. Im Dunkeln konnte Max nicht erkennen, dass er dem Blick seines Herren auswich.

Wie lange er schon auf den Teller starrte, wusste er nicht. Die Suppe war längst kalt geworden. Wenn Elisabeth nicht vor Einbruch der Dunkelheit zurück war, musste ihr etwas passiert sein. Konnte sie nach Kimamba gegangen sein, zur Eisenbahn? Einen solchen Gewaltmarsch hätte sie nie allein unternommen. Dieser idiotische Streit. Er wusste, wie dickköpfig Elisabeth sein konnte. Wollte sie ihm seine Willkür heimzahlen, wollte sie ihm etwas beweisen? Sein Blick fiel auf die Statue, die auf dem Regal stand. Woher zum Teufel hatte sie diese schreckliche Figur? Solche Skulpturen hatte er schon öfter gesehen. Sie waren grob geschnitzt, doch manche hatten eine Magie, die man sich schwer erklären konnte. Er stellte die Statue vor sich auf den Tisch und sah sie genauer an. Das düstere Gesicht hatte eine merkwürdige Ausstrahlung, wie so viele dieser Götter. Sie waren Ausdruck der wilden, archaischen Seele des Landes, die er nie begreifen würde. Die Figur stellte einen der regionalen Götter dar, das wusste er, doch heute konnte er diesen Kult nicht belächeln. Er wäre froh gewesen, wenn ihm dieser Gott eine Spur hätte zeigen können, irgendeinen Hinweis darauf, wo er Elisabeth finden könnte. Heftiger Regen begann auf das Dach zu trommeln. Unter solchen Umständen eine nächtliche Suche zu starten war unmöglich. Schon nach ein paar Schritten wären die Fa-

ckeln verloschen. In Kürze würde der anhaltende Wolkenbruch alle Spuren ausgelöscht haben. Was konnte er dann noch tun? Dunkle Gedanken kreisten durch seinen Kopf. Wie konnte eine Frau allein in der Wildnis die Nacht überstehen? War Elisabeth von einem Tier angegriffen worden, lag sie sterbend im Gras? Fragen ohne Antworten. Das Gewehr hatte sie mitgenommen, doch keiner der Leute hatte Schüsse gehört.
Alles in seinem Kopf drehte sich im Kreis, oder waren es die Wände, die an ihm vorüberglitten, und er bewegte sich gar nicht? Max spürte, wie ihm langsam der Boden unter den Füßen weggezogen wurde. Ein Blitz fuhr über den Himmel und erleuchtete für Sekunden den Raum.
Die Statue des fremden Gottes schien ihn höhnisch zu beobachten.

Eine Stunde später stieg er die Treppe hoch und öffnete die Tür zur Kammer, in der Elisabeth geschlafen hatte. Sein Blick wanderte über das Bett und einige Kleidungsstücke, die lose herumlagen. Er ließ sich auf die Matratze fallen. Das Wichtigste in seinem Leben war an diesem Abend verschwunden. Ob ihr klar war, was sie ihm antat?
Er begann, die Kleider zu ordnen. Als er ihre Jacke hochhob, fiel ihm ein Foto in die Hände. Es zeigte Elisabeth auf dem Schiff, ihr Gesicht strahlte in freudiger Erwartung. Ein wunderbares Bild, warum hatte sie es ihm nie gezeigt? Sogleich kam ein bitteres Gefühl in ihm hoch. Was hatte er aus dieser Hoffnung gemacht? Hatte er ihr je vermittelt, dass sie mehr für ihn war als ein angenehmer Partner? Hatte er sich je um ihre Bedürfnisse gekümmert, kannte er diese überhaupt? Selbst wenn er nachts auf ihr lag und in

sie eindrang, wusste er im Grunde nicht, was in ihr vorging.
Ihr Gesicht hatte er dabei nie richtig sehen können. Machte ihr Freude, was er da tat? Verwundert stellte er fest, dass er sich das nie gefragt hatte, war er doch immer davon überzeugt, sie würde schon sagen, wenn ihr etwas nicht passte. Gefühle hatte man, darüber musste man nicht reden. So einfach war das. Hatte er denn welche? Sobald er sich eingestand, wie sehr seine Welt in diesem Moment aus den Fugen geriet, wurde ihm klar, dass sein Leben ohne Elisabeth wenig Sinn machte. Hatte er ihr das je gesagt?
In dieser Nacht, der schrecklichsten seines Lebens, begann er zu verstehen, was das Wort Liebe bedeutete. Die Angst, dass diese Erkenntnis zu spät kommen könnte, schnürte ihm die Kehle zu. Je länger er darüber nachdachte, desto elender fühlte er sich.

Noch vor dem ersten Tageslicht verließ Elisabeth das Camp des Fotografen. An diesem Morgen spielte die Natur mit dem Licht und den Farben der Savanne eine Melodie, die ihre Sinne verzaubert haben würde, wären sie nicht mit anderen Bildern besetzt gewesen. Einem nackten, nach Alkohol riechenden Körper, einem siegessicher grinsenden Gesicht, einem feuchten, neugierigen Mund, der sie in einer Weise bedrängt, aber auch erfüllt hatte, wie sie es bisher nicht kannte. Sie hätte sich nie vorstellen können, jemals in solche Abgründe zu fallen. Allerdings war es, soweit sie sich erinnern konnte, eher ein Entschweben gewesen, ein Entgleiten in immer raffiniertere Bereiche der Lust. Umso härter war dann der Aufprall gewesen.

Schon der Rotwein beim Abendessen hatte ihr zugesetzt, der Champagner danach den Verstand endgültig ausgeschaltet. Nicht, dass ihr das unangenehm gewesen wäre. Sich ganz von ihrem Körper leiten zu lassen, dem ein Fremder nie gekannte Empfindungen entlockte, war eine aufregende Erfahrung gewesen. Doch zu spät hatte sie erkannt, wer der Mensch war, der mit ihr spielte. Und spielen konnte er auf eine Art, die sie immer noch schwindlig machte, wenn sie nur daran dachte. Nachdem sie ins Zelt zurückgekommen war, hatte er sich anfangs sehr diskret verhalten. Sie wollte zuerst ihre nasse Bluse wechseln, die Schuhe zog sie dabei auch gleich aus. Kaum hatte sie sich gesetzt, beugte er sich über ihre Beine und saugte an ihrem großen Zeh. Saugen war nicht das richtige Wort. Sein feuchter Mund stülpte sich zuerst ganz behutsam über ihren Zeh, doch dann begannen die Lippen lüstern auf und ab zu gleiten. Schon die erste Bewegung elektrisierte ihren Körper. Sekunden später waren auch die Hände wieder da, überall zugleich. Elisabeth hatte den Eindruck, sich gegen einen Oktopus zu verteidigen. Welle um Welle von Erregung ging durch ihren Körper, jedes Mal wurden sie höher, und als seine Finger die empfindliche Knospe zwischen ihren Schenkeln entdeckte, ging sie in der Sturmflut unter. Als dann auch noch seine Zunge in das schwarze Delta vordrang und es vollends zum Erblühen brachte, gab es nur noch ein Meer von Lust, in dem sie ertrinken wollte.

Nach diesem Taumel in unerforschte Bereiche der Ekstase hatte sie es vor Hitze und Erregung im Zelt nicht mehr ausgehalten und sich kurz in den Regen gestellt. Zu spüren, wie tausend winzige Wassertropfen auf die nackte Haut prasselten, war ein wunderbares Gefühl gewesen.

Für Sekunden stand sie im Wasserfall des Universums, unter dem jeder einzelne Stern auf ihrer Haut prickelte. Doch dann war ihr Verstand erwacht. Am Himmel waren keine Sterne, nur mächtige Regenwolken, und hinter ihr im Zelt lag ein lüsterner Mann, dem sie eine leichte Beute gewesen war. Nach und nach hatte sie gespürt, dass sich hinter der Fassade des sensiblen Künstlers ein anderer verbarg, ein berechnender Verführer, der die Trümpfe seines Charmes rücksichtslos ausspielte. Diesem anderen war sie in dieser Nacht verfallen. Sein Geraune, sich dem Moment hinzugeben und sich nicht mit überflüssigen Gedanken zu belasten, hatte sie betört. Seine Hände, deren raffiniertes Vordringen sie nicht verhindern konnte, seine Zunge, die sich zu Orten Zutritt verschafft hatte, die so bisher nie erobert worden waren, hatten sie in den Abgrund taumeln lassen. Oder in den Himmel geschickt, wie immer man es betrachten wollte. Dafür war sie jetzt in der Hölle.

Sie ritt weiter, ohne zu realisieren, wo sie war oder wohin sie ging. Unter einem stahlblauen Himmel, von dem jetzt auch die letzten Regenwolken verschwunden waren, saß Elisabeth im Sattel, ohne wirklich anwesend zu sein. Zu tief hatte sie sich in das Labyrinth ihrer Gedanken verirrt. Wie sollte sie jetzt dem Mann gegenübertreten, dem sie die Reise in dieses wunderbare Land verdankte? Der ihr ein Zuhause gegeben hatte, der ihr vertraute und mit ihr seine Zukunft plante – ihrem Mann.

Zum ersten Mal wurde ihr die volle Bedeutung dieses Worts bewusst. Und zugleich erfuhr sie die Tragweite eines anderen Begriffs, die ihr bisher in diesem Ausmaß ebenfalls noch nie begegnet war: Scham.

Nach zwei Stunden wusste Elisabeth nicht mehr, wo sie war. Sie hatte sich verirrt.

◎◎

Bei Sonnenaufgang versammelte Max die Arbeiter vor dem Haus. »Die Memsahib ist verschwunden«, sagte er mit belegter Stimme, »vielleicht ist ein Unglück geschehen.«
Betroffen sahen ihn die Eingeborenen an. So unsicher und ratlos hatten sie den weißen Herren noch nie gesehen.
Hassim saß unter dem Jacaranda-Baum, er hatte die ganze Nacht nicht geschlafen. Während Max den Leuten erklärte, wie sie die Gegend absuchen würden, hielt er sich die Hände vors Gesicht. Er wollte nicht, dass man seine Tränen sah.

◎◎

Nachdem Elisabeth eine Weile ziellos umhergeritten war, spürte sie die Hitze. Im Schatten eines Baumes stieg sie ab. Sie wollte auf einen Hügel klettern, um sich einen Überblick zu verschaffen. Während sie das Maultier anband, entdeckte sie in fünfzig Meter Entfernung zwei Hyänen, die unruhig durch das Gras schlichen. Sie schienen einen Kadaver zu wittern.
Elisabeth wollte zügig voranschreiten, doch sie kam nicht weit. Nach ein paar Schritten schnappte etwas zu und hielt sie fest. Der Schmerz, der durch ihren Körper jagte, raubte ihr fast die Besinnung. Sie stürzte ins Gras und lag einen Augenblick atemlos da. Dann versuchte sie, ihren Oberkörper aufzurichten, jetzt konnte sie sehen, was passiert war: Ihr Fuß steckte in einer Löwenfalle.

◎◎

Als die Männer ausschwärmten, blieb Max mit Salem zurück. Zum ersten Mal fühlte er sich klein und hilflos in der Gegenwart dieses Mannes. Gerade jetzt war Kilemi, der Gewehrträger und Spurenleser, den er so dringend gebraucht hätte, nicht da. Er war zum Oberlauf des Kisingatta aufgebrochen, um der Beerdigung eines Stammesältesten beizuwohnen. Doch Max musste etwas tun, sofort.

»Wer ist der beste Fährtensucher im Dorf?«

»Watangi.«

Max biss sich auf die Lippen, gerade der, den er ausgepeitscht hatte. »Wo steckt er?«

»In Wumi.«

In dieses Dorf gingen die Männer gelegentlich, weil es dort *pombe* gab, selbstgebrautes Hirsebier. Max hatte seinen Leuten verboten, es auf der Schamba zuzubereiten, denn dann konnte er nicht mehr damit rechnen, dass sie pünktlich zur Arbeit erschienen.

»Hol ihn bitte. Wann kannst du zurück sein?«

Salem hob die Hand in schrägem Winkel zum Himmel, seine Finger zeigten den Sonnenstand von zehn Uhr.

Aus den zwei Hyänen, die durch das Gras schlichen, waren sieben geworden. Sie kamen immer näher. Elisabeth war fast bewusstlos vor Schmerz. Bisher hatte sie sich die Tiere mit Steinwürfen vom Leib halten können, doch jetzt gab es keine Steine mehr. Das Maultier stand etwa fünfzehn Meter entfernt, am Sattel hing das Gewehr. Fünfzehn Meter. Diese Entfernung könnte ihren Tod bedeuten. Ein qualvoller Tod, ein sinnloser Tod.

Sie versuchte, sich wieder ein Stück weiter zu schleppen. Der Schmerz war unerträglich, das schwere Eisen schien ihr das Bein vom Leib reißen zu wollen. Mit der Kraft der Verzweiflung kämpfte sie sich voran, Zentimeter um Zentimeter. Sie hatte nur noch einen Gedanken im Kopf: nicht das Bewusstsein zu verlieren.

Max saß vor dem Haus und wartete, sein Blick war auf den Horizont gerichtet. Dort müsste endlich einer seiner Leute auftauchen und eine Nachricht von den Suchtrupps bringen. Doch vielleicht wollte er diese gar nicht hören. Weil sie jede Hoffnung zunichte machte.

Eine Hand klopfte ihm auf die Schulter. Es war Minnie, sie wollte ihm eine Tasse Tee reichen. Das Mädchen sah so traurig aus, als wäre Elisabeth bereits tot und beerdigt. Max schüttelte den Kopf. Keinen Tee und keine verheulten Augen. Minnie verschwand wieder.

Er wartete, doch er wartete vergeblich. Niemand kam. Auch Salem war immer noch nicht zurück. Max spürte, wie in der flimmernden Hitze, die über dem Land lag, die Situation des Wartens langsam irreal wurde. Sein Blick verfolgte die Minuten, die lautlos zu Boden tropften. Vor seinen Füßen bildete sich ein See aus verlorener Zeit.

Inzwischen hatte Elisabeth das Maultier fast erreicht. Doch gerade, als sie die Hand ausstrecken wollte, wich es zurück, der Anblick der lauernden Hyänen hatte es nervös gemacht. Sie wollte dem Tier beruhigende Worte zurufen, doch ihr Mund war so ausgetrocknet, dass sie keinen Laut

hervorbrachte. Die Feldflasche war in der Satteltasche – unerreichbar wie das Gewehr.
Plötzlich schlug ihr ein modriger Geruch entgegen, dicht neben ihr war ein geiferndes Maul im Gras aufgetaucht. Sie stieß einen gellenden Schrei aus und wunderte sich, woher sie die Kraft dafür nahm. Der Kopf der Hyäne verschwand. Elisabeth kroch weiter. Sie spürte die Beine nicht mehr, es kam ihr vor, als würde sie nur noch ihren Rumpf durchs Gras zerren. Nach einer halben Stunde hatte sie das Maultier erreicht. Doch das Gewehr hing zu hoch. So sehr sie sich auch streckte, sie konnte es nicht erreichen. Und die Wasserflasche schon gar nicht.

Max war mit den Nerven am Ende. Gerade, als er sich entschloss, allein aufzubrechen, tauchte Salem zwischen den Büschen auf, eine zweite Gestalt folgte ihm, beide waren völlig außer Atem. Der Vorarbeiter hatte dem Fährtenleser bereits alles erklärt. Dieser blieb vor Max stehen und sah ihn ernst an. »Watangi Memsahib finden.«
Im Gesicht des Mannes war kein Anzeichen dafür zu erkennen, dass er ihm die Misshandlung nachtrug.
»Dann los.«
Max drehte sich schnell um und schulterte das Gewehr, er wollte seine Verlegenheit verbergen. Dann holte er Moritz.

Wie sie es bis zu dem Maultier geschafft hatte, wusste sie nicht. Jetzt krallten sich ihre Finger in den Sattelgurt. Er gab nach und rutschte. Sie versuchte es noch einmal. Dann tastete auch die andere Hand nach dem Gurt, fand Halt, klammerte sich fest. Nun konnte sie den Oberkörper nachziehen, wenigstens ein kleines Stück. Ihre Beine waren taub, sie fühlte nichts mehr. Der Körper handelte von selbst, getrieben von einer Kraft, die ihr fremd war. Wieder schob sie ihre Hand ein Stückchen höher. In diesem Augenblick sprang eine Hyäne aus den Büschen und fletschte knurrend die Zähne. Das Maultier machte einen Satz und bäumte sich auf, die Finger rutschten ab, ihr Körper sank zu Boden.

Eine Welle von Wut und Verzweiflung raste durch ihr Gehirn. War ihr Traum von Afrika an diesem Tag zu Ende? Würde sie hier sterben, im Dreck? Ohne die Chance, ihr junges Leben gegen stinkende Aasfresser zu verteidigen?

Vor ihren Augen landete ein bunter Vogel. Sein Schnabel pickte unbekümmert im Gras. Einen kurzen Moment blickten seine winzigen Augen den Menschen, der hilflos im Gras lag, neugierig an, dann flog er davon. Ein Punkt am tiefblauen Himmel, den ihr Blick schnell verlor.

Was dann geschah, konnte sie auch später nicht erklären. Mit geballten Fäusten drückte sie sich noch einmal hoch, eine Hand schnellte empor, erwischte den Steigbügel, die andere Hand griff nach dem Sattelgurt, mit einem Ruck zogen beide Arme den Körper nach. Schon folgte der nächste Griff, schon klebte sie mit der Stirn am Sattel, roch den klebrigen Schweiß unter dem Leder. Blind tastete sie nach dem Gewehrkolben. Ihr Körper streckte sich, ging durch den Schmerz hindurch, als würden Sehnen und Muskeln in ihrem Bein jeden Augenblick zerreißen. Dann berührten ihre Fingerspitzen ein Stück Metall. Wie sie nach einer Ewigkeit die Waffe aus dem engen Futteral herausziehen konnte, würde sie nie begreifen, denn ihr Bewusstsein hatte sich verabschiedet.

Als sie wieder klar denken konnte, saß sie auf dem Boden, mit dem Rücken gegen den Baum gelehnt. Ihr Hände versuchten, die Klauen der Falle mit dem Lauf des Gewehrs auseinanderzubiegen. Doch der Mechanismus bewegte sich keinen Millimeter. Der unerträgliche Schmerz, der bei jeder Berührung des Eisens durch ihren Körper jagte, raubte ihr die letzte Energie. Sie richtete sich auf, riss den Repetierbolzen zurück und schob die erste Kugel in den Lauf. Ihr war klar, dass sie nur ein volles Magazin hatte. Die Reservepatronen lagen in der Satteltasche, neben der Wasserflasche, unerreichbar. Ein Magazin. Fünf Kugeln. Doch da draußen schlichen mehr Hyänen durchs Gras, als sie erlegen konnte, selbst wenn jeder Schuss traf.
Der Kampf um ihr Leben begann.

Seit einer Stunde waren sie in östlicher Richtung unterwegs. Max ging zu Fuß, das Maultier führte er am Zügel hinter sich her. Vor ihm lief Watangi und suchte nach Spuren. Max wusste, nach dem Tropenregen der letzten Nacht war das eine unmögliche Aufgabe. »Wir haben kaum Chancen, ich weiß, aber wir müssen es versuchen. Bitte!«, sagte er flehend, als würde er zu sich selbst sprechen. Der Schwarze blieb stehen und richtete sich auf, diesen Ton hatte er bei seinem Herren noch nie gehört. Max schaute verlegen zu Boden.
»Es tut mir leid«, murmelte er leise. Watangi sah ihn schweigend an.

»Ich meine das Missverständnis damals«, fügte Max hinzu. »Es war meine Schuld.«
Unsicher, ob ihn sein Gegenüber verstanden hatte, hob er den Blick. Ein breites Lächeln überzog das Gesicht des Schwarzen. »Ich versprechen Memsahib finden.«
Entschlossen deutete er in die Richtung der Hügel, als wäre er sich sicher, die Vermisste dort zu finden. Max hatte keine Ahnung, woran er sich orientierte, zumal auch der Hund bisher keine Spuren entdeckt hatte und immer wieder ziellos hin und her lief.
Nach einer weiteren Stunde erreichten sie die erste Anhöhe. Auch hier war nichts zu sehen. Nun war Max überzeugt, dass es sinnlos war, weiterzugehen.
»Das reicht. Wir kehren um.«
Watangi schüttelte heftig den Kopf.
»Ich weiß, du tust dein Bestes. Leider bringt uns das nicht weiter.«
Die Augen des Schwarzen sahen ihn traurig an. Max nahm die Feldflasche vom Gürtel und ließ sich ins Gras fallen. Das war das Ende. Das Ende seiner Liebe. Das Ende eines Lebens, das Sinn machte. Beide tranken schweigend, denn es gab nichts mehr zu sagen. In der Ferne wanderten zwei Giraffen durch die Savanne. Dann tauchte ein Elefant unter den Akazien auf. Alles wirkte so friedlich. Und still. Totenstill.
Max fröstelte, das Grauen, das sich in seinem Inneren festgesetzt hatte, dehnte sich aus. Ein Schwarm roter Flamingos flog über ihre Köpfe, der Fluss konnte nicht weit entfernt sein. Aber auch das war jetzt egal. Wie alles.
In diesem Augenblick hörten sie den Schuss. Im Bruchteil einer Sekunde war Max auf den Beinen. Das könnte Kali-

ber 8.57 gewesen sein – sein zweites Gewehr. Blitzschnell schwang er sich in den Sattel und galoppierte los. Der Hund folgte ihm, auch Watangi rannte hinter ihm her, blieb aber bald zurück.

Auf der Kuppe des ersten Hügels hielt Max an. Aus welcher Richtung war der Schuss gekommen? Er konnte nichts erkennen. Überall nur Büsche und hohes Gras.

»Elisabeth!«

Sein verzweifelter Ruf hallte weit ins Tal hinaus. Niemand antwortete. Nur der Hund begann unruhig zu werden, als hätte er etwas entdeckt, wisse aber noch nicht, ob er dem Geruch auch trauen konnte. Nun kämpfte sich auch Watangi den Abhang hoch. Außer Atem blieb er stehen und ließ seinen Blick über die Landschaft streichen. Nichts zu sehen. Nun warf er sich auf die Knie und tastete den Boden ab. Mit bloßen Händen bog er Dornenbüsche zur Seite, suchte nach eingeknickten Grashalmen, abgerissenen Blättern oder winzigen Spuren im Sand.

Der Rottweiler schnüffelte an derselben Stelle und begann zu winseln. Als sich Watangi zu Max umdrehte, strahlte er übers ganze Gesicht. »Maulesel von Memsahib hier gehen. Spur ganz frisch, jung wie kleines Kind.«

Auch der Hund konnte jetzt Witterung aufnehmen. Zwar hatte er Schwierigkeiten, zwischen den dichten Dornen voranzukommen, doch seine blutig zerkratzte Schnauze schnupperte aufgeregt. Schon lief er los, in westliche Richtung, auf den nächsten Hügel zu. Max sprang aus dem Sattel und rannte hinterher, das Gelände war so unwegsam, dass er zu Fuß schneller war. Als er sich die letzten Schritte zur Anhöhe durchkämpfte, war Moritz bereits auf der anderen Seite verschwunden. Einen Augenblick später ertön-

te ein wildes Bellen, gefolgt von einem Jaulen. Dann war es ruhig. Endlich war er oben. Ein Blick in die Senke machte ihm klar, dass er keine Sekunde zu früh gekommen war.
Moritz war zu einem Baobab-Baum gelaufen, der in hundert Metern Entfernung einsam in der Landschaft stand, und kämpfte mit zwei Hyänen. Doch jetzt sprang ihn eine dritte an, der Hund ging jaulend zu Boden. Hinter den kämpfenden Tieren kauerte Elisabeth, im hohen Gras war sie kaum zu erkennen. Sie hielt das Gewehr wie einen Stock und versuchte, die anderen Hyänen mit Schlägen abzuwehren. Doch die Tiere hatten sie eingekreist.
Max lief los. Auf halben Weg schoss er in das Hyänenpack, die Meute wich zurück. Kurz darauf kniete er neben Elisabeth, die ihm wortlos in die Arme fiel.
»Mein Gott. Du lebst.«
Nur stockend kamen die Worte über seine Lippen. Elisabeth konnte nicht sprechen, ihr Körper zitterte vor Erschöpfung. Sie hatte viel Blut verloren, den ganzen Tag nichts getrunken und mit letzter Kraft um ihr Leben gekämpft. Ohne wirklich eine Chance gehabt zu haben. Jetzt waren Geist und Körper am Ende.
Max bog die Falle auseinander, um ihren Fuß zu befreien. Bei der ersten Berührung schrie Elisabeth so laut, dass er sofort wieder losließ. Beim zweiten Versuch wurde sie ohnmächtig, doch nun konnte er ihren Fuß aus dem Eisen lösen. Dann schnitt er den Stiefel auf und untersuchte ihre Verletzung. Sie hatte zwar eine tiefe Fleischwunde, aber der Knochen schien unverletzt zu sein. Elisabeth stöhnte, langsam kam sie wieder zu sich.
Max strich ihr mit der Hand über die Stirn. »Alles in Ordnung. Es tut nur weh.«

»Wasser.« Mehr konnte sie nicht sagen. Er holte die Feldflasche und hielt sie an ihre Lippen. Sie trank mit gierigen Zügen, erst dann öffnete sie die Augen. Max sah sie zärtlich an. »Warst du die ganze Nacht hier draußen?«
Elisabeth nickte, doch seinem Blick wich sie aus.
»Du musst doch vollkommen durchnässt sein.«
»Ist schon wieder alles getrocknet.«
Elisabeth sprach so leise, dass er sie kaum verstand.
»Verzeihst du mir?«, fragte er.
»Ich habe dir nichts zu verzeihen.«
Ihr Blick schien an ihm vorbeizugehen und sich in der Ferne zu verlieren. Als Max sie losließ, sank ihr Kopf erschöpft zur Seite. Jetzt sah sie den Rottweiler. Er lag mit aufgebissener Kehle im Gras, nicht weit vom Kadaver des Maultiers entfernt. Dessen Bauchdecke war aufgerissen, die Gedärme lagen am Boden verstreut. Nun tauchte der Fährtenleser auf.
»Watangi findet Memsahib«, keuchte er und strahlte.
»Danke«, sagte Max und wollte ihm die Hand reichen, doch der Mann lief weiter zu Elisabeth. Diese brauchte ein paar Sekunden, bis sie ihren Patienten erkannte. Dankbar lächelte sie ihn an. Der Schwarze kniete sich neben sie und griff nach ihrer Hand.
»Watangi suchen, Urumba helfen. Watangi finden.«
Elisabeth wusste nicht, wovon er sprach, doch das war jetzt egal. Die Augen des Mannes wanderten zu der Wunde an ihrem Fuß, sie sah nicht gut aus.
Der Fährtenleser wusste, was er zu tun hatte. Lautlos verschwand er im hohen Gras. Elisabeth sah ihm kurz nach, dann sank sie wieder zu Boden, der Himmel über ihr begann sich zu drehen. Sie spürte nicht mehr, wie ihr die

Tränen übers Gesicht rannen. Max, der sie nicht aus den Augen ließ, konnte sich gut vorstellen, was sie in dieser Nacht durchgemacht haben musste. Er ahnte nicht, dass seine Phantasie sich in den entscheidenden Punkten irrte.

KAPITEL 17

Die Garnison der Schutztruppe lag am nördlichen Stadtrand der Hauptstadt. Oberst Lettow-Vorbeck hatte in der Zeit, die er hier war, die Struktur der Truppe so weit neu organisiert, dass sie seinen Vorstellungen einer schlagkräftigen, aber mobilen Einheit einigermaßen entsprach. Seine Hauptsorge waren weiterhin die beiden Häfen Tanga und Daressalam, die einem eventuellen Angriff englischer Kriegsschiffe relativ ungeschützt ausgesetzt waren. Er wusste, dass es im Ernstfall nicht bei einem Beschuss der Küstenstädte bleiben würde, die Engländer würden mit Sicherheit versuchen, ins Land selbst vorzudringen. Dies zu verhindern sah er als seine wichtigste Aufgabe an.

An diesem Tag fand die wöchentliche Stabsbesprechung statt. Der Oberst blickte auf eine große Karte. Hinter ihm standen drei Offiziere und Adjutant Holstein, der sich eifrig Notizen machte.

»Die Grenze zu Kenia ist unser wunder Punkt«, sagte er und zeigt mit seinem Stab auf die Gegend um den Kilimandscharo, dann wanderte der Stock zu den Usumbara-Bergen und folgte der Bahnlinie nach Osten bis nach Tanga, dem nördlichen Hafen. »Wenn Sabotagetrupps hier oben die Schienen zerstören, bricht die Verbindung zum Hinterland zusammen. Die Siedler bleiben auf ihrer Ernte sitzen, und wir können keine Truppen mehr transportieren. Außerdem liegt Tanga wie auf dem Präsentierteller für die Kanonen ihrer Kriegsschiffe.«

»In der Tat, Herr Oberst. Sie haben ja selbst gesehen, dass

wir dort nur ein Geschütz haben, und das wissen die natürlich auch«, sagte der ältere Offizier.
»Fordern Sie dringend zwei weitere an!«
Der Angesprochene machte sich eine Notiz, schüttelte aber skeptisch den Kopf. »Bis die kommen, Sie wissen ja selbst.«
»Werden wir Attrappen bauen.«
»Wie bitte?«
Die Offiziere wechselten skeptische Blicke. Holstein schmunzelte, er kannte den Oberst inzwischen. Dieser musterte seine Männer wie ein Lehrer uneinsichtige Schüler.
»Ganz einfach: Bäume fällen, anstreichen, aufstellen. Gut tarnen, dass sie aussehen, als wollten wir sie verbergen, aber nicht so gut, dass die englischen Spione sie nicht entdecken.«
»Wird umgehend in die Wege geleitet«, meldete der jüngere Offizier, der den Vorschlag idiotisch fand.
»Mit großem Vergnügen«, stimmte der ältere zu, dem die Idee gefiel. Der Oberst warf einen Blick aus dem Fenster.
Auf dem Schießstand des Exerzierplatzes brachte eine Gruppe Askaris ihre Maschinengewehre in Stellung. Sie schienen das zum ersten Mal zu machen, waren aber mit Eifer bei der Sache. Der Ausbilder beobachtete sie grimmig.
Nach einer Weile wandte sich der Oberst wieder der Karte zu. »Wie werden sich die Stämme im Norden verhalten?«
»Schwer zu sagen. Die Engländer werden sicher versuchen, sie aufzuwiegeln«, sagte Holstein und nahm damit den Offizieren die Antwort vorweg. Sie schauten ihn pikiert an, doch der Oberst schien keinen Anstoß daran zu nehmen, denn er setzte seine Rede fort. »Wenn wir sie gut

behandeln, werden sie zu uns halten. Dennoch ist eine Verstärkung der Askari-Kompanien unerlässlich. Wie viele Schwarze können wir von den Farmen abziehen?«

»Das wird Probleme geben. Wenn wir die Pflanzer einziehen und ihnen auch noch die Arbeiter wegnehmen, was soll dann aus den Plantagen werden?

»Wir werden niemanden einziehen, aber viele werden sich freiwillig melden, das hoffe ich jedenfalls.«

»Davon können Sie ausgehen, Herr Oberst«, sagte Holstein, und diesmal erntete er böse Blicke.

Lettow-Vorbeck nickte und studierte wieder die Karte. »Wenn es zu einer Seeblockade kommt, bricht der Export zusammen. Für die Pflanzungen kann das den Ruin bedeuten.«

Sein Blick wanderte über die Fähnchen, welche die Plantagen der Siedler markierten. Im Gebiet der Gongwe-Berge standen nur zwei. »Isolierte Standorte sind schwer zu schützen. Was ist mit Fritz Moser, von dem hört man ja so einiges?«

»Hatte einen Jagdunfall. Muss verkaufen, wird schwer sein in diesen Zeiten.«

»Wir könnten seine Leute übernehmen, als Träger. Oder sie zu Askaris ausbilden.«

Der jüngere Offizier wiegte skeptisch den Kopf. »Niemand weiß, wie die Neger reagieren, wenn ihnen Granaten um die Ohren fliegen.«

»Sie werden Schiss haben, wie wir«, entgegnete der Oberst scharf und schlug mit dem Stab gegen seine Reitstiefel. »Doch sie werden standhalten, wie wir. Unter einer Voraussetzung: Wenn wir sie korrekt behandeln und korrekt bezahlen.«

»Das wird unser Budget nicht erlauben«, warf der ältere Offizier ein.
»Sie werden das Problem lösen, Major Kruse.«
Der Offizier warf Holstein einen hilfesuchenden Blick zu, doch dieser vertiefte sich in seine Notizen. Einen Augenblick herrschte Schweigen. Dann schritt der Oberst hinaus auf die Terrasse, die Männer folgten ihm. Eine Zeitlang beobachtete er die Ausbildung der Askaris im Hof. Zwar waren die Schwarzen etwas unbeholfen, aber man hatte den Eindruck, dass ihr Elan das wieder ausglich. Ihr Stolz, eine wichtige Aufgabe erfüllen zu dürfen, war unübersehbar.
»Wie viele Maschinengewehre haben wir?«, fragte der Oberst schließlich.
»Viel zu wenige«, entfuhr es dem jüngeren Offizier. Der Oberst setzte sein Monokel auf und warf ihm einem kühlen Blick zu. »Vielen Dank für Ihre präzisen Angaben.«
»Mit Verlaub, Herr Oberst, dem muss ich zustimmen. Wir haben nicht einmal für jede Kompanie eines«, kam der Major dem Kollegen zur Hilfe.
»Ich werde zusätzliche anfordern. Bis dahin müssen wir mit dem zurechtkommen, was wir haben.«
Die Askaris begannen jetzt, mit dem Maschinengewehr auf zwei leere Tonnen zu feuern, die vor einer Mauer standen. Sie machten ihre Sache gut, unter den gezielten Garben tanzten fast alle Tonnen im Staub. Doch dann verhedderte sich einer der Männer mit dem Patronengurt. Der Unteroffizier brüllte ihn an und versetzte ihm mit der Peitsche einen Schlag auf den Oberschenkel. Der Oberst hob die Augenbrauen. »So werden wir sie nicht überzeugen.«
Sein Stab schlug wieder gegen die Stiefel. »Holstein!«

Der Angesprochene salutierte. Er wusste, was er zu tun hatte, und ging hinaus. Lettow-Vorbeck wandte sich wieder den Offizieren zu. »Das ist unser Krieg, nicht ihrer. Wer bereit ist, für uns zu sterben, hat nicht nur Anspruch auf unser Geld, sondern auch auf unseren Respekt.«
Die Männer schwiegen, solche Gedanken waren ihnen fremd. »Danke, meine Herren.«
Die Offiziere verließen das Büro Lettow-Vorbecks, der jüngere atmete auf. Sobald sie außer Hörweite waren, machte er seinem Ärger Luft.
»Der scheint ja ein echter Negerfreund zu sein.«
»Er war in Südwest. Unter von Trotha«, erwiderte der Major.
»Ja und?«
»Haben Sie nichts vom Feldzug gegen die Hereros gehört?«
»Nur was in den Zeitungen stand. Und Kantinengerüchte, das Übliche.«
»Das war kein Feldzug, das war ein Gemetzel. Eine Schande für unsere Truppen.«
Überrascht blieb der junge Offizier stehen. Der Major legte den Finger auf die Lippen. »Ich habe nichts gesagt. Und Sie haben nichts gehört.«
Eine Weile gingen sie schweigend den Gang entlang. »Ich glaube, das liegt ihm im Magen. Jetzt will er zeigen, dass die Deutschen auch anders können«, sagte der Major.
Die Männer verabschiedeten sich mit einem Kopfnicken. Heute war ihnen klar geworden, dass ihr neuer Oberbefehlshaber ein Mann war, der nicht mit den üblichen Maßstäben zu messen war. Ob das für die Kolonie gut oder schlecht war, würde sich bald herausstellen.

Trotz Elisabeths glücklicher Rettung herrschte auf der Schamba eine düstere Stimmung. Das rostige Eisen der Löwenfalle hatte die Wunde am Fuß infiziert, zehn Tage lag sie mit schwerem Fieber im Bett. Max war im Eilmarsch nach Kilosa aufgebrochen, um den Sanitäter zu holen. Dieser blieb drei Nächte und gab ihr regelmäßig Injektionen und Medikamente. Die Tees von Minnie musste ihr Max heimlich einflößen, denn der Mann drohte sofort abzureisen, wenn man Negermedizin aus dem Mittelalter seinen Bemühungen vorziehen würde. Stunden saß Max neben Elisabeths Bett, wischte ihr den Schweiß von der Stirn oder hielt einfach nur ihre Hand.
Diese Frau war das Wertvollste, das es in seinem Leben gab, und er würde alles tun, um seine Fehler wiedergutzumachen. Fehler, über die er sich im Nachhinein selbst wunderte. Immer wieder redete Elisabeth im Fieberwahn. Sie schien mit irgendwelchen Gestalten zu kämpfen, mitunter stöhnte sie eigenartig, als würden ihre Alpträume Momente tiefer Lust enthalten. Manchmal rüttelte er sie in solchen Augenblicken wach, um sie von ihren Wahnvorstellungen zu erlösen. Sie starrte ihn dann meist erschrocken an, als wäre er der Dämon, der sie eben noch bedrängt hatte.

Nach vierzehn Tagen ging es ihr besser, das Fieber verschwand und damit auch die schrecklichen Träume. Max wechselte den Verband, die Wunde sah längst nicht mehr so schlimm aus. Doch das schien sie nicht zu interessieren. Langsam gewann er den Eindruck, dass ihr seit dem Unfall vieles gleichgültig geworden war.
»Das Schlimmste hast du hinter dir.«
Elisabeth nickte, ohne ihn anzusehen. Blass und teilnahms-

los lag sie da, doch unter der Decke krallten sich ihre Hände in das Leintuch. Eine verzweifelte Geste, die Max nicht bemerkte. Er legte den bandagierten Fuß wieder ab und wollte sich über sie beugen, doch Elisabeth drehte sich zur Wand.

»Was ist denn? Es geht dir doch besser, und bald wirst du wieder laufen können.«

Keine Antwort. Erst nach einer Weile hörte er eine leise Stimme. »Lass mich allein, bitte.«

Er deckte sie zu und ging hinaus. Elisabeth vergrub das Gesicht im Kissen und begann zu weinen.

Am nächsten Morgen stand Max in seiner Werkstatt am Amboss, hinter ihm warteten fünf Eingeborene auf das, was jetzt geschehen sollte. Es war das erste Mal, dass sie der Bwana hierherbestellt hatte, und sie waren neugierig, was er vorhatte.

»Gut, fangen wir mit etwas Einfachem an«, sagte er schließlich, nahm eine Sichel vom Haken und legte sie auf den Metallblock. Dann klopfte er mit einem Hammer auf die geschwungene Schneide. Unter den schnellen, präzisen Schlägen wurde sie blank und hauchdünn.

»Das nennt man dengeln. Schritt eins«, sagte Max.

»Deng-elln. Schritt eins«, wiederholten fünf schwarze Münder.

Nun nahm er die Sichel vom Amboss, holte einen Wetzstein aus der Tasche und begann damit die Schneide zu schleifen. »Jetzt scharf machen – Schritt zwei. Eigentlich sagt man schleifen dazu.«

Der Satz war zu lang, die Leute blieben hängen. »Dengeln«, wiederholte er.

»Deng-elln«, wiederholten die Schwarzen und starrten ihn an wie das Kaninchen die Schlange. Max musste lächeln, zum ersten Mal seit längerer Zeit.
»Schritt drei wäre dann die eigentliche Arbeit, aber die kennt ihr ja.«
Er ging in die Knie und machte eine Geste, als würde er mit der Sichel ein Büschel Getreidehalme abschneiden. Die Männer lachten, diese Tätigkeit war ihnen bekannt. Max richtete sich wieder auf und teilte Sicheln und Wetzsteine aus.
»Jetzt ihr.«
Alle drängten sich vor, doch Max schob sie wieder zurück, bis sie eine Reihe bildeten. »Langsam, einer nach dem anderen.« Der Vorderste legt die Sichel schief auf den Amboss, schlug aber wie wild auf die Klinge. Das Werkzeug verbog sich und fiel zu Boden. »Nicht so fest, dafür aber genau. Mit dem spitzen Teil des Hammers müsst ihr hier vorne auf die Schneide treffen.«
Noch einmal machte er es vor. Diesmal wiederholte der Mann seine Bewegung exakt.
»Gut so, der Nächste.«
Er trat zurück und beobachtete die Leute eine Weile. Jeder dengelte begeistert vor sich hin, die Männer schwangen die Wetzsteine, als wäre die Arbeit ein Spiel.
Max schmunzelte, seine erste Unterrichtsstunde schien ein Erfolg zu werden. Elisabeth hätte sich gefreut, ihn so zu sehen, und das war ihm Grund genug gewesen, diesen Unterricht auf der Schamba einzuführen.

Längere Unterhaltungen hatten sie in der letzten Zeit allerdings nicht geführt. Seit dem Unfall war ihm nichts anderes übriggeblieben, als seine Frau in Ruhe zu lassen. Elisabeth wollte allein sein und schlief nachts in ihrem eigenen Bett. Offensichtlich hatte sie einen Schock erlitten und würde Zeit brauchen, um darüber hinwegzukommen. Auch wenn es ihm weh tat, seine Zuneigung nicht äußern zu können, denn gerade auf liebevolle Gesten reagierte sie mit erstaunlicher Zurückhaltung, so nahm er dies doch gelassen hin.

Die Tatsache, dass sie diese schreckliche Nacht überhaupt lebend überstanden hatte und ihre Verletzung nach den dramatischen Umständen der ersten Tage zunehmend besser wurde, war ihm Grund genug, nicht zu klagen. Auch freute es ihn, dass er sich immer öfter dabei ertappte, Elisabeth in Gedanken als »seine Frau« zu bezeichnen. War das nicht der Beweis, dass sie nach all den Spannungen nun doch zueinandergefunden hatten und ein richtiges Paar waren, so wie er es sich immer gewünscht hatte? Eigenartig war nur, dass es ihm nie in den Sinn kam, sich zu fragen, ob Elisabeth das auch so sah. Das erschien ihm selbstverständlich, doch da hatte er sich getäuscht.

Elisabeth war keineswegs glücklich. Zwar erschien es ihr manchmal wie ein Wunder, dass sie noch lebte, doch der verzweifelte Kampf gegen die Hyänen hatte Spuren in ihrer Seele hinterlassen. Die zähnefletschenden Mäuler, die von allen Seiten aus dem Gras auftauchten, würde sie nie wieder vergessen können. Der faule Geruch, das nervöse Hecheln, das bösartige Knurren. Halb tot vor Durst und Erschöpfung, hatte sie am Ende nur noch verzweifelt mit dem Gewehrlauf um sich geschlagen, obwohl ihr klar war, dass sie nicht die geringste Chance hatte, dass jeden Moment eine der Bestien auf sie springen würde, um ihr die Kehle durchzubeißen. Oder ihr die Bauchdecke aufzureißen, um die Gedärme hervorzuzerren, während sie noch lebte. Das Grauen dieser Vorstellung konnte sie nicht vergessen.

Es war ein ganz anderer als der Schrecken, den sie empfunden hatte, als damals die Löwin auf sie zugerannt war. Bei dieser Attacke war ihr nicht einmal Zeit geblieben, Angst zu haben. Doch der Kampf unter dem Baum hatte Stunden gedauert, und jede Sekunde davon hatte sich in ihre Seele eingegraben. Doch auch andere Erinnerungen suchten sie heim. In ihren Fieberträumen mischten sich die Blicke der geifernden Hyänen mit den Blicken des lüsternen Fotografen. Die feuchte Spur, die sein Mund über ihren nackten Körper zog, wurde zum modrigen Hecheln der Hyänen. Beide Erlebnisse begannen sich zu vermischen und wurden zu einer einzigen Höllenfahrt. Doch es gab einen Unterschied: In den Armen des Fotografen hatte sie kein Gewehr gehabt, mit dem sie hätte um sich schlagen können, und sie hätte es auch gar nicht gewollt. Und genau das konnte sie sich nicht verzeihen. Seine raffinierte Art, ihre Zurückhaltung in Hingabe zu verwandeln, hatte ihren Verstand Schritt für Schritt ausgeschaltet.

Als das Fieber nachließ, waren beide Ereignisse in ihrer Psyche zu einem großen Trauma verschmolzen. Je gesünder sie wurde, desto mehr litt sie darunter.

So wunderte sie sich nicht, dass ihr Max nach seinem ersten Gefühlsausbruch keine weiteren Zeichen der Zuneigung mehr entgegengebracht hatte. Sie hätte diese gar nicht verdient. Denn jetzt, wo sie begann zu begreifen, dass dieser schweigsame Mann, der bisher nie ein zärtliches Wort gesagt hatte, sich vielleicht nur nicht äußern konnte, dass seine Gefühle so tief in ihm versteckt waren, dass er sie selbst nicht wahrnahm, gerade jetzt hatte sie alles kaputt gemacht.

Diese Erkenntnis half ihr wenig, denn sie kam zu spät. Jetzt konnte sie sich nur noch von Max zurückziehen, obwohl sie ihm am liebsten um den Hals gefallen wäre. Der absurde Widerspruch zwischen Sehnsucht und vom Wahn geschaffener Wirklichkeit machte sie unendlich traurig. Doch etwas hatte sie in den letzten Wochen gelernt: Man durfte Männer nicht danach beurteilen, was sie sagten, sondern was sie taten. Max hatte zwar nie von Liebe gesprochen, aber er war immer für sie da gewesen. Er hatte ihr ein Zuhause gegeben und teilte seinen Traum von Afrika mit ihr. Und er hatte ihr das Leben gerettet. Dieser Mann hatte es nicht verdient, dass man ihn belog. Schon die ersten Sätze nach ihrer Rettung waren eine Lüge gewesen. War das ihr Dank? Elisabeth schwor sich, ab jetzt nur noch die Wahrheit zu sagen, auch über das, was im Zelt des Fotografen geschehen war. Doch schon bei dem Gedanken geriet sie wieder in Panik.

Sie würde es tun, aber wann? An dem Tag, den sie mehr fürchtete als alles andere. An dem Tag, an dem Max sie fragen würde, was sie damals in der Wildnis getan hatte. Dann würde sie ihm alles erzählen, und er würde sie verachten, wie sie sich selbst verachtete. Und dann würde sie gehen. Ihr Traum von Afrika würde zu Ende sein.

Vor diesem Tag hatte sie Angst. Zugleich nahm der Schmerz zu, den sie jedes Mal fühlte, wenn sie seinen besorgten Blicken und den zart angedeuteten Gesten der Zuwendung mit kühler Ablehnung begegnete. Zu dieser Distanz musste sie sich zwingen, um den Schock für ihre Seele in der Stunde der Wahrheit erträglich zu machen. An dem damit verbundenen Schmerz begann Elisabeth zu ersticken. Die Zeit, die verstrich, bis Max die entscheidende Frage stellen würde, wurde zu einer Wunde, an der sie verblutete.

Doch Max fragte nicht. Die dramatische Nacht hatte ihn so aufgewühlt, dass es ihm nicht in den Sinn kam, nach der Ursache zu fragen. Mit psychisch kranken Frauen hatte er keine Erfahrung. Ihm fiel auch niemand ein, der ihm hätte helfen können. Selbst Minnie, die seit Wochen nicht mehr gelacht hatte, war ratlos. Sämtliche Wurzeln und Heilkräuter, die ihr bekannt waren, hatte sie bereits an der Kranken versucht.

Im letzten Licht des Tages saß Max auf der Veranda und sah hinaus auf sein Land. Er erinnerte sich an den ersten Abend, als er mit Elisabeth auf dieser Bank gesessen hatte. Trotz ihrer Enttäuschung hatte sie sich wie im Paradies gefühlt. Und jetzt, nach all dem, was sie gemeinsam durchgestanden hatten, sollten geheimnisvolle Umstände sie daraus vertreiben? Durfte er zulassen, dass in dem Augenblick, in dem sie endlich ihren gemeinsamen Traum leben könnten, dieser wieder zunichte gemacht wurde?

Max nahm sich vor, Elisabeth in dieser Nacht nicht allein zu lassen, auch wenn sie darauf bestehen sollte. Leise stieg er die Treppe hoch. Oben blieb er stehen, atmete tief durch, dann öffnete er die Tür zum Schlafzimmer. Elisabeth lag auf dem Feldbett und starrte zur Decke, wie immer. Er setzte sich auf einen Stuhl. Minuten vergingen, keiner sprach, keiner bewegte sich. Nach einer Weile kam ein tiefer Seufzer aus ihrer Brust. Er hoffte, dass sie etwas sagen würde, doch sie sagte nichts.

»Magst du mich?« Wie ein Fremdkörper stand seine Stimme im Raum. Elisabeth drehte den Kopf zur Wand. Wieder war es still. »Wenigstens ein bisschen?«
Keine Antwort. Elisabeth stiegen Tränen in die Augen, doch das konnte Max nicht sehen. Er setzte sich zu ihr aufs Bett und streichelte behutsam ihre Wangen. Elisabeth drehte sich zu ihm. Ihre feuchten Augen sahen ihn an. Es war der Blick einer Ertrinkenden, die wusste, dass sie die ausgestreckte Hand des Retters nicht mehr erreichen würde. Max konnte das nicht ahnen. Da er nicht mehr wusste, was er tun sollte, stand er auf und ging zur Tür. In diesem Augenblick begannen sich ihre Lippen zu bewegen.
»Ja, ich mag dich. Mehr als ein bisschen.«
Ihre Stimme war ganz leise, doch sie traf ihn ins Herz. Langsam drehte er sich um. Die Worte, die er sagen wollte, kamen nicht.
Elisabeth ahnte, warum er nicht antwortete. Weil er jetzt die Frage stellen würde. Weil er seine Gefühle längst begraben hatte und ihr niemals mehr Fragen stellen würde. Sie wollte nicht weinen, doch was sie wollte, zählte nicht in diesem Augenblick. Deshalb weinte sie.
»Ich liebe dich«, sagte Max nach einer Ewigkeit.
Elisabeth starrte ihn an, als hätte er ihr Todesurteil verkündet.
»Endlich weiß ich es, auch wenn es lange gedauert hat«, fügte er hinzu und versuchte ein zaghaftes Lächeln. Doch es misslang.
Schweigend sahen sich beide an, dann unterbrach das Konzert der Ochsenfrösche die Stille. Nun erwachte Elisabeth aus ihrer Starre. Schluchzend warf sie sich Max in die

Arme. Das Glück, das sie empfand, schmerzte so sehr, dass sie es kaum aushalten konnte.

Die nächsten Wochen waren sie im Paradies. Das Gefühl, geliebt zu werden und selbst zu lieben, verwandelte jede Minute ihres Lebens in einen besonderen Augenblick. Alle Zweifel verschwanden. Die beiden Liebenden gingen mit solcher Energie an die Arbeit, dass die Plantage unter einem magischen Glanz zu leuchten schien.
Die jungen Pflanzen gediehen prächtig. Die jungen Maiskolben glänzten in der Sonne, die Baumwolle wuchs dem Himmel entgegen, und Minnies Gesicht strahlte wieder.

Auch Salem war die Veränderung im Haus des Bwana nicht entgangen. Oft saß er abends noch lange vor seiner Hütte und sah hinüber zum Haus der Weißen. Er war überzeugt, dass Urumba an der jungen Memsahib Gefallen gefunden hatte. Sonst wäre sie nicht zweimal hintereinander dem Tod entgangen. Das war ein gutes Zeichen, und er war froh, für einen Mann zu arbeiten, dem die Götter gewogen waren. Auch wenn sie offensichtlich seine Frau bevorzugten, was nicht verwunderlich war, denn die Memsahib hatte Herz. Sie war grazil und leichtfüßig wie eine junge Gazelle, sein Lieblingstier. Und mutig noch dazu.

Die Memsahib war vor allem glücklich. Die Bedeutung dieses Worts hatte Elisabeth in ihrem Leben bisher noch nie erfahren. Nur auf dem Schiff hatte sie ein ganz ähnliches Gefühl gehabt, als sie allen Ballast abgeworfen und sich auf ihr neues Leben gefreut hatte. Allein die Liebe

fehlte damals. Doch was war Glück ohne Liebe? Sie hätte sich nie vorstellen können, wie schön das Leben sein konnte. Nach kurzer Zeit hatte sie Max auch im Bett wieder umarmen können, selbst wenn es ihr anfangs nicht leichtgefallen war. Am Abend nach ihrer Versöhnung war er zuerst wie ein ausgehungertes Tier über sie hergefallen, hatte sich dann aber besonnen und sie tatsächlich gefragt, ob ihr seine Berührungen gefielen. Da sie sich vorgenommen hatte, nie wieder zu lügen, hatte sie nein gesagt, einfach so. Jedenfalls fast, denn sie wollte ihn ja nicht verletzen. Als er dann wissen wollte, wie sie es lieber hätte, musste sie sich bemühen, nicht an die kundigen Hände des Fotografen zu denken. Das gelang ihr nur deshalb, weil die liebevolle Zärtlichkeit in seinen Blicken und Gesten sie für seine etwas unbeholfenen Bemühungen mehr als entschädigte.
Die Tage und Nächte vergingen, und es gelang ihr, mit der Sprache ihres Körpers seinen Händen zu vermitteln, was Worte nicht erklären konnten. Nach vierzehn Tagen hatte sie ihren ersten Orgasmus.

Am nächsten Abend saßen sie zum ersten Mal seit langer Zeit gemeinsam auf der Veranda. Wieder nahm sie die geheimnisvolle Magie der afrikanischen Dämmerung gefangen. Der glühende Himmel, die mächtigen Wolkengebilde, die Silhouetten der Akazien, die Giraffen und Elefanten, die jeden Tag über die Hügel kamen, wenn man geduldig genug war, um auf sie zu warten.
Elisabeth schmiegte sich an ihren Mann. Sie war glücklich, sie liebte dieses Land und seine Menschen, den weiten Himmel und sogar die Turmwolken, denn wie die Götter der Antike nahmen sie immer wieder neue, phantastische

Formen an. Und sie liebte diesen hageren Mann neben sich, der nichts Unscheinbares mehr hatte, sondern zum ruhenden Pol in ihrem Leben geworden war, ein Fels in der Brandung, auch wenn von einem Sturm vorläufig noch nichts zu spüren war. Aber man konnte nie wissen. Elisabeth war überzeugt, mit Max würde sie jede Schwierigkeit meistern. Sie nahm seine Hand und hielt sie fest. »Weißt du noch, wie du mich am ersten Tag gefragt hast, ob ich mir das alles so vorgestellt habe?«

»Klar, das war dir peinlich.«

Sie küsste ihn lachend auf die Wange. »Schon, aber begeistert war ich auch. Von der großartigen Landschaft, von den Tieren und den dramatischen Farben der Wolken.«

»Aber nicht von mir.«

»Stimmt. Aber jetzt bin ich es umso mehr.«

»Da habe ich ja richtig Glück.«

»Nein, das hast du verdient.« Sie küsste ihn leidenschaftlich. Max blickte verstohlen um sich, so innig hatten sie sich im Freien noch nie umarmt. Die Schwarzen tauschten in der Öffentlichkeit nie Zärtlichkeiten aus.

»Weißt du, wie es Fritz geht?«, fragte Elisabeth, die seine Verlegenheit bemerkte und ihn losließ.

»Man hat ihn ins Krankenhaus nach Daressalam gebracht.«

»Und?«

»Keine Ahnung. Er ist zäh, er wird es schaffen.«

Elisabeth war nachdenklich geworden. Max wollte sie aufmuntern. »Wir sollten mal einen Ausflug machen.«

»Du meinst richtig Urlaub?«

»Vielleicht eine Woche. Jetzt, wo alles gut wächst, könnten wir es uns erlauben.«

Dass ihm die Trophäen der letzten Safari dafür den finanziellen Spielraum verschafft hatten, erwähnte er nicht.
»Dann fahren wir ans Meer, ich war noch nie am Strand«, schlug Elisabeth vor.
»Wenn du willst. Ich könnte dir auch den Berg zeigen.«
»Hügel haben wir doch hier vor der Nase.«
»Einen richtigen Berg, höher als die Zugspitze.«
»Wo soll der sein?«
»Es gibt sogar zwei. Beide sind über 5000 Meter hoch. Der eine heißt Mehru und liegt bei Arusha, der andere ist der Kilimandscharo, der höchste Berg Afrikas. Am Gipfel ist ein Gletscher, der ist das ganze Jahr über weiß.«
»Und wo liegt der?«
»Auch im Norden, kurz vor Kenia. Angeblich haben sie dafür extra die Grenze versetzt.«
Elisabeth sah ihn an, als würde er ihr einen Bären aufbinden. »Nein, wirklich, auf Befehl der englischen Königin. Damit die Deutschen auch einen richtigen Berg haben, soll sie gesagt haben. Schließlich wurde der Kilimandscharo von einem deutschen Missionar entdeckt.«
Elisabeth lehnte sich zurück. »Das ist doch Unsinn.«
Max schüttelte energisch den Kopf. »Du kannst es nachlesen. Krapf oder so ähnlich hieß der Mann, es war in der Mitte der letzten Jahrhunderts.«
»Trotzdem ist es Unsinn.«
»Wieso denn?«
In seiner Stimme lag ein Hauch von Verärgerung. Elisabeth blickte hoch zu einem Schwarm bunter Vögel, der über den Himmel zog. Sie kreisten kurz über den Hügeln, dann landeten sie zwischen den Akazien, genau dort, wo die rote Sonne die Kuppe des Horizonts berührte.

»Ich wette, die Schwarzen kennen den Berg schon seit tausend Jahren. Wie kann ihn dann ein deutscher Missionar entdeckt haben?«
So gesehen hatte sie recht. Wieder einmal staunte Max über den Scharfsinn seiner Frau. Er zeigte ihm, wie sehr er das Land aus europäischer Sicht beurteilte, aus dem Blickwinkel der überlegenen Rasse. Elisabeth zwang ihn, vieles mit anderen Augen zu sehen. Das war gut so, es würde ihm helfen, die Aufgabe zu erfüllen, die er sich vorgenommen hatte: Afrika voranzubringen, jedenfalls das kleine Stück, das ihm gehörte. Deutschland wird Tanganjika zu einer neuen Zukunft verhelfen, und er würde seinen Teil dazu beitragen. Dass dabei sein eigener Erfolg an erster Stelle stand, störte ihn nicht. Er hatte schließlich Elisabeth, um die Dinge zurechtzurücken. Darauf war er stolz. Das Leben sah rosig aus, und sein Traum, die ertragreichste Pflanzung im gesamten Distrikt zu besitzen, würde schon bald in Erfüllung gehen. Dann würde sein Vater kommen, und er würde ihm zeigen, wozu es der schmächtige Sohn im fernen Afrika gebracht hatte. Und was für eine wunderbare Frau ihm dabei geholfen hatte.
Verwundert stellte Max fest, wie viele Facetten das Wort Glück besaß. Es kam ihm vor wie eine Prinzregententorte. Auch die bestand aus vielen Schichten, und erst alle zusammen ergaben den einzigartigen Geschmack, den er so schätzte, obwohl er Süßigkeiten im Grunde nicht mochte.
Als der rote Sonnenball am Horizont versunken war und die Ochsenfrösche die Stille der Dämmerung verjagten, gingen sie ins Haus. Das tropische Paradies, von dem Max in seiner Annonce gesprochen hatte, war endlich Wirklichkeit geworden. In dieser Nacht liebten sie sich so lange

und intensiv, dass Elisabeth das Gefühl hatte, sich in einem glühenden Energiefeld zu verlieren, in dem das Denken erlosch und sich die Grenzen des Körpers aufzulösen begannen.

Am nächsten Morgen stand Max wie immer früh auf. Elisabeth blieb noch eine Weile liegen. In ihrem Körper glomm noch das Feuer der vergangenen Nacht. Heute wollte sie neue Blumen säen, als Erinnerung. Das würde sie immer wieder tun, vor ihrem Haus sollte ein Beet der Liebe entstehen, ein Buch, das nur sie beide lesen konnten. Sie zog das Moskitonetz beiseite und ging zum Fenster. Die frisch bepflanzte Parzelle neben dem Obstgarten gedieh prächtig. Das Glas mit den Samen war eine wunderbare Idee gewesen, dafür musste sie sich bei der Mutter im nächsten Brief noch einmal bedanken. Gerne würde sie ihr dieses herrliche Beet zeigen und natürlich alles andere. Die gesprächige Minnie, den tapferen Hassim, den unergründlichen Salem und natürlich ihren Mann, den berühmten Pflanzer der Gongwe-Berge. Doch ohne Vater war ein Besuch der Mutter unmöglich, und diesen wollte sie unter keinen Umständen sehen. Er hätte an allem etwas auszusetzen gehabt und wäre zutiefst empört gewesen über die primitive Hütte, die sie dem elterlichen Heim vorgezogen hatte.
Ein Leben unter Negern, zu mehr hatte es die Tochter des Schulrats nicht gebracht. Nein, es war undenkbar, schon allein wegen der mühseligen Anreise. Die Mutter würde spätestens am Krokodilfluss scheitern, diesen wiederum hätte sie dem Vater durchaus gegönnt. Ihre Geschwister hingegen hätten einen Riesenspaß in Afrika. Sicher würden sie lieber die Schwester besuchen, die jetzt eine große

Kriegerin war, anstatt immer nur ihre dramatischen Berichte zu lesen.
Elisabeth warf einen Blick hinüber zu den Obstbäumen, auch diese waren kräftig gewachsen. Wenn sie den Garten noch weiter vergrößern würde, könnten sie vielleicht exotische Früchte exportieren. Wenigstens bis Daressalam, so lange würden sie bestimmt frisch bleiben. Das müsste sie mal durchrechnen. Am liebsten allerdings würde sie bunte Kleider nähen lassen und diese nach Deutschland schicken. Da würden die Leute Augen machen. Die Kollektion vom Kisingatta-Fluss!
Elisabeth wunderte sich, was für verrückte Gedanken ihr an diesem Morgen durch den Kopf gingen. Vielleicht war das so, wenn man liebt. So beschwingt wie die letzten Tage war sie jedenfalls noch nie durchs Leben getanzt.

Am Nachmittag unterrichtete Max eine neue Lektion aus »Handwerk und Technik«, wie er die Stunden jetzt nannte. Dazu wählt er immer die Arbeiter aus, die sich in letzter Zeit durch besonderen Eifer ausgezeichnet hatten. Der Unterricht fand einmal pro Woche statt und war für die Leute, wie er schnell herausgefunden hatte, eine bessere Motivation als Geld. Die Schwarzen empfanden es als Auszeichnung, dafür ausgewählt zu werden, und waren mit entsprechender Begeisterung bei der Sache. Diesmal erklärte er den Mechanismus einer Pleuelpumpe, die er zur Bewässerung einsetzen wollte, falls sich sein neuer Brunnen als so ergiebig erweisen würde, wie er es sich erhoffte.
Während seines kurzen Vortrags, bei dem er das meiste mit Gesten erklären musste, da es in Suaheli kein techni-

sches Vokabular gab, beobachtete er durch das Fenster, wie Elisabeth ihr Blumenbeet goss. Als sie mit einer vollen Kanne vom Brunnen zurückkam, stolperte sie und konnte sich gerade noch gegen den Stamm des Jacaranda-Baumes lehnen, sonst wäre sie gestürzt.
Max schob seine Zuhörer beiseite und lief hinaus. »Um Gottes willen, was ist los?«
»Mir war schwindlig. Ich glaube, mir ist schlecht.«
»Wo ist Hassim, warum hilft er dir nicht?«
»Ich habe ihn ins Nachbardorf geschickt, Stoffe aussuchen.« Elisabeth war blass, sie atmete schwer.
»Du warst zu lang in der Sonne.«
»Vielleicht.«
»Leg dich hin.«
Er wollte ihr den Arm um die Schulter legen, doch sie drückte ihn weg.
»Was ist denn?«
Sie drehte sich um und wollte die Gießkanne aufheben, die inzwischen ausgelaufen war. Er nahm ihr die Kanne aus der Hand. »Geh rein, ich mache das.«
Ohne sich noch einmal umzudrehen, verschwand Elisabeth im Haus.

Als Max zum Abendessen kam, lag sie schon im Bett. Lustlos stocherte er in seinem Essen herum. Minnie stand stumm neben ihm, das war ungewöhnlich.
»Was hat sie denn?«, fragte er besorgt.
Die Köchin schüttelte den Kopf, sie schien entweder nichts zu wissen oder wollte es nicht sagen. Natürlich konnte das merkwürdige Benehmen auch nur Ausdruck einer vorübergehenden Laune sein. Er erinnerte sich noch gut dar-

an, wie seltsam Elisabeth gleich nach ihrer Ankunft gewesen war. Doch vielleicht war sie wirklich krank, hatte etwas Falsches gegessen oder sich mit irgendetwas angesteckt. Möglich war das immer. Eine unbestimmte Angst begann seinen Unmut zu verdrängen. Hastig aß er auf, ohne wahrzunehmen, was er verzehrte.

Kaum hatte er den letzten Bissen heruntergeschluckt, lief er hoch ins Schlafzimmer. Elisabeth hatte das Feldbett aufgebaut und lag mit ihren Kleidern unter der Decke.

»Kannst du mir jetzt gefälligst sagen, was los ist?«

»Nichts. Ich fühle mich einfach nicht wohl.«

»Und was soll das mit dem Bett?«

»Ich wollte dich nicht stören. Wenn ich schlecht schlafe, bewege ich mich dauernd.«

»Unsinn. Steh auf und komm rüber.«

Sie schüttelte den Kopf und vermied, ihn anzusehen.

»Lass mich. Bitte.«

Max zog sich aus, legte sich aufs Bett und drehte sich auf die linke Seite, um Elisabeth zu beobachten. Doch diese hatte inzwischen die Kerze gelöscht.

»Habe ich was falsch gemacht?«, fragte er nach einer Weile.

»Nein.«

Was dann? Dieses Verhalten konnte er sich nicht erklären. Vielleicht blutete sie ja wieder und war traurig, dass er nicht mit ihr schlafen konnte. Doch ein zärtliches Aneinanderschmiegen wäre doch allemal möglich gewesen.

»Jetzt komm endlich. Wir müssen doch heute nicht unbedingt.«

Keine Regung kam aus dem anderen Bett, kein Wort brach das Schweigen.

»Kann ich dir irgendwie helfen?«
Elisabeth antwortete nicht, er hörte nur, wie sie unter der Decke zu weinen begann.

Auch am nächsten Tag besserte sich ihre Stimmung nicht. Teilnahmslos saß sie beim Frühstück und zerbröselte das Brot, ohne einen Bissen zu essen. Max beobachtete seine Frau eine Weile, dann platzte es aus ihm heraus. »Was soll denn das? Du benimmst dich eigenartig, und wenn ich frage, was los ist, sagst du nichts. Findest du das in Ordnung?«
»Entschuldigung.«
Sie nahm das Messer und strich Butter auf das Brot. Die Art ihrer Bewegungen zeigte ihm, dass sie das nur tat, um ihre Ruhe zu haben. Max wusste nicht, was er noch sagen sollte. Am meisten ärgerte ihn, dass er die Ursache ihres Kummers nicht kannte und sie anscheinend nicht daran dachte, mit ihm darüber zu reden. Nun war auch ihm der Appetit vergangen. Er stand auf und nahm seinen Hut. Als er hinausgehen wollte, kam ihm eine Idee.
»Weißt du was? Übermorgen ist ein Volksfest in Kilosa, da gehen wir hin. Das bringt dich ganz bestimmt auf andere Gedanken.«
»Wenn du willst.«
Ihre Stimme klang vollkommen unbeteiligt. Max musste sich bemühen, nicht laut zu werden. »Außerdem wollten wir in den Urlaub fahren.«
»Ich glaube, ich würde dir nur zur Last fallen.«
Jetzt konnte sich Max nicht mehr beherrschen und schlug mit der Hand auf den Tisch. »Verdammt noch mal, ich habe ein Recht zu erfahren, was los ist.«

»Nichts, Max. Nichts ist los.«
Wieder die tonlose Stimme, die ihn so hilflos machte.
»Hast du Schmerzen?«
Elisabeth schüttelte den Kopf.
»Was hast du dann?«
»Nur eine Bitte.«
»Und?«
Sie zog ihre Hand zurück und blickte ihn traurig an.
»Geh zu deiner Arbeit. Ich muss allein sein.«
Max sah ein, dass es keinen Zweck hatte, weiter auf sie einzureden. Wortlos verließ er den Raum.

Die nächsten Tage verliefen ähnlich deprimierend. Elisabeth war kaum ansprechbar und hüllte sich in Schweigen. Untertags konnte sich Max ablenken, nur abends war er mit der kühlen und unzugänglichen Atmosphäre konfrontiert, die sie um sich aufgebaut hatte wie eine Raupe ihren Kokon. Zuerst wollte er den Ausflug nach Kilosa wieder absagen, der lange Marsch wäre in ihrem Zustand für Elisabeth vielleicht zu anstrengend gewesen. Doch da sie auf sein wiederholtes Nachfragen nicht reagierte und keinerlei Anzeichen erkennen ließ, lieber nicht zu gehen, hielt er an seinem Entschluss fest. Es ging ihm nicht nur darum, sie auf andere Gedanken zu bringen, vielmehr hoffte er, in der Stadt einen Arzt zu treffen oder wenigstens den Sanitätsoffizier. Vielleicht konnte dieser ihn aufklären über die schwierige Psychologie blutender Frauen. Allein kam er jedenfalls nicht weiter. Er spürte, eines Tages würde aus dem Kokon etwas ausschlüpfen, aber er hatte keine Ahnung, was es sein konnte.

KAPITEL 18

Der Marsch nach Kilosa verlief ohne Zwischenfälle. Sie kamen um drei Uhr nachmittags an, gerade rechtzeitig, um sich noch etwas auszuruhen. Diesmal hatten sie Glück und konnten in dem Hotel übernachten, in dem das letzte Mal kein Zimmer mehr frei gewesen war.

»Gibt es hier einen Arzt?«, fragte Elisabeth unvermittelt, als sie nach der Dusche nebeneinander auf dem Bett lagen und Kaffee tranken.

»Eigentlich schon, aber man weiß nie, ob er da ist«, entgegnete Max und wunderte sich, dass sie anscheinend denselben Gedanken hatte wie er. Er wartete auf eine Erklärung, doch es kam keine.

»Freust du dich? Wenigstens ein bisschen?«, fragte er nach einer Weile. Sie warf ihm einen unergründlichen Blick zu.

»Wäre ich sonst so lange marschiert – in meinem Zustand?«

Die feine Ironie war ein gutes Zeichen. Erleichtert ließ sich Max in die Kissen sinken. Wenigstens schien sie jetzt besserer Laune zu sein. Er täuschte sich nicht. Während des Marsches war Elisabeth endlich eingefallen, wie sie eine Antwort finden konnte auf die Frage, die sie schon seit Tagen quälte.

Das kleine Volksfest vor der Boma erinnerte sie an eine Kirmes in Deutschland, als sie zusammenstanden. Im Schatten der dicken Mauern waren Tische und Bänke aufgestellt, dahinter hatte man ein Festzelt aufgebaut sowie ein Podium für die Blasmusik und ein kleineres für die Redner. Es war bereits erstaunlich voll und die Stimmung ziemlich ausgelassen. Vor dem Zelt standen Bratwurststände und ein Schießstand, an dem Luftballons befestigt waren. Zwei Schwarze schoben ein Spanferkel auf den Grill. Überall wehten deutsche Fahnen, vor dem Festzelt auch die bayerische.

»Wie kommt die denn hierher?«, fragte Elisabeth und freute sich, obwohl es dafür eigentlich keinen Grund gab.

»Das Bier hat der Kreitmeier gestiftet, von der Sisalfabrik. Er kommt aus Rosenheim«, erklärte Max.

»Da hinten ist er.«

Der kleine Mann mit dem rundlichen Gesicht saß am vordersten Tisch, neben Stocker. Die beiden waren umringt von Beamten und Pflanzern, alle in Tropenanzügen, mit Hut und Krawatte. Der Platz am oberen Ende des Tisches war noch frei. Max ließ seinen Blick über die Anwesenden schweifen, konnte aber den Sanitätsoffizier nicht entdecken. Als die Männer am Tisch der Würdenträger das neu eingetroffene Paar entdeckten, hoben sie die Bierkrüge.

»Hallo Leitner. Prost.«

»Auf die schönste Frau westlich des Kisingatta«, rief Kreitmeier.

»Und die einzige«, ergänzte Stocker und genehmigte sich einen kräftigen Schluck. »Setzt euch.«

Er wies auf die noch freien Plätze am Tisch. Max spürte, wie angespannt Elisabeth plötzlich war. »Danke, vielleicht später. Wir wollen uns zuerst noch ein wenig umsehen.«

Stocker runzelte die Stirn, ein Angebot des Bezirkssekretärs abzulehnen war nicht üblich. »Dann geht doch runter zu den Negern, die feiern auch. Bier haben sie in rauhen

Mengen, aber ob's der gnädigen Frau schmecken wird, ist eine andere Frage.«
Die leichte Verlegenheit, die am Tisch aufkam, wurde überspielt durch den Einsatz der Kapelle. Die Männer hoben ihre Krüge und klopften im Takt der Marschmusik mit den Fäusten auf den Tisch.
Erleichtert, die Klippe gesellschaftlicher Zwänge umschifft zu haben, nutzte Max die Gelegenheit, um mit Elisabeth in der Menge zu verschwinden. Auch diese war froh, von hier wegzukommen. Sie hatte eben zwei Männer aus der Schutztruppe entdeckt, die auf den Tisch zusteuerten, und hatte keine Lust, den Abend in einer Männergesellschaft zu verbringen, bei der sie sich so überflüssig gefühlt hätte wie eine Papaya auf einem Wurstbrot.
Während sie weitergingen, trat ein älterer Herr mit Bart und Nickelbrille ans Rednerpult, ein Offizier begleitete ihn. Vor dem Mann lagen mehrere Seiten Papier, er schien eine längere Ansprache zu planen. Die Band spielte einen Tusch, die Gespräche an den Tischen verstummten.
»Wer ist das?«, flüsterte Elisabeth.
»Der Bezirksamtmann.«
Schon trat der Redner vor und rückte seine Brille zurecht.
»Liebe Freunde.«
Er räusperte sich und holte tief Luft. »Wir alle wissen, die Heimat ist weit weg, doch an Tagen wie diesen ist sie ganz nah. Wir feiern heute den Geburtstag unseres Gouverneurs. Und wir wissen, in dieser Stunde blickt auch der Kaiser nach Ostafrika, denn unsere Heimat ist auch seine Heimat geworden.« Elisabeth fiel das Foto ein, das Minnie in der Kammer aufgestellt hatte. Sie beugte sich zu Max und flüsterte ihm ins Ohr.

»Deshalb schaut der Kaiser bei uns auch zum Fenster raus.«
Der Redner fuhr fort. »Was uns vereint, liebe Freunde, ist, dass wir Deutsche sind. Und da zählt es nicht, ob wir uns in der Südsee befinden, in Afrika oder auf Helgoland. Es gibt nur ein Deutschland, zu Hause oder irgendwo auf der weiten Welt. Das ist der Ort, wo Deutsche sind!«
Kräftiger Applaus unterbrach ihn, die Kapelle spielte einen Tusch. Max runzelte die Stirn. »Die üblichen Phrasen.«
»Warum gehen wir dann nicht runter zu den Schwarzen?«
»Willst du das wirklich?«
»Warum nicht?«
Auch wenn Max das Gesicht verzog, war er insgeheim froh, dass sie endlich wieder einen Wunsch geäußert hatte.

Auf dem Weg ins Dorf hängte sich Elisabeth bei ihm ein, es war ihre erste Berührung seit Tagen. Schon nach ein paar Schritten spürte sie, wie sehr ihr der Geruch und die Wärme seines Körpers gefehlt hatten. Für Max war es eine Geste der Versöhnung, auch wenn der dazugehörende Streit gar nicht stattgefunden hatte. Er genoss ihre Nähe und fühlte zum ersten Mal wieder das enge Band zwischen ihnen, das auf so merkwürdige Weise zerrissen war.

Die Schwarzen feierten vor ihren Hütten, unterhalb der deutschen Siedlung. Die Menschenmenge, die sich dort versammelt hatte, war gewaltig. Viele waren von weit her gekommen und gehörten den unterschiedlichsten Stämmen an, die auch Max nicht alle kannte. Anfangs wussten beide nicht, wo sie hingehen sollten, denn überall gab es etwas Aufregendes zu sehen. Gleich da, wo sie ankamen, schlugen vier wild aussehende Männer auf mächtige Trommeln. Sie erzeugten einen betörenden Rhythmus, der die Bilder vor Elisabeths Augen zum Tanzen brachte: Die Speere und Schilder der Krieger, ihr phantastischer Kopfschmuck, die Halsketten der Frauen, die Farbenpracht ihrer Gewänder, die schweren Silberringe an den Füßen, sie konnte sich nicht sattsehen an den schillernden Gestalten und spürte, wie der dumpfe Klang der Trommeln ihren Herzschlag beschleunigte.

Und noch etwas anderes fiel ihr auf. Sie und ihr Mann waren die einzigen Weißen auf dem Fest, entsprechend wurden sie angestarrt. Max war das unangenehm, doch Elisabeth lachte und winkte immer wieder fröhlich zurück.

Schon bald bekam sie Durst. Zwar gab es überall kleine Stände, an denen vom Maiskolben bis zu frittierten Bananen alles Mögliche angeboten wurde, doch nirgends konnte sie einen Bierausschank entdecken. Max zeigte auf einen schattigen Platz, an dem Frauen ein Getränk aus Eimern schöpften. Die Schlange der wartenden Leute war beachtlich.

»Was gibt es denn dort?«, fragte sie ihn.

»Pombe – Hirsebier. Nichts für dich.«

Das hatte sie noch nie probiert, warum sollte das nichts für sie sein?

»Woher weißt du das?«, entgegnete sie übermütig und zog ihn mit sich.

Max runzelte die Stirn. »Damit solltest du vorsichtig sein, man weiß nicht genau, woraus sie das zubereiten.«

»Ich dachte aus Hirse?«

»Schon, aber ob alles sauber ist, was sie dabei benutzen?«

Elisabeth blieb stehen. »Was könnte ich denn bekommen, wenn ich mal wieder unvorsichtig bin?«
Ihr kecker Ton passte gut zu dem spitzbübischen Gesicht, das sie jetzt aufsetzte.
»Durchfall.«
»Ich glaube, ich war schon größeren Gefahren ausgesetzt«, entgegnete sie lächelnd. Das wiederum konnte Max nicht bestreiten, deshalb gingen sie zu der Frau mit den Eimern. Sie war so alt, dass ihr Gesicht vor lauter Runzeln kaum zu erkennen war. Die flachen Brüste hingen wie Lappen über die hervorstehenden Rippen herab, doch die knochige Hand hielt den riesigen Schöpflöffel mit unangefochtener Autorität. Ohne zu zittern, schenkte sie die selbstgebraute Flüssigkeit in eine große Blechtasse und reichte sie der weißen Frau. Das freundliche Lächeln des zahnlosen Mundes wirkte nicht unbedingt appetitanregend, doch Elisabeth ließ sich nicht einschüchtern und nahm sogleich einen großen Schluck der trüben Flüssigkeit.
»Schmeckt ganz ordentlich«, fand sie.
Dazu fehlte nur noch ein Huhn mit Maniok. Ein junges Mädchen reichte ihr das Gericht auf einem Palmenblatt. Es schmeckte gut, wenn auch nicht so gut, wie wenn Minnie es zubereitet hätte.
Nach dem Imbiss wanderten sie zu einer Baumgruppe, wo die Männer in verschiedene Spiele vertieft waren. Manche würfelten, andere benutzten ein flaches Stück Holz, in das Vertiefungen geschnitzt waren. Nach einem System, das Elisabeth nicht durchschaute, wanderten Obstkerne von einer Mulde in die andere. Überall wurde viel diskutiert, aber auch immer wieder laut gelacht.
Zwei ältere Männer, die ein Leopardenfell um die Schulter

trugen, spielten mit bunten Glasperlen auf einem Brett aus Ebenholz, das am Rand mit geschnitzten Tierfiguren verziert war. Einer der beiden hatte einen Redestab im Schoß, an seiner Brust baumelte eine Kette mit Raubtierzähnen. Als sie an den Männern vorbeigingen, hob Max die Hand zum Gruß. Der Ältere, der die Kette trug, sah zu ihm auf und winkte.

»Wer war das?«, wollte Elisabeth wissen.

»Usua, ein großer Häuptling. Gut, dass er dich gesehen hat.«

»Wieso denn das?«

»Jetzt weiß er, dass es dich wirklich gibt.«

»Und warum muss er das wissen?«

Sie verstand nicht, warum Max in Rätseln sprach. »Er ist schuld daran, dass du hier bist.«

Elisabeth blieb neugierig stehen. »Das hast du mir nie erzählt.«

»Es ist eine lange Geschichte.«

»Bin ich die etwa nicht wert?«

Max küsste sie auf die Stirn, der Schmollmund stand ihr gut. »Du bist mir alles wert. Und wir haben viele Nächte vor uns.« Dieser Gedanke versöhnte sie. Auch wenn sie nur zu gerne gewusst hätte, was die Reise einer Straubinger Anwaltsgehilfin mit einem afrikanischen Häuptling aus den Gongwe-Bergen zu tun hatte.

Max nahm sie bei der Hand und zog sie durch die Menge. Wohin Elisabeth auch schaute, die Stimmung war viel fröhlicher und ungezwungener als auf der Boma. Vielleicht, weil es keine Hierarchien gab und die Leute einfach nur Spaß haben wollten. Bei den Schwarzen schien die Freude aus dem Bauch zu kommen und nicht aus dem

Kopf. Sie musste sich nur die Gesichter ansehen oder beobachten, wie sich die Leute bewegten. Vielleicht lag es auch an der Musik. Oder an den Menschen, die sich trotz ihres einfachen Lebens wenig Sorgen machten. Stieg mit wachsendem Wohlstand vielleicht auch der Bedarf an Problemen?

Elisabeth wollte nicht ins Grübeln kommen, sie fühlte sich wohl unter diesen Leuten, und das war ihr genug. Schon spürte sie, wie sich durch den wilden Schlag der Trommeln und den Ansturm der unterschiedlichsten Eindrücke etwas in ihr veränderte. Die Wand aus Eis, die sich um ihr Gemüt aufgebaut hatte, begann zu schmelzen. Sie konnte wieder frei atmen. Max, dem dieser Wandel nicht entging, nahm sie in die Arme. Hand in Hand schlenderten sie weiter, ein weißes Liebespaar auf einem Fest der Schwarzen.

Da sie sich ziellos treiben ließen, landeten sie dort, wo es am lautesten war. Auf einer Lichtung hinter den Bäumen fand ein Spektakel statt, das etwas Besonderes sein musste, wie Elisabeth aus der Menge der Leute und dem schallenden Gelächter schließen konnte. Als die beiden Weißen auftauchten, machten die Zuschauer eine Gasse frei, so dass die Gäste einen freien Blick auf das Geschehen hatten.

Was hier passierte, hatte auch Max noch nie gesehen, und es war tatsächlich sehr komisch. Ein Baumstamm ohne Rinde hing an zwei Seilen waagerecht in der Luft. Um ihn noch glatter zu machen, war er eingeseift worden. Das Geschicklichkeitsspiel bestand darin, den Stamm mit nackten Füßen zu überqueren. Die meisten schafften es nicht, manche rutschten schon nach den ersten Schritten ab, andere fingen sich im Sturz und hingen dann wie Affen an dem

Stamm. Doch nur wenigen gelang es, in dieser Position auf der glitschigen Oberfläche weiterzukommen. Wer noch im Stehen stürzte, fiel aus zwei Meter Höhe auf den harten Boden, was viele mit einem lauten Schrei und anschließendem Hinken quittierten. Die Stürze waren ebenso spektakulär wie das Spiel selbst und wurden vom Publikum mit Klatschen und lautem Gelächter belohnt.

Amüsiert sah Elisabeth zu, wie sich die Teilnehmer abmühten, und auch Max fand das Spiel ziemlich originell, am liebsten hätte er es selbst ausprobiert.

Eben setzte wieder ein neuer Kandidat den Fuß auf den Stamm. Wie alle war er nackt bis auf einen Lendenschurz. Bei jedem seiner tastenden Schritte schaute er konzentriert auf seine Zehen, so dass Elisabeth das Gesicht nicht sehen konnte. Auch er rutschte nach ein paar Schritten ab, reagierte aber so geschickt, dass er den rutschigen Stamm mit Händen und Füßen umklammern konnte. In dieser Position hangelte er sich langsam weiter, die Zuschauer feuerten ihn lautstark an. Doch kurz vor dem Ziel rutschten seine Füße ab. Nun hing er nur noch mit den Armen am Baum. Es fehlte noch ein halber Meter, er schien es tatsächlich zu schaffen. Die Menge tobte vor Begeisterung. Als er seine Hände wieder ein Stück vorwärts bewegte und den Körper nachzog, konnte Elisabeth endlich sein Gesicht erkennen. »Watangi!«

Sie rief und winkte zugleich. Die baumelnde Gestalt hielt einen Augenblick inne, suchte die vertraute Stimme – und stürzte. Elisabeth schrie auf, ein Raunen ging durch die Menge. Mit schmerzverzerrtem Gesicht erhob sich der Schwarze und humpelte vom Platz. Elisabeth wollte ihm nachlaufen, denn ihre törichte Reaktion war ihr peinlich,

doch Max hielt sie zurück. »Nicht jetzt. Das wäre ihm unangenehm.«
Sie fügte sich, Max kannte sich in den Gepflogenheiten der Eingeborenen besser aus, auch wenn er nicht immer recht hatte. Sie kehrten um und gingen zurück auf den Hügel.

Vor der Boma war das Fest inzwischen in vollem Gang. Das Bier floss in Strömen, die Kapelle spielte deutsche Volkslieder, die von der Menge schunkelnd mitgesungen wurden. Als die beiden an Wurstständen vorbei zu den Biertischen gingen, entdeckten sie ein handgeschriebenes Schild, das sie vorher nicht bemerkt hatten:

1 PHOTO – 10 M
künstlerische Qualität garantiert

Das Plakat wies auf ein Zelt, das danebenstand, den Eingang verdeckte ein Vorhang. Max blieb stehen, das war die Gelegenheit, auf die er schon lange gewartet hatte. »Komm, wir haben kein einziges Bild von uns beiden«, sagte er und wollte dem Schild nachgehen. Elisabeth schien anderer Ansicht zu sein, denn sie blieb stehen und schüttelte energisch den Kopf.
»Was ist denn?«
Verwundert stellte er fest, dass ihre gute Laune plötzlich verschwunden war.
»Nicht heute, ich sehe schrecklich aus.«
»Unsinn. Du bist immer noch die schönste Frau Afrikas«, flüsterte er ihr ins Ohr.
Elisabeth verzog das Gesicht. »Bitte, lass uns weitergehen.«

Der flehende Unterton in ihrer Stimme hätte ihn misstrauisch machen können, doch Max blieb keine Zeit, darüber nachzudenken, denn nun öffnete sich der Vorhang. In einer Sekunde hatte Schillings die Situation erfasst und lächelte über das ganze Gesicht. »Hallo – so eine Überraschung! Schön, Sie hier zu sehen.«
Dezent lüftete er seinen Strohhut und verneigte sich vor Elisabeth. »Ich nehme an, das ist Ihr Mann?«
Ohne die Antwort abzuwarten, streckte er Max die Hand entgegen. »Carl Schillings. Freut mich, Sie kennenzulernen.«
»Max Leitner, freut mich ebenfalls. Sie haben Elisabeth auf dem Schiff kennengelernt, nicht wahr?«
Überrascht sah sie ihn an. Woher wusste er das?
Es war eine wohlwollende Laune des Schicksals, könnte man sagen«, entgegnete der Fotograf und zog den Vorhang noch weiter zurück.
»Kommt, ich mache ein Bild von euch. Für Freunde kostenlos.«
Elisabeth blieb stehen. Schillings zwinkerte ihr verschwörerisch zu. »Es wird sowieso das letzte sein, denn gleich ist es zu dunkel, und Lichtblitze will ich einer so schönen Frau nicht zumuten.«
Da diese immer noch keine Anstalten machte, sich zu bewegen, nahm Max seine Frau bei der Hand. »Jetzt komm endlich. Es ist doch ein Glück, dass er gerade da ist.«
»Genau, sonst tummle ich mich nämlich bei den wilden Tieren«, bemerkte Schillings.
Max sah ihn erstaunt an.
»Herr Schillings fotografiert Elefanten und Löwen«, sagte Elisabeth, um überhaupt etwas zu sagen.

»Nur in der freien Natur!«, ergänzte der Fotograf und führte das Paar ins Innere des Zelts, wo er seine Kamera aufgebaut hatte. Fasziniert beäugte Max den schweren Apparat. »Löwen – mit dem Ding hier? Draußen im Busch?«

»Wo immer ich sie finde, bei Tag und bei Nacht.«

Max strich mit den Fingern über den klobigen Kamerakasten und versuchte, von vorne durch das Objektiv zu schauen.

»Das funktioniert im Dunkeln? Unter freiem Himmel? Hab' ich noch nie gehört.«

»Kein Wunder, denn ich bin der Erste, der so etwas macht«, versicherte ihm Schillings und dirigierte das Paar in Position. »Ich liebe die afrikanische Nacht. Sie ist voller Magie. Und Überraschungen«, schwärmte er und warf Elisabeth einen lauernden Blick zu. Max bemerkte davon nichts. Er fand das Vorhaben des Fotografen großartig, und seine unbekümmerte Art gefiel ihm auch. Schillings schob eine neue Platte in die Kamera und ging in Position.

»Wären Sie jetzt bitte so freundlich, sich anzuschauen?«

Max legte Elisabeth den Arm um die Schulter, doch ihr Körper war so starr wie ihr Blick.

»Bitte nicht so ernst. Wie wär's mit einem kleinen Lächeln?«

Der ironische Blick des Fotografen war Max unangenehm. Er kniff Elisabeth in die Schulter, langsam wurde ihr Benehmen peinlich. Sie versuchte eine neue Pose, doch auch die wirkte verkrampft. Schillings kam wieder unter dem Tuch hervor und drückte ihr Gesicht langsam zur Seite. »So – schauen Sie Ihren Gatten einfach nur an. Vielleicht ein bisschen verliebt, das kann doch nicht so schwer sein, oder?«

Elisabeth wäre am liebsten im Boden versunken, doch weder dieser Wunsch noch ihre geballten Fäuste brachten den Fotografen aus der Ruhe. Bevor er sie wieder losließ, strich seine Hand sanft über ihre Wange.

»So ist es schon viel besser«, lobte er und lächelte ihr aufmunternd zu. »Sie brauchen sich gar nicht so anzustrengen. Liebe kommt vom Herzen, und auch das schlägt von ganz allein.«

Elisabeth erstarrte, wenn Blicke töten könnten, wären dies seine letzten Worte gewesen. Gut gesagt, dachte Max, diesen Satz würde er sich merken. Er hielt Elisabeth nun ganz fest und sah zu, wie der Mann gegenüber wieder unter dem schwarzen Tuch verschwand.

»Nicht bewegen.«

Sobald der Auslöser klickte, schnellte Elisabeths Kopf in die alte Position zurück. Als Schillings wieder auftauchte, war er nur noch der galante Fotograf. »Großartig, ein wunderbares Paar.«

Max bedankte sich und ging zu den Lichtblitzapparaten, die in der Ecke des Zelts standen. Er konnte nicht glauben, was ihm dieser Mann eben erzählt hatte. Mit solch unförmigen Kästen wollte er mitten in der Nacht wilde Tieren aufnehmen?

»Sie können damit wirklich auch nachts fotografieren?«, fragte er.

Schillings nickte. »Ich benutze selbst entwickelte Magnesiumblitze. Das ist gar nicht so einfach, ich musste lange herumexperimentieren. Beim ersten Mal hat's meinem Boy die Hand weggerissen.«

Eine Sekunde sah ihn Max verwirrt an, dann wanderte sein Blick zurück zu der komplizierten Apparatur.
Schillings nutzte die Gelegenheit und beugte sich zu Elisabeth. »Sehen wir uns später?«
Im gleichen Moment drehte sich Max wieder um. »Sehen wir uns später?«, fragte er den Fotografen.
Schillings nickte zustimmend. »Wir sollten auf dieses unverhoffte Treffen anstoßen, meinen Sie nicht?«
Da Elisabeth bei diesem Vorschlag schon wieder zur Salzsäule erstarrte, überspielte Max ihr Schweigen. »Gerne. Meine Frau ist heute etwas unpässlich, tragen Sie es ihr bitte nicht nach.«
»Wie könnte ich.«
Noch einmal verbeugte sich der Fotograf. »Bis nachher.«
Er zog den Vorhang zurück. Elisabeth lief ins Freie wie ein Kaninchen, das der Schlange entkommen war. Ganz falsch war das nicht.

Schillings sah den beiden eine Weile nach. Er wusste selbst nicht genau, warum es ihn so gereizt hatte, Elisabeth vor den Augen ihres Mannes zu provozieren. Auch wenn diese Frau für ihn nur ein flüchtiges Abenteuer gewesen war, faszinierend war sie noch immer. Ihre kokette Naivität, gepaart mit aufrichtigem Enthusiasmus und einem scharfsinnigen Blick auf die Menschen und das Land, hatte ihn von Anfang an gefesselt. Wenn sie länger zusammen gewesen wären, hätte er sich vorstellen können, mehr für sie zu empfinden. Da das unter den Umständen nicht möglich war, hatte er eben die Gelegenheit genutzt.
Elisabeth konnte sich nicht beklagen, schließlich hatte

auch sie die Stunden im Zelt genossen. Dass sie vor Sonnenaufgang verschwunden war, ohne eine Wort zu sagen, hatte ihn allerdings gekränkt. Ihr das jetzt mit ein bisschen Ironie heimzuzahlen, fand er legitim, zumal sie in ihrer Verlegenheit so wunderbar zerbrechlich wirkte.
Doch Schillings verstand genug von Frauen, um zu wissen, dass Elisabeth alles andere als zerbrechlich war und ihren Willen sehr wohl durchsetzen konnte. So hatte er damals im Zelt auch auf die ganze Palette seiner Verführungskünste zurückgreifen müssen, um sein Ziel zu erreichen. Besonders schwer war ihm das allerdings nicht gefallen, war er doch schon frühzeitig in die Raffinessen der Verführung eingewiesen worden.
Wenn man es genau nahm, war diese Ausbildung sogar dafür verantwortlich, dass er in Tanganjika gelandet war. Seine Begeisterung für die Tierfotografie war nämlich von Anfang an eng mit dem Labyrinth fleischlicher Lüste verknüpft.
Im Alter von 18 Jahren war er zum ersten Mal nach Berlin gefahren, um im Zoo wilde Tiere aus Afrika zu fotografieren. Diese hatten ihn tief beeindruckt, so tief, dass er, um seine Aufregung zu stillen, noch am gleichen Abend ein Etablissement der besonderen Art aufgesucht hatte.
Dort hatte er das Glück, von einer wahren Meisterin ihres Faches nicht nur befriedigt, sondern auch in die raffinierteren Varianten des Vollzugs eingeführt zu werden. Dies wiederum fand er so stimulierend, dass der ersten Lektion schon bald weitere Besuche im Zoo folgten. Die Dame versäumte es dabei nie, neben dem vielseitigen Gebrauch der Geschlechtsorgane auch den erforderlichen Vorarbeiten gebührliche Aufmerksamkeit zu widmen, in ihrer Zunft

eher eine Seltenheit. Der Grund für ihr Bemühen lag vielleicht im Charme des jungen Mannes, vielleicht auch in den schmeichelhaften Fotos, die dieser von seiner Lehrmeisterin machte. Jedenfalls wurde der junge Schillings damals in fortschreitenden Lektionen zu einem wahren Kenner sinnlicher Genüsse ausgebildet.

Dennoch wäre er bei Elisabeth vielleicht nicht ans Ziel gelangt, wenn ihm das Unwetter nicht geholfen und die Mischung aus Rotwein und Champagner dieser nicht stark zugesetzt hätte. Nur aufgrund der Umstände also kam es zu dieser pikanten Begegnung, einer mehr in seinem Leben. Darüber hatte er sich anschließend keine Gedanken gemacht. Sich für eine Nacht fallen zu lassen und sich in einem anderen Körper zu verlieren war eine wunderbare Sache. Da gab es keinen Grund, nachher viele Worte zu verlieren. Auch wenn Frauen das meist anders sahen.

Sobald sie ein paar Meter gegangen waren, machte Max seinem Ärger Luft. »Sag mal, was ist denn in dich gefahren? Das ist doch wirklich ein netter Kerl.«

Elisabeths Gedanken überschlugen sich. Wo war sie, die unverfängliche Antwort?

»Ich mag es nicht, wenn man mich fotografiert.«

»Und deshalb hast du dich so strahlend in Pose geworfen?«

»Von was redest du denn?«

»Von dem Bild, das er von dir auf dem Schiff gemacht hat. Oder war das etwa ein anderer?«

»Ich wollte es dir schenken, zum Geburtstag.«

Eine Notlüge. Aufgewühlt nahm sie Max bei der Hand und zog ihn weiter. Allein die Vorstellung, mit Schillings gemeinsam am Biertisch zu sitzen, jagte ihr einen Schauer über den Rücken. Also weg, irgendwohin. Am besten wieder hinunter ins Dorf.

»Da waren wir doch gerade«, murrte Max.

»Du willst nur wieder zu deinen Saufkumpanen«, erwiderte sie und erinnerte ihn damit an seine schmählichste Niederlage.

»Ein Rundgang unten, ein Bier hier oben, einverstanden?«, schlug er vor, obwohl er Kompromisse nicht mochte. Elisabeth war einverstanden, denn sie hoffte, den Spaziergang so lange hinauszögern zu können, bis sich Schillings an einen Tisch gesetzt hatte und in Gesellschaft war.

Als sie das Dorf erreichten, hatte schon die Dämmerung eingesetzt. Im Licht der Lagerfeuer und Fackeln wirkte die Szenerie noch geheimnisvoller, aber auch bedrohlicher. Die zahllosen Eimer Hirsebier zeigten ihre Wirkung, bei vielen Männern war der Unterschied zwischen Trunkenheit und Ekstase nicht mehr zu erkennen.

Inzwischen waren weitere Trommler aufgetaucht. Ringer der verschiedenen Stämme kämpften gegeneinander, Männer in Kriegsbemalung führten wilde Tänze vor, und selbst die Kinder trommelten mit Bambusstöcken auf Kalebassen oder warfen sich gegenseitig ins Gras. Der Lärmpegel war beachtlich, das zur Schau gestellte Energiepotenzial der Teilnehmer und Zuschauer ebenfalls.

Nach einem kurzen Rundgang blieben sie bei den Trommlern stehen. Gerade traten mehrere Gruppen mit so entfesselter Energie gegeneinander an, dass der Krieg der Rhythmen auf die Zuhörer überzugreifen drohte. Elisabeth hatte den Eindruck, dass die Tänze und Wettkämpfe der Krieger jeden Augenblick zu einer echten Auseinandersetzung führen konnten. Gebannt schmiegte sie sich an ihren Mann.

»Sind sie nicht wunderbar?«

»Du bist wunderbar.« Max küsste sie zärtlich aufs Ohr, sofort lief ein Zittern durch ihren Körper. Elisabeth erschrak, mit dieser Geste hatte Schillings seine Verführungskünste eingeleitet. Doch dann stellte sie erleichtert fest, dass es nicht die Erinnerung war, die sie erregt hatte. Zu wissen, dass es Max war, der dieses wunderbare Gefühl in ihr hervorrief, gab ihr das Vertrauen und die Sicherheit zurück, die sie jetzt brauchte. Sie spürte, wie der Alptraum der unverhofften Begegnung langsam von ihr wich und sich ihre Anspannung löste. Und genau in diesem Augenblick hörte sie seine Stimme.

»Da seid ihr ja, ich habe euch überall gesucht«, rief Schillings und winkte.

Elisabeth zuckte zusammen. Dem Schicksal kann man nicht entkommen, fuhr es ihr durch den Kopf, wenn sich der Erdboden nicht öffnet, in den man versinken möchte.

»Ich muss doch wissen, in welches Hotel ich das Bild bringen soll.«

»In den ›Sachsenhof‹«, antwortete Max, der sich wunderte, dass sich der Fotograf die Mühe gemacht hatte, sie hier zu suchen.

»Morgen früh, gegen zehn Uhr?«

»Jederzeit.«

Schillings wollte wieder gehen, drehte sich dann aber nochmals zu Max. »Ich hatte vorhin den Eindruck, Sie interessieren sich für die Bilder, die ich in freier Wildbahn

gemacht habe. Wollen Sie welche sehen? Ich habe die ersten Nachtaufnahmen schon entwickelt.«
»Klar, sehr gerne«, antwortete Max, obwohl ihm Elisabeth fast die Hand aus dem Gelenk drehte.
»Gut, dann oben in meinem Zelt, in einer halben Stunde«, sagte Schillings und warf einen lauernden Blick auf Elisabeth.
»Ich bin sicher, das wird auch Sie interessieren.«
»Wenn es um Löwen geht, immer«, entgegnete sie kühl und wunderte sich, dass sie zu so einer kaltschnäuzigen Antwort fähig war. Schillings drehte sich wortlos um und verschwand in der Menge. Elisabeth atmete auf. Sie konnte von Glück reden, dass Max bisher nichts aufgefallen war, auch wenn er sie jetzt misstrauisch ansah. »Sag bloß, dass du wieder keine Lust hast.«
»Doch, das wird bestimmt interessant«, stimmte sie zu. Ein zweites Mal würde sie sich von Schillings nicht mehr vorführen lassen, das schwor sie sich. Die Trommler steigerten ihre Rhythmen zu einem infernalischen Höhepunkt, die Menge tobte. In der Dunkelheit wirkten viele Gesichter ekstatisch entrückt, andere waren zu Fratzen verzerrt. Im Rausch der Bewegung verschmolzen Akteure und Zuschauer zu einer dumpf pulsierenden Einheit. Einige der Männer begannen, Elisabeth lüsterne Blicke zuzuwerfen.
Max fasste sie am Arm. »Komm, wir gehen.«
Sie hatte keine Einwände, für sie war die Magie des Ortes zerbrochen.

Als sie ins Zelt des Fotografen kamen, hatte Schillings schon alles vorbereitet. Er holte einen Stapel von Bildern

und wählte einige aus, die er an Max weiterreichte. »Die sind relativ neu.«
Mit einem Blick erkannte Elisabeth, was er meinte. Es waren die Fotos des Löwen, die er in der Nacht ihres Besuchs gemacht hatte.
»Das war eine wirklich haarsträubende Situation«, bemerkte Schillings und zwinkerte dabei Elisabeth unauffällig zu.
»Großartig«, bestätigte Max, »da haben Sie sich ja ganz schön was getraut.«
»Ja, das kann man durchaus sagen.«
Elisabeth schluckte, sie wusste genau, worauf er anspielte.
Max reichte die Bilder an sie weiter. »Schau mal, ist das nicht toll?«
Die Fotos waren wirklich gut. Trotz der Dunkelheit war der Löwe deutlich zu erkennen, die zweite Kamera hatte das Tier sogar mitten in der Bewegung erfasst.
»Sieht dramatisch aus, finden Sie nicht?«, fragte Schillings und beugt sich über ihre Schulter. »Und ich kann Ihnen versichern, es war dramatisch.«
Wieder spürt sie seinen Atem an ihrem Hals, wie damals.
»Sie hatten Glück. Aber fordern Sie das Schicksal nicht zu sehr heraus«, entgegnete sie kühl und gab ihm die Bilder zurück.
Max blätterte den restlichen Stapel durch, ohne die beiden zu beachten.
»Verdammt gute Arbeit. Gratuliere«, sagte er schließlich und drückte dem Fotografen anerkennend die Hand.
»Danke.«
Schillings lächelte bescheiden, doch seine Augen leuchteten. Elisabeth spürte, wie sehr er das Kompliment genoss.

In diesem Moment wurde ihr klar, dass auch dieser in jeder Hinsicht so weltgewandte Mann verwundbar war.
»Wir sollten nicht zu lange bleiben«, warf sie ein. »Das wäre unhöflich unseren Tischnachbarn gegenüber.«
Max, dem nicht klar war, wovon sie redete, war von ihrem Verhalten zunehmend irritiert. »Warum denn die Eile? Das sind doch einmalige Fotos.«
»Natürlich. Aber wahrscheinlich macht jetzt in Kenia ein anderer genau die gleichen.«
Der Fotograf zog die Augenbrauen hoch.
»Bestimmt nicht, das kann ich Ihnen versichern.«
»Woher wissen Sie das so genau?«, setzte Elisabeth nach.
»So etwas spricht sich herum, vor allem unter Künstlern.« Seine belegte Stimme bestätigte, wie sehr ihn ihre Bemerkung getroffen hatte. »Geht es da nicht eher um Technik?«, fragte sie unschuldig.
»Verzeihen Sie, aber die Kunst, von der ich spreche, ist Ihnen vielleicht nicht vertraut«, widersprach Schillings, nahm Max die Fotos aus der Hand und packte sie wieder ein. Einen Augenblick lang herrschte peinliche Stille. Max schüttelte den Kopf, er konnte nicht begreifen, was in Elisabeth gefahren war. Doch es blieb ihm keine Zeit, das herauszufinden.
Aus dem Bierzelt kamen plötzlich schrille Pfiffe. Die Kapelle hörte mitten im Takt auf zu spielen, dann ertönte wieder die Trillerpfeife, gefolgt von einem Trommelwirbel.
»Da ist was passiert!«, sagte Max und lief zum Eingang des Zeltes. Elisabeth schob ihn zur Seite und stürzte hinaus. Die Männer folgten ihr, doch erst bei den Biertischen holten sie Elisabeth wieder ein. Weiter war sie nicht ge-

kommen, denn eine größere Menschenmenge blockierte den Weg. Auf den Bänken, wo eben noch gegrölt und geschunkelt worden war, war es still geworden.

Ein Offizier trat auf das Rednerpodium.

Eine Weile blickte er stumm auf das Blatt Papier, das vor ihm lag. Als er endlich anfing zu sprechen, war seine Stimme ruhig und ernst. »Meine Damen und Herren, ich habe eben eine telegrafische Nachricht des Gouverneurs erhalten.«

Ein paar Leute wollten klatschen, doch die erhobene Hand des Redners unterbrach sie. Der Offizier wartete, bis im Zelt wieder Ruhe herrschte, dann fuhr er fort. »Gestern um Mitternacht hat Großbritannien unserem Vaterland den Krieg erklärt.«

Einige Sekunden herrschte Schweigen, die Leute blickten betroffen zu Boden.

»Mein Gott«, flüsterte Elisabeth und hielt sich die Hand vor den Mund. Max legte die Arme um ihre Schultern und drückte sie fest an sich. Inzwischen hatten sich die Zuhörer von ihrer Überraschung erholt, eine Welle der Begeisterung ging durch den Raum. Die Männer sprangen auf die Tische, reckten die Fäuste in die Luft und brüllten: »Deutschland, Deutschland!«

Die Kapelle spielte einen Tusch, die Musiker erhoben sich und stimmten die Nationalhymne an. Schillings schüttelte den Kopf, ein trauriges Lächeln erschien auf seinem Gesicht. »Das war's. Afrika ade.«

Er hob die Hand zu einem flüchtigen Gruß und verschwand. Schweigend gingen sie zurück ins Hotel.

Als sie im »Sachsenhof« ihren Hotelschlüssel abholten, war die freudige Erregung des jungen Mannes an der Rezeption nicht zu übersehen. »Haben Sie es schon gehört? Jetzt geht's los.«
Elisabeth schüttelte den Kopf. »Nein, jetzt hört etwas auf. Und wir sind selbst schuld.«
Mit großen Augen sah der Mann den beiden nach, die mit gedämpften Schritten zu ihrem Zimmer gingen.

Kurze Zeit später lagen sie im Bett, Elisabeth löschte das Licht.
»Wie hast du das gemeint, dass wir schuld sind?«, fragte Max.
Sie überlegte einen Augenblick, denn sie musste erst ihre Gedanken ordnen.
»Ich hätte mehr daraus machen sollen.«
»Woraus?«
»Aus unserer Zeit im Paradies.«
Auf der Straße marschierten grölende Menschen, einzelne Schüsse fielen. Sie suchte seine Hand, dann legte sie ihren Kopf auf seine Brust. »Die können es gar nicht mehr erwarten«, flüsterte sie. Max küsste sie auf die Stirn. Nur schemenhaft konnte er ihr Gesicht sehen, doch er spürte die Wärme ihres Körpers und wusste, dass er ohne sie nicht mehr leben wollte. »Mein Gott, ich würde so gern bei dir bleiben.«
Kaum hatte er den Satz ausgesprochen, fuhr Elisabeth hoch. »Was soll das heißen?«
»Ich werde mich melden, bei der Schutztruppe.«
Ihre Fäuste stießen ihn weg, dann sprang sie aus dem Bett.

»Du willst dich totschießen lassen? Freiwillig?«
Max zündete die Lampe an. Verwundert betrachtete er die Frau, die eben noch in zärtlicher Vertrautheit neben ihm gelegen hatte. »Unsinn. Ich kämpfe für mein Land, für uns. Und für dich.«
Seine Worte verklangen, als wären sie nie gesprochen worden, denn sie kamen nicht an. Elisabeth stand am Fenster und blickte hinaus auf eine Gruppe Betrunkener, die mit erhobenen Händen vorbeiliefen und immer wieder brüllten: »England, wir kommen! England, wir kommen!«
Einige schossen in die Luft, andere warfen mit Bierflaschen. Als einen Moment Ruhe herrschte, drehte sich Elisabeth um. »Bleib da. Bleib bei mir.«
Es war kein Flehen, keine Forderung. Die leise Stimme kam aus Tiefen, zu denen er keinen Zugang hatte. Max stöhnte. »Nichts wäre mir lieber, glaub mir.«
Das meinte er ernst, doch er wusste auch, was jetzt von einem deutschen Mann erwartet wurde.
»Mach dir nichts vor. Bei einer Frau bleiben, das kannst du doch gar nicht. Zuerst die Safari, jetzt der Krieg. Von Liebe reden, aber weglaufen, wenn sie da ist! Das ist alles, zu was du fähig bist.«
Der letzte Satz traf sein Innerstes. Das war ungerecht. Und falsch obendrein. Doch wie konnte er ihr beweisen, dass sie sich irrte? Er stand auf und ging auf sie zu, doch Elisabeth wich vor ihm zurück. »Rühr mich nicht an!«
»Wir müssen unseren Besitz verteidigen, verstehst du nicht?«
»Doch. Du darfst wieder schießen.«
Die Bitterkeit in ihrer Stimme schmerzte ihn mehr als ihre Worte. »Noch dazu auf Menschen, ganz legal.«

Max spürte, wie langsam der Zorn in ihm hochstieg.
»Beruhige dich doch.«
»Natürlich. Unsere Zukunft steht auf dem Spiel, und ich soll mich beruhigen?«
Mit einem verzweifelten Schluchzen ließ sich Elisabeth auf die Matratze fallen. Max setzte sich neben sie und wollte nach ihrer Hand greifen.
»Lass mich«, fuhr sie ihn an und drehte sich zur Wand. Sie weinte auf eine Art, wie er es noch nie gehört hatte. Seine Hand tastete sich vor zu ihrem Gesicht. Sie hielt seine Finger fest und küsste sie leidenschaftlich. Dann drehte sie sich zu ihm und umarmte ihn so innig, dass ihm fast die Luft wegblieb.
»Max, ich habe Angst.«
»Das haben jetzt viele.«
Mehr konnte er nicht sagen, doch die einfachen Worte taten ihr gut. Noch war ihr Mann bei ihr, und das war alles, was sie brauchte. Eng umschlungen schliefen sie ein.

Die Pfiffe der Lokomotive weckten ihn auf. Im Halbschlaf tastete seine Hand nach dem Körper an seiner Seite, doch da war niemand, Elisabeth war verschwunden. Erschrocken sprang er aus dem Bett. Unter dem Aschenbecher lag ein Zettel:

Muss etwas Dringendes in der Stadt erledigen.
Deine Elisabeth

KAPITEL 19

Sie war froh, dass sich der Zug endlich bewegte. Dafür, dass es erst sechs Uhr war, hatte sie an diesem Tag schon einiges hinter sich. Zuerst musste sie sich lautlos aus dem Hotelzimmer davonstehlen, anschließend zum Bahnhof laufen, ohne dabei jemandem zu begegnen, den Max gut kannte. Denn dann hätte sie neugierige Fragen beantworten müssen, und das wollte sie nicht. Den größten Schreck erlitt sie kurz vor Abfahrt des Zuges. Da kam doch tatsächlich Carl Schillings in die Bahnhofshalle gestürzt. Er hatte seine Ausrüstung zurückgelassen und sich anscheinend erst im letzten Augenblick entschlossen, den Zug zu nehmen. Ihm wollte sie natürlich auf keinen Fall begegnen. Damit war klar, dass sie nicht in der ersten Klasse reisen konnte, was bei der langen Fahrt äußerst unangenehm sein würde. Und sie durfte ihm auf keinen Fall vor Abfahrt in die Hände laufen. Deshalb hatte sie sich in die Toilette geflüchtet, bis es endlich losging, was ihre Geduld und ihren Geruchssinn auf eine harte Probe stellte.

Doch sie hatte Glück gehabt. Der Zug war nicht so voll wie beim letzten Mal, und es war kein Problem, unter den Schwarzen einen Platz zu finden. Zwar dauerte es eine Weile, bis sie begriffen hatten, dass die weiße Frau tatsächlich im selben Waggon reiste wie die Eingeborenen, doch dann wollte ihr jeder seinen Platz anbieten.
Jetzt lehnte sie am Fenster und sah hinaus in die Landschaft. Gegenüber saßen zwei schwarze Frauen, eine stillte ein Baby. Es war ein hübsches Kind mit leuchtenden Augen

und schwarzen Locken. Die junge Mutter hielt es so selbstverständlich im Arm, als hätte sie nie etwas anderes getan. Elisabeth liebte Kinder, doch das Bild einer glücklichen Mutter war jetzt nicht dazu angetan, ihre Stimmung zu heben, denn das Problem, das sie mit sich herumtrug, wurde dadurch nicht leichter.

Sie beobachtete die aufgehende Sonne. Wie immer, wenn keine Wolken am Himmel waren, tauchte sie als greller Punkt über dem Horizont auf, der schnell zu einem gleißenden Lichtball wurde.

Friedlich glitt die Landschaft an ihr vorbei. Eine Giraffenherde stolzierte gemächlich durch das Gras, ein Büffel hob den Kopf, Gazellen wanderten umher, sprangen aber erschrocken in die Büsche, als die Lokomotive einen schrillen Pfiff ausstieß.

Vor Monaten war sie im gleichen Zug am Fenster gestanden und hatte stundenlang den Zauber der Landschaft bewundert, doch da war sie ein anderer Mensch gewesen. Zwar lag ihr damals einiges schwer im Magen, aber ihr Optimismus war ungebrochen. Sie hatte sich geschworen, sich nicht unterkriegen zu lassen und keinesfalls auf die Zukunft zu verzichten, die sie sich in diesem Land erträumt hatte. Und heute? Sie hatte die Liebe kennengelernt, und es war Krieg. Hatte sie sich verändert? Diese Frage konnte sie nur schwer beantworten. Zwar war sie inzwischen eine echte Pflanzerin geworden, aber in ihrem Inneren träumte sie noch immer. Und diesen Traum würde sie sich nicht nehmen lassen. Auch nicht vom Krieg. Schon spürte sie, wie dieser Entschluss ihr neue Kraft gab.

Der Zug fuhr an einem Tümpel vorbei. Ein Nilpferd gähnte. Sie sah nur das riesige Maul, der Rest des Körpers ruh-

te im Wasser. Kaum war das Nilpferd aus ihrem Blickwinkel verschwunden, nahm eine Idee in ihrem Kopf Gestalt an. Wenn alle kämpften, würde sie das auch tun, gleich heute in der Stadt würde sie damit beginnen.
»Good Morning.«
Die Stimme hinter ihr riss sie aus ihren Überlegungen. Im Gang stand Frederick Selous, er sah aus wie ein verwilderter Cowboy, wie damals im Speisewagen. Doch jetzt lüftete er höflich seinen Hut. »Excuse me, Madam, sind Sie die Frau von Mr. Leitner?«
Sie nickte. Was machte der Mann in diesem Waggon?
»Warum sitzen Sie hier und nicht first class – wie alle?«, fragte er freundlich.
»Das könnte ich genauso gut Sie fragen«, entgegnete sie kühl. Der Jäger drückte sich den zerknitterten Hut wieder auf den Kopf und hob bedauernd die Schultern. »I am an enemy now. Ein Feind sollte nicht reisen mit seinem Gegner.«
Selous spürte, dass er nicht willkommen war, und hob die Hand, um sich zu verabschieden. »Bitte, Sie grüßen Ihren Mann. He is a wonderful person.«
»Wie kommen Sie darauf?«
»Er hat mir das Leben gerettet.«
Ihr Herz schlug schneller. »Das hat er mir nicht erzählt.«
»That's why he is a wonderful person.«
»Deshalb ist er ja auch mein Mann.«
Elisabeth bedauerte jetzt, dass sie zu dem Engländer so unfreundlich gewesen war. Dieser wollte weitergehen, doch sie hielt ihn zurück. »Bitte, noch einen Augenblick. Was ist denn damals passiert?«
»Buffalos. They are killers.«

»Und Max hat Sie gerettet?«
Selous nickte, auf seinem faltigen Gesicht erschien ein Lächeln. »He is not only a good hunter, he is also a good man. Congratulations!«
Elisabeth wurde rot, obwohl es dafür keinen Grund gab.
»Perhaps I can help, some day«, fügte der Engländer hinzu. Sie wusste nicht, was er damit sagen wollte, deshalb antwortete sie nicht. »Seien Sie vorsichtig. You live in a remote area, Ihre Farm ist sehr abgelegen. Be careful.«
Der Jäger verabschiedete sich, ging bis ans Ende des Waggons und stellte sich hinaus auf die Plattform. Elisabeth schüttelte den Kopf. Was für ein Zufall. Wenn ein so berühmter Mann von Max beeindruckt war, dann musste da schon etwas dran sein. Für Elisabeth war Max Leitner nicht nur ein »guter Mann«, sondern der beste. Dessen war sie sich ganz sicher, auch wenn es eine Weile gedauert hatte, das herauszufinden. Mit ihm würde sie alles meistern, auch den Krieg. Und dann würde ihr Traum weitergehen.
Das Baby gegenüber hörte auf zu trinken und ließ den Kopf auf die Brust der Mutter sinken. Elisabeth sah das Kind jetzt mit anderen Augen und lächelte der schwarzen Mutter freundlich zu. Die Frau strahlte, ihre Verlegenheit gegenüber der weißen Frau war verschwunden.

Zwei Stunden blieb Max noch im Bett liegen, denn er hatte Angst, aufzustehen. Was sollte er denn tun? Ohne Elisabeth kam ihm der Tag sinnlos und leer vor. Auch konnte er sich nicht vorstellen, was sie in Daressalam so dringend zu erledigen hatte. Warum hatte sie mit ihm nicht darüber gesprochen?

Zum ersten Mal spürte er, dass Liebe auch eine Last sein konnte. Wenn er aufstand, würde er einsam durch die Straßen laufen und darauf warten, dass die Zeit verging. Ein absurder Gedanke, war ihm doch bisher die Zeit immer zu knapp gewesen für all das, was er tun wollte und musste. Bedenklich, wie wenig er die Situation in der Hand hatte. Ausgerechnet er, der alles im Voraus plante und immer die Kontrolle behalten wollte. Langsam stieg der Zorn in ihm hoch. War die traurige Gestalt, die auf diesem Bett lag, Max Leitner, der kühne Pionier, der tapfere Soldat, den das Land jetzt brauchte? Ein Tag ohne die Frau, die er liebte, und schon war er mit den Nerven am Ende. Wenn er bei der Schutztruppe war, würde er Elisabeth monatelang nicht sehen können. Langsam begann Max zu begreifen, warum sie gestern so traurig und wütend geworden war.
Wie kompliziert das Leben doch sein konnte. Kaum hatte er die Liebe entdeckt, schon musste er auf sie verzichten. Nein, falsch. Er musste auf die Gegenwart seiner Frau verzichten, das war etwas anderes. Das würde er lernen müssen, wie jeder Soldat in jedem Krieg. Er ahnte, diese Aufgabe würde seine gesamte Kraft erfordern.
Als er endlich das Zimmer verließ und zur Rezeption ging, reichte man ihm einen Umschlag. Er war von Schillings, der das Bild abgegeben hatte. Der Mann muss Frühaufsteher sein, dachte Max, denn er wusste, wie viel Arbeit ein gutes Foto erforderte. Ungeduldig riss er den Umschlag auf. Das Bild war mehr als gut, es war unglaublich. Damit meinte er natürlich Elisabeth, denn Max stand da wie immer, in netter Harmlosigkeit. Sie hingegen hatte die Aura einer Prinzessin. Und sie strahlte ihn an, als wäre er der König von Tanganjika.

Offensichtlich hatte dieser Schillings eine gute Hand für Frauen. Und der Mann hatte recht gehabt, sie waren ein traumhaftes Paar. Und daran würde auch ein Krieg nichts ändern können. In deutlich besserer Stimmung trat er hinaus auf die Straße.

In weit schlechterer Stimmung saß Elisabeth in einer Rikscha und fuhr die Hafenmole von Daressalam entlang. Jetzt, wo die Stunde der Wahrheit näher rückte, hatte sie Angst. Mehr als damals, als die Löwin auf sie zugerannt war.

Die Stimmung in der Stadt hatte sich verändert. Überall waren Soldaten, mit schweren Kisten beladene Fuhrwerke bahnten sich den Weg durch die Menge, vor der Kirche zogen Pferde ein Geschütz über den Platz, es herrschte eine geschäftige Aufbruchsstimmung, die nichts Gutes ahnen ließ.

Der Fahrer hielt vor einem Stadthaus mit Säulen und großer Terrasse.

Eine Stunde später war alles vorbei. Der Arzt, ein älterer Herr mit strengen Gesichtszügen, den man ihr im Hotel »Kaiserhof« empfohlen hatte, wusch sich die Hände. »Wo ist eigentlich Ihre Plantage?«

»Westlich von Kimamba.«

Umständlich trocknete er seine Hände, als wollte er die Spannung steigern. Dann ging er auf die Patientin zu und reichte ihr die Hand. »Gratuliere. Sie hatten recht.«

Elisabeth sah ihn erschrocken an, eine kalte Hand schien sich um ihre Kehle zu legen.

»Ich hoffe, es wird ein Junge.« Die Stimme des Arztes klang wie ein Befehl.
»Warum?«, fragte sie tonlos.
»Dieses Land braucht Männer. Und Soldaten.«
Penibel hängte der Mann das Handtuch zurück an den Haken. Elisabeth erhob sich und ging hinaus. Die Konturen des Raums verschwammen vor ihren Augen. Sie tastete nach dem Weg ins Wartezimmer, atmete tief ein und versuchte, einen klaren Gedanken zu fassen. Die Situation, in der sie sich befand, war grotesk. Sie war schwanger. Ohne zu wissen, wer der Vater des Kindes war. Noch nie im Leben hatte sie sich so elend gefühlt. Für Sekunden tauchte das Bild der schwarzen Frau mit dem Baby vor ihren Augen auf. Andere durften sich freuen, wenn sie Kinder bekamen. Auch sie wäre die glücklichste Frau auf Erden, aber so?
Ihre Schwangerschaft würde ein Alptraum werden. Bei der Geburt festzustellen, dass Max nicht der Vater des Kindes war, würde ihre Ehe zerstören und damit ihr ganzes Leben.
Allein in Afrika, mit einem ledigen Kind! Mindestens genauso schlimm war die Vorstellung, mit dem Jungen im Arm vor dem elterlichen Haus zu stehen.
Der Arzt holte die nächste Patientin und war erstaunt, dass Elisabeth immer noch da war. »Sie sollten feiern, ihr Mann wird sich freuen.«
Die Ironie des Schicksals verlieh seinen freundlichen Worten einen Hauch von Zynismus. Jetzt erst recht, dachte sie, ein Mädchen soll es werden. Trotz ihrer Verzweiflung musste Elisabeth über sich lachen. Als wenn das nicht völlig egal wäre. Es war ihr Kind, und es würde ein

wunderbares Kind werden, dafür würde sie schon sorgen. Mit oder ohne Vater. Sie stand auf und verließ die Praxis. Manchmal wunderte sie sich, woher die Kraft kam, die ihr immer dann, wenn sie ganz unten war und keinen Ausweg mehr sah, eine trotzige Energie verlieh. Dennoch stieg sie nur zögernd die Treppe hinunter. Wenn es nur um sie selbst gehen würde, wäre alles halb so schlimm. Doch Max hatte das alles nicht verdient. Sie hatte ihre Zukunft leichtfertig aufs Spiel gesetzt und musste dafür bezahlen. Aber er?

In diesem Augenblick öffnete sich die Eingangstür, und ein junger Mann stürmte herein. Er lief direkt auf Elisabeth zu. Und er hatte blaue Augen. Der Schock ließ sie mitten in der Bewegung verharren. Auch Carl Schillings brauchte einen Augenblick, bis er begriff, wer vor ihm stand. »Du warst auch im Zug? Schade, dass wir uns verpasst haben.«

Er wirkte angespannt, der Sarkasmus vom Vorabend war aber verschwunden.

»Was wollen Sie denn beim Arzt?«, fragte sie ihn überrascht.

»Ich bin mir als Kanonenfutter zu schade.«

»Und als Vater?«

Das saß. Für einen Augenblick verloren seine Augen ihren Glanz. »Ach so, das meinst du? Keine Sorge, ich kann keine Kinder bekommen.«

Nichts geschah. Seine Worte schienen im Raum zu stehen, ohne dass sie jemand abholte. »Durchaus ein Vorteil, findest du nicht?«

Elisabeth holte tief Luft, jetzt war die Nachricht in ihrem Gehirn angekommen. Sie lief auf ihn zu und umarmte ihn

so stürmisch, als hätte er ihr ein Geschenk des Himmels gebracht. Schillings starrte sie verständnislos an.
»Tut mit leid, das musste sein«, sagte sie lachend und reichte ihm die Hand. »Viel Glück. Und danke, dass Sie mir das gesagt haben.«
Immer noch konnte ihr Schillings nicht folgen.
»Das meine ich ernst«, fügte sie hinzu.
»Ihr seid ein gutes Paar«, bemerkte er etwas verlegen.
»Stimmt!«
Sie ließ seine Hand los und lief die Treppe hinunter, so schnell, dass er sich wunderte, dass sie nicht stürzte.
»Das meine ich ernst«, rief er ihr nach, doch sie war schon auf der Straße.
Elisabeth konnte ihr Glück kaum fassen. In einer Sekunde hatte sich ihr Leben verändert. Sie tanzte durch die Straßen, als wäre nicht Krieg, sondern Weihnachten und Ostern zugleich. Es war ihre Sonne, die strahlte, es waren ihre Bäume, deren Blätter sich im Wind wiegten, es waren ihre Vögel, die ihr aus den Wipfeln zuriefen, dass das Leben schön war, schöner, als sie es aushalten konnte. Sie bekam ein Kind – von dem Mann, den sie lieben würde bis ans Ende ihres Lebens! Diesen Satz schrie sie in Gedanken so laut in den Himmel hinaus, dass die Kormorane am Hafen die Fische verfehlten und die Soldaten in der Kaserne ihren Gleichschritt.

Die Rikscha musste Elisabeth weit vor der Kaserne absetzen, denn an der Zufahrt war kein Durchkommen mehr. Zu Fuß bahnte sie sich ihren Weg zum Eingangstor, das von zwei Soldaten mit aufgepflanztem Bajonett gesichert wurde. In dem Häuschen daneben residierte der Wachpos-

ten. Unentwegt redeten Menschen auf ihn ein, mit stoischer Gelassenheit wimmelte er die Anfragen ab. Als Elisabeth vor ihm stand, wurde er aufmerksam, denn Frauen waren hier selten.
»Ich muss zum Oberst.«
Sein Lächeln wich einem Kopfschütteln.
»Es ist sehr wichtig.«
»Das sagt jeder.«
»Ich kenne ihn, persönlich.«
»Auch das sagen viele.«
»Mein Gott, was soll ich denn tun?«
Ein Schulterzucken zeigte ihr, dass sie so nicht weiterkam. Bevor sie nachhaken konnte, wurde sie weggedrängt. Ratlos stand sie inmitten der aufgeregten Menschenmenge.

Diesmal fuhr die Rikscha in Richtung »Kaiserhof«. Elisabeth musste Kriegsrat halten mit sich selbst, da konnte ein anständiger Kaffee nicht schaden. Und ein bisschen Schlagsahne auch nicht. Durch die Scheibe blickte sie ins Innere. An einem der Tische saß Frederick Selous, fast hätte sie ihn nicht erkannt, mit Anzug und Krawatte sah er vollkommen anders aus. Der Engländer war im Gespräch mit einem Herrn, der einen karierten Anzug trug. Dessen Hände ruhten auf einem Stock mit silbernem Knauf.
Also doch keinen Kaffee. Ihr Gefühl sagte ihr, dass es besser wäre, dem Jäger nicht noch einmal zu begegnen. Er war jetzt tatsächlich ein Feind und würde wohl versuchen, Tanganjika so schnell wie möglich zu verlassen.
Sie ging durch die Drehtür und betrat die Empfangshalle des Hotels. In diesem Augenblick kam ihr eine Idee.

»Wo geht's denn hier zur Küche?«, fragte sie den Portier, der mit einem beflissenen Lächeln auf sie zukam. Der Mann zeigte auf den Gang neben der Rezeption.

»Danke«, murmelte sie und drückte ein paar Münzen in die ausgestreckte Hand.

Kurz darauf stand sie vor einer Flügeltür, hinter der eine Schar von Köchen mit weißen Mützen zugange war. Sie wollte hineingehen, doch ein Herr im schwarzen Anzug versperrte ihr den Weg. »Entschuldigen Sie, gnädige Frau, Gäste haben hier keinen Zutritt.«

»Ich wollte nur etwas bestellen.«

»Das können Sie beim Ober im Restaurant, allerdings erst in zwei Stunden.«

»Deswegen bin ich ja hier. Ich will es mitnehmen.« Der Mann runzelte die Stirn. »Wir lassen nichts einpacken.«

»Und wenn Sie mir damit einen großen Gefallen tun?«

»Dieses Haus hat Grundsätze.«

»Können Sie keine Ausnahme machen?«

»Ich bedauere.«

Sie bedauerte es noch viel mehr, aber das konnte dieser arrogante Lakai ja nicht ahnen. Als sie sich umdrehte, um zu gehen, tauchte hinter dem Maître de Service eine Kochmütze auf. »Lass mal, Hans, die Dame kenne ich.«

Der Angesprochene trat zur Seite, nun konnte Elisabeth sehen, wer ihr zur Hilfe gekommen war; es war Moritz, der Heizer. Beide waren gleichermaßen überrascht von dem unerwarteten Wiedersehen und schüttelten sich freudig die Hand. »Gratuliere, dann sind Sie also tatsächlich Koch geworden.«

»Ich lerne noch. Aber Spiegeleier kann ich schon. Und wie geht's Ihnen als Großgrundbesitzerin?«

»Nicht schlecht. Heute sogar ausgezeichnet. Wenn das mit dem Krieg nicht wäre.«

Das Gesicht des Kochs verdüsterte sich. »Stimmt. Keiner weiß, was da auf uns zukommt. Kann ich Ihnen behilflich sein?«

»Ich bräuchte einen Hummer. Zum Mitnehmen.«

»Kein Problem. Kommen Sie in ungefähr einer halben Stunde wieder.«

»Danke, Sie haben mich gerettet.«

»Darf ich fragen, wovor?«

»Das wäre eine lange Geschichte.«

»Ich verstehe.«

Sie lächelten sich an. Zwei Menschen, die das Schicksal zweimal kurz zusammengeführt hatte und die wussten, dass keiner den anderen vergessen würde.

Als Elisabeth wieder vor der Kaserne stand, hatte sie einen Karton unter dem Arm, der mit einer dicken roten Schleife verschnürt war. Die Schlange vor dem Wachposten war inzwischen noch beträchtlich länger geworden. Nach ein paar Minuten tippte ihr jemand auf die Schulter. Hinter ihr stand ein junger Offizier, den sie schon einmal irgendwo gesehen hatte.

»Gestatten, Holstein. Wir sind uns auf dem Schiff begegnet. Leider nur kurz.«

Jetzt erinnerte sie sich. »Natürlich, Sie haben mir damals die Einladung überbracht.«

»Ich hatte in der Tat das Vergnügen. Was machen Sie hier?«

Das war nicht leicht zu erklären, deshalb versuchte sie es

erst gar nicht. »Ich wollte etwas für den Oberst abgeben. Aber die lassen mich nicht hinein.«
»Geben Sie's mir, ich sehe ihn bald.«
Er verbeugte sich kurz. »Ich meine, wenn Sie es mir anvertrauen wollen.«
Elisabeth atmete auf. »Danke. Damit helfen Sie mir sehr.«
Sie überreichte ihm den Karton und zeigte auf die andere Straßenseite. »Ich werde dort warten.
»Hoffentlich nicht zu lange«, antwortete Holstein, lächelte ihr zu und verschwand hinter dem Tor.

Im ersten Stock des Kasernengebäudes ging Lettow-Vorbeck energisch den Gang entlang, eine Gruppe von Offizieren folgte ihm. Die Männer hatten Notizblöcke in der Hand und schrieben mit.
»Als Nächstes der Funkturm. Hier in der Stadt kann er von jedem Kanonenboot ausgeschaltet werden. Er wird in die Hügel verlegt.«
»Dafür brauchen wir Ingenieure, die prüfen, ob das machbar ist«, warf einer der Offiziere ein.
»Dann besorgen Sie sich die verdammten Ingenieure«, entgegnete der Oberst scharf.
Der Angesprochene runzelte die Stirn und blieb etwas zurück.
»Das Munitionsdepot wird ebenfalls verlegt. Suchen sie einen geeigneten Platz, außerhalb der Reichweite von Seegeschützen. Als Nächstes sorgen Sie dafür, dass die Askaris sofort …«
Der Oberst hielt inne, denn jetzt kam ihm Holstein mit dem Paket entgegen.

»Was wollen Sie denn hier? Die Besprechung ist doch erst in zwei Stunden?«
Lettow-Vorbeck hatte mit der etwas eigenwilligen Art seines Adjutanten manchmal Schwierigkeiten, obwohl er den jungen Mann durchaus schätzte.
»Das hat jemand für Sie abgegeben.«
»Ja und? Deswegen müssen Sie mich doch nicht stören.«
»Es war eine junge Dame«, fügte Holstein hinzu und machte eine kurze Pause. »Sie wartet draußen.«
Der Oberst hob die Augenbrauen. Bevor er etwas entgegnen konnte, spielte der Adjutant seinen Joker aus.
»Sie sagt, sie kennt Sie.«
Misstrauisch beäugte Lettow-Vorbeck den Karton, vor allem die rote Schleife. Hinter seinem Rücken warfen sich die Offiziere vielsagende Blicke zu. Affären waren das Letzte, was sie dem Oberst zugetraut hätten. Dieser wusste genau, was in ihren Köpfen vorging, und entschloss sich zum Angriff.
»Öffnen!«, bellte er Holstein an. Nervös fummelte dieser an der Schleife und hob den Deckel hoch. Im Karton lag ein roter Hummer, in seinen Scheren klemmte ein Zettel. Wieder wechselten die Offiziere diskrete Blicke, doch der Oberst verzog keine Miene. Er setzte sein Monokel auf und holte die Nachricht aus dem Karton.

Muss Sie dringend sprechen!
Elisabeth, die Zuzlerin

Mit einer schnellen Bewegung steckte er das Papier in die Tasche. »Entsorgen!«
Das Kommando war eindeutig auf den Hummer bezogen.

Holstein hätte nur zu gerne gewusst, was auf dem Zettel stand, doch der Oberst war mit seinem Gefolge bereits weitermarschiert und hatte ihn einfach stehen gelassen.

Eine Stunde später saß Elisabeth in der Kommandozentrale des Oberbefehlshabers der deutschen Truppen und war den Tränen nahe. Alles, was sie bisher vorgebracht hatte, war auf taube Ohren gestoßen. Von dem freundlichen Herrn, der sich einst väterlich um sie gekümmert hatte, war nichts mehr übriggeblieben.

»Tut mir leid, die Truppe braucht jeden Mann. Sie werden allein zurechtkommen müssen. Wie andere Frauen auch«, sagte er in einem Tonfall, der das Ende des Gesprächs ankündigte.

»Ich bekomme ein Kind«, entgegnete sie trotzig.

»Wie schön.«

»Dieses Kind braucht einen Vater, keinen toten Helden.«

»Das liegt nicht in meiner, sondern in Gottes Hand.«

Elisabeth sprang auf, sie konnte diese Floskeln nicht mehr hören, und jetzt war ohnehin schon alles egal. Herausfordernd stemmte sie die Hände in die Hüften.

»Sie haben damals gesagt, ich werde leiden. Bei Gott, ich habe gelitten. Sie haben gesagt, ich sei mutig. Gut, jetzt werde ich mutig sein. Denn ich verlasse diesen Raum nicht eher, bevor Sie mir meinen Mann zurückgeben. Ich werde um ihn kämpfen, wie Sie, Herr Oberst, um das kämpfen, was Ihnen wichtig ist.«

Vor Aufregung kam ihre Stimme ins Stocken, es wurde still im Raum. »Und wofür andere sterben müssen«, fügte sie leise hinzu. Der Tonfall von Elisabeth war anfangs so laut

gewesen, dass jetzt die Ordonnanz die Tür öffnete und der Leutnant einen besorgten Blick in den Raum warf.
Sie spürte, dies war ihre letzte Chance. »Soll ich mich hinknien vor Ihnen? Ist es das, was Sie wollen?«
Schon stürzte sie vor im Begriff, es wirklich zu tun. Energisch packte er sie am Arm und hielt sie zurück. »Lassen Sie das. Wir sind hier nicht im Theater«, fuhr er sie an und gab dem Ordonnanzoffizier, der verblüfft dastand, das Zeichen zu verschwinden.
Elisabeth ahnte, dass sie zu weit gegangen war. Stumm stand sie da, auch der Oberst sagte kein Wort. Gleich wird er mich rauswerfen lassen, dachte sie. Ihre Stimme wurde noch leiser und eindringlicher.
»Ich liebe ihn. Und ich brauche ihn. Er darf nicht sterben.«
Der Oberst betrachtete den Globus auf seinem Schreibtisch und ließ ihn langsam rotieren. »Ich habe diesen Krieg kommen sehen, aber ich habe ihn nicht gewollt.«
»Wer will denn Kriege?«
Wie so oft stellten die einfachen Leute die tiefsinnigsten Fragen, dachte sich Lettow-Vorbeck. »Darüber denken Menschen seit der Antike nach. Und sie haben noch immer keine Antwort gefunden.«
Er wandte sich wieder seiner Besucherin zu. »Ist Ihr Max ein guter Jäger?«
»Der beste. Das hat sogar dieser Selous gesagt.«
»Der Engländer? Wieso der?«
»Sie waren zusammen auf einer Safari. Mit Fritz Moser, der dabei fast ums Leben kam.«
Lettow-Vorbeck überlegte einen Augenblick, dann ging er zu seinem Schreibtisch, machte eine Notiz und klingelte

nach der Ordonnanz. Als der Leutnant den Raum betrat, reichte er ihm das Schriftstück. »Diesen Freiwilligen werden wir als Jäger einsetzen. Zur Truppenverpflegung. Offiziell ist er Scharfschütze.«
Der Mann salutierte und verließ den Raum. Elisabeth wollte dem Oberst um den Hals fallen, doch dieser wies sie energisch zurück.
»Freuen Sie sich nicht zu früh. Im Krieg ist alles möglich.« Kühl reichte er ihr die Hand. »Alles Gute.«
»Danke. Ihnen auch, und viel Glück.«
»Das werden wir alle brauchen können«, murmelte er leise.
Doch Elisabeth hörte seine Worte nicht mehr, sie war schon an der Tür, froh, der bedrückenden Atmosphäre dieses Raumes zu entkommen.

Um acht Uhr früh am nächsten Morgen fuhr der Zug ein. Auch am Bahnsteig von Kilosa war es lebhafter als sonst. Soldaten machten sich bereit, schwere Kisten wurden ausgeladen, Askaris mit Tornistern auf dem Rücken standen herum und warteten auf den Abmarsch. Max kämpfte sich durch die Menge, sein Blick wanderte suchend umher. Endlich sah er Elisabeth aussteigen, die im gleichen Moment auch ihn entdeckte. Bevor er ein Wort sagen konnte, lief sie auf ihn zu und umarmte ihn leidenschaftlich.
»Jetzt will ich aber wirklich wissen, was du so Dringendes erledigen musstest«, keuchte Max, als er wieder Luft holen konnte.
»Ich habe eine Überraschung mitgebracht«, verkündete sie so strahlend, dass er sich fragte, was um alles in der

Welt das sein könnte, denn in einem solchen Zustand hatte er seine Frau noch nie gesehen.
»Ich habe auch eine Überraschung«, sagte er schmunzelnd.
»Du zuerst«, sagte sie und stieß ihm den Zeigefinger gegen die Brust.
»Meine ist da drin.« Er zeigte auf einen großen Zeichenblock, der aus seiner Tragetasche hervorragte. »Aber ich kann sie dir nur zu Hause zeigen.«
Schnell legte er die Hand auf den Block, als wollte er einen voreiligen Zugriff verhindern. »Und jetzt bist du dran.«
»Wenn du meinst?«
Ihr Strahlen verwandelte sich in ein verschmitztes Lächeln. Elisabeth stellte sich hinter ihn, hielt ihm die Augen zu und flüsterte ihm ins Ohr: »Wir bekommen ein Kind.«
Max wirbelte herum. Mit allem hatte er gerechnet, aber nicht damit. »Ist das wahr?«
Ihr Blick zeigte ihm, dass die Frage überflüssig war. Übermütig packte er Elisabeth an der Taille und drehte sie im Kreis. »Das ist eine wunderbare Überraschung. Die beste, die es gibt.«
Sie schloss die Augen und ließ sich beschwingt durch die Luft wirbeln. Als er sie wieder losließ, war sein Lachen verschwunden. »Das wird nicht einfach werden, gerade jetzt.«
Elisabeth schüttelte den Kopf. »Natürlich nicht, aber was ist schon einfach? Zusammen schaffen wir es. Wir schaffen alles!«
Sie nahm seine Hand und zog ihn weg vom Bahnsteig. Wieder einmal wunderte Max sich über ihre unbekümmerte Art, die Dinge zu betrachten. »Jetzt frage ich mich, ob es eine gute Idee war, mich freiwillig zu melden.«

Abrupt blieb Elisabeth stehen, ihr Herzschlag stockte. »Du bist schon registriert?«
»Ich hatte doch zwei Tage lang nichts anderes zu tun.«
Es war ihre Schuld, sie hätte ihn nicht allein lassen dürfen.
»Und?«, fragte sie und versuchte, sich nichts anmerken zu lassen.
»Ich soll mich in Mgorogoro melden. In einer Woche.«
Sie spürte, wie Panik in ihr emporstieg.
»Und ich muss einige unserer Leute mitbringen. Die Truppe braucht Träger.«
Max ahnte nicht, dass Elisabeth in diesem Augenblick alle Kraft zusammennehmen musste, um nicht laut aufzuschreien. Um ihre Wut dem Schicksal entgegenzuschleudern, das ihr eine so lächerliche Frist gesetzt hatte. Eine Woche. Sieben Tage für den Weg vom Paradies zur Hölle.
»Wie soll denn das gehen?«, stammelte sie endlich.
»Die Siedler sind alle betroffen. Es muss gehen.«
Elisabeth hörte seine Worte nur von fern. Das dumpfe Gefühl im Magen, das sie so gut kannte, schnürte ihr die Kehle zu. Unwillkürlich legte sie die Hand auf ihren Bauch. Nein, für Ängste war kein Platz mehr in ihrem Leben. Das hatte sie versprochen, sich und ihrem Kind. Ihr Blick hatte jetzt eine Intensität, die er noch nie an ihr gesehen hatte.
»Max, wir schaffen es.«
»Natürlich.«
Seine Stimme klang eher kläglich, noch hatte er die frohe Nachricht nicht wirklich verdaut. Elisabeth küsste ihn auf die Nasenspitze. »Wir schaffen den Krieg, unsere erste Ernte und unser erstes Baby, einverstanden?«

Verwundert schaute Max in ihr strahlendes Gesicht. Eben war sie noch bedrückt gewesen, doch schon war ihr Optimismus wieder da. Was für ein großartiger Mensch. Auf Elisabeth war Verlass, auf ihren Mut und ihre Zuversicht. Diese Frau würde ihm bis ans Ende der Welt folgen. Und ihn auch noch zurückholen, falls er sich verirrte.
»Einverstanden.«
Mehr gab es nicht zu sagen.

Der Rückmarsch zur Schamba verlief reibungslos, jedenfalls fast. Bei der improvisierten Fähre am Kisingatta-Fluss kam es zu einem Zwischenfall. Nachdem der erste Teil der Karawane übergesetzt hatte und Max und Elisabeth bereits am anderen Ufer standen, stiegen die restlichen Träger in das wackelige Gefährt. Als die Männer mitten auf dem Fluss waren, drehte sich das Boot.
Die Strömung schien an diesem Tag stärker zu sein, das war Elisabeth vorher schon aufgefallen. Die mit der Abdrift kämpfenden Träger, die in gefährlicher Schieflage am Seil hingen, zogen sich nur noch mühsam vorwärts. Dann ging alles sehr schnell. Das Boot wurde plötzlich hochgehoben und kippte. Die Männer schrien und klammerten sich am Seil fest, zwei stürzten in die Strömung. Max feuerte zwei Kugeln ins Wasser, doch das Nilpferd war schon wieder abgetaucht. Die Männer, die im Fluss trieben, schlugen eine Weile in panischer Angst um sich, konnten dann aber unverletzt ans Ufer schwimmen. Die anderen hangelten sich am Seil entlang. Das gekenterte Boot trieb flussabwärts in der Strömung, nur noch gehalten von dem zweiten Seil, mit dem es an einem Baum befestigt war.

»Hast du es getroffen?«, fragt sie Max, der den Karabiner nachlud.
»Ich wollte es nur erschrecken.«
Elisabeth war erleichtert, dass dieser gutmütige Koloss, der so komisch aussah und doch so unberechenbar sein konnte, nicht angeschossen im Wasser trieb und elend verenden musste.
»Da haben wir aber Glück gehabt. Das hätte auch uns treffen können«, flüsterte sie.
»Stimmt.«
Auch Max saß der Schreck noch in den Gliedern. Wäre er ins Wasser gestürzt, hätte er nicht mehr schießen können. Und Krokodile gab es hier genug.
»Glück muss man haben. Man kann's nur nicht bestellen«, sagte er schmunzelnd.
»Ich sagte doch, wir schaffen es«, erwiderte sie, warf ihm einen triumphierenden Blick zu und marschierte los.

KAPITEL 20

Am späten Nachmittag kamen sie an. Elisabeth stürzte sofort ins Haus, sie konnte es kaum erwarten, die Überraschung zu sehen.
»Hier, das ist es«, sagte Max und holte den Zeichenblock aus der Tasche. Er legte verschiedene Blätter auf den Tisch, auf denen bunte Grundrisse zu sehen waren.
»Und was ist das?«, fragte sie erstaunt.
»Unser neues Heim.«
Elisabeth war sprachlos.
»Es soll groß sein und gemütlich, wie ein Bauernhof. Ein Platz, wo wir uns zu Hause fühlen«, erklärte er stolz. »Wir und die Kinder.«
Elisabeth war tief gerührt. Seit langem hatte sie ähnliche Gedanken gehabt, aber nie gewagt, davon zu sprechen. Nicht vor der Ernte, denn der Besuch des arroganten Bankbeamten war ihr noch gut in Erinnerung.
»Eine wunderbare Idee«, sagte sie und strich ihm liebevoll über die Stirn.
Nun zeigte ihr Max das letzte Blatt, eine mit Aquarellfarben kolorierte Zeichnung, auf der ein großzügiges Farmhaus abgebildet war. Zwar war die Darstellung etwas unbeholfen, aber man sah, mit wie viel Liebe der Zeichner bei der Arbeit gewesen war. Sogar an die Blumenkästen auf dem Balkon hatte er gedacht.
»Gefällt es dir? Das Material habe ich schon bestellt. Unter den Umständen wird es natürlich etwas dauern.«
Zärtlich nahm er sie in die Arme. »Wir werden eine Heimat haben, für immer.«

Eine Weile sagte sie nichts, wollte nur die Wärme seines Körpers spüren.

»Hat es ein Klo?«, flüsterte sie ihm dann schelmisch ins Ohr. »Mit Fliegengitter und Riegel.«

Er löste sich aus der Umarmung und zeigte auf Details in der Zeichnung. »Und hier ist das Kinderzimmer.«

Elisabeth schmunzelte. In der Mitte des Raums war ein kleiner Storch eingezeichnet. Jedenfalls nahm sie an, dass der merkwürdige Vogel einen solchen darstellen sollte. »Es ist wunderschön, ein Traum.«

»Ich träume ihn schon seit langem.«

Sie hielten sich fest, durchdrungen von jener Kraft, mit der Liebende auf der ganzen Welt versuchen, die Zeit anzuhalten, um ihr Glück vor der Vergänglichkeit zu retten. Als Max sie losließ, huschte ein Schatten über ihr Gesicht.

»Leider wird es ein Traum bleiben. Und das weißt du«, sagte sie traurig.

Die Vorstellung, dass Max in einer Woche nicht mehr da sein würde, legte sich wie kalter Nebel auf ihr Gemüt. Wo war die Energie geblieben, mit der sie alles hatte meistern wollen? Max spürte, was in ihr vorging.

»Der Krieg wird nicht lange dauern. Sobald ich zurück bin, fangen wir mit dem Haus an. Willst du sehen, wo es hinkommt?«

»Es würde mich nur traurig machen.«

Er fasste sie zärtlich am Kinn, hob ihren Kopf und legte die andere Hand auf ihren Bauch. »Wenn alles vorbei ist, werde ich nur noch für dich da sein. Für euch beide.«

Die Berührung tat ihr gut, die Wärme seiner Hände gab ihr Kraft. »Ja, ich möchte den Platz gerne sehen.«

Ihre Augen strahlten wieder.

Kurz darauf stiegen sie auf die Anhöhe neben dem Sisalfeld. Der Blick auf die Ebene und die Berge war atemberaubend. In der Ferne ästen Giraffen, eine Herde Antilopen zog vorbei, Zebras liefen durch die Büsche. Die bereits tiefstehende Sonne verlieh den Wolken einen zarten rötlichen Glanz, das Gras schimmerte golden im Gegenlicht. Es war ein großartiger Platz. In der Ferne konnte Elisabeth sogar die matt glänzende Schleife des Flusses sehen, die sich am Horizont verlor. Max legte seinen Arm um ihre Schulter.

»Das wird unsere Aussicht sein, vom Balkon aus. Hier werden unsere Kinder spielen. und weißt du, was sie später sagen werden?« Er machte eine Pause und sah Elisabeth in die Augen. »So weit unser Blick reicht, ist alles ist unser Land. Weil unsere Eltern diesen Traum hatten.«

Sie schmiegte sich an ihn, das hatte er wunderbar gesagt. Hier würde das Haus ihrer Familie stehen. Und später eine Schule, doch das sprach sie nicht aus. Max holte eine Mundharmonika aus der Tasche und spielte die Strophe eines Volkslieds. Elisabeth wiegte sich im Takt der Musik.

»Vielleicht sitze ich hier noch als Großmutter«, meinte sie schmunzelnd.

»Und ich werde zitternd deine Hand halten«, entgegnete Max und unterbrach sein Spiel.

»Während vor dem Haus unsere Enkel …«, fuhr sie fort.

»… ein Elefantenbaby füttern«, vollendete er.

Jetzt mussten beide lachen. Max riss einen Grashalm aus und versuchte, auf ihm einen Ton zu blasen. Als es ihm nicht gleich gelang, warf er den Halm weg und blickte hinaus in die Weite.

»Ich liebe dich. Ich liebe dich, seit ich dich gesehen habe.«

»Ich liebe dich auch, Max. Auch wenn ich es lang nicht wusste.«

Schweigend saßen sie da, es gab nichts mehr zu sagen.

Plötzlich sprang Elisabeth hoch und fing an zu tanzen. Max sah ihr kurz zu, doch dann begann er eine schnelle Polka zu spielen. Jetzt tanzte sie zu seiner Musik, immer ausgelassener, immer verrückter. Max lief neben ihr her und versuchte, die Melodie ihrem Tempo anzupassen. Er schaffte es kaum, denn Elisabeth wirbelte durch das Gras wie in einem Rausch. Sie tanzte mit der Natur, mit dem Leben, mit Afrika und ihrer Zukunft. Es war ein verzweifelter Versuch, den Augenblick festzuhalten, den Schrecken des Krieges gegen einen letzten Moment von Glück einzutauschen.

Als ihr schwindlig wurde, stolperte sie und stürzte. Max warf sich auf sie, ihre Körper wälzten sich keuchend im Gras. Schnell wurde die Umarmung zum erotischen Spiel. Doch als Elisabeth scharfe Halme unter der nackten Haut spürte, richtete sie sich wieder auf.

»Vorsicht, die Schlangen.«

Max hielt inne. »Und die Skorpione, die Termiten und die menschenfressenden Blattläuse«, knurrte er grimmig und verzog sein Gesicht zu einer wilden Grimasse. Elisabeth musste lachen.

»Von neugierigen Augen ganz zu schweigen«, fügte er noch hinzu, denn eben hatte er ein paar schwarze Gesichter im Gras entdeckt.

Als sie aufstanden und ihre Kleider ordneten, liefen die Kleinen kichernd weg. Elisabeth legte ihren Arm um seine Hüfte. Beschwingt wanderten sie zurück ins Haus und gingen hoch ins Schlafzimmer.

Zum ersten Mal liebten sie sich bei Tag und konnten jedes Detail ihrer Körper betrachten. Elisabeth ließ sich fallen, folgte ihrem Körper in den Abgrund, der zum Gipfel führte. Der Tanz im Gras wurde im Bett zum Tanz einer vielgliedrigen Nymphe, die sich der Melodie der Lust hingab wie das Meer dem Sturm. Aber nicht wie damals im Zelt des Fotografen, wo sie ihren Verstand nie ganz ausschalten konnte, sondern blind, wie in einem Rausch. Ohne zu denken, öffnete sie sich, weil die Liebe sie öffnete, weil sie den Mann in ihren Armen am liebsten mit Haut und Haaren in sich eingesaugt hätte. Auch war dieser Mann nicht mehr der, den sie kannte. Lippen, Zunge, Mund und ein zitterndes Glied schoben sich auf feuchten Geheimpfaden in jede Nische ihres Körpers. Immer wieder drehte Max sie um, bog ihre Glieder nach allen Seiten, um sich mit den Augen an ihrer Lust zu weiden und damit die eigene zu steigern.
Sie rangen miteinander, besiegten sich, eroberten sich aufs Neue. Er hatte das Gefühl, ihr Körper war eine sich beständig verändernde Landschaft aus Spalten und Öffnungen, sie wiederum fühlte sich in einen feuchten Kokon eingehüllt, den seine Zunge gewebt hatte und den sein Geschlecht mit immer neuen Variationen von harten Stößen und gleitenden Eroberungen nach Belieben sprengte. Und damit ihre Sinne in eine Form der Ekstase zwang, die ihr fast das Bewusstsein raubte. Der lange, kehlige Schrei, der schließlich ihre Spannung löste, hatte eine so archaische Kraft, dass er sich mit dem Urschrei der Löwen hätte messen können. Jedenfalls dachte sich das Max, als er schweißgebadet neben ihr lag und sich fragte, warum der Himmel auf Erden so lange in seiner

Reichweite gelegen hatte, ohne dass er dies auch nur geahnt hatte.

@@

Die kommende Woche war die längste und kürzeste in ihrem Leben. Lang, weil sie jede Minute des Tages die Intensität ihrer Liebe genossen, kurz, weil jede dieser Minuten sie dem Ende näher brachte. Wie eine Drohung stand der Tag der Abreise im Raum, und sie vermieden es, darüber zu sprechen. Bis ins kleinste Detail schrieb Max auf, was Elisabeth zu erledigen hatte. Wann der Sisal reif war, wann die Baumwolle. Wann die Tragekörbe geflochten werden mussten, wann welches Tier Schonzeit hatte und noch vieles andere. Zwar rechnete er damit, dass der Krieg in ein paar Monaten wieder vorbei war und er bis zur Ernte vielleicht schon wieder zurück sein würde, doch genau konnte er das natürlich nicht wissen.
Eine zweite Liste beschrieb, welche Arbeiten bei der Ernte erledigt werden mussten, wo sie die Baumwolle lagern sollte und welche Maßnahmen bei schlechtem Wetter zu treffen waren. Oft holte er Salem zu den Besprechungen, denn er würde Elisabeths wichtigste Stütze sein. Mehr als das, mit seiner Frau und dem ungeborenen Kind legte Max seine ganze Zukunft in die Hände des Vorarbeiters. Zwar hatte er ihm eine anständige Prämie versprochen, doch er wusste, mit Geld allein war das Vertrauen dieses Mannes nicht zu kaufen.
»Alles, was ich habe, lasse ich in deinen Händen«, gestand er ihm eines Abends, als sie allein waren. »Wenn Elisabeth etwas passiert, macht hier alles keinen Sinn mehr.«
Salem sah ihn ernst an, sagte aber nichts. Max wusste,

dieser Mann sprach wenig, aber wenn, war Verlass auf sein Wort. Diesmal dauerte sein Schweigen besonders lange. Doch dann streckte er die Arme aus und ergriff die Hände des Weißen, etwas, das er noch nie getan hatte.
»Bwana ruhig gehen. Keine Gefahr für Memsahib. Auch nicht für Felder und Schamba.«
Max drückte die schwarzen Hände lange und fest.
»Pass auf sie auf, als wäre sie deine Frau.«
Salem nickte und zog seine Hände zurück. Nun löste Max das Pistolenhalfter vom Gürtel und legte die Waffe auf den Tisch. »Willst du die? Zur Sicherheit?«
Was er hier tat, verletzte eine eiserne Grundregel in der Kolonie: keine Waffen an die Schwarzen. Damit konnte er gewaltigen Ärger bekommen. Doch Salem schüttelte den Kopf und schob die Pistole von sich, die Geste allein war ihm genug. »Salem sterben für weiße Frau.«
Sein Lächeln war so unergründlich wie sein Blick.
»Danke. Aber mir wäre es sehr viel lieber, wenn es dazu nicht kommt.«
Max steckte die Pistole wieder in den Gürtel und sah Salem nach, der so ruhig und gelassen zu seiner Hütte ging, als hätte dieses Gespräch nie stattgefunden.

Am Abend setzte er einen Brief an die Bank auf. Er gab Elisabeth die Vollmacht, uneingeschränkt über seinen Kredit zu verfügen. Bei der Ernte würde sie eine Menge zusätzlicher Leute brauchen, außerdem musste sie die laufenden Lohnzahlungen abwickeln. Das war ohne einen gelegentlichen Besuch bei der Bank nicht möglich.
Gegen Ende der Woche hatten sie alles so oft durchgesprochen, dass sie manchmal schon lachen mussten. Eli-

sabeth hatte sich mittlerweile etwas Fachwissen angeeignet und dafür sogar einen der dicken Wälzer aus der Rumpelkammer studiert. Sie hatte keine Bedenken mehr, der Sache nicht gewachsen zu sein. Jedenfalls keine, mit denen sie Max beunruhigen wollte. Auch sie wusste, dass Salem ihr wichtigster Mann sein würde und sie ihm bei seinen Entscheidungen eine gewisse Selbständigkeit einräumen musste.

Immer wieder erinnerte sie sich an die nächtliche Begegnung mit dem schweigsamen Hünen. Hätte er die Schamba damals tatsächlich verlassen, wäre sie jetzt in einer ausweglosen Situation. Bis heute wusste sie nicht, was in dieser Nacht in ihm vorgegangen war, und Max hatte sie von dem Vorfall nie erzählt.

Das erste Morgenlicht fiel auf das Land. Vor den Hütten der Arbeiter stieg bereits der Rauch der Feuerstellen hoch, überall herrschte rege Aktivität. Nur im Haus des weißen Herrn war es noch still. Max und Elisabeth lagen eng umschlungen, sie schliefen noch. Als sich ein Moskito auf Elisabeths Stirn setzte, wachte sie auf. Max öffnete die Augen. Beide sahen sich kurz an. Elisabeth wollte sprechen, doch Max legte ihr den Finger auf den Mund. »Sag nichts. Das alles wird uns noch stärker machen.«

Sie biss sich auf die Lippen, ihr Blick verriet ihre Verzweiflung.

»Ich bin bald wieder da. Außerdem gibt's Fronturlaub.«

Max versuchte, ihr ein Lächeln zu entlocken.

»Dann komm' ich vorbei und schaue nach, ob du alles richtig machst.«

Der Versuch misslang. Zärtlich strichen seine Finger über ihr blasses Gesicht. »Stell dich hin, hier ins Zimmer«, flüsterte er. Elisabeth stand auf und ging in die Mitte des Raums. In ihrem verknitterten Pyjama, mit den traurigen Augen und den zerzausten Haaren sah sie so elend aus, wie sie sich fühlte.

»Zieh dich aus.«

Sie ließ den Pyjama fallen. Jetzt war sie nackt. Max stand auf, sein Blick wanderte über ihren Körper, tastete jeden vertrauten Winkel ab. »Das ist das Bild, das ich mitnehmen möchte«, sagte er leise, dann kniete er sich vor sie hin. »Von der Frau, die ich liebe, von der Mutter meines Kindes.«

Er schob sein Gesicht zwischen ihre Schenkel und streichelte sanft ihren Bauch. Elisabeth legte die Hand auf seinen Kopf und drückte ihn fest an sich. Sie spürte, wie sich seine Nase in ihr Schamhaar wühlte und tief einatmete. Dann hob er den Kopf, ihre Blicke trafen sich. Zwei Personen, die für Sekunden zu einer wurden. Für einen kurzen Augenblick war der Abschiedsschmerz vergessen.

Nach einer Weile löste sich Elisabeth aus der Umarmung und blickte aus den Fenstern. Vor dem Haus hatte sich eine größere Gruppe von Arbeitern versammelt, sie trugen Bündel und Taschen.

»Ich glaube, du musst jetzt gehen.«

Max ließ sie los und begann sich anzuziehen. Elisabeth hob den Pyjama auf und hielt ihn scheu vor ihren Körper. Der geheimnisvolle Bann, in dem die Zeit für einen kurzen Augenblick stehengeblieben war, war gebrochen. Kaum hatte Max seine Hose übergezogen und den Gürtel festgeschnallt, packte er die restlichen Sachen und lief aus dem

Zimmer. Ohne es zu merken, stieß er dabei die Figur von Urumba um, die Elisabeth auf die Kommode gestellt hatte. Die Statue stürzte zu Boden.
Als die Tür hinter ihm zufiel, war das Zimmer leer. So leer, wie es ab heute immer sein würde. Mit Tränen in den Augen zog sich Elisabeth an. Nun war sie doch froh, dass sie auf das gemeinsame Frühstück verzichtet hatten, beide wollten den qualvollen Abschied nicht unnötig verlängern. Nach einer leidenschaftlichen Nacht, in der sie sich noch einmal so geliebt hatten, als wäre es das letzte Mal, machten traurige Worte und verlegene Blicke keinen Sinn. In dieser Nacht hatten sie alles gesagt und sich alles gegeben.

Mit dem Karabiner auf der Schulter schritt Max die Reihe der Schwarzen ab, die sich zum Abmarsch aufgestellt hatten. Jedem einzelnen sah er kurz in die Augen, die Leute spürten, dies war ein ganz besonderer Augenblick. Am Ende trat er einen Schritt zurück.
»Wir werden bald wieder hier sein. Das hoffe ich, genauso wir ihr.«
Die Männer wichen seinem Blick aus, die meisten starrten in die Ferne, als wüssten sie, dass diesmal nicht der Bwana über ihr Schicksal entschied, sondern eine Macht, die auch er nicht beeinflussen konnte.
Hinter ihm kam Elisabeth aus dem Haus, sie hatte ein Päckchen in der Hand. Als sie die lange Reihe der rekrutierten Männer sah, ließ sie den Kopf hängen.
»Mein Gott, so viele?«
»Befehl des Obersts.«

Sie reichte ihm das Päckchen. »Für unterwegs.«
»Danke.«
Elisabeth versuchte zu lächeln, doch es wollte ihr nicht gelingen.
Behutsam küsste er sie auf die Stirn. »Du wirst es schaffen.« Ein letztes Mal strich seine Hand über ihren Bauch.
»Du auch. Wir schaffen es beide«, flüsterte sie ihm zu.
»Für ihn.«
»Für sie«, widersprach Elisabeth trotzig.
Nun mussten sie doch noch lachen. Max rückte den Gürtel zurecht und stellte fest, dass er den Schlüssel des Tresors noch bei sich trug. Er zog das Ledertäschchen ab und drückte es ihr in die Hand. »Hätte ich fast vergessen.«
»Schreibst du mir?«
»Natürlich, so oft ich kann.«
Sie schluckte, gleich würde sie ihre Tränen nicht mehr zurückhalten können.
»Also.«
Er hob die Hand und winkte. Der Abschiedsgruß wollte ihr nicht gelingen, hilflos ragte ihr Arm in die Luft. Max ging zurück zu seinen Leuten und klatschte in die Hände. Die Männer packten ihre Sachen, bildeten eine Linie und gingen los. Am Tor drehte er sich noch einmal um. Elisabeth war verschwunden.
Entschlossen marschierte er los, hinaus in die Ebene, die zur Bahnlinie führte. Die Schwarzen folgten ihm. Es war die längste Karawane, welche die Plantage jemals verlassen hatte.

Elisabeth hatte sich ins Haus geflüchtet, ihr Körper wurde von einem Schluchzen geschüttelt. Minnie, die ebenfalls

Tränen in den Augen hatte, warf ihr einen besorgten Blick zu.
»Memsahib stark.«
»Nein«, sagte Elisabeth und atmete tief ein. Endlich konnte sie den Schrei loslassen, den sie so lange zurückgehalten hatte. »Nein, ich bin nicht stark. Ich will nie mehr stark sein.«
Dem Schrei folgten die Tränen. Sie weinte so lange, bis sie leer war. So leer wie das Haus ohne Max. Dann erinnerte sie sich an ihr Versprechen.

KAPITEL 21

Drei Wochen später marschierte in der Ebene zwischen dem Massiv des Mount Meru und dem des Kilimandscharo ein Spähtrupp durch den Busch. Er folgte einem Flusslauf. Es waren neun Leute, die sich wie eine Karawane fortbewegten, nur die Träger fehlten. Voran ging ein Offizier, hinter ihm ein deutscher Soldat, dann folgten die Askaris.

Auf der Ebene jenseits des Flusses fiel ein Schuss, dann ein zweiter. Die beiden Deutschen grinsten sich an.

»Das war die Büchse von Max. Ich nehme an, heute Abend gibt's frischen Kudu«, brummte der Offizier.

»Oder Springbock.«

»Wär' mir lieber«, sagte der Soldat hinter ihm. Oder beides. Bei dem weiß man nie.«

In diesem Augenblick krachten wieder Schüsse, diesmal ganz nah. Ein Askari ging zu Boden.

»Deckung!«, rief der Offizier.

Die Männer ließen sich fallen. Keine Sekunde zu früh, denn jetzt nahm das Gewehrfeuer zu. Es kam aus einer Baumgruppe auf dem Hügel gegenüber.

Über den Rand des Felsens schob sich ein Fernglas. Der Mann, der es hielt, fokussierte die Szene des Scharmützels. Die Deutschen feuerten auf Büsche in etwa 150 Meter Entfernung, etwas unterhalb des Betrachters gelegen. Sie hatten keine gute Deckung, der Gegner hingegen hatte sich hinter Felsblöcken verschanzt. Max befand sich im Rücken der Engländer, konnte also deutlich erkennen, dass der Feind in der Überzahl war. Er legte das Fernglas ab und wischte sich den Schweiß aus den Augen. Dann holte er zwei Reservemagazine aus seiner Ledertasche, lud den Karabiner und zielte in die Baumgruppe. In unregelmäßigen Abständen feuerte er, bis alle Magazine leer waren. Der Trick funktionierte, das Gewehrfeuer der Engländer verstummte. Der Feind zog sich zurück, er fürchtete die vermeintliche Verstärkung.

Zufrieden lehnte sich Max gegen den Felsen und zündete sich eine Zigarette an. Bisher konnte er sich nicht beklagen. Seine Einheit war noch in keine größeren Gefechte verwickelt worden, und als Jäger hatte er eine Aufgabe, um die ihn alle beneideten. Er war den ganzen Tag unterwegs, musste sich nicht über Vorgesetzte ärgern, und keiner konnte ihn herumkommandieren. Zwar unterstand er dem zuständigen Leutnant, doch der hatte andere Sorgen, als sich um einen Pflanzer zu kümmern, der Antilopen schoss.

Max verstand bis heute nicht, warum man gerade ihm einen so privilegierten Posten angeboten hatte. So konnte er tagsüber den Krieg für kurze Zeit vergessen und sich der Illusion hingeben, er wäre auf einer Safari. Nur abends war er der Einsamkeit ausgesetzt, einem Gegner, den er nicht besiegen konnte. Dann lag er stundenlang wach und sehnte sich nach Elisabeths Körper.

Doch nicht nur die fehlende körperliche Nähe machte ihm zu schaffen. Er vermisste Elisabeth als Person: Ihm fehlten die Auseinandersetzungen, die Versöhnungen, ihre Dickköpfigkeit und ihr leidenschaftliches Engagement. Immer, wenn ihr liebevoller Blick dem seinem begegnete und sich ihre Zuneigung in immer neuen Worten, Gesten

oder Phantasien ausdrückte, hatte dies sein Leben so sehr bereichert, dass ihm jeder Tag ohne sie banal und sinnlos vorkam.
Er warf die Zigarette weg und machte sich auf den Heimweg. Die erlegten Tiere, ein Steinbock und eine Säbelantilope, hatte er auf einen Baum hochgezogen und notdürftig mit Zweigen bedeckt, um sie vor der Hitze und den Raubtieren zu schützen. Träger würden sie später abholen.

Müde und ausgelaugt kam Elisabeth von den Feldern zurück. Wie jeden Tag blieb sie vor dem Blumen- und Gemüsegarten stehen. Hier wurde ihr immer am deutlichsten bewusst, wie die Zeit verging. Seitdem Max weg war, waren die Pflanzen kräftig gewachsen. Es kam ihr vor, als würde sein Abschied bereits eine Ewigkeit zurückliegen.
Die ersten Tage nach der Abreise waren eine Katastrophe gewesen. Mit der Energie der Verzweiflung stürzte sie sich in die Arbeit, um sich abzulenken, doch es gelang ihr nicht. Jeden Augenblick musste sie daran denken, was Max vielleicht gerade durchmachte. Wurde auf ihn geschossen, trat er auf eine Schlange oder wurde er von einem Büffel gejagt?
Am Tag quälte sie die Sorge, am Abend seine Abwesenheit. Sie vermisste ihn bei jedem Atemzug. Niemand lächelte, wenn sie ihre trotzigen Bemerkungen machte. Kein Zigarrenrauch lag in der Küche, kein Lob oder Tadel korrigierte ihre Kochversuche, die sinnlos geworden waren. In ihrem Leben gab es keinen Ansprechpartner mehr, weder für ihren Geist noch für ihre Seele, von ihrem Körper ganz zu schweigen.

Nachts war es am schlimmsten. Kaum war sie allein, wurde ihr das leere Bett zu einem Mahnmal zerbrochener Träume. Zwar barg es auch die Erinnerung an Glück und Momente der Ekstase, doch diese Erinnerung tat weh. Schon am zweiten Tag machte sie sich deshalb das Feldbett in der Rumpelkammer zurecht. Das war zwar unbequemer, aber wenigstens ein neutraler Platz. Abgesehen von den Elefantenfüßen, an die sie sich schon fast gewöhnt hatte. Sie waren für Elisabeth längst zum Symbol dessen geworden, was profitgierige Europäer dem afrikanischen Kontinent antaten. Doch auch mit diesen Gedanken blieb sie allein.

Am meisten litt sie unter der Tatsache, dass es für ihr Leiden kein Heilmittel gab, denn es erwies sich als wesentlich vielschichtiger, als sie erwartet hatte. Jede Minute des Tages spürte sie, dass Sehnsucht nichts war, was man heilen konnte, nichts, was mit der Zeit schwächer wurde. Sie war die unsichtbare Haut der Liebe, die zurückblieb, wenn das Objekt der Liebe verschwand. Doch auf die Dauer wurde die Hülle zum Trugbild, das nur noch in der Hoffnung lebte. Und so wurde ihr schließlich die Zeit zum Feind, denn was sie mürbe machte, war die Ungewissheit. Sie wusste weder, wann Max zurückkommen, noch wie lange der Krieg dauernd würde. Ihre Hoffnung hatte kein Ziel, sie verlor sich in einer beliebigen Zukunft.

Bevor sie ins Haus ging, pflückte Elisabeth ein paar Blumen. Unbewusst wählte sie diese so, dass sie schließlich einen ähnlichen Strauß in den Händen hielt wie der, den ihr Max damals ans Krankenbett gestellt hatte.

Als der Jäger ins Feldlager der Truppe zurückkam, waren die Männer dabei, die Lagerfeuer vorzubereiten. Anerkennende Pfiffe begrüßten ihn, denn es hatte sich herumgesprochen, dass sein Trick mit dem Gewehrfeuer den Stoßtrupp aus einer misslichen Lage befreit hatte. Vor seinem Zelt wartete der Leutnant. »Gut gemacht, Leitner. Dir fällt ja anscheinend immer was ein.« Er reichte ihm ein Bier.

»Ist Post gekommen?«, fragte Max und stellte sein Gewehr ab.

»Noch nicht. Wir sind schwer zu finden. Wenn wir uns tarnen, wie es die Vorschrift will, haben es die Kuriere nicht leicht.«

»Wie lange bleiben wir in der Gegend?«

»Nur noch ein paar Tage. Du kennst doch die Taktik des alten Fuchses. Nicht fassbar sein, immer unterwegs.«

Max nickte, das Thema war ihm vertraut, und er wusste auch, wie die Männer über das ewige Marschieren fluchten. Doch bisher waren sie damit erfolgreich gewesen, sie hatten vier kleinere Gefechte hinter sich und hatten den Engländern jedes Mal kräftig einheizen können. Bevor der Feind Verstärkung bekam, waren sie schon wieder verschwunden, und eine andere Kompanie hatte dort angegriffen, wo man die Verstärkung abgezogen hatte. Dennoch verfluchte auch er die Eilmärsche, denn Briefe aufzugeben oder zu bekommen wurde so äußerst schwierig.

Über den Kriegsverlauf wusste Max wenig. Nicht einmal der Leutnant hatte genauere Informationen, denn von der Bahnlinie und der Telegrafenleitung waren sie weit entfernt. Feldtelefone gab es nur im Hauptquartier und in

einigen wenigen Kommandostationen, sonst waren sie auf Boten angewiesen.
Doch die Stimmung in der Truppe war gut, obwohl den Männern klar war, dass sie gegen eine gewaltige Übermacht an Menschen und Material kämpften. Das schien sie nicht zu beunruhigen. Alle waren der Ansicht, dass der Oberst, dem sie blind vertrauten und vor dem auch die Offiziere höchsten Respekt hatten, die Sache schon in die Hand nehmen würde.

Auf der Schamba brannten zahlreiche Kerzen, sie warfen ein warmes Licht auf die Baupläne, die Max kurz vor seinem Abschied entworfen hatte. Elisabeth hatte sie auf dem Boden ausgebreitet. Sie saß zwischen den Entwürfen und machte sich Notizen. Manchmal half ihr der Traum vom neuen Haus über die Einsamkeit hinweg. Doch etwas irritierte sie auch jetzt, etwas, vor dem sie nicht flüchten konnte. Max hatte sein Versprechen nicht gehalten. Bisher hatte er nur einen einzigen Brief geschickt, und der war in Mgorogoro abgestempelt, also schon kurz nach ihrem Abschied geschrieben worden. Seitdem hatte sie keinen Brief mehr erhalten. Was hatte das zu bedeuten?
Sie verdrängte die düsteren Gedanken und kehrte zurück zum Entwurf des Hauses, das ihr Familiensitz werden sollte. In ihrer Phantasie versuchte sie, die Räume zu gestalten. Das Kinderzimmer war schon fertig, das Schlafzimmer auch. Wichtig würde das Gästezimmer sein, denn wenn der Krieg vorbei war und die Pflanzung gut lief, wollte sie öfters Besuch bekommen. Nicht nur von Nachbarn, sondern auch von Leuten aus Deutschland. Mit ihren

Gästen würde sie Ausflüge machen, zum Kilimandscharo oder zum Tanganjika-See, auf dem bis dahin bestimmt schon der Dampfer fahren würde, der mit dem Schiff transportiert wurde. Oder einfach nur ans Meer. An den Indischen Ozean, das klang gut. Oder nach Sansibar. Ihre Tochter würde dann neben ihr stehen und all die naiven Fragen stellen, die sie damals dem Heizer gestellt hatte. Ja, sie wollte, dass ihr erstes Kind ein Mädchen würde. Wenn alle Felder des ausgedehnten Besitzes gerodet waren und Früchte trugen, würden sie schnell zu wohlhabenden Bürgern werden, da wäre eine große Familie kein Problem. Vielleicht könnten sie sich dann sogar einen Hauslehrer leisten. Doch wenn der Krieg zu Ende war, wollte sie zuerst nur mit Max unterwegs sein. Und mit ihm in dem vornehmen Hotel übernachten. Im »Kaiserhof« gab es sicher wunderbare breite Himmelbetten, in denen sie sich nach Lust und Laune vergnügen konnten. Und ihr Kind würde in der Wiege liegen und schlafen. Die nächste Generation würde das Land endgültig zu einem tropischen Paradies machen, wie es Max in seiner Annonce versprochen hatte. Die Zukunft sah rosig aus, das musste sie sich in solchen Momenten eingestehen. Wenn ihr Mann nicht als Krüppel zurückkehrte. Oder gar nicht. Bei diesem Gedanken lief ihr ein Frösteln über die Haut. Sie würde ihn auch als Krüppel lieben. Und er würde auch dann ein guter Vater sein, dessen war sie sich ganz sicher.

Bisher hatte Max unter der Trennung nicht allzu sehr gelitten. Die Umgebung geselliger Kameradschaft, in der er sich aufhielt, war ihm nach dem eher eintönigen Leben auf der Schamba eine willkommene Abwechslung. Vor allem die gemeinsamen Abende am Lagerfeuer, an denen die Pflanzer Erfahrungen austauschten und von ihrem abenteuerlichen Pionierleben berichteten, waren anregende und amüsante Treffen, die sich oft bis tief in die Nacht hinzogen und ihm halfen, den Schmerz der Trennung zu lindern. Auch die anderen Siedler, die in seiner Kompanie rekrutiert waren, erlebten diese Wochen eher als Abenteuer und nicht als Einsatz auf Leben und Tod.

Das mobile Feldlager, dem er zugeteilt war, befand sich nordwestlich von Arusha, einer sehr wildreichen Gegend. Es war eine weite Ebene, aus der immer wieder kleinere Felsformationen hervorragten, die von der Ferne aussahen, als wären Riesen durch die Gegend gewandert und hätten die herumliegenden Feldbrocken eingesammelt und damit an markanten Punkten Skulpturen geschaffen. In deren Spalten wuchsen Büsche und Bäume, die Felsformationen boten den Raubtieren einen schattigen Ruheplatz, von dem aus sie gelassen die vorbeiziehenden Gnu- oder Zebraherden beobachten konnten. Löwen und Geparden bevorzugten solche Plätze, und auch Max kletterte gerne auf eine der Felsplatten, lehnte sich an den warmen Stein und blickte hinaus auf die Landschaft, die so unendlich friedlich wirkte.

Zwar spielten sich in ihr täglich die Dramen der Wildnis ab, wie seit Jahrtausenden, doch dies schien die Betroffenen nicht weiter zu stören. Fressen und Gefressenwerden war ein Naturgesetz, das durchaus fair war, wie er seit seiner Ankunft in Afrika immer wieder feststellen konnte. Jedes Tier hatte seine Chance. Auch wenn der Löwe kräftig und geschmeidig war, die schwache Antilope hatte dafür ein gutes Witterungsvermögen und konnte so blitzartig fliehen, dass die Raubkatze, wenn sie ihrer Beute nicht schnell genug habhaft werden konnte, schon bald zurückblieb und die Jagd abbrechen musste. Größere Tiere wie Kudus jagten Löwen im Rudel, und an einen Büffel wagten sie sich nur, wenn er allein stand und mehrere Löwen gleichzeitig angreifen konnten. Es gab also keinen Grund, eine der Tierarten zu bemitleiden, denn die Evolution hatte jede Spezies mit Vor- und Nachteilen ausgestattet, die sich zu einem Gleichgewicht fügten. Bis der Mensch mit dem Gewehr kam. Ab da war alles anders.

Max nahm einen tiefen Zug aus seiner Zigarette. Er wunderte sich, warum ihn der Anblick dieser gelassen vor sich hinziehenden Herden zum Grübeln brachte. Für ihn war der Krieg in diesem Augenblick weit entfernt, und wenn er ein Künstler wäre und den Garten Eden malen sollte, würde genau das Bild entstehen, das er vor sich sah.

Kurz darauf entdeckte er seine erste Leiche. Er war aufgestanden, um sich in den Schatten zu setzen. Dabei hatte er einen Blick in den Spalt geworfen, der das Gestein vom nächsten Granitblock trennte. Aus diesem Spalt ragten zwei Stiefel. Jetzt nahm er auch den penetranten Gestank war, der ihm bisher nicht aufgefallen war, da der Wind direkt von vorne kam. Der Tote war ein englischer Soldat, jung, fast noch ein Kind. An welcher Verletzung der Rekrut gestorben war, konnte Max nicht erkennen. Die Bauchhöhle des Soldaten war offen, die Eingeweide und beide Arme des Jungen waren Raubtieren zum Opfer gefallen. Die Augen fehlten, doch das ernste Kindergesicht, die kurzen roten Haare, der Ohrring aus Messing, all das, was an einen Menschen erinnerte, der vor kurzem noch gelacht, geflucht oder geweint hatte, waren noch da. Diese Reste standen in brutalem Kontrast zu den Spuren des Todes und der Verwesung. Max hielt sich die Nase zu, fast hätte er sich übergeben müssen. Als er die Taschen des Toten durchsuchte, musste er seine ganze Kraft aufbieten, um gegen den Ekel anzukämpfen. Er fand einen angebissenen Schokoladenriegel, zwei Münzen, eine leere Patronenhülse und ein Stück Papier. Es war der Anfang eines Briefes.

Dear parents,
I like Africa, but I do not like the war. We walk a lot, it is very hot and often we do not find the enemy. They hide like cowards and then they come. But I never saw one face to face and I never shot one yet. At least I think so. But I understand that we must kill as many Germans as we can because they exploit the country and mistreat the people. And they want to take over Kenia, so we have to protect the poor people here.

Max verstand nur ein paar Wörter, doch diese gruben sich tief in sein Gehirn: Der Junge war im Garten Eden unterwegs gewesen wie er, doch mit dem Vorsatz, Menschen zu töten. Damit diese nicht Kenia eroberten und dort die Schwarzen misshandelten. Was für ein Schwachsinn.
Wie war der junge Soldat in diese Felsspalte gekommen? Normalerweise bargen die Engländer ihre Verwundeten, wenn möglich begruben sie auch die Toten. Der Junge musste schwer verletzt worden sein, hatte sich aber irgendwie noch zu den Felsen schleppen können, entweder um Deckung zu finden oder um sich in der Spalte vor der sengenden Hitze zu schützen. Vielleicht hatte er einen Bauch-

schuss abbekommen. Dann musste er ohnmächtig geworden sein und konnte deshalb die Rufe der Kameraden, die ihn suchten, nicht hören. War er an seiner Verletzung gestorben oder vielleicht verdurstet? Auf jeden Fall musste es ein elender Tod gewesen sein. Man konnte nur hoffen, dass der Junge gestorben war, bevor er den Raubkatzen zum Opfer fiel.
Noch einmal blickte Max zu den Tierherden, die durch die Savanne zogen, als würde sie der mörderische Konflikt nichts angehen. Für einen Augenblick hatte Max ein ganz ähnliches Gefühl. Was ging ihn dieser Krieg eigentlich an? Im fernen Europa hatten Politiker beschlossen, dass zwei Länder jetzt Feinde waren. Nun mussten die Männer aus dem einen Land die des anderen Landes töten. Warum? Während ein junger Rekrut wie dieser Engländer im Busch elend verreckte, saßen die, die den Krieg angeordnet hatten, in eleganten Salons und tranken Cognac. Oder beugten sich über Landkarten und entwickelten Planspiele, die vor Ort Tod und Verwüstung brachten. War dieser junge Soldat wirklich sein Feind? Wurde ein Mensch, mit dem man sonst vielleicht am Lagerfeuer Bier getrunken hätte, zum Gegner, nur aufgrund eines Befehls?
Max bedeckte die Leiche mit Zweigen, mehr konnte er nicht tun. Dann verließ er den makabren Ort, doch die Bilder des Jungen verließen ihn nicht. Hätte er auf ihn geschossen, wenn er ihm zufällig begegnet wäre? Erschoss man an der Front einen Feind oder ermordete man einen Menschen? Bestürzt stellte Max fest, dass ihn der Sog seiner Gedanken in Bereiche führte, in die er nicht vordringen durfte. Solche Überlegungen waren im Krieg gefährlich, sie sind wie Krebszellen, die man aus dem Gewebe

schneiden muss, dachte sich Max und machte sich auf den Heimweg. Doch die Zweifel, was hier das gesunde und was das kranke Gewebe war, nahm er mit.

Zurück im Lager ging Max direkt in sein Zelt, er hatte kein Bedürfnis, in Gesellschaft zu sein. Lange betrachtete er Elisabeths Bild. Es war das Foto, das Schillings auf dem Schiff gemacht hatte, und es stand auf der Munitionskiste, die ihm als Nachttisch diente.

Gleich nach seiner Rückkehr hätte er das verstörende Erlebnis dieses Tages am liebsten mit seiner Geliebten geteilt, doch dann erschien ihm dieser Gedanke nicht angebracht. Der Bericht würde sie nur unnötig belasten, würde er ihr doch die Schrecken und vielleicht auch die Sinnlosigkeit des Kriegs vor Augen führen, und das musste er auf jeden Fall vermeiden. Im Augenblick hatte er genug damit zu tun, sich selbst einzureden, dass dieser Kampf nötig und sinnvoll war. Er musste schließlich sein Land und seine Familie verteidigen. Das war nicht seine Schuld und bestimmt auch nicht die der Pflanzer, die da draußen am Lagerfeuer saßen. Und es war auch nicht die Schuld des jungen Engländers, den die Hyänen und Geier gefressen hatten.

Den Brief, den er schreiben wollte, schrieb er nicht.

KAPITEL 22

Seit sechs Uhr früh stand Elisabeth auf dem Sisalfeld und jätete Unkraut. Neben ihr bückten sich fünfzig Schwarze und taten das Gleiche. Salem arbeitete hinter der Anhöhe, er kümmerte sich um die Baumwollstauden. Es war sengend heiß, und lange würde sie das nicht mehr aushalten. Natürlich könnte sie die Leute nur beaufsichtigen, doch ihr war wichtig, mit gutem Beispiel voranzugehen. Am Ende der Reihe richtete sie sich auf und streckte sich. Hassim reichte ihr die Wasserflasche. Dankbar ließ sie die kühle Flüssigkeit durch die Kehle rinnen. Wieder spürte sie die Bewegung in ihrem Bauch, die sie so liebte, auch wenn sie sie bei der Arbeit eher irritierte.

Als sie die Flasche absetzte und zur nächsten Reihe gehen wollte, tauchte am oberen Feldrand eine kleine Karawane auf. Voran gingen zwei Schwarze, die eine Bahre trugen. Auf dieser saß eine bärtige Gestalt, die den Arm hob und winkte. Jetzt fuhr ihr der Schreck in die Glieder. War das Max? Kam er verstümmelt zurück? Doch dann konnte sie den Besucher erkennen. Sie ließ den Rechen fallen und lief ihm entgegen.

Als sie näher kam, blieben die Träger mit der Bahre stehen. Fritz hob die Arme zur Begrüßung und lachte über das ganze Gesicht. »Na, wie geht's unserer dynamischen Pflanzerin?«

Elisabeth stellte fest, dass er keine Augenklappe mehr trug, in seinem verschwitzten Gesicht funkelte ein Glasauge.

»Jetzt ganz gut, denn ich freu' mich, Sie zu sehen«, sagte sie lächelnd.

»Eigentlich bin ich auf dem Weg zur Küste, ab in die Heimat«, erklärte Fritz. »Aber ich glaube, ich habe hier noch etwas gutzumachen.«

»Das sind doch alte Geschichten«, widersprach Elisabeth, die sich wunderte, wie mager der Kölner geworden war. Die hohlen Wangen und die dunklen Ringe unter den Augen zeugten von dem, was er durchgemacht hatte.

»Für mich nicht. Ich spüre sie täglich«, murmelte ihr Besucher und hob die zwei Krücken, die neben ihm lagen. Erst jetzt bemerkte Elisabeth, dass man Fritz das Bein amputiert hatte. Vor Schreck wusste sie nicht, was sie sagen sollte. Der Besucher spürte ihre Verlegenheit und gab seinen Trägern ein Zeichen, weiterzugehen. Elisabeth lief schweigend nebenher. Nach einer Weile nahm Fritz seinen Hut ab und fächelte sich Luft zu. »Ich wollte schon lange kommen, aber wie Sie sehen, gab es da ein paar Schwierigkeiten.«

»Davon wusste ich nichts.«

»Kein Wunder, ich lag ja im Krankenhaus, in Daressalam.«

»Schön, dass Sie mich noch besuchen.«

»Es ist mir ein Vergnügen, außerdem bin ich neugierig.«

»Worauf?«

»Wie Sie das alles hinkriegen.«

Elisabeth strich sich die Haare aus der Stirn und lächelte erschöpft. »Das frage ich mich selbst, jeden Tag wieder.«

Am Eingang zum Hof ließen die Träger die Bahre zu Boden. »Na endlich. Diese Art der Fortbewegung bin ich nicht gewöhnt«, stöhnte Fritz und griff nach seinen Krücken. Elisabeth wollte ihm die Hand reichen, merkte aber schnell, dass ihr Gast keine Hilfe akzeptierte.

»Ich komm' schon zurecht. Es bleibt mir ja nichts anderes übrig.« Seine Hände umklammerten die Krücken, als wären sie der einzige Halt, der ihm geblieben war. »Darf ich auf einen Sprung reinkommen?«
»Wenn Sie noch springen können, gerne.«
»Dann schauen Sie doch mal.«
Übermütig lief der Besucher mit seinen Krücken über den Hof, so schnell, dass sie ihm applaudierte. Doch kurz vor der Veranda blieb er an einem Stein hängen und stürzte. Erschrocken blickte Elisabeth auf ihn herab. Eine Safari zu viel, und man konnte froh sein, als Krüppel am Leben zu bleiben.
Die Träger halfen ihrem Herrn wieder auf die Beine.
»Entschuldigung, man ist eben nicht mehr der Jüngste«, sagte dieser verlegen. »Und auch nicht mehr der Schönste.«
Elisabeth klopfte ihm den Staub vom Anzug. »Jetzt, wo Sie wieder zwei Augen haben, können Sie sich die Frauen doch aussuchen«, widersprach sie.
»Nun übertreiben Sie aber, meine Liebe«, antwortete der Gast und richtete sich auf. »So, und jetzt habe ich einen ordentlichen Durst.«

Nach zwei Flaschen Bier schien der Besucher wieder bester Laune zu sein. Elisabeth hatte ein paar Brote zurechtgemacht, sie saß mit Fritz auf der Bank vor dem Haus.
»Haben Sie Nachrichten vom Verlauf des Kriegs?«, fragte sie den Gast.
»Angeblich führt unser Oberst die Engländer ganz schön an der Nase herum. Wissen Sie, wo Max jetzt ist?«
»Nein. Es kommen keine Briefe.«

»Machen Sie sich keine Sorgen, die Kuriere sind nicht die schnellsten.«
»Trotzdem.«
»Er ist eben nicht der Typ fürs Briefeschreiben«, sagte Fritz, bedauerte aber sofort, dieses heikle Thema angeschnitten zu haben.
»Das ist doch keine Entschuldigung.«
Ihr bitterer Tonfall zeigte ihm, dass er seinen Finger auf die alte Wunde gelegt hatte. Einen Augenblick schwiegen sie, da keiner wusste, was er sagen sollte. Hassim saß auf dem Boden und starrte fasziniert auf das Glasauge im Gesicht des Besuchers, Fritz kaute gedankenverloren an seinem Brot.
»Sie müssen vorsichtig sein, Elisabeth. Die Engländer schicken Stoßtrupps ins Landesinnere.«
»Uns finden die bestimmt nicht«, antwortete sie mit einer Überzeugung, die ihn überraschte. »Wovor ich Angst habe, ist das Wetter …«
»Gegen das Schicksal sind wir alle machtlos.« Elisabeth zuckte mit den Schultern. Auch wenn das so war, half ihr das wenig. Unwillkürlich hatte sie die Hände auf ihren Bauch gelegt. Die Geste war dem Besucher nicht entgangen. »Bekommen Sie ein Kind?«
»In fünf Monaten.«
»Gratuliere!«
Elisabeth lächelte, doch die Sorgenfalten auf ihrer Stirn blieben. »Ich hoffe, dass alles gutgeht. Nicht nur mit dem Kind. Wenn es kurz vor der Ernte regnet, sind wir erledigt.«
Fritz spürte, ihre Nerven lagen blank. Kein Wunder. Allein als schwangere Frau eine Plantage zu führen und die erste,

entscheidende Ernte einzubringen musste für jemanden, der noch nicht einmal ein ganzes Jahr da war, eine fast unmögliche Aufgabe sein.

Nun hielt es Hassim nicht mehr aus. Er stellte sich hinter den Gast und flüsterte ihm etwas ins Ohr. Fritz nahm das Glasauge heraus und hielt es hoch. Andächtig bestaunte der Junge den merkwürdigen Gegenstand.

»Praktisch, nicht? Kann man überallhin mitnehmen«, erklärte Fritz und drückte ihm die Kugel in die Hand. Hassim hielt sie ins Licht, das Glasauge starrte ihn ausdruckslos an.

»Kann man wirklich schauen, mit diesem?«, fragte er ungläubig.

»Klar doch.«

Blitzschnell versteckte Hassim das Auge hinter seinem Rücken. »Und was sieht der Bwana jetzt?«

»Deinen Hintern«, entgegnete Fritz grinsend. »Gib her.« Er setzte sich das Auge wieder ein und blinzelte Elisabeth zu. »Da schaue ich mir lieber schöne Frauen an.«

»Was bringt die Schönheit, wenn sie keiner sieht?«, sagte sie traurig.

»Unsinn.«

Er beugte sich vor und legte ihr die Hand auf den Arm.

»Denken Sie nicht dran. Sorgen sind sinnlos, sie kosten nur Energie, die Sie an anderer Stelle brauchen.«

»Wenn das so leicht wäre.«

»Glauben Sie, mir fällt es leicht?«, bemerkte er und warf einen Blick auf den Beinstumpf, der aus der kurzen Hose ragte.

»Sie haben recht, das war dumm von mir.«

Der Besucher richtete sich auf und griff nach seinen Krücken.

»Kommen Sie, wir sehen mal, was Ihre Jungs so treiben.«
»Aber Sie können doch nicht so über auf die Felder?«
»Und ob.«
Er wollte losgehen, doch Hassim tippte ihm auf die Schulter. Wieder flüsterte er dem Gast etwas ins Ohr, das Elisabeth nicht hören konnte.
»Prima, eine wunderbare Idee«, sagte Fritz und humpelte schmunzelnd davon.

Kurz darauf drängelten sich hundert schwarze Arbeiter um den weißen Mann mit den Krücken, der neben der Memsahib stand und sprach wie ein Zauberer. Fritz hatte tatsächlich ein Pathos in seine Stimme gelegt, das ihm eine magische Überzeugungskraft zu verleihen schien. Jedenfalls kam es Elisabeth so vor, und auch Hassim schien das zu glauben, denn er blickte den Redner so ehrfurchtsvoll an, als wäre er Urumba persönlich.
»Ich werde euch jetzt ein großes Geheimnis erklären«, predigte Fritz den staunenden Zuhörern, jeden seiner Sätze begleitete eine bedeutungsvolle Geste. »Es ist der Zauber des weißen Mannes. Seine Augen sehen alles, auch wenn er gar nicht da ist. Deshalb weiß er immer, ob ihr arbeitet oder faul seid.«
Die Schwarzen lachten und schüttelten den Kopf.
»Das glaubt ihr mit nicht? Bitte.«
Mit einer schwungvollen Geste nahm er sein Glasauge heraus. Ein Raunen ging durch die Menge, die Zuhörer erschraken. Nach einer angemessenen Pause legte er das Auge feierlich auf einen Zaunpfosten.
»Seht her, ich lasse meinen Blick hier zurück. Er wird euch

von nun an ständig beobachten.« Wie versteinert standen die Leute da. Elisabeth hielt sich die Hand vors Gesicht, sie hatte Mühe, sich das Lachen zu verkneifen.

»Und jetzt?«, fragte sie amüsiert.

»Gehen wir Kaffee trinken«, antwortete Fritz und blinzelte Hassim verschwörerisch zu. Dieser freute sich, dass seine Idee funktioniert hatte. Mit stolzgeschwellter Brust beobachtete er die Arbeiter, die auf das Auge starrten, als wäre es der Teufel persönlich.

»Wann, glauben Sie, werden Sie wieder in Deutschland sein?«, fragte Elisabeth auf dem Rückweg, denn sie wollte Fritz einen Brief mitgeben.

»Keine Ahnung. Wer weiß, wie lange ich im Hafen warten muss.«

»Haben Sie keinen Fahrplan der Reederei?«

»Die Engländer lassen keine Schiffe mehr durch.«

Bestürzt blieb Elisabeth stehen.

»Mein Gott, wo soll denn dann unsere Ware hin?«

Ihr Besucher zuckte mit den Schultern, darauf wusste auch er keine Antwort.

An diesem Tag kam Max früher ins Lager zurück. Er hatte zwei Kudus geschossen, und das war für heute genug. Schon von weitem hört er laute Stimmen und Gelächter, ein Zeichen, dass etwas vorgefallen sein musste. Er hatte sich nicht getäuscht. Die Soldaten saßen mit Schnapsgläsern vor den Zelten, sogar die Verwundeten tranken und stießen mit an. Nur hinten bei den Askaris war es ruhiger. Sie lagerten in deutlicher Entfernung und blieben auch sonst unter sich.

»Der Proviantmeister kommt«, rief einer der Männer, als er Max entdeckte.
»Und er weiß noch gar nicht, was los ist!«
Im Nu war der Jäger von Kameraden umringt. Alle redeten gleichzeitig, einer fiel dem anderen ins Wort.
»Es gab die erste große Schlacht!«
»Bei Tanga. Zuerst haben sie uns von See aus beschossen.«
»Britischer Kreuzer, schwerste Geschütze, die machen alles nieder …«
»Dann sind sie an mehreren Punkten an Land gegangen und massiv vorgerückt.«
»Zangenangriff. Maschinengewehre, Granatwerfer, die ganz großen Dinger. Eine Angriffswelle nach der anderen.«
Max stellte sich vor, wie der deutsche Hafen jetzt wohl aussehen mochte. »Ja, und dann?«
»Haben wir gesiegt!«, brüllten die Soldaten im Chor. Die Männer waren so stolz und aufgeregt, als hätten sie selbst dort gekämpft.
»Die Briten mussten wieder abziehen. Zu hohe Verluste.«
»Haben sich an der Verteidigungslinie festgerannt …«
»Waren weit in der Übermacht, hat ihnen aber nichts geholfen.«
»Das wird ihrem König gar nicht gefallen!«
»… wie sie unser Oberst da an der Nase herumgeführt hat«, ergänzte ein anderer.
Hinter dem Rücken der Männer war der Leutnant aufgetaucht. Schmunzelnd registrierte er die Begeisterung seiner Männer, freute sich aber insgeheim genauso wie sie. Der spektakuläre Sieg tat der Moral der Truppe gut. Max

warf ihm einen zweifelnden Blick zu. »Übertreiben die nicht ein bisschen?«
»Keineswegs. Die Depesche hat uns genau das berichtet.« Der Leutnant hob die Hand und wartete einen Augenblick, bis es ruhiger wurde. »Wisst ihr, was die Schlacht entschieden hat?«
Es wurde still, die Männer blickten ihn erwartungsvoll an.
»Dass unsere Askaris keinen Meter nachgegeben haben.« Einige der Männer warfen sich betroffene Blicke zu. Das hatten sie nicht erwartet, machten sie doch täglich ihre Witze über die Schwarzen. Max hob seine Bierflasche und trat einen Schritt vor.
»Auf unsere Askaris!«, rief er so laut, dass man es im hinteren Lager hören musste. Nun drängelten sich auch die übrigen Soldaten vor und prosteten den Schwarzen zu.
Der Leutnant nahm seine Mütze ab und begann, die Nationalhymne zu singen. Die Askaris erhoben sich und kamen näher. Einige versuchten mitzusingen. Das klang zwar nicht besonders harmonisch, aber es weckte auf beiden Seiten Emotionen. Zum ersten Mal spürten weiße und schwarze Soldaten, dass sie eine Einheit waren und tatsächlich für eine gemeinsame Sache kämpften.

Elisabeth hingegen kämpfte einen einsamen Kampf. Sie kämpfte um die Zukunft ihrer Familie und um die Zukunft ihrer Liebe. Da das Schreiben die einzige Möglichkeit war, diese Liebe zu äußern und zu pflegen, schrieb sie fast täglich. Dabei berichtete sie weniger von den Problemen bei der Arbeit, denn diese lief weiter wie bisher. Salem nahm die Pflicht, den Bwana zu ersetzen, sehr ernst. Seine Autorität, die er schon immer hatte, war in dem Maß gewachsen, in dem er lernte, seine neuen Aufgaben zu meistern. Auf ihn war Verlass, Elisabeth hätte zufrieden sein können, wenn die Ängste und Sorgen nicht gewesen wären. Die Sorge um den Mann an der Front, die Angst vor dem Wetter, die Sehnsucht nach den Briefen, die nicht kamen.

Über das alles hätte sie mit Fritz noch gerne gesprochen. Doch sie spürte, dass er mit seinen Gedanken woanders war. Vielleicht hatte er sich innerlich schon von diesem Land verabschiedet.

Die zwei Stück Papayastrudel, die sie ihm noch hatte anbieten können, aß ihr Gast schweigend. Elisabeth beobachtete ihn, es fiel ihr schwer, mit einem Mann Konversation zu treiben, den das Schicksal so heimgesucht hatte. Immer wieder musste sie daran denken, dass an seiner Stelle auch Max auf Krücken gehen könnte. Sie verscheuchte diesen Gedanken und schenkte dem Gast noch etwas Kaffee ein.

»Sie wollen wirklich alles aufgeben?«

Als der Besucher ihr diesen Entschluss kurz zuvor beiläufig mitgeteilt hatte, hatte sie es kaum glauben können. Fritz lachte, doch sie spürte die Verzweiflung, die sich hinter seiner Fröhlichkeit verbarg.

»Ein Krüppel hat hier nichts mehr verloren. Ich bin pleite. Kann wegen des Krieges nicht mal verkaufen. Die Bank wird mich pfänden. Das war's dann.«

Was sollte sie dazu sagen? Gleichmütig schob sich Fritz das letzte Stück Strudel in den Mund.

»Aber ich bereue nichts«, fügte er kauend hinzu.

»Haben Sie Geduld, es wird sich lohnen.«

Elisabeth seufzte.

»Wenn sogar Sie es nicht geschafft haben?«

»Es war nicht die Farm«, sagte er leise. »Ich war eben zu oft weg. Nairobi, Mombasa, Sansibar.«
Eigenartig, Max war nie weggefahren. Fritz spürte, dass seine Worte einer Erklärung bedurften. »Ich habe gespielt.«
Er wischte ein paar Krümel vom Tisch. »Eine Leidenschaft, die Leiden schafft.«
Solche Abgründe hätte sie dem lebenslustigen Kölner nicht zugetraut. Wieder einmal wunderte sie sich, in wie vielen Menschen sich ein zweites Ich verbarg, dem sie anscheinend hilflos ausgeliefert waren. Auch sie hatte schon ihr Innerstes daraufhin durchforscht, doch das Einzige, was sie gefunden hatte, war ihre Empfindsamkeit. Gegen diese konnte sie sich tatsächlich nicht wehren, und deshalb wollte ihr Schmerz über das Schweigen des Geliebten kein Ende nehmen.

Während sich die Memsahib mit ihrem Gast unterhielt, arbeiteten die Schwarzen auf dem Sisalfeld ohne Pause. Doch immer öfter warfen einige misstrauische Blicke auf das Auge, das sie bewachte. Schließlich legte einer der Arbeiter seine Schaufel beiseite und schlich sich von hinten an den Pfosten an. Mit einer schnellen Bewegung stülpte er seine Mütze über das Auge. Jetzt war es blind. Sofort hörten die Männer auf zu arbeiten. Argwöhnisch sahen sie sich um. Nichts passierte. Nun warfen sie erleichtert ihre Hacken und Sicheln weg, setzten sich in den Schatten und plauderten vergnügt.

Die Pflanzerin und ihr Gast hatten den Kaffee ausgetrunken und saßen stumm da. Es war alles gesagt, und Elisabeth fiel es schwer, aufmunternde Worte zu finden, wenn sie solche selbst dringend gebraucht hätte. Fritz hatte seine gespielte Fröhlichkeit aufgegeben. Der Anblick dieser schönen und mutigen Frau, die jetzt auch noch schwanger war, machte ihm klar, was er versäumt hatte. Oder einer sinnlosen Leidenschaft geopfert. Er räusperte sich und griff nach seinen Krücken.

»Der Strudel war wunderbar. Und erst die Sahne, ein Gedicht.«

Elisabeth lächelte ihn wehmütig an.

»Danke für den Besuch. Vergessen Sie Ihr Glasauge nicht.«

Verblüfft fasste sich der Gast an die leere Augenhöhle.

»Ich werde es Ihnen holen«, sagte sie und ging hinaus. Hassim folgte ihr.

Sobald sich Elisabeth dem Acker näherte, sprangen die Arbeiter auf und griffen nach ihren Werkzeugen. Irritiert blieb sie stehen. In solchen Situationen fühlte sie sich manchmal so hilflos, dass sie am liebsten heulen würde. Sollte sie jetzt empört losbrüllen? Dann entdeckte sie die Mütze auf dem Pfosten.

Doch Hassim hatte sie zuerst gesehen, schon rannte er los. Mit einer schnellen Bewegung riss er die Mütze weg und nahm das Glasauge an sich. Dann stellte er sich auf einen Erdhaufen und warf einen herrischen Blick auf die Arbeiter. Nach einer wohlkalkulierten Pause ließ er einen längeren Wortschwall auf sie los. Elisabeth verstand nicht, was er sagte, sie wunderte sich nur, wie hart und gebieterisch

der Ton des Jungen sein konnte. Während er sprach, hielt er das Glasauge in der einen Hand, die Mütze in der anderen. Die Schwarzen blickten betreten zu Boden und nahmen ihre Arbeit wieder auf.
»Was hast du ihnen gesagt?«, fragte Elisabeth erstaunt.
»Wir jetzt gekommen, weil Auge uns gerufen hat. Auge von Bwana sieht alles, auch unter Mütze, auch in dunkler Nacht.«
Elisabeth strich dem jungen liebevoll über das Haar.
»Danke, Hassim, du hast mich fast zum Lachen gebracht.«
Sie gingen wieder zurück. Behutsam trug Hassim die Glaskugel in der flachen Hand vor sich her, als hätte sie tatsächlich magische Kräfte. Die Schwarzen arbeiteten jetzt wieder mit vollem Einsatz.

Als sich die Karawane zum Aufbruch fertig machte, stieg in Elisabeth ein wehmütiges Gefühl hoch. Hier verabschiedete sich ein Mann, der einst die gleichen Träume gehabt hatte wie sie, aber gescheitert war. Auch wenn sich Fritz bemüht hatte, die Verzweiflung über seine Niederlage zu überspielen, konnte sie spüren, wie peinlich ihm die Situation war.
Als sie sich gegenüberstanden, um sich zu verabschieden, war beiden bewusst, was keiner ausgesprochen hatte: Fritz Mosers Leben war ruiniert. Selbst wenn er es bis nach Deutschland schaffte, stand er mit leeren Händen da. Ein mittelloser Krüppel in einem Land, in dem der Krieg tobte.
Stumm umarmten sie sich.
»Viel Glück. Wir werden Sie nicht vergessen«, sagte sie mit belegter Stimme.

»Ihnen auch. Vergessen Sie nicht, Sie sind die Zukunft«, flüsterte er. »Ich bin nur die Vergangenheit.«

Er wandte sich ab und kletterte auf seine Bahre. »Alles Gute!«, rief er zum Abschied und hob die Hand zum Gruß.

Die Träger setzten sich in Bewegung. Elisabeth beobachtete die Gruppe eine Weile, dann lief sie ihm noch einmal nach. »Halt, warten Sie. Ich möchte mich noch bedanken!«

»Wofür?«

»Dass Sie damals so schöne Briefe geschrieben haben.«

»Machen Sie das Beste daraus. Sie schaffen es.«

Sie hätte sich nie vorstellen können, dieses fröhliche Gesicht eines Tages so traurig zu sehen.

»Sie schaffen es auch«, flüsterte sie ihm zu.

Die Karawane entfernte sich. Schon bald waren in der Ferne nur noch kleine Punkte zu erkennen.

@@

Nach der Siegesfeier mit den Askaris ging Max zum Zelt des Leutnants, der im Begriff war, seinen Bericht zu schreiben. »Wenn ein Kurier mit einer Depesche gekommen ist, müsste doch auch die Post dabei gewesen sein?«

»Klar, ich hol' sie gleich. Sag mal, du bist doch aus Kilosa, oder?«

»Ja, meine Plantage gehört zum Bezirk.«

»In Tanga hat's einen Beamten erwischt, einen gewissen Stocker, kennst du den?«

»Schon, aber was hatte denn der dort zu suchen?«

»Er hatte sich an die Küste versetzen lassen. Kilosa war ihm zu abgelegen.«

Der Leutnant öffnete eine Truhe, in der er seine Akten und Berichte aufbewahrte. »Dieser Stocker scheint gern einen draufgemacht zu haben. Soll sein ganzes Gehalt verspielt haben.«

Er warf Max ein Päckchen zu, das einen Stoß von Briefen enthielt. »Die Post der Kompanie geht ja sowieso nur an dich.«

Max zählte die Umschläge, es waren acht.

»So eine Frau hätte wohl jeder gerne«, sagte der Leutnant anerkennend. »Bist eben ein Glückspilz.«

Da konnte Max nicht widersprechen, auch wenn es ihm manchmal peinlich war, vor den Augen der anderen mit Briefen überschüttet zu werden.

Nachdem Fritz aufgebrochen war, schrieb Elisabeth wieder. Wie immer ließ sie ihren Gedanken freien Lauf. Sie öffnete ihr Seelenleben so, wie sie vorher ihren Körper geöffnet hatte, in grenzenloser Hingabe. Doch wie jeder, der Briefe schrieb, konnte sie nicht wissen, wann und unter welchen Umständen diese gelesen wurden. Und so stellte sich nicht immer die Resonanz zwischen Absender und Empfänger ein, die ein leidenschaftlicher Brief auslösen sollte.

Als Max in seinem Zelt saß und die Schnur des Bündels aufriss, war er todmüde und leicht angetrunken. Um den ganzen Berg von Briefen durchzulesen, fehlte ihm an diesem Abend die Lust und die Kraft. Und so las er nur den ersten.

Mein Geliebter,
wo immer Dich diese Zeilen erreichen!
Mir geht es gut, doch ohne Dich ist nichts wirklich gut. Die Arbeit auf der Farm geht voran, obwohl wir jetzt viel weniger Leute haben. Salem ist wunderbar, er kümmert sich um alles. Die Blumen aus Deutschland gedeihen prächtig. Jede Blüte erzählt mir von unserer Liebe. Oft sehe ich mir die Pläne unseres neuen Hauses an und träume davon, mit Dir dort im Bett zu liegen. Unser Kind spüre ich immer deutlicher. Es ist wunderbar, einen Teil von Dir in mir zu tragen. Manchmal rede ich mit ihm und erzähle ihm Geschichten von Dir. Ich bin sicher, dass es das spürt. Am schlimmsten sind die Nächte, die langen, einsamen Nächte ohne Dich. Die Geräusche der afrikanischen Nacht, die wir beide so lieben, sind jetzt nur noch das Echo meiner Einsamkeit.

Max unterbrach seine Lektüre und ließ sich auf sein Feldbett fallen. Das hatte sie wunderbar gesagt. Sie sagte immer alles wunderbar. Umso schwerer fiel es ihm, auf ihre Briefe zu antworten. Wie sollte er jemals etwas Ähnliches verfassen? Und so kam es, dass gerade die Zeilen, in die sie ihre ganze Sehnsucht legte, ihn immer mehr davon abhielten, ihr zu antworten. Wie die Menge ihrer Briefe. Jedes neue Bündel, das er bekam, empfand er wie eine unausgesprochene Mahnung. Bisher hatte er versucht, wenigstens gelegentlich zu antworten. Meistens verfasste er zahllose Entwürfe, aber es gelang ihm selten, einen Brief zu schreiben, der wirklich ausdrückte, was er empfand. Und was Elisabeth hören wollte. Dieselben Worte, die – in ihrer Gegenwart aussprochen – die Intensität seiner Gefühle

ganz selbstverständlich vermitteln konnten, klangen kitschig und banal, wenn er sie zu Papier brachte.
Darunter litt er beträchtlich, denn er wusste nur zu gut, was er Elisabeth versprochen hatte und wie sehr sie auf seine Unterstützung angewiesen war. Doch er war eben, wie er war, und ein Dichter würde er nicht mehr werden. Es gelangen ihm lediglich ein paar sachliche Schilderungen des Militärbetriebs, die ihn beim nochmaligen Durchlesen selbst langweilten. Immer wieder zu schreiben, dass er sie liebte und vermisste, wurde durch die ständige Wiederholung banal, also was zum Teufel sollte er schreiben? Die komplexe, vielschichtige Natur seiner Gefühle konnte er nicht in Worte fassen, und alles andere erschien ihm minderwertig, seiner und ihrer Liebe nicht ebenbürtig. Er ahnte nicht, dass gerade das Banale, das schon so oft Gesagte, das war, nach dem sich Elisabeth verzehrte.
Als vor einigen Tagen nachts der Vollmond wie eine orangefarbene Kugel über seinem Zelt stand, hätte er dieses Bild gerne festgehalten, um ihr zu zeigen, wie nahe er sich ihr in diesem Moment fühlte. Vielleicht hatte sie ja in der gleichen Sekunde den gleichen Mond betrachtet. Diesen Gedanken wollte er mit ihr teilen, doch dann kamen ihm Zweifel. Ein Mann konnte so etwas nicht schreiben. Und so schrieb er eben, wie Männer schrieben.

Meine liebe Elisabeth,
heute sind wir wieder fünf Stunden marschiert. Es war sehr heiß, und sogar ich, dem so was sonst nie was ausmacht, bekam zwei Blasen am rechten Zeh. Wir greifen gelegentlich an oder werden angegriffen, aber die Verluste halten sich in Grenzen. Ich bin ja nicht dabei, und manchmal habe

ich ein schlechtes Gewissen und denke mir, die anderen glauben, ich will mich drücken. Was aber nicht stimmt, das weißt Du.
Deine Briefe sind sehr schön und lang. Ich freue mich, dass es Dir gutgeht, und hoffe, dass das so bleibt und auf der Pflanzung alles gut läuft. Wir sollen bald wieder versetzt werden, hoffentlich nicht so weit weg.
Dein an Dich denkender
Max

Mit diesen Zeilen war er zwar auch nicht zufrieden gewesen, aber irgendwann hatte er einfach aufgegeben. So wie jetzt. Diesen langen Brief, in dem sie ihre Sehnsucht so genau schilderte wie ein Feinmechaniker die Rädchen eines komplizierten Uhrwerks, konnte er nicht mehr zu Ende lesen. Er schloss die Augen, das Papier entglitt seinen Händen.

Es dauerte drei Wochen, bis der Brief von Max das Postfach in Kimamba erreichte. Dort lag er so lange, bis ein Kurier ihn abholte und zur Schamba brachte. Sobald Elisabeth den Umschlag in den Händen hielt, lief sie ins Haus und riss ihn auf. Ihr Mann lebte, das war das Einzige, was zählte. Ihre größte Angst war jedes Mal, eine andere Art von Umschlag öffnen zu müssen, einen Brief mit dem Siegel des Hauptquartiers. Er würde kurz sein und die Nachricht enthalten, die sie am meisten fürchtete.
Inzwischen hatte sich schon fast daran gewöhnt, dass Max seine Sehnsucht nicht ausdrücken konnte. Wahrscheinlich war das in der Männergesellschaft, in der er sich befand, nicht möglich. Vielleicht war Krieg etwas, das die Men-

schen verrohen ließ, ein Umfeld, in dem man über Gefühle nicht sprach. Dennoch fieberte sie jeder Nachricht unruhig entgegen. Wer nichts hat, ist mit dem wenigen zufrieden, was er bekommt.

Die lange Zeit, in der sie jetzt schon die Verantwortung für die Pflanzung trug, hatte an ihren Kräften gezehrt. Trotz des unermüdlichen Einsatzes von Salem wusste sie oft nicht, wo ihr der Kopf stand. Über hundert Arbeiter mit ihren Familien zu versorgen war neben der Feldarbeit eine zermürbende Aufgabe. Und sie wurde täglich schwieriger. Irgendjemand brauchte immer irgendetwas. Sie hatte den Eindruck, seit Max weg war, häuften sich die kleinen Beschwerden. Einmal fehlte irgendwo der Zucker, ein anderer hatte kein Petroleum mehr, ein Dritter brauchte dringend Medizin für sein Kind. Sie ahnte, dass ihre Gutmütigkeit ausgenützt wurde, wusste aber nicht, wie sie sich dagegen wehren sollte. Bei der wöchentlichen Ausgabe der Rationen war ihr Hassim eine große Hilfe. Mit Argusaugen wachte er darüber, ob die Leute ihre Zuteilung korrekt abwogen, und strich erst dann die Namen aus, wenn er sicher war, dass die Betroffenen das Vorratslager auch wirklich verlassen hatten.

Immer deutlicher spürte sie jetzt die zarten Bewegungen in ihrem Bauch. Sie gaben ihr die Zuversicht, dass die Qual und die Mühen, die ein Arbeitstag von zwölf Stunden in glühender Hitze mit sich brachte, nicht umsonst waren. Doch sie spürte auch, dass das Kind in ihrem Bauch täglich mehr Energie forderte. Diese fehlte ihr. Immer öfter wurde sie müde, wenn sie es sich nicht erlauben konnte, und es erforderte ihre ganze Willenskraft, um den Tag durchzustehen.

Als sie an diesem Morgen über dem Wirtschaftsbuch saß, um auszurechnen, wann sie zur Bank nach Daressalam fahren musste, klopfte es am Fenster. Sie hob den Kopf. Draußen stand Salem und winkte. Es musste etwas Ungewöhnliches vorgefallen sein, denn er wirkte nicht so gelassen wie sonst. Sie ließ das Buch liegen und ging hinaus. Am Eingang des Lebensmittellagers kauerte ein Arbeiter, den man an Händen und Füßen gefesselt hatte. Sie konnte sich nicht erinnern, diesen Menschen je gesehen zu haben, aber bei der Menge ständig wechselnder Gesichter sagte das wenig.

»Dieser Mann schlecht. Stehlen viele Sachen«, erklärte Salem.

Elisabeth musterte den Schwarzen. Kräftige Backenknochen und wulstige Lippen gaben dem Mann einen wilden, etwas verschlagenen Ausdruck.

»Was hat er gestohlen?«, fragte sie leise.

»Getreide. Und Werkzeug.«

Salem war wütend, und das kam sehr selten vor.

»Und was machen wir jetzt mit ihm?«

Der Vorarbeiter hob die Hände und hielt die zehn Finger drei mal hoch.

»Du meinst, wir sollen ihn auspeitschen?«

Salem nickte entschlossen.

»Warum dreißig Schläge? Ich dachte, mehr als fünfzehn gibt es nicht?«

»Bwana stark – fünfzehn, Memsahib nicht stark – dreißig.«

Elisabeth wich zurück, war das sein Ernst? Sie sollte den Mann schlagen? Ein Blick in Salems Gesicht und in die der anderen Arbeiter machte ihr klar, dass genau das von ihr

erwartet wurde. »Kommt nicht in Frage. Das will ich nicht, und das werde ich nicht tun.«
Die Schwarzen blieben stehen und blickten sie schweigend an. Auf was warteten sie noch? Ein Anflug von Panik stieg in ihr hoch. Jetzt nur keinen Fehler machen. Sie warf Salem einen hilfesuchenden Blick zu, doch auch er sah sie erwartungsvoll an. Sollte sie ihn bitten, die Strafe an ihrer Stelle auszuführen? Eine innere Stimme warnte sie davor. Sie konnte ihm nicht zumuten, die eigenen Leute zu schlagen. Der Strafvollzug lag in der Hand des weißen Herren. Oder der Herrin, doch einen solchen Fall hatte es bisher noch nicht gegeben. Sollte sie den Dieb der Polizei übergeben? Es gab in der Nähe kaum Polizeistationen, und die wenigen, die es gegeben hatte, waren aufgelöst worden, da die Truppe jeden verfügbaren Askari brauchte. Elisabeth holte tief Luft und versuchte, ihre Stimme klar und fest klingen zu lassen.
»Der Mann wird nicht geschlagen. Er muss die Schamba sofort verlassen, den noch ausstehenden Lohn behalten wir ein als Entschädigung.«
Die Leute sahen sie ausdruckslos an, nur in Salems Gesicht glaubte sie einen Hauch von Missbilligung erkennen zu können. »Strafe besser. Leute wollen Strafe, sonst nicht gerecht«, sagte er schließlich.
Genau das war das Problem. Doch sie konnte es nicht lösen. »Ich weiß, Salem. Aber solange ich hier bin, wird niemand geschlagen.« Sie drehte sich um und ging zurück ins Haus.

Als Elisabeth wieder in der Küche stand, spürte sie, wie sehr ihr Herz klopfte. Sie trat ans Fenster. Zwei Männer banden den Gefangenen los. Er wollte verschwinden, doch Salem hielt ihn fest. Der Dieb wand sich, aber der Griff des Vorarbeiters war eisern. Mit grimmigem Gesicht redete er eine Weile auf den Mann ein, dann ließ er ihn mit einer Geste los, als würde er eine verfaulte Frucht ins Gras werfen.

KAPITEL 23

Max war inzwischen weit weg. Seine Kompanie war nach Kigoma verlegt worden, eine kleinen Siedlung am Ufer des Tanganjika-Sees. Der Oberst befürchtete einen gemeinsamen Angriff englischer und belgischer Truppen im Nordwesten. Am Abend des zweiten Tages hörte er einen dumpfen Knall, wie von einer Explosion. Er kam vom See, nicht weit von der Hafenmole entfernt.

»Was war das?«, fragte er den Leutnant, der neben ihm am Ufer stand und gelassen seine Zigarette rauchte.

»Die ›Goetzen‹. Sie wird auf Grund gelegt. Jammerschade um das schöne Schiff.«

Das erstaunte Gesicht seines Gegenübers zeigte dem Leutnant, dass er den Sachverhalt erklären musste. Die militärische Präsenz des Feindes im Nordwesten war so bedrohlich geworden, dass der Oberst Order gegeben hatte, die »Goetzen« zu versenken. Die Maßnahme sollte verhindern, dass das Schiff in feindliche Hände fiel. Die Nachricht verdarb Max die Laune.

War das nicht absurd? Nach seiner langen Reise um die halbe Welt war der Dampfer also tatsächlich angekommen, auf einem See, tief im Herzen Afrikas. Man hatte die einzelnen Teile zusammengebaut und das Schiff zu Wasser gelassen. Für eine Weile musste die »Goetzen« der Stolz der Kolonie gewesen sein. Ihre Route war die einzige Verbindung zwischen den drei Ländern, die an den See angrenzten, und vergrößerte dadurch das wirtschaftliche Einzugsgebiet der Eisenbahn erheblich. Kein Wunder, dass das Schiff den Engländern von Anfang an ein Dorn im

Auge gewesen war. Und nun wurde es von der eigenen Mannschaft versenkt. Was für eine Vergeudung von Energie und Arbeitskraft.
Manchmal kam es ihm vor, als wäre der Krieg genau das: eine Vernichtung von Energie, Rohstoffen und Menschenleben. Doch so etwas durfte er nur denken, nicht aussprechen. Und selbst als Gedanken richteten solche Überlegungen noch Unheil an.

Der Dienst in Kigoma war zermürbend. Es kam selten zu Kampfhandlungen, doch die Soldaten mussten in ständiger Bereitschaft sein für den großen Angriff, der angeblich bevorstand. Einige glaubten, dass dies nur eines List des Feindes war, um Truppen zu binden, die woanders dringend gebraucht wurden.
Max bemühte sich, etwas intensivere Briefe zu verfassen, denn die Trennung begann auch ihn zu zermürben. In dem Text, an dem er seit Tagen schrieb, versuchte er den Zustand der Vertrautheit mit ihr wiederzufinden, der langsam verlorenzugehen drohte. Nicht immer gelang es. Und nicht immer schickte er seine Briefe ab. Zu sehr misstraute er der Offenbarung seiner Gefühle, die ihm, wenn sie schriftlich festgehalten waren, oft lächerlich erschienen. Doch gerade Zeilen wie diese hätte Elisabeth in den Momenten der Verlorenheit dringend gebraucht.

Auch in dieser Nacht konnte sie kaum schlafen. Vielleicht lag es am Vollmond, vielleicht an der schwülen Hitze, vielleicht auch an den Moskitos, die vermehrt in der Kammer herumschwirrten, seit es in den letzten Tagen immer wieder zu Gewittern und Regenfällen gekommen war. Noch schadeten diese nicht, doch der Zeitpunkt der Ernte rückte unerbittlich näher. Die Abhängigkeit von der Laune des Schicksals belastete sie zunehmend, dies umso mehr, als der Trost in Form von Briefen ausblieb.

Am frühen Morgen verließ sie das Haus, um die Toilette aufzusuchen. Unter dem Baobab kniete der alte Mann, der ihr immer das Badewasser brachte. Er versuchte, mit dem Blasrohr ein noch glimmendes Feuer zum Leben zu erwecken. Kaum hatte Elisabeth die kleine Hütte betreten, hörte sie einen erstickten Schrei. Dann ein bösartiges Fauchen. Sie lief hinaus und sah mit Entsetzen, wie der alte Mann sich mit einer großen, gefleckten Katze am Boden wälzte. Ihre Hand tastete nach der Pistole am Gürtel, doch diese lag noch in der Kammer, neben ihrem Bett. In Panik suchten ihre Augen nach einem Werkzeug, das sie als Waffe benutzen konnte. Hinter dem Haus lag eine Schaufel. Sie stürzte darauf zu, riss sie hoch und wollte auf das Tier einschlagen. Doch Raubkatze und Mensch waren so dicht aneinandergeklammert, dass ein gezielter Schlag unmöglich war.

Mit der erhobenen Schaufel umkreiste sie das zuckende Bündel aus Mensch und Tier. Der alte Mann schlug schreiend um sich, die Zähne des Leoparden suchten seine Kehle, die Tatzen krallten sich in seine Brust. Ein paar Sekunden beobachtete sie den wilden Kampf, dann ließ sie die Schaufel auf den Rücken des Tieres krachen. Elisabeth hatte reflexartig zugeschlagen, ohne zu zielen, in der Hoffnung, den Leoparden irgendwo zu treffen, vielleicht würde er dann von seinem Opfer ablassen. Sie hatte sich nicht getäuscht.

Das Raubtier fuhr herum und wandte sich dem neuen Gegner zu. Elisabeth wich zurück. Schon setzte das Tier zum Sprung an. Im gleichen Moment huschte ein Schatten vorbei, ein Messer blitzte in der Luft.
Dann war vor ihren Augen nur noch ein herumwirbelndes Gemenge von Armen und Beinen: blutige Hautfetzen, strampelnde Füße, zupackende Tatzen. Dazu wütendes Fauchen und gurgelnde Schreie. Erst nach Sekunden erkannte sie, was geschehen war. Hassim hatte sich auf den Leoparden gestürzt und ihm das Messer zwischen die Rippen gestoßen. Doch das Tier war nicht tot. Es kämpfte mit dem Todesmut einer verwundeten Raubkatze. Schon war das Hemd des Jungen voller Blut, im Gesicht hatte er eine tiefe Fleischwunde, ein Ohr war halb abgerissen. Verzweifelt tasteten seine Hände nach der Kehle des Leoparden, doch die Katze verbiss sich in seinem Arm. Hassim schrie auf, die Hand rutschte ab. In diesem Augenblick stand der Leopard mit dem Rücken eine Sekunde frei. Mit aller Kraft schlug Elisabeth zu, doch die Schaufel rutschte ab. Der Leopard ließ sein Opfer los und fuhr herum.
Geduckt kam er jetzt auf Elisabeth zu, sein Schwanz schlug unruhig auf den Boden. Sie spürte, dass das Tier seine ganze Kraft auf den letzten Angriff konzentrierte. Gleich wird er springen, dachte sie. Verwundert stellte sie fest, dass sie keine Angst hatte.
Doch der Leopard sprang nicht. Ein Schlagholz spaltete seine Schädeldecke. Die Raubkatze kippte lautlos zur Seite, ihr Schwanz schlug noch einmal in den Sand, dann rührte sich das Tier nicht mehr. Salem richtete sich auf und steckte den Rungu zurück in den Gürtel. Elisabeth

ließ die Schaufel fallen, stürzte zu ihm und reichte ihm die Hand. »Danke.«

Der Schwarze sah sie ruhig an, als wäre nichts geschehen. Von diesem Hünen beschützt zu werden ist ein gutes Gefühl, dachte Elisabeth, die jetzt ihren rasenden Herzschlag spürte. Sie lief zu Hassim, der sich immer noch auf dem Boden krümmte. Die Zähne des Leoparden hatten seine Schulter aufgerissen, sein Gesicht war blutüberströmt, nur der Blick seiner dunklen Augen war unergründlich wie immer.

»Du hast mir das Leben gerettet. Das werde ich dir nie vergessen«, flüsterte ihm Elisabeth zu.

»Messer von Memsahib gut. Leopard tot?«, stöhnte der Junge. »Ja, er ist tot.«

Salems Eingreifen erwähnte sie nicht. Es war besser, wenn Hassim sich jetzt auch für einen Krieger halten konnte. Im Herzen war er schon immer einer gewesen, das hatte Elisabeth von Anfang an gespürt. Ein gequältes Lächeln erschien auf dem Gesicht des Jungen. »Memsahib macht Hassim wieder gesund?«

Elisabeth strich ihm mit der Hand über das blutverklebte Haar. »Natürlich, das verspreche ich dir.«

Inzwischen hatte Salem den Alten auf den Rücken gedreht. Die Halsschlagader war aufgebissen, neben dem Kopf hatte sich eine größere Blutlache gebildet. Nach einem kurzen Blick ließ er den regungslosen Körper zu Boden sinken. »Tot.«

»Ohne deine Hilfe wäre ich das jetzt vielleicht auch.«

Elisabeth starrte auf den leblosen Körper des Mannes, der auch im Tod noch friedlich wirkte. Wie leicht hätte auch sie dem Leoparden zum Opfer fallen können. Salem sah

sie einen Augenblick schweigend an. Dann nahm er Hassim in die Arme und trug ihn zurück ins Dorf. Der Junge bewegte sich nicht mehr, er war ohnmächtig geworden.
Elisabeth lief ins Haus, um ihre Medizintasche zu holen. Hassim war der tapferste Junge, den sie je gesehen hatte.
Als sie in der Küche war, fing ihr Körper an zu zittern. Die Nerven reagierten verspätet, dafür umso heftiger. Vielleicht auch deshalb, weil ihr jetzt bewusst wurde, was Hassims Verletzung bedeutete: Sie hatte keinen Kurier mehr für ihre Briefe.
In diesem Augenblick fühlte sie sich, als hätte man ihr das Letzte genommen, was ihr bis dahin noch geblieben war.

Nach drei Monaten wurde die Einheit von Max nach Lusoto verlegt. Die dort stationierte Kompanie war stark dezimiert worden und konnte die Stellung nicht länger halten.
Als Max bei seinem zweiten Einsatz nach drei Tagen Pirsch zurück ins Lager marschierte, war seine Laune auf dem Tiefpunkt. Wieder hatte er bei der Jagd kein Glück gehabt. Es war wie verhext. Immer, wenn er sich anpirschte, schien das Wild die Gefahr zu spüren und floh, bevor er in Schussposition kommen konnte. Zudem war der Wildbestand in der Gegend erstaunlich gering. Entweder waren die Tiere aufgrund des Gefechtslärms abgewandert, oder man hatte sie zu intensiv bejagt.
Schon konnte er die ersten Rauchsäulen erkennen. Das Feldlager der Kompanie bestand aus einer Ansammlung von Militärzelten, dahinter lagen die Feuerstellen und das Materialdepot.

Am nördlichen Rand des Lagers, auf den Max jetzt zuging, hatten die Männer einen Schützengraben ausgehoben, der mit Sandsäcken gesichert war. Das endlose Schaufeln bei der sengenden Hitze war kein Vergnügen gewesen, doch die Männer hatten keine Wahl. Die Kampfeinsätze wurden täglich härter, und der Leutnant befürchtete, eines Tages vom Gegner überrannt zu werden. Im Schatten eines Baums entdeckte Max zwei verwundete Askaris. Er beugte sich zu ihnen. »Schlimm?«

Die Männer schüttelten den Kopf, einer versuchte zu lächeln, konnte aber nur das Gesicht verziehen. Er hatte einen Bauchschuss und wusste wahrscheinlich, dass er nicht überleben würde.

Max steckte ihm eine Zigarette zwischen die Lippen. »Manche Tage sind einfach beschissen. Doch nach dem Regen kommt die Sonne wieder.«

Etwas Besseres fiel ihm nicht ein.

»Regen gut, Sonne gut«, murmelte der Askari und nahm einen tiefen Zug. Max überlegte, ob das eine tiefgründige Bemerkung war oder nur so klang. Der Mann nahm die Hand von seinem Verband und hielt sie sich vor die Augen. Die Hand war blutig. Max steckte dem Verwundeten die restlichen Zigaretten ins Hemd und ging weiter, sein Zelt war das letzte in der Reihe. Der Weg führte ihn an Feldwebel Polz vorbei, der auf einer Kiste saß und sich mit einem Messer die Zehennägel schnitt. Als er Max sah, hob er den Kopf.

»Und?«

»Nichts. Wieder so ein Pechtag.«

Die schmalen Augen in dem kantigen Gesicht musterten den Jäger argwöhnisch.

»Wird Zeit, dass das aufhört, Leitner, verstanden?«

Max spürte, wie sich Aggression in ihm aufbaute. Ein Jammer, dass der Leutnant, mit dem er sich gut verstanden hatte, vor zwei Tagen abberufen worden war. Bis ein neuer Befehlshaber kam, hatte Polz das Kommando. Max mochte den primitiven Mann nicht, der, wann immer er konnte, seine Macht ausspielte. Er wollte weitergehen, doch der Feldwebel rief ihm nach: »Wie heißt das?«

»Jawoll, Herr Feldwebel.« Max stand stramm, ein Streit wäre Energieverschwendung gewesen.

»Abtreten.«

Als er außer Sichtweite war, fiel ihm auf, wie sehr sein Puls in den Schläfen pochte. Dann bemerkte er noch etwas anderes. Sein Zelt war bisher das letzte in der Reihe gewesen, doch jetzt hatte man dahinter ein weiteres aufgestellt. Vor dem Eingang stand ein Berg von Kisten, die offensichtlich nicht aus Militärbeständen stammten. Davor stand ein Zivilist und säuberte eine große Kamera. Als Max näher kam, konnte er sehen, wer es war – Carl Schillings. Seine schlechte Laune verschwand.

»Hallo, das ist aber eine Überraschung!«

»Wenigstens eine, bei der nicht geschossen wird,« entgegnete der Fotograf und hob die Hand, ohne seine Arbeit zu unterbrechen. Max setzte sich neben ihn und schaute in sein mürrisches Gesicht. »Was treibt den Künstler an die Front?«

»Man hat mich rekrutiert, besser degradiert. Zum Kriegsberichterstatter.«

Schillings legte die Kamera weg und reichte Max die Hand. »Hätte nicht gedacht, dass wir uns noch mal wiedersehen, jedenfalls nicht unter solchen Umständen.«

»Hast du was von zu Hause gehört? Wie steht's an der Heimatfront?«, fragte Max.
»Niemand weiß was.«
»Und wo warst du bisher?«
»Die ersten Wochen in Tanga.«
»Da muss ja einiges los gewesen sein.«
»Das kann mal wohl sagen.«
Die Miene des Fotografen verfinsterte sich. »Du kannst dir nicht vorstellen, wie das aussieht, wenn Menschen in das Sperrfeuer von Maschinengewehren rennen. Es ist grauenhaft, selbst wenn es der Feind ist.«
Schillings hielt sich die Hand vor die Augen, als wollte er nicht noch einmal mit diesem grässlichen Anblick konfrontiert werden. »Überall lagen Tote. Im Hafen, am Strand, auf den Straßen. Tote oder Sterbende. Und dann das Schreien der Verwundeten. Es war die Hölle.«
Er ließ die Hand wieder sinken und verzog das Gesicht zu einem bitteren Lächeln. »Gab aber gute Bilder.«
»Wirklich?«
»Ich meine dramatische.«
Max war froh, diese Schlacht nicht miterlebt zu haben. Eine Weile sah er zu, wie Schillings seine Geräte säuberte, die durch den Marsch sichtlich gelitten hatten. »Und wo warst du dann?«
»Im Usumbara-Gebiet.«
»Und wie war es da?«
»Auch schrecklich. Endlose Märsche, bergauf, bergab. Ich immer mit den ganzen Geräten. Und dann die Überraschungsangriffe. Du wusstest nie, ob du nicht in einen Hinterhalt läufst. Es war zum Kotzen.«
»Ich glaube, wir wären jetzt alle lieber woanders«, entgeg-

nete Max und verabschiedete sich. Er hatte keine Lust, sich den Groll eines Künstlers anzuhören, dem der Krieg auf die Nerven ging.
»Wie geht's deiner Frau?«, rief ihm Schillings nach.
»Geht so. Die Zeiten sind jetzt für niemanden leicht.«
Max hob die Plane zu seinem Zelt und verschwand im Inneren. Der Platz neben dem Foto von Elisabeth war leer. Zum ersten Mal war diese Woche kein Brief gekommen. Erschöpft ließ er sich aufs Bett fallen und starrte auf das Bild. Keine Briefe. War etwas passiert? War sie krank? Oder nur gekränkt, weil er so selten schrieb? Er nahm sich vor, noch an diesem Abend eine Nachricht aufzusetzen, denn nun hatte er endlich etwas mitzuteilen. Elisabeth würde sich freuen, dass er jetzt einen neuen Kameraden hatte, der ein gemeinsamer Bekannter war. Vorausgesetzt, der Fotograf würde nicht immer so schlechte Laune haben wie heute.

Auch Elisabeth hatte schlechte Laune. Sie saß vor dem Haus und gönnte sich den ersten Kaffee seit Tagen, obwohl sie dafür eigentlich keine Zeit hatte. Doch sie war am Ende ihrer Kräfte. Sechs Stunden war sie bei glühender Hitze auf den Feldern gewesen. Jetzt, wo die Ernte näher rückte, müsste sie überall zugleich sein.
Morgen sollte sie endlich die Frauen zum Körbeflechten einteilen. Das würde wieder ein endloses Palaver geben. Sie goss Milch in die Tasse und rührte den Kaffee um. Wie viele Körbe würden sie brauchen? Wie viele Arbeiter musste sie zusätzlich organisieren, um zwanzig Tonnen Baumwolle zu ernten? Ab jetzt durfte es nicht mehr reg-

nen. Unter keinen Umständen. Wenn der Himmel sich nicht danach richtete, was dann? Sie war jetzt im siebten Monat und hatte nicht mehr die Kraft, Unmögliches zu vollbringen.

Elisabeth fühlte sich alleingelassen. Sie vermisste den Vater ihres Kindes. Und sie vermisste die feuchte Schnauze des Rottweilers, der sich so gerne an ihren Körper geschmiegt hatte. Kein Mann, kein Hund. Nur jeden Tag die endlose Schinderei. Und keinen Brief. Wieder einmal hatte Elisabeth das Gefühl, dass ihr alles längst zu viel war. Vor allem das Kind in ihrem Bauch forderte täglich mehr Energie.

Doch eigenartig, gerade ihre besondere Situation schenkte ihr immer wieder unvermutet Kraft, wurde ihr in solchen Momenten doch klar, dass sie nicht allein war. Dass sie nie mehr allein sein würde. Und dass sie kein Recht hatte, sich gehenzulassen, denn sie trug die Verantwortung für ein junges Wesen, das Schutz und Hilfe brauchte. Dieser Gedanke half ihr über manches hinweg, manchmal sogar über die lakonischen Briefe von Max, die auch sein Gewehrträger hätte schreiben können.

Sie wusste, aus Schmerz war sie manchmal ungerecht. Vielleicht lag er ja seit Tagen unter schwerem Beschuss und riskierte mit jeder Zeile, die der Brief länger wurde, sein Leben. Kein Wunder, dass sie manchmal so kurz waren. Elisabeth zweifelte nicht wirklich an seinen Gefühlen, doch mit Schrecken lernte sie die Abgründe kennen, die auf Liebende lauern, wenn sie auseinandergerissen werden. Wie in jedem Krieg, sagte der Oberst. Doch das war kein Trost, sondern nur ein Beweis für die Dummheit der Menschen. Oder für das Kalkül der Mächtigen, die

Kriege anzetteln, aber nicht dabei sind. Elisabeth hob den Kopf, der Kaffee war kalt geworden. Im Dorf wurde das Essen knapp. Sie würde wieder eine Antilope schießen müssen.

Den Brief hatte Max in dieser Nacht zwar begonnen, aber nicht zu Ende geschrieben. Am nächsten Tag konnte er ihn nicht fortsetzen, denn er musste die Kompanie bei einem Vorstoß auf die englischen Linien begleiten. Die Sache war als Überraschungsangriff geplant, wäre aber fast zum Desaster geworden. Unerwartet waren sie auf ein starkes Kontingent feindlicher Ersatztruppen gestoßen und konnten nur unter hohen Verlusten den Rückzug antreten. Da sie hartnäckig verfolgt wurden, mussten sie überdies tagelange Umwege durch die Berge in Kauf nehmen, um dem Feind nicht den Standort des Lagers zu verraten.
Höchste Zeit, dass der neue Kommandant mit der versprochenen Verstärkung eintraf.
Es war heiß im Zelt. Max starrte auf seinen Schreibblock. Er hatte Schillings versprochen, ihn später zu besuchen, aber vorher wollte er endlich den Brief zu Ende bringen, den er vor ein paar Tagen begonnen hatte. Schon seit einer halben Stunde saß er grübelnd auf der Munitionskiste, neben seinen Füßen lagen zahllose zerknüllte Seiten.
Der Fotograf hatte sich bestimmt schon mit seiner Flasche unter einem Baum gelegt und ließ sich volllaufen. Schade, dass der Mann unter der Nervenbelastung der Front zum Trinker geworden war. Zwar tat er untertags unerschrocken seine Pflicht, doch abends haderte er mit seinem Schicksal und flüchtete sich in den Alkohol. Der sensible Künstler wurde dann zum zynischen Pessimisten, mit dem

eine sinnvolle Unterhaltung nicht möglich war. Doch auch das war nichts, wovon er Elisabeth berichten könnte.

Kein Brief gestern. Kein Brief heute. Vielleicht auch kein Brief morgen. Elisabeth war mit den Nerven am Ende. Es war Mitternacht, und sie konnte nicht schlafen. Immer wieder war sie den Auswüchsen ihrer gepeinigten Phantasie ausgeliefert. Inzwischen hatte sie jede Woche einen Marsch nach Kimamba eingeplant. Es war die einzige Möglichkeit, Post zu bekommen, denn dort befand sich das Schließfach.

Am Abend, wenn es dunkel wurde, flüchtete sie sich in ihre Briefe. Sie waren das einzige Medikament für ihre leidende Seele. Doch da sie selten Antwort bekam, machte das die Situation noch schlimmer. Und da die Post immer länger unterwegs war, wusste sie nie, was an der Front wirklich los war.

Gegen diesen Zeitfaktor war sie machtlos. Und so könnte eines Tages tatsächlich die grauenvolle Situation entstehen, die sie so fürchtete, die ihr das Gehirn aber immer wieder vorgaukelte. Sie würde einen seiner leidenschaftlichen Briefe lesen – so denn endlich einer käme – und sich ihrem Mann in Gedanken dabei lustvoll hingeben, ohne zu ahnen, dass zu diesem Zeitpunkt sein Körper schon unter der Erde lag und verweste.

In naher Entfernung grollte ein Löwe. Sie erinnerte sich, wie ihr das Geräusch in der ersten Nacht durch Mark und Bein gegangen war. Inzwischen liebte sie es, trotz ihres traumatischen Erlebnisses. In manchen Nächten hatte sie den Eindruck, dass dieser Löwe, der in letzter Zeit häufi-

ger um das Dorf strich, nicht da war, um zu töten, sondern um sie zu beschützen. Vor den düsteren Träumen und den schrecklichen Ahnungen, die sie quälten. Der Löwe holte sie zurück in die Realität. Ich bin da, das hier ist Afrika, und du wirst nur überleben, wenn du dich meiner Magie hingibst und nicht den Angstträumen einer weißen Frau, die an ihrer Einsamkeit verzweifelt.
Max wäre erstaunt, wenn er ihre Gedanken hätte lesen können. Er würde ihr sicher vorwerfen, zu viel mit Minnie zusammenzusitzen und irgendwelche Schamanenrituale zu studieren. Das hatte sie zwar noch nie gemacht, aber daran gedacht hatte sie schon. Für ihren Krieger würde sie alles tun. Das Grollen entfernte sich, sie blies die Kerzen aus.

Immer noch quälte sich Max mit seinem Brief. Doch jetzt legte er den Stift resigniert beiseite. Eine halbe Seite hatte er geschrieben, dann fiel ihm nichts mehr ein. Von den Gefechten und den steigenden Verlusten wollte er nicht reden, um Elisabeth nicht zu beunruhigen. Über die Liebe hatte er längst gesagt, was zu sagen war, und die Nachricht von der Begegnung mit Schillings füllte auch nur ein paar Zeilen.
Er trat vor das Zelt und zündete sich eine Zigarette an. Die Nacht war sternenklar, die Konturen der Ebene, die man beim schwachen Licht des jungen Monds nur ahnen konnte, verloren sich am nördlichen Horizont. Dort hinten lag Kenia. Dort lauerte der Feind. Wo die englischen Truppen lagerten, konnte man nicht sehen, die waren schlau genug, nach Einbruch der Dunkelheit keine Feuer zu machen.

Die Nacht war ruhig und friedlich, niemand würde auf die Idee kommen, dass Krieg war.
»Leitner, komm rüber, wir können noch einen brauchen«, dröhnte die Stimme des Feldwebels aus der Dunkelheit.
Max drehte sich um. Am einzigen Lagerfeuer, das hinter einer Wand aus Zeltplanen versteckt war, saß Polz mit zwei Askaris und mischte die Karten, wie jeden Abend. Max spielte nicht gern und mit diesem groben Menschen schon gar nicht. Aber er hatte auch wenig Lust, sich mit dem angetrunken Schillings abzugeben, der jeden Moment auftauchen würde. Widerwillig setzte er sich zu den Spielern.
»Deinen Einsatz«, brummte der Feldwebel. »Schafkopf zum Spaß gibt's bei uns nicht.«
Er legte zwei Steine in die Mitte, der Schwarze neben ihm ebenfalls. Der andere Askari blieb regungslos sitzen.
»Ich spiele nicht gern um Geld«, warf Max ein.
»Ihr Pflanzer seid doch hier die Könige. Also mach bloß nicht auf Knauser.«
»Wie viel gilt ein Stein?«
»Zehn Rupien.«
Nun schob auch Max seinen Einsatz in die Mitte.
Der Askari gegenüber bewegte sich nicht.
»Hast du Trottel schon wieder kein Geld?«, knurrte der Feldwebel.
Der Schwarze blickte verlegen zu Boden.
»Soll ich dir's wieder leihen?«
Der Mann nickte unmerklich. Auf dem Gesicht von Polz machte sich ein süffisantes Grinsen breit. »Also los.«
Zögernd nahm der Askari seinen Hut ab, ein kahlgeschorener Schädel kam zum Vorschein. Dann griff er in die Tasche und zerrte eine silberne Schachtel hervor, die er dem

Feldwebel reichte. Dieser schüttelte sie kurz, machte sie auf und warf einen Blick hinein.
»In Ordnung, er lebt noch«, brummte er und gab dem Schwarzen die Schachtel zurück.
»Wie viel schuldest du mir?«
»Zehn Rupien.«
»Also zehn Sekunden?«
Der Askari nickte. In Max stieg eine ungute Stimmung hoch. Er hatte keine Ahnung, was hier vor sich ging. Nun griff der Schwarze blitzschnell in die Schachtel und holte etwas hervor, das Max nicht richtig erkennen konnte. Eine Sekunde lang starrte der Mann das Ding in seiner Hand ängstlich an, dann legte er es sich auf den Kopf. Nun konnte man sehen, was es war – ein Skorpion. Das Gesicht des Askaris erstarrte, sein Kopf bewegte sich keinen Millimeter mehr. Der Feldwebel begann zu zählen. »Eins – zwei – drei …«
Unbeweglich kauerte der Skorpion auf dem nackten schwarzen Schädel. Der Mann saß da wie in Trance, auf seiner Stirn perlte der Angstschweiß, die Pupillen der tiefliegenden Augen waren verdreht, sie schienen fast aus den Höhlen zu treten bei dem sinnlosen Versuch, den Skorpion auf dem Kopf zu beobachten.
»Aufhören, lasst diesen Unsinn, verdammt noch mal.«
Max konnte nicht glauben, was hier vor sich ging. Der Feldwebel hob in aller Unschuld die Hände. »Ist es vielleicht meine Schuld, wenn dieser Idiot kein Geld hat? Wenn du unterbrichst, dauert's eben länger.«
Nun zählte er absichtlich langsam. »Vier – fünf …«
Max beugte sich vor und wischte mit einer schnellen Handbewegung den Skorpion vom Schädel des Schwarzen.

»Lasst euch doch nicht für dumm verkaufen«, zischte er und legte aus seinem Vorrat noch zwei Steinchen auf den Boden.
»Asante sana«, flüsterte der Askari. Die Augen des Feldwebels verengten sich zu schmalen Schlitzen.
»Was soll das denn? Misch dich gefälligst nicht in Sachen, die dich einen Dreck angehen.«
Ohne ihn weiter zu beachten, nahm Max die Karten und teilte aus.
»Bravo. Das nenne ich Autorität!«, brüllte eine Stimme von hinten, die reichlich angetrunken klang. Sekunden später trat eine Gestalt im Unterhemd in den Lichtschein des Feuers, der Mann schwenkte eine Schnapsflasche.
»Da schau her, der Künstler mischt sich unters Volk«, höhnte der Feldwebel.
»Die Kunst ist tot. Es lebe der Krieg!«, rief Schillings in die Nacht hinaus und setzte sich hinter die Spieler. Dann entdeckte er Max und hob die Flasche zum Gruß.
»Na, Pflanzer, wie geht's deiner schönen Frau?«
»Gut, wenigstens schreibt sie das.«
»Und was schreibst du ihr? Wie geht's uns denn an dieser beschissenen Front?«
»Reiß dich gefälligst zusammen«, bellte der Feldwebel.
»Ich bin kein großer Briefeschreiber«, erklärte Max und spielte die erste Karte.
»Ja, ja. Du sitzt lieber bei diesem lächerlichen Spiel. Was glaubst du wohl, was deine liebe Frau jetzt macht?« rief Schillings provozierend, der Feldwebel lachte dreckig.
»Schlafen«, sagte Max und versuchte ruhig zu bleiben.
»Allein?«, fragte Polz unschuldig.

Max schwieg, er musste sich bemühen, die Wut zu bändigen, die in ihm hochstieg.
»Du hast keine Ahnung von Frauen«, lallte Schillings und warf die leere Flasche ins Gras.
»Und du bist betrunken.«
»Vielleicht«, Schillings stand auf. »Aber Elisabeth verdienst du nicht.«
Verächtlich blickte er auf Max herab. »Weißt du überhaupt noch, wie sie aussieht? Ich schon.«
Nach diesen Worten drehte sich der Fotograf um und stolperte hinaus in die Nacht. Max spielte mechanisch weiter, ohne zu wissen, was er tat. Der Askari gegenüber stach jede Karte.
»Der stellt sich ja noch blöder an als du«, brummte der Feldwebel und strich den Gewinn ein.
»Mir reicht's.«
Max warf das Spiel hin und stand auf.
»He, du Klugscheißer, wir haben jetzt genügend Fleisch. Du könntest mal was fürs Vaterland tun. Wie alle anderen auch!«, brüllte ihm der Feldwebel nach.
Er bekam keine Antwort, Max war schon in der Dunkelheit verschwunden.

Kaum hatte er den Kreis der Spieler hinter sich gelassen, blieb er stehen und zündete sich eine Zigarette an. Das war eine Unverschämtheit von Schillings gewesen. Irgendwie hätte er dem Fotografen solche plumpen Anspielungen nicht zugetraut. Aber davon würde er sich nicht aus der Ruhe bringen lassen. Unverschämt war es trotzdem. Max war verärgert, aber auch verwirrt. Das Gefühl der Eifersucht hatte er bisher nicht gekannt, doch er begann seine zerstörerische Macht zu ahnen. Dennoch würde er nicht zulassen, dass ihm die Provokation eines Betrunkenen den Schlaf raubte. Das hatte er nicht verdient. Und Elisabeth auch nicht.

Mit einer energischen Geste warf er die Zigarette weg. Ebenso energisch hätte er gerne die heimtückischen Gedanken aus seinem Hirn entfernt, doch das gelang ihm nicht.

Im Zelt von Schillings brannte noch Licht. Max hob die Plane und warf einen Blick nach innen. Der Raum war leer, am Feldbett hing eine Petroleumlampe. Zögernd ging er hinein. Die Geräte des Fotografen waren auf dem Boden verstreut, im Eck stand ein halboffener Karton mit Fotos. Er nahm sie heraus und blätterte sie durch. Die Bilder hatten unterschiedliche Motive – marschierende Truppen, Gefechtsstellungen, Kampfhandlungen.

Max wunderte sich, wie geschickt dieser Mann mit seiner schweren Kamera dramatische Szenen einfangen konnte. Manchmal hatte er auch andere Dinge fotografiert. Eine ungewöhnliche Wolkenstimmung zum Beispiel, einen einzelnen Baobab in der Dämmerung, eine leere Konservendose im Gras, über die ein Käfer kroch. Impressionen, die täuschend friedlich wirkten.

In diesem Menschen schienen verschiedene Seelen zu wohnen, dachte Max und setzte sich aufs Bett, um die Fotos genauer zu studieren. Schillings schien wirklich ein ungewöhnlicher Mensch zu sein, der für Realismus und Poesie gleichermaßen ein Auge hatte. Als Max den Stapel wieder in den Karton legen wollte, stutzte er. Ganz unten waren noch andere Bilder, sie hatten alle nur ein Motiv – *seine Frau*. Elisabeth tanzend im Busch, am Lagerfeuer, vor einem Zelt. Auf allen Fotos sah sie unverschämt fröhlich aus. Sie machte kokette Posen, hob den Rock wie eine Ballerina oder schnitt Grimassen wie ein Clown.

Max spürte, an diesem Tag war sie sehr glücklich gewesen. Auf einigen Bildern strahlte sie wie eine Verliebte, andere wirkten fast frivol. Je länger er die Fotos betrachtete, desto größer wurde sein Unbehagen. Perfide Gedanken bohrten sich in seinen Kopf, etwas in seiner Seele bekam Risse. Verwirrt beobachtete er, was in ihm geschah.

Die Schritte, die auf das Zelt zukamen, hörte er nicht. Sekunden später stand Schillings im Raum. Er hatte eine neue Flasche in der Hand, seine Augen funkelten zornig.

»Während ich mich mit einem Arsch in Uniform streiten muss, wegen diesem Scheißschnaps, wühlt dieser Scheißpflanzer in meinen Sachen. Bravo, du hättest ja fragen können.«

Max, der wie betäubt dasaß, erhob sich langsam.

»Wie bist du zu diesen Bildern gekommen?«

»Ganz einfach. Ich hab' auf den Auslöser gedrückt.«

Der Fotograf schwankte und ließ sich aufs Bett fallen. »Sieht scharf aus, deine Frau, nicht wahr?«

Max warf die Fotos zu Boden und riss ihn hoch.

»Was habt ihr da getrieben?«

»Was wohl? Ich hab' ihr gezeigt, was in ihr steckt.«

»Und was noch?«

Schillings zeigte auf die Bilder. »Gefallen sie dir etwa nicht?«

»Was hast du mit ihr gemacht?«

»Was machen Männer mit Frauen?«

Der Fotograf verzog das Gesicht, als würde er ernsthaft nachdenken. »Ich kann mich da irgendwie nicht erinnern.«

Ein unkontrollierbarer Impuls raste durch den Körper von Max. Er packte Schillings an der Gurgel, drückte ihm die Luft ab und zog ihn ganz nah an sich heran. Die Blicke der beiden Männer kreuzten sich hasserfüllt. Nach ein paar Sekunden blieb dem Betrunkenen die Luft weg, sein Gesicht verfärbte sich, er begann zu ersticken. In höchster Not presste der Fotograf seine Daumen in die Augen seines Gegners. Max schrie auf und ließ los, der Angegriffene fuhr zurück und rang nach Luft. »Soll ich dir's sagen, wie's war?«, keuchte er. »Willst du's genau wissen?«

Der Arm mit der Flasche holte aus, in dem Schlag lag die ganze Wut des Betrunkenen. Mühelos wich Max dem Angriff aus und rammte Schillings die Faust ins Gesicht. Der Fotograf taumelte, versuchte aber auf den Beinen zu bleiben.

»Es war eine Nacht, die sie nie vergessen wird«, zischte er höhnisch.

Zwei weitere Faustschläge warfen ihn zu Boden. Im Fallen knallte sein Hinterkopf gegen die Kante des Feldbetts.

Nun war es still im Zelt. Schillings lag regungslos da, aus Mund und Nase rann Blut. Max erschrak. Misstrauisch blickte er auf den verrenkten Körper hinab. Als er merkte, dass sich der Mann tatsächlich nicht mehr rührte, kniete er sich zu ihm und hob seinen Kopf hoch. »Nun komm schon, das war doch nicht so gemeint.«

Der Fotograf schlug die Augen auf. Seine aufgeplatzten Lippen verzogen sich zu einem verächtlichen Grinsen.

»Zuschlagen, das kannst du. Leider schätzen Frauen andere Fähigkeiten mehr.«

Max ließ ihn hart zu Boden fallen und ging hinaus.

Als er aus dem Zelt stürmte, war er so aufgewühlt, dass er keinen klaren Gedanken fassen konnte. Nie wäre ihm in den Sinn gekommen, dass ihn Elisabeth betrügen könnte. Zwar wusste er nicht, was zwischen Elisabeth und Schillings wirklich geschehen war, doch die gezielten Andeutungen des Fotografen waren schlimmer als ein Geständnis. Max blickte hoch in den nächtlichen Himmel. Die Sterne schienen wie im Hohn zu leuchten, als würden sie sich über ihn lustig machen. Er fühlte sich wie ein Idiot, der dem Gelächter des Himmels nicht entrinnen konnte. Dann kam seine Wut zurück. Er stürzte zurück in sein Zelt, zerknüllte den angefangenen Brief und sammelte die am Boden verstreuten Papierknäuel ein. Dann fiel sein Blick auf den Stapel von Elisabeths Briefen. Er packte auch diesen dazu und rannte hinaus in die Nacht.

Das Lagerfeuer war fast heruntergebrannt, der Feldwebel und die Askaris waren verschwunden. Max kniete sich neben die Glut und ließ die Papierknäuel ins Feuer fallen. Flammen loderten auf, Sekunden später waren seine Entwürfe nur noch ein hauchdünnes Geflecht von Asche. Er blies hinein, die fragile Struktur zerfiel. Leider ließen sich Gefühle nicht so leicht verbrennen. Eine Weile starrte Max in die knisternde Glut, dann warf er Elisabeths Briefe ins Feuer, einen nach dem anderen. Das Papier bäumte sich auf, die zarte Schrift verglühte. Mit unbewegtem Gesicht sah er zu, wie alles, was er von seiner Frau besaß, zu Asche wurde. Er fühlte nichts, doch selbst das bemerkte er nicht.

Elisabeth saß im Nachthemd auf ihrem Bett und schrieb. Der Löwe war verschwunden, draußen war es ruhig, selbst die Grillen waren verschwunden. Doch schlafen konnte sie immer noch nicht. Manchmal wunderte sie sich selbst, wie sie immer wieder neue Worte für ihre Gefühle fand. Die Sehnsucht wurde dadurch zwar nicht kleiner, aber sie bekam einen Sinn, ein Gegenüber, dem sie sich mitteilen konnte.
Nach den ersten beiden Seiten hielt sie inne und stand auf. Sie öffnete die Truhe unter dem Fenster und nahm ein Hemd heraus. Es war das letzte, das Max getragen hatte. Mit einem wehmütigen Lächeln hielt sie es an die Nase, atmete tief ein und drückte den Stoff an ihre Brust.
In diesem Augenblick hörte sie das Geräusch.
Ein Rascheln. Ein Schleifen. Was für ein Tier könnte das sein?
Sie hielt den Atem an und schlich auf Zehenspitzen in die Mitte des Raums. Unten in der Küche knarrte eine Diele. Dann war es ein paar Sekunden still. Jetzt ertönte wieder das Schleifen. Was um Himmels willen konnte das sein?

Wie ein Blitz raste ein Gedanke durch ihr Gehirn, der jede Zelle ihres Körpers elektrisierte. Das war kein wildes Tier, das war ein Mensch. Jemand hatte sich ins Haus eingeschlichen.
Das Entsetzen darüber, was das bedeutete, löste ihren Körper aus seiner Erstarrung. Mit einem Satz war sie am Bett und griff nach der Pistole. Schon lange hatte sie die Waffe nicht mehr benutzt. Wo war der Sicherungshebel? Ihr Daumen tastete nach dem Griff, er rastete ein.
Sie ging vor zur Tür. Wieder schleifte etwas über den Bo-

den. Der Unbekannte schien Möbel zu verrücken, unten in der Kammer. Lautlos glitten ihre nackten Füße über die Dielen, schon war sie an der Treppe

Das Schleifen wurde lauter. Was um Himmels willen suchte der Mann? Vorsichtig betrat sie die ersten Stufen, sie knarrten. Das Schleifen hörte auf. Was jetzt? Regungslos blieb sie stehen, wagte kaum zu atmen. Das Geräusch kam wieder. Natürlich – der Tresor.

Vor Aufregung begann Elisabeth zu zittern. Sie schloss die Augen und atmete tief durch. Ohne zu wissen, was sie tat, legte sie die freie Hand auf ihren Bauch. Ich muss es tun. Für dich, für uns.

Lautlos fassten ihre Lippen das, was sie dachte, in Worte. Nun wurde sie ganz ruhig. Sie richtete sich auf und ging entschlossen die Treppe hinunter. Der Lauf der Pistole zitterte nicht mehr.

In der Küche war niemand. Fahles Mondlicht fiel in den Raum, der Tisch warf einen bleichen Schatten. Jetzt fiel ihr auf, dass sie den Hahn der Waffe nicht gespannt hatte. Das metallene Geräusch war hart und laut. Das Schleifen in der Kammer hörte auf.

»Komm raus.« Sie wunderte sich, wie fest ihre Stimme war. Nichts rührte sich. »Ich weiß, dass du da bist.«

Schritt für Schritt wagte sie sich weiter vor. Als sie vor der Tür zur Kammer stand, ging diese langsam auf. Elisabeth hob die Waffe, den Finger am Abzug. Ein Kopf tauchte auf, dann ein halbnackter Körper. Elisabeth wich zurück. Der Mann hatte eine Sichel in der Hand.

Die Mündung ihrer Pistole zielte auf die Brust des Schwarzen. Auch wenn es dunkel im Raum war, dieses Gesicht mit den buschigen Augenbrauen und den wulstigen Lippen hatte sie schon einmal gesehen, diesen Mann kannte sie. Das letzte Mal stand er gefesselt vor ihr, und sie hatte sich geweigert, ihn auspeitschen zu lassen. Diese Erkenntnis kam wie ein Schock.

Verunsichert wich sie noch weiter zurück. Der Mann hob die Sichel, seine dunkle Silhouette kam näher, die dunklen Pupillen blitzten gefährlich.

Sollte sie jetzt schießen? Wohin? In die Brust? Oder nur in das Bein, um ihn unschädlich zu machen? Noch einen halben Meter konnte sie zurückweichen.

Wenn er jetzt auf sie sprang, hatte sie dann noch Zeit abzudrücken – was passierte, wenn sie ihn verfehlte – würde er ihr dann die Kehle durchschneiden – was geschah dann mit dem Kind? Der letzte Gedanke hakte sich ein. Sie blieb stehen.

»Halt.«

Ihre Stimme war so kalt wie das Metall, das sie in den Händen hielt. Der Mann hielt inne, sein Körper krümmte sich wie ein Tier vor dem Sprung. Auch wenn Elisabeth innerlich bebte, die Waffe in ihrer Hand blieb ruhig. Im nächsten Augenblick würde sie schießen.

Das schien auch der Schwarze zu spüren. Er duckte sich blitzschnell, machte einen Satz und stieß Elisabeth zur Seite. Ein Schuss löste sich, von der Decke spritzten Holzteile. Elisabeth taumelte. Bevor sie wieder richtig auf den Beinen stand, war der Eindringling verschwunden. Die Pistole entglitt ihren Händen. Elisabeth stand da wie gelähmt, leer, ohne Gedanken, ohne Angst, ohne irgendetwas. Nach ein paar Minuten hob sie den Kopf.

Am Himmel stand ein sichelförmiger Mond. Wie an dem Tag, an dem Max gegangen war.

Dann hörte sie das Klopfen. Ihre Hand schnellte vor und griff nach der Waffe, der Puls, der sich gerade beruhigt hatte, begann wieder zu rasen. Sollte sie aufmachen? Es klopfte wieder, energischer. Mit der Pistole in der Hand ging sie zur Tür.

»Wer ist da?«

»Memsahib verletzt?«

Das war die Stimme von Salem. Elisabeth atmete erleichtert auf und öffnete die Tür. Die kräftige Gestalt war im Dunkeln kaum zu erkennen, doch sie konnte sehen, Salem hatte einen Speer in der Hand.

»Alles vorbei. Mir ist nichts passiert«, beruhigte sie ihn.

»Wo ist der Mann?«

»Er ist weg, verschwunden.«

Sie wollte ihm erklären, was geschehen war, doch dort, wo Salem eben noch gestanden hatte, war niemand mehr.

In dieser Nacht trieb ein lebloser Körper in den Fluten des Kisingatta. Doch nicht lange blieb die Leiche ungestört, ihr Geruch weckte die Krokodile. Sie hatten seit Wochen kein Menschenfleisch mehr erbeutet.

Über den Akazien lag noch der Morgendunst. Das musste am Fluss liegen, der ganz in der Nähe ist, dachte der Askari. Er hatte sich dösend gegen einen Baum gelehnt und wollte gerade eine Zigarette anzünden. Da ertönte von oben ein leiser Pfiff. Der Schwarze runzelte die Stirn und drückte die Glut wieder aus.

Der Bwana hatte seine Augen wirklich überall. Kein Wunder, dass er so gut schießen konnte. Doch in letzter Zeit

hatte er sich verändert. Die langen Haare, der wilde Bart, der verlorene Blick. Schon munkelten die Leute, dass ihn ein böser Zauber befallen hätte. Er redete kaum noch, wich seinen Kameraden aus und schien sich in die düstersten Winkel seiner Seele zu verkriechen.
Max hatte seine Augen tatsächlich überall, aber vor allem deshalb, weil ihm kalt war und er sich langweilte. Nach dem misslungenen Kartenspiel war der Feldwebel der Ansicht gewesen, Max müsste nun endlich seiner offiziellen Aufgabe nachgehen. Er sollte gefälligst als Scharfschütze dienen und sich nicht länger im Busch vergnügen, während die Kameraden ihr Leben riskierten.
Deshalb kauerte er in jetzt auf dem Ast der Akazie und versuchte, seine steifen Glieder zu bewegen. Seit Tagesanbruch beobachtete er einen englischen Stoßtrupp auf der anderen Seite der Bahnlinie. Viel konnte er von seinem Standort aus nicht erkennen, denn die feindlichen Soldaten lagerten hinter dichten Büschen. Max legte das Fernglas weg, schob eine Kugel in den Lauf und stellte die Kimme auf die geschätzte Entfernung ein. Zweihundert Meter – ein Glücksspiel, auch für einen guten Schützen. Er brachte seinen Körper in eine bequemere Stellung, legte den Lauf des Karabiners in eine Astgabel und visierte das Ziel an. Wohl war ihm dabei nicht, denn er hatte noch nie einen Menschen getötet. Um sich Mut zu machen, rief er sich die Bilder der Verwundeten in Erinnerung, die Reihe der aufgebahrten Toten, die zerfetzten Körper auf den Bildern von Schillings. Es war Krieg, und er musste seine Pflicht tun. Wie jeder Deutsche, wie jeder Askari und auch jeder Engländer. Auch der junge Rekrut, den er in der Felsspalte gefunden hatte, hatte nur seine Pflicht tun wol-

len. Wieder hatte er das unschuldige Gesicht vor Augen, die roten, zerzausten Haare, die leeren Augenhöhlen. Doch solche Bilder konnte er jetzt nicht gebrauchen. Max biss sich in die Knöchel, der Schmerz vertrieb die störende Erinnerung.

Im gleichen Moment tauchte auf der anderen Seite ein englischer Soldat neben den Büschen auf, dann ein zweiter. Sie unterhielten sich, standen aber nicht lang genug frei für einen sicheren Schuss. Meist waren es die Schwarzen, die ihre Deckung verließen, doch die interessierten den Schützen nicht. Nach einer Weile entdeckte er zwischen den Bäumen einen Offizier. Der Mann bückte sich, erhob sich wieder, aber nur kurz. Max verfolgte jede seiner Bewegungen, doch er bekam keine Chance, denn immer wieder war der Mann von Ästen verdeckt.

Doch jetzt blieb der Engländer stehen. Max zielte auf die Mitte der Uniformjacke. Als er den Abzug drückte, schob sich unvermittelt eine dunkle Lederjacke dazwischen. Die tödliche Kugel traf einen Zivilisten. Im Fallen drehte sich dessen Körper und blieb kurz in den Büschen hängen, bevor er zu Boden sank. In diesem Moment konnte Max erkennen, wen er erschossen hatte – *Frederick Selous.*

Seit fünf Stunden stand Elisabeth auf dem Baumwollfeld und sah zu, wie die Arbeiter mit Eimern die Stauden bewässerten. Sie passte genau auf, dass keine vergessen wurde, und kontrollierte jedes Mal, ob die Eimer auch richtig gefüllt waren. Es war heiß und ihr war klar, dass sie nicht mehr lange durchhalten würde. Doch sie hatte keine Wahl, denn Salem war krank: Sumpffieber. Schlimmer hätte es nicht kommen können. Sie war jetzt im siebten Monat, und die Ernte stand vor der Tür. Die Saat hatte sich prächtig entwickelt. Voller Stolz blickte sie jeden Tag auf die dicken Knospen der Baumwollstauden und die kräftigen Sisalpflanzen, die dastanden wie auf einer Musterfarm. Es würde eine wunderbare Ernte werden. Wenn sie durchhielt. Wenn Salem rechtzeitig wieder auf den Beinen war. Wenn es nicht regnete.

Bei Anbruch der Dämmerung kam Max zurück ins Camp. Feldwebel Polz, der schon am Feuer saß, stand auf und winkte ihn zu sich. »Und? Wie viele?«

Max blickte durch den Feldwebel hindurch, als würde er nicht existieren.

»Schütze Leitner, ich habe Sie etwas gefragt.«

Langsam hob dieser einen Finger und hielt ihn hoch.

»Hast du dir deshalb in die Hosen gemacht? Wegen einem einzigen Treffer?«

»Ja, wegen einem einzigen Treffer.«

Die Stimme von Max schien aus einer anderen Welt zu kommen. Er drehte sich um, ohne zu grüßen. Als er an den Kameraden vorbeiging, schien er sie nicht wahrzunehmen.

Kaum war Max in seinem Zelt, wühlte er so lange in seiner Kiste, bis er eine Flasche Schnaps fand. Er setzte sie an die Lippen und trank. Es wurde ein Schluck, der nicht enden wollte. Dabei bemerkte er nicht, dass hinter ihm die Zeltplane hochgehoben wurde.

»Wie wär's mit einem kleinen Spielchen?«, fragte der Feldwebel spöttisch. »Das könnte unseren tapferen Schützen vielleicht nach seinem gefährlichen Einsatz aufmuntern?«

»Hau ab und lass mich zufrieden«, antwortete Max, ohne sich umzudrehen.

Der Feldwebel riss ihm die Flasche aus der Hand.

»Jetzt reicht's mir endgültig. Dein schönes Leben ist jetzt vorbei. Ab morgen bist du einfacher Soldat, an der Frontlinie. Schütze Arsch, kapiert?«

Er schleuderte die offene Flasche durch den Raum und stürmte aus dem Zelt. Sie landete auf der Kiste, die Max als Nachttisch diente. Elisabeths Foto fiel um, der Alkohol rann gluckernd über das Bild.

In der untersten Hütte am Rande des Dorfs war es schon dunkel. Elisabeth stellte die Petroleumlampe ab, das Licht fiel auf ein bleiches, eingefallenes Gesicht. Salem lag auf einer dünnen Strohmatte, sein Körper zitterte vor Fieber.

»Bald gut, bald wieder arbeiten«, flüsterte er.

»Erst muss das Fieber weg«, entgegnete Elisabeth und hüllte ihn in die Decke, die sie mitgebracht hatte. Dann hielt sie dem Schwarzen einen Becher an den Mund und versuchte, ihm Hühnerbrühe einzuflößen. Salem hustete.

»Jetzt Palmwurzel kochen«, flüsterte er.

»Steht schon auf dem Herd.«

Ein schwaches Lächeln erschien auf dem Gesicht des Kranken. »Negermedizin gut.«

Elisabeth nickte, es gab sowieso nichts anderes mehr, die Medikamente waren aufgebraucht. Salem atmete tief ein, stemmte die Hände auf den Boden und versuchte sich aufzurichten. »Salem bald wieder raus auf Feld. Memsahib kann nicht allein ...« Mit sanfter Gewalt drückte Elisabeth den verschwitzten Körper zurück auf den Boden. »Du hast recht, ich brauche dich. Aber dafür musst du gesund werden.«

Salem schloss die Augen und stöhnte. Elisabeth blickte auf die große Gestalt, aus der alle Kraft gewichen war. Ohne Salem würde alles zusammenbrechen. Das wusste sie, und er wusste es auch. Schweigend verließ sie die Hütte.

An diesem Abend saß sie noch lange vor dem Haus und blickte hinaus auf die Ebene. Wie so oft um diese Zeit hatten sich zahlreiche Tiere eingefunden, und immer leuchtete das Gras der Savanne wie ein goldener Teppich, durch den die Giraffen, Elefanten und Antilopen so gelassen wandelten, als wären sie tatsächlich im Garten Eden. Dieser Blick vermittelte ihr das Geheimnis Afrikas in einer Weise, die sie mit Worten nicht beschreiben konnte. Die Energie dieses Kontinents konnte man nur fühlen, das hatte sie schon am Tag ihrer Ankunft gespürt.

Wieder war da die vertraute Bewegung in ihrem Bauch. Manchmal war es ein zärtliches Streicheln, dann ein kräftiges Drücken. Als wollte das kleine Wesen die Mutter von ihren Ängsten befreien und ihr erklären, dass nach all den Sorgen der Gegenwart eine ungetrübte Zukunft auf sie wartete. Doch dann holten sie ihre Ängste wieder ein. Wie sollte es ohne Salem weitergehen? Was tun, wenn er starb? Nein, an so etwas durfte sie gar nicht denken.

Die wenige Energie, die sie noch hatte, brauchte sie für ihr Kind. Es sollte eines Tages neben ihr sitzen und mit ihr hinaussehen auf das Wunder, das die Natur hier jeden Abend inszenierte für den, der bereit war, es wahrzunehmen.

Wieder erlebte sie einen dieser Sonnenuntergänge, die ihre Seele jedes Mal zutiefst berührten. Bevor die düsteren Wolken, die im Westen lauerten, sich am Himmel ausbreiten konnten, schien der rotglühende Ball, der tief über den Akazien schwebte, die Zeit anzuhalten. Es sah aus, als wollte die Sonne sich dem Vergehen verweigern, wohl wissend, dass, sobald sie den Horizont berührte, dies das unaufhaltsame Entgleiten aus dieser Welt bedeuten würde. Doch der Aufschub war kurz. Kaum war die Illusion des Stillstands gebrochen, versank die tiefrote Scheibe so schnell, dass auch das Flimmern der Atmosphäre, welches die Konturen der Landschaft in einer vorübergehenden Unschärfe auflöste, nicht über den endgültigen Abschied hinwegtäuschen konnte. Kaum war das letzte Aufbäumen des Tages erloschen, verlieh das Echo des verglühten Lichts dem noch tiefblauen Horizont eine violette Färbung. Für einige Minuten übertrug sich dieser farbige Schimmer auf die in der Luft stehenden Schleier und verwandelte den Himmel in ein magisches Aquarell.

Die Tiere in der Ebene wurden zu Silhouetten. Sie bewegten sich, als wären sie irreale Urwesen, einer Phantasie entsprungen, die dem Menschen vor Augen führen wollte, wie die Schöpfung am Anfang der Zeiten gedacht gewesen war.

In solchen Augenblicken empfand Elisabeth tiefe Dankbarkeit gegenüber dem Schicksal, das ihr gestattete, im Paradies zu verweilen, wenigstens für einen kurzen Augenblick. Gerne würde sie diesen Moment festhalten, und mit ihm die Zeit. Bis Salem gesund wurde. Bis endlich ein Brief kam.

Ein frischer Wind ließ sie frösteln. Die Dämmerung war vorbei, es war fast dunkel, doch die mächtigen Regenwolken, die von Westen heranzogen, waren unübersehbar. Elisabeth konnte nicht glauben, was da auf sie zukam. Sie wunderte sich, dass sie nicht in Panik geriet. Zuerst das wunderbare Gefühl, sich im Zauber der afrikanischen Landschaft zu verlieren und daraus neue Kraft für das Unmögliche zu schöpfen, Minuten später dann die Vorboten der Katastrophe. Was auf keinen Fall geschehen durfte, würde heute Nacht passieren. Und sie fühlte nichts. Sie hatte keinen Raum für das Entsetzen, das sich in ihr breitmachen wollte.

Es waren keine Wolken, die auf sie zukamen, es war eine riesige, schwarze Wand. Sie verschluckte den Himmel und das Land gleichermaßen. Diese Wand würde ihre Existenz auslöschen. Sie würde die Schamba verlieren, das neue Heim für ihre Familie würde es nie geben. Elisabeth fühlte nichts. Nur Leere. Hassim stand schweigend neben ihr. Er spürte den Kummer seiner Herrin und wusste doch nicht, was er tun konnte, um ihr zu helfen. Obwohl er alles getan hätte.

»Was sollen wir jetzt machen?«, fragte sie ihn schließlich.

»Weiß nicht«, antwortete der Junge so leise, dass sie seine Worte kaum verstand.

Der Wind nahm zu, die schwarze Wand kam näher.

»Salem wieder gesund werden, Salem stark wie Memsahib«, flüsterte der Junge.

Elisabeth schüttelte den Kopf und vergrub das Gesicht in den Händen. »Mein Gott, ihr glaubt alle, dass ich so stark bin. Wenn ihr wüsstet, wie es in mir aussieht«, entgegnete sie leise und begann zu husten.

»Bwana kommt zurück. Ich fühlen, im Herz«, verkündete Hassim und legte sich die Hand auf die Brust.

»Danke, Hassim. Danke.«

Wehmütig strich ihm Elisabeth über die dunklen Haare. Dann drehte sie sich um und ging ins Haus. Der Junge sollte nicht sehen, dass ihr Tränen in den Augen standen. Hassim blieb andächtig sitzen und fuhr mit den Fingern über die Stelle im Haar, die von der Memsahib berührt worden war. Dann fielen die ersten Regentropfen auf seine Hand.

Als Elisabeth in die Kammer ging, goss es bereits in Strömen. *Nein* – schrie sie innerlich. Nicht auch das noch. Nicht nach alldem, was sie durchgemacht hatte. Nicht nach der ungeheuren Anstrengung, die sie sich abverlangt hatte. Und ihrem ungeborenen Kind. Die Leere in ihr war verschwunden, doch das, worin die Leere war, ebenfalls. Die vom Himmel herabstürzenden Wassermassen schienen auch ihr Innerstes zu überschwemmen. Doch es waren nur die Tränen, die sie nicht mehr zurückhalten konnte, und die Wut der Verzweiflung, die sie mitzureißen drohte wie die Sturmflut einen mächtigen Baumstamm. Ihre Beine gaben nach, sie sank gegen die Wand, die letzte Kraft wich aus ihrem Körper. Regungslos lag sie da. Das Geräusch des peitschenden Regens grub sich in ihre müde Seele wie die Zähne einer Hyäne, gegen die sie sich nicht mehr wehren konnte. So sah also das Ende aus. Eine gebrochene Frau lag am Boden, irgendwo in Afrika.

Auch am Himmel über Lusoto nahmen die dunklen Wolken zu, der böige Wind stauchte sie zu bedrohlichen Formationen zusammen. Im Feldlager begannen die Planen der Zelte zu flattern, die Kronen der Akazien bogen sich, Büsche und Gestrüpp peitschte der Wind wild durcheinander.

Max hörte nichts, er träumte. Es war ein schöner Traum, er träumte ihn seit seiner Ankunft in Ostafrika. Auf der Pflanzung wurde die Ernte eingebracht. Stolz blickte er auf Hunderte von Arbeitern, die geschäftig hin und her liefen und das pflückten, was ihn reich machen würde. Wohin er auch ging, überall schleppten Träger prall gefüllte Körbe mit Baumwolle an ihm vorbei. Die Lager im Schuppen mussten längst überquellen. Das wollte er sehen. Berge von Baumwolle, seine Baumwolle. Doch als er zur Scheune lief, war dort nichts. Kein einziger Baumwollbüschel. Und nun fiel ihm etwas auf. Etwas, das ihm das Blut in den Adern gefrieren ließ. Die Körbe, die auf den Feldern gefüllt wurden, kamen leer an. In Panik stürzte er wieder hinaus ins Gelände.

Immer wieder lief er an den Reihen der Arbeiter entlang. Wenn er in die Körbe hineinsah, waren sie voll, wenn sie beim Lager ankamen, waren sie leer. Unmöglich. Entsetzen erfasste ihn. Wie ein Verrückter rannte er über die Felder und kontrollierte jeden einzelnen Korb. Alle waren randvoll, die Leute hatten die Baumwolle so dicht hineingedrückt, dass die geflochtenen Nähte zu reißen drohten. Wieder rannte er zurück zum Lager. Was er dort sah, konnte nicht sein. Mit unbewegtem Gesicht kippten die Schwarzen die Körbe aus. Sie waren alle leer. Ein nie gefühltes Grauen stieg in ihm hoch. Es gab keine Ernte. Nur

leere Körbe. Er schrie, doch die Arbeiter hörten ihn nicht. Korb für Korb leerten sie die nicht vorhandene Baumwolle aus. Max wollte den Irrsinn stoppen, doch niemand schien zu merken, was los war. Niemand außer ihm.
Dem Wahnsinn nahe rannte er auf und ab, immer schneller, bis er zusammenbrach. Dann wachte er auf.
Platzregen prasselte auf das Zelt. Sofort war er hellwach. Dann wurde ihm klar, was das bedeutete. Seiner Pflanzung drohte eine Katastrophe. Mit einem Satz sprang er aus dem Bett, schon hatte er nasse Füße, denn das Wasser lief bereits ins Zelt. Er hob die Plane hoch und blickte hinaus in die Nacht. Der Regen donnerte, als würde der Himmel einstürzen. Die Realität hatte den Alptraum eingeholt.

Das Fass unter der Dachrinne lief längst über, doch immer noch fiel das Wasser wie entfesselt vom Himmel. Elisabeth stand im Pyjama am Fenster und starrte hinaus, dicht vor ihrem Gesicht prasselten die Tropfen gegen die Scheibe. Sie konnte nicht fassen, dass die Natur so grausam sein konnte.
Im Dorf verließ Hassim seine Hütte. Er hielt eine Petroleumlampe in der Hand, die den Schlamm beleuchtete, durch den er watete. Unter dem Jacaranda-Baum blieb er stehen. Sein Blick wanderte hoch zum Schlafzimmer der Memsahib. Ihr Gesicht war kaum zu sehen, doch er wusste, dass sie da war. Der Junge sah sie so lange an, bis er nicht mehr sicher war, ob die blasse Gestalt am Fenster ein Mensch war oder ein Gespenst. Als er die Lampe sinken ließ, verschwand das Gesicht, kurz darauf flackerte im Zimmer schwaches Licht.

Elisabeth hatte drei Kerzen angezündet. Sie kniete unter dem Kreuz, das an der Wand hing, und betete. »Es geht nicht nur um mich. Es geht auch um das Kind in meinem Bauch«, flüsterte sie. »Deshalb flehe ich dich an, lass mich jetzt nicht allein. Nicht du auch noch. Bitte.« Draußen ertönte ein Zischen, es klang wie ein Pfiff. Elisabeth stutzte, das Geräusch wiederholte sich. Sie richtete sich auf und ging ans Fenster. Unter einem Schirm stand eine dunkle Gestalt. Elisabeth öffnete das Fenster, kalter Regen peitschte ihr entgegen.

»Was soll das, Hassim? Du solltest längst schlafen.«

»Memsahib nicht traurig sein. Ich spreche mit Priester. Er tötet zwei Hühner. Regen bald geht nach Hause.«

Seine Stimme klang so überzeugt, als hätte er eine Abmachung mit den Göttern getroffen. Elisabeth lächelte traurig.

»Danke. Auch ich habe mit meinem Gott gesprochen. Vielleicht hat er uns gehört.«

»Memsahib ruhig schlafen. Sonne wird Regen wegschieben. Weg nach Masai Mara.«

Das lag in Kenia, weit entfernt von ihren Feldern. Für einen kurzen Augenblick tröstete sie die Phantasie des Jungen.

»Gute Nacht.«

Sie schloss das Fenster. Es kam ihr vor, als würde sie die Tür ihres Lebens hinter sich schließen und die Zukunft endgültig begraben.

Am nächsten Morgen regnete es noch immer. Die Schwarzen standen unter den Dächern ihrer Hütten und blickten ausdruckslos in den grauen Tag. Elisabeth saß am Frühstückstisch, aß aber nichts. Sie dachte nichts, sie fühlte

nichts. Sie hörte nur noch eines – das unaufhörliche Prasseln des Tropenregens.
Zur gleichen Zeit stand Hassim im Obstgarten. Wassertropfen trommelten auf seinen nackten Oberkörper. Seine Augen starrten auf zwei tote Ziegen, die mit aufgeschnittener Kehle am Ast eines Baums hingen. Die Körper der Tiere waren vom Regen vollkommen aufgeweicht. Als er nach einer Weile den Blick hob, blitzte in der Ferne der erste Sonnenstrahl durch die Wolken.

Zwei Stunden später saß Hassim neben Elisabeth auf der Veranda und schaute hinaus auf den Obstgarten. Zwar regnete es noch leicht, doch immer wieder kam schon die Sonne zwischen den Wolken zum Vorschein, die langsam nach Norden zogen. Elisabeth konnte das Wunder kaum fassen. Hassim nahm sie an der Hand und führte sie zu den geopferten Ziegen. Als sie vor den beiden Kadavern stand, lief ihr ein Schauer über den Rücken. Die Kehlen der Tiere waren bis zum Wirbel durchgeschnitten, die Köpfe hingen weit nach hinten, als wären sie ein Scharnier, das man beliebig aufklappen konnte.
»Mein Gott, wer hat das getan?«, fragte Elisabeth. Hassim strahlte sie an, als hätte er persönlich den Regen verscheucht. »Jetzt Urumba ist zufrieden, hat Regen weggeschickt.«
Ein zartes Lächeln erschien auf ihrem Gesicht. Ihr war alles recht, solange es funktionierte. Und es hatte funktioniert. Ob es nun Urumba gewesen war oder der Gott, zu dem sie gebetet hatte, oder alle beide, das war egal. Sie streckte die Arme hoch und stieß einen Jubelschrei aus. Dann fasste sie Hassim an den Händen und begann zu tan-

zen. Lachend drehten sie sich im Kreis, wild und ausgelassen sprangen sie durch Morast und Pfützen. Das Wasser spritzte hoch bis zu ihren Gesichtern, doch das spürten sie nicht. Nach ein paar Drehungen kam Elisabeth ins Stolpern. Hustend sank sie zu Boden, der Junge konnte sie gerade noch auffangen.

Eine Weile lag sie auf der Bank vor dem Haus. Sie zitterte vor Schwäche, doch darauf konnte sie keine Rücksicht nehmen. Jetzt, wo der Himmel ein Einsehen mit ihr hatte und der Regen nach Kenia wanderte, wie Hassim richtig vorausgesagt hatte, musste sie hinaus auf die Felder. Endlich. Überrascht stellte sie fest, dass sie fror, obwohl es heiß und schwül war. Und wenn schon. Sie schloss die Augen und versuchte sich zu konzentrieren: Die Anzahl der Körbe, der Platz für die Waage, der Transport zur Scheune. Wo sollte sie anfangen, wo war der Boden noch zu feucht, welche Stauden waren noch zu nass? Zu viele Fragen, auf die sie keine Antwort hatte.
Elisabeth richtete sich auf. Die Morgensonne schien ihr grell ins Gesicht, doch die große Gestalt, die langsam auf sie zukam, war nicht zu übersehen. Salem musste sich beim Gehen auf einen Stock stützen, denn er konnte seinen vom Fieber geschwächten Körper kaum auf den Beinen halten. Als er vor ihr stand, erschien auf dem sonst so ernsten Gesicht ein mattes Lächeln. »Jetzt anfangen. Alles bereit für Ernte.«
Elisabeth wollte antworten, doch die Emotion, die in ihr hochstieg, schnürte ihr die Kehle zu.

In Lusoto regnete es seit Tagen. Am frühen Morgen versuchten Max und drei Askaris dicht hinter der Gefechtslinie einen Granatwerfer in Stellung zu bringen. Es war eine Drecksarbeit, denn der schwere Wagen war in ein Erdloch gerutscht und saß fest. Die Stiefel der Männer glitten immer wieder im Schlamm aus, sogar die Maultiere fanden nur schwer Halt. Vor dem Gespann zog sich ein provisorischer Schützengraben durchs Gelände, der mit Sandsäcken gesichert war. In ihm knieten deutsche Soldaten und Askaris. Der Regen rann ihnen in die Uniform, obwohl sie sich eine Gummiplane über den Kopf gezogen hatten.
Unter dem primitiven Holzdach des Unterstands kauerte der restliche Teil der Kompanie, auch ein paar Affen hatten hier vor dem Regen Zuflucht gesucht. Die Männer warfen ihnen Kekse zu. In diesem Moment setzte feindliches Gewehrfeuer ein. »Vorsicht!«, schrie Max und versuchte die Zugtiere zu beruhigen, die sich aufbäumten und ausscheren wollten. Die Askaris ließen sich in den Schlamm fallen, eines der Maultiere stieß einen röhrenden Schrei aus und fiel getroffen zur Seite.
Max warf sich hinter dem Tier in Deckung. Die Soldaten im Schützengraben erwiderten das Feuer, doch im modrigen Dunst des Tropenregens konnten sie den Gegner kaum erkennen. Die Kugeln der Angreifer schwirrten den Verteidigern dicht um die Ohren, überall spritzte der Dreck hoch. So schnell sie konnten, robbten Max und seine Kameraden auf den schützenden Graben zu und ließen sich hineinfallen. Gerade noch rechtzeitig, denn jetzt hämmerten Maschinengewehrsalven über die Stellung.
»Scheißwetter, fast hätten wir's geschafft«, keuchte Max,

doch im Grunde war ihm das egal. Seit der Auseinandersetzung mit Schillings hatte er sich in eine morbide Gleichgültigkeit geflüchtet. Der Regen gab ihm den Rest. Keine Farm, keine Zukunft und eine Frau, die ihn betrog. Das Einzige, was ihn irritierte, war sein ungeborenes Kind, das vom Drama seiner Eltern nichts ahnte. Immer dann, wenn ihn dieser Gedanke verfolgte, war er froh, wieder im Nebel seiner Schwermut versinken zu können. Das Kampfgeschehen indes hatte eine Erregung in seinem Körper geweckt, die ihn wieder lebendig werden ließ.

Durch eine Lücke im Schutzwall spähte er hinüber zur gegnerischen Seite. Alles war ruhig, der Regen hatte nachgelassen. Ein Affe sprang auf die Sandsäcke und sah sich neugierig um. Die Männer lachten erleichtert. Dann fiel ein einzelner Schuss. Das Tier wirbelte durch die Luft und fiel in den Schlamm. Max duckte sich und lief den Graben entlang. Vom anderen Ende aus hatte er einen besseren Schusswinkel. Kaum war er angekommen, brachte er sein Gewehr in Stellung. In diesem Augenblick sah er, dass weiter hinten noch eine andere Gestalt durch den Graben koch. Der Mann hatte sich einen weiten Mantel über die Schultern geworfen und zog etwas hinter sich her, das wie ein Sack aussah. Als er näher kam, konnte Max sein Gesicht erkennen, es war Schillings. Anscheinend wollte er das Elend in den Schützengräben fotografieren.

Der Fotograf arbeitete sich vor bis zu der Stelle, an der Max kauerte. Es war ihre erste Begegnung seit der Prügelei im Zelt. Ohne sein Gegenüber eines Blickes zu würdigen, zerrte Schillings die Kamera aus dem Sack. Nur mit großer Mühe gelang es dem Fotografen, das schwere Gerät auf dem schlammigen Boden in Stellung zu bringen.

»Von oben sieht's besser aus«, sagte Max beiläufig, ohne ihn anzusehen.
»Du willst wohl, dass sie mich abknallen«, zischte Schillings.
»Ich geb' dir Feuerschutz.«
Der Fotograf warf ihm einen argwöhnischen Blick zu, doch Max hatte sich nicht getäuscht, der künstlerische Ehrgeiz des jungen Mannes war größer als sein Misstrauen. Mit einem Ruck wuchtete Schillings die Kamera auf eine Munitionskiste, sie ragte jetzt knapp über die Sandsäcke empor. Dann verschwand er unter dem Tuch und machte sich bereit. Max begann zu feuern. Doch der Fotograf war mit dem Bildausschnitt nicht zufrieden und versuchte, die Kamera in eine bessere Position zu bringen. Das war nicht einfach, denn die Stativbeine rutschten auf der nassen Kiste immer wieder ab. Max schoss, bis sein Magazin leer war.
»Mach weiter, verdammt, ich bin noch nicht so weit«, brüllte Schillings, der sich den Finger eingeklemmt hatte.
»Muss nachladen«, brummte Max und ließ sich damit etwas mehr Zeit als sonst. Jetzt feuerten die Engländer. Eine Kugel riss den Ärmel von Schillings' Mantels auf, am Stativ splitterte das Holz. Der Kopf des Fotografen schnellte unter dem Tuch hervor, sein Blick traf den des Schützen. In diesem Augenblick wurde Schillings klar, dass Max mit voller Absicht sein Leben aufs Spiel gesetzt hatte. Im gleichen Moment erkannte dieser, dass sein Gegner den Plan durchschaut hatte.
Wieder fielen Schüsse. Der Sandsack, auf dem sich Schillings mit der Hand aufstützte, platzte, das Tuch der Kamera hatte ein Loch. Plötzlich spiegelte sich in den Augen

von Max nicht mehr Hass, sondern Angst. Mit einem Satz sprang er aus der Deckung, packte Schillings am Kragen und warf ihn hinunter in den Graben. Der Fotograf landete unsanft im Schlamm.

»Bist du verrückt geworden?«, schrie er, doch schon wieder feuerten die Engländer. Schillings sah gerade noch, wie Max nach der Kamera griff und auch sie nach unten warf. Er versuchte, das schwere Gerät aufzufangen, und verlor Max dabei für Sekunden aus den Augen. Als er ihn wieder sehen konnte, stand dieser für einen Moment aufrecht im Kugelhagel, dann riss er den Kopf unvermittelt nach hinten. Sein Körper taumelte und brach auf dem Schutzwall zusammen. Gegenüber begann ein Maschinengewehr zu rattern, die Garben zerfetzten die Sandsäcke, rasend schnell kamen sie näher.

»Komm endlich runter, du Arsch«, brüllte Schillings.

Max bewegte sich nicht. Der Fotograf zerrte an den Beinen des Bewusstlosen, bis der Körper hinab in den Graben rutschte. Keine Sekunde zu früh, denn jetzt strichen die Salven des Maschinengewehrs über ihre Köpfe. Max lag regungslos im Schlamm, seine Augen starrten ins Nichts. Erschrocken blickte Schillings auf das dreckverschmierte Gesicht. Aus einer offenen Wunde am Kopf rann Blut.

KAPITEL 24

Die Sonne warf bereits lange Schatten, doch im Gebiet der Gongwe-Berge war es immer noch drückend heiß. Seit dem frühen Morgen marschierten die Arbeiter mit den Erntekörben durch die Reihen der Baumwollstauden und pflückten die weißen Ballen von den Sträuchern. Es waren mehr Leute als sonst im Einsatz, denn bei der Ernte arbeiteten auch die Frauen mit. Außerdem hatte Salem noch achtzig Hilfskräfte rekrutiert. Obwohl er noch immer Fieber hatte, wachte er eisern darüber, dass nichts am Strauch hängen blieb und rechtzeitig immer neue Körbe zur Stelle waren. Elisabeth saß unter einem Schirm neben der Waage, auf der die Baumwolle gewogen wurde.
Sie notierte das Gewicht jedes Korbes und trug es in das Erntebuch ein, das sie angelegt hatte. Es war die einzige Arbeit, zu der ihr Körper noch fähig war. Die Schweißausbrüche und das heftige Herzklopfen nachts beunruhigten sie. Die Vorstellung, sich bei der Pflege von Salem vielleicht angesteckt zu haben und jetzt auch das Sumpffieber in sich zu tragen, belastete sie mehr als die Arbeit. Salem beobachtete sie besorgt. Die Memsahib war sehr blass, immer wieder musste sie husten. Das war kein gutes Zeichen.
»Pause machen, ausruhen«, sagte er immer wieder, doch immer wieder schüttelte Elisabeth den Kopf. Dazu hatte sie keine Zeit. Ein Korb wurde abgestellt, der Zeiger schlug aus, sie notierte die Zahl. Abstellen, ablesen, eintragen. Wie das Leben. Auf die Welt kommen, arbeiten, sterben.
Als Salem wieder auf das Feld hinausgehen wollte, hob sie den Kopf. »Ist Hassim schon zurück?«

Der Vorarbeiter wich ihrem Blick aus.
»Er soll mir die Briefe gleich bringen«, flüsterte sie.
»Aber Memsahib, Briefe nie kommen.«
»Doch. Er schreibt, das hat er versprochen«, sagte sie mit tonloser Stimme.
Ihr Gegenüber blickte verlegen zu Boden. Elisabeth stand auf, wollte etwas sagen, rang aber plötzlich nach Luft. Salem konnte sie gerade noch festhalten, sonst wäre sie gestürzt.
»Hassim … die Briefe.«
Aus fiebrigen Augen schaute sie ihn verzweifelt an. Salem nickte ihr beruhigend zu. »Ja, Memsahib, Hassim wird Briefe bald bringen.«
Es schmerzte ihn zu lügen, doch was sollte er tun? Elisabeth schickte inzwischen jeden Tag Kuriere nach Kimamba. Da jedoch nie Post kam, taten diese nur so, als würden sie gehen, und kamen heimlich zurück auf die Felder. Salem hatte keine Wahl, er brauchte jeden Mann.

Im Zelt war es stickig und heiß, es roch nach Medizin. Max lag mit geschlossenen Augen auf seinem Feldbett, ein Sanitäter erneuerte den Kopfverband. Das machte er jeden Morgen, doch langsam kam ihm das sinnlos vor. Zehn Tage lag dieser Mann schon regungslos da, und selbst er wusste nicht, ob und wann der Patient das Bewusstsein wiedererlangen würde. Solche Fälle überschritten die Kompetenz eines Sanitäters. Während er seinen Verbandskasten wieder einräumte, fiel sein Blick auf die Berge ungeöffneter Post, die sich auf der Munitionskiste stapelten. Dieser Pflanzer schien eine außergewöhnliche Frau zu haben.

Meist waren Leute, die auswanderten, nicht besonders gebildet. Sich schriftlich auszudrücken wäre vielen eine lästige Pflicht. Umso erstaunlicher war es, dass dieser Mann ständig Post bekam. Die ganze Kompanie machte sich schon darüber lustig. Doch der Sanitäter wusste, insgeheim waren sie nur neidisch, er selbst natürlich auch. Der Mangel an Frauen war in der Kolonie seit Jahren ein ungelöstes Problem. Wenn es also einer so gut getroffen hatte wie Max, dann konnte man ihn nur beglückwünschen.
Das Rascheln der Plane unterbrach die Gedanken des Sanitäters. Drei Briefe landeten auf dem Zeltboden.
»Zeitverschwendung. Der macht sie ja nicht mal auf«, knurrte der Feldwebel, der die Post verteilte.
»Der Mann liegt immer noch im Koma«, murmelte der Sanitäter.
»Bist du sicher, dass er nicht simuliert?«
Der Angesprochene warf dem Feldwebel einen bösen Blick zu. »Er braucht einen Arzt.«
»Den brauchen wir bald alle.«
Mürrisch ging der Feldwebel. Die Kompanie hatte in letzter Zeit wieder Verluste erlitten, ausgerechnet unter seinem Kommando. Darauf hätte er reagieren müssen, aber was konnte er tun? Polz fühlt sich überfordert, und das machte ihn wütend. Auch die angekündigte Verstärkung war immer noch nicht eingetroffen, lange würden sie sich nicht mehr halten können. Der Sanitäter hob die Briefe auf und legte sie zu dem Stapel ungeöffneter Post. Langsam kamen auch ihm Zweifel, ob diese Briefe jemals gelesen werden würden.

Elisabeth hustete wieder, das Fieber wurde schlimmer. Seit Stunden lag sie auf der Küchenbank, immer wenn sie sich aufrichten wollte, sackte sie wieder zusammen. Minnie versuchte, ihr Tee einzuflößen, doch sie hatte Schwierigkeiten zu schlucken. Salem, der sie nach ihrem Schwächeanfall zurück ins Haus gebracht hatte, beobachtete jede ihrer Bewegungen. Ihm war klar, diese hochschwangere Frau war am Ende. Seit Wochen überanstrengte sie sich, eine Krankheit würde mit dem geschundenen Körper leichtes Spiel haben. Das wäre fatal, denn im gesamten Bezirk gab es keinen Arzt mehr. Immer wieder hatte er versucht, Elisabeth davon abzuhalten, auf den Feldern mitzuarbeiten, doch die Memsahib hatte nicht auf ihn hören wollen. Sie schien von der Vorstellung besessen zu sein, dass von dieser einen Ernte ihr Leben abhing. Eine Ernte von vielleicht fünfzig anderen. Das konnte Salem nicht nachvollziehen. Die Weißen dachten einfach anders, er hatte längst aufgegeben, sie verstehen zu wollen. Elisabeth öffnete die Augen und versuchte sich aufzurichten.
»Es geht schon wieder.«
Salem sah sie ernst an und schüttelte den Kopf. Mit einem Stöhnen sank sie zurück auf die Bank. In diesem Augenblick stürzte Hassim in dem Raum, er war schweißgebadet und sah vollkommen fertig aus. Salem sah ihn erstaunt an, anscheinend war der Junge gestern gegen seinen Rat doch die ganze Strecke bis nach Kimamba gegangen. Allein. Um Briefe zu holen, die es nicht gab. Elisabeth fuhr hoch und packte Hassim am Arm.
»Und?«
Seine traurigen Augen sagten alles. Elisabeth legte sich die Hände über ihr Gesicht. Sie wollte nichts mehr sehen,

nichts mehr hören, nichts mehr fühlen. Seit zwei Monaten hatte sie keinen Brief mehr bekommen. Max würde ihr das nie antun. Das konnte nur eines heißen: Ihr Mann war tot.

Das Erste, was er hörte, waren die Mücken. Dann nahm er den muffigen Geruch seines Körpers wahr. Noch hatte er die Augen geschlossen und wusste nicht, wo er sich befand. Doch wo immer das sein mochte, es war heiß. Sein Kopf schmerzte, irgendwo in der Ferne wurde geschossen.

Max atmete tief ein und öffnete die Augen. Vor ihm befand sich eine graue Wand, in der verschwommen ein Gesicht auftauchte. Er blinzelte, das Bild wurde deutlicher. Es war ein Gesicht, das er kannte – Carl Schillings. Noch wusste er nicht, dass der Fotograf seit Tagen an seinem Bett saß und ihn betreute.

»Wo bin ich?«, fragte Max und tastete mit den Händen über seinen Kopf. »Was ist passiert?«

»Kleiner Streifschuss. Nicht schlimm. Bald wirst du wieder auf den Beinen sein.«

»Wann war das?«

»Ist doch egal. Hauptsache, du bist wieder da, ich meine im Kopf.«

»Was willst du damit sagen?«

»Du warst im Koma, zwei Wochen.«

Verwundert blickte er sich um. Sein Versuch, sich zu erinnern, endete in einem dunklen Tunnel.

»Keine Sorge, das wird schon wieder«, ermutigte ihn Schillings und griff nach der Hand des Verletzten. »Ich möchte mich noch entschuldigen.«

»Wofür?«
Schillings stutzte, sollte dieser Mann den Grund ihrer Auseinandersetzung tatsächlich vergessen haben? Der arglose Blick des Verwundeten ließ nicht erkennen, dass er sich an das Geschehene erinnerte. Erleichtert klopfte ihm Schillings auf die Schulter. »Vergiss es. Es ist nicht wichtig, wirklich nicht«, sagte er, drehte sich um und ging zum Ausgang des Zelts.
»Wie geht's denn so?«, rief ihm Max nach.
»Du meinst an der Front?« Schillings verzog das Gesicht. »Es gibt uns noch. Das ist doch was, oder?«
»Und mich gibt's auch noch. Darauf sollten wir einen trinken.«
»Klar. Sobald es der Arzt erlaubt.«
Der Fotograf hob die Hand zum Gruß und ging hinaus. Max richtete sich auf. Da lagen Briefe. Sehr viele, ein riesiger Stapel. Von wem waren sie? Auf allen Umschlägen war die gleiche Schrift, der gleiche Absender. E. Leitner.
Er legte sich wieder hin und schloss die Augen. Noch einmal versuchte er, den Ausgang des dunklen Tunnels zu finden. Doch jetzt war es kein Tunnel mehr, die Wände fehlten, er konnte jetzt in alle Richtungen gehen. Also lief er, so schnell er konnte. Seine Füße berührten den Boden nicht. Eigenartig, da war gar kein Boden. Dann war plötzlich das Licht da. So grell, dass seine Augen schmerzten. Wie ein heißer Blitz schoss die Erinnerung in seinen Kopf. Elisabeth – seine Frau. Die Pflanzung. Der Abschied. Der Krieg. Und Briefe. Briefe, die er nie gelesen hatte. Und nie geschrieben.
Langsam rappelte er sich auf. Nur mühsam konnte er sich aufrecht halten. Die Wunde am Kopf begann schmerzhaft

zu pochen, aber das bemerkte er kaum. Gebannt blickte er auf die Berge von Post. So viele Briefe. Und alle von ihr. Seine Augen starrten auf die zierliche Schrift, als würde er diese zum ersten Mal sehen. Vorsichtig, als wären sie ein zerbrechliches Gut, nahm er die Briefe an sich. Einen nach dem anderen. Dann begann er zu lesen.

Als die Dämmerung hereinbrach, ging Schillings noch einmal zum Zelt des Kranken. Behutsam spähte er ins Innere. Max las immer noch, über sein Gesicht liefen Tränen. Der Fotograf entfernte sich wieder und ging zum Lagerfeuer.
Wie jeden Tag saß dort der Feldwebel und spielte mit den Askaris Karten. Der Kreis der Spieler hatte sich verändert, es gab immer wieder neue Gesichter, denn die Gefallenen wurden schnell ersetzt. Die Schwarzen wussten, dass es nicht schaden konnte, Polz einen Gefallen zu tun. Jeden Morgen konnte sein Befehl die Entscheidung über Leben oder Tod bedeuten. Die beiden letzten Erkundungstrupps waren nicht zurückgekehrt.
Nicht, dass das dem Feldwebel gleichgültig gewesen wäre. Er versuchte, ein pflichtbewusster Soldat zu sein, so gut ihm das möglich war. Doch außer Drill und Disziplin hatte er in seinem Leben nichts gelernt. Nach Afrika hatte er sich freiwillig gemeldet, um einem drohenden Disziplinarverfahren zu entgehen. Die Hitze hatte ihm von Anfang an zu schaffen gemacht, und die Eingeborenen verachtete er. Für ihn waren sie nichtsnutzige Neger, und er konnte nicht verstehen, warum der Oberst sie mit Samthandschuhen anfasste.
Feldwebel Polz mangelte es nicht nur an Sensibilität, er hatte einen ausgesprochenen Hang zur Grobheit. Nach-

dem er vor drei Wochen überraschend Kompaniechef geworden war, wenn auch nur vorübergehend, konnte er diese Neigung ungezügelt ausleben. Auch wenn er schnell herausgefunden hatte, dass die Verantwortung, die er jetzt trug, nicht unbedingt erstrebenswert war. Man erwartete von ihm, die Stellung gegen einen weit überlegenen Gegner zu halten, der sich täglich bessere Positionen eroberte und offensichtlich einen größeren Angriff vorbereitete. Vor diesem hatte der Feldwebel Angst. Er wollte nicht als Kommandeur dastehen, der seine Leute sinnlos geopfert hatte. In diesem Punkt war der Oberst sehr empfindlich. Zurückweichen durfte er auch nicht, er hatte einen klaren Befehl.

Also was tun? Um eine flexible Taktik zu entwickeln, fehlte ihm das strategische Denken. Gefangen in seiner Beschränktheit sah er der kommenden Katastrophe deshalb mit zunehmender Panik entgegen. Er ahnte, dieser Situation würde er nicht gewachsen sein, und befürchtete, dass seine Männer das merken könnten. Umso mehr flüchtete er sich in die Autorität seiner Position, und umso weniger konnte er die Unbotmäßigkeiten eines Scharfschützen dulden oder die arrogante Missachtung eines Künstlers, der sich mit seiner Kamera wichtig machte.

Außerdem hasste er alle, die klüger waren als er, und davon gab es eine ganze Menge. So blieb Polz nur das tägliche Kartenspiel, um seine Nerven zu beruhigen. Mit den paar Tricks, die er beherrschte, hatte er bei den Askaris leichtes Spiel.

Schillings, der die nächtlichen Schafkopfrunden oft genug verfolgt hatte, wusste, dass die Schwarzen dabei ihren ganzen Sold verloren. Schon länger vermutete er, dass Polz beim Spiel betrog, doch sooft er ihm auch über die Schulter gesehen hatte, er kam ihm nicht auf die Schliche. Schillings hoffte darauf, dass in den nächsten Tagen endlich die lang erwartete Verstärkung eintraf. Unter einem neuen Befehlshaber würde Polz die Leute nicht mehr so leicht über den Tisch ziehen können.

Auch diesmal sah der Fotograf dem Spiel eine Weile zu.

»Stell dich woandershin, das macht mich nervös«, brummte der Feldwebel schließlich. Schillings trat zur Seite, konnte aber gerade noch erkennen, wie Polz unter seiner linken Karte eine zweite hervorschob. Das war also der Trick. Der Mann hatte immer ein paar Ober zusätzlich in der Hand und spielte diese bei Bedarf aus. Da die Schwarzen sich nicht merken konnten, welche Karten schon im Spiel waren, fiel das nicht weiter auf. Schillings streckte die Hand aus und tippte Polz auf die Schulter.

»Können Sie Max nicht ein paar Tage nach Hause schicken, wenn er wieder gesund ist? Der hat Urlaub dringend nötig.«

»Haben wir alle«, knurrte der Feldwebel. »Außerdem ist das nur ein Kratzer, da könnte ja jeder kommen.«

»Vielleicht. Aber noch wissen die nicht, dass du sie bescheißt.«

Es dauerte ein paar Sekunden, bis dieser Satz im Gehirn des Feldwebels ankam. Dann sprang er auf, seine Augen verengten sich zu schmalen Schlitzen. »Was willst du damit sagen?«

»Dass du ein Schwein bist«, flüsterte ihm Schillings ins Ohr und lächelte den Vorgesetzten mitleidig an. Polz hatte Mühe, sich zu beherrschen. Als er endlich sprach, bebte er innerlich vor Wut, doch seine Stimme war eiskalt.

»Unser Künstler glaubt also, er sieht mehr als andere. Doch vielleicht täuscht er sich. Vielleicht hat er sich zu lange mit seinen Fotos beschäftigt und dadurch vergessen, wo wir hier sind. Das lässt sich ändern, Schillings.«
Er machte eine Pause, dann schrie er dem Fotografen ins Gesicht. »Morgen gehst du mit dem Stoßtrupp mit. Aber ohne deine Scheißkamera.«
»Mit Vergnügen.«
Schillings drehte sich wortlos um. Als sich der Feldwebel wieder dem Spiel zuwandte, stellte er fest, dass die Askaris verschwunden waren. Der Einsatz lag noch da, doch die Steinchen waren nur noch das, was sie immer waren. Kleine, bunte Steine.

Schillings hatte Mühe, seinen Zorn zu zügeln. Aufgewühlt lief er durch die Nacht. Am anderen Ende des Lagers blieb er stehen und sah hinüber zur Frontlinie. Vereinzelte Lichtschimmer verrieten die Lagerfeuer des Gegners. Die Engländer gaben sich keine Mühe mehr, ihren Standort zu verbergen. Das war kein gutes Zeichen.
Der Fotograf hatte den Krieg satt. Die Verrohung der Menschen und das viele Leid, das er täglich erlebte, hatten seine Seele zerrüttet. Er wusste nur zu gut, dass die Entscheidung in Europa fallen würde und deshalb das kleine Heldentum, das er täglich erlebte, im Grunde sinnlos war. Die Situation war deprimierend. In Afrika standen sich zwei Kolonialmächte gegenüber, die einmal dasselbe Ziel hatten: Zivilisation und Fortschritt unter den Eingeborenen zu verbreiten. Was sie jetzt aber tatsächlich brachten, war Mord und Totschlag. Genauer gesagt, die präzis entwickelte Technik zum Massenmord. Eine Errungenschaft,

worauf das christliche Abendland auch noch stolz war, etwas, das der Fotograf nie begreifen würde.
Konnte man den Schwarzen begreiflich machen, worum es in diesem Krieg ging? Und wofür sie starben? Diese Frage konnte Schillings nicht beantworten, nicht einmal sich selbst, und das machte ihn krank. Anfangs hatte er versucht, das Grauen des Krieges in seinen Fotos zu bannen. Es war ihm nicht gelungen. Bilder schrien nicht, sie schwiegen. Aber anders als die Sterbenden. Deren letzte Blicke waren nicht stumm, sie schrien lauter als alles andere, und niemand antwortete ihnen. Diese Blicke hatte Schillings nie fotografiert. Mit diesem Schreien war er allein, sie verfolgten ihn jeden Abend bis in seine Träume.
Als er zurück in sein Zelt ging, brannte nebenan noch Licht. Max schrieb immer noch. Er schrieb den längsten Brief, den er je geschrieben hatte. Und den gefühlvollsten. Die Worte, nach denen er immer so verzweifelt gesucht hatte, flossen plötzlich wie von selbst aus seiner Feder. Endlich war der Bann gebrochen. Endlich konnte er seine Liebe zu Elisabeth in einer Weise ausdrücken, wie er es sich nie hätte vorstellen können. Die Freude darüber ließ ihn endlos weiterschreiben, bis zum frühen Morgen. Er hatte so viel zu sagen, so viel gutzumachen.

Bei Tagesanbruch verließ ein Kurier das Lager.
Zwei Stunden später schoss ihn ein englischer Scharfschütze vom Pferd.
Den Brief fraßen Termiten.

Dreißig Kilometer entfernt lief ein hochgewachsener Schwarzer durch den Busch. In seinem Rucksack trug er zwei Wasserflaschen, die längst leer waren. Der Mann musste schon lange unterwegs sein, denn sein kräftiger Körper wirkte ausgelaugt. Seine Beine waren blutig, denn der Läufer nahm keine Rücksicht auf die Widrigkeiten des Geländes. Er folgte keinem Weg, sondern einer Himmelsrichtung – nach Norden.

Gegen Mittag traf in Lusoto die lang erwartete Verstärkung ein. Major Kruse, der neue Kommandant, war ein ehrgeiziger Offizier, doch er war lange genug im Stab des Oberst, um zu wissen, dass im Krieg gegen einen übermächtigen Gegner Umsicht und Gelassenheit bessere Ratgeber waren als ungestümer Kampfgeist. Da er vor allem Verluste vermeiden wollte, würde es vorläufig keine Stoßtrupps mehr geben. Die Kompanie würde eine flexible Verteidigungslinie aufbauen und auf Angriffe vorläufig verzichten. Die vier Männer, die heute Morgen noch losmarschiert waren, um hinter den feindlichen Linien eine mögliche Verstärkung des Gegners zu erkunden, würden die letzten sein, die auf diese Weise ihr Leben riskierten.

Während der Major seine Strategie erläuterte, lag Schillings mit seinen Kameraden hinter einem Felsen und beobachtete die Truppenbewegung der Engländer. Der Aufmarsch schien kein Ende zu nehmen, immer neue Kontingente marschierten über die Hochebene, gefolgt von Fahrzeugen und leichter Artillerie.

»Das sind Hilfstruppen aus Südafrika«, meldete der vor-

derste Soldat, der mit dem Fernglas im hohen Elefantengras kniete. »Die Uniformen sind anders.«
»Mit den eigenen Leuten schaffen sie es eben nicht«, murmelte der, der hinter ihm lag.
»Wenn ich mir so ansehe, was da auf uns zukommt, werden die sehr wohl einiges schaffen«, flüsterte Schillings, der sich das Gesicht im Gras blutig geschnitten hatte.
»Wir sollten umkehren und Meldung machen.«
Die Männer nickten sich zu, sie konnten froh sein, bis jetzt unentdeckt geblieben zu sein. Als sie auf den Knien zurückkrochen, hielt der vordere Soldat plötzlich inne. Er richtete sich wieder auf und warf einen erneuten Blick durch das Fernglas.
»Da rennt einer. Ziemlich unvorsichtig in dieser Gegend.«
»Gehört er zu uns?«
»Keine Ahnung. Uniform trägt er keine.«
In dieser Sekunde fiel ein Schuss. Der Läufer taumelte und brach zusammen.
»Unvorsichtig, sagte ich doch«, flüsterte der vordere Soldat.
»Komm, müssen zurück«, drängte der Askari hinter ihm.
»Aber wir können den doch nicht einfach so liegen lassen«, protestierte Schillings.
»Warum nicht? Ist doch keiner von uns.«
»Doch.«
»Wieso kannst du das wissen?«
Schillings überlegte. Was er sagen wollte, kam ihm in der Situation, in der sie sich befanden, reichlich pathetisch vor, doch er sagte es trotzdem. »Der dort drüben ist ein Mensch. Wie du und ich.«
Die Männer schwiegen betreten. Oft genug hatten sie sich

über den Fotografen mit seiner großen Kamera lustig gemacht. Dass er sie jetzt an etwas erinnerte, was sie im Lauf des Krieges verdrängt hatten, war ihnen unangenehm. Sie blickten sich kurz an, dann liefen sie gebückt zu der Stelle, an der der Unbekannte gestürzt war.

Sekunden später fegte eine Maschinengewehrsalve über das Gras. Schillings schrie auf und stürzte zu Boden.

Der Himmel war verschleiert, eine unwirkliche Ruhe lag über dem Feldlager. Max saß vor seinem Zelt und starrte auf die eben neu angekommenen Briefe. Noch immer lagen sie ungeöffnet vor ihm. Nur das Datum hatte er sich angesehen. Die Briefe waren seit drei Wochen unterwegs. Das bedrückte ihn, denn er wusste jetzt, wie lange Elisabeth noch auf seinen leidenschaftlichen Brief warten musste, den er heute Morgen dem Kurier mitgegeben hatte und der sein langes Schweigen brach. Drei Wochen. Eine Ewigkeit. Endlich öffnete er den ersten der Umschläge. Er las bis zum Anbruch der Dämmerung.

Gegen Abend näherten sich schleppende Schritte dem Zelt. Max ließ den Brief sinken und blickte in das Gesicht von Schillings. Er sah elend aus, ein Arm hing schlaff am Körper herab, um die Schulter war ein schmutziger Verband gewickelt.

»Was ist denn mit dir passiert?«

»Ich hab' was abgekriegt.«

Der Fotograf hielt sich an der Zeltstange fest, er hatte Schwierigkeiten zu sprechen. Max ließ den Brief zu Boden fallen und sprang auf. »Ist es schlimm?«

»Vielleicht. Keine Ahnung.«

»Warst du beim Sanitäter?«
»Später, komm jetzt«, flüsterte Schillings und hielt mit der gesunden Hand den verletzten Arm fest.
»Wohin?«
»Du hast Besuch.«
Max sah ihn verblüfft an. »Willst du mich auf den Arm nehmen?«
»Sehe ich so aus?«
Max sah ein, dass seine Bemerkung überflüssig war. Seine Gedanken begannen zu rasen, kamen aber nirgends an. Schillings ging voraus, es fiel ihm schwer, sich aufrecht zu halten. Vor einem Baum am Rande des Lagers blieb er stehen. Dort hatte sich eine Gruppe von Soldaten versammelt, auf dem Boden vor ihnen lag ein Verwundeter. Schillings bückte sich und zog das Tuch weg, mit dem man ihn zugedeckt hatte. Es war Salem. Die Brust des Schwarzen war mit einem blutigen Lappen umwickelt. Max spürte, wie sich eine kalte Faust in seinen Magen bohrte.
Wie war der Mann hierhergekommen? Wie hatte er ihn überhaupt finden können? Er kniete sich neben den Verwundeten, der die Augen geschlossen hatte, und strich ihm mit der Hand über die Stirn. Nach einer Weile öffnete der Schwarze die Augen. Als er Max erkannte, erschien ein Lächeln auf seinem Gesicht, seine Lippen begannen sich zu bewegen. »Jetzt alles gut. Jetzt Salem kann sterben.«
»Was zum Teufel ist denn passiert?«
Die Augen schlossen sich wieder. Der Verwundete wollte noch etwas sagen, konnte aber keine verständlichen Worte hervorbringen. Max hielt ihm das Ohr an den Mund, vergeblich. Doch dann bewegten sich die Lippen noch einmal.
»Memsahib sehr krank. Bwana muss schnell kommen.«

Die Worte lösten sich auf, als wären sie nie gesprochen worden. Max spürte, wie sich alles um ihn zu drehen begann, das Gesicht von Salem verschwand in einem dunklen Nebel, der ihn verschlang. Sie ist krank, sie ist allein, sie braucht mich, sie stirbt. Und ich bin nicht da.

Der Griff der schwarzen Hand, die sich in seinen Arm krallte, ließ ihn wieder zu sich kommen.

»Was um Himmels willen fehlt ihr denn?«, flüsterte Max und legte seine Lippen an das Ohr des Verletzten. Doch Salem konnte nicht mehr sprechen, er spuckte Blut.

»Sag's mir. Sag doch was!«

Max packte ihn an der Schulter und schüttelte ihn, bis die Kameraden ihn wegzerrten.

»Was hat er?«, fragte er einen von ihnen.

»Durchschuss in der Brust. Ziemlich dicht an der Lunge.«

Noch einmal warf Max einen Blick auf den Verwundeten, der jetzt mit geschlossenen Augen dalag. Eine winzige Kugel hatte den mächtigen Körper gefällt. Salem hatte seinen Gegner nie gesehen. Er wusste auch nicht, was Krieg bedeutete. Krieg, wie ihn die Europäer führten. Max wollte gehen. Erst jetzt fiel ihm auf, dass Schillings neben ihm ins Gras gesunken war.

»Was hast du eigentlich?«, fragte er und schämte sich, dass er diese Frage nicht früher gestellt hatte.

»Durchschuss Schulter«, murmelte der Verletzte. »Aber das wird schon wieder.«

»Kümmere dich um ihn«, bat ihn Max, ohne daran zu denken, dass der Fotograf selbst Hilfe brauchte. Dann richtete er sich auf, schob die umstehenden Soldaten beiseite und lief vor zum Zelt des Sanitäters.

Dort war niemand. Doch Max hatte keine Zeit zu verlieren. Er öffnete die Medikamentenkiste, holte diverse Pillen und Fläschchen aus den Schachteln und packte sie in eine Tasche. Als er fertig war, ließ ihn eine Stimme zusammenfahren. »Was machst du da? Das ist Eigentum der Truppe.«

Max fuhr herum. Am Zelteingang stand der Feldwebel.

»Ich bring's wieder zurück.«

»Niemand verlässt die Stellung ohne Erlaubnis.«

»Schon gut, ich frage den Major«, sagte Max beschwichtigend.

»Der ist auf einem Erkundungsritt. Kommt nicht vor dem Abend zurück.«

Die Genugtuung in der Stimme des Vorgesetzten war nicht zu überhören. »Vorläufig bin ich wieder zuständig.«

»Meine Frau ist schwer krank!«, schrie ihn Max an. »Ich muss nach Hause!«

Er versuchte, den Feldwebel mit dem linken Arm wegzuschieben, mit dem anderen hielt er die Medikamententasche. Polz stieß ihn brutal zurück.

»Du bleibst hier. Das ist ein Befehl. Zivilisten bekommen keine Sonderbehandlung.«

Max wich zurück, der Feldwebel folgte ihm, bis er mit dem Rücken an der Zeltwand stand. Jetzt war das feindselige Gesicht des Vorgesetzten nur Zentimeter von Max entfernt. In den kleinen Augen blitzte der Triumph der Macht. Max bückte sich und stellte die Tasche auf den Boden. Als er sich wieder aufrichtete, hielt er in seiner rechten Hand eine Wasserflasche. Der Schlag kam blitzschnell. Bevor der Feldwebel reagieren konnte, knallte das Glas gegen seine Schläfe. Lautlos sank er zu Boden. Max hob die Medikamente auf und lief aus dem Zelt.

Am Rande des Feldlagers standen drei Pferde. Die Verstärkung hatte sie mitgebracht, denn Major Kruse war früher bei der Kavallerie gewesen und wollte auf morgendliche Ausritte nicht verzichten. Max stellte die Medikamententasche hinter einen Busch, dann lief er noch einmal zurück zu Salem. Schon von weitem sah er, dass sich ein Sanitäter um ihn kümmerte. Die Wunde, die jetzt gereinigt wurde, lag in der rechten Brustseite, ein Stück unterhalb der Schulter. Max nahm die Hand seines Vorarbeiters und hielt sie fest. »Danke.«
Der Schwarze öffnete die Augen. Seine Lippen bewegten sich, brachten aber keinen Laut hervor. Max spürte, wie die Hand des Verletzten die seine fest drückte.
Max warf einen Blick auf den Sanitäter. »Wird er durchkommen?«
»Keine Ahnung!«, brummte der Mann und säuberte die blutige Pinzette. Max beugte sich vor, bis er dem Verwundeten direkt in die Augen sehen konnte.
»Du bist stark, du wirst es schaffen. Die Schamba ohne dich, das geht nicht«, flüsterte er.
Salem schloss die Augen wieder, ein schwaches Lächeln erschien auf seinem Gesicht. Als Max spürte, wie der Druck der Finger nachließ, richtete er sich auf. Salem hatte Wort gehalten. Wenn es sein musste, würde er für die Memsahib sterben, hatte er ihm beim Abschied versprochen. Max konnte jetzt nur noch eines tun: Alles daransetzen, dass sich Salem nicht vergeblich geopfert hatte.
Max ließ seine Hand los und ging hinüber zu Schillings, der jetzt auf einer Trage lag.
»Auch bei dir muss ich mich noch bedanken.«
»Wofür?«

»Dass du dich um ihn gekümmert hast. Trotz deiner Verletzung.«
»Jetzt kann ich endlich erleben, was ich sonst immer nur fotografiere.«
»Und wie ist es?«
»Beschissen.«
Max deutete nach hinten, wo Salem noch behandelt wurde. »Bleib bei ihm, er ist ein außergewöhnlicher Mensch.«
»Mach ich«, stöhnte Schillings und schloss die Augen.
Max richtete sich auf und lief zurück zu den Pferden. Hastig packte er einen der Sättel, die auf dem Zaun lagen, und warf ihn auf den Rücken des kräftigsten Tieres. Als er aufsitzen wollte, stellte er fest, dass er den Sattelgurt nicht festgezurrt hatte. Er stieg wieder ab und zog den Riemen hoch. In diesem Augenblick drückte sich kaltes Metall an seine Schläfe. »Dich bring ich vors Kriegsgericht.«
Max drehte sich langsam um. Er blickte in den Lauf einer Pistole, dann in das triumphierende Gesicht des Feldwebels, dessen linke Schläfe eine blutige Schramme aufwies. »Deserteure lieben die ganz besonders.«
Max spürte, dass Polz nur auf eine falsche Bewegung wartete, um abdrücken zu können. Doch Max bewegte sich nicht. In seinem Gehirn explodierte ein einziger Gedanke. Immer wieder. Elisabeth starb, und er konnte nichts für sie tun.

KAPITEL 25

Die Sonne stand hoch am Himmel, Hitzewellen waberten träge durch die Luft, das Leben in der Savanne schien stillzustehen. Doch der Schein trog. Eine kleine Karawane marschierte durch die Büsche. An deren Spitze ging der Feldwebel, hinter ihm Max, dem man die Hände auf den Rücken gefesselt hatte. Dann folgten zwei Askaris und vier Träger. Der Gefangene stolperte apathisch vor sich hin.

Schlimmer hätte es nicht kommen können. Polz hatte seinem Vorgesetzten den Vorfall so übertrieben geschildert, dass Max befürchten musste, standrechtlich erschossen zu werden. Nur Schillings' Fürsprache und der des Askaris, den er vor dem Skorpion gerettet hatte, konnten den Major schließlich dazu bringen, die Angelegenheit zu vertagen. Da es einen solchen Fall in der Truppe bisher noch nicht gegeben hatte, war ihm ohnehin nicht ganz wohl bei der Sache gewesen, deshalb entschloss er sich, die Entscheidung dem Oberst zu überlassen. Sollte doch dieser ein Exempel statuieren, wenn er das für sinnvoll hielt.

Ihm war es genug, wenn der Störenfried aus der Kompanie entfernt wurde, und dieser ungehobelte Polz gleich dazu. Mit seiner Lösung, den Delinquenten zusammen mit seinem Ankläger ins Hauptquartier zu schicken, war der Major sehr zufrieden. Nun war er beide los und musste kein Urteil fällen, das er später vielleicht bereuen würde. Schließlich hatte sich dieser Leitner bisher nie etwas zuschulden kommen lassen.

Das alles half Max wenig. Er wusste jetzt, dass man nicht

sterben musste, um in der Hölle zu sein. Jede Minute, die er verlor, konnte über Leben und Tod von Elisabeth entscheiden, und er konnte nichts dagegen tun. Das machte ihn wahnsinnig, doch nicht einmal dem Wahnsinn konnte er freien Lauf lassen. Seine Hände waren gefesselt, sein Gesicht war von Mücken zerstochen und bis zu den Ohren hin geschwollen.

»Wie weit ist es noch?«

Nur mühsam kamen ihm die Worte über die vertrockneten Lippen.

»Wenn wir uns beeilen, etwa zwei Tage. Aber ich kenne hier niemanden, der es eilig hat«, entgegnete der Feldwebel.

Drei Tage später erreichten sie das Hauptquartier der Schutztruppe. Auch dieses war ein Zeltlager, aber viel größer und besser ausgestattet als die der anderen Kommandostationen. Soldaten luden Munitionskisten von einem Lastwagen, ein Funker baute ein Feldtelefon auf, Träger stapelten Lebensmittel, eine Gruppe Eingeborener trug zwei Schweine vorbei, die mit den Füßen an einer Stange hingen.

Max registrierte das alles nicht, er nahm seine Umgebung nur noch durch einen Filter wahr. Seit seiner Festnahme hatte er sich in einen inneren Raum zurückgezogen, in dem er für niemanden zu erreichen war, oft nicht einmal für sich selbst. Die kleine Karawane näherte sich einem Wachposten.

»Feldwebel Polz. Kann ich den Oberst sprechen?«

Der Mann musterte die Neuankömmlinge erstaunt. Die

Männer schienen einen längeren Weg hinter sich zu haben. Anscheinend lieferten sie einen Gefangenen ab. Dieser war in einem erbärmlichen Zustand. Sein sonnenverbranntes Gesicht war mit Moskitostichen übersät, Hose und Hemd waren total verdreckt, der Mann stank, als hätte er sich wochenlang nicht gewaschen.
»Er ist nicht da«, sagte der Soldat schließlich.
Max hob den Kopf und trat vor. »Und wann kommt er zurück?«
Der Posten wunderte sich, wie viel Energie noch in diesem Mann steckte.
»Bei dem weiß man das nie.«
Der Feldwebel zerrte seinen Gefangenen zurück, seine Stimme nahm Befehlston an. »Dieser Mann ist ein Deserteur. Wo können wir ihn unterbringen?«
»Im Depot, dort hinten.«
»Er braucht Bewachung«, erklärte Polz.
»Reden Sie mit Holstein.«
»Wer ist das?«
»Der Adjutant des Obersts.«

Werner Holstein, der einstmals so dynamische junge Offizier, hatte sich verändert. Unrasiert und müde saß er in seinem Zelt und hörte sich den Bericht des Feldwebels an, der von einer Ausführlichkeit war, die ihn nervte.
Auf dem Tisch vor ihm lagen von Hand gezeichnete Karten, die die Truppenbewegungen der letzten Tage dokumentierten. Lettow-Vorbeck verfolgte im Augenblick nur ein Ziel, nämlich die Truppen, die Oberst Smuts nördlich von Arusha zu einer größeren Offensive zusammenzog, so lange hinzuhalten, bis die Regenzeit einsetzte. Dann

würde der Fuhrpark der Engländer im Schlamm stecken bleiben, und auch ihre schweren Geschütze wären nicht länger transportfähig. Die feindlichen Truppen würden trotz ihrer gewaltigen Überzahl ihre Beweglichkeit verlieren und konnten durch schnelle Überraschungsangriffe geschwächt werden.
Den Oberst in so einer kritischen Situation mit Zwistigkeiten dieser Art zu belästigen, fand er ebenso dreist wie überflüssig. Auch wenn das Verhalten dieses Pflanzers nicht tragbar war und bestraft werden musste. Dieser Feldwebel mit dem kantigen Gesicht und dem sturen Blick war Holstein nicht geheuer. Solche Leute waren ihm noch gut aus der Zeit seiner Ausbildung in Erinnerung. Man brauchte sie, denn sie waren das Werkzeug für die groben Aufgaben, doch zu tun haben wollte man mit ihnen nichts.
Auch Holstein wollte das nicht, vor allem nicht heute, wo er für den Sektor Nordwest eine neue Strategie entwickeln sollte, die fertig sein musste, wenn der Oberst zurückkam.
»Was Sie mir geschildert haben, ist in der Tat äußerst unerfreulich«, sagte er schließlich.
»Unerfreulich? Eine Sauerei ist das und …«, protestierte der Feldwebel.
»Wenn Sie das endgültige Urteil zu diesem Sachverhalt bitte dem Oberkommandierenden überlassen würden«, unterbrach ihn Holstein ungehalten. »Wie heißt der Mann?«
»Max Leitner.«
»Und woher kommt er?«
»Irgendwo aus dem Hinterland. Kimamba oder so.«
Während sich Holstein eine Notiz machte, kam eine verschwommene Erinnerung in ihm hoch. Doch so sehr er sich auch bemühte, mehr fiel ihm dazu nicht ein.

Das Depot, von dem der Posten gesprochen hatte, war ein Munitionslager. Man hatte drei Zelte hintereinander aufgestellt und jeweils eine Seitenwand geöffnet, so dass sie einen größeren Raum bildeten. Hier lagerten militärische Geräte, Patronengurte für die Maschinengewehre, Kisten mit Handgranaten und Bündel von Gewehren, die mit Lederriemen zusammengebunden waren.

Max kauerte regungslos auf dem Boden. Seine Hände waren mit einem Strick zusammengebunden, der an einer Zeltstange befestigt war. Wie lange er hier warten musste, wusste er nicht. Niemand redete mit ihm, jede Sekunde war er dem Sperrfeuer seiner Gedanken ausgesetzt. Sein ausgelaugter Körper konnte diesen Ansturm nicht verarbeiten, deshalb schaltete er die Sinne ab. Max ergab sich dem Sog der Apathie. Um seiner Verzweiflung zu entfliehen, ließ er sich in ein Loch der Zeit fallen, irgendwo zwischen Bewusstlosigkeit und Wahnsinn.

»He, wach auf!«

Durch den Nebel seiner Wahrnehmung drang eine Stimme. Ein Soldat stellte einen Krug Wasser vor seinen Füßen ab, daneben einen Blechteller mit Wurstbroten. Als der Mann bemerkte, dass die Hände des Gefangenen noch gefesselt waren, begann er, den Knoten zu lösen. Max starrte auf das Wasser, ihm war schwindlig vor Durst. Sobald er seine Hände wieder bewegen konnte, nahm er den Krug und trank so gierig, dass er die Hälfte verschüttete.

»Was hast du denn ausgefressen, dass man dich so behandelt?«, fragte ihn der Soldat mitfühlend.

Max setzte den Krug ab, erst jetzt nahm er sein Gegenüber wahr. Er erschrak, denn das Gesicht, das ihn freundlich betrachtete, war von Narben entstellt.

Diese Reaktion war dem Mann nicht entgangen. »Ich sag's lieber gleich. Kesselexplosion. Auf einem Dampfer«, murmelte er in einem Tonfall, der deutlich machte, dass er es leid war, immer wieder dasselbe zu erklären.
Max griff nach den Broten. Sein Gegenüber beobachtete, wie er die ersten Bissen fast ohne zu kauen verschlang.
»Wer bist du?«
»Ich war Pflanzer. Dann Scharfschütze. Jetzt werde ich wahrscheinlich hingerichtet.«
»Warum?«
»Angeblich bin ich desertiert.«
»Und? Bist du wirklich?«
»Seh' ich so aus?«
Der Mann musterte Max einen Augenblick, dann klopfte er ihm freundschaftlich auf die Schulter. »Nein, aber du stinkst.«
Max zuckte mit den Schultern, ihm war alles egal.
»Das können wir ändern«, sagte der Soldat und stand auf. »Übrigens, ich heiße Moritz.«
»Max«, murmelte der Gefangene mit vollem Mund.
»Na, Humor scheinst du ja noch zu haben«, lachte der Mann und ging zurück zum Eingang.
Nun musste auch Max lächeln. »Ich heiße wirklich so«, rief er dem Soldaten nach.
Dieser drehte sich noch einmal um. »Sei vorsichtig, Max, draußen steht eine Wache. Ich bin bald zurück.«

Zwei Stunden später konnte der Gefangene im Fluss baden, dann brachte ihm Moritz frische Kleider. Als ihn der Wachposten zurück ins Depot führte, erwartete ihn eine Schüssel mit Gulasch und Kartoffeln. Das war gut gemeint, hatte aber für Max unangenehme Konsequenzen. Gestärkt und ausgeruht erlaubte ihm sein Körper nicht länger den Rückzug in die mentale Dämmerung. Jede Minute quälten ihn nun die schrecklichen Phantasien, die ihn verfolgten, seit Salem seine Nachricht überbracht hatte. Und wenn ihn das Gehirn für Sekunden von den Schreckensbildern erlöste, peinigten ihn seine Selbstvorwürfe. Warum hatte er ihre Briefe nicht beantwortet? Wieso ließ er die Frau, die er liebte, so leiden? Die Frau, die sein Kind in sich trug! In tiefer Verzweiflung wälzte er sich auf seiner Strohmatte, doch die Gedanken, die ihn folterten, wurde er nicht los.

Am Abend brachte ihm Moritz frischen Schweinebraten mit gerösteten Zwiebeln. Schon von weitem roch das Essen verführerisch.

»Mann, wie kriegst du das hin?«, fragte ihn Max bewundernd.

»Ich war Koch. Im ›Kaiserhof‹.«

»Da war ich auch mal. Aber leider nur kurz.« Max griff nach dem Besteck. »Könntest du mir eine Mundharmonika besorgen?«

»Warum?«

»Nur so.«

»Ich kann's versuchen.«

Moritz sah zu, wie der Gefangene das Essen gierig in sich hineinschlang, obwohl er mit den Gedanken ganz woanders zu sein schien.

»Wer kümmert sich denn jetzt um deine Pflanzung?«, fragte er ihn schließlich.

»Meine Frau. Sie ist noch nicht mal ein Jahr hier.«

Moritz überlegte eine Weile. »Elisabeth?«

Max hielt mit dem Kauen inne.
»Gratuliere! Eine bemerkenswerte Frau«, fügte der Koch hinzu und ging schmunzelnd hinaus.

Kurz vor Sonnenuntergang verließ Holstein seinen Schreibtisch, um sich die Beine zu vertreten. Als er zwischen den Zelten entlangging, drangen ungewohnte Töne an sein Ohr, sie schienen aus dem Munitionslager zu kommen. Unwillkürlich beschleunigte er seinen Schritt. Vor dem Depot hatte sich eine größere Anzahl von Soldaten versammelt, unter ihnen viele Askaris. Sie lauschten der Musik, die aus dem Inneren des Zelts kam. Es war eine Polka, gespielt auf einer Mundharmonika. Holstein blieb stehen. Die Melodie schwebte durch die laue Abenddämmerung, wie die Erinnerung an eine andere Zeit, in der das Wort Krieg noch keine Bedeutung hatte.
»Wer spielt denn da?«, fragte er den Soldaten, der neben ihm stand.
»Der Gefangene.«
»Der Deserteur?«
»Er wollte doch nur zu seiner Frau, die todkrank ist.«
»Woher wissen Sie das?«
»Er ist Pflanzer. Die hauen nicht ab«, entgegnete der Angesprochene und wandte sich Holstein zu. Der Adjutant stutzte, diesen Mann kannte er gut. Es war der Koch, der Soldat wurde und trotzdem immer noch kochte. Für den Oberst und damit auch für ihn. Wieder stieg eine diffuse Ahnung in ihm hoch.
»Wie heißt denn seine Frau?«
»Elisabeth. Sie war auf dem gleichen Schiff.«

Nun kam die Erinnerung zurück: das Mädchen an der Reling, die Schachtel mit dem Hummer. Der geheimnisvolle Zettel. Energisch schob Holstein die Umstehenden zur Seite und ging zum Eingang des Depots. Der Wachposten trat zur Seite. Der Adjutant hob die Plane und blickte nach innen. Zwischen den Kisten tanzte ein Besessener. Das Gesicht war nicht zu erkennen, da die fliegenden Haare und der lange Bart die Züge des Mannes fast vollständig verdeckten.

Der Gefangene schien verrückt geworden zu sein. Obwohl er mit gefesselten Händen spielte, tanzte der Mann wie wild zwischen den Kisten und schien sich in eine andere Welt geflüchtet zu haben. Sein Körper wirbelte im Takt der Musik um die eigene Achse, stolperte und taumelte, fand aber immer wieder Halt im nächsten Schritt.

Dann hörte Holstein ein anderes Geräusch. Die Männer hinter ihm begannen zu klatschen, erst zögerlich, dann kräftiger und schneller. Ihre Hände nahmen den Rhythmus der vertrauten Melodie auf, die sie an die Heimat und den Frieden erinnerte. Schon hatten einige feuchte Augen, doch sie schienen sich dessen nicht zu schämen. Jetzt steigerte sich die Musik in ein aberwitziges Tempo. Zu dem Klatschen der Soldaten kam nun das Stampfen der Füße, beides vereinte sich zu einem mächtigen Klangkörper, der die Soldaten in ein Land entführte, in dem es keinen Krieg und kein Sterben gab. Dann hörte plötzlich alles auf.

Der Mann im Zelt war zusammengebrochen.

Holstein ließ die Plane sinken. »Kümmere dich um ihn«, sagte er zu Moritz und drückte ihm eine Packung Zigaretten in die Hand. »Und sieh zu, dass man ihm die Haare schneidet, bevor er zum Alten kommt.«

»Mit Vergnügen«, antwortete der Koch und verschwand im Depot.
Schweigend gingen die Männer zurück zu ihren Zelten. Der Adjutant blieb noch eine Weile stehen, zu viele Gedanken beschäftigten ihn. Am Himmel waren inzwischen die ersten Sterne aufgetaucht. Auf dem Meer orientierten sich die Seefahrer nach ihnen, aber für das Leben gab es keine Sterne, da war nichts, wonach man sich richten konnte. Vor allem nicht im Krieg. Der Mensch hatte eine innere Stimme, aber wer sagte ihm, dass es die richtige war? In Holsteins Kopf flüsterten viele Stimmen, und meist wiesen sie in unterschiedliche Richtungen. Eigenartig, wie sich die Schicksalsfäden kreuzten. Die junge Frau auf dem Schiff, der Oberst, der Koch, ein Pflanzer aus dem fernen Kimamba und Holstein selbst, der irgendwo in Afrika in der Wildnis stand und hoch in den nächtlichen Himmel blickte.
Manchmal kam es ihm vor, als wären die Menschen nur Schachfiguren in einem Spiel, das sich ein anderer ausgedacht hatte. Die wichtigste Regel dabei war, dass jeder Spieler glaubte, er würde selbständig handeln und hätte die Wahl, sein Geschick zu bestimmen. Da die Menschen dies tatsächlich glaubten, musste es ein verdammt gutes Spiel sein. Und deshalb durfte sich auch niemand wundern, dass ihn keiner gefragt hatte, ob er mitspielen wollte. Auch Holstein hatte niemand gefragt, doch bisher war ihm das nie aufgefallen. Als ein blasser Mond hinter den Akazien auftauchte, ging auch er zurück in sein Zelt.

Max schlief die ganze Nacht. Das Bier, das ihm der Koch heimlich gebracht hatte, konnte sein aufgewühltes Gemüt etwas beruhigen. Der Schnaps, den er dann zum Apfelstrudel bekommen hatte, schickte ihn endgültig ins Reich der Träume. Dort allerdings verfolgten ihn solche Horrorvisionen, dass er am liebsten sofort wieder aufgewacht wäre. Die schrecklichste war die Szene im Fotostudio. Feldwebel Polz hatte sich in einem Ledersessel breitgemacht, Schillings stand hinter seiner Kamera. Er sollte Elisabeth fotografieren – nackt. Diese wollte sich auf keinen Fall ausziehen.

Der Feldwebel lächelte genüsslich. »Wollen Sie Ihren Mann retten oder nicht?«, fragte er und zog ein Kartenspiel hervor. Langsam deckte er eine Karte nach der anderen auf. Immer wenn ein Ass kam, musste Elisabeth ein weiteres Kleidungsstück fallen lassen.

Max musste tatenlos zusehen, seine Hände und Füße waren mit Ketten gefesselt, wie man sie früher bei Sklaven benutzt hatte. Er sah sofort, dass das Kartenspiel nur aus vier Karten bestand, die sich ständig wiederholten – den vier Assen. Immer wenn Elisabeth zögerte, flüsterte der Feldwebel einen einzigen Satz. »Wollen Sie, dass Ihr Mann stirbt?«

Dieser Satz schraubte sich in den Kopf des Gefangenen, raste in die letzte Windung seines Gehirns und sprengte seinen Verstand.

Mit dieser Explosion wachte er auf. Doch diese war nur die Fehlzündung eines Motors. Draußen war ein Wagen vorgefahren.

Bevor Max einen klaren Gedanken fassen konnte, erschien am Eingang der Kopf des Wachpostens.

»Er ist zurück. Jetzt kommst du bald dran.«

Max sank zurück auf die Strohmatte. Heute also würde er

sterben. Und Elisabeth würde nie erfahren, warum er ihr nicht mehr geschrieben hatte. Was würde sie dem Kind später von seinem Vater erzählen? Dass er sein Versprechen nicht gehalten hatte? Dass er gerne von Gefühlen geredet hatte, aber geflüchtet war, als sie da waren? In diesem Moment wurde Max bewusst, dass er nicht ohne Grund zur Richtbank geführt wurde. Er war tatsächlich ein Deserteur, denn er hatte die Liebe seines Lebens im Stich gelassen. Dafür gab es keine Entschuldigung.

Zwei Soldaten brachten ihn zum Zelt des Oberkommandierenden. Es war kaum größer als die anderen, nur an der vorderen Stange wehte eine deutsche Fahne.
Lettow-Vorbeck saß unter einem Sonnensegel. Er trug weder Uniform noch Abzeichen, sondern ein einfaches Militärhemd. Der Oberst war über einen Tisch mit Akten gebeugt. Er sah blass und übernächtigt aus. Als der Angeklagte vorgeführt wurde, hob Lettow-Vorbeck den Kopf und musterte ihn schweigend. Links von ihm stand Holstein, rechts Feldwebel Polz. Holstein gab Max mit der Hand ein Zeichen, dieser stand stramm. »Max Leitner, Scharfschütze in der Kompanie von Major Kruse, zurzeit in der Gegend von Lusoto.«
»Sie werden sich wundern, das weiß ich bereits«, antwortete der Oberst kühl und blickte in seine Unterlagen. Wieder herrschte Schweigen.
Feldwebel Polz wurde unruhig, doch bevor er sich bemerkbar machen konnte, fuhr der Oberkommandierende fort.
»Soso, der ehrgeizige Pflanzer aus den Gongwe-Bergen.

Interessant.« Er machte eine Pause. »Wissen Sie übrigens, dass Selous in Ihrer Gegend für die Engländer spioniert hat?«
Max hob den Blick, fast vergessene Bilder tauchten in seinem Kopf auf. Die ausführlichen Skizzen, die langen Tagebucheinträge, die mühsamen Erkundungen im Gelände.
»Sie haben den Mann ausgeschaltet. So bedauerlich dies für Sie auch sein mag, Sie haben damit dem Vaterland einen großen Dienst erwiesen. Doch das nur nebenbei.«
Holstein schmunzelte, Polz verzog das Gesicht. Der Oberst blickte wieder in seinen Bericht. »Fassen wir zusammen. Erstens: Tätlichkeit gegen einen Vorgesetzten. Nach den Vorschriften sind das – zwanzig Peitschenhiebe.«
»Gilt das nicht nur für Askaris?«, warf Holstein ein.
»Es gibt nur Soldaten. Beim Sterben spielt die Hautfarbe keine Rolle.«
Max biss die Zähne zusammen, der Feldwebel grinste.
»Da wir im Augenblick keinen Kiboko haben …«
»Ich könnte Ihnen da behilflich sein«, unterbrach Polz, der seine Genugtuung nicht verbergen konnte. Ein Blick des Obersts ließ ihn verstummen.
»Ich wiederhole, in Ermangelung eines geeigneten Geräts wird die Strafe vorläufig ausgesetzt. Zweitens: Unerlaubtes Verlassen des Postens – acht Tage Kerker.«
»Er wollte definitiv desertieren«, fuhr der Feldwebel dazwischen.
»Woher wissen Sie das?«
»Sein Verhalten war eindeutig.«
»Sie konnten die inneren Beweggründe des Delinquenten mühelos erkennen?«
»Zweifellos, Herr Oberst.«

Lettow-Vorbeck, der bisher in seine Papiere vertieft war, sah den Feldwebel überrascht an.
»Wie, wenn ich fragen darf?«
Der Feldwebel suchte nach Worten, doch er fand keine.
»Sie verstehen also etwas von Tiefenpsychologie, Polz? Interessant.«
»Von was?«, fragte der Angesprochene irritiert.
»Da ich Ihrer Bemerkung entnehmen kann, dass Sie mit den Schriften von Dr. Sigmund Freud vertraut sind, wäre ich Ihnen für eine kurze Erläuterung dankbar. Die inneren Beweggründe des Angeklagten aus der Sicht der Psychoanalyse. Ich höre.«
Alle Augen waren jetzt auf Polz gerichtet, der rot wurde, ob aus Wut oder Verlegenheit, wusste er selber nicht. Ein paar Sekunden herrschte Schweigen.
»Da unser geschätzter Feldwebel sich nicht äußern will, ist sein Einwand hinfällig.« Der Blick des Oberst wanderte wieder zu dem Delinquenten. »Einen Kerker haben wir hier nicht. Strafe nicht durchführbar, also ausgesetzt.«
»Erlauben Sie mir eine Anmerkung, Herr Oberst.«
Polz' Stimme klang gepresst, als würde er jeden Moment seine Beherrschung verlieren.
»Nein«, sagte der Oberst und sah kurz zu Holstein hinüber. »Feldwebel Polz wird übrigens eine Weile bei uns bleiben.«
Er blättert in den Akten und hielt einen Brief hoch.
»Ich habe hier ein Schreiben des Armeefotografen Schillings.« Lettow-Vorbeck richtete den Blick wieder auf Polz, seine Stimme wurde schneidend. »Sie sollten Ihr Verhalten gegenüber den Kameraden überprüfen, Polz. Nicht nur beim Kartenspiel.«

Die kurze Pause, die der Oberst jetzt machte, kam einer Ohrfeige gleich. »Dazu werden Sie jetzt Gelegenheit haben. Wir erwarten nämlich einen Großangriff.«

Verwirrt starrte der Feldwebel den Oberbefehlshaber an. Wieder suchte er nach Worten, doch der Oberst ließ ihm keine Zeit. »Wegtreten!«

Polz wollte protestieren, doch eine innere Stimme riet ihm, darauf zu verzichten. Mit schnellen Schritten verließ er den Kreis der Versammelten.

»Damit wir uns richtig verstehen, Leitner. Die Strafen sind ausgesetzt, nicht getilgt. Bei der nächsten Aufsässigkeit werde ich dafür sorgen, dass sie in Kraft treten, kapiert?«

Max schwirrte der Kopf, er hatte Mühe zu verstehen, was das alles bedeutete. Doch ein Gedanke hatte sich fest in seinem Hirn verankert. Er würde heute nicht sterben.

Lettow-Vorbeck räusperte sich. »Dennoch bleibt die entscheidende Frage offen. Was soll ich jetzt mit Ihnen machen?«

Der Oberst setzte sein Monokel auf und musterte den Mann, der vor ihm stand, wie ein seltener Vogel, der sich in sein Zelt verirrt hatte.

»Ich schlage vor, aufgrund besonderer Umstände und Ihrer Verdienste bekommen Sie ab sofort zwei Wochen Heimaturlaub«, brummte er schließlich und schloss die Akte. »Und vergessen Sie Ihre Medikamente nicht«, fügte er schmunzelnd hinzu.

Wie betäubt stand Max da. Er wollte sich bedanken, doch er war so überwältigt, dass kein Wort über seine Lippen kam. Holstein, der ihn genau beobachtet hatte, half ihm aus seinem Dilemma.

»Leitner – wegtreten«, brüllte er so energisch, dass ihm der Oberst einen erstaunten Blick zuwarf.

@@

Max läuft.
Er kann sich nicht erinnern, jemals etwas anderes getan zu haben.
Etwas läuft.
Manchmal ist er sich nicht sicher, was das ist. Er sieht dann einen Mann durch den Busch rennen, mit Rucksack und Gewehr. Einen Unbekannten.
Drei Tage und drei Nächte läuft er von Norden nach Süden. Wer stirbt, kann sein Leben in ein paar Sekunden an sich vorbeiziehen sehen.
Wer den Tod einholen will, konzentriert sich auf eine einzige Sekunde – die der Ankunft.
Lebt sie noch? Wird er Elisabeth noch einmal in seine Arme schließen können?
Max rennt. Die Angst rennt mit. Auch die Gedanken rennen mit.
Es sind immer die gleichen, andere gibt es nicht. *Kommt er zu spät kann er sie noch retten.*
Er läuft.
Welche Medikamente braucht sie wie soll er ihr sein Schweigen erklären?
Er läuft. Und er denkt. Und läuft. Und denkt. Laufen, denken.
Welcher Fluss ist das ist es kürzer über die Hügel oder durch die Senke muss er noch mehr nach Westen ist er schon zu weit sind das die Berge?
Laufen, denken.

Wo sollte er schlafen wenn er zusammenbrach wo finden ihn die Löwen nicht wo sind keine Schlangen wird er früh genug aufwachen?
Laufen, denken.
Tag ist Nacht, ist laufen, ist denken, ist laufen.
Er läuft dem Leben nach, ohne zu wissen, ob er es noch erreicht.
Laufen, denken, laufen, denken. Bis er da ist.

KAPITEL 26

Verdreckt und abgerissen, mit blutig zerkratztem Gesicht und zerstochener Haut stolperte Max am vierten Tag in den Vorhof seiner Farm. Ihm war, als erwachte er aus einem Traum. Neben dem Obstgarten standen zwei seiner Arbeiter. Schweigend hoben sie die Hand zum Gruß. Hassim, der auf der Veranda saß und ins Leere blickte, stand langsam auf, ein trauriges Lächeln huschte über sein Gesicht. Niemand sprach. Eine unsichtbare Drohung schien in der Luft zu liegen. Oder war es seine Vorahnung, dass er zu spät kam? Er stellte das Gewehr ab, lief zur Veranda empor und stürmte ins Haus.

In der Küche war niemand. Atemlos stürzte er die Treppe hinauf und riss die Tür zum Schlafzimmer auf. Das Bett stand in die Mitte des Zimmers. Elisabeth lag da wie tot. Max konnte nicht erkennen, ob sie noch atmete. Langsam, als hätte er Angst, der Wahrheit ins Auge zu sehen, kam er näher. Aus den Laken ragte ein bleiches Gesicht, das sich vom Leben schon verabschiedet hatte. Die Augen lagen tief in den Höhlen, die Wangen waren hohl, die Stirn glänzte im Fieber.

Als er sich über die Kranke beugte, öffnete Elisabeth die Augen. Zuerst erkannte sie ihren Mann nicht, doch dann erschien ein schwaches Lächeln auf ihrem Gesicht.

»Ich wusste, dass du kommen würdest. Ich habe es immer gewusst.«

Zärtlich legte ihr Max die Hand auf die Stirn.

»Verzeih mir.«

Erst jetzt bemerkte er, wie der Körper von Elisabeth zitter-

te, trotz der vielen Decken. Schüttelfrost und extremes Fieber – Malaria kurz vor dem Endstadium.
Sein Puls stockte, raste aber dann, als würde er das Gehirn sprengen. Er ließ ihren Kopf los und riss den Rucksack auf. Zitternd wühlten sich seine Hände durch die Medikamente. Endlich fand er das Fläschchen, das er suchte. Er setzte sich neben Elisabeth auf das Bett und begann ihr die Medizin einzuflößen. Sie hustete, versuchte aber zu schlucken.
»Du musst wieder gesund werden. Für mich«, flüsterte er ihr ins Ohr.
Elisabeth hielt seine Hand fest. »Für uns«, sagte sie leise und hustete wieder.
Max wusste, dass dafür ein Wunder geschehen musste, aber er wusste auch, dass die Liebe Wunder vollbringen konnte. Und manchmal auch die Medizin. Elisabeth schenkte ihm ein mattes Lächeln und schloss die Augen.
In diesem Augenblick hörte er hinter sich ein leises Weinen. Max fuhr herum. Hinter der Tür stand eine Wiege. Das Gefühl, das in diesem Augenblick durch seinen Körper schoss und jede seiner Zellen durchdrang, war neu für ihn, anders als alles, was er bisher in seinem Leben erfahren hatte. Wie in Trance ging er auf die Wiege zu, sein Herz schien mitten im Schlag zu verharren, als wolle es ihn erst dann erlösen, wenn er den ersten Blick in das Körbchen geworfen hatte. Sekunden später war es so weit. Er stand vor seinem Kind. Es hatte winzige blonde Locken. Das Weinen hörte auf, die kleinen Augen sahen ihn an. Behutsam holte Max das Baby aus seiner Wiege und hob es hoch. Er hatte eine Tochter.
Mit dem Kind im Arm ging er wieder zu Elisabeth. Noch einmal öffnete sie die Augen. Sie versuchte sich aufzurich-

ten und bewegte die Lippen, doch ihre Worte waren kaum zu verstehen. »Sie wird hier glücklich sein. Du hast recht gehabt, dies ist …« Ein Hustenanfall unterbrach sie, ihr Kopf sank zurück in die Kissen. Elisabeth hatte das Bewusstsein verloren.

Das Baby begann zu schreien. Max wiegte es beruhigend in den Armen und lief mit ihm auf und ab. Das Mädchen wurde ruhiger. Die kleinen Finger streckten sich nach ihm aus, er hielt sie fest: Vater und Tochter – die erste Berührung von Haut zu Haut. Für Sekunden wurde sein Herz groß und weit wie die Sonne. Er blickte auf sich herab und erkannte, dass sein Leben plötzlich einen Sinn bekommen hatte, von dem er nicht gewusst hatte, dass es ihn gab.

Vorsichtig bettete er das Kind zurück in die Wiege, es blieb ganz ruhig. Noch einmal sah er hinüber zu Elisabeth. Sie schien zu schlafen. Umso besser. Das Medikament war stark, die Dosis an der Grenze des Vertretbaren, das würde ihrem geschwächten Körper zusetzen. Wenn er damit fertig wurde, hatte sie eine Chance.

Als Max hinausgehen wollte, fiel sein Blick auf eine afrikanische Statue, die ihm bekannt seltsam vorkam. Sie war hässlich und grinste so dämonisch, als hätte sie Elisabeth in seiner Abwesenheit verzaubert. Er hob die Figur auf und warf sie aus dem Fenster.

Dann ging er leise zur Tür. Als er sie öffnete, stand Minnie vor ihm. Max drückte den Zeigefinger auf die Lippen. »Ruhe. Sie muss schlafen.«

Minnie wischte sich die Tränen aus dem Gesicht. Die Erleichterung darüber, dass der Bwana zurückgekommen war, gab ihren traurigen Augen etwas von ihrem früheren Glanz zurück. Der Bwana war da, jetzt würde alles gut

werden. Max ahnte, was sie dachte, und umarmte sie spontan.
»Sie wird gesund werden. Und dann ist tatsächlich alles wieder gut.«
Als er sie wieder losließ, starrte ihn Minnie erschrocken an. Noch nie hatte sie der Bwana berührt, das wäre früher undenkbar gewesen. Die Liebe musste diesen Mann verändert haben. Oder die Magie von Urumba, genau konnte man das nie wissen.

Max ging hinüber zu den Scheunen. Die Arbeiter, denen er begegnete, nahmen ihr Mützen ab, um ihre Ehrerbietung auszudrücken.
Schon von weitem sah er die gewaltigen Berge von Baumwolle. Doch warum lagen sie im Freien? Als er näher kam, erkannte er den Grund. Die Lager waren bis zur Decke gefüllt, die Ballen, die draußen lagen, konnten nicht mehr untergebracht werden. Er konnte es kaum glauben. Elisabeth hatte es tatsächlich geschafft. Trotz des Unwetters. Die Ernte war eingebracht. Mehr als das, vor seinen Augen stapelte sich die größte Menge an Baumwolle, die er je in seinem Leben gesehen hatte.
Kurz darauf ritt er hinaus auf die Felder. Wohin er auch blickte, jeder Strauch war penibel abgeerntet, nirgends war auch nur ein einziger weißer Ballen übrig geblieben. Stolz erfüllte seine Brust. Besser hätte es auch er nicht machen können. Nun war ihre Zukunft gesichert, nun konnte das Leben beginnen, von dem er immer geträumt hatte.
Wenn Elisabeth gesund wurde. In der Euphorie des Augenblicks hatte er keine Zweifel mehr. Er war rechtzeitig zurückgekommen, sie hatte rechtzeitig die Medizin be-

kommen. Zwar buchstäblich in letzter Minute, aber immerhin. Ihr unbeugsamer Wille würde die Krankheit besiegen, da war er sich ganz sicher. Mit ihren letzten Kräften würde sie um ihr Leben kämpfen, für ihr Kind und für ihre Liebe, die er ihr jetzt jeden Tag aus Neue beweisen würde.

Max täuschte sich nicht. Seine Rückkehr hatte Elisabeth mit neuer Energie erfüllt. Als sie für einen Moment aufwachte, überfiel sie die Angst, sie könnte alles nur geträumt haben. Doch ein Blick auf die Medizinflasche zeigte ihr, dass die Zeit ihres langen Leidens ein Ende hatte.
Ihr Mann war zurückgekehrt, alles andere hatte jetzt keine Bedeutung mehr. Sie würde das Fieber besiegen.
Mit Max und ihrer Tochter würde sie den Traum von Afrika leben, den sie im Herzen trug, seit sie Deutschland verlassen hatte. Für diesen Traum hatte sie alles gegeben, und jetzt würde er Wirklichkeit werden. Mit einem friedlichen Lächeln auf den Lippen schlief sie wieder ein.

Nach einer halben Stunde hatte Max die abgeernteten Felder besichtigt und wollte wieder nach Hause reiten. Doch dann besann er sich anders. So lange war er seinem Besitz fern gewesen, dass er sich auch das restliche Land ansehen wollte. Er beschloss, weiter zu reiten, über die noch nicht gerodeten Flächen bis hin zu dem Hügel, auf dem der Grenzstein stand.

Zur gleichen Zeit, als Max diesen Entschluss fasste, tauchten zwischen den Obstbäumen fremde Gestalten auf. Sie waren bewaffnet. Der englische Spähtrupp bestand aus einem Korporal und einer Gruppe Askaris. Mit schussbe-

reiten Gewehren marschierten die Soldaten auf den Hof. Die Arbeiter ließen fallen, was sie gerade trugen, und verschwanden in ihren Hütten. Nur Hassim blieb stehen. Er warf einen Blick auf das Gewehr, das Max auf der Veranda zurückgelassen hatte, besann sich dann aber. Mit einem Satz sprang er auf und lief hinter das Haus. Dort riss er die große Trommel vom Haken und begann, so laut er konnte, die Goma zu schlagen.
»Stop it!«, rief der Korporal und ging auf ihn zu.
Der Junge ließ sich nicht beirren. Er trommelte, als ginge es um sein Leben.
Der Korporal zog seine Pistole. »Stop it – now.«
Hassim sah ihn nicht an, er schaute hoch in den Himmel. Die Turmwolken, die die Memsahib immer so bewundert hatte, waren heute größer und phantasievoller denn je.

Elisabeth schlug die Augen auf, der Klang der Goma hatte sie geweckt. Das Trommeln steigerte sich zu einem frenetischen Rhythmus. Dann fiel ein Schuss.

Der Korporal steckte die Pistole wieder ein. Hassim lag regungslos im Gras, aus seiner Brust sickerte Blut. Der Engländer ging hinüber zur Scheune und warf einen Blick auf die ordentlich gestapelte Baumwolle. Tüchtig, die Deutschen. Immer ordentlich.
Er winkte einen seiner Männer herbei, der eine Fackel dabeihatte. Der Korporal zündete sie an und ging auf die Ballen zu. Als er den ersten in Brand stecken wollte, ertönte hinter ihm eine weibliche Stimme.
»Hände weg!«
Der Korporal drehte sich um. In der Tür des Wohnhauses

stand eine weiße Frau. Sie trug nur ein Nachthemd und konnte sich offensichtlich nur schwer auf den Beinen halten, vor Schwäche hatte sie sich an den Türrahmen gelehnt. Doch der Lauf des großkalibrigen Karabiners, mit dem sie auf ihn zielte, zitterte nicht.
Die Askaris richteten ihre Gewehre auf Elisabeth, der Korporal sah sie freundlich an. »We just want the crops. Nobody will harm you.«
»Keine Bewegung.«
Ihre Stimme war so leise, dass man sie kaum hörte. Der Korporal hob die freie Hand, um die Frau zu beschwichtigen.
»This is not for women, don't get mixed up in this.«
Die Fackel näherte sich der Baumwolle.
Dann stand die Zeit still. Elisabeth sah nur noch die Flammen. Doch sie blickte nicht mehr auf eine Fackel, sondern in ein gewaltiges Feuer. Auf dieser grell lodernden Leinwand tauchte für Sekunden ein bewegtes Bild auf.
Ein kleines, blondes Mädchen, das in einer Schaukel unter dem blühenden Jacaranda saß und sich hoch in den Himmel schwang.

Max saß neben dem Grenzstein und blickte in die Ferne. In seiner Phantasie waren all diese Flächen bereits gerodet. Baumwolle und Sisal, so weit das Auge reichte. *Max und Elisabeth Leitner, Kimamba, Tanganjika.* Elisabeth hatte recht, die Kunden sollten wissen, woher die gute Qualität kam. Die Leitner-Dynastie. Sie hatte gerade erst begonnen, doch bald würde sie sich in Ost-Afrika einen Namen machen. Mit Elisabeth war alles möglich.

Der Klang der Trommel unterbrach seine Gedanken. Wahrscheinlich erlaubte sich Hassim einen Scherz und verbreitete die Nachricht seiner Rückkehr. Doch jetzt wechselte der Rhythmus. Für einen Augenblick konnte Max die Klänge nicht einordnen. Dann wurde ihm klar, was sie bedeuteten. Hassim trommelte das Zeichen für Alarm.

Max sprang hoch und lauschte. Hatte er sich getäuscht, machte der Junge einen Scherz? In der Ferne fiel ein Schuss. Nun stockte ihm der Atem. Er rannte zu seinem Maultier, schwang sich in den Sattel und galoppierte den Hügel hinab.

Noch immer war die Fackel in der Hand des Korporals. Verwundert blickte der Mann auf die Frau, die zitternd dastand, als würde sie jeden Augenblick zusammenbrechen. Sie musste todkrank sein, oder verrückt. Dann senkte er die Fackel.

Doch das Feuer erreichte die weißen Ballen nicht. Die Kugel aus der Elefantenbüchse warf den Körper des Engländers zwei Schritte nach hinten, die Fackel rollte über den Boden und verlosch. Jetzt feuerten die Askaris. Elisabeth brach auf der Türschwelle zusammen.

Erschrocken blickten sich die Schwarzen an. Ihr Anführer lag tot am Boden, und sie hatten eben eine weiße Frau erschossen, was sie unter anderen Umständen nie getan hätten.

Doch schon im nächsten Augenblick hoben sie ihre Gewehre wieder, unsicher und ratlos. Denn jetzt geschah etwas, womit sie nicht gerechnet hatten. Die Arbeiter der Schamba verließen ihre Hütten. Jeder trug etwas, das er als Waffe verwenden konnte, eine Sichel, eine Axt, eine Hacke.

Schweigend gingen die Männer auf die Eindringlinge zu. In ihren Gesichtern spiegelte sich der Wille, den Tod der Memsahib zu rächen, auch wenn sie dafür ihr Leben opfern mussten.
Das spürten auch die Askaris, sie wichen zurück. Die Arbeiter gingen schneller, schon waren sie gefährlich nahe. Nach ein paar Sekunden drehten sich die Askaris um und rannten davon. Im Nu waren sie hinter den Büschen verschwunden.

Max erreichte den Fluss, das Maultier entdeckte die Krokodile und scheute. In diesem Augenblick hörte er das Krachen der Elefantenbüchse, dann die Salve der Karabiner. Mit Gewalt trieb er das Tier in die Fluten.
Als er in den Hof galoppierte und aus dem Sattel sprang, hatten sich die Arbeiter vor dem Haus versammelt. Die Stille unter den Schwarzen ließ ihn das Schlimmste befürchten. Dann sah er die Leiche des Korporals. Mit einem Schlag wich das Blut aus seinem Gehirn. Der Boden unter seinen Füßen schwankte, doch die Beine gingen weiter. Die Schwarzen öffneten eine Gasse und wichen zurück. Sie hatten die Memsahib auf der Veranda aufgebahrt, ihr Nachthemd war zerfetzt und von Blut durchtränkt. Max blieb stehen. Für eine Sekunde verschwamm alles vor seinen Augen, als wolle die Seele den grauenhaften Anblick verweigern.
Dann wurde das Bild wieder scharf, unerbittlich scharf. Langsam stieg Max die Stufen zur Veranda hoch und beugte sich über den Körper von Elisabeth. Er blickte in leblose Augen. Der Schrei, der auf seinen Lippen explodierte, ließ

die Schwarzen in ihrem Innersten erstarren. Dann überrollte ihn der Schmerz. Schluchzend sank er vor der Toten auf die Knie und drückte den leblosen Körper an sich. Die Schwarzen wandten sich ab und gingen zurück in ihre Hütten.

Es gab nichts mehr, das sie für den Bwana tun konnten.

KAPITEL 27

Es war heiß und still. Seit einer Stunde beobachtete Minnie durch den Schleier ihrer Tränen, wie Max neben Elisabeth kniete und den toten Körper immer wieder streichelte, als könnte er nicht fassen, was geschehen war. Schon fielen lange Schatten auf den Hof, nichts bewegte sich. Doch nun drang aus dem Schlafzimmer das Weinen des Babys.

Endlich schien Max aus seiner Erstarrung zu erwachen. Er ließ den Leichnam seiner Frau auf die Bank sinken und erhob sich. Dann lief er ins Haus.

Das kleine Kind schrie, wie es noch nie geschrien hatte. Liebevoll nahm Max es in die Arme, doch das Baby wollte sich nicht beruhigen. Den Vater störte das nicht, es würde ihn nie mehr stören, denn er hielt das Einzige in den Händen, was ihm von Elisabeth geblieben war.

Nach einer Weile legte er das schreiende Kind auf die Kissen und holte seine Mundharmonika hervor. Er ging um die Wiege herum und spielte eine leise, einfache Melodie. Schon nach den ersten Tönen hörte das Baby auf zu weinen. Max nahm das kleine Mädchen wieder auf den Arm und küsste es zärtlich auf die Wange. Lange betrachtete er das winzige Wesen, das für immer das Vermächtnis seiner Liebe sein würde, der er nicht hatte gerecht werden können. In diesem Augenblick spürte er, wie zwei mächtige Gefühle, die er bisher nicht gekannt hatte, in seinem Inneren kämpften, jedes für sich stark genug, um alles andere auszulöschen. Da war der Schmerz über den Verlust von Elisabeth, der ihm die Brust zerriss, und da war dieses neue

Gefühl, das von diesem kleinen Wesen ausging, ein Gefühl, das seine Seele streichelte und sich wie ein zarter Schleier auf die offene Wunde legte.

Langsam stieg er die Treppe hinab. Mit seiner Tochter im Arm wollte er hinaustreten in das warme Licht des späten Tages, um der Katastrophe seines Lebens doch noch mit einem Hoffnungsschimmer zu begegnen. Eine Geste, die Elisabeth gefallen hätte. Doch dazu kam es nicht.

Kaum hatte er die Tür geöffnet, verharrte er mitten in der Bewegung. Vor seinen Augen marschierte ein Zug englischer Soldaten auf den Hof. Kaum hatten sie ihn gesehen, legten sie die Gewehre an.

»Don't move«, schrie der Offizier, der das Kommando führte. Er warf einen Blick auf den toten Korporal, dann musterte er den Mann in der Tür. Der Deutsche trug die Uniform der Schutztruppe. »Hands up!«

Max duckte sich und wollte zurück ins Haus, um das Kind in Sicherheit zu bringen. Doch schon bei der ersten Bewegung spritzten neben seinem Kopf die ersten Kugeln ins Holz.

»Hier ist ein Baby!«, schrie er und hielt das Bündel in die Luft. Die Gewehrläufe senkten sich. Er bückte sich und legte das Mädchen auf die oberste Stufe der Treppe. Dann trat er einen Schritt nach vorn und zeigte auf Elisabeths toten Körper, der noch immer auf der Veranda lag.

»You killed my wife!«

Max wollte es dem Offizier ins Gesicht brüllen, doch er brachte nur ein heiseres Flüstern hervor.

»This was not our intention«, entgegnete der Engländer kühl.

Auf einen Wink des Offiziers liefen zwei Askaris herbei. Mit einem Strick fesselten sie die Hände des Deutschen und zerrten ihn weg. In diesem Augenblick ertönte von der Treppe der herzzerreißende Schrei des Babys. Max fuhr herum.

»Mein Gott, das Kind!«

Max stieß die Soldaten beiseite und wollte zurück zum Haus laufen, doch der Schlag eines Gewehrkolbens ließ ihn zusammenbrechen.

Die Askaris schleppten den Bewusstlosen hinter den Obstgarten, wo ein Handkarren stand, und warfen ihn auf die Ladefläche. Die Männer der Schamba, die von den Soldaten in Schach gehalten wurden, mussten hilflos zusehen, wie ihr Bwana, der unbesiegbare weiße Krieger, gefesselt und gedemütigt abtransportiert wurde.

Dann bargen die Engländer die Leiche des Korporals. Das Baby schrie noch immer. Nun löste sich Minnie aus ihrer Erstarrung. Sie lief zur Treppe, nahm das Kind in den Arm und brachte es ins Haus. Als sie in der Küche stand, hörte sie ein leises Stöhnen, das von draußen kam. Sie legte das Kind auf den Tisch und sah hinaus. Die Engländer zogen ab. Hassim lag vor dem Fenster im Gras, er versuchte sich zu bewegen, doch es gelang ihm nicht. Die Köchin stürzte aus dem Zimmer und lief zu dem Verwundeten, der sie ruhig ansah. Die rechte Hand lag auf seiner Brust, zwischen den Fingern sickerte Blut hervor.

»Memsahib geht es gut?«, flüsterte er.

Minnie nickte, sie musste alle Kraft aufbieten, um ihre Tränen zu verbergen.

»Ja, Memsahib bald wieder gesund.«

Hassim lächelte zufrieden und schloss die Augen. Sein

Kopf kippte zur Seite, langsam glitt seine Hand zu Boden. Der Blutstrom aus der Schusswunde versiegte.
Einsam und verlassen lag das Baby auf dem Küchentisch. Das Schweigen im Raum machte ihm Angst, es begann wieder zu weinen.

Als am nächsten Tag die Sonne hinter den Bergen unterging, wölbten sich auf dem Hügel hinter der Schamba zwei frische Gräber. Auf jedem stand ein schlichtes Holzkreuz. An diesem Abend hatte sich eine große Menschenmenge vor dem Hügel versammelt. Schweigend knieten die Schwarzen auf der Erde. Es waren viel mehr Menschen da, als auf der Pflanzung gearbeitet hatten. Von überall her waren sie gekommen, um Abschied zu nehmen von der weißen Memsahib und dem Jungen, der sie retten wollte.
Die Männer trauerten stumm, die Frauen weinten leise. Dicht vor den Gräbern kniete Minnie, das Baby lag neben ihr, eingewickelt in die bunten Stoffe, die Elisabeth so geliebt hatte. Plötzlich ertönten Trommeln. Das Schluchzen in der Menge hörte auf, die Menschen begannen zu singen. Am Horizont senkte sich eine blutrote Sonne hinter die Wolken, die so intensiv zu glühen begannen, als wollte sich auch der Himmel mit einem dramatischen Schauspiel verabschieden.
Die Trommeln wurden lauter. Als sich die Dämmerung über die Kreuze senkte, wandelte sich die getragene Trauermusik zu einem kraftvollen, lebendigen Rhythmus – dem Herzschlag Afrikas.

Wenn einer der Schwarzen ihre Sprache gesprochen und später dem Schweigen der Nacht gelauscht hätte, dann hätte er vielleicht die Stimme der Memsahib hören können, den einen Satz, den sie Max noch so gerne gesagt hätte:

Du hattest recht, dies ist ein wunderbares Land.
Es hätte das Paradies sein können.

EPILOG

Kairo 1916: Im Gefangenenlager Willbrook war Essenszeit. Hinter dem Stacheldraht wartete eine lange Schlange deutscher Soldaten. Endlich fuhr ein Armeewagen vor. Mit einem Karton im Arm stieg Sergeant Thornton aus. Einmal im Monat brachte er die Post, immer vor dem Essen.

Die Männer drängelten sich an den Zaun, nur ein Gefangener mit langem Bart und wirren Haaren blieb unbeteiligt sitzen. Er kauerte neben dem offenen Feuer, das sich die Deutschen anzündeten, um in den kalten Winternächten der Wüste etwas Licht und Wärme zu spüren.

Der Sergeant stellt sich an den Stacheldraht und verlas die Namen der Empfänger.

»Bergmann, Müller, Porst, Kaminski, Horwitz, Angermeier, Schöller, Beckmann, Leitner.«

Die Aufgerufenen traten vor, um ihre Briefe entgegenzunehmen. Bis auf einen waren alle schnell verteilt.

»Leitner!«, rief der Sergeant ungeduldig und schwenkte einen zerknitterten Umschlag. »Max Leitner.«

Keiner meldete sich. Ein Kamerad ging zu dem Mann mit dem Bart und schüttelte ihn an der Schulter. »Mensch, das bist doch du.«

Max sah ihn ungläubig an, erhob sich dann aber und kam näher. Durch die Maschen des Zauns nahm er den Brief entgegen. Das Schreiben hatte keinen Absender, der Poststempel war englisch, aber nicht leserlich. Innen befand sich eine handgeschriebene Notiz und ein Foto:

She is happy.

Das Bild zeigte ein etwa zweijähriges weißes Mädchen, das fröhlich mit einigen schwarzen Kindern spielte. Max sank in die Knie, es sah aus, als würde er beten. Ein Kamerad, der nicht ahnte, was in ihm vorging, schlug ihm lachend auf die Schulter.

»Na, hat man dich zu Hause doch nicht vergessen?«

Max stand auf und ging weg, ohne den Mann zu beachten. Er steckte das Bild ein, knüllte den Brief zusammen und warf ihn ins Feuer. Dabei fiel ihm ein, dass sein Kind nicht einmal einen Namen hatte. Jedenfalls keinen, den er kannte.

Die großen Afrika-Romane von Barbara und Stephanie Keating

Himmel über Langani

Roman

Sie schworen sich Treue und ewige Freundschaft: Sarah, Camilla und Hannah sind Freundinnen seit den glücklichen Tagen auf der Farm Langani in Kenia. Zunächst sehen sie ihre strahlende Zukunft in Europa, doch ihre Sehnsucht nach Afrika lässt sie nach Langani zurückkehren. Doch dann wird ihre Freundschaft auf eine harte Probe gestellt: Sarahs große Liebe hat nur Augen für Camilla; Hannah kämpft gemeinsam mit ihrem Bruder um den Erhalt der Farm; und Camilla verliebt sich mehr und mehr in einen Mann, mit dem sie eigentlich nur eine Affäre hat. Als Hannahs Bruder auf grausame Weise umkommt, scheinen die drei jungen Frauen an diesem Verlust zu zerbrechen.

»Lesen Sie diesen wunderbar unterhaltsamen Roman!« *Times*

Land ihrer Sehnsucht

Roman

Seit ihren Kindertagen in Kenia sind Sarah, Camilla und Hannah unzertrennliche Freundinnen.

Sarah hat sich inzwischen ihren Kindheitstraum erfüllt: Sie erforscht und fotografiert die Tiere der afrikanischen Wildnis. Die Arbeit hilft ihr, über den Verlust ihres Verlobten hinwegzukommen, der einem grausamen Mord zum Opfer fiel. Sarah glaubt, dass der Täter noch frei herumläuft, und ermittelt auf eigene Faust. Da taucht der attraktive Journalist Rabindrah auf, der sich brennend für Sarahs Fotos interessiert. Unterdessen kämpft Hannah gemeinsam mit ihrem Ehemann um den Erhalt der Farm, aber die Geschäfte gehen nicht gut. Da hat die schöne Camilla eine rettende Idee: Das Topmodel gründet eine Modefirma und richtet mit Hannahs Hilfe ein Atelier auf Langani ein. Doch dann wird die Farm überfallen, und die Freundinnen geraten in höchste Gefahr …